KU-005-119

# Noah GORDON

## *El médico*

biblioteca de
BOLSILLO

Título original: *The Phisician*
Traducción: Iris Menéndez
© 1986, Noah Gordon
© 1995, Ediciones B, S. A.
© De esta edición: mayo 2000, Suma de letras, S.L.


ISBN: 84-95501-38-4
Depósito legal: B. 1.913-2001
Impreso en España – Printed in Spain


Diseño de colección: Ignacio Ballesteros

Impreso por Litografía Rosés

Segunda edición: enero 2001

Todos los derechos reservados. Esta publicación
no puede ser reproducida, ni en todo ni en parte,
ni registrada en o transmitida por, un sistema de
recuperación de información, en ninguna forma
ni por ningún medio, sea mecánico, fotoquímico,
electrónico, magnético, electroóptico, por fotocopia,
o cualquier otro, sin el permiso previo por escrito
de la editorial.

*Noah*

# GORDON

## *El médico*

*Con mi amor
para Nina,
que me dio a Lorraine*

*Teme a Dios y guarda sus mandamientos,*
*porque esto es el todo del hombre.*

Eclesiastés 12:13


*Te alabaré porque formidables,*
*maravillosas son tus obras.*

Salmos 139:14


*En cuanto a los muertos, Dios los despertará.*

Corán, S. 6:36


*Los que están sanos no tienen necesidad de médico,*
*sino los enfermos.*

Mateo 9:12

# PRIMERA PARTE

# EL AYUDANTE
# DEL BARBERO

# 1

# EL DIABLO EN LONDRES

Aunque en su ignorancia Rob J. consideraba un inconveniente verse obligado a permanecer junto a la casa paterna en compañía de sus hermanos y su hermana, ésos serían sus últimos instantes seguros de bienaventurada inocencia. Recién entrada la primavera, el sol estaba lo bastante bajo para colar tibios lengüetazos por los aleros del techo de paja, y Rob J. se tumbó en el pórtico de piedra basta de la puerta principal para gozar de su calor. Una mujer se abría paso sobre la superficie irregular de la calle de los Carpinteros. La vía pública necesitaba reparaciones, al igual que la mayoría de las pequeñas casas de los obreros, descuidadamente levantadas por artesanos especializados que ganaban su sustento erigiendo sólidas moradas para los más ricos y afortunados.

Estaba desgranando una cesta de frescos guisantes, e intentaba no perder de vista a los más pequeños, que quedaban a su cargo cuando mamá salía. William Steward, de seis, y Anne Mary, de cuatro, cavaban en el barro a un lado de la casa y jugaban juegos secretos y risueños. Jonathan Carter, de dieciocho meses, acostado sobre una piel de cordero, ya había comido sus papillas, eructado, y gorjeaba satisfecho. Samuel Edward, de siete años, había dado el esquinazo a Rob J. El astuto Samuel siempre se las ingeniaba para esfumarse en lugar de compartir el trabajo,

— 13 —

y Rob, colérico, estaba pendiente de su regreso. Abría las legumbres de una en una, y con el pulgar arrancaba los guisantes de la cerosa vaina tal como hacía mamá, sin detenerse al ver que una mujer se acercaba a él en línea recta.

Las ballenas de su corpiño manchado le alzaban el busto de modo que a veces, cuando se movía, se entreveía un pezón pintado, y su rostro carnoso llamaba la atención por la cantidad de potingues que llevaba. Aunque Rob J. sólo tenía nueve años, como niño londinense sabía distinguir a una ramera.

—Ya hemos llegado. ¿Es ésta la casa de Nathanael Cole?

Rob J. la observó con rencor porque no era la primera vez que las furcias llamaban a la puerta en busca de su padre.

—¿Quién quiere saberlo? —preguntó bruscamente, contento de que su padre hubiera salido a buscar trabajo y la fulana no lo encontrara; contento de que su madre hubiera salido a entregar bordados y se evitara esa vergüenza.

—Lo necesita su esposa, que me ha enviado.

—¿Qué quiere decir con que lo necesita?

Las manos jóvenes y habilidosas dejaron de desgranar guisantes.

La prostituta lo observó con frialdad, ya que en su tono y en sus modales había captado la opinión que de ella tenía.

—¿Es tu madre? —Rob J. asintió—. El parto le ha sentado mal. Está en los establos de Egglestan, cerca del muelle de los Charcos. Será mejor que busques a tu padre y se lo digas —añadió la mujer, y se fue.

El chico miró desesperado a su alrededor.

—¡Samuel! —gritó, pero, como de costumbre, no se sabía dónde estaba el condenado Samuel, así que Rob recogió a William y a Anne Mary—. Willum, cuida de los pequeños —dijo, abandonó la casa y echó a correr.


Aquellos en cuya cháchara se podía confiar decían que el Año del Señor de 1021, año del octavo embarazo de Agnes Cole, pertenecía a Satán. Se había caracterizado por calamidades para el pueblo y monstruosidades de la naturaleza. El pasado otoño la cosecha se había marchitado en los campos a causa de las fuertes escarchas que congelaron los ríos. Hubo lluvias como nunca y, debido al rápido deshielo, el Támesis se desbordó y arrastró puentes y hogares. Cayeron estrellas que iluminaron los ventosos cielos invernales y se vio un cometa. En febrero la tierra tembló escandalosamente. Un rayo arrancó la cabeza de un crucifijo, y los hombres dijeron que Cristo y sus santos dormían. Corrió el rumor de que, durante tres días, de un manantial estuvo brotando sangre, y los viajeros comunicaron la aparición del diablo en bosques y lugares ignotos.

Agnes había dicho a su hijo mayor que no hiciera caso de habladurías, pero añadió, desasosegada, que si Rob J. veía u oía algo raro, debía hacer la señal de la cruz.

Ese año la gente ponía una pesada carga sobre los hombros de Dios, pues el fracaso de la cosecha había provocado penurias. Hacía más de cuatro meses que Nathanael no cobraba, y subsistía gracias a la habilidad de su esposa para crear magníficos bordados.

De recién casados, ella y Nathanael habían estado enfermos de amor y muy seguros del futuro; él pensaba hacerse rico como contratista y constructor. Pero el ascenso en el gremio de los carpinteros era lento y estaba en manos de comités de examen que estudiaban los proyectos sometidos a prueba como si cada trabajo estuviera destinado al Rey. Nathanael había pasado seis años como aprendiz de carpintero y el doble como oficial. En esos momentos debería haber sido aspirante a maestro carpintero, la clasificación profesional imprescindible para ser contratista. Sin embargo, el proceso de convertirse en maestro requería energías y prosperidad, y Nathanael estaba demasiado desalentado para intentarlo.

Sus vidas seguían girando en torno al gremio, pero ahora incluso les fallaba la Corporación de Carpinteros de Londres, ya que cada mañana Nathanael se presentaba en la cofradía y sólo comprobaba que no había trabajo. En compañía de otros desesperados, buscaba evadirse a través de un brebaje que denominaban pigmento: un carpintero llevaba miel, otro unas pocas especias, y en la corporación siempre había una jarra de vino a mano.

Las esposas de los carpinteros le contaron a Agnes que a menudo, uno de los hombres salía y regresaba con una mujer, que sus desocupados maridos se turnaban en medio de la embriaguez.

Pese a sus debilidades, Agnes no podía apartarse de Nathanael; estaba demasiado apegada a los deleites carnales. Él mantenía su vientre abultado, la llenaba con un hijo en cuanto se vaciaba, y cuando se acercaba la hora del parto evitaba el hogar. Su vida se ajustaba casi exactamente a las espantosas predicciones que hizo su padre cuando, preñada ya de Rob J., contrajo matrimonio con el joven carpintero que se había trasladado a Watford para colaborar en la construcción del granero de los vecinos. Su padre había echado las culpas a su instrucción, diciendo que la educación llenaba a la mujer de desatinos lascivos.

Su padre había sido propietario de una pequeña granja, que le fue dada por Ethelred de Wessex en lugar de la paga por sus servicios militares. Fue el primer miembro de la familia Kemp que se convirtió en pequeño terrateniente. Walter Kemp hizo instruir a su hija con la esperanza de que contrajera matrimonio con un terrateniente, ya que a los propietarios de grandes fincas les resultaba práctico contar con una persona de confianza que supiera leer y sumar, y ¿por qué no una esposa? Se amargó al ver que su hija hacía un matrimonio humilde y de mujerzuela. El pobre ni siquiera pudo desheredarla. Cuando murió, su minúscula propiedad revertió a la Corona para cubrir impuestos atrasados.

Pero las ambiciones del padre habían determinado la vida de la hija. Los cinco años más felices en la memoria de Agnes fueron los que pasó de niña en la escuela del convento. Las monjas llevaban zapatos morados, túnicas blancas y violeta y velos delicados como nubes. Le enseñaron a leer y escribir, nociones de latín para comprender el catecismo, a cortar telas, a hacer costuras invisibles y a crear encajes con hilos de oro, tan elegantes que eran requeridos en Francia, donde los conocían como labores inglesas.

Las «tonterías» que había aprendido con las monjas ahora daban de comer a los suyos.

Esa mañana pensó si iba o no a repartir sus encajes con hilos de oro. Estaba muy próxima al parto y se sentía enorme y pesada, pero en la despensa quedaba muy poco. Era menester acudir al mercado de Billingsgate a comprar harina, y para ello necesitaba el dinero que le pagaría el exportador de encajes que vivía en Southwark, al otro lado del río. Cogió su hatillo y bajó lentamente por la calle del Támesis hacia el puente de Londres.

Como de costumbre, la calle del Támesis estaba atestada de bestias de carga y de estibadores que trasladaban mercancías entre los almacenes cavernosos y el bosque de palos de embarcaciones atracadas en los muelles. La algarabía la inundó como la lluvia después de la sequía. A pesar de todas las dificultades, se alegraba de que Nathanael la hubiera sacado de Watford y de la granja. ¡Amaba tanto aquella ciudad!

—¡Hijo de puta! Regresa y devuélveme mi dinero. ¡Devuélvemelo! —gritó una mujer furiosa a alguien que Agnes no pudo ver.

Las madejas de risa se mezclaban con cintas de palabras en lenguas extranjeras. Se arrojaban maldiciones cual afectuosas bendiciones.

Pasó junto a esclavos harapientos que arrastraban lingotes de arrabio hacia los barcos que esperaban. Los perros ladraban a los desgraciados que resollaban sobre sus cargas brutales, mientras las gotas de sudor perlaban sus cabezas rapadas. Percibió el olor a ajo de sus cuerpos sucios, el hedor metálico del arrabio y luego un aroma más acogedor procedente de una carretilla, junto a la cual un hombre pregonaba pastelillos de carne. Aunque se le hizo agua la boca, llevaba una sola moneda en el bolsillo y en casa tenía niños hambrientos.

—¡Pastelillos que saben a dulce pecado! —ofrecía el hombre—. ¡Buenos y calientes!

El puerto despedía olor a resina de pino y cuerdas embreadas calentadas por el sol. Se llevó la mano al vientre mientras caminaba y notaba que su bebé se movía, flotando en el océano contenido entre sus caderas. En la esquina, un grupo de marineros con flores en los gorros cantaba vigorosamente mientras tres músicos tocaban el pífano, el tambor y el arpa. Al pasar junto a ellos vio a un hombre apoyado en un carro de extraño aspecto en el que figuraban los signos del zodíaco. Rondaba los cuarenta años. Empezaba a perder el pelo que, al igual que su barba, era de color castaño oscuro. Sus facciones resultaban atractivas, habría sido más apuesto que Nathanael de no ser porque estaba gordo. Su rostro era rubicundo y su vientre abultaba tanto como el de ella. Su corpulencia no le repugnó; por el contrario, la desarmó, le encantó e intuyó que allí residía un espíritu amistoso y festivo, apegado a los placeres de la vida. Sus ojos azules despedían un destello y una chispa que hacían juego con la sonrisa de Agnes.

—Linda señora, ¿quiere ser mi muñeca? —propuso el hombre.

Sobresaltada, Agnes miró a su alrededor para ver a quién se dirigía el hombre, pero allí no había nadie más.

—¡Ja, ja!

Normalmente habría congelado a la gentuza con la mirada y se habría olvidado del hombre, pero Agnes tenía sentido del humor, disfrutaba con un hombre que también lo poseía, y esto era demasiado bueno para perdérselo.

—Estamos hechos el uno para el otro. Señora mía, moriría por usted —la llamó ardientemente.

—No es necesario; Cristo ya lo ha hecho, señor —replicó.

Agnes alzó la cabeza, cuadró los hombros y se alejó con un contoneo seductor, precedida por la enormidad de su vientre preñado, sumándose a las risas del hombre.

Hacía mucho tiempo que un hombre no alababa su feminidad, incluso en broma, y el diálogo absurdo le levantó el ánimo mientras avanzaba por la calle del Támesis. Aún sonriente, se acercaba al muelle de los Charcos cuando el dolor la atravesó.

—Madre misericordiosa... —murmuró.

El dolor volvió a golpearla; comenzó en el vientre pero dominó su mente y todo su cuerpo, de modo tal que no pudo continuar en pie. La bolsa de agua reventó cuando cayó sobre los adoquines de la vía pública.

—¡Socorro! —gritó—. ¡Que alguien me ayude!

El gentío londinense se reunió de inmediato, impaciente por ver qué ocurría, y Agnes se vio rodeada. En medio de la bruma del dolor percibió el círculo de rostros que la contemplaban.

Agnes gimió.

—¡Ya está bien, bastardos! —protestó un transportista—. Dejadle sitio para respirar y permitid que ganemos el pan nuestro de cada día. Sacadla de la calle para que nuestros carros puedan pasar.

La trasladaron a un sitio oscuro y fresco, que olía intensamente a estiércol. Durante el traslado, alguien se largó con el hatillo de encajes con hilos de oro. En la penumbra, enormes figuras se movían y se balanceaban. Una pezuña golpeó una tabla con un brusco estampido y se oyó una estentórea protesta.

—¿Qué significa esto? No, no podéis dejarla aquí —dijo una voz quejumbrosa.

La voz pertenecía a un hombrecillo melindroso, barrigudo y con huecos entre los dientes; al ver sus botas y su gorro de encargado de caballos y mulas, Agnes reconoció a Geoff Egglestan y supo que se encontraba en sus establos. Hacía más de un año, Nathanael había reconstruido unos pesebres allí, y Agnes lo recordó.

—Maestro Egglestan —dijo débilmente—. Soy Agnes Cole, esposa del carpintero al que conoce.

Agnes creyó ver una mueca de disgusto en su expresión, y la hosca certeza de que no podía rechazarla.

El gentío se apiñó detrás de Egglestan, con los ojos encendidos de curiosidad.

Agnes jadeó.

—Por favor, ¿tendrá alguien la amabilidad de ir a buscar a mi marido? —preguntó.

—No puedo dejar mi negocio —masculló Egglestan—. Tendrá que ir otro.

Nadie se movió ni habló.

Agnes se llevó la mano al bolsillo y buscó la moneda.

—Por favor —repitió y mostró el dinero.

—Cumpliré con mi deber cristiano —dijo de inmediato una mujer que, evidentemente, era una buscona.

Sus dedos rodearon la moneda como una garra.

El dolor era insoportable; un dolor nuevo y distinto. Estaba acostumbrada a las contracciones intermitentes. Sus partos habían sido relativamente difíciles después de los dos primeros embarazos, pero, en el proceso, se había ensanchado. Había sufrido abortos antes y después del alumbramiento de Anne Mary, pero tanto Jonathan como la niña abandonaron fácilmente su cuerpo después de romper aguas, como simientes resbaladizas que se aprietan entre dos dedos. En los cinco partos jamás había sentido algo semejante.

«Dulce Agnes —dijo en medio del embotado silencio—. Dulce Agnes que auxilias a los corderos, auxíliame.»

Durante el parto siempre rezaba a su santa, y santa Agnes la ayudaba, pero esta vez el mundo entero era un dolor continuo y el niño proseguía en su interior como un enorme tapón.

Finalmente, sus gritos discordantes llamaron la atención de una comadrona que pasaba por allí; una arpía que estaba algo más que ligeramente borracha y que, con maldiciones, echó a los mirones de los establos. Luego se volvió y observó a Agnes con ascos.

—Los condenados hombres la arrojaron a la mierda —murmuró.

No había un sitio mejor al que trasladarla. La partera levantó las faldas de Agnes por encima de la cintura y cortó la ropa interior; delante de las partes pudendas abiertas, apartó con las manos el estiércol color paja del suelo y luego se las limpió en el mugriento delantal.

Del bolsillo sacó un frasco de manteca de cerdo ya oscurecida por la sangre y los jugos de otras mujeres. Extrajo un poco de grasa rancia, se frotó las manos como si se las lavara hasta lubricarlas, e introdujo dos dedos, luego tres y por último la mano entera en el dilatado orificio de la mujer doliente, que ahora aullaba como un animal.

—Le dolerá el doble, señora —comentó la comadrona segundos después, y se engrasó los brazos hasta los codos—. Si se lo propusiera, el muy granuja podría morderse los dedos de los pies. Viene de culo.

# 2

# UNA FAMILIA DEL GREMIO

Rob J. había echado a correr hacia el muelle de los Charcos, pero se dio cuenta de que debía buscar a su padre y torció hacia el gremio de los Carpinteros, como sabía que tenía que hacer el hijo de cualquier cofrade cuando surgían problemas.

La Corporación de Carpinteros de Londres se encontraba al final de la calle de los Carpinteros, en una vieja estructura de zarzo y argamasa barata; un armazón de postes intercalados con mimbres y ramas, cubierto por una gruesa capa de mortero que había que renovar cada pocos años. En el interior de la espaciosa sala había unos doce hombres con los jubones de cuero y los cintos de herramientas típicos de su oficio, sentados en toscas sillas y delante de mesas fabricadas por la comisión directiva del gremio. Reconoció a algunos vecinos y miembros de la Decena de su padre, pero no vio a Nathanael.

El gremio lo era todo para los carpinteros de Londres: oficina de empleo, dispensario, sociedad de entierros, centro social, organización de socorro en tiempos de desempleo, árbitro, servicio de colocaciones y salón de contrataciones, lugar de influencia política y fuerza moral. Se trataba de una sociedad cerradamente organizada y compuesta por cuatro divisiones de carpinteros denominadas Centenas. Cada Centena constaba de diez Decenas que se reunían por separado y más íntimamente. Sólo cuando la Decena perdía a un miembro por causa de muerte, enfermedad prolongada o una nueva colocación, en el gremio ingresaba un nuevo miembro como aprendiz de carpintero, por lo general procedente de una lista de espera que incluía los nombres de los hijos de los miembros. La palabra del jefe carpintero era tan definitiva como la de la realeza, y hacia este personaje, Richard Bukerel, se acercó deprisa Rob.

Bukerel tenía los hombros encorvados, como doblados por las responsabilidades. Todo en él parecía sombrío. Su pelo era negro; sus ojos, del color de la corteza de roble madura; sus apretados pantalones, la túnica y el jubón, de tela de lana áspera teñida por ebullición con cáscaras de nuez; y su piel tenía el color del cuero curtido, bronceada por los soles de la construcción de mil casas. Se movía, pensaba y hablaba con decisión, y ahora oía a Rob atentamente.

—Muchacho, Nathanael no está aquí.

—Maestro Bukerel, ¿sabes dónde lo puedo encontrar?

Bukerel titubeó.

—Discúlpame, por favor —dijo por último y se acercó a varios hombres que estaban sentados.

Rob sólo oyó alguna palabra ocasional o una frase susurrada.

—¿Está con esa zorra? —murmuró Bukerel. En segundos, el jefe carpintero regresó junto a Rob y dijo—: Sabemos dónde encontrar a tu padre. Ve deprisa junto a tu madre, pequeño. Recogeremos a Nathanael y te seguiremos en seguida.

Rob le expresó su agradecimiento y se fue corriendo.

Ni siquiera hizo un alto para cobrar aliento. Se dirigió hacia el muelle de los Charcos eludiendo carros de carga, evitando borrachos y serpenteando entre el gentío. A mitad de camino vio a su enemigo, Anthony Tite, con quien el año anterior había librado tres feroces peleas. Anthony tomaba el pelo a unos esclavos estibadores con la ayuda de un par de sus compinches, las ratas del puerto.

«Ahora no me hagas perder tiempo, pequeño bacalao —pensó Rob fríamente—. Inténtalo, Tony *El Meón*, y realmente acabaré contigo.»

Del mismo modo que algún día acabaría con su puñetero padre.

Vio que una de las ratas del puerto lo señalaba para que Anthony lo viera, pero Rob ya había pasado junto a ellos y seguía su camino.

Estaba sin aliento y con agujetas en un costado, cuando llegó a los establos de Egglestan y vio que una vieja desconocida le ponía los pañales a un recién nacido.

La cuadra apestaba a cagajones de caballo y a la sangre de su madre. Ésta yacía tendida en el suelo. Tenía los ojos cerrados y estaba muy pálida. Rob se sorprendió ante su pequeñez.

—¿Mamá?

—¿Eres su hijo?

Asintió, hinchando su delgado pecho.

La vieja carraspeó y escupió.

—Déjala descansar —dijo.


Cuando papá llegó, apenas dirigió una mirada a Rob J. Trasladaron a mamá a casa, en compañía del recién nacido, en un carro lleno de paja que Bukerel le había pedido prestado a un constructor. El niño, pues se trataba de un varón, sería bautizado con el nombre de Roger Kemp Cole.

Después de parir un nuevo hijo, mamá siempre había mostrado el bebé a sus vástagos con un orgullo burlón. Ahora permaneció tendida y con la vista fija en el techo de paja.

Al final, Nathanael llamó a la viuda Hargreaves, que vivía al lado.

—Ni siquiera puede amamantar al niño —le dijo.

—Es posible que se le pase —respondió Della Hargreaves.

La viuda conocía a un ama de cría y, para gran alivio de Rob J., se llevó al bebé. Él ya tenía más que suficiente con ocuparse de los otros cuatro. Aunque Jonathan Carter había aprendido a usar el orinal, ahora que le faltaban las atenciones de su madre parecía haberlo olvidado.

Papá se quedó en casa. Rob J. apenas le dirigió la palabra y se las ingenió para eludirlo.

Echaba de menos las lecciones de las mañanas, ya que mamá había logrado que parecieran un juego divertido. Sabía que no existía otra persona tan llena de calidez y amorosas travesuras, tan paciente con su tardanza en memorizar.

Rob encomendó a Samuel que mantuviera a Willum y a Anne Mary fuera de casa. Esa noche Anne Mary lloró porque quería una nana. Rob la abrazó y la llamó su doncella Anne Mary, su tratamiento preferido. Por último entonó una canción sobre conejos suaves y cariñosos y pajaritos plumosos en su nido, *tra la lá*, contento de que Anthony Tite no fuera testigo de su ternura. Su hermana tenía las mejillas más redondas y la carne más blanda que mamá, aunque ésta siempre decía que Anne Mary poseía las facciones y las características de los Kemp, incluido el modo en que entreabría la boca al dormir.

Al segundo día mamá tenía mejor aspecto, pero el padre dijo que el rubor que teñía sus mejillas se debía a la fiebre. Como temblaba, la cubrieron con más mantas.

La tercera mañana Rob fue a darle un vaso de agua y se sorprendió por el calor de su rostro. Mamá le palmeó la mano.

—Mi Rob J. —susurró—, tan varonil...

Su aliento olía muy mal y respiraba muy rápidamente.

Cuando Rob le cogió la mano, algo se transmitió del cuerpo de la mujer a la mente del chico. Fue una relación: supo con absoluta certeza lo que a su madre le ocurría. No pudo llorar ni gritar. Se le erizaron los pelos de la nuca. Sintió un terror absoluto. No podría haberle hecho frente si hubiera sido adulto, y sólo era un niño.

En medio de su horror, apretó la mano de mamá y le provocó dolor. El padre lo vio y le dio un coscorrón.

A la mañana siguiente, la madre había muerto.

Nathanael Cole se sentó y lloró, lo que asustó a sus hijos, que aún no habían asimilado la realidad de que mamá se había ido para siempre. Nunca habían visto llorar a su padre y, pálidos y vigilantes, se apiñaron uno junto al otro.

El gremio se hizo cargo de todo.

Llegaron las esposas. Ninguna había sido íntima de Agnes porque su educación la había convertido en una criatura sospechosa. Pero ahora las mujeres perdonaron su capacidad de leer y escribir y prepararon el cadáver para el entierro. A partir de entonces, Rob odió el olor a romero. Si hubieran corrido tiempos mejores, los hombres se habrían presentado por la noche, después del trabajo, pero había muchos parados y aparecieron temprano. Hugh Tite, que era padre de Anthony y se le parecía, llegó en representación de los portaataúdes, una comisión permanente que se reunía a fin de fabricar los féretros para los agremiados difuntos.

Palmeó el hombro de Nathanael.

—Tengo guardadas suficientes tablas de pino duro. Sobraron del trabajo del año pasado en la taberna de Bardwell. ¿Recuerdas que era una madera muy bonita? Ella tendrá lo que se merece.

Hugh era un jornalero semicualificado y Rob había oído a su padre hablar desdeñosamente de él por no saber cuidar sus herramientas, pero ahora Nathanael asintió atontado y se entregó a la bebida.

El gremio había proporcionado alcohol en abundancia, ya que un velatorio era la única ocasión en que se justificaban la embriaguez y la gula. Además de sidra y cerveza de cebada, había cerveza dulce y una mezcla denominada traspié, hecha mezclando agua con miel, dejando fermentar la solución seis semanas. También había pigmento, amigo y consuelo de los carpinteros; un vino condimentado con moras llamado *moral*; e hidromiel con especias. Se presentaron cargados con brazadas de codornices y perdices asadas, diversos platos de liebre y venado fritos o al horno, arenque ahumado, truchas y platijas recién pescadas y hogazas de pan de cebada.

El gremio ofreció una contribución de dos peniques para limosnas en nombre de la bendita memoria de Agnes Cole, y proporcionó portaféretros que encabezaron el cortejo hasta la iglesia, y cavadoras que prepararon la fosa. Una vez en la iglesia de San Botolph, un sacerdote apellidado Kempton entonó distraídamente la misa y confió a mamá a los brazos de Jesús, al tiempo que los miembros del gremio recitaban dos salterios por su alma. Fue enterrada en el camposanto, delante de un tejo joven.

Al regresar a casa, las mujeres ya habían calentado y preparado el banquete fúnebre, y la gente comió y bebió durante horas, liberada de su destino de pobreza por la muerte de una vecina. La viuda Hargreaves se sentó con los niños, les fue dando los mejores bocados y armó gran alharaca. Los abrazó entre sus senos profundos y perfumados, donde se retorcieron y padecieron. Pero cuando William se sintió mal, fue Rob quien lo llevó a la parte de atrás de la casa y le sostuvo la cabeza mientras se doblaba y vomitaba.

Poco después, Della Hargreaves palmeó la cabeza de Willum y dijo que era una pena, pero Rob sabía que había atosigado al niño con un plato de su propia factura, y durante el resto del banquete mantuvo a sus hermanos lejos de la anguila en conserva de la viuda.

Aunque Rob sabía lo que significaba la muerte, seguía esperando que mamá volviera a casa. Algo en su interior no se habría sorprendido demasiado si mamá hubiera abierto la puerta y entrado en casa, con provisiones del mercado o dinero del exportador de encajes de Southwark.

*Lección de historia Rob.*

*¿Cuáles fueron las tres tribus germánicas que invadieron Britania en los siglos V y VI después de Cristo?*

*Los anglos, los jutos y los sajones, mamá.*

*¿De dónde venían, cariño?*

*De Germania y Dinamarca. Conquistaron a los britones de la costa Este y fundaron los reinos de Northumbria, Mercia y Eastanglia.*

*¿Qué vuelve tan inteligente a mi hijo?*
*¿Una madre inteligente?*
*¡Ja, ja! Aquí tienes un beso de tu madre inteligente. Y*
*otro beso porque tienes un padre inteligente. No olvides*
*jamás a tu padre inteligente...*

Para gran sorpresa de Rob, su padre se quedó. Daba la sensación de que Nathanael quería hablar con los niños, pero era incapaz de hacerlo. Pasaba la mayor parte del tiempo reparando el techo de paja. Algunas semanas después del funeral, a medida que la parálisis iba desapareciendo y Rob empezaba a comprender lo distinta que sería su vida, por fin su padre consiguió trabajo.

El barro de la ribera londinense es marrón y profundo, un lodo blando y pegajoso que sirve de hogar a unos gusanos de los barcos llamados teredos. Los gusanos habían hecho estragos en las maderas, horadándolas a lo largo de los siglos e infestando los embarcaderos, por lo que había que reemplazar algunos. Era un trabajo pesado que no tenía nada que ver con la construcción de bonitos hogares, pero, en medio de sus penurias, Nathanael lo aceptó con mucho gusto.

A pesar de que era un mal cocinero, las responsabilidades de la casa recayeron en Rob J. A menudo Della Hargreaves llevaba alimentos o preparaba una comida, sobre todo si Nathanael estaba en casa, ocasiones en que se tomaba la molestia de perfumarse y de mostrarse bondadosa y considerada con los críos. Era robusta pero atractiva, de tez rojiza, pómulos altos, barbilla puntiaguda y manos pequeñas y rollizas que usaba lo menos posible para trabajar. Rob siempre había cuidado de sus hermanos, pero ahora se convirtió en su única fuente de atenciones, y ni a él ni a ellos les gustaba. Jonathan Carter y Anne Mary lloraban constantemente. William Steward había perdido el apetito y era un chiquillo de cara cansada y ojos muy abiertos. Samuel Edward estaba más descarado que nunca y lanzaba palabrotas a Rob J. con tanto regocijo que al mayor no le quedó más remedio que abofetearlo.

Procuró hacer al pie de la letra lo que pensó que ella habría hecho.

Por las mañanas, después que el pequeño tomaba su papilla y los demás recibían pan de cebada y algo de beber, Rob J. limpiaba el hogar bajo el agujero redondo para el humo, por el que, cuando llovía, caían gotas siseantes al fuego. Tiraba las cenizas en la parte trasera de la casa y luego barría los suelos. Quitaba el polvo de los pocos muebles de las tres habitaciones. Tres veces por semana iba al mercado de Billingsgate para comprar las cosas que mamá había logrado llevar a casa en un único viaje semanal. La mayoría de los dueños de los puestos lo conocían. La primera vez que fue solo, algunos hicieron un pequeño regalo a la familia Cole como muestra de condolencia: unas manzanas, un trozo de queso, la mitad de un pequeño bacalao curado en sal... Pero a las pocas semanas se habían acostumbrado a su presencia, y Rob J. regateaba aún más ferozmente que mamá, por temor a que se les ocurriera aprovecharse de un niño. De vuelta en casa, siempre arrastraba los pies, pues no estaba dispuesto a recibir de manos de Willum la carga de los niños.

Mamá había querido que ese mismo año Samuel empezara la escuela. Se enfrentó a Nathanael y lo convenció de que permitiera a Rob estudiar con los monjes de San Botolph. Durante dos años, Rob había ido andando diariamente a la escuela parroquial, hasta que se vio en la necesidad de quedarse en casa para que mamá pudiera estar libre y hacer los encajes. Ahora ninguno asistiría a la escuela, porque su padre no sabía leer ni escribir y opinaba que la educación era una pérdida de tiempo. Rob echaba de menos la escuela. Atravesaba a pie los barrios ruidosos de casas baratas y apiñadas, y apenas recordaba que antaño su preocupación principal eran los juegos infantiles y el espectro de Tony Tite *el Meón*. Anthony y sus cohortes lo dejaban pasar sin perseguirlo, como si haber perdido a su madre le diera inmunidad.

Una noche su padre le dijo que trabajaba bien.

—Siempre has sido maduro para tu edad —comentó Nathanael casi con desaprobación.

Se miraron incómodos, pues tenían muy poco más

que decirse. Si Nathanael pasaba el tiempo libre con fulanas, Rob J. no estaba enterado. Aún odiaba a su padre cuando pensaba cómo le había ido a mamá en la vida, pero sabía que Nathanael luchaba de un modo que ella habría admirado.

Fácilmente podría haber entregado a sus hermanos a la viuda, pero vigilaba expectante las idas y venidas de Della Hargreaves, ya que las chanzas y las risillas de los vecinos le habían hecho saber que era candidata a convertirse en su madrastra. Se trataba de una mujer sin hijos, cuyo marido Lanning Hargreaves, también carpintero, murió quince meses antes, cuando le cayó una viga encima. Era costumbre que cuando una mujer moría y dejaba hijos pequeños, el viudo contrajera nuevo matrimonio en seguida, y no llamó la atención que Nathanael pasara ratos a solas en casa de Della. De todos modos, esos encuentros eran breves, pues por lo general Nathanael estaba demasiado cansado. Los enormes pilotes y tablones utilizados en la construcción de los embarcaderos debían cortarse en línea recta a partir de leños de roble negro, y hundirse en el fondo del río durante la bajamar. Nathanael trabajaba sometido al frío y la humedad. Al igual que el resto de su cuadrilla, desarrolló una tos seca y cavernosa, y siempre volvía con dolor de huesos. De las honduras del agitado y pegajoso Támesis extrajeron fragmentos de historia: una sandalia romana de cuero, con largas tiras para los tobillos; una lanza rota, restos de alfarería... Llevó a casa, para Rob J., un pedazo de pedernal trabajado afilada como un cuchillo, la punta de flecha había aparecido a veinte pies de profundidad.

—¿Es romana? —preguntó Rob impaciente.

Su padre se encogió de hombros.

—Tal vez sea sajona.

No existió la menor duda acerca del origen de la moneda encontrada pocos días más tarde. Cuando Rob humedeció las cenizas del fuego y frotó y frotó la moneda, en una cara del disco ennegrecido aparecieron las palabras *Prima Cohors Britanniae Londonii*. Su latín eclesiástico apenas resultó suficiente.

—Tal vez se refiere a la primera cohorte que estuvo en Londres —comentó.

En la otra cara de la moneda aparecía un romano a caballo y tres letras: IOX.

—¿Qué significa IOX? —preguntó su padre.

Rob no lo sabía. Mamá habría podido contestar, pero como no tenía nadie más a quien preguntárselo, se guardó la moneda.


Estaban tan acostumbrados a la tos de Nathanael, que ya no la oían. Una mañana que Rob estaba limpiando el hogar hubo una ligera conmoción delante de su casa. Abrió la puerta y vio a Harmon Whitelock, integrante de la cuadrilla de su padre, y a dos esclavos que había requisado entre los estibadores para que trasladaran a Nathanael a su casa.

Los esclavos aterrorizaban a Rob J. Existían diversas formas de que un hombre perdiera la libertad. El prisionero de guerra se convertía en el *servi* de un guerrero que podía haberle quitado la vida pero se la había salvado. Los hombres libres podían ser condenados a la esclavitud por graves delitos, al igual que los deudores o aquellos que no podían pagar un castigo o multa severos. La esposa y los hijos de un hombre se convertían en esclavos con él, al igual que las futuras generaciones de su familia.

Esos esclavos eran hombres corpulentos y musculosos, con las cabezas afeitadas, lo que denotaba su condición, y ropas raídas que apestaban. Rob J. no supo si se trataba de extranjeros capturados o de ingleses, ya que en lugar de dirigirle la palabra lo contemplaron impasibles. Nathanael no era esmirriado, pero lo transportaban como si pesara lo que una pluma.

Los esclavos asustaron a Rob J. incluso más que la cetrina palidez del rostro de su padre, o la forma en que le colgaba la cabeza cuando lo depositaron en el suelo.

—¿Qué ha pasado?

Whitelock se encogió de hombros.

—Es una desgracia. La mitad hemos caído y no hacemos más que toser y escupir. Hoy se encontraba tan débil que quedó vencido en cuanto iniciamos el trabajo pesado. Supongo que unos pocos días de descanso le permitirán regresar a los muelles.

A la mañana siguiente, Nathanael no pudo abandonar la cama y su voz era como un chirrido. La señora Hargreaves trajo té caliente con miel y rondó por allí. Hablaron en tono bajo e íntimo, y una o dos veces la mujer rió. Cuando la viuda se presentó a la mañana siguiente, Nathanael tenía mucha fiebre y no estaba de humor para bromas ni sutilezas, así que se fue deprisa.

Su lengua y su garganta se tornaron de color rojo brillante y no hacía más que pedir agua.

Durante la noche soñó, y en un momento gritó que los apestosos daneses subían por el Támesis en sus barcos de proa alta. Se le llenó el pecho de una flema viscosa que no podía expulsar y respiraba con creciente dificultad. Al clarear el día Rob fue corriendo a la casa vecina en busca de la viuda, pero Della Hargreaves se negó a acudir.

—Me pareció que eran aftas. Y las aftas son altamente contagiosas —dijo, y cerró la puerta.

Como no tenía a dónde apelar, Rob se dirigió una vez más al gremio. Richard Bukerel lo escuchó atentamente, lo siguió hasta su casa y se sentó un rato al pie de la cama de Nathanael, fijándose en su rostro encendido y oyendo el jadeo de su respiración.

La salida fácil habría consistido en llamar a un sacerdote. El clérigo poco podría haber hecho, salvo encender cirios y rezar, y Bukerel le podría haber dado la espalda sin temor a ser criticado. Desde hacía años era un constructor de éxito, pero estaba perdido en tanto jefe de la Corporación de Carpinteros de Londres, e intentaba administrar un magro erario para conseguir mucho más de lo posible.

Sin embargo, sabía lo que le ocurriría a aquella familia si no sobrevivía uno de los progenitores, por lo que se fue corriendo y utilizó los fondos del gremio para contratar los servicios de Thomas Ferraton, médico.

Esa noche, su esposa reprendió a Bukerel:

—¿Un médico? ¿Se da el caso de que súbitamente Nathanael Cole forma parte de la pequeña aristocracia o de la nobleza? Si un cirujano corriente y moliente es lo bastante bueno para ocuparse de cualquier otro pobre de Londres, ¿por qué Nathanael Cole necesita un médico, que nos saldrá caro?

Bukerel sólo pudo musitar una excusa porque su esposa tenía razón. Sólo los nobles y los mercaderes ricos pagaban los costosos servicios de los médicos. El vulgo apelaba a los cirujanos, y a veces un trabajador pagaba medio penique a un cirujano barbero para que le sangrara o le diera un tratamiento de dudosa eficacia. En opinión de Bukerel, los sanadores no eran más que condenadas sanguijuelas que hacían más mal que bien. Empero, había querido proporcionar a Cole hasta la última oportunidad, y en un momento de debilidad llamó al médico, gastando así las cuotas, aportadas con esfuerzo por los honrados carpinteros.

Cuando Ferraton acudió a casa de Cole, se había mostrado optimista y seguro; daba una tranquilizadora imagen de prosperidad. Sus pantalones ceñidos estaban maravillosamente cortados, y los puños de su camisa llevaban encajes de adorno que instantáneamente produjeron angustia en Rob, ya que le recordaron a mamá. La túnica acolchada de Ferraton, de la mejor lana, estaba manchada de sangre seca y vómito; según creía con orgullo, eran un honroso anuncio de su profesión.

Nacido rico —su padre había sido John Ferraton, mercader en lanas—, Ferraton estuvo de aprendiz con un médico llamado Paul Willibald, cuya próspera familia fabricaba y vendía magníficas hojas cortantes. Willibald había tratado a pacientes acaudalados y, una vez cumplido su aprendizaje, Ferraton también se dedicó a ejercer la profesión. Los pacientes nobles quedaban fuera del alcance del hijo de un mercader, pero se sentía a sus anchas con los burgueses, con quienes compartía una comunidad de actitud e intereses. Jamás aceptó a sabiendas a un paciente de la clase trabajadora, pero supuso que Bukerel era el mensajero de alguien mucho más importante. De inmediato reconoció a un paciente despreciable en Nathanael Cole, pero como no quería provocar un conflicto, decidió acabar lo antes posible la desagradable tarea.

Tocó delicadamente la frente de Nathanael, lo miró a los ojos y le olió el aliento.

—Bueno, se le pasará —declaró.

—¿Qué tiene? —preguntó Bukerel, pero Ferraton no replicó. Instintivamente, Rob sintió que el médico no lo sabía.

—Tiene la angina —dijo por último Ferraton, y señaló las llagas blancas en la garganta carmesí de su padre—. Ni más ni menos que una inflamación supurante de naturaleza transitoria.

Hizo un torniquete en el brazo de Nathanael, lo abrió hábilmente con la lanceta y dejó salir una copiosa cantidad de sangre.

—¿Y si no mejora? —inquirió Bukerel.

El médico frunció el ceño. No estaba dispuesto a poner de nuevo los pies en aquella casa de gente inferior.

—Será mejor que vuelva a sangrarlo para cerciorarme —respondió y le cogió el otro brazo.

Dejó un frasquito de calomelano líquido mezclado con junco carbonizado, y cobró a Bukerel por separado la visita, las sangrías y la medicina.

—¡Sanguijuela! ¡Fatuo! ¡Abusón! —masculló Bukerel mientras Ferraton se alejaba.

El jefe carpintero prometió a Rob que enviaría a una mujer para que cuidara de su padre.


Pálido y sangrado, Nathanael yacía inmóvil. Varias veces confundió al niño con Agnes e intentó cogerle la mano pero Rob recordó lo sucedido durante la enfermedad de su madre, y se apartó.

Avergonzado, un rato después regresó a la cabecera del lecho de su padre. Cogió la mano de Nathanael, encallecida por el trabajo, y reparó en las uñas rotas y endurecidas, la mugre adherida y el vello negro y rizado.

Ocurrió como la vez anterior. Tuvo conciencia de una

disminución, como la llama de una vela que parpadea. No le cupo duda alguna de que su padre estaba agonizando, y de que iba a morir muy pronto. Sintió entonces un terror mudo idéntico al que lo había dominado cuando mamá estaba al borde de la muerte.

Más allá de la cama estaban sus hermanos. Era un chico joven pero muy inteligente, y un apremio práctico inmediato se sobrepuso a su dolor y a la agonía de su miedo.

Sacudió el brazo de su padre.

—Y ahora ¿qué será de nosotros? —preguntó en voz alta, pero nadie respondió.

# 3

# EL REPARTO

Como el que había muerto era un miembro del gremio en lugar de una persona a su cargo, la Corporación de Carpinteros pagó el canto de cincuenta salmos. Dos días después del funeral, Della Hargreaves se trasladó a vivir con su hermano a Ramsey. Richard Bukerel llevó a Rob aparte para hablar con él.

—Cuando no hay parientes, los niños y los bienes deben repartirse —dijo apresuradamente el jefe carpintero—. La corporación se hará cargo de todo.

Rob se sentía paralizado.

Aquella noche intentó explicárselo a sus hermanos. Sólo Samuel supo de qué les hablaba.

—Entonces, ¿estaremos separados?

—Sí.

—¿Y cada uno de nosotros vivirá con otra familia?

—Sí.

Más tarde, alguien se deslizó en la cama, a su lado. Supuso que se trataría de Willum o de Anne Mary, pero fue Samuel quien lo abrazó y lo sujetó con fuerza.

—Rob J., quiero que vuelvan.

—Yo también. —Acarició el hombro huesudo que había golpeado tan a menudo.

Lloraron juntos.

—Entonces, ¿no volveremos a vernos?

Rob sintió frío.

—Vamos, Samuel, no te pongas tonto. Sin duda viviremos en el barrio y nos veremos constantemente. Siempre seremos hermanos.

Samuel se sintió consolado y durmió un rato, pero antes del alba mojó la cama, como si fuera más pequeño que Jonathan. Por la mañana se sintió avergonzado y le resultó imposible mirar a Rob a la cara. Sus temores no eran infundados, ya que fue el primero en partir. La mayoría de los miembros de la Decena de su padre seguían sin trabajo. De los nueve trabajadores de la madera, sólo había un hombre dispuesto y en condiciones de incorporar un niño a su familia. Con Samuel, los martillos y la sierra de Nathanael fueron a parar a Turner Horne, un maestro carpintero que sólo vivía a seis casas de distancia.

Dos días después se presentó un sacerdote llamado Ronald Lovell en compañía del padre Kempton, el que había cantado las misas por mamá y papá. El padre Lovell dijo que lo trasladaban al norte de Inglaterra y que quería un niño. Los examinó a todos y se encaprichó con Willum. Era un hombre corpulento y campechano, de pelo rubio claro y ojos grises, que —intentó convencerse Rob— eran amables.

Pálido y tembloroso, su hermano sólo pudo mover la cabeza mientras seguía a los dos sacerdotes fuera de la casa.

—Adiós, William —dijo Rob.

Sin reflexionar, se preguntó si no podría quedarse con los dos pequeños, pero ya había empezado a repartir parcamente los últimos restos de la comida del funeral del padre y era una chica realista. Jonathan, así como el jubón de cuero y el cinto de herramientas de su padre, fueron entregados a un carpintero subalterno llamado Aylwyn, que pertenecía a la Centena de Nathanael. Cuando se presentó la señora Aylwyn, Rob le explicó que Jonathan sabía usar el orinal, pero necesitaba pañales cuando se asustaba, y la mujer aceptó los trapos aclarados por los lavados y al niño con una sonrisa y un asentimiento de cabeza.

El ama de cría se quedó con el pequeño Roger y recibió los materiales de bordado de mamá, tal como informó Richard Bukerel a Rob, que nunca había visto a la mujer.

La cabellera de Anne Mary necesitaba un lavado. Aunque Rob lo hizo con todo cuidado, tal como le habían enseñado, a la niña le entró jabón en los ojos, jabón áspero y que escocía. Rob le secó el pelo y la abrazó mientras lloraba, oliendo su limpia cabellera de color castaño foca, que despedía un perfume como el de mamá.

Al día siguiente, los muebles en mejor estado fueron retirados por el panadero y su esposa, apellidados Haverhill, y Anne Mary se trasladó a vivir en el piso de arriba de la panadería. Rob la llevó hasta ellos cogida de la mano: adiós, entonces, pequeña.

—Te quiero, mi doncella Anne Mary —susurró, y la abrazó.

La niña parecía culparlo de todo lo ocurrido y no quiso despedirse.

Sólo quedaba Rob J., y ya no había bienes. Aquella noche Bukerel fue a visitarlo. Aunque había bebido, el jefe carpintero estaba despejado.

—Quizá tardes mucho tiempo en encontrar un sitio. En los tiempos que corren, nadie tiene comida para el apetito adulto de un chico que no puede hacer trabajos de hombres. —Siguió hablando después de un meditativo silencio—. Cuando era más joven, todos decían que si pudiéramos tener una paz verdadera y librarnos del rey Ethelred, el peor monarca que haya echado a perder a una generación, correrían buenos tiempos. Sufrimos una invasión tras otra: sajones, daneses, todos los condenados tipos de piratas. Ahora que por fin tenemos a un firme monarca pacificador en el rey Canuto, parece que la naturaleza conspira para oprimirnos. Las grandes tormentas de verano y de invierno nos pierden. Las cosechas han fracasado tres años seguidos. Los molineros no muelen el grano y los marineros permanecen en el puerto. Nadie construye y los artesanos están ociosos. Son tiempos difíciles, muchacho, pero te prometo que te encontraré un sitio.

—Muchas gracias, jefe carpintero.

Los oscuros ojos de Bukerel denotaban preocupación.

—Te he observado, Robert Cole. He visto a un niño que se ocupaba de su familia como un hombre valioso. Te llevaría a mi propio hogar si mi esposa fuera diferente. —Parpadeó, incómodo al darse cuenta de que la bebida le había aflojado la lengua más de lo que debía, y se puso pesadamente de pie—. Que tengas una noche reposada, Rob J.

—Que tengas una noche reposada, jefe carpintero.

Se convirtió en un ermitaño. Las habitaciones casi vacías eran su cueva. Nadie lo invitó a sentarse a su mesa. Aunque los vecinos no podían ignorar su existencia, lo sustentaban de mala gana. La señora Haverhill iba por la mañana y le dejaba el pan que no se había vendido el día anterior, y la señora Bukerel iba por la tarde y le dejaba una minúscula porción de queso, reparando en sus ojos enrojecidos y diciéndole que llorar era privilegio de las mujeres. Sacaba agua del pozo público igual que antes, y se ocupaba de la casa, pero no había nadie que desordenara la vivienda tranquila y saqueada, y tenía poco que hacer salvo preocuparse y soñar.

A veces se convertía en un explorador romano, se tendía junto a la ventana abierta, detrás de la cortina de mamá, y escuchaba los secretos del mundo enemigo. Oía pasar los carros tirados por caballos, los perros que ladraban, los niños que jugaban, los trinos de los pájaros...

En una ocasión oyó por casualidad las voces de un grupo de hombres del gremio.

—Rob Cole es una ganga. Alguien debería quedárselo —dijo Bukerel.

Continuó escondido y sintiéndose culpable, oyendo cómo los demás hablaban de él como si fuera otra persona.

—¡Ay, mirad lo crecido que está! Será una fiera para el trabajo cuando haya terminado su desarrollo —comentó Hugh Tite a regañadientes.

¿Y si lo aceptaba Tite? Rob, consternado, evaluó la perspectiva de convivir con Anthony Tite. No se sintió disgustado cuando Hugh bufó, molesto:

—Pasarán tres años hasta que sea lo bastante mayor para convertirse en aprendiz de carpintero, y ya come como un caballo. En estos tiempos no faltan en Londres las espaldas fuertes y las barrigas vacías.

Los hombres se alejaron.

Dos días más tarde, oculto tras la cortina de la misma ventana, pagó caro el pecado de escuchar a hurtadillas cuando oyó a la señora Bukerel comentar con la señora Haverhill el cargo de su marido en el gremio:

—Todos hablan del honor de ser jefe carpintero, pero no lleva alimentos a mi mesa. Todo lo contrario; supone pesadas obligaciones. Estoy harta de tener que compartir mis provisiones con gente como ese chico crecido y perezoso de allí.

—¿Qué será de él? —preguntó la señora Haverhill, y suspiró.

—He aconsejado al maestro Bukerel que lo venda como indigente. Incluso en los malos tiempos un esclavo joven tendrá un precio que permita devolvernos al gremio y a todos nosotros lo gastado en la familia Cole.

Rob no podía ni respirar.

La señora Bukerel se sorbió los mocos.

—El jefe carpintero no quiso ni oírme —añadió agriamente—. Confío en que, a la larga, podré convencerlo. Pero sospecho que cuando entre en razón ya no podremos recuperar los costes.

Cuando las dos mujeres se alejaron, Rob permaneció detrás de la cortina de la ventana como si tuviera fiebre, intermitentemente sudado y aterido.

Toda su vida había visto esclavos y había dado por sentado que su condición tenía muy poco que ver con ellos, pues había nacido inglés libre.

Era demasiado joven para convertirse en estibador. Sin embargo, sabía que usaban a los niños esclavos en las minas, donde trabajaban en túneles demasiado estrechos para que pasaran los cuerpos adultos. También sabía que los esclavos eran miserablemente vestidos y alimentados y que a menudo los azotaban con brutalidad por infracciones menores. También sabía que, una vez esclavizado, su condición se mantenía de por vida.

Se acostó y lloró. Finalmente, logró hacer acopio de valor y convencerse de que Dick Bukerel jamás lo vendería como esclavo, pero le preocupaba la posibilidad de que la señora Bukerel enviara a otros a que lo hicieran sin informar a su marido. Era perfectamente capaz de algo así, se dijo. Mientras esperaba en la casa silenciosa y abandonada, llegó a sobresaltarse y temblar ante el más mínimo sonido.

Cinco gélidos días después del funeral de su padre, un desconocido llamó a la puerta.

—¿Eres el joven Cole? —Rob asintió cauteloso, con el corazón desbocado—. Me llamo Croft. Me envía un hombre llamado Richard Bukerel, al que conocí mientras bebíamos en la taberna de Bardwell.

Rob vio a un hombre ni joven ni viejo, con un cuerpo enormemente gordo, y cara curtida, enmarcada entre la larga cabellera de hombre libre, y una barba redondeada y crespa del mismo color rojizo.

—¿Cuál es tu nombre completo?

—Robert Jeremy Cole, señor.

—¿Edad?

—Nueve años.

—Soy cirujano barbero y busco un aprendiz. Joven Cole, ¿sabes lo que hace un cirujano barbero?

—¿Eres una especie de médico?

El hombre grueso sonrió.

—De momento, es una definición bastante precisa. Bukerel me habló de tus circunstancias. ¿Te atrae mi oficio?

No le gustaba; no tenía el menor deseo de parecerse a la sanguijuela que había sangrado a su padre hasta matarlo. Pero aún menos le atraía la posibilidad de que lo vendieran como esclavo, y respondió afirmativamente sin la menor vacilación.

—¿Le temes al trabajo?

—¡Oh, no, señor!

—Me alegro, porque te haré trabajar hasta que se te desgaste el trasero. Bukerel dijo que sabes leer, escribir y latín.

Rob titubeó.

—A decir verdad, muy poco latín.

El hombre sonrió.

—Te pondré una temporada a prueba. ¿Tienes cosas?

Hacía días que tenía el hatillo preparado. «¿Me he salvado?», se preguntó. Salieron y treparon al carro más extraño que Rob había visto en su vida. A cada lado del asiento delantero se alzaba un poste blanco rodeado de una gruesa tira semejante a una serpiente carmesí. Era un carromato cubierto, pintarrajeado de rojo brillante y adornado con dibujos color amarillo sol: un carnero, un león, una balanza, una cabra, peces, un arquero, un cangrejo...

El caballo gris se puso en marcha y rodaron por la calle de los Carpinteros hasta pasar delante de la casa del gremio. Rob permaneció inmóvil mientras atravesaban el tumulto de la calle del Támesis, dirigiendo rápidas miradas al hombre y notando ahora un rostro apuesto a pesar de la grasa, una nariz saliente y enrojecida, un lobanillo en el párpado izquierdo y una red de delgadas arrugas que salían de los rabillos de sus penetrantes ojos azules.

El carromato atravesó el pequeño puente sobre el Walbrook y pasó delante de los establos de Egglestan y del sitio donde había caído mamá. Torcieron a la derecha y traquetearon sobre el puente de Londres, rumbo a la orilla sur del Támesis. Junto al puente estaba amarrado el transbordador, y apenas más allá se alzaba el grandioso mercado de Southwark, por el que entraban en Inglaterra los productos extranjeros. Pasaron delante de almacenes incendiados y arrasados por los daneses y recientemente reconstruidos. En lo alto del talud se alzaba una única hilera de casitas de zarzo y argamasa barata; humildes hogares de pescadores, gabarreros y descargadores del puerto. Había dos posadas de baja estofa para los comerciantes que acudían al mercado. Después, bordeando el ancho talud, se erguía una doble hilera de espléndidas casas: los hogares de los ricos mercaderes de Londres: todas con impresionantes jardines y unas pocas erigidas sobre pilotes asentados en el fondo pantanoso. Reconoció el hogar del importador de encajes con el que trataba mamá. Jamás había llegado más lejos.

—¿Maestro Croft?

El hombre frunció el entrecejo.

—No, no. No me llames nunca Croft. Siempre me dicen Barber en virtud de mi profesión.

—Sí, Barber —dijo.

Segundos después, todo Southwark quedó detrás y con pánico creciente Rob J. se dio cuenta de que había entrado en el extraño y desconocido mundo exterior.

—Barber, ¿a dónde vamos? —no pudo abstenerse de gritar.

El hombre sonrió y agitó las riendas, por lo que el rucio se puso a trotar.

—A todas partes —respondió.

# 4

## EL CIRUJANO BARBERO

Antes del crepúsculo acamparon en una colina, junto a un riachuelo. El hombre dijo que el esforzado caballo gris se llamaba *Tatus*.

—Es la abreviatura de *Incitatus*, en honor del corcel que el emperador Calígula amaba tanto que lo convirtió en sacerdote y cónsul. Nuestro *Incitatus* es un efímero animal de feria, un pobre diablo con los cojones cortados —dijo Barber.

Le enseñó a cuidar del caballo castrado, a restregarlo con manojos de hierba suave y seca y luego a permitirle beber e irse a pastorear antes de ocuparse de sus propias necesidades.

Estaban al raso, a cierta distancia del bosque, pero Barber lo envió a buscar madera seca para el fuego y tuvo que hacer varios viajes hasta formar una pila. Poco después, la hoguera chisporroteaba y la preparación de la comida empezó a producir olores que le debilitaron las piernas. En un puchero de hierro, Barber había puesto una generosa cantidad de cerdo ahumado, cortado en lonchas gruesas. Sacó buena parte de la grasa derretida, y al cerdo chisporroteante añadió un nabo grande y varios puerros cortados, añadiendo un puñado de moras secas y algunas hierbas. Cuando la poderosa mezcla terminó de cocerse, Rob pensó que nunca había olido algo mejor.

Barber comió impasible y lo observó devorar una generosa ración. Le sirvió una segunda en silencio. Rebañaron sus cuencos de madera con trozos de pan de cebada. Sin que nadie le dijera nada, Rob llevó el puchero y los cuencos hasta el riachuelo y los frotó con arena. Tras regresar con los cacharros, Rob se acercó a un matorral y orinó.

—¡Benditos sean Dios y la Virgen! ¡Ése es un pito de aspecto extraordinario! —comentó Barber, que se había acercado súbitamente.

Rob cortó el chorro antes de lo necesario y ocultó su miembro.

—Cuando era bebé —explicó, tenso— sufrí una gangrena... ahí. Me contaron que un cirujano quitó la pequeña capucha carnosa de la punta.

Barber lo miró sorprendido.

—Te extirpó el prepucio. Fuiste circuncidado, como un pijotero pagano.

El chico se apartó, muy perturbado. Estaba atento y expectante. La humedad llegaba desde el bosque, por lo que abrió su hatillo, sacó su otra camisa y se la puso encima de la que llevaba.

Barber extrajo dos pieles del carromato y se las arrojó.

—Dormimos a la intemperie porque el carromato está lleno de todo tipo de cosas.

Barber percibió el brillo de la moneda en el hatillo abierto y la recogió. Ni le preguntó dónde la había conseguido ni Rob se lo dijo.

—Lleva una inscripción —dijo Rob—. Mi padre y yo... supusimos que identifica a la primera cohorte romana que llegó a Londres.

Barber estudió el disco.

—Así es.

A juzgar por el nombre que le había puesto al caballo, era evidente que sabía muchas cosas sobre los romanos y que los apreciaba. Rob fue presa de la enfermiza certidumbre de que el hombre se quedaría con su posesión.

—Del otro lado aparecen más letras —añadió Rob roncamente.

Barber acercó la moneda a la hoguera para leer en medio de la creciente oscuridad.

—IOX. *Io* significa «gritar» y *X* es diez. Se trata de un vítor romano: «¡Gritad diez veces!»

Rob aceptó aliviado la devolución de la moneda y se preparó el lecho cerca de la hoguera. Las pieles eran de oveja, que colocó en el suelo con el vellón hacia arriba, y de oso, que empleó como manta. Aunque eran viejas y olían fuerte, le darían calor.

Barber se preparó el lecho al otro lado de la fogata y dejó la espada y el cuchillo donde pudiera cogerlos rápidamente para repeler a los agresores o, pensó Rob asustado, para matar a un crío que huía. Barber se había quitado del cuello el cuerno sajón colgado de una tira de cuero. Obturó la parte inferior con un tapón de hueso, lo llenó con un líquido oscuro que sacó de un frasco y se lo ofreció a Rob.

—Bébetelo todo. Es un destilado que preparo yo mismo.

Rob no quería ni probarlo, pero le daba miedo rechazarlo. Los hijos de la clase trabajadora de Londres no eran amenazados con una versión blanda y facilona del coco, ya que desde muy temprano sabían que algunos marineros y estibadores eran capaces de engañar a los chiquillos para llevarlos, mediante ardides, al fondo de los almacenes abandonados. Conocía a chicos que habían aceptado golosinas y monedas de ese tipo de individuos, y también sabía lo que habían tenido que hacer a cambio. Estaba enterado de que la embriaguez era un preludio muy frecuente.

Intentó rechazar otro trago de alcohol, pero Barber frunció el ceño y ordenó:

—Bebe. Te quedarás más a gusto.

Barber sólo se dio por satisfecho cuando Rob bebió otros dos tragos completos y sufrió un violento ataque de tos. Volvió a poner el cuerno a su lado, acabó el primer frasco y un segundo, soltó un portentoso pedo y se metió en el lecho. Sólo miró a Rob una vez más.

—Descansa tranquilo, mozuelo —dijo—. Que duermas bien. De mí no tienes nada que temer.

Rob estaba seguro de que era una trampa. Se metió bajo la maloliente piel de oso y esperó con las caderas tensas. En el puño derecho apretaba la moneda. A pesar de que sabía que, disponiendo de las armas de Barber, no sería un contrincante para el hombre y estaba a su merced, aferró con la mano izquierda una piedra pesada.

Finalmente, tuvo pruebas más que suficientes de que Barber dormía. El hombre roncaba espantosamente.

El sabor medicinal del licor quemaba la boca de Rob. El alcohol recorrió su cuerpo mientras se acomodaba entre las pieles y dejaba caer la piedra de su mano. Apretó la moneda y se imaginó una fila tras otra de romanos, vitoreando diez veces a los héroes que no permitirían que el mundo los derrotara. En lo alto, las estrellas se veían grandes y blancas y rodaban por todo el firmamento, tan cercanas que deseó estirarse y arrancarlas para hacerle un collar a mamá. Pensó en cada uno de los miembros de su familia. De los vivos, a quien más añoraba era a Samuel, lo que resultaba extraño, porque a Samuel le había molestado su primogenitura y lo había desafiado con palabrotas e insultos. Le preocupaba que Jonathan se meara en los pañales y rezaba para que la señora Aylwyn tuviera paciencia con el pequeño. Anhelaba que Barber regresara pronto a Londres, pues quería volver a ver a los otros.

Barber sabía lo que sentía el chico nuevo. Tenía exactamente su edad cuando se encontró solo después de que los fieros guerreros escandinavos asolaran Clacton, la aldea de pescadores en la que había nacido. El incidente estaba marcado a fuego en su memoria.

Ethelred era el rey de su infancia. Desde que tenía memoria, su padre siempre había maldecido a Ethelred, diciendo que el pueblo nunca había sido tan pobre bajo el mandato de cualquier otro monarca. Ethelred ejercía presión e imponía más tributos, proporcionando una vida lujosa a Emma, la mujer decidida y hermosa que había traído de Normandía para hacerla su reina. Con los impuestos también creó un ejército, pero, más que para proteger a su pueblo, lo utilizó para protegerse a sí mismo, y era tan cruel y sanguinario que algunos hombres escupían al oír su nombre.

En la primavera del año del Señor 991, Ethelred deshonró a sus súbditos sobornando con oro a los atacantes daneses para que se retiraran. La primavera siguiente la flota danesa regresó a Londres tal como lo había hecho durante un siglo. Esta vez Ethelred no tuvo opción: reunió a sus guerreros y sus buques de guerra y los daneses sufrieron una gran degollina en el Támesis. Dos años después tuvo lugar una invasión más grave cuando Olaf, rey de los noruegos, y Sven, rey de los daneses, remontaron el Támesis con noventa y cuatro naves. Ethelred volvió a reunir su ejército alrededor de Londres y logró rechazar a los escandinavos, pero esta vez los invasores comprendieron que el monarca pusilánime había desguarnecido los flancos de su país con tal de protegerse a sí mismo. Los nórdicos dividieron su armada, vararon sus barcos a lo largo del litoral inglés y devastaron las pequeñas poblaciones costeras.

Aquella semana, el padre llevó a Henry Croft a hacer su primer viaje largo, en busca de arenques. La mañana que regresaron con una buena captura, Henry se adelantó, deseoso de ser el primero en recibir el abrazo de su madre y en oír sus palabras de alabanza. En una cala cercana se ocultaba media docena de chalupas noruegas. Al llegar a su casita, vio que un extraño, vestido con pieles animales, lo contemplaba a través de los postigos abiertos del agujero de la ventana.

No tenía idea de quién era ese hombre, pero el instinto lo llevó a dar media vuelta y a correr como alma que lleva el diablo hacia donde estaba su padre.

Su madre yacía en el suelo, usada y muerta ya, pero su padre no lo sabía. Aunque Luke Croft desenfundó el cuchillo al acercarse a la casa, los tres hombres que lo recibieron en la puerta portaban espadas. Desde lejos, Henry Croft vio cómo vencían a su padre y acababan con él. Uno de los hombres le sostuvo las manos a la espalda. Otro le tiró del pelo con ambas manos y lo obligó a arrodillarse y a estirar el cuello. El tercero le cortó la cabeza con la espada. En su decimonoveno cumpleaños, Barber había visto cómo ejecutaban a un asesino en Wolverhampton: el verdugo había hendido la cabeza del criminal como si se tratara de un gallo. Por contraposición, el degollamiento de su padre se había realizado torpemente, ya que el vikingo tuvo que dar una sucesión de golpes, como si estuviera cortando un trozo de leña.

Frenético de pesar y de miedo, Henry Croft se había refugiado en el bosque, escondiéndose como un animal acosado. Cuando salió, atontado y famélico, los noruegos ya no estaban, pero habían dejado tras de sí muerte y cenizas. Henry fue recogido con otros varones huérfanos y enviado a la abadía de Crowland, en Lincolnshire.

Décadas de incursiones semejantes realizadas por los nórdicos paganos habían dejado muy pocos monjes y demasiados huérfanos en los monasterios, de manera que los benedictinos resolvieron ambos problemas ordenando a la mayoría de los niños sin padres. Con nueve años, Henry pronunció sus votos y recibió instrucciones de prometer a Dios que viviría para siempre en la pobreza y la castidad obedeciendo los preceptos del bienaventurado san Benito de Nursia.

Así fue como Henry accedió a la educación. Estudiaba cuatro horas al día y durante otras seis realizaba trabajos sucios en medio de la humedad. Crowland poseía grandes extensiones, en su mayoría pantanos, y cada día Henry y los otros monjes roturaban la tierra lodosa, tirando de arados como bestias tambaleantes, a fin de convertir las ciénagas en campos de cultivo. Se suponía que pasaba el resto del tiempo en la contemplación o la oración. Existían oficios matinales, vespertinos, nocturnos, perpetuos. Cada plegaria se consideraba un peldaño de la interminable escalera que llevaría su alma al cielo. Aunque no había esparcimiento ni deportes, le permitían andar por el claustro, en cuyo lado norte se alzaba la sacristía, el edificio donde se guardaban los utensilios sagrados. Al este se encontraba la Iglesia; al oeste, la sala capitular; y al sur, un triste refectorio que constaba de comedor, cocina y despensa en la planta baja, y dormitorio arriba.

Dentro de aquel rectángulo claustral había sepulturas, prueba definitiva de que la vida en la abadía de Crowland era previsible: mañana sería igual que ayer y, al final, todos los monjes yacerían dentro del claustro. Debido a que alguien confundió esto con la paz, Crowland había atraído a varios nobles que huyeron de la política de la corte y de la crueldad de Ethelred, y salvaron la vida tomando los hábitos. Esa elite influyente vivía en celdas individuales, al igual que los verdaderos místicos que buscaban a Dios a través del sufrimiento espiritual y el dolor corporal producidos por los cilicios, los tormentos fortificantes y la autoflagelación. Para los restantes sesenta y siete hombres que llevaban la tonsura, pese a ser impíos ya que no habían recibido la llamada de Dios, el hogar era una única y espaciosa cámara que contenía sesenta y siete jergones. Si despertaba en cualquier momento de la noche, Henry Croft oía toses y estornudos, diversos ronquidos, murmullos de masturbaciones, los lacerantes gritos de los soñadores, ventosidades y la ruptura de la regla de silencio a través de maldiciones muy poco eclesiásticas y conversaciones clandestinas que casi siempre giraban en torno al alimento. En Crowland las comidas eran muy escasas.

Aunque la población de Peterborough sólo se encontraba a unas ocho millas de distancia, Henry nunca la vio. Cuando tenía catorce años, un día le pidió permiso a su confesor, el padre Dunstan, para cantar himnos y recitar oraciones a orillas del río entre las vísperas y los cánticos nocturnos. Se lo concedió. Mientras atravesaba el prado junto al río, el padre Dunstan lo seguía a una distancia prudencial. Henry caminaba lenta y decididamente, con las manos a la espalda y la cabeza inclinada, como si rindiera culto, con la dignidad de un obispo. Era una bella y tibia tarde de verano y el río despedía una brisa fresca. El hermano Matthew, geógrafo, le había hablado de aquel río, el Welland. Nacía en los Midlands, cerca de Corby, y coleaba y serpenteaba fácilmente hasta Crowland, desde donde fluía hacia el noreste entre colinas onduladas y valles fértiles, antes de recorrer los pantanos costeros para desembocar en la gran bahía del Mar del Norte denominada The Wash.

El río discurría entre bosques y campos que eran un regalo del Señor. Los grillos cantaban, los pájaros gorjeaban en los árboles, y las vacas lo contemplaban con pasmado respeto mientras pastoreaban. En la orilla estaba varada una barquichuela.

La semana siguiente solicitó que le permitieran orar en solitario junto al río después de laudes, el oficio del amanecer. Le concedieron permiso, y en esta ocasión el padre Dunstan no lo acompañó. Cuando Henry llegó a la orilla, empujó la pequeña embarcación hasta el agua, trepó y zarpó.

Sólo utilizó los remos para internarse en la corriente, ya que después se sentó muy quieto en el centro de la frágil barca y contempló las aguas marrones, dejándose arrastrar por el río como una hoja a la deriva. Un rato más tarde, cuando comprobó que ya estaba lejos, se echó a reír. Vociferó y gritó chiquilladas:

—¡Y ésta por ti! —exclamó, sin saber si desafiaba a los sesenta y seis monjes que dormirían sin él, al padre Dunstan o al Dios que en Crowland se consideraba un ser tan cruel.

Permaneció en el río todo el día, hasta que las aguas que corrían hacia el mar se volvieron demasiado profundas y peligrosas para su agrado. Varó la embarcación, y así comenzó la época en que aprendió el precio de la libertad.

Deambuló por algunas aldeas costeras, durmiendo en cualquier lado y alimentándose de lo que podía mendigar o robar. No tener bocado que llevarse a la boca era mucho peor que comer poco. La esposa de un campesino le dio un saco de alimentos, una vieja túnica y unos pantalones raídos a cambio del hábito benedictino, con el que haría camisas de lana para sus hijos. Por fin, en el puerto de Grimsby un pescador lo aceptó como ayudante y lo explotó brutalmente más de dos años a cambio de comida escasa y desnudo techo. Cuando el pescador murió, su esposa vendió la barca a unas gentes que no querían chicos. Henry pasó varios meses de hambre hasta que encontró una compañía de artistas y viajó con ellos, acarreando equipajes y colaborando en las necesidades de su oficio a cambio de restos de comida y protección. Incluso para él sus artes eran pobres, pero sabían tocar el tambor y atraer al público, y cuando pasaban el gorro, una sorprendente cantidad de los asistentes dejaba caer una moneda. Los contempló hambriento. Era demasiado mayor para convertirse en volatinero, ya que a los acróbatas han de partirles las articulaciones cuando aún son niños. Sin embargo, los malabaristas le enseñaron su oficio. Imitó al mago y aprendió las pruebas de engaño más sencillas. El mago le enseñó que jamás debía crear una sensación de nigromancia, ya que en toda Inglaterra la Iglesia y la Corona ahorcaban a los brujos. Escuchó atentamente al narrador, cuya hermana pequeña fue la primera mujer que le permitió penetrar en su cuerpo. Sentía afinidad con los artistas, pero un año después la compañía se disolvió en Derbyshire y cada uno siguió su camino sin él.

Semanas más tarde, en la población de Matlock, su suerte dio un vuelco cuando un cirujano barbero llamado James Farrow lo ligó con un contrato por seis años. Después se enteraría de que ninguno de los jóvenes locales quería ser aprendiz de Farrow porque corrían rumores de que estaba relacionado con la brujería. Cuando Henry se enteró de esas habladurías, ya llevaba dos años con Farrow y sabía que el hombre no era brujo. Aunque el cirujano barbero era un individuo frío y severo hasta la crueldad, para Henry Croft supuso una auténtica oportunidad.

El municipio de Matlock era rural y poco poblado, sin pacientes de clase alta o mercaderes prósperos que mantuvieran a un médico o una cuantiosa población de pobres que llamaran la atención de un cirujano. James Farrow era el único cirujano barbero en la extensa zona rural, dejada de la mano de Dios, que rodeaba Matlock. Además de aplicar lavativas purificadoras y de cortar el pelo y afeitar, realizaba intervenciones quirúrgicas y recetaba remedios. Henry acató sus órdenes durante más de cinco años. Farrow era un verdadero tirano que golpeaba a su aprendiz cuando cometía errores, pero le enseñó todo lo que sabía y, por añadidura, meticulosamente.

Durante el cuarto año de Henry en Matlock —corría el 1002—, el rey Ethelred llevó a cabo un acto que tendría consecuencias trascendentales y terribles. Inmerso en sus dificultades, el monarca había permitido que algunos daneses se asentaran al sur de Inglaterra y les había dado tierras, con la condición de que lucharan a su favor contra sus enemigos. De esta manera había comprado los servicios del noble danés Pallig, casado con Gunilda, hermana de Sven, rey de Dinamarca. Ese año los vikingos invadieron Inglaterra y pusieron en práctica sus tácticas habituales: asesinar y quemar. Cuando llegaron a Southampton, el monarca decidió volver a pagar tributos y dio veinticuatro mil libras a los invasores para que se retiraran.

En cuanto las embarcaciones se llevaron a los nórdicos, Ethelred se sintió avergonzado y presa de una ira frustrada. Ordenó que todos los daneses que se encontraban en Inglaterra fuesen sacrificados el 13 de noviembre, día de san Brice. El traicionero asesinato en masa se cumplió tal como ordenara el rey, y pareció revelar un mal que se había enconado en el pueblo inglés.

El mundo siempre había sido brutal, pero después del asesinato de los daneses la vida se tornó aún más cruel. En toda Inglaterra ocurrieron crímenes violentos. Se persiguió a los brujos y se les dio muerte en la horca o en la hoguera, y la sed de sangre pareció apoderarse de la tierra.

El aprendizaje de Henry Croft estaba casi cumplido cuando el anciano Bayley Aelerton sucumbió bajo los cuidados de Farrow. Aunque la muerte no tenía nada extraordinario, corrió rápidamente la voz de que el hombre había fallecido porque Farrow le había clavado agujas y lo había hechizado.

El domingo anterior, el sacerdote de la pequeña iglesia de Matlock manifestó que se habían oído espíritus malignos a medianoche entre los sepulcros del camposanto, entregados a la cópula carnal con Satán.

—A nuestro Salvador le parece abominable que los muertos se levanten mediante artes diabólicas —atronó.

El cura advirtió que el diablo se encontraba entre ellos, ayudado por un ejército de hechiceros disfrazados de seres humanos que practicaban la magia negra y los asesinatos secretos.

Proporcionó a los aterrorizados fieles un contrahechizo para utilizar contra todo sospechoso de brujería:

—Gran hechicero que atacas mi alma, que tu hechizo se invierta y que tu maldición te sea devuelta mil veces. En nombre de la Santísima Trinidad, haz que recobre la salud y las fuerzas. En el nombre del Padre, del Hijo y del Espíritu Santo. Amén.

También les recordó el mandato público: *No habitarás con hechicero.*

—Debéis buscarlos y extirparlos si no queréis arder en las terribles llamas del purgatorio —los exhortó.

Bayley Aelerton murió el martes y su corazón dejó de latir mientras estaba cavando con la azada. Su hija aseguró que había advertido pinchazos de agujas en su piel. Aunque nadie más los había visto, el jueves por la mañana la turbamulta entró en el corral de Farrow cuando el cirujano barbero acababa de montar su caballo y se disponía a visitar a los pacientes. Aún miraba a Henry y le daba las instrucciones de la jornada cuando lo arrancaron de la silla de montar.

La turbamulta estaba encabezada por Simon Beck, cuya tierra lindaba con la de Farrow.

—Desnudadlo —dijo Beck.

Farrow temblaba mientras le rasgaban las ropas.

—¡Eres un asno, Beck! —gritó—. ¡Un asno!

Desnudo parecía mayor, con la piel abdominal floja y plegada, los hombros redondeados y estrechos, los músculos reblandecidos e inútiles y el pene reducido a su mínima expresión encima de una enorme bolsa púrpura.

—¡Aquí está! —exclamó Beck—. ¡La señal de Satán!

En la ingle derecha de Farrow, claramente visible, había dos puntos pequeños y oscuros, como la mordedura de una serpiente. Beck pinchó uno con la punta del cuchillo.

—¡Son lunares! —chilló Farrow.

Manó sangre, lo que se suponía no ocurría si se trataba de un brujo.

—Son muy listos —opinó Beck—; pueden sangrar a voluntad.

—No soy brujo sino barbero —les dijo Farrow desdeñosamente, pero cuando lo ataron a una cruz de madera y lo arrastraron hasta su abrevadero, suplicó piedad a gritos.

Arrojaron la cruz al estanque poco profundo, en medio de un gran chapoteo, y la sostuvieron sumergida. La turbamulta guardó silencio mientras miraba las burbujas. Después la levantaron y ofrecieron a Farrow la posibilidad de confesar. Aún respiraba y farfullaba débilmente.

—Vecino Farrow, ¿reconoces haber practicado artes diabólicas? —preguntó Beck amablemente.

El hombre atado sólo pudo toser y jadear.

En consecuencia, volvieron a sumergirlo. Esta vez sostuvieron la cruz hasta que dejaron de aparecer burbujas. Y siguieron sin levantarla.

Henry sólo pudo mirar y llorar, como si volviera a presenciar la muerte de su padre. Aunque ya era un hombre crecido, no un niño, nada podía hacer ante los cazadores de brujos, y le aterrorizaba que se les ocurriera pensar que el aprendiz de cirujano barbero pudiera serlo también de hechicerías.

Finalmente izaron la cruz sumergida, entonaron el contrahechizo y se marcharon, dejándola flotar en el estanque.

En cuanto se fueron, Henry vadeó el cieno para sacar la cruz del agua. De los labios de su maestro asomaban espumarajos rosados. Cerró los ojos del rostro blanco, que acusaba sin ver, y apartó las lentejuelas de agua de los hombros de Farrow antes de cortar sus ataduras.

Como el cirujano barbero era un viudo sin familia, la responsabilidad recayó en su sirviente. Henry enterró a Farrow lo antes posible.

Cuando registró la casa, se dio cuenta de que los demás habían estado antes que él. Indudablemente buscaban pruebas de la intervención de Satán cuando se llevaron el dinero y los licores de Farrow. Aunque habían limpiado la casa, encontró un traje en mejor estado que el que llevaba puesto y algunos alimentos, que guardó en una bolsa. También cogió una bolsa de instrumentos quirúrgicos y capturó el caballo de Farrow, con el que abandonó Matlock antes de que se acordaran de él y lo obligaran a regresar.

Volvió a convertirse en andariego, pero esta vez tenía oficio, y ello supuso una diferencia fundamental. Por todas partes había enfermos dispuestos a pagar uno o dos peniques por el tratamiento. Más adelante descubrió que podía obtener beneficios de la venta de medicaciones y, para reunir al gentío, apeló a algunos de los trucos que había aprendido mientras viajaba con los artistas.

Convencido de que podían buscarlo, nunca permanecía mucho tiempo en un sitio, y evitaba el uso de su nombre completo, por lo que se convirtió en Barber. Poco después estas características se habían integrado en la trama de una existencia que le sentaba como anillo al dedo: vestía bien y con ropas de abrigo, tenía mujeres variadas, bebía cuando se le antojaba y siempre comía en grandes cantidades, pues se había jurado no volver a pasar hambre. Su peso aumentó deprisa. Cuando conoció a la mujer con la que contrajo matrimonio, pesaba más de dieciocho piedras.* Lucinda Eames era una viuda que poseía una bonita finca en Canterbury, y durante seis meses Henry cuidó de sus animales y de sus campos, jugando a ser labrador. Disfrutaba del pequeño trasero blanco de Lucinda, semejante a un pálido corazón invertido. Cuando hacían el amor, ella asomaba la sonrosada punta de la lengua por la comisura izquierda como una chiquilla que estudia duramente. Lo culpaba de no darle un hijo. Tal vez tenía razón, pero tampoco había concebido con su primer marido. Su voz se tornó aguda, su tono amargo y su cocina descuidada, y mucho antes de

* La piedra era una medida de peso de la época, equivalente a algo más de 6 kilos. (N. del E.)

que se cumpliera el primer aniversario, Henry recordaba mujeres más ardientes y comidas placenteras, y soñaba con el silencio de su lengua.

Corría 1012, año en que Sven, rey de los daneses, dominó Inglaterra. Hacía una década que Sven acosaba a Ethelred, deseoso de humillar al hombre que había asesinado a los suyos. Finalmente, Ethelred huyó a la isla de Wight con sus embarcaciones, y la reina Emma se refugió en Normandía en compañía de sus hijos Eduardo y Alfredo.

Poco después, Sven murió de muerte natural. Dejó dos hijos: Harald, que lo sucedió en el reino danés, y Canuto, un joven de diecinueve años que fue proclamado rey de Inglaterra por la fuerza de las armas danesas.

A Ethelred aún le quedaban arrestos para un último ataque y repelió a los daneses, pero Canuto regresó casi inmediatamente y esta vez tomó todo el territorio, salvo Londres. Se dirigía a la conquista de esta ciudad cuando se enteró de la muerte de Ethelred. Con gran valentía, convocó una reunión del Witan —el consejo de hombres sabios de Inglaterra—, y obispos, abades, condes y caballeros acudieron a Southampton y eligieron a Canuto como legítimo rey.

Canuto mostró su habilidad estabilizadora mandando emisarios a Normandía para que convencieran a la reina Emma de que contrajera matrimonio con el sucesor al trono de su difunto marido.

Aceptó casi de inmediato. Aunque tenía unos cuantos años más que él, aún era una mujer apetecible y sensual, y corrían risueñas bromas sobre el tiempo que Canuto y ella pasaban en sus aposentos.

En el preciso momento en que el nuevo monarca corría hacia el matrimonio, Barber huía de él. Un día renunció sin más al mal genio y a la mala cocina de Lucinda Eames y reanudó sus viajes. Compró su primer carromato en Bath, y en Northumberland ligó por contrato a su primer ayudante. Las ventajas estuvieron claras desde el principio. Desde entonces, con el correr de los años había enseñado a varios mozos. Los pocos capaces le habían permitido ganar dinero, y los demás le habían enseñado qué necesitaba de un aprendiz.

Sabía lo que le ocurría al chico que fracasaba y era despedido. La mayoría tenía que hacer frente al desastre: los afortunados se convertían en juguetes sexuales o en esclavos y los desdichados morían de hambre o los mataban. Aunque le dolía más de lo que estaba dispuesto a reconocer, no podía darse el lujo de mantener a un chico poco prometedor; él mismo era un superviviente capaz de endurecer su corazón cuando estaba en juego su propio bienestar. El último, el chiquillo que había encontrado en Londres, parecía deseoso de complacerlo, pero Barber sabía que las apariencias engañan en lo que se refiere a aprendices. No tenía sentido preocuparse por la cuestión como un perro por un hueso. Sólo el tiempo lo diría, y pronto iba a saber si el joven Cole estaba en condiciones de sobrevivir.

## 5

# LA BESTIA DE CHELMSFORD

Rob despertó con las primeras luces lechosas y vio a su nuevo amo en pie e impaciente. Supo de inmediato que Barber no empezaba el día de buen talante, y con ese sobrio humor matinal el hombre sacó la lanza del carromato y le enseñó a usarla.

—Si la coges con ambas manos, no te resultará demasiado pesada. No requiere habilidad. Arrójala con tanta fuerza como puedas. Si apuntas al centro del cuerpo de cualquier agresor, es probable que lo alcances. Y si tú lo frenas con una herida, existen muchas probabilidades de que yo pueda matarlo. ¿Lo has comprendido?

Rob asintió, incómodo ante el desconocido.

—Bueno, mozuelo, debemos estar atentos y tener las armas a mano, ya que es así como seguimos con vida. Estos caminos romanos siguen siendo los mejores de Inglaterra, pero no están cuidados. La Corona tiene la responsabilidad de mantenerlos despejados por ambos lados para evitar que los salteadores tiendan emboscadas a los viajeros, pero en la mayoría de nuestras rutas la maleza nunca se corta.

Le enseñó a enganchar el caballo. Cuando reanudaron el viaje, Rob se sentó junto a Barber en el pescante, bajo el sol ardiente, atormentado aún por infinitos temores. Poco después, Barber apartó a *Incitatus* del camino romano y lo hizo girar por un carril apenas transitable que atravesaba las profundas sombras de la selva virgen. De un tendón que rodeaba sus hombros colgaba el cuerno sajón de color marrón que antaño había embellecido a un corpulento buey. Barber se lo llevó a la boca y le sacó un sonido fuerte y melodioso a medias toque y a medias quejido.

—Advierte a todos los que están al alcance del oído que no avanzamos sigilosamente para cortar cuellos y robar. En algunos lugares lejanos, encontrarse con un desconocido significa tratar de matarlo. El cuerno indica que somos dignos de confianza, respetables y muy capaces de protegernos a nosotros mismos.

Por sugerencia de Barber, Rob intentó emitir señales con el cuerno pero, pese a que hinchó las mejillas y sopló con todas sus fuerzas, no salió el menor sonido.

—Se necesita aliento de adulto y cierta habilidad. Pero no temas; aprenderás. Y también aprenderás cosas más difíciles que soplar un cuerno.

El carril era fangoso. Aunque cubrieron de maleza los peores lugares, era necesario guiar el carro con mana. En un giro del camino cayeron de lleno en una zona resbaladiza y las ruedas se hundieron hasta los cubos. Barber suspiró.

Se apearon, atacaron con la pala el barro de delante de las ruedas y recogieron ramas caídas en el bosque. Con sumo cuidado, Barber acomodó trozos de madera delante de cada rueda y volvió a coger las riendas.

—Tienes que arrojar maleza bajo las ruedas en cuanto empiecen a moverse —explicó, y Rob J. asintió—. ¡Adelante, *Tatus*! —lo apremió Barber. Los ejes y el cuero crujieron—. ¡Ahora! —gritó.

Rob colocó las ramas con habilidad, saltando de una rueda a otra mientras el caballo hacía un esfuerzo sostenido. Las ruedas chirriaron y resbalaron, pero encontraron un asidero. El carro dio una sacudida hacia delante. En cuanto quedó sobre el camino seco, Barber tiró de las riendas y esperó a que Rob lo alcanzara y trepara al asiento.

Estaban cubiertos de barro, y Barber frenó a *Tatus* junto a un arroyo.

—Pesquemos algo para desayunar —propuso mientras se lavaban las caras y las manos. Cortó dos ramas de sauce, y del carromato sacó anzuelos y líneas. Extrajo una caja de la zona protegida del sol, detrás del asiento y explicó—: Ésta es nuestra caja de los saltamontes. Uno de tus deberes consiste en mantenerla llena.

Alzó apenas la tapa, a fin de que Rob pudiera colar la mano. Frenéticos y erizados, varios seres vivos se alejaron de los dedos de Rob y éste se puso delicadamente uno de ellos en la palma. Cuando retiró la mano sujetando las alas plegadas entre el pulgar y el índice, el insecto agitó frenético las patas. Las cuatro patas delanteras eran delgadas como pelos, y el par trasero, potente y de ancas largas, lo que lo convertía en un insecto saltador.

Barber le enseñó a deslizar la punta del anzuelo inmediatamente detrás del tramo corto de cascarón duro y ondulado que seguía a la cabeza.

—Si lo clavas demasiado profundo, se le saldrán los humores y morirá. ¿Dónde has pescado?

—En el Támesis.

Se enorgullecía de su habilidad como pescador, ya que a menudo su padre y él habían colgado gusanos en el ancho río y contado con la pesca para contribuir a alimentar a la familia en los días de paro.

Barber gruñó.

—Es otro tipo de pesca —comentó—. Deja las cañas un momento y ponte a gatas.

Reptaron cautelosos hasta un sitio que daba al pozo de río más próximo, y se tendieron boca abajo. Rob pensó que el gordo estaba chiflado.

Cuatro peces permanecían suspendidos en el cristal.

—Son pequeños —murmuró Rob.

—Son más apetitosos de este tamaño —declaró Barber mientras se alejaban de la orilla—. Las truchas de tu gran río son correosas y grasientas. ¿Has notado que estos peces se amontonan en la cabecera del pozo? Se alimentan a contracorriente, a la espera de que un bocado sabroso se deslice y baje flotando. Son salvajes y precavidos. Si te detienes junto al río, te ven. Si pisas firmemente la orilla notan tus pasos y se dispersan. Por eso has de utilizar la vara larga. Te quedas rezagado, sueltas ligeramente el saltamontes por encima del pozo y dejas que la corriente lo arrastre hasta los peces.

Observó con ojo crítico mientras Rob lanzaba el saltamontes hacia el punto que le había indicado.

Con una sacudida que recorrió la vara y transmitió entusiasmo por el brazo de Rob, el pez oculto picó como un dragón. Desde entonces fue como pescar en el Támesis. Esperaba tranquilo, dando tiempo a la trucha para que se condenara a sí misma, y luego alzaba la punta de la vara y torcía el anzuelo tal como le había enseñado su padre. Cuando extrajo la primera y cimbreante trucha, admiraron su belleza: el brillante dorso como madera de nogal aceitada, los costados lisos, bruñidos y salpicados de rojos irisados, las aletas negras teñidas de cálido naranja...

—Consigue cinco más —dijo Barber, y se internó en el bosque.

Rob pescó dos más, perdió un tercer ejemplar y, cauteloso, se trasladó a otro pozo. Las truchas tenían hambre de saltamontes. Estaba limpiando la última de la media docena cuando Barber regresó con la gorra llena de morillas y de cebollas silvestres.

—Comemos dos veces por día —dijo Barber—: a media mañana y al caer la noche, igual que la gente civilizada.

> *Levantarse a las seis, comer a las diez,*
> *Cenar a las cinco, a la cama a las diez,*
> *Hace que el hombre viva diez veces diez.*

Barber tenía tocino entreverado y lo cortó grueso. Cuando la carne terminó de hacerse en la sartén ennegrecida, espolvoreó las truchas con harina y las doró hasta dejarlas crujientes en la grasa, añadiendo por último las cebollas y las setas.

La espina de las truchas se separaba fácilmente de la carne humeante, arrastrando consigo la mayoría de las espinas pequeñas. Mientras disfrutaban de la carne y el pescado, Barber frió pan de cebada en la sabrosa grasa sobrante, cubriendo la tostada con trozos de queso con cáscara que dejó burbujear en la sartén. Al final, bebieron el agua fresca y potable del mismo arroyo que les había proporcionado los peces.

Barber estaba de mejor ánimo. Rob percibió que un hombre gordo necesitaba alimentarse para alcanzar su mejor humor. También se dio cuenta de que Barber era un cocinero muy especial, y acabó esperando cada comida como el acontecimiento del día. Suspiró, sabedor de que en las minas no lo habrían alimentado así. Y el trabajo, se dijo satisfecho, no estaba más allá de sus posibilidades, ya que era perfectamente capaz de mantener llena la caja de los saltamontes, de pescar truchas y de distribuir maleza bajo las ruedas cada vez que el carromato se atascaba en el barro.


La aldea se llamaba Farnham. Había granjas; una posada pequeña y de aspecto lamentable; una taberna que despedía un ligero olor a cerveza derramada, que percibieron al pasar por delante; una herrería con altas pilas de leña cerca de la fragua; una curtiduría que desprendía hedor; un aserradero en el que había madera cortada y una sala del magistrado, que daba a una plaza. Ésta, más que plaza, era un ensanchamiento de la calle, como si una serpiente se hubiera tragado un huevo.

Barber se detuvo en las afueras. Del carromato sacó un tambor pequeño y un palillo y se los entregó a Rob.

—Hazlo sonar.

*Incitatus* sabía de qué se trataba: alzó la cabeza, relinchó y levantó los cascos al encabritarse. Rob aporreó el tambor con orgullo, contagiado por el entusiasmo que habían provocado a un lado y otro de la calle.

—Esta tarde hay espectáculo —pregonó Barber—. ¡Seguido del tratamiento de males humanos y de problemas médicos, grandes o pequeños!

El herrero, con los músculos nudosos perfilados por la mugre, los miró y dejó de tirar de la cuerda del fuelle.

Dos chicos del aserradero interrumpieron su tarea de apilar madera y se acercaron corriendo en dirección al batín del tambor. Uno de ellos dio media vuelta y se alejó deprisa.

—¡¿A dónde vas, Giles?! —gritó el otro.

—A casa, a buscar a Stephen y a los demás.

—¡Haz un alto en el camino y avisa a la gente de mi hermano!

Barber movió aprobadoramente la cabeza y gritó:

—¡Eso, haz correr la voz!

Las mujeres salieron de las casas y se llamaron entre sí mientras sus hijos confluían en la calle, parloteando y sumándose a los perros ladradores que iban en pos del carromato rojo.

Barber subió y bajó lentamente por la calle, y a continuación dio la vuelta y repitió la operación.

Un anciano sentado al sol, casi a las puertas de la posada, abrió los ojos y dirigió una sonrisa desdentada al alboroto. Algunos bebedores salieron de la taberna, vaso en mano, seguidos de la camarera que, con la mirada encendida, se secaba las manos mojadas en el delantal.

Barber paró en la plazoleta. Del carromato extrajo cuatro bancos plegables y los colocó uno al lado del otro.

—Esto se llama tarima —explicó a Rob, mostrándole el pequeño escenario que había montado—. La levantarás de inmediato cada vez que lleguemos a un sitio nuevo.

Sobre la tarima pusieron dos cestas llenas de frasquitos taponados que, dijo Barber, contenían medicina. Luego subió al carromato y corrió la cortina.

Rob tomó asiento en la tarima y vio que la gente corría por la calle principal. Apareció el molinero, con la ropa blanca de harina, y Rob distinguió a dos carpinteros por el polvo y las virutas de madera que cubrían sus túnicas y sus cabellos. Familias enteras se acomodaron en el suelo, dispuestas a esperar con tal de conseguir un lugar próximo a la tarima. Las mujeres se dedicaron a hacer encajes de hilo y a tejer, al tiempo que los niños parloteaban y peleaban. Un grupo de chiquillos aldeanos miraba a Rob. Al reparar en el respeto y la envidia de sus miradas,

Rob adoptó un aire afectado y se pavoneó. Poco después, esas tonterías dejaron de tener algún sentido porque, como ellos, se había convertido en parte del público. Barber subió corriendo a la tarima e hizo un floreo.

—Buen día y mejor mañana —dijo—. Me alegro de estar en Farnham.

Y empezó a hacer juegos malabares.

Lanzó al aire una pelota roja y otra amarilla. Parecía que sus manos no se movían. ¡Era bellísimo verlo!

Sus dedos gordos lanzaban las pelotas al aire trazando un círculo constante, despacio al principio y, gradualmente, a una velocidad vertiginosa. Cuando lo aplaudieron se llevó una mano a la túnica y sumó una pelota verde. Y después otra azul. Y... ¡oh, una marrón!

«Sería maravilloso poder hacerlo», pensó Rob.

Contuvo la respiración, a la espera de que a Barber se le cayera una pelota, pero él controló fácilmente las cinco, sin dejar de hablar. Hizo reír a la gente. Contó chistes y entonó canciones ligeras.

Luego hizo malabarismos con anillas de cuerda y con platos de madera, y más tarde llevó a cabo pruebas de magia. Hizo desaparecer un huevo, encontró una moneda entre los cabellos de un chiquillo y logró que un pañuelo cambiara de color.

—¿Os entretendría ver cómo hago desaparecer una jarra de cerveza?

Todo el mundo aplaudió. La camarera entró corriendo a la taberna y salió con una jarra espumosa. Barber se la llevó a los labios y la vació de un único y largo trago. Hizo una reverencia ante las risas y los aplausos afables y preguntó a las espectadoras si alguna deseaba una cinta.

—¡Oh, ya lo creo! —exclamó la camarera.

Era una mujer joven y fuerte, y su respuesta, tan espontánea e ingenua, provocó risillas entre los presentes.

Barber miró a la chica a los ojos y sonrió.

—¿Cómo te llamas?

—Oh, señor, me llamo Amelia Simpson.

—¿Eres la señora Simpson?

—No estoy casada.

Barber cerró los ojos.

—¡Qué pena! —exclamó, galante—. Señorita Amelia, ¿de qué color prefieres la cinta?

—Roja.

—¿Y cómo de larga?

—Dos yardas me irían perfectas.

—Es de esperar que sea así —murmuró el barbero y enarcó las cejas.

Hubo risas chuscas, pero Barber pareció olvidarse de la camarera. Cortó un trozo de cuerda en cuatro partes y luego lo reunió y volvió a unificarlo, empleando únicamente gestos. Colocó un pañuelo sobre una anilla y lo convirtió en una nuez. Después, casi por sorpresa, se llevó los dedos a la boca y extrajo algo de entre los labios, deteniéndose para mostrarle al público que se trataba del extremo de una cinta roja. Ante la mirada de los espectadores, la extrajo trocito a trocito de su boca, encorvando el cuerpo y bizqueando a medida que salía.

Finalmente, tensó el extremo, se agachó para coger su daga, acercó el filo a sus labios y cortó la cinta. Se la entregó a la camarera con una reverencia.

Al lado de la joven se encontraba el aserrador de la aldea, que extendió la cinta sobre su vara de medir.

—¡Mide exactamente dos yardas! —declaró, y sonó una salva de aplausos ensordecedores.

Barber esperó a que el barullo cesara y levantó un frasco de su medicina embotellada.

—¡Señores, señoras y doncellas! Sólo mi Panacea Universal puede prolongar el tiempo que os ha sido asignado y regenera los gastados tejidos del cuerpo. Vuelve elásticas las articulaciones rígidas y rígidas las articulaciones fláccidas. Da una chispa pícara a los ojos agotados. Transmuta la enfermedad en salud, impide la caída del pelo y logra que vuelvan a brotar las coronillas brillantes. Aclara la visión nublada y agudiza los intelectos embotados.

»Se trata de un excelente cordial, más estimulante que el mejor tónico, un purgante más suave que una lavativa de crema. La Panacea Universal combate la hinchazón y el flujo sanguíneo lento, alivia los rigores del sobreparto y el sufrimiento de la maldición femenina, y extirpa los trastornos escorbúticos traídos a la costa por la gente marinera. Es buena para bestias o humanos, la perdición de la sordera, ojos doloridos, toses, consunciones, dolores de estómago, ictericia, fiebre y escalofríos. ¡Cura cualquier enfermedad! ¡Libra de las preocupaciones!

Barber vendió una buena cantidad de frascos que tenía en la tarima. A continuación, Rob y él montaron un biombo, detrás del cual el cirujano barbero examinó a los pacientes. Los enfermos y los achacosos hicieron una larga cola dispuestos a pagar uno o dos peniques por su tratamiento.

Esa noche cenaron oca asada en la taberna, la primera vez que Rob probaba una comida comprada. Le pareció sumamente fina, pese a que Barber decretó que la carne estaba demasiado cocida y protestó por los grumos del puré de nabos. Más tarde, Barber extendió sobre la mesa un mapa de la Isla Británica. Era el primer mapa que veía Rob y contempló fascinado cómo el dedo de Barber trazaba una línea serpenteante: la ruta que seguirían durante los meses siguientes.

Finalmente, con los ojos casi cerrados, regresó soñoliento al campamento bajo la brillante luz de la luna y se preparó el lecho. Pero en los últimos días habían ocurrido tantas cosas, que su mente deslumbrada rechazó el sueño.

Estaba despierto a medias y escudriñando las estrellas cuando retornó Barber en compañía de alguien.

—Bonita Amelia —dijo Barber—, muñeca bonita: me bastó una mirada a esa boca llena de deseos para saber que moriría por ti.

—Cuidado con las raíces o darás con tus huesos en tierra —advirtió la joven.

Rob continuó acostado y oyó los húmedos sonidos de los besos, el roce de las ropas al quitárselas, risas y jadeos. Luego, el deslizamiento de las pieles al separarse.

—Será mejor que yo me ponga debajo por la barriga —oyó decir a Barber.

—Una barriga prodigiosa —dijo la moza con tono bajo y travieso—. Será como rebotar en una gran cama.

—Vamos, doncella, vente a mi lecho.

Rob quería verla desnuda, pero cuando se atrevió a mover la cabeza, la camarera ya no estaba de pie y sólo divisó el pálido brillo de las nalgas.

Aunque su respiración era ruidosa, por lo que ellos se preocuparon hubiera dado lo mismo que gritara. En seguida vio que las manos grandes y rollizas de Barber rodeaban a la mujer para aferrar los orbes blancos y giratorios.

—¡Ah, muñeca!

La muchacha gimió.

Se durmieron antes que él. Por fin Rob logró conciliar el sueño y soñó con Barber, que no dejaba de hacer malabarismos.

La mujer ya se había ido cuando él despertó bajo el fresco amanecer. Levantaron el campamento y partieron de Farnham mientras la mayoría de sus habitantes aún seguía en la cama.

Poco después del alba encontraron un campo de zarzamoras y se detuvieron a llenar la cesta. En la siguiente granja que hallaron, Barber consiguió comida. Acamparon para desayunar; mientras Rob encendía la hoguera y cocinaba el tocino y la tostada de queso, Barber puso nueve huevos en un cuenco y añadió una cantidad generosa de nata cuajada, los batió hasta formar espuma y lo coció sin revolver hasta que se formó un pastel esponjoso, que cubrió con moras muy maduras. Pareció alegrarse de la impaciencia con que Rob engulló su parte.

Aquella tarde pasaron junto a una gran torre del homenaje rodeada de tierras de labranza. Rob divisó gente en los terrenos y en lo alto de las almenas. Barber azuzó el caballo para que trotara, deseoso de pasar rápidamente por allí.

Tres jinetes salieron desde la torre en pos de ellos y les gritaron que se detuvieran.

Hombres armados, severos y temibles examinaron con curiosidad el carromato pintarrajeado.

—¿Cuál es tu oficio? —preguntó el que llevaba una

ligera cota de malla que distinguía a las personas de categoría.

—Cirujano barbero, señor —respondió Barber.

El hombre asintió satisfecho y giró su corcel.

—Sígueme.

Rodeados por la guardia, traquetearon a través de una pesada puerta empotrada en las murallas, atravesaron una segunda puerta que se alzaba en medio de una empalizada de troncos afilados y cruzaron el puente levadizo que permitía franquear el foso. Rob nunca había estado tan cerca de una fortaleza majestuosa. La inmensa torre del homenaje contaba con cimientos y semimuro de piedra, plantas altas enmaderadas, rebuscadas tallas en el pórtico y los aguilones y una cumbrera dorada que centelleaba bajo el sol.

—Deja tu carromato en el patio y trae tus instrumentos de cirugía.

—¿Qué sucede, señor?

—La perra se ha hecho daño en una pata.

Cargados de instrumentos y de frascos con medicinas, siguieron al hombre por el cavernoso pasillo. El suelo estaba empedrado y cubierto de juncos que hacía falta cambiar. Los muebles parecían dignos de pequeños gigantes. Tres paredes estaban engalanadas con espadas, escudos y lanzas, al tiempo que en la del norte colgaban tapices de colores abigarrados pero desteñidos, junto a los cuales se alzaba un trono de madera oscura tallada.

La chimenea central estaba apagada, pero la sala seguía impregnada del humo del invierno anterior y de un hedor menos atractivo, más penetrante, cuando la escolta se detuvo ante la podenca tendida junto al hogar.

—Hace quince días perdió dos dedos en un cepo. Al principio pareció que curaban bien, pero después empezaron a supurar.

Barber asintió con la cabeza. Quitó la carne de un cuenco de plata depositado junto a la cabeza de la perra y virtió el contenido de dos frascos. La podenca lo vigiló con ojos legañosos y gruñó cuando dejó el cuenco, pero en seguida se dedicó a lamer la panacea.

Barber no corrió riesgos: cuando la perra se distrajo, le ató el morro y le sujetó las patas para que no pudiera utilizar las garras. El animal tembló y ladró cuando Barber cortó. Olía espantosamente mal y tenía gusanos.

—Perderá otro dedo.

—No debe quedar lisiada. Hazlo bien —dijo el hombre fríamente.

Cuando terminó, Barber limpió la sangre de la pata con lo que quedaba de medicina y la cubrió con un trapo.

—¿Y el pago, señor? —sugirió delicadamente.

—Tendrás que esperar a que el conde regrese de la cacería y pedírselo —respondió el caballero, y se marchó.

Desataron cuidadosamente a la perra, recogieron los instrumentos y se dirigieron al carromato.

Barber condujo lentamente, como un hombre autorizado a partir.

En cuanto la torre del homenaje quedó atrás, el barbero gruñó y escupió.

—Es posible que el conde no vuelva en muchos días. Para entonces, si la perra sana, es posible que el santo conde se dignara pagar. Si la perra hubiera muerto o el conde estuviera de mal humor a causa del estreñimiento, podría mandarnos desollar. Huyo de los señores y prefiero tentar mi suerte en los pueblos pequeños —comentó, arreando el caballo.

La mañana siguiente, cuando llegaron a Chelmsford, estaba de mejor talante. Encontraron a un vendedor de ungüentos que ya había montado su espectáculo allí; un hombre elegante ataviado con una llamativa túnica naranja y que llevaba una blanca melena.

—Encantado de verte, Barber —saludó el hombre afablemente.

—Hola, Wat. ¿Aún tienes la bestia?

—No; enfermó y se volvió demasiado huraña. La usé para un azuzamiento.

—Es una pena que no le dieras mi panacea. Se habría curado.

Rieron juntos.

—Ahora tengo otra bestia. ¿Te gustaría verla?

—¿Por qué no? —replicó Barber. Detuvo el carromato bajo un árbol y dejó pacer al equino mientras la gente se amontonaba. Chelmsford era una aldea grande y el público, excelente—. ¿Has luchado alguna vez? —preguntó Barber a Rob.

El chico asintió. Le encantaba la lucha, que en Londres era la diversión cotidiana de los hijos de la clase trabajadora.

Wat inició su espectáculo del mismo modo que Barber con juegos malabares. Sus trucos eran muy hábiles, pensó Rob. Sus narraciones no estaban a la altura de las de Barber y la gente no reía tanto, pero el oso les encantó.

La jaula estaba a la sombra, tapada con un trapo. Los reunidos soltaron algunos murmullos cuando Wat la descubrió. No era la primera vez que Rob veía un oso gracioso. Cuando tenía seis años, su padre lo había llevado a ver un animal semejante que actuaba a las puertas de la posada de Swann, y le había parecido enorme.

Cuando Wat llevó al oso abozalado hasta la tarima, sujeto por una larga cadena, le pareció mucho más pequeño. Aunque era poco mayor que un perro grande, se trataba de un ejemplar muy listo.

—¡El oso *Bartram*! —anunció Wat.

El oso se acostó, y cuando Wat le dio la orden, se hizo el muerto, hizo rodar la pelota y la recogió, subió y bajó una escalera y, mientras Wat tocaba la flauta, interpretó el popular y alegre baile de los zuecos, moviéndose torpemente en vez de girar, pero de una manera tan deliciosa que el público aplaudió hasta el último movimiento de la bestia.

—Y ahora —dijo Wat—, *Bartram* luchará con todo aquel que se atreva a desafiarlo. Quien lo arroje al suelo recibirá gratis un tarro de ungüento de Wat, el milagroso agente para el alivio de los males humanos.

Se oyó un divertido murmullo, pero nadie dio un paso al frente.

—¡Venid, luchadores! —los regañó Wat.

A Barber se le iluminaron los ojos y dijo en voz alta:

—Aquí hay un muchacho al que nada lo arredra.

Para sorpresa y gran preocupación de Rob, se vio empujado hacia delante. Unas manos voluntariosas lo ayudaron a subir a la tarima.

—Mi chico contra tu bestia, amigo Wat —desafió Barber.

Wat asintió y ambos rieron a mandíbula batiente.

«¡Ay, madre mía!», se dijo Rob atontado.

Era un oso de verdad. Se balanceó sobre las patas traseras y ladeó su cabeza grande y peluda ante Rob. No era un podenco ni un amigo de la calle de los Carpinteros. Vio unos hombros impresionantes y unos miembros gruesos, e instintivamente quiso saltar de la tarima y huir. Pero escapar suponía desafiar a Barber y todo lo que éste representaba en su vida. Escogió la opción menos audaz e hizo frente al animal.

Con el corazón en la boca, trazó un círculo y esgrimió las manos abiertas delante de su adversario, como había visto hacer a menudo a luchadores de más edad. Tal vez no lo había entendido bien; alguien rió y el oso miró en dirección al sonido.

Rob intentó olvidar que su contrincante no era humano y se comportó como lo habría hecho ante otro chico: se precipitó y procuró que *Bartram* perdiera el equilibrio, pero fue como tratar de desarraigar un árbol inmenso.

*Bartram* alzó una pata y lo golpeó perezosamente. Aunque al oso le habían arrancado las garras, el manotazo lo derribó y lo hizo atravesar medio escenario. Ahora estaba algo más que aterrorizado: sabía que no podía hacer nada, y con gusto hubiera puesto pies en polvorosa, pero *Bartram* arrastraba los pies con engañosa rapidez y lo estaba esperando.

Cuando Rob se incorporó, quedó rodeado por las patas delanteras del animal. Su rostro se hundió en el pelaje del oso y le tapó la boca y la nariz. Se estaba asfixiando en una piel negra y de lanas enredadas que olía exactamente igual a la que usaba para dormir. El oso no había terminado de crecer, pero él tampoco. Forcejeó y acabó mirando unos ojos rojos, pequeños y desesperados. Rob se dio cuenta de que el oso estaba tan asustado como él mismo, pero el animal dominaba la situación y tenía a quien acosar. *Bartram* no podía morder, pero lo habría hecho de buena gana: aplastó el bozal de cuero en el hombro de Rob y éste sintió su aliento potente y apestoso.

Wat estiró la mano hacia la pequeña asa del collar del animal. Aunque no lo tocó, el oso gimoteó y se encogió; soltó a Rob y cayó boca arriba.

—¡Sujétalo, bobo! —susurró Wat.

Se arrojó sobre el animal y tocó la piel negra próxima a los hombros. Nadie se lo creyó y unos pocos lo abuchearon, pero el público se había divertido y estaba de buen humor. Wat enjauló a *Bartram* y, tal como había prometido, regresó para recompensar a Rob con un diminuto tarro de arcilla que contenía ungüento. Poco después el artista declamaba ante los congregados los ingredientes y usos del bálsamo.

Rob se dejó llevar hasta el carromato por unas piernas que parecían de goma.

—Lo has hecho muy bien —declaró Barber—. Te lanzaste sobre él. ¿Te sangra la nariz?

Respiró ruidosamente, sabedor de que había tenido mucha suerte.

—La bestia estuvo a punto de hacerme daño —dijo con tono hosco.

Barber sonrió y meneó la cabeza.

—¿Has visto la pequeña asa en la tirilla? Es un collar estrangulador. El asa permite girar la tirilla, que corta la respiración al animal si desobedece. Así se adiestra a los osos. —Ayudó a Rob a subir al pescante, extrajo una pizca del bálsamo del tarro y la frotó entre el pulgar y el índice—. Sebo, manteca de cerdo y un toque de perfume. Vaya, vaya, lo cierto es que se vende bien —musitó, viendo que los clientes hacían cola para dar sus peniques a Wat—. Un animal garantiza la prosperidad. Hay espectáculos que se basan en marmotas, cabras, cuervos, tejones y perros. Incluso en lagartijas, y por regla general ganan más que yo cuando trabajo solo.

El caballo respondió a la tensión de las riendas y emprendió el descenso por el sendero hacia el frescor del bosque, dejando Chelmsford y el oso luchador tras ellos. Los temblores aún acompañaban a Rob. Permaneció inmóvil y pensativo.

—Y tú ¿por qué no montas un espectáculo con un animal? —preguntó lentamente.

Barber se volvió a medias en el asiento. Sus amistosos ojos azules buscaron los de Rob, dejando traslucir más cosas que su boca sonriente.

—Te tengo a ti —respondió.

# 6

## LAS PELOTAS DE COLORES

Comenzaron por los juegos malabares, y desde el principio Rob supo que jamás sería capaz de realizar ese tipo de milagro.

—Ponte erguido pero relajado, con las manos a los lados del cuerpo. Levanta los antebrazos hasta que quedan paralelos al suelo. Vuelve las palmas hacia arriba. —Barber lo escudriñó críticamente y asintió—. Simula que sobre las palmas de tus manos he dejado una bandeja con huevos. No puedes permitir que la bandeja se incline siquiera un instante, pues se caerían los huevos. Pasa lo mismo con los malabarismos. Si tus brazos no están a nivel, las pelotas rodarán por todas partes. ¿Lo has entendido?

—Sí, Barber.

Tuvo una sensación de angustia en la boca del estómago.

—Ahueca las manos como si fueras a beber agua de cada una. —Cogió dos pelotas de madera. Puso la roja en la mano derecha ahuecada de Rob, y la azul en la izquierda—. Ahora lánzalas hacia arriba como hace un malabarista, pero al mismo tiempo.

Las pelotas pasaron por encima de su cabeza y cayeron al suelo.

—Presta atención. La pelota roja subió más porque en

el brazo derecho tienes más fuerza que en el izquierdo. Por consiguiente, has de aprender a compensarlo, a hacer menos esfuerzos con la mano derecha y más con la izquierda, ya que los lanzamientos deben ser equivalentes. Además, las pelotas subieron demasiado. A un malabarista le basta con echar hacia atrás la cabeza y mirar hacia el sol para saber dónde han ido las pelotas. Éstas no deben superar esta altura —palmeó la frente de Rob—. De esta forma puedes verlas sin mover la cabeza —frunció el ceño—. Algo más. Los malabaristas nunca arrojan una pelota. Las pelotas se hacen saltar. El centro de tu mano debe sacudirse un instante a fin de que el ahuecado desaparezca y la palma quede plana. El centro de tu mano impulsa la pelota en línea recta hacia arriba, al tiempo que la muñeca da un pequeño y suave giro y el antebrazo, un debilísimo movimiento ascendente. No debes mover los brazos desde el codo hasta el hombro.

Recobró las pelotas y se las entregó a Rob.

Cuando llegaron a Hertford, Rob montó la tarima, trasladó los frascos con el elixir de Barber y luego se alejó con las dos pelotas de madera y practicó. Aunque no le había parecido difícil, descubrió que la mitad de las veces daba efecto a la pelota cuando la lanzaba, lo que hacía que se desviara. Si cogía la pelota sujetándola demasiado, caía hacia su cara o le pasaba por encima del hombro. Si relajaba la mano, la pelota se alejaba de él. Pero insistió y, poco después, le cogió el tranquillo. Barber pareció satisfecho cuando esa noche, antes de la cena, le mostró sus nuevas habilidades.

Al día siguiente, Barber paró el carromato a las puertas de la aldea de Luton y enseñó a Rob cómo lanzar dos pelotas de tal modo que sus trayectorias se cruzaran.

—Puedes evitar un choque en el aire si una pelota lleva la delantera o se lanza más alta que la otra —explicó.

En cuanto comenzó el espectáculo en Luton, Rob se retiró con las dos pelotas y practicó en un pequeño claro del bosque. Con demasiada frecuencia la pelota azul topaba con la roja produciendo un suave golpe seco que parecía mofarse de él. Las pelotas caían, rodaban y tenía que recuperarlas, por lo que se sentía ridículo y enfadado. Pero nadie lo veía salvo una rata de campo y, de vez en cuando, un pájaro, de modo que siguió intentándolo. Finalmente, se dio cuenta de que podía lanzar ambas pelotas con éxito si la primera descendía lejos de su mano izquierda y la segunda subía menos y recorría una distancia más corta. Tuvo dos días de ensayos, fracasos y repeticiones constantes hasta que se sintió lo bastante satisfecho para mostrárselo a Barber.

Barber le enseñó a desplazar ambas pelotas en círculo.

—Parece más difícil de lo que en realidad es. Lanzas la primera pelota. Mientras está en el aire, pasas la segunda a la mano derecha, la mano izquierda coge la primera pelota, la derecha lanza la segunda y así sucesivamente. ¡Vamos, vamos! Tus lanzamientos envían rápidamente hacia arriba las pelotas, pero éstas bajan mucho más despacio. Ése es el secreto del prestidigitador, lo que salva a los prestidigitadores. Tienes tiempo de sobra para aprender.

Al final de la semana, Barber le enseñó a lanzar tanto la pelota roja como la azul con la misma mano. Tenía que sostener una pelota en la palma y la otra más adelante, con los dedos. Se alegró de tener manos grandes. Las pelotas se le cayeron infinitas veces, pero, al final, captó el truco: primero lanzaba hacia arriba la roja y, antes de que volviera a caer en su mano, soltaba la azul. Bailaban arriba y abajo con la misma mano: «¡Vamos, vamos, vamos!» Ahora practicaba en todos sus momentos libres: dos pelotas en círculo, dos pelotas entrecruzadas, dos pelotas sólo con la mano derecha, dos pelotas únicamente con la izquierda. Descubrió que si hacía malabarismos con lanzamientos muy bajos podía aumentar su velocidad.

Se quedaron en las afueras de una población llamada Bletchly porque Barber le compró un cisne a un campesino. No era más que un polluelo de cisne, pero, de todas maneras, mayor que cualquier ave que Rob hubiera visto preparar para llevarla a la mesa. El campesino vendió el cisne muerto y desplumado, pero Barber trabajó el ave, la lavó con esmero en un riachuelo y luego la colgó de las patas sobre un fuego suave para quemarle los cañones.

Rellenó el cisne con castañas, cebollas, grasa y hierbas como corresponde a un ave que le había costado cara.

—La carne de cisne es más fuerte que la de oca, pero más seca que la de pato y, por consiguiente, tiene que aderezarse —explicó a Rob con entusiasmo.

Prepararon el cisne envolviéndolo totalmente en delgadas láminas de cerdo salado, superpuestas y delicadamente ceñidas. Barber ató el paquete con cordel de lino y lo colgó encima de la hoguera, en un espetón.

Rob practicó malabarismos lo suficientemente cerca del fuego para que los olores se convirtieran en un dulce tormento.

El calor de las llamas derretía la grasa del cerdo y rociaba la carne magra, al tiempo que el sebo del relleno se fundía lentamente y ungía el ave desde dentro. A medida que Barber giraba el cisne sobre la rama verde que hacía las veces de espetón, la delgada piel del cerdo se secaba y se iba asando gradualmente, cuando por fin el ave estuvo asada y la retiró del fuego, el cerdo salado se agrietó y se separó. El interior del cisne estaba húmedo y tierno, algo fibroso pero perfectamente mechado y condimentado. Comieron parte de la carne con relleno de castañas calientes y calabaza nueva hervida. Rob probó un magnífico muslo rosado.

Al día siguiente madrugaron y siguieron adelante, alentados por la jornada de descanso. Hicieron un alto para desayunar a la vera del sendero y disfrutaron parte de la pechuga fría del cisne con el cotidiano pan tostado con queso.

Cuando acabaron de comer, Barber eructó y entregó a Rob la tercera pelota de madera, pintada de verde.

Se desplazaron como hormigas por las tierras bajas. Los montes Cotswold eran suaves y ondulantes, muy bellos en la dulzura estival. Las aldeas se acurrucaban en los valles y Rob vio más casas de piedra de las que estaba acostumbrado a ver en Londres. Tres días después de san Switihn cumplió diez años. No se lo comentó a Barber.

Había crecido. Las mangas de la camisa que mamá cosió largas adrede, ahora le quedaban muy por encima de sus nudosas muñecas. Barber lo hacía trabajar mucho. Llevaba a cabo la mayoría de las faenas más desagradables: cargar y descargar el carromato en cada población y aldea, acarrear leña y recoger agua. Su cuerpo convertía en hueso y músculo la magnífica y sabrosa comida que mantenía a Barber imponentemente obeso. Se había habituado muy pronto a la comida exquisita.

Rob y Barber empezaban a acostumbrarse el uno al otro. Cuando, ahora, el hombre gordo llevaba a una mujer al fuego del campamento, ya no era una novedad; a veces Rob permanecía atento a los sonidos de la rebatiña amorosa e intentaba ver algo, pero por lo general se daba la vuelta y dormía. Si las circunstancias lo permitían, ocasionalmente Barber pasaba la noche en casa de una mujer, pero siempre estaba junto al carromato cuando clareaba y llegaba la hora de abandonar un lugar.

Gradualmente Rob llegó a comprender que Barber intentaba acariciar a todas las mujeres que veía y que hacía lo mismo con la gente que contemplaba sus espectáculos. El cirujano barbero les contaba que la Panacea Universal era una medicina oriental que se preparaba haciendo una infusión de las flores secas y molidas de una planta llamada vitalia, que sólo se hallaba en los desiertos de la remota Asiria. Sin embargo, cuando la Panacea empezó a escasear, Rob ayudó a Barber a preparar un nuevo lote y vio que la medicina se componía, básicamente, de licor corriente.

No necesitaban preguntar más de seis veces para encontrar a un campesino encantado de vender un barril de hidromiel. Aunque cualquier variedad habría servido, Barber siempre insistía en conseguir cierta mezcla de miel fermentada y agua conocida como *metheglin*.

—Es un invento galés, mozuelo, una de las pocas cosas que nos han dado. El nombre de *meddyg*, que significa médico, y *llyn*, que quiere decir alcohol fuerte. De este modo toman medicinas y es bueno, ya que embota la lengua y entibia al alma.

Vitalia, la Hierba de la Vida de la remota Asiria, resultó ser una pizca de salitre que Rob mezclaba minuciosamente en un galón de hidromiel. Daba al alcohol fuerte un fondo medicinal, suavizado por la dulzura de la miel fermentada que constituía su base.

Los frascos eran pequeños.

—Compras el barril barato y vendes caro el frasco —solía decir Barber—. Nosotros formamos parte de las clases inferiores y de los pobres. Por encima de nosotros están los cirujanos que cobran honorarios más abultados y a veces nos arrojan un trabajo desagradable con el que no quieren ensuciarse las manos, como si echaran un trozo de carne podrida a un chucho. Por encima de este grupo de desdichados, están los condenados médicos, seres infatuados y que atienden a la gente bien nacida por afán de lucro.

«¿Alguna vez te has preguntado por qué motivo este barbero no recorta barbas ni cabelleras? Lisa y llanamente porque puedo darme el lujo de elegir mis faenas. Aprendiz de todo esto podrás extraer provecho si aprendes bien la lección: preparando el medicamento adecuado y vendiéndolo con diligencia, el cirujano barbero puede ganar tanto como un médico. Si todo lo demás fracasa, bastará con que hayas aprendido lo que te digo.

Cuando terminaron de preparar la panacea para su venta, Barber cogió un tarro más pequeño y preparó un poco más. Luego se toqueteó la ropa. Rob miró azorado cómo el chorro tintineaba dentro de la Panacea Universal.

—Es mi Serie Especial —comentó Barber suavemente, sacudiéndose. Pasado mañana estaremos en Oxford. El magistrado, que responde al nombre de Sir John Fitts, me cobra mucho a cambio de no expulsarme del condado. Dentro de quince días llegaremos a Bristol, donde el tabernero Potter suelta estentóreos insultos durante mis espectáculos. Siempre procuro tener regalos pequeños y adecuados para este tipo de individuos.

Cuando llegaron a Oxford, Rob no se retiró a practicar con las pelotas de colores. Se quedó y esperó a que apareciera el magistrado con su mugrienta túnica de raso. Era un hombre alto y delgado, de mejillas hundidas y una eterna sonrisa fría que parecía traducir un íntimo regocijo.

Rob vio que Barber pagaba el soborno y luego, como reticente ocurrencia tardía, ofrecía un frasco de hidromiel.

El magistrado abrió el frasco y engulló su contenido. Rob sospechaba que tendría náuseas, escupiría y ordenaría el arresto inmediato de ambos, pero Fitts acabó las última gota y se pasó la lengua por los labios.

—Un buen traguito.

—Muchas gracias, sir John.

—Dame varios frascos para llevar a casa.

Barber suspiró, como si se hubiera dejado engañar.

—Por descontado, mi señor.

Aunque los frascos con afines tenían una raya para distinguir los de hidromiel sin diluir y se guardaban en un rincón del carromato, Rob no se atrevió a probar ningún licor por temor a equivocarse. La existencia de la Serie Especial logró que toda la hidromiel le resultara repugnante, y tal vez eso lo salvó de convertirse en borrachín a tierna edad.

Hacer malabarismos con tres pelotas era espantosamente difícil. Practicó durante tres semanas sin obtener grandes resultados. Empezó por sostener dos pelotas con la mano derecha y una con la izquierda. Barber le indicó que hiciera malabarismos con dos pelotas en una sola mano, cosa que ya había aprendido. Cuando Rob creía llegado el momento oportuno, incorporaba la tercera pelota al mismo ritmo. Dos pelotas subían juntas, luego una, después dos, a continuación una... La solitaria pelota que se balanceaba entre las otras creaba una bonita imagen, pero no era verdadera prestidigitación. Cada vez que intentaba un salto cruzado con las tres pelotas tenía problemas.

Practicaba siempre que podía. Por la noche, en sueños, veía las pelotas de colores danzando por los aires, ligeras como pájaros. Cuando estaba despierto intentaba lanzarlas como en sueños, pero no tardaba en verse en figurillas.

Se encontraban en Stratford cuando le cogió el tranquillo. No percibió nada distinto en el modo en que las lanzaba o las cogía. Lisa y llanamente, había encontrado el ritmo, las tres pelotas parecían elevarse de forma natural desde sus manos y caían como si formaran parte de su ser.

Barber estaba satisfecho.

—Hoy es el día de mi nacimiento y me has hecho un buen regalo —dijo.

Para celebrar ambos acontecimientos fueron al mercado y compraron un corte de venado joven para asar, que Barber hirvió, mechó, condimentó con hierbabuena y acedera y luego asó en cerveza, acompañado de zanahorias pequeñas y peras dulces.

—¿Cuál es el día de tu cumpleaños? —preguntó mientras comían.

—Tres días después de san Swithin.

—¡Pues ya pasó y ni siquiera lo mencionaste!

Rob no respondió.

Barber miró a su aprendiz y asintió con la cabeza. Luego cortó más carne y la puso en el plato de Rob.

Esa noche Barber lo llevó a la taberna de Stratford. Rob tomó sidra dulce, pero Barber bebió cerveza nueva y entonó una canción para celebrar el día. Aunque no tenía una gran voz, era capaz de seguir una melodía. Cuando acabó, se oyeron aplausos y golpes con las jarras sobre las mesas. A una mesa de un rincón había dos mujeres, las únicas presentes. Una era joven, corpulenta y rubia. La otra, delgada y mayor, con manchones grises en su cabellera castaña.

—¡Más! —gritó descaradamente la mujer mayor.

—Señora, sois insaciable —replicó Barber. Echó hacia atrás la cabeza y cantó:

*Aquí va una nueva y alegre canción para los galanteos de*
*una viuda madura, dio cama a un canalla que fue su*
*[triste ruina.*
*¡El hombre la montó, la hizo saltar y sacudióla*
*y le robó todo su oro a cambio del cuerpo a cuerpo.*

Las mujeres se desternillaban de risa, tapándose los ojos con las manos.

Barber las invitó a cerveza y entonó:

*Tus ojos me acariciaron una vez,*
*tus brazos me rodean ahora...*
*Más tarde nos revolcaremos juntos,*
*de modo que no hagas grandes promesas.*

Con sorprendente agilidad para un hombre de su corpulencia, Barber danzó un frenético paso de zuecos con cada una de las mujeres, mientras los parroquianos de la taberna batían palmas y gritaban. Dio vueltas e hizo girar rápidamente a las embelesadas mujeres, ya que bajo la grasa se ocultaban los músculos de un caballo de tiro. Rob se quedó dormido inmediatamente después de que Barber llevara a las mujeres a la mesa. Apenas reparó en que lo despertaban y que las mujeres lo sostenían mientras ayudaban a Barber a guiarlo trastabillando hasta el campamento.

Cuando despertó a la mañana siguiente, los tres yacían bajo el carro, enredados como enormes serpientes muertas.

Rob se interesaba cada vez más por los pechos y se acercó para estudiar a las mujeres. La más joven poseía un seno oscilante con gruesos pezones encajados en grandes aureolas marrones pobladas de vello. La mayor era casi plana, con pequeñas tetas azuladas como las de una perra o las de una cerda.

Barber abrió un ojo y lo vio fijar en su memoria los cuerpos de las mujeres. Luego se levantó y palmeó a sus compañeras, que se mostraron enfadadas y soñolientas. Las despertó para que desocuparan el lecho y así poder guardarlo en el carro mientras Rob enganchaba el caballo. Dio de regalo a cada una una moneda y un frasco de Panacea Universal. Despreciados por una garza aleteante, el barbero y Rob salieron de Stratford en el mismo momento en que el sol teñía de rosa el río.

## 7

# LA CASA EN LA BAHÍA DE LYME

Una mañana Rob intentó hacer sonar el cuerno y, en lugar de una bocanada de aire, se oyó el sonido completo. Poco después el aprendiz señalaba orgulloso sus avances cotidianos con esa llamada solitaria y retumbante. A medida que el verano tocaba a su fin y los días se tornaban cada vez más cortos, pusieron rumbo al suroeste.

—Tengo una casita en Exmouth —le contó Barber—. Procuro pasar los inviernos en la benigna costa porque el frío me desagrada.

Entregó a Rob una pelota marrón.

Los malabarismos con cuatro pelotas no eran de temer, porque ya sabía hacer juegos con dos pelotas en una mano y ahora lo intentaba con dos pelotas en cada mano. Practicaba constantemente, pero tenía prohibido hacer juegos mientras viajaban en el pescante, ya que solía fallar y Barber se hartaba de refrenar el caballo y esperar a que se apeara para recoger las pelotas.

A veces llegaban a un sitio donde los chicos de su edad chapoteaban en el río o reían y jugueteaban, y entonces sentía la nostalgia de la niñez. Sin embargo, ya era distinto a ellos. ¿Acaso habían luchado con un oso? ¿Podían hacer juegos malabares con cuatro pelotas? ¿Sabían tocar el cuerno sajón?

En Glastonbury realizó juegos malabares en el cementerio de la aldea, delante de un asombrado grupo de chiquillos, mientras Barber actuaba en la plaza cercana y oía las risas y los aplausos del público. Barber fue tajante en su condena:

—No debes actuar a menos que te conviertas en un auténtico prestidigitador, cosa que puede ocurrir o no. ¿Lo has comprendido?

—Sí, Barber.

Por fin llegaron a Exmouth una noche de finales de octubre. La casa, que se alzaba a pocos minutos a pie desde la orilla del mar, estaba desolada y abandonada.

—Había sido una granja con sus campos, pero la compré sin tierras y, por tanto, barata —explicó Barber—. La cuadra está en el antiguo henil y el carromato se guarda en el granero.

El cobertizo que fuera establo de la vaca del anterior propietario, servía ahora de leñera. La vivienda era poco mayor que la casa de la calle de los Carpinteros, de Londres, y como aquélla tenía techo de paja, pero en lugar del agujero para la salida del humo contaba con una gran chimenea de piedra. Barber había colocado dentro de la chimenea unas llaves de hierro, un trípode, una pala, útiles de chimenea de gran tamaño, un caldero y un gancho para colgar carne. Junto a la chimenea se alzaba un horno y, muy cerca, un inmenso armazón de cama. En inviernos anteriores Barber había ido llevando enseres para hacer más cómoda la casa. También había una artesa, una mesa, un banco, una quesera, varias jarras y unos pocos cestos.

En cuanto encendieron fuego en el hogar, recalentaron los restos de un jamón que los había alimentado toda la semana. La carne curada tenía un sabor fuerte y el pan estaba cubierto de moho. No era el tipo de comida digna de su maestro.

—Mañana nos aprovisionaremos —dijo Barber, taciturno.

Rob cogió las pelotas de madera y practicó lanzamientos cruzados bajo la luz parpadeante. Tuvo buena suerte, pero al final las pelotas rodaron por el suelo.

Barber extrajo una pelota amarilla de su bolsa y la arrojó para que quedara junto a las demás.

Roja, azul, marrón y verde. Y ahora, amarilla.

Rob pensó en los colores del arco iris y sintió que se hundía en la más negra desesperación. Se incorporó y miró a Barber. Supo que el hombre percibiría en sus ojos una resistencia que hasta entonces nunca se había manifestado, pero no pudo evitarlo.

—¿Cuántas más?

Barber comprendió la pregunta y captó su desesperación.

—Ninguna. Es la última —respondió, sereno.


Trabajaron a fin de prepararse para el invierno. Aunque había leña suficiente, era necesario cortar más. También había que recoger leña fina, cortarla y apilarla cerca de la chimenea. La casa contaba con dos habitaciones, una para vivir y la otra para despensa. Barber sabía exactamente a dónde tenía que dirigirse para conseguir las mejores provisiones. Compraron nabos, cebollas y un cesto de calabazas. En un huerto de Exeter adquirieron un tonel de manzanas de piel dorada y carne blanca y lo llevaron a casa en el carromato. Prepararon un barril de cerdo en salmuera. En una granja vecina disponían de sala para ahumar, así que compraron jamones y caballas y los hicieron ahumar a cambio de dinero. Los colgaron junto a un cuarto de cordero que también habían comprado. Allí, en lo alto, secándose, aguardaban la época en que los necesitarían. Acostumbrado a que la gente cazara y pescara furtivamente o produjera lo que comía, el campesino se asombró de que un hombre común comprara tanta carne.

Rob detestaba la pelota amarilla. Y la pelota amarilla fue su perdición.

De buen principio, hacer juegos malabares con cinco pelotas le parecía mal. Tenía que sostener tres pelotas con la mano derecha. En la izquierda apretaba la pelota más baja contra la palma de la mano con el anular y el meñique, mientras la de arriba quedaba encajada entre su pulgar, su índice y el dedo corazón. En la derecha, sostenía la pelota más baja del mismo modo, pero la de arriba quedaba encarcelada entre su pulgar y su índice y la del medio, encajaba entre el índice y el dedo corazón. Apenas podía sostenerlas, para no hablar de lanzarlas.

Barber intentó ayudarlo.

—Cuando logres hacer malabarismos con cinco pelotas, muchas de las reglas que has aprendido ya no sirven. Ahora no puedes lanzar la pelota; tienes que echarla hacia arriba con las yemas de los dedos. A fin de tener tiempo suficiente para hacer malabarismos con las cinco, has de lanzarlas muy alto. Primero sueltas una pelota de la mano derecha. Inmediatamente, otra pelota debe abandonar tu mano izquierda, luego la derecha, de nuevo la izquierda y después la derecha. ¡Lanza-lanza-lanza-lanza! ¡Debes hacerlo muy rápidamente!

Rob lo intentó y se encontró bajo una lluvia de pelotas. Sus manos procuraban asirlas, pero se desmoronaban a su alrededor y rodaban hasta las esquinas de la estancia. Barber sonrió y dijo:

—Éste será tu trabajo del invierno.


El agua sabía amarga porque la fuente de atrás estaba atascada por una densa capa de hojas de roble en putrefacción. Rob encontró un rastrillo de madera en la cuadra y recogió grandes montones de hojas negras e impregnadas de agua. Apiló arena en una ribera cercana y roció la fuente con una gruesa capa. Cuando el agua turbia se asentó, volvió a ser potable.

El invierno, una estación extraña, llegó pronto. A Rob le gustaban los inviernos de verdad, con el suelo nevado. Ese año en Exmouth llovió la mitad de los días, y cada vez que nevaba los copos se derretían sobre la tierra húmeda. No había hielo salvo las diminutas agujas que encontró en el agua de la fuente. El viento marítimo siempre era frío y húmedo, y la casita formaba parte de la humedad general. Por la noche dormía en la gran cama, con Barber. Aunque el barbero se acostaba más cerca del fuego de la chimenea, su gran corpulencia despedía bastante calor.

Llegó a odiar los malabarismos. Hizo esfuerzos desesperados por manipular las cinco pelotas, pero no llegó a recoger más de dos o tres. Cuando sostenía dos pelotas e intentaba coger la tercera, la descendente solía golpear una de las que tenía en la mano y salía disparada.

Se dedicó a realizar cualquier tarea que le impidiera practicar los juegos malabares. Sacaba los excrementos nocturnos sin que nadie se lo pidiera y fregaba el orinal de piedra cada vez que lo utilizaban. Recogió más leña de la necesaria, y constantemente llenaba la jarra de agua. Cepilló a *Incitatus* hasta que su piel gris relució, y trenzó sus crines. Revisó cada una de las manzanas del barril para entresacar la fruta podrida. Tenía la casa aún más limpia de lo que su madre la había tenido en Londres.

En la orilla de la bahía de Lyme contemplaba las olas blancas que azotaban la playa. El viento arreciaba en línea recta de la mar gris y agitada, tan frío y húmedo que le hacía llorar los ojos. Barber se dio cuenta de que temblaba y contrató a la costurera viuda Editha Lipton para que cortara una de sus viejas túnicas y cosiera una capa abrigada y unos pantalones ceñidos para Rob.

El marido y los dos hijos de Editha se habían ahogado durante una tormenta que los sorprendió pescando. La viuda era una matrona fuerte, de rostro apacible y ojos tristes. Rápidamente se convirtió en la mujer de Barber. Cuando el barbero se quedaba con ella en la ciudad, Rob se tendía a solas en la gran cama junto al fuego y fingía que la casa le pertenecía. En una ocasión en que una tempestad con aguanieve logró colarse por las grietas, Editha pasó la noche allí. Desplazó a Rob al suelo, donde el mozo se aferró a una piedra caliente envuelta en un trapo, con los pies tapados con trozos de bucarán de la costurera. Oyó su voz baja y suave:

—¿El chico no debería venir con nosotros, para estar abrigado?

—No —replicó Barber.

Un rato más tarde, mientras el hombre gruñón se balanceaba sobre ella, la viuda bajó la mano en la oscuridad y la posó en la cabeza de Rob, ligera como una bendición.

El chico se quedó quieto. Cuando Barber acabó con la mujer, ésta ya había retirado la mano. A partir de entonces, cada vez que la viuda dormía en casa de Barber, Rob aguardaba en la oscuridad, en el suelo, junto a la cama, pero nunca volvió a tocarlo.

—No has avanzado nada —se quejó Barber—. Presta atención. Mi aprendiz debe servir para entretener al público. Mi ayudante debe ser malabarista.

—¿No puedo hacer malabarismos con cuatro pelotas?

—Un prestidigitador muy excepcional puede mantener siete pelotas en el aire. Conozco a varios que manipulan seis. Me basta con un prestidigitador corriente y moliente. Pero si no consigues manipular cinco pelotas, pronto tendré que desprenderme de ti. —Barber suspiró—. He tenido muchos chicos y, de todos, sólo tres eran dignos de conservarse. El primero fue Evan Carey, que aprendió a hacer maravillosos juegos malabares con cinco pelotas, pero tenía debilidad por el alcohol. Estuvo conmigo cuatro prósperos años después de su aprendizaje, hasta que murió de una cuchillada en una reyerta de borrachos en Leicester. Un final digno de un imbécil.

»El segundo fue Jason Earle. Era inteligente y el mejor malabarista de todos. Aprendió mi oficio de barbero, pero se casó con la hija del magistrado de Portsmouth y permitió que su suegro lo convirtiera en un ladrón como Dios manda y en recaudador de sobornos.

»Gibby Nelson, el penúltimo chico, era maravilloso. Fue mi puñetera comida y bebida hasta que cogió las fiebres en York y murió. —Frunció el ceño—. El condenado y último chico era un imbécil. Hacía lo mismo que tú: podía realizar juegos malabares con cuatro pelotas, pero no logró cogerle el truco a la quinta y me lo quité de encima en Londres poco antes de encontrarte a ti.

Se contemplaron con tristeza.

—Óyeme bien: tú no eres imbécil. Eres un mozuelo

prometedor, con el que es fácil convivir, y rápido a la hora de cumplir las faenas. Sin embargo, no conseguí el caballo y los arreos, ni esta casa, ni la carne que cuelga de las vigas enseñando mi oficio a chicos que no me sirven. En primavera serás prestidigitador o tendré que dejarte en alguna parte. ¿Lo entiendes?

—Sí, Barber.

El cirujano barbero le enseñó algunas cosas. Le pidió que hiciera juegos malabares con tres manzanas, y los rabos puntiagudos le hirieron las manos. Las cogió suavemente, aflojando en cada intento su apretón.

—¿Lo has visto? —le preguntó Barber—. En virtud de la ligera diferencia, la manzana que ya sostienes en la mano evita que la segunda manzana atrapada rebote fuera de tu alcance. —Rob descubrió que funcionaba tanto con manzanas como con pelotas—. Vas progresando —comentó Barber, esperanzado.

Las Navidades llegaron mientras estaban ocupados con otras cosas. Editha los invitó a que la acompañaran a la iglesia, y Barber soltó un bufido.

—Entonces, ¿somos una condenada familia?

De todos modos, el barbero no opuso resistencia cuando la viuda preguntó si podía llevar al chiquillo.

La pequeña iglesia campestre de zarzo y argamasa barata estaba atiborrada y, por tanto, más cálida que el resto del desolado Exmouth. Desde su partida de Londres Rob no había pisado una iglesia, y respiró nostálgico el olor a incienso y a humanidad entregándose a la misa, un refugio conocido.

Después el sacerdote, al que le costó trabajo entender por su acento de Dartmoor, habló del nacimiento del Salvador y de la bendita vida humana que tocó a su fin cuando los judíos lo mataron; también se refirió extensamente a Lucifer, el ángel caído con el que Jesús lucha eternamente en defensa de todos nosotros. Rob intentó elegir un santo al que dedicarle una oración especial, pero acabó dirigiéndose al alma más pura que su mente era capaz de imaginar. «Por favor, mamá, cuida de los demás. Yo estoy bien y te suplico que ayudes a tus hijos más pequeños. —No pudo abstenerse de añadir una petición personal—: Mamá, te ruego que me ayudes a hacer juegos malabares con cinco pelotas.»

Al salir de la iglesia se dirigieron directamente a la oca que Barber hacía girar en el espetón, rellena con ciruelas y cebollas.

—Si uno toma oca en Navidad, recibirá dinero todo el año —aseguró Barber.

Editha sonrió.

—Siempre oí decir que para recibir dinero tienes que comer oca el día de san Miguel —intervino, pero no discutió cuando Barber insistió en que era en Navidad.

El barbero fue generoso con los licores y compartieron una alegre comida.

Editha no podía pasar la noche en casa de Barber, tal vez porque el día del nacimiento de Cristo sus pensamientos estaban con sus difuntos esposo e hijos, del mismo modo que los de Rob andaban por otros derroteros.

Cuando ella se fue, Barber observó cómo Rob recogía la mesa.

—No debo encariñarme demasiado con Editha —concluyó Barber—. Al fin y al cabo, sólo es una mujer y pronto la dejaremos.


El sol jamás brillaba. Ya habían transcurrido tres semanas del nuevo año y la grisura invariable de los cielos afectó sus espíritus. Barber se dedicó a apremiarlo y a insistir en que continuara las prácticas por muy lamentables que fueran sus repetidos fracasos.

—¿No recuerdas lo que ocurrió cuando intentaste hacer malabarismos con tres pelotas? Primero no podías y, de repente, fuiste capaz. Lo mismo ocurrió a la hora de soplar el cuerno sajón. Debes concederte hasta la última oportunidad de hacer juegos malabares con cinco.

Por muchas horas que dedicara a la práctica, el resultado era siempre el mismo. Acabó por abordar torpemente la tarea, convencido de que fracasaría incluso antes de empezar. Rob supo que llegaría la primavera y que no sería prestidigitador. Una noche soñó que Editha volvía a tocarle la cabeza, abría sus muslos generosos y le mostraba el sexo. Al despertar no podía recordar cuál era su aspecto, pero durante el sueño le ocurrió algo extraño y aterrador. En cuanto Barber salió de la casa limpió la suciedad de las pieles y la frotó con ceniza húmeda.

No era tan necio para creer que Editha esperaría a que se hiciera hombre y se casaría con él, pero pensó que la situación de la viuda mejoraría si ganaba un hijo.

—Barber se irá —le dijo una mañana mientras ella lo ayudaba a acarrear leña—. ¿No puedo quedarme en Exmouth y vivir contigo?

Algo duro se apoderó de los ojos de la viuda, que no desvió la mirada.

—No puedo mantenerte. Para mantenerme viva sólo a mí misma, tengo que ser medio cocinera y medio prostituta. Si te tuviera a ti, debería entregarme a cualquier hombre.

Un leño cayó de la pila que sostenía entre los brazos. Aguardó a que Rob lo recogiera, dio media vuelta y entró en la casa.

A partir de entonces la viuda apareció con menos frecuencia y apenas le dirigió la palabra. Al final dejó de visitarlos. Quizá Barber estaba menos interesado en los placeres, ya que se tornó más irritable.

—¡Bobo! —gritó cuando Rob J. dejó caer las pelotas por enésima vez—. Esta vez sólo utilizarás tres pelotas pero las lanzarás alto, como harías si tuvieras cinco. Cuando la tercera pelota esté en el aire, bate palmas.

Rob obedeció y después del golpe aún tuvo tiempo para recoger las tres pelotas.

—¿Has visto? —preguntó Barber, satisfecho—. En el tiempo que dedicaste a batir palmas, habrías podido echar al aire las otras dos pelotas.

Cuando lo intentó, las cinco pelotas chocaron en el aire y una vez más volvieron a reinar el caos, las maldiciones del barbero y las pelotas rodando por todas partes.

De repente, sólo faltaban unas pocas semanas para la primavera.

Una noche, convencido de que Rob estaba dormido, Barber se acercó al lecho y acomodó las pieles para que estuviera abrigado. Se inclinó sobre la cama y miró largo rato a Rob. Luego suspiró y se alejó.

Por la mañana Barber, sacó una fusta del carromato.

—No te concentras en lo que haces —dijo.

Rob J. nunca lo había visto azotar al caballo, pero cuando se le cayeron las pelotas la fusta silbó y le hirió las piernas.

Dolía mucho. Gritó y se puso a sollozar.

—Recoge las pelotas.

Las recuperó y volvió a lanzarlas con el mismo resultado lamentable. La fusta le laceró las piernas.

Aunque su padre lo había golpeado en infinitas ocasiones, jamás empleó la fusta.

Recobró una y otra vez las cinco pelotas e intentó hacer malabarismos, pero no lo logró. Cada vez que fallaba, la fusta azotaba sus piernas y lo hacía gritar de dolor.

—Recoge las pelotas.

—¡Por favor, Barber!

El rostro del hombre era severo.

—Es por tu propio bien. Usa la cabeza. Piensa.

Aunque el día era frío, Barber sudaba a raudales. El dolor lo empujó a concentrarse en lo que hacía, pero temblaba, presa de frenéticos sollozos, y sus músculos parecían pertenecer a otra persona. Lo hizo peor que nunca. Se irguió tembloroso, con el rostro surcado de lágrimas y los mocos resbalando hasta su boca mientras Barber lo vapuleaba. «Soy un romano —se dijo—. Cuando sea adulto, buscaré a este hombre y lo mataré.»

Barber lo golpeó hasta que la sangre empañó las perneras de los pantalones nuevos que Editha había cosido. Entonces soltó la fusta y abandonó la casa con paso decidido.


Aquella noche el cirujano barbero regresó tarde y, borracho como una cuba, se dejó caer en la cama.

Al despertar por la mañana, su mirada era serena, pero

apretó los labios al ver las piernas de Rob. Calentó agua y, con ayuda de un trapo, limpió la sangre seca. Fue a buscar un tarro de grasa de oso y dijo:

—Frótala bien.

La certeza de que había perdido la oportunidad, hería a Rob más que los cortes y los verdugones.

Barber consultó sus mapas.

—Partiré el Jueves Santo y te llevaré a Bristol. Es un puerto próspero y tal vez allí encuentres colocación.

—Sí, Barber —respondió en voz baja.

Barber dedicó largo rato a preparar el desayuno, y cuando lo tuvo listo repartió generosamente gachas, tostadas con queso y huevos con tocino entreverado.

—Come, come —dijo roncamente.

Se quedó mirando a Rob, que comía a regañadientes.

—Lo lamento —añadió el barbero—. Yo mismo fui un trotamundos y sé que la vida puede resultar dura.

Durante el resto de la mañana, Barber sólo le dirigió la palabra una vez para decir:

—Puedes quedarte con el traje.


Guardaron las pelotas de colores y Rob ya no practicó. Faltaban casi dos semanas para el Jueves Santo, y Barber lo hizo trabajar mucho, encargándole que fregara los suelos astillosos de ambas estancias.

En primavera, mamá también lavaba las paredes de casa, así que ahora Rob hizo lo propio. Aunque en aquella casa había menos humos que en la de mamá, tuvo la sospecha de que las paredes jamás fueron lavadas, y al concluir, la diferencia era bien visible.

Una tarde el sol reapareció mágicamente, volviendo el mar azul y brillante y suavizando el aire salobre. Por primera vez Rob entendió los motivos por los cuales algunas personas preferían vivir en Exmouth. En el bosque detrás de la casa, pequeñas cosas verdes se movían entre el moho de las hojas húmedas. Llenó una perola de brotes de espárragos e hirvieron las primeras verduras con tocino entreverado. Los pescadores se habían internado en la mar serena, y Barber salió al encuentro de una embarcación que regresaba. Compró un horrible bacalao y media docena de cabezas de pescado.

Encomendó a Rob que cortara cuadrados de cerdo salado y derritió lentamente la carne grasa en la sartén hasta que quedó crujiente.

A continuación, preparó una sopa mezclando carne y pescado, rodajas de nabo, grasa derretida, buena leche y un ramillete de tomillo. La disfrutaron en silencio, acompañada de pan tostado y caliente, sabiendo que muy pronto Rob ya no comería tan bien.

Parte del cordero colgado se había puesto verde, de modo que Barber cortó la parte estropeada y la llevó al bosque. Del tonel de manzanas emanaba un hedor espantoso, ya que sólo se conservaba una parte de la fruta originalmente almacenada. Rob inclinó el tonel y lo vació, estudiando cada reineta y separando las sanas.

Las manzanas eran sólidas y fuertes al tacto.

Recordó que Barber le había dado manzanas para que aprendiera a cogerlas suavemente y lanzó tres: «¡Va-va-va!»

Las cogió. Volvió a lanzarlas a gran altura y batió palmas antes de que descendieran.

Seleccionó otras dos manzanas y lanzó las cinco al aire, pero..., ¡sorpresa!, chocaron y cayeron al suelo, donde quedaron algo ablandadas. Rob quedó paralizado, pues no sabía dónde estaba Barber, que seguramente volvería a azotarlo si lo pescaba desperdiciando comida.

En la habitación contigua no sonó ninguna protesta.

Se dedicó a guardar las manzanas sanas en el tonel. El intento no estuvo tan mal, se dijo; parecía que esta vez había calculado mejor los tiempos.

Escogió otras cinco manzanas del tamaño adecuado y las lanzó al aire.

Aunque esta vez estuvo a punto de funcionar, le fallaron los nervios y la fruta cayó en picado como arrancada del árbol por un vendaval de otoño.

Recobró las manzanas y volvió a lanzarlas. Recorrió toda la estancia y fue algo espasmódico en lugar de agradable y hermoso, pero ahora los cinco objetos subían y bajaban en sus manos y volvían a subir por los aires como si sólo fueran tres.

Arriba y abajo y arriba y abajo. Una y otra vez.

«Oh, mamá» —murmuró emocionado, si bien años después discutiría consigo mismo si su madre había tenido algo que ver.

«¡Va-va-va-va-va!»

—Barber —lo llamó en voz alta, temeroso de gritar.

Se abrió la puerta. Segundos después, perdió el equilibrio y las manzanas rodaron por todas partes.

Al alzar la mirada se encogió porque Barber corría hacia él con una mano en alto.

—¡Lo he visto! —exclamó Barber, y Rob se vio envuelto en un gozoso abrazo que no tenía nada que envidiar a los mejores intentos del oso *Bartram*.

# 8

## EL ARTISTA

Jueves Santo llegó y pasó, y continuaron en Exmouth, ya que Rob tenía que aprender todas las facetas del espectáculo. Practicaron juegos malabares a dúo, actividad que disfrutó desde el principio y que pronto llegó a dominar extremadamente bien. Luego se concentraron en los juegos de manos, magia tan difícil como la prestidigitación con cuatro pelotas.

—El demonio no influye en los magos —dijo Barber—. La magia es un arte humano que ha de dominarse del mismo modo que conquistaste la prestidigitación. Pero es mucho más fácil —se apresuró a añadir al ver la expresión de Rob.

Barber le transmitió los sencillos secretos de la magia blanca.

—Debes tener un espíritu intrépido y audaz y mostrar expresión decidida ante todo lo que haces. Necesitas dedos ágiles y un modo de trabajar limpio, y debes ocultarte detrás de la cháchara, empleando palabras exóticas para adornar tus actos.

»La última regla es, con mucho, la más importante. Debes contar con artilugios, gestos del cuerpo y otras distracciones que lleven a los espectadores a mirar a cualquier parte menos a aquello que realmente estás haciendo. La mejor desviación de que disponían eran ellos mismos, explicó Barber y lo demostró con el truco de las cintas. —Para este juego de manos necesito cintas de color azul, rojo, negro, amarillo, verde y marrón. Al final de cada yarda hago un nudo corredizo y luego enrollo apretadamente la cinta anudada, preparando pequeños rollos que distribuyo por mi vestimenta. El mismo color siempre se guarda en el mismo bolsillo.

»"¿Quién quiere una cinta?", pregunto.

»"¡Oh, señor, yo! Una cinta azul de dos yardas de largo." Rara vez las quieren más largas. Al fin y al cabo, no usan cintas para atar a la vaca.

»Finjo olvidarme de la petición y me ocupo de otros asuntos. En ese momento, tú creas un punto de atención, por ejemplo haciendo juegos malabares. Mientras están concentrados en ti, me llevo la mano al bolsillo izquierdo de la túnica, donde siempre guardo la cinta azul. Creo la sensación de que me tapo la boca para toser y el rollo de cinta acaba en mi boca. Segundos más tarde, cuando he recuperado la atención del público, asomo la punta de la cinta entre los labios y la extraigo poco a poco. El primer nudo se deshace en cuanto toca mis dientes. Cuando aparece el segundo nudo, sé que tengo dos metros, así que corto la cinta y la entrego.

A Rob le entusiasmó aprender el truco, aunque se sintió defraudado por la manipulación, engañado por la magia.

Barber siguió desilusionándolo. Poco tiempo después aunque aún no daba la talla como mago, prestaba grandes servicios como ayudante del mago. Aprendió pequeños bailes, himnos y canciones, chistes y anécdotas que no entendió. Por fin logró cotorrear los discursos que acompañaban la venta de la Panacea Universal. Barber le aseguró que aprendía con rapidez. Mucho antes de que el chico lo considerara posible, el cirujano barbero declaró que ya estaba preparado.

Partieron una brumosa mañana de abril, y durante dos días atravesaron los montes Blackdown, bajo una tenue llovizna primaveral. La tercera tarde, bajo un cielo diáfano y renovado, llegaron a la aldea de Bridgeton.

Barber frenó el caballo junto al puente que daba nombre a la población y estudió a su ayudante.

—Entonces, ¿estás preparado?

Rob no estaba muy seguro, pero asintió.

—Eres un buen chico. No es una gran ciudad: puñetazos y furcias, una taberna siempre llena y muchos clientes que llegan de todas partes para joder y beber. De manera que todo vale, ¿entiendes?

Aunque Rob no tenía la menor idea de a qué se refería su maestro, volvió a asentir. *Incitatus* respondió a la tensión de las riendas y cruzó el puente al trote de paseo. Al principio todo fue como antes. El caballo hizo sus cabriolas y Rob tocó el tambor mientras desfilaban por la calle principal. Montó la tarima en la plaza de la aldea y apoyó en ésta tres cestos de astillas de roble llenos de panacea.

Esta vez, cuando comenzó el espectáculo, subió a la tarima con Barber.

—Buen día y mejor mañana —saludó Barber. Ambos hacían juegos malabares con dos pelotas—. Nos alegra estar en Bridgeton.

Simultáneamente, cada uno extrajo la tercera pelota del bolsillo, luego la cuarta y, por último, la quinta. Las de Rob eran rojas y las de Barber, azules. Ascendían desde sus manos por el centro y caían en cascada por afuera como el agua de dos fuentes. Aunque sólo movían unos centímetros las manos, lograron que las pelotas de madera bailaran.

Al rato se volvieron y quedaron frente a frente en los extremos de la tarima mientras continuaban los malabarismos. Sin perder el ritmo, Rob le envió una pelota a Barber y recogió la azul que le fue lanzada. Primero enviaba una de cada tres pelotas a Barber y recibía una de cada tres. Después una sí y otra no, en un constante torrente en dos sentidos de proyectiles rojos y azules. Tras un gesto casi imperceptible de Barber, cada vez que una pelota llegaba a la mano derecha de Rob, éste la devolvía con fuerza y velocidad, recobrando con la misma destreza con que lanzaba.

Fueron los aplausos más ruidosos y acogedores que oyó en su vida.

Al terminar, recogió diez de las doce pelotas y abandonó la escena, refugiándose detrás de la cortina del carromato.

Necesitaba aire, y su corazón palpitaba enérgicamente. Oyó que Barber, que no estaba sin resuello, se refería a las alegrías de los juegos malabares mientras lanzaba dos pelotas.

—Señora, ¿sabéis qué tiene uno cuando en la mano sostiene objetos como éstos?

—¿Qué se tiene, señor? —preguntó una perendeca.

—Vuestra atención absoluta y total —le respondió Barber.

La deleitada concurrencia silbó y gritó.

Dentro del carromato, Rob preparó los elementos para varios trucos de magia y se reunió con Barber, que a renglón seguido logró que una cesta vacía se llenara de rosas de papel, convirtió un oscuro pañuelo en una serie de banderas de colores, recogió monedas del aire e hizo desaparecer primero una jarra de cerveza y en seguida un huevo de gallina.

Rob entonó *Los galanteos de la viuda rica* en medio de silbidos de regocijo, y Barber vendió rápidamente su Panacea Universal, vaciando los tres cestos y enviando a Rob al carromato en busca de más frascos. A continuación, una larga hilera de pacientes esperaron para ser tratados de diversos achaques, y Rob notó que aunque el gentío suelto tenía la risa y la broma rápidas, se ponía extremadamente serio cuando se trataba de buscar cura a las enfermedades de sus cuerpos.

Acabada la asistencia, abandonaron Bridgeton porque Barber dijo que era un pozo en el que después de la caída del sol se cortaban pescuezos. El maestro estaba sumamente satisfecho con los ingresos, y esa noche Rob se durmió feliz de saber que se había asegurado un lugar en el mundo.

Al día siguiente, en Yeoville, se sintió mortificado cuando, durante el espectáculo, se le cayeron tres pelotas, pero Barber lo reconfortó:

—Al principio suele ocurrir de vez en cuando. Te pasará cada vez con menos frecuencia y, al final, nunca.

Esa misma semana, en Taunton, una ciudad de comerciantes laboriosos, y en Bridgwater, habitada por campesinos conservadores, presentaron su espectáculo sin incidencias. Glastonbury fue la siguiente parada. Se trataba de un lugar habitado por gentes beatas que habían construido sus hogares en torno a la enorme y hermosa iglesia de San Miguel.

—Tenemos que ser discretos —aconsejó Barber—. Glastonbury está en manos de sacerdotes y éstos miran con desdén todo tipo de práctica médica, porque creen que Dios les ha encomendado no sólo la cura de almas, sino también de los cuerpos.

Llegaron la mañana siguiente al domingo de Pentecostés, día que señalaba el final de la gozosa temporada de Pascua y conmemoraba la venida del Espíritu Santo sobre los apóstoles, fortaleciéndolos tras los nueve días de oración posteriores a la ascensión de Jesús al Cielo.

Rob vio entre los espectadores a no menos de cinco curas con cara de pocos amigos.

Barber y él hicieron juegos malabares con pelotas rojas que, con tono solemne, el cirujano barbero comparó con las lenguas de fuego que representaban el Espíritu Santo en los Hechos 2:3. Los asistentes se mostraron encantados con la prestidigitación y aplaudieron vigorosamente, pero guardaron silencio cuando Rob entonó *Pura gloria, alabanzas y honor*. Siempre le había gustado cantar. Aunque se le quebró la voz en la estrofa sobre los niños que hacían «sonar dulces hosannas» y le tembló en las notas muy agudas, lo hizo bien en cuanto sus piernas cesaron de estremecerse.

Barber extrajo reliquias sagradas de un destartalado baúl de fresno.

—Prestad atención, queridos amigos —dijo con lo que según explicó más tarde a Rob, era su voz de monje.

Les mostró tierra y arena traídas a Inglaterra desde los montes Sinaí y de los Olivos; exhibió una astilla de la Vera Cruz y un trozo de la viga que había sustentado el sagrado pesebre; mostró agua del Jordán, un terrón de tierra de Getsemaní y restos de huesos que pertenecían a innumerables santos.

En seguida Rob lo reemplazó en la tarima y se quedó solo. Elevó la mirada al cielo, tal como le había indicado Barber, y entonó otro himno:

*Creador de las estrellas de la noche,*
*luz eterna de tu pueblo,*
*Jesús, Redentor, sálvanos a todos,*
*y oye la llamada de tus siervos.*

*Tú, dolido de que la antigua maldición*
*condene a muerte un universo,*
*has encontrado la medicina, llena de gracia,*
*para salvar y curar una raza asolada.*

Los congregados se emocionaron. Mientras aún suspiraban, Barber les mostró un frasco de la Panacea Universal.

—Amigos míos, del mismo modo que el Señor ha encontrado solaz para vuestro espíritu, yo he hallado la medicina para vuestro cuerpo.

Les contó la historia de vitalia, la hierba de la vida, que al parecer funcionaba igualmente bien para beatos y pecadores, ya que compraron vorazmente la Panacea e hicieron cola junto al biombo del cirujano barbero para consultas y tratamientos. Los atentos sacerdotes miraban furibundos, pero ya habían sido aplacados con regalos y apaciguados por el alarde religioso. Sólo un clérigo viejecito planteó objeciones.

—No harás sangrías —ordenó severamente—. El arzobispo Teodoro ha escrito que resulta peligroso practicarlas cuando aumentan la luz de la luna y el influjo de las mareas.

Barber accedió prestamente a su petición.

Esa noche acamparon dominados por el júbilo. Barber hirvió en vino trozos de ternera de un tamaño digno de llevarse a la boca, hasta que quedaron blandos; añadió cebolla, un viejo nabo arrugado pero sano y judías y guisantes tiernos, condimentando el guiso con tomillo y una pizca de menta. Aún quedaba un triángulo de un extraordinario queso de color claro comprado en Bridgwater, y después el cirujano barbero se sentó junto a la hoguera y, con gran satisfacción, contó el contenido de su caja.

Tal vez había llegado el momento de abordar un tema que pesaba constantemente en el espíritu de Rob.

—Barber —dijo.

—¿Hmmm?

—Barber, ¿cuándo iremos a Londres?

Concentrado en apilar las monedas, Barber lo apartó con un enérgico ademán, ya que no quería equivocarse en las cuentas.

—Más tarde —murmuró—. Dentro de un tiempo.

# 9

# EL DON

En Kingswood se le escaparon cuatro pelotas a Rob. Dejó caer otra en Mangotsfield, pero ésa fue la última vez, y después de que mediado junio ofrecieran diversión y tratamiento a los aldeanos de Redditch, ya no pasó varias horas diarias practicando malabarismos, pues los frecuentes espectáculos mantenían ágiles sus dedos y encendido su sentido del ritmo.

Rápidamente se convirtió en un prestidigitador seguro de sí mismo. Sospechaba que con el tiempo aprendería a manipular seis pelotas, pero Barber no quiso saber nada de eso y prefirió que empleara el tiempo en ayudarle en el oficio de cirujano barbero.

Como aves migratorias viajaron hacia el Norte, pero en lugar de volar dirigieron lentamente sus pasos a través de las montañas que se alzan entre Inglaterra y Gales. Se encontraban en la población de Abergavenny, una hilera de casas destartaladas apoyadas en la ladera de una tétrica arista de esquisto, cuando ayudó por primera vez a Barber en los reconocimientos y tratamientos.

Rob J. estaba asustado. Se temía a sí mismo más de lo que le habían atemorizado las pelotas de madera.

Los motivos por los que las personas sufrían eran realmente un misterio. Parecía imposible que un simple mortal comprendiera y ofreciera milagros provechosos.

Sabía que, puesto que era capaz de hacerlo, Barber era el hombre más listo de cuantos había conocido.

La gente formó cola delante del biombo, y Rob los acompañaba de uno en uno en cuanto Barber acababa con el paciente anterior, guiándolos hasta la relativa intimidad que proporcionaba la delgada barrera. El primer hombre al que Rob acompañó hasta su maestro era corpulento y encorvado, con restos de mugre en el cuello y adherido a los nudillos y bajo las uñas.

—No te vendría nada mal un baño —sugirió Barber sin perder la amabilidad.

—Verás: es por culpa del carbón —dijo el hombre—. El polvo se pega al extraerlo.

—¿Sacas carbón? —preguntó Barber—. Por lo que he oído, quemarlo es muy venenoso. He comprobado directamente que produce mal olor y un humo denso que no sale fácilmente por el agujero del techo. ¿Es posible ganarse la vida con una materia tan pobre?

—Lo es, señor, y nosotros somos pobres. Últimamente siento dolores en las articulaciones, que se me hinchan, y al cavar me duelen.

Barber tocó las muñecas y los dedos mugrientos y apoyó la regordeta yema de un dedo en la hinchazón del codo.

—Procede de inhalar los humores de la tierra. Debes ponerte al sol siempre que puedas. Lávate a menudo con agua tibia, pero no caliente, ya que los baños calientes provocan la debilidad del corazón y de los miembros. Frótate las articulaciones hinchadas y doloridas con mi Panacea Universal, que también te resultará beneficiosa si la bebes.

Le cobró seis peniques por tres frascos pequeños y dos más por la consulta, pero no miró a Rob.

Se presentó una mujer fornida y de labios apretados con su hija de trece años, prometida en matrimonio.

—Su flujo mensual se ha detenido dentro de su cuerpo y nunca lo expulsa —dijo la madre.

Barber le preguntó si había tenido el menstruo alguna vez.

—Durante más de un año llegaba todos los meses

—respondió la madre—. Pero desde hace cinco meses no pasa nada.

—¿Has yacido con un hombre? —preguntó amablemente Barber a la joven.

—No —respondió la madre.

Barber miró a la muchacha. Era esbelta y atractiva, de larga cabellera rubia y ojos vivarachos.

—¿Tienes vómitos?

—No —susurró la joven.

El barbero la estudió, estiró la mano y le tensó la túnica. Cogió la palma de la mano de la madre y la apretó contra el vientre pequeño y redondo.

—No —repitió la chica.

Meneó la cabeza. Sus mejillas se encendieron y se deshizo en un mar de lágrimas.

La mano de la madre abandonó el vientre y la abofeteó. Aunque la mujer se llevó a la hija sin pagar, Barber las dejó partir.

En rápida sucesión, trató a un hombre al que ocho años atrás le habían encajado mal la pierna y arrastraba el pie izquierdo al andar; a una mujer acosada por dolores de cabeza; a un hombre con sarna en el cuero cabelludo; y a una chica estúpida y sonriente, con una espantosa llaga en el pecho. Les contó que había rogado a Dios para que a su población llegara un cirujano barbero.

Barber vendió la Panacea Universal a todos salvo al sarnoso, que no la adquirió pese a que le fue firmemente recomendada. Tal vez no tenía los dos peniques.


Se internaron por las colinas más benignas de los Midlands occidentales. En las afueras del pueblo de Hereford, *Incitatus* tuvo que esperar junto al río Wye mientras las ovejas cruzaban el vado, un torrente aparentemente infinito de lanas que balaban y que intimidaron profundamente a Rob. Le habría gustado sentirse más cómodo con los animales, pero, a pesar de que su madre procedía del campo, él era un chico de ciudad. *Incitatus* era el único caballo que había tratado. Un vecino lejano de la calle de los Carpinteros tuvo una vaca lechera, pero ninguno de los Cole había pasado mucho tiempo junto a las ovejas.

Hereford era una comunidad próspera. Todas las casas de labranza por las que pasaron contaban con revolcaderos para cerdos y prados verdes y ondulantes salpicados de ganado vacuno y lanar. Las casas de piedra y los graneros eran grandes y sólidos y, en un sentido general, la gente se mostraba más animada que los serranos galeses, agobiados por la pobreza, que se encontraban a pocos días de distancia. En el tejido de la población, su espectáculo atrajo a una voluminosa multitud y las ventas se sucedieron rápidas.

El primer paciente que Barber recibió detrás del biombo tenía aproximadamente la edad de Rob, aunque era mucho más pequeño.

—Se cayó del tejado hace menos de seis días y mire cómo está —dijo el padre del chiquillo, un tonelero.

La duela astillada de un tonel que estaba en el suelo le había atravesado la palma de la mano izquierda y ahora la carne estaba inflamada como un lucio hinchado.

Barber indicó a Rob cómo sujetar las manos del muchacho y al padre el modo de cogerlo por las piernas. Luego sacó de su maletín un cuchillo corto y afilado.

—Sujetadlo con firmeza —pidió.

Rob notó que le temblaban las manos. El chiquillo gritó cuando su carne se abrió al contacto con la hoja. Salió un chorro de pus amarillo verdoso, seguido de hedor y de una sustancia roja.

Barber limpió con un tapón la corrupción de la herida y se dedicó a tantearla con delicada eficacia, utilizando una pinza de hierro para extraer minúsculas astillas.

—Son fragmentos de la pieza que lo hirió, ¿los ves? —preguntó al padre y se los enseñó.

El muchacho gimió. Rob estaba mareado, pero se dominó mientras Barber seguía trabajando lenta y esmeradamente.

—Tenemos que extraerlas todas, pues contienen humores culpables que volverán a gangrenar la mano —explicó.

Cuando llegó a la conclusión de que la herida estaba libre de astillas, la limpió con un chorro de medicina y la cubrió con un trapo. Bebió lo que quedaba en el frasco. El sollozante paciente se retiró, feliz de abandonarlos mientras su padre pagaba.

A continuación esperaba un anciano encorvado, de tos seca. Rob lo acompañó detrás del biombo.

—¡Oh, señor, tengo mucha flema matinal!

Jadeaba al hablar. Barber pasó pensativamente la mano por el pecho flaco.

—De acuerdo; te aplicaré ventosas. —Miró a Rob—. Ayúdalo a desvestirse para que pueda aplicarle las ventosas en el pecho.

Rob retiró primorosamente la camisa del cuerpo del anciano, que tenía un aspecto muy frágil. Cuando giró al paciente hacia el barbero y cirujano tuvo que cogerle las dos manos.

Fue como sujetar un par de pajarillos temblorosos. Los dedos como palillos se posaron en los suyos y de ellos recibió un mensaje.

Barber los miró y vio que su ayudante se ponía rígido.

—Venga ya —dijo impaciente—. No podemos tardar todo el día.

Pareció que Rob no lo oía.

Ya en dos ocasiones Rob había percibido esa conciencia extraña y desagradable que se colaba en su propio ser procedente del cuerpo de otro. Al igual que en las ocasiones anteriores, ahora se sintió abrumado por un terror absoluto, soltó las manos del paciente y huyó.

Lanzando maldiciones, Barber buscó a su aprendiz hasta que lo encontró agazapado detrás de un árbol.

—Quiero una explicación. ¡Y ahora mismo!

—El... el anciano va a morir.

Barber lo miró.

—¿Qué significa eso?

Su aprendiz estaba llorando.

—Para de una vez —exigió Barber—. ¿Cómo lo sabes?

Rob intentó hablar, pero no pudo. Barber lo abofeteó

y el chico quedó boquiabierto. Cuando empezó a hablar las palabras manaron como un torrente, pues ya habían deambulado por su mente incluso desde antes de que dejaran Londres. Explicó que había presentido la muerte inminente de su madre y que se había producido. Después supo que su padre se iría y su padre había muerto.

—¡Oh, Jesús mío! —murmuró Barber asqueado, pero le prestó toda su atención y no dejó de observar a Rob—. ¿Me estás diciendo que realmente percibiste la muerte en el anciano?

—Sí.

No esperaba que su maestro le creyera.

—¿Cuándo?

Rob J. se encogió de hombros.

—¿Pronto?

Asintió con la cabeza. Desesperado, sólo podía responder la verdad.

Vio en los ojos de Barber el reconocimiento de que estaba diciendo la verdad.

Barber titubeó, y luego tomó una decisión.

—Prepara el carro mientras me quito de encima a la gente —dijo.


Abandonaron lentamente la aldea, pero, en cuanto estuvieron más allá de la vista de los lugareños, se alejaron a toda prisa por el carril pedregoso. *Incitatus* vadeó el río con un ruidoso chapoteo y, una vez del otro lado, espantó a las ovejas, cuyos asustados balidos estuvieron a punto de anular las quejas del pastor agraviado.

Por primera vez Rob vio que Barber azuzaba al caballo con la fusta.

—¿Por qué corremos? —preguntó, sin dejar de sujetarse.

—¿Sabes lo que les hacen a los brujos?

Barber tuvo que gritar para hacerse oír en medio del tamborileo de los cascos y el estrépito de las cosas que viajaban en el carromato.

Rob meneó la cabeza.

—Los cuelgan de un árbol o de una cruz. A veces sumergen a los sospechosos en tu condenado Támesis, y si se ahogan los declaran inocentes. Si el viejo muere, dirán que ha fallecido porque somos brujos —vociferó, golpeando una y otra vez con la fusta el lomo del aterrado *Incitatus*.

No se detuvieron para comer ni para hacer sus necesidades. Cuando permitieron que *Incitatus* aminorara el paso, Hereford ya estaba muy lejos, pero apremiaron a la pobre bestia hasta que cayó la noche. Agotados, acamparon y tomaron en silencio una pobre comida.

—Cuéntamelo de nuevo —pidió Barber al final—. No excluyas ni un solo comentario.

Escuchó con suma atención, y sólo interrumpió una vez a Rob para pedirle que hablara más alto. Cuando conoció la historia completa, asintió con la cabeza y dijo:

—Durante mi propio aprendizaje, vi cómo mi maestro era injustamente asesinado por brujo. —Rob lo miró fijamente, demasiado asustado para hacer preguntas—. A lo largo de mi vida, en varias ocasiones los pacientes han muerto mientras los trataba. Una vez, en Durham, una vieja falleció y llegué a la conclusión de que un tribunal eclesiástico ordenaría el tormento por inmersión o por el asimiento de una barra de hierro candente. Sólo me permitieron partir después del interrogatorio más receloso que quepa imaginar, el ayuno y las limosnas. En otra ocasión, en Eddisbury, un hombre murió mientras estaba detrás de mi biombo. Era joven y aparentemente había gozado de buena salud. Los alborotadores habrían encontrado el terreno abonado, pero tuve suerte y nadie me cortó el paso cuando abandoné el pueblo.

Rob logró hablar.

—¿Crees que he sido... tocado por el diablo?

Esa pregunta lo había atormentado todo el día. Barber bufó.

—Si eso crees, eres majadero y corto de entendederas. Y sé que no eres ninguna de las dos cosas. —Subió al carromato, llenó el cuerno con hidromiel y bebió hasta la última gota antes de volver a hablar—. Las madres y los padres mueren. Los viejos mueren. Así es la naturaleza de las cosas. ¿Estás seguro de haber percibido algo?

—Sí, Barber.

—¿No es posible que sea una equivocación o las imaginaciones de un mozuelo?

Rob negó tercamente con la cabeza.

—Yo digo que no es más que una impresión —declaró Barber—. Ya está bien de huir y de hablar. Será mejor que descansemos.

Prepararon los lechos a ambos lados de la hoguera. Estuvieron varias horas sin conciliar el sueño. Barber estuvo dando vueltas y finalmente se levantó y abrió otro frasco de licor, lo llevó hasta la hoguera en que se hallaba Rob y se acuclilló.

—Supongamos... —dijo, y bebió un trago—. Simplemente supongamos que todas las demás personas del mundo han nacido sin ojos y que tú naciste con ojos.

—En ese caso, yo vería lo que nadie más puede ver.

Barber bebió y asintió.

—Así es. O imaginemos que nosotros no tenemos orejas y tú sí. Supongamos que nosotros carecemos de algún otro sentido. Por alguna razón procedente de Dios, de la naturaleza o de lo que quieras, se te ha concedido un..., un don especial. Pero supongamos que puedes decir cuándo morirá alguien.

Rob guardó silencio, pues volvía a estar muy asustado.

—Ambos sabemos que es una tontería —agregó Barber—. Coincidimos en que fue producto de tu imaginación. Pero supongamos...

Bebió pensativo del frasco, moviendo la nuez, y la mortecina luz de la hoguera iluminó cálidamente sus ojos esperanzados mientras observaba a Rob J.

—Sería un pecado no explotar semejante don —declaró.

En Chipping Norton compraron hidromiel y prepararon otra serie de Panacea, reponiendo la provisión.

—Cuando muera y haga cola ante las puertas —dijo Barber—, San Pedro preguntará: «¿Cómo te ganaste el pan?» «Yo fui campesino», podrá decir un hombre o «Fabriqué botas a partir de pieles». Pero yo responderé: «*Fumum vendidi*» —dijo jovialmente el antiguo monje, y Rob se sintió con fuerzas para traducir del latín:

—«Vendía humo.»

El hombre gordo era mucho más que el pregonero de un dudoso medicamento. Cuando atendía detrás del biombo, se mostraba hábil y a menudo tierno. Aquello que Barber sabía hacer, lo sabía y lo hacía a la perfección, y transmitió a Rob el toque seguro y la mano experta.

En Buckingham, Barber le enseñó a arrancar dientes, ya que tuvieron la buena fortuna de toparse con un boyero aquejado de una infección en la boca. El paciente era tan grueso como Barber; un quejica de ojos saltones que no hacía más que despotricar contra las mujeres. Cambió de idea en mitad del trabajo.

—¡Basta, basta, basta! ¡Dejadme ir! —ceceó con la boca llena de sangre, pero no cabían dudas de que era imprescindible arrancar los dientes y perseveraron: fue una magnífica lección.

En Clavering, Barber alquiló la herrería por un día, y Rob aprendió a fabricar los hierros y las puntas para lancear. Fue una tarea que tendría que repetir en media docena de herrerías de toda Inglaterra a lo largo de los años siguientes, hasta que su maestro consideró que lo hacía correctamente.

Aunque la mayor parte de su trabajo en Clavering fue rechazada, a regañadientes Barber le permitió conservar una pequeña lanceta de dos filos como primer instrumento de su propio equipo de herramientas quirúrgicas; un principio importante. Al salir de los Midlands y adentrarse en los Fens, Barber le enseñó qué venas se abrían para las sangrías, lo que le trajo desagradables recuerdos de los últimos días de su padre.

A veces su padre se colaba en su mente, porque su propia voz comenzaba a semejarse a la de su progenitor: el timbre se tornó más grave y le estaba creciendo el vello corporal. Sabía que los mechones no eran tan espesos como se volverían más adelante ya que, como asistía a Barber, conocía bastante bien el cuerpo del macho desnudo. Las hembras eran más misteriosas, pues Barber utilizaba una muñeca voluptuosa y de enigmática sonrisa a la que llamaban Thelma, en cuya desnuda forma de yeso las mujeres señalaban modestamente las zonas de su propio mal, volviendo superfluo el reconocimiento. Aunque a Rob aún le resultaba incómodo entrometerse en la intimidad de los desconocidos, se acostumbró a las preguntas acerca de las funciones corporales: «Maestro, ¿cuándo exonerasteis el vientre por última vez?» «Señora, ¿cuándo os toca menstruar?»

Por sugerencia de Barber, Rob cogía las manos de cada paciente entre las suyas cuando los acompañaba hasta detrás del biombo.

—¿Qué sientes al cogerles los dedos? —le preguntó Barber un día en Tisbury, mientras Rob desmontaba la tarima.

—A veces no siento nada.

Barber asintió. Cogió uno de los maderos de manos de Rob, lo metió en el carromato y regresó con el ceño fruncido.

—Pero a veces... ¿hay algo?

Rob asintió.

—Bueno, ¿qué es? —quiso saber Barber irritado—. Chico, ¿qué es lo que sientes?

Rob no fue capaz de definirlo ni de describirlo con palabras. Era una intuición acerca de la vitalidad de la persona, como asomarse a un pozo oscuro y percibir cuánta vida contenía.

Barber consideró el silencio de Rob como prueba de que se trataba de una sensación imaginaria.

—Creo que regresaremos a Hereford y comprobaremos si el viejo sigue rebosando salud —dijo con malicia. Se molestó cuando Rob estuvo de acuerdo—. ¡Bobo, no podemos volver! —exclamó—. Si el viejo ha muerto,

¿no estaríamos metiendo la cabeza en el lazo del verdugo?

Con frecuencia y estentóreamente, siguió burlándose del «don».

Empero, cuando Rob empezó a olvidarse de coger las manos de los pacientes, le ordenó que siguiera haciéndolo.

—¿Por qué no? ¿Acaso no soy un prudente hombre de negocios? ¿Qué nos cuesta entregarnos a esta fantasía?

En Peterborough, a pocas millas pero a una vida de distancia de la abadía de la que había huido de niño, una interminable y lluviosa noche de agosto Barber se sentó a solas en la taberna y bebió lenta pero copiosamente.

A medianoche el aprendiz fue a buscarlo. Rob lo encontró haciendo eses por el camino y lo ayudó a regresar junto a la lumbre.

—Por favor —susurró Barber temeroso.

Rob J. se sorprendió al ver que el borracho alzaba ambas manos y se las ofrecía.

—¡Ah, por favor, en nombre de Cristo! —le repitió Barber.

Finalmente, Rob entendió. Cogió las manos de Barber y lo miró a los ojos.

Segundos después, Rob asintió con la cabeza.

Barber se dejó caer en el lecho. Eructó, se puso de lado y durmió sin preocupaciones.

# 10

## EL NORTE

Aquel año Barber no consiguió regresar a tiempo a Exmouth para pasar el invierno, pues habían empezado tarde y las hojas caídas del otoño los sorprendieron en la aldea de Gate Fulford, en la zona ondulada de York. Los brezales fueron pródigos en plantas que perfumaban el aire frío con sus aromas. Rob y Barber se guiaron por la Estrella Polar, haciendo un alto en las aldeas del camino para realizar jugosos negocios, y condujeron el carromato por la interminable alfombra de brezo morado hasta llegar a la ciudad de Carlisle.

—Nunca voy más al norte de aquí —declaró Barber—. A pocas horas acaba la Northumbria y empieza la frontera. Más allá está Escocia, que como todo el mundo sabe es una tierra de follaovejas, peligrosa para los ingleses honrados.

Acamparon una semana en Carlisle y acudieron todas las noches a la taberna, donde el alcohol sensatamente comprado pronto permitió que Barber averiguara de qué refugios podría disponer. Alquiló una casa en el páramo, provista de tres pequeñas habitaciones. No se diferenciaba mucho de la casita que poseía en la costa Sur, pero, para su disgusto, la de Carlisle carecía de chimenea de piedra. Acomodaron los lechos a ambos lados del hogar como si se tratara de la hoguera del campamento, y a poca distancia encontraron una cuadra dispuesta para alojar a *Incitatus*. Barber volvió a comprar pródigamente provisiones para el invierno, lo que le resultó fácil gracias al dinero, que nunca dejaba de producir en Rob una asombrosa sensación de bienestar.

Barber se abasteció de ternera y cerdo. Había pensado adquirir un pernil de venado, pero ese verano tres cazadores del mercado fueron ahorcados en Carlisle por matar los ciervos del rey, reservados para las cacerías de los nobles. Cambió de idea y compró quince gallinas gordas y un saco de forraje.

—Las gallinas son tu dominio —comunicó Barber a Rob—. Debes ocuparte de alimentarlas, sacrificarlas cuando te lo pida, aderezarlas, desplumarlas y prepararlas para mi olla.

Rob pensó que las gallinas eran unos seres impresionantes, grandes y de color amarillo, con patas sin plumas, crestas rojas, barbas y orejas con lóbulo. No pusieron reparos cuando por las mañanas robaba de sus nidos cuatro o cinco huevos blancos.

—Te consideran un puñetero gallo —comentó Barber.

—¿Por qué no les compramos un gallo?

Barber, a quien en las frías mañanas de invierno le gustaba dormir hasta tarde y, consecuentemente, detestaba los cacareos, se limitó a gruñir.

Rob tenía pelos castaños en el rostro, pelos que no podían considerarse una barba. Barber dijo que sólo los daneses se afeitaban, pero el chico sabía que no era cierto, porque su padre siempre se había rasurado el rostro. El equipo quirúrgico de Barber contenía una navaja, y el hombre gordo asintió de mala gana cuando Rob le preguntó si podía usarla. Aunque se cortó la cara, el hecho de afeitarse lo ayudó a sentirse mayor.

La primera vez que Barber le ordenó que sacrificara una gallina se sintió muy joven. Las aves lo contemplaban con sus ojillos como pequeños abalorios negros, como dándole a entender que podían ser amigos. Al final rodeó con dedos fuertes el cogote tibio más próximo y, estremeciéndose, cerró los ojos. Un giro enérgico y convulsivo, y todo acabó. Sin embargo, la gallina lo castigó después de muerta, porque no soltó amablemente las plumas. Tardó horas en arrancarlas, y cuando le entregó a Barber el cadáver grisáceo, lo miró con desdén.

La segunda vez que hizo falta una gallina, Barber le enseñó magia de verdad. Abrió el pico de la gallina y hundió un delgado cuchillo por el cielo de la boca hasta llegar al cerebro.

La gallina se relajó de inmediato en la muerte y entregó sus plumas: salieron a grandes manojos ante el más leve tirón.

—Te daré una lección —dijo Barber—. Es igual de fácil llevar a un hombre a la muerte, y lo he hecho. Resulta más difícil mantener asida la vida y aún más difícil aferrarse a la salud. Ésas son las tareas a que debemos dirigir nuestras mentes.

El clima de finales de otoño era perfecto para recolectar hierbas, así que recorrieron bosques y brezales. Barber se mostraba especialmente deseoso de recoger verdolaga. Empapada de panacea, producía un agente que llevaba a que la fiebre bajara y se disipara. Para gran decepción por su parte, no la encontraron. Había otras cosas más fáciles de recoger, como pétalos de rosas rojas para cataplasmas y tomillo y bellotas que se molían, se mezclaban con grasa y se extendían sobre las pústulas del cuello. Otros vegetales requerían laboriosos esfuerzos, como extraer la raíz del tejo, que ayudaba a las embarazadas a retener el feto. Recogieron hierbaluisa y eneldo para combatir afecciones urinarias; cálamo aromático de los pantanos para evitar el deterioro de la memoria provocado por los humores húmedos y fríos; bayas de enebro que se hervían, para despejar los conductos nasales taponados; altramuz para preparar paños calientes a fin de abrir abscesos, y mirto y malva para aliviar las erupciones que escuecen.

—Has crecido más rápidamente que estas hierbas —observó Barber con picardía, y decía la verdad.

Ya era casi tan alto como Barber y hacía mucho tiempo que había dejado atrás el traje que Editha le cosiera en

Exmouth. Cuando Barber lo llevó a un sastre de Carlisle y encargó «nuevas ropas de invierno que le sirvan una larga temporada», el sastre meneó la cabeza.

—El chico seguirá creciendo, ¿no es verdad? ¿Qué tiene? ¿Quince, dieciséis años? Un muchacho de esa edad crece mucho más rápido de lo que le puede durar la ropa.

—¡Dieciséis! ¡Aún no ha cumplido los once!

El sastre miró a Rob con regocijo no exento de respeto.

—¡Será un hombre fornido! A decir verdad, dará la sensación de que mis vestimentas encogen. ¿Se me permite proponer que arreglemos un traje viejo?

Otro de los trajes de Barber, de tela gris casi buena, fue recortado y cosido. En medio de la hilaridad general, resultó que cuando Rob se lo probó era ancho en exceso y demasiado corto de mangas y perneras. El sastre aprovechó la tela sobrante del ancho para alargarlas, escondiendo las costuras con garbosas bandas de tela azul. Rob había andado descalzo casi todo el verano, pero pronto comenzarían las nevadas y se sintió agradecido cuando Barber le compró botas de cuero. Caminó con ellas, cruzó la plaza de Carlisle hasta la iglesia de San Marcos y golpeó el aldabón de las inmensas puertas de madera, que al final abrió un coadjutor anciano de ojos legañosos.

—Padre, si es tan amable, busco al sacerdote Ronald Lovell.

El coadjutor parpadeó.

—Conocí a un cura de ese nombre que ayudaba a misa con Lyfing, en los tiempos en que Lyfing era obispo de Wells. La próxima Pascua hará diez años que ha muerto.

Rob negó con la cabeza.

—No se trata del mismo sacerdote. Hace pocos años vi al padre Ronald Lovell con mis propios ojos.

—Tal vez el hombre al que conocí se llamaba Hugh Lovell en lugar de Ronald.

—Ronald Lovell fue trasladado de Londres a una iglesia del Norte. Tiene a mi hermano, William Steward Cole, que es tres años más joven que yo.

—Hijo mío, es posible que ahora tu hermano tenga

otro nombre en Cristo. A veces los sacerdotes llevan a sus chicos a una abadía para que se conviertan en acólitos. Tendrás que preguntar a otros por todas partes. La Santa Madre Iglesia es una mar grande e infinita y yo no soy más que un ínfimo pez.

El viejo cura inclinó amablemente la cabeza, y Rob lo ayudó a cerrar las puertas.

Una piel de cristales opacaba la superficie de la pequeña charca que había detrás de la taberna del pueblo. Barber señaló los patines sujetos a una viga de su minúscula casa.

—Es una pena que tengan ese tamaño. No te cabrán porque tienes los pies extraordinariamente grandes.

El hielo se espesó diariamente hasta que una mañana devolvió un firme golpe seco cuando Rob se encaminó al centro de la charca y pateó. Cogió los patines demasiado pequeños. Eran de cornamenta de ciervo tallada y casi idénticos al par que su padre le había fabricado cuando tenía seis años. Aunque pronto le quedaron pequeños, los usó tres inviernos y ahora se llevó hasta la charca los que cogió de la casa y se los ató a los pies. Al principio los usó encantado, pero los bordes estaban mellados y embotados, y su tamaño y estado lo dejaron en la estacada cuando intentó girar. Agitó los brazos, cayó pesadamente y se deslizó un buen trecho.

Reparó en que alguien reía.

La chica tenía unos quince años y su risa demostraba verdadera alegría.

—¿Sabes hacerlo mejor? —le preguntó acalorado, al tiempo que reconoció para sus adentros que era una muñeca bonita, demasiado delgada y desproporcionada, pero con cabellos negros como los de Editha.

—¿Yo? —inquirió—. ¡Vamos! Ni sé si jamás me atrevería a intentarlo.

El malhumor de Rob se esfumó como por encantamiento.

—Son más adecuados para tus pies que para los míos

—dijo. Se quitó los patines y los llevó a la orilla, donde estaba la chica—. No es nada difícil. Te enseñaré.

Muy pronto superó las objeciones de la chica, y poco después le ataba los patines a los pies. La muchacha no sabía mantener el equilibrio sobre la poco habitual superficie resbaladiza del hielo y se aferró a Rob, con expresión de alarma en sus ojos pardos y dilatando las ventanas de la nariz.

—No temas; yo te sujeto —aseguró Rob.

Sustentó el peso de la chica y la empujó por el hielo desde atrás, reparando en sus nalgas tibias.

Ahora la muchacha reía y gritaba mientras él la hacía dar vueltas alrededor de la charca. Dijo llamarse Garwine Talbott, y añadió que su padre, Aelfric Talbott, poseía una granja en las afueras.

—¿Cómo te llamas?

—Rob J.

La chica parloteó, revelando que tenía infinita información sobre él, ya que Carlisle era un villorio. Estaba enterada de cuándo habían llegado Barber y él, de su profesión, de las provisiones que habían comprado y de quién era el dueño de la casa que habían alquilado.

Más tarde, deslizarse por el hielo le resultó divertido. Sus ojos brillaban de contento y el frío tiñó de rojo sus mejillas. Su pelo voló hacia atrás, dejando al descubierto un lóbulo pequeño y rosado. Tenía el labio superior delgado y el inferior tan lleno que parecía hinchado. Rob vio un cardenal desteñido en su pómulo. Cuando la chica sonrió, notó que uno de los dientes de abajo estaba torcido.

—Entonces, ¿reconoces a la gente?

—Sí, por supuesto.

—¿También a las muñecas?

—Tenemos una muñeca. Las mujeres señalan las zonas que les duelen.

—Es una pena usar una muñeca —dijo. Rob quedó estupefacto ante su mirada de reojo—. ¿Tiene buen aspecto?

«No tanto como el tuyo», quiso decir, pero no se atrevió. Se encogió de hombros.

—Se llama Thelma.

—¡Thelma! —la chica tenía una risa intensa e irregular que lo obligó a sonreír—. ¡Eh! —exclamó, y alzó la mirada para ver dónde se encontraba el sol—. Debo regresar para el ordeñe de última hora —explicó, y su suave plenitud se apoyó en el brazo de Rob.

Se arrodilló ante ella en la orilla y le quitó los patines.

—No son míos; estaban en la casa —dijo—. Puedes quedártelos un tiempo y usarlos.

La chica sacudió rápidamente la cabeza.

—Si los llevara a casa, él sería capaz de matarme y querría averiguar qué hice para conseguirlos.

Rob notó que una oleada de sangre trepaba por su cara. Para librarse de la incomodidad, cogió tres piñas y le dedicó unos juegos malabares.

La joven rió, aplaudió y, con una jadeante bocanada de palabras, le explicó cómo llegar a la granja de su padre. Antes de partir vaciló y se volvió unos segundos.

—Los jueves por la mañana. Las visitas no le gustan, pero los jueves por la mañana lleva quesos al mercado.


Llegó el jueves y Rob no salió a buscar la granja de Aelfric Talbott. Se rezagó en la cama pusilánime, y temeroso, no por causa de Garwine ni de su padre, sino por las cosas que ocurrían en su interior y que no comprendía; misterios que no tenía valor ni sabiduría para afrontar.

Había soñado con Garwine Talbott. En el sueño se habían acostado en un pajar, tal vez en el granero del padre de ella. Era el tipo de sueño que había tenido tantas veces con Editha, e intentó limpiar la ropa de cama sin llamar la atención de Barber.

Comenzaron las nevadas. Cayó como un espeso plumón de ganso, y Barber cubrió con pieles los vanos de las ventanas. El aire del interior de la casa se volvió viciado, e incluso de día era prácticamente imposible ver si no estaba uno junto a la lumbre.

Nevó cuatro días, con muy breves interrupciones. Deseoso de hacer algo, Rob se sentó junto al hogar y trazó dibujos de las diversas hierbas recolectadas. Utilizó trozos de carbón rescatados del suelo y corteza de la leña, y dibujó la menta rizada, los pétalos desmayados de las flores puestas a secar, las hojas con venas del trébol de las habas silvestres. Por la tarde, derritió nieve en el fuego y dio de comer y beber a las gallinas, cuidando de abrir y cerrar rápidamente la puerta del improvisado corral porque, a pesar de su higiene, el hedor era cada vez más insoportable.

Barber se quedó en la cama, bebiendo sorbitos de hidromiel. La segunda noche de la nevada anduvo con dificultad hasta la taberna y regresó con una ramera rubia y silenciosa llamada Helen. Rob intentó observarlos desde su lecho al otro lado del hogar porque, aunque había presenciado el acto muchas veces, lo desconcertaban ciertos detalles que últimamente se habían colado en sus pensamientos y en sus sueños. Sin embargo, no pudo atravesar la espesa oscuridad y se limitó a estudiar sus cabezas iluminadas por la luz del fuego.

Barber se mostró embelesado y absorto, pero la mujer parecía retraída y melancólica: como alguien que se dedica sin alegría a cumplir una obligación.

En cuanto la mujer partió, Rob cogió un trozo de corteza y un fragmento de carbón. En lugar de dibujar las plantas, intentó esbozar los rasgos de una mujer.

Barber, que iba en busca del orinal, se detuvo a observar el boceto y frunció el ceño.

—Me parece que conozco esa cara —comentó. Poco después, de regreso en la cama, alzó la cabeza entre las pieles y exclamó—. ¡Vaya! ¡Si es Helen!

Rob estaba muy contento. Intentó hacer un retrato del vendedor de ungüentos Wat, pero Barber sólo logró identificarlo después de que el ayudante añadiera la pequeña figura del oso *Bartram*.

—Debes ahondar en tu intento de recrear caras, pues estoy convencido de que nos resultará útil —dijo Barber, que en seguida se hartó de observar a Rob y volvió a beber hasta que se quedó dormido.

El martes cesó la nevada. Rob se cubrió las manos y la

cabeza con trapos y buscó una pala de madera. Limpió un sendero que salía de la puerta de la casa y se dirigió a la cuadra para ejercitar a *Incitatus*, que estaba engordando por la falta de trabajo y la ración cotidiana de heno y granos dulces.

El miércoles ayudó a varios chicos de Carlisle a quitar con palas la nieve de la superficie de la charca. Barber sacó las pieles que cubrían los agujeros de las ventanas y dejó que el aire frío pero fragante campara por la casa. Lo celebró asando un trozo de cordero, que acompañó con jalea de menta y pastelitos de manzana.

El jueves por la mañana, Rob cogió los patines y se los colgó del cuello por las tiras de cuero. Se dirigió a la cuadra, sólo puso la brida y el cabestro a *Incitatus*, montó y salió de la población. El aire crujía, el sol brillaba y la nieve era pura.

Se transformó en romano. De nada servía simular que era Calígula a lomos del *Incitatus* original, porque sabía que Calígula se había vuelto loco y había encontrado un desdichado final. Decidió ser César Augusto y condujo a la guardia pretoriana por la Via Appia hasta Brindisi.

No tuvo dificultades para encontrar la granja de los Talbott. Se alzaba exactamente donde la chica había dicho. Aunque la casa estaba ladeada, amén de tener muy mal aspecto y el techo hundido, el granero era amplio y se encontraba en perfectas condiciones. La puerta estaba abierta y oyó que alguien se movía dentro, entre los animales.

Siguió montado sin saber qué hacer, pero *Incitatus* relinchó y no tuvo más remedio que anunciarse.

—¿Garwine? —preguntó.

En la puerta del granero apareció un hombre que se encaminó lentamente hacia él. Esgrimía una horquilla de madera cargada de estiércol que humeó al contacto con el aire frío. Caminaba con sumo cuidado, y Rob se dio cuenta de que estaba borracho. Era un hombre cetrino y jiboso, con una descuidada barba negra del color de la cabellera de Garwine. Sólo podía tratarse de Aelfric Talbott.

—¿Quién eres? —inquirió.

Rob le respondió.

El hombre se tambaleó.

—¡Vaya, Rob J. Cole! No has tenido suerte. No está aquí. La muy putilla se ha largado.

La horquilla cargada de estiércol se movió ligeramente y Rob tuvo la certeza de que en un santiamén él mismo y el caballo serían rociados con excrementos de vaca frescos y humeantes.

—Sal de mi propiedad —ordenó Talbott.

Estaba llorando. Lentamente, Rob guió a *Incitatus* de regreso a Carlisle. Se preguntó dónde habría ido la chica y si lograría sobrevivir.

Ya no era César Augusto a la cabeza de la guardia pretoriana. Sólo era un chiquillo enredado en sus dudas y temores.

Cuando llegó a casa, colgó los patines de la viga y nunca volvió a cogerlos.

# 11

## EL JUDÍO DE TETTENHALL

No había nada que hacer salvo aguardar la llegada de la primavera. Habían elaborado y embotellado nuevas partidas de Panacea Universal. Todas las hierbas que Barber encontró, con excepción de la verdolaga para combatir las fiebres, estaban secas y en polvo, o remojadas en la medicina. Sentíanse fatigados de practicar los juegos malabares y hartos de ensayar magias, y Barber estaba también cansado del Norte, de beber y dormir.

—Estoy demasiado impaciente para seguir arrastrándome mientras se consume el invierno —dijo una mañana de marzo, y abandonaron Carlisle prematuramente, avanzando con lentitud hacia el sur porque los caminos todavía estaban casi intransitables.

Tropezaron con la primavera en Beverley. El aire se suavizó, y emergió el sol junto con una multitud de peregrinos que habían visitado la gran iglesia de piedra consagrada a San Juan Evangelista. Rob y Barber montaron el espectáculo, y su primer gran público de la nueva temporada respondió con entusiasmo. Todo fue bien durante los tratamientos hasta que, al hacer pasar a la sexta paciente detrás del biombo de Barber, Rob tomó las delicadas manos de una elegante mujer.

Rob sintió que se le aceleraba el pulso.

—Pasad, señora —dijo débilmente.

Le hormigueaba la piel donde sus manos se unieron. Se volvió e intercambió una mirada con Barber.

Barber palideció.

Casi con brutalidad, empujó a Rob hasta quedar fuera del alcance de los oídos de la paciente.

—¿No tienes ninguna duda? Debes estar absolutamente seguro.

—Morirá muy pronto —afirmó Rob.

Barber regresó junto a la mujer, que no era vieja y parecía gozar de buena salud. No se quejó de ninguna dolencia y dijo que sólo había ido a comprar un filtro.

—Mi marido es un hombre de edad. Su ardor languidece, mas me admira —dijo serenamente.

Su refinamiento y la ausencia de falso pudor la dotaban de dignidad. Llevaba ropa de viaje, confeccionada con finos paños. Evidentemente, era una mujer rica.

—Yo no vendo filtros. Eso es magia y no medicina, señora.

La mujer murmuró una disculpa. Barber se aterrorizó al ver que no lo corregía en el tratamiento que le había dado: ser acusado de brujería por la muerte de una noble significaba la destrucción segura.

—Un trago de alcohol suele producir el efecto deseado. Fuerte y caliente, antes de retirarse.

Barber se negó a aceptar pago. En cuanto la mujer hubo salido, presentó sus excusas a los pacientes que aún no había atendido. Rob ya estaba cargando el carromato.

Así, huyeron una vez más. En esta ocasión apenas hablaron durante la escapada. En cuanto estuvieron bastante lejos y acamparon para pasar la noche, Barber rompió el silencio.

—Cuando alguien muere repentinamente, su mirada queda vacía —dijo en voz baja—. La fisonomía pierde expresión, y a veces la cara se torna purpúrea. Una comisura de la boca cuelga, cae un párpado, los miembros se vuelven de piedra. —Suspiró—. Es despiadado.

Rob no contestó.

Prepararon las camas e intentaron dormir. Barber se

levantó y bebió un rato, pero esta vez no tendió sus manos al aprendiz para que las retuviera.

En el fondo de su alma, Rob sabía que no era un hechicero, pero sólo podía existir otra explicación, y no la comprendía. Permaneció echado y rezó. «Por favor, quítame este sucio don y devuélvelo a su lugar de origen.» Furioso y abatido, no pudo evitar un fruncimiento de cejas, pues la mansedumbre nunca le había dado ninguna ventaja. «Es algo que podría estar inspirado por Satán, y no quiero tener nada que ver con eso», le gruñó a Dios.

Al parecer, su oración fue escuchada. Aquella primavera no hubo más incidentes. Se mantuvo el buen tiempo, con días soleados más cálidos y secos que de costumbre, buenos para los negocios.

—Buen tiempo en el día de san Swithin —dijo Barber una mañana, con tono triunfal—. Todo el mundo sabe que eso significa buen tiempo durante otros cuarenta días.

Gradualmente sus temores se apaciguaron, y fueron animándose.

¡Su amo recordó su cumpleaños! La tercera mañana siguiente al día de san Swithin, Barber le hizo un hermoso regalo: tres plumas de ganso, polvo de tinta y una piedra pómez.

—Ahora puedes emborronar las caras con algo distinto a un trozo de carbón.

Rob no tenía dinero para comprarle a Barber un regalo de cumpleaños. Pero un día, a última hora de la tarde, sus ojos reconocieron una planta al pasar junto a un campo. A la mañana siguiente, salió a hurtadillas del campamento, caminó media hora hasta el campo y recogió una buena cantidad de hojas. El día del cumpleaños de Barber, Rob le obsequió un gran ramo de verdolaga, la hierba para las fiebres, que aquél recibió con evidente placer.

En su espectáculo se notaba que estaban bien avenidos. Cada uno anticipaba lo que haría el otro, y su representación adquirió brillo y agudeza, despertando espléndidos aplausos. Rob tenía ensueños en los que veía a sus hermanos entre los espectadores; imaginaba el orgullo y el asombro de Anne Mary y de Samuel Edward al ver a su hermano mayor hacer pases mágicos y malabarismos con cinco pelotas.

Habrán crecido, se dijo. ¿Lo recordaría Anne Mary? ¿Seguiría siendo indómito Samuel Edward? Y seguramente Jonathan Carter sabía andar y hablar como un hombrecito hecho y derecho.

A un aprendiz le era imposible insinuarle a su amo a dónde debía dirigir el caballo, pero en Nottingham encontró la oportunidad de consultar el mapa de Barber, y vio que estaban en el mismísimo corazón de la isla inglesa. Para llegar a Londres tendrían que continuar al sur, pero también desviarse al este. Memorizó los nombres y emplazamientos de las ciudades, para saber si estaban viajando hacia donde tan desesperadamente deseaba ir.


En Leicester, un granjero que picaba una roca en su campo, había desenterrado un sarcófago. Cavó a su alrededor, pero era demasiado pesado para que él lo levantara, y su fondo permaneció aferrado a la tierra como un canto rodado.

—El duque enviará hombres y animales para sacarlo y se lo llevará a su castillo —les dijo orgulloso el pequeño terrateniente.

En el mármol blanco había una inscripción:

DIIS MANIBUS. VIVIO MARCIANO MILITI LEGIONIS SECUNDAE AUGUSTAE. IANUARIA MARINA CONJUNX PIENTISSIMA POSUIT MEMORIAM.

—«A los dioses del mundo de los muertos —tradujo Barber—. Para Vivio Marciano, soldado de la Segunda Legión de Augusto. En el mes de enero, su devota esposa Marina instaló este sepulcro.»

Se miraron.

—Me pregunto qué le ocurrió a la muñequita Marina

después de enterrarlo, pues estaba a gran distancia de su casa —dijo razonablemente Barber.

«Como todos», pensó Rob.


Leicester era una ciudad populosa. Asistió mucha gente al espectáculo, y cuando concluyó la venta de la medicina se encontraron en un frenesí de actividad. En rápida sucesión, ayudó a Barber a abrir el carbunclo de un joven, a entablillar un hueso partido de otro, a administrar verdolaga a una matrona calenturienta y manzanilla a un niño con cólicos.

Después acompañó al otro lado del biombo a un hombre robusto, de calva incipiente y ojos lechosos.

—¿Cuánto hace que está ciego? —preguntó Barber a su paciente.

—Dos años. Todo empezó como una tiniebla que gradualmente se profundizó, y ahora apenas distingo la luz. Soy escribiente y no puedo trabajar.

Barber meneó la cabeza, olvidando que su gesto no era visible.

—No puedo devolver la vista, como tampoco la juventud.

El escribiente dejó que Rob lo guiara afuera.

—Es una mala noticia —le dijo a Rob—. ¡Nunca volveré a ver!

Un hombre que andaba por allí, delgado, con cara de halcón y nariz aguileña, oyó lo que decía y los miró de soslayo. Tenía el pelo y la barba blancos pero aún era joven: no podía más que doblar la edad de Rob. Dio un paso adelante y puso una mano en el brazo del paciente.

—¿Cómo te llamas? —le preguntó, con el acento francés que Rob había oído muchas veces en boca de los normandos de los muelles londinenses.

—Edgar Thorpe —dijo el escribiente.

—Yo soy Benjamin Merlin, médico de la cercana ciudad de Tettenhall. ¿Me permites examinarte los ojos, Edgar Thorpe?

El oficinista asintió y pestañeó. El otro le levantó los

párpados con los pulgares y estudió la blanca opacidad que cubría sus ojos.

—Estoy en condiciones de abatir las nubes de los cristalinos —dijo finalmente—. Lo he hecho con anterioridad, pero tienes que ser fuerte para aguantar el dolor.

—El dolor es lo de menos —murmuró el enfermo.

—Entonces haz que alguien te lleve a mi casa de Tettenhall, a primera hora de la mañana del próximo martes —dijo el médico, y se apartó.

Rob estaba alelado. Nunca le había pasado por la imaginación que alguien pudiera intentar algo que escapaba a los conocimientos de Barber.

—¡Maestro médico! —Corrió tras él—. ¿Dónde has aprendido a hacer eso..., abatir las nubes de los cristalinos de los ojos?

—En una academia. Una escuela para médicos.

—¿Y dónde está esa escuela para médicos?

Merlin vio ante sí a un joven corpulento, con ropa mal confeccionada y que le iba pequeña. Su mirada abarcó el abigarrado carromato, la tarima donde estaban las pelotas para malabarismos y los frascos con medicinas cuya calidad adivinó al instante.

—A medio mundo de distancia —dijo amablemente.

Se encaminó hacia una yegua negra que estaba atada a un árbol, la montó y, al galope, se alejó de los cirujanos barberos sin volver la mirada.

Más tarde, Rob le habló a Barber de Benjamin Merlin, mientras *Incitatus* arrastraba lentamente el carromato hacia las afueras de Leicester. Barber asintió con la cabeza.

—He oído hablar de él. El médico de Tettenhall.

—Sí. Hablaba como un franchute.

—Es un judío de Normandía.

—¿Qué es un judío?

—Otro nombre para designar a los hebreos, el pueblo de la Biblia que asesinó a Jesús y fue expulsado de la Tierra Santa por los romanos.

—Habló de una escuela para estudiar medicina.

—A veces organizan cursos en el colegio de Westminster. Según se dice, son pésimos y de ellos salen pésimos médicos. En su mayoría se emplean con médicos de verdad para capacitarse, así como tú eres mi aprendiz para llegar a conocer el oficio de cirujano barbero.

—No creo que se refiriera a Westminster. Dijo que la escuela estaba muy, muy lejos.

Barber se encogió de hombros.

—Tal vez esté en Normandía o en Bretaña. Los judíos son muchos en Francia, y algunos se abren paso hasta aquí, incluidos los médicos.

—Yo he leído cosas de los hebreos en la Biblia, pero nunca había visto a uno.

—Hay otro médico judío en Malmesbury, de nombre Isaac Adolescentoli. Un doctor famoso. Es posible que lo veas cuando lleguemos a Salisbury —dijo Barber.

Malmesbury y Salisbury caían al oeste de Inglaterra.

—Entonces, ¿no iremos a Londres?

—No —Barber percibió algo en la voz de su aprendiz, y hacía tiempo que le constaba el deseo del joven de encontrar a sus parientes—. Iremos directamente a Salisbury —dijo con tono severo— para cosechar los beneficios de las multitudes que asisten a la feria. De allí pasaremos a Exmouth, pues para entonces el otoño habrá caído sobre nosotros. ¿Lo comprendes?

Rob movió la cabeza afirmativamente.

—Pero en la primavera, cuando volvamos a partir, viajaremos hacia el este y pasaremos por Londres.

—Gracias, Barber —dijo con serena exultación.

Rob se animó. ¿Qué importaban las demoras si sabía que finalmente irían a Londres?

Sus hermanos poblaron todos sus pensamientos.

Por último, volvió a la otra cuestión:

—¿Crees que le devolverá la vista al escribiente?

Barber se encogió de hombros.

—He oído hablar de esa operación. Muy pocos son capaces de llevarla a cabo, y dudo que el judío sea uno de esos pocos. Pero quien es capaz de asesinar a Cristo no tiene ningún escrúpulo en mentirle a un ciego —dijo Barber y apremió al caballo, pues faltaba poco para la hora de cenar.

# 12

## A LA MEDIDA

Cuando llegaron a Exmouth no fue lo mismo que volver a casa, pero Rob se sintió mucho menos solo que dos años atrás, cuando pisó el lugar por vez primera. La casita junto al mar era conocida y acogedora. Barber pasó la mano por la gran chimenea de leña, con sus utensilios de cocina, y suspiró.

Planearon una espléndida provisión invernal, como de costumbre pero en esa ocasión no llevarían aves de corral a la casa, por el penetrante hedor que despedían las gallinas.

Rob había seguido creciendo, y sus ropas le quedaban pequeñas.

—Tus huesos en expansión me llevarán a la ruina —se quejó Barber, pero le dio a Rob una pieza de paño de lana teñido de marrón que había comprado en la feria de Salisbury—. Cogeré a *Tatus* y el carro, e iré a Athelny para elegir quesos y jamones, y pernoctaré en la posada. En mi ausencia, debes limpiar de hojas el manantial y comenzar a preparar la leña. Pero tómate tiempo para llevar este paño a Editha Lipton y pídele que te lo cosa. ¿Recuerdas el camino de su casa?

Rob cogió la ropa y le dio las gracias.

—La encontraré.

—Tiene que hacerte algo que se pueda agrandar —gruñó Barber después de pensarlo dos veces—. Dile que haga dobladillos generosos para que cuando llegue el momento los soltemos.

Llevó la tela envuelta en una piel de carnero para protegerla de la lluvia helada que, al parecer, era el rasgo predominante del clima de Exmouth. Conocía el camino. Dos años atrás a veces había pasado por su casa, con la esperanza de verla.

Editha respondió de inmediato a su llamada. A Rob casi se le cae el hatillo cuando ella le cogió las manos y lo atrajo hacia el interior para evitar que se siguiera mojando.

—¡Rob J.! Déjame estudiarte. Jamás he visto tantas alteraciones en dos años!

Rob quiso decirle que ella no había cambiado, pero se quedó mudo. Editha notó su mirada y se le entibiaron los ojos.

—Entretanto yo me he vuelto vieja y canosa —dijo.

Él meneó la cabeza. Editha seguía teniendo el pelo negro, y en todo sentido era tal como la recordaba, sobre todo en la luminosidad de sus ojos. Editha preparó una infusión de hierbabuena y Rob recuperó la voz. Le habló ansiosamente y con todo detalle de los sitios donde habían estado y de algunas cosas que habían hecho.

—A mí me va un poco mejor que antes —dijo ella—. Las cosas han cambiado y ahora la gente vuelve a encargarme ropa.

Rob recordó el motivo de su visita. Abrió la piel de carnero y le mostró el paño; después de examinarlo, Editha dijo que era una lana de muy buena calidad.

—Espero que haya suficiente cantidad —le dijo con tono de preocupación—, porque ya eres más alto que Barber. —Buscó las cuerdas de medir y le tomó el ancho de los hombros, la circunferencia de cintura, el largo de brazos y piernas—. Haré pantalones ceñidos, una chupa suelta y una capa; irás magníficamente ataviado.

Rob asintió y se incorporó, aunque reacio a marcharse.

—¿Barber te está esperando?

Le explicó todo sobre las actividades de Barber, y ella le indicó que retrocediera.

—Es hora de comer. No puedo ofrecerte lo mismo que él, que pone en la mesa terneras reales, lenguas de alondra y sabrosos budines. Pero compartirás mi cena de campesina.

Cogió un pan del aparador y envió a Rob su pequeña fresquera del manantial a buscar un trozo de queso y una jarra de sidra. En medio de la oscuridad creciente y bajo la lluvia, Rob arrancó dos varitas de sauce. En la casa cortó el queso y el pan de cebada y los atravesó con las varas de sauce para tostarlos en el fuego. Editha sonrió:

—Veo que ese hombre ha dejado en ti su marca para toda la vida.

Rob le devolvió la sonrisa.

—Es sensato calentar la comida en una noche como ésta.

Comieron y bebieron; después charlaron amistosamente. Rob agregó leña al fuego, que había empezado a silbar y a humear bajo la lluvia que se colaba por el boquete de salida del humo.

—El tiempo está empeorando —dijo Editha.

—Sí.

—Es una tontería volver a casa en la oscuridad y con semejante tormenta.

Rob había caminado en noches más oscuras y bajo peores lluvias.

—Parece que va a nevar.

—Entonces tendré compañía.

—Te lo agradezco.

Volvió entumecido al manantial, con el queso y la sidra, sin atreverse a pensar. Al volver a la casa, la encontró despojándose del vestido.

—Será mejor que te quites la ropa húmeda —le dijo mientras se metía tranquilamente en la cama, con su camisa de dormir.

Rob se quitó la túnica y los pantalones húmedos, y los extendió a un lado del hogar. Desnudo, se apresuró a acostarse junto a ella, entre las pieles, temblando.

—¡Qué frío!

Editha sonrió.

—Has pasado más frío. Cuando ocupé tu lugar en la cama de Barber.

—Y me hicisteis dormir en el suelo en una noche de perros. Sí, hacía más frío.

Ella lo miró.

—«Pobre huerfanito», pensé. Te habría metido con nosotros en la cama.

—Estiraste la mano y me tocaste la cabeza.

Le tocó la cabeza ahora, alisándole el pelo y apretándole el rostro en sus blanduras.

—He abrazado a mis propios hijos en esta cama.

Editha cerró los ojos. Luego aflojó la parte de arriba de su camisa y le dio un pecho.

La carne tibia en su boca hizo recordar a Rob una calidez infantil largo tiempo olvidada. Le escocieron los párpados. La mano de Editha cogió la suya para que la explorara.

—Esto es lo que debes hacer —le dijo, sin abrir los ojos.

Una rama chisporroteó en la chimenea, pero no la oyeron. El fuego humedecido ahumaba toda la estancia.

—Suavemente y con mucha paciencia. En círculos, tal como lo estás haciendo —dijo Editha con tono ensoñador.

Rob echó hacia atrás la manta y la camisa de la mujer, a pesar del frío. Vio, con sorpresa, que sus piernas eran gruesas. Estudió con la mirada lo que sus dedos ya habían aprendido. La femineidad de ella era como la de sus sueños, pero ahora la luz del fuego le permitió observar los pormenores.

—Más rápido.

Ella habría dicho más, pero él encontró sus labios. No a la boca de una madre, y Rob notó que Editha hacía algo interesante con su lengua ávida.

Una serie de susurros lo guiaron encima de ella y entre sus pesadas nalgas. No fueron necesarias más instrucciones: instintivamente, Rob corcoveó y empujó.

«Dios es un carpintero competente», pensó Rob, pues la mujer era una resbaladiza muesca móvil y él, una almilla a la medida.

Editha abrió los ojos de par en par y lo miró fijamente. Sus labios se curvaron sobre sus dientes en una extraña sonrisa y emitió un áspero estertor desde el fondo de su garganta, sonido que habría hecho pensar a Rob que la mujer estaba agonizando, si no lo hubiese oído con anterioridad.

Durante años había visto y oído a otros hacer el amor: sus padres en la pequeña casa abarrotada, Barber con un numeroso desfile de rameras. Había llegado a la convicción de que en un coño tenía que haber mucha magia para que los hombres lo desearan tanto. En el oscuro misterio del lecho de Editha y estornudando como un caballo por el humo de la chimenea, Rob sintió que descargaba toda la angustia contenida en su cuerpo. Transportado por el más tremendo de los deleites, Rob descubrió la enorme diferencia entre la observación y la participación.


A la mañana siguiente, despertada por un golpe en la puerta, Editha bajó descalza de la cama y fue a abrir.

—¿Se ha ido? —susurró Barber.

—Hace mucho —le respondió, mientras lo hacía pasar—. Se durmió como un hombre y al despertar fue nuevamente un chico. Dijo algo acerca de limpiar el manantial y se fue deprisa.

—¿Todo salió bien? —preguntó Barber, sonriente.

Ella asintió con sorprendente timidez, bostezando.

—Bien, porque estaba más que listo. Para él será mejor haber encontrado la bondad contigo en lugar de una cruel iniciación por parte de una hembra de otra índole.

Editha lo vio sacar monedas de la bolsa y dejarlas sobre la mesa.

—Sólo por esta vez —le advirtió Barber, con su sentido práctico—. Si vuelve a visitarte...

Ella meneó la cabeza.

—En estos tiempos me hace mucha compañía un carretero. Un buen hombre, con casa en la ciudad de Exeter y tres hijos. Creo que se casará conmigo.

—¿Y le advertiste a Rob que no siguiera mi ejemplo?

—Le dije que cuando bebes con frecuencia te vuelves brutal y eres menos que un hombre.

—No recuerdo haberte pedido que le dijeras eso.

—Se lo dije basándome en mis propias observaciones. —Sostuvo con firmeza la mirada de Barber—. Y también repetí tus palabras, tal como me indicaste. Le dije que su amo se había consumido con la bebida y las mujeres indignas. Le aconsejé que fuera exigente consigo mismo y que hiciera caso omiso de tu ejemplo. —Barber la escuchaba con expresión grave—. No soportó que te criticara —agregó Editha secamente—. Me dijo que eras un hombre sin par cuando estabas sobrio y un excelente amo que lo colma de bondades.

—¿De verdad? —preguntó Barber.

Ella estaba familiarizada con las emociones que asomaban al rostro de un hombre, y notó que aquél estaba henchido de placer.

Barber cogió el sombrero y se encaminó a la puerta. Ella guardó el dinero y volvió a la cama, desde donde lo oyó silbar.

A veces los hombres eran reconfortantes y otras veces se comportaban como animales, «pero siempre son un enigma», se dijo Editha antes de volver a dormirse.

# 13

## LONDRES

Charles Bostock parecía más un árbitro de elegancias que un mercader. Llevaba su largo pelo rubio sujeto con lazos y cintas, y toda su vestimenta era de terciopelo rojo, obviamente costosa a pesar de la capa de polvo con que la había cubierto el viaje. Usaba zapatos puntiagudos de cuero flexible, más idóneos para ser exhibidos que para prestar rústicos servicios. Pero había una fría luz de regateador en sus ojos e iba montado en un hermoso caballo blanco, rodeado por una tropa de sirvientes bien armados, para protegerse de los ladrones. Se entretenía charlando con el cirujano barbero, al que había permitido sumar su carromato a la caravana de caballos cargados con sal de la salina de Arundel.

—Poseo tres depósitos a orillas del río y arriendo otros. Nosotros, los vendedores ambulantes, estamos haciendo un nuevo Londres y, por ende, somos útiles al rey y a todos los ingleses.

Barber asintió cortésmente, harto de aquel jactancioso, pero contento por la oportunidad de viajar a Londres bajo la protección de sus armas, pues abundaban los salteadores de caminos a medida que uno se aproximaba a la ciudad.

—¿Cuál es vuestro negocio? —le preguntó.

—Dentro de nuestra isla-nación, me dedico sobre todo a la compra de objetos de hierro y sal. Pero también adquiero artículos preciosos que no se producen en esta tierra o los traigo de allende el mar: pieles, sedas, oro y gemas lujosas, prendas de vestir curiosas, pigmentos, vino, aceite, marfil y bronce, cobre y estaño, plata, cristal y artículos similares.

—¿Habéis viajado mucho por tierras extranjeras?

El mercader sonrió.

—No, aunque pienso hacerlo. He realizado un solo viaje a Génova, de donde traje colgaduras que, imaginaba, serían compradas por mis colegas más ricos, para sus casas solariegas. Pero antes de que éstos pudiesen verlas, fueron adquiridas para los castillos de varios condes que ayudan a nuestro rey Canuto a gobernar la tierra.

»Haré como mínimo otros dos viajes, porque el rey Canuto promete dar un título equivalente al de barón a todo mercader que vaya tres veces al extranjero en interés del comercio inglés. De momento, pago a otros para que viajen, mientras yo atiendo mis negocios en Londres.

—Por favor, habladnos de las novedades de la ciudad —pidió Barber, y Bostock accedió, altanero.

El rey Canuto había construido una inmensa mansión muy cerca del lado oriental de la abadía de Westminster, informó. El rey, danés por nacimiento, gozaba de gran popularidad porque había promulgado una nueva ley que otorgaba a todo inglés nacido libre el derecho a cazar en su propiedad..., derecho que anteriormente estaba reservado al rey y a sus nobles.

—Ahora cualquier terrateniente puede cazar un corzo, como si fuera el monarca de su propia tierra.

Canuto había sucedido a su hermano Haroldo como rey de Dinamarca y gobernaba ese país además de Inglaterra, aclaró Bostock.

—Tiene el predominio de todo el mar del Norte, y ha levantado una armada de buques negros que barren de piratas el océano, dando seguridad a Inglaterra, que por fin disfruta de una paz verdadera en un centenar de años.

Rob apenas prestaba atención al diálogo. Cuando se detuvieron para cenar en Alton, montó el espectáculo con

Barber para pagar el lugar que les habían permitido ocupar en el séquito del mercader. Bostock rió a carcajadas y aplaudió delirantemente sus juegos malabares. Regaló dos peniques a Rob.

—Te vendrán bien en la metrópoli, donde las chicas están carísimas —dijo, y le guiñó un ojo.

Rob le dio las gracias, aunque sus pensamientos estaban en otro sitio. Cuanto más se aproximaban a Londres, más explícitas se tornaban sus expectativas.

Acamparon en las tierras de una granja de Reading, a sólo un día de viaje de la ciudad que lo vio nacer. Se pasó la noche en vela tratando de decidir a cuál de sus hermanos vería primero.


Al día siguiente, comenzó a descubrir hitos que recordaba: un robledal, una roca muy grande, un cruce de caminos cercano a la colina en la que él y Barber habían acampado aquella primera noche. Cada una de estas marcas hizo palpitar su corazón y hormiguear su sangre. Por la tarde se separaron de la caravana, en Southwark, donde el mercader debía ocuparse de sus negocios. Southwark tenía muchas más cosas de las que había visto la última vez que estuvo allí. Desde el talud observaron los nuevos depósitos que estaban levantando en la ribera pantanosa, cerca de la antigua grada del transbordador, y en el río, muchos barcos extranjeros llenaban los amarraderos.

Barber guió a *Incitatus* a través del Puente de Londres por un carril para tráfico. Al otro lado había una multitud de personas y animales, tan congestionada que no pudieron girar el carromato hacia la Calle del Támesis y se vieron obligados a seguir recto, para torcer a la izquierda por la calle de la Iglesia Francesa, cruzando el Walbrook y traqueteando luego por los adoquines hasta Cheapside. Rob no podía estarse quieto, pues los viejos barrios de casitas de madera deterioradas por el paso del tiempo no parecían haber cambiado.

Barber hizo torcer al caballo a la derecha en Aldersgate, y luego a la izquierda por Newgate; la incógnita de

Rob acerca de sus hermanos quedó resuelta, pues la panadería estaba en esa calle, Newgate, de modo que la primera a quien visitaría sería Anne Mary.

Recordó la casa estrecha con la panadería en la planta baja, y miró ansiosamente de un lado a otro hasta que la divisó.

—¡Aquí, para! —gritó a Barber, y se deslizó del pescante sin dar tiempo a *Incitatus* a detenerse.

Pero cuando cruzó la calle notó que la tienda correspondía a un abastecedor de buques. Desconcertado, abrió la puerta y entró.

Un pelirrojo que estaba sentado detrás del mostrador levantó la vista al oír el sonido de la campanilla que colgaba de la puerta.

—¿Qué pasó con la panadería?

El hombre se encogió de hombros detrás de una pila de cabos pulcramente enrollados.

—¿Los Haverhill todavía viven arriba?

—No, ahí vivo yo. He oído que antes había unos panaderos.

Pero, según explicó, la tienda estaba vacía cuando compró todo dos años atrás a Durman Monk, que vivía calle abajo.

Rob dejó a Barber esperando en el carro y buscó a Durman Monk, quien resultó ser un anciano solitario, encantado con la oportunidad de charlar, en una casa llena de gatos.

—De modo que tú eres hermano de la pequeña Anne Mary. La recuerdo, era una gatita dulce y amable. Conocí muy bien a los Haverhill y los consideraba excelentes vecinos. Se han trasladado a Salisbury —dijo el viejo, en tanto acariciaba a un gato atigrado de mirada salvaje.

Se le hizo un nudo en el estómago cuando entró en la casa del gremio, que correspondía a su memoria hasta en los últimos detalles, incluido el pedazo de argamasa que faltaba en la pared de zarzo revocado de encima de la puerta. Había unos pocos carpinteros bebiendo, pero Rob no vio ninguna cara conocida.

—¿No está Bukerel aquí?

Uno de los carpinteros dejó su jarra de cerveza.

—¿Quién? ¿Richard Bukerel?

—Sí, Richard Bukerel.

—Falleció hace ahora dos años.

Rob sintió algo más que un retortijón, porque Bukerel había sido bondadoso con él.

—¿Quién es ahora jefe carpintero?

—Luard —le respondió el hombre lacónicamente—. ¡Tú! —gritó a un aprendiz—. Ve a buscar a Luard y dile que lo busca un mozuelo.

Luard salió del fondo de la sala; era un hombre fornido y de cara arrugada, algo joven para ser jefe carpintero. Asintió sin sorprenderse cuando Rob le pidió por el paradero de un miembro de la Corporación.

Le llevó unos minutos volver las páginas apergaminadas de un voluminoso libro mayor.

—Aquí está —dijo por último y sacudió la cabeza—. Tengo una inscripción vencida de un carpintero subalterno llamado Aylwyn, pero no hay ninguna anotación desde hace unos años.

Entre los presentes en la sala de reuniones nadie conocía a Aylwyn ni sabía por qué ya no estaba en la nómina.

—Los cofrades se mudan, y con frecuencia se apuntan en el gremio del lugar —comentó Luard.

—¿Qué ha sido de Turner Horne? —inquirió Rob.

—¿El maestro carpintero? Sigue allí, en la misma casa de siempre.

Rob suspiró aliviado; en cualquier caso, vería a Samuel. Uno de los que estaban por allí se levantó, llevó aparte a Luard y cuchichearon.

Luard carraspeó.

—Turner Horne es capataz de una cuadrilla que está construyendo una casa en Edred's Hithe —le dijo—. Cole, te sugiero que vayas directamente allí a hablar con él.

Rob paseó la mirada de uno a otro.

—No conozco Edred's Hithe.

—Es un sector nuevo. ¿Conoces Queen's Hithe, el viejo puente romano junto al murallón?

Rob asintió.

—Ve hasta Queen's Hithe. Una vez ahí, cualquiera te orientará para que llegues a Edred's Hithe —dijo Luard.

Muy cerca del murallón estaban los inevitables depósitos y más allá las calles con casas en las que vivía la gente corriente del puerto, fabricantes de velas, avíos y cordajes para embarcaciones, barqueros, estibadores, gabarreros y constructores de barcas. Queen's Hithe estaba densamente poblada y tenía una buena proporción de tabernas. En una fonda maloliente Rob recibió instrucciones para llegar a Edred's Hithe. Era un nuevo barrio que comenzaba en el límite del viejo, y encontró a Turner Horne levantando una vivienda en una parcela de terreno pantanoso.

Horne bajó del tejado cuando lo llamaron, disgustado porque habían interrumpido su trabajo. Rob lo recordó en cuanto lo vio. El hombre se había vuelto coloradote y su pelo raleaba.

—Soy el hermano de Samuel, maestro Horne —dijo Rob—. Rob J. Cole.

—Así sea. Pero ¡cuánto has crecido!

Rob vio aflorar la pena en sus ojos honrados.

—Ha estado con nosotros menos de un año —explicó Horne, sencillamente—. Era un chico prometedor. La señora Horne estaba muy apegada a él. Siempre les decíamos que no jugaran en los muelles. A más de un adulto le ha costado la vida estar entre los vagones de carga cuando retroceden juntos cuatro caballos. Tanto peor para un niño de nueve años.

—Ocho. —Horne lo observó inquisitivamente—. Si ocurrió un año después de que vosotros le recogierais —aclaró Rob. Tenía los labios estirados y éstos no parecían querer moverse, dificultándole el habla—. Dos años menor que yo.

—Tú debes saberlo mejor —apostilló Horne con tono amable—. Está enterrado en San Botolph, en el fondo y a la derecha del camposanto. Nos dijeron que en ese lugar descansa tu padre. —Hizo una pausa—. En cuanto a las herramientas de tu padre —agregó torpemente—, una de las sierras se ha partido, pero los martillos siguen en buen estado. Puedes llevártelos.

Rob meneó la cabeza.

—Guárdalos tú, por favor. En memoria de Samuel.


Acamparon en una pradera cercana a Bishopsgate, próxima a las tierras húmedas del ángulo noreste de la ciudad. Al día siguiente Rob huyó del rebaño que pastaba y de las condolencias de Barber. A primera hora de la mañana estaba en su vieja calle recordando a los niños, hasta que salió una desconocida de la casa de la madre y echó agua de colada junto a la puerta.

Deambuló hasta encontrarse en Westminster, donde las casas a la vera del río eran cada vez menos frecuentes. Luego, los campos y prados del gran monasterio se convertían en una nueva finca que sólo podía ser la residencia del rey, rodeada de barracas para las tropas y de dependencias en las que, supuso Rob, se despachaban todos los asuntos nacionales. Vio a los temibles miembros de la guardia de corps, de los que se hablaba con respeto reverente en todas las tabernas. Eran hercúleos soldados daneses, escogidos por su corpulencia y capacidad combativa para proteger al rey Canuto. Rob pensó que había demasiados hombres armados para un monarca amado por su pueblo. Desanduvo lo andado hacia la ciudad y, sin saber cómo, finalmente se encontró en San Pablo, donde alguien le apoyó una mano en el brazo.

—Te conozco. Tú eres Cole.

Rob miró al joven, y por un instante volvió a tener nueve años y no sabía si pelear o poner pies en polvorosa, pues aquel era, sin lugar a dudas, Anthony Tite. Pero una sonrisa iluminaba el rostro de Tite y no estaba a la vista ninguno de sus secuaces. Además, observó Rob ahora él era tres cabezas más alto y bastante más pesado que su antiguo enemigo. Dio una palmada en el hombro a Tony *El Meón*, repentinamente tan contento de verlo como si de pequeños hubiesen sido los mejores amigos del mundo.

—Vayamos a una taberna y háblame de ti —propuso Anthony, pero Rob vaciló, porque sólo tenía los dos peniques que le había dado el mercader Bostock por sus malabarismos. Anthony Tite comprendió—. Invito yo. He cobrado un buen salario este último año.

Era aprendiz de carpintero, le contó a Rob en cuanto se instalaron en un rincón de una taberna cercana para beber cerveza.

—En el hoyo —precisó, y Rob notó que su voz era ronca y su tez cetrina.

Rob conocía ese trabajo. Un aprendiz permanecía en un pozo profundo, en cuya parte alta se colocaba un tronco. El aprendiz tiraba de un extremo de una larga sierra, y todo el día respiraba el serrín que le caía encima, mientras un carpintero subalterno se situaba en el borde del hoyo y manejaba la sierra desde arriba.

—Los malos tiempos parecen haber tocado a su fin para los carpinteros —dijo Rob—. Visité la casa de la cofradía y vi a muy pocos vagando por allí.

Tite asintió.

—Londres crece. La ciudad ya tiene cien mil almas: la octava parte de todos los ingleses. Levantan edificios por todas partes. Es un buen momento para inscribirse como aprendiz en el gremio, pues se rumorea que en breve crearán otra Centena. Y como tú eres hijo de un carpintero...

Rob movió la cabeza negativamente.

—Ya he hecho un aprendizaje.

Le habló de sus viajes con Barber, y se sintió gratificado al notar cierta envidia en los ojos de Anthony. Tite habló de la muerte de Samuel.

—Yo he perdido a mi madre y a dos hermanos en años recientes, víctimas de la viruela, y a mi padre a causa de las fiebres.

Rob asintió, con mirada sombría.

—Tengo que encontrar a los que están vivos. En cualquier casa de Londres por la que paso puede estar el último hijo nacido de mi madre antes de su muerte, colocado por Richard Bukerel.

—Quizá la viuda de Bukerel sepa algo. —Rob se sentó más erguido—. Se ha vuelto a casar con un verdulero de nombre Buffington. Su nueva casa no está lejos de aquí. Inmediatamente más allá de Ludgate.

La casa de Buffington se hallaba en un paraje no muy distinto a aquel, tan solitario, en el que el rey había construido su nueva residencia, pero estaba muy próximo a la humedad de las zonas pantanosas del Fleet, y era un refugio lleno de parches en lugar de un palacio. Detrás de la casucha había pulcros campos de coles y lechugas, rodeados por un páramo pantanoso sin drenar. Lo contempló todo por un momento, y vio a cuatro niños mohínos acarreando sacos de piedras con los que daban vueltas alrededor de los campos plagados de mosquitos, como letal patrulla contra las liebres.

Encontró a la señora Buffington en la casa. Se saludaron. Ella estaba clasificando diversos productos en canastas. Los animales se comían sus beneficios, explicó en tono gruñón.

Pero cuando le hizo la pregunta que lo había llevado allí, ella no recordaba que su primer marido hubiese mencionado el nombre o el paradero de la nodriza que se llevó al bebé bautizado como Roger Cole.

—¿Nadie apuntó su nombre?

Probablemente algo notó la mujer en su mirada, porque se picó.

—Yo no sé escribir. ¿Por qué no preguntaste su nombre y lo escribiste tú? ¿Acaso no es tu hermano?

Rob se preguntó cómo podía esperarse semejante responsabilidad de un crío en sus circunstancias, aunque sabía que en cierto sentido la mujer tenía razón.

La señora Buffington le sonrió.

—No seamos descorteses entre nosotros, pues hemos compartido días más duros como vecinos.

Para su gran sorpresa, vio que lo estudiaba como una mujer estudia a un hombre, con ojos ansiosos. Había adelgazado por las faenas que ahora realizaba y Rob comprendió que en otros tiempos había sido hermosa. No era mayor que Editha.

Pero pensó melancólicamente en Bukerel y recordó la cruel mezquindad de aquella mujer, sin olvidar que cuando quedó solo lo habría vendido como esclavo.

La miró fríamente, le dio las gracias y se marchó.


En la iglesia de San Botolph, el sacristán —un viejo picado de viruela y con el pelo gris polvoriento— respondió a su llamada. Rob preguntó por el sacerdote que había enterrado a sus padres.

—El padre Kempton fue trasladado a Escocia hace diez meses.

El anciano lo llevó al cementerio de la iglesia.

—Ahora esto está abarrotado —dijo—. ¿No estabas aquí hace dos años, cuando el azote de la viruela? —Rob meneó la cabeza—. ¡Afortunado de ti! Murieron tantos que enterrábamos todos los días. Ahora andamos escasos de espacio. Gente de todas partes llega en tropel a Londres, y todo hombre alcanza en seguida las dos veintenas de años por las que razonablemente puede orar.

—Pero no tenéis más de cuarenta años —observó Rob.

—¿Yo? Yo estoy protegido por la naturaleza eclesiástica de mi trabajo, y en todo sentido he llevado una vida pura e inocente.

Le dedicó una sonrisa, y Rob olió el alcohol de su aliento. Esperó fuera de la casa de enterramientos, mientras el sacristán consultaba el libro. Todo lo que el viejo borrachín pudo hacer fue guiarlo a través de un laberinto de lápidas inclinadas, hasta una zona general de la parte oriental del camposanto, cerca del muro trasero cubierto de musgo, y declarar que tanto su padre como su hermano Samuel habían sido enterrados «por aquí». Intentó rememorar el funeral de su padre para recordar el emplazamiento de la tumba, pero no lo logró.

Fue más fácil encontrar a su madre: el tejo que crecía tras su sepulcro se había desarrollado mucho en tres años, pero lo reconoció.

Imprevisiblemente y con gran resolución, volvió corriendo al campamento. Barber lo acompañó a un paraje rocoso, más abajo del talud del Támesis, donde seleccionaron un pequeño canto rodado de color gris, aplanado y alisado por largos años de mareas. *Incitatus* los ayudó a arrastrarlo desde el río.

Rob pensaba grabar personalmente las inscripciones, pero fue disuadido.

—Ya hemos pasado demasiado tiempo aquí —dijo Barber—. Deja que lo haga bien y rápidamente un picapedrero. Yo le pagaré su trabajo, y cuando tú completes el aprendizaje y trabajes por un salario, me lo devolverás.

Sólo se quedaron en Londres el tiempo suficiente para ver la piedra con los tres nombres y las fechas en el lugar que le correspondía en el cementerio, debajo del tejo.

Barber apoyó una mano fornida en su hombro y le dirigió una mirada penetrante.

—Somos viajeros. Llegaremos a los sitios en los que puedas hacer averiguaciones sobre tus otros tres hermanos.

Desplegó el mapa de Inglaterra y mostró a Rob los seis grandes caminos que salían de Londres: Por el noreste a Colchester, por el norte a Lincoln y York, por el noreste a Shrewsbury y Gales, por el oeste a Silchester, Winchester y Salisbury; por el sudeste a Richborough, Dover y Lyme, y por el sur a Chichester.

—Aquí, en Ramsey —le dijo Barber hundiendo un dedo en el centro de Inglaterra—, es adonde tu vecina viuda, Della Hargreaves se fue a vivir con su hermano. Ella podrá decirte el nombre del ama de cría a la que entregó al bebé Roger, y tú podrás buscarlo la próxima vez que vengamos a Londres. Y aquí abajo está Salisbury, donde según te han dicho la familia Haverhill ha llevado a tu hermanita Anne Mary. —Arrugó el entrecejo—. Es una pena que no lo supiéramos cuando estuvimos allí durante la feria.

Rob se estremeció al comprender que él y la chiquilla podían haberse cruzado entre las multitudes.

—No importa —dijo Barber—. Regresaremos a Salisbury en nuestro camino de vuelta a Exmouth, en el otoño.

Rob cobró ánimo.

—Y por donde vayamos hacia el norte, preguntaré a todos los sacerdotes y monjes que encuentre si conocen al padre Lovell y a su joven pupilo William Cole.

La mañana siguiente abandonaron Londres y siguieron el ancho camino de Lincoln, que llevaba al norte de Inglaterra. Tras dejar atrás todas las casas y el hedor de tanta gente, cuando hicieron un alto para paladear un desayuno especialmente abundante preparado a la orilla de un riachuelo cantarín, coincidieron en que una ciudad no era el mejor lugar para respirar el aire de Dios y gozar del calor del sol.

# 14

# LECCIONES

Un día de principios de junio estaban tumbados de espaldas a la vera de un arroyo, en las cercanías de Chipping Norton, viendo pasar las nubes a través de ramas frondosas, esperando que picaran las truchas.

Apoyadas en dos ramas en forma de Y clavadas en tierra, sus varas de sauce estaban inmóviles.

—Muy entrada la temporada para que las truchas tengan hambre de lombrices —murmuró satisfecho Barber—. En un par de semanas, cuando los insectos saltadores pululen en los campos, los peces se cogerán antes.

—¿Cómo conocen la diferencia los gusanos machos?

Medio dormido, Barber sonrió.

—Seguro que todas las hembras se parecen en la oscuridad, como las mujeres.

—Todas las mujeres no son iguales, ni de día ni de noche —protestó Rob—. Parecen semejantes, pero cada una tiene su aroma, su sabor, su tacto.

Barber suspiró.

—Ésa es la auténtica maravilla que opera de señuelo en el caso del hombre.

Rob se incorporó y fue hasta el carromato. Al volver llevaba en la mano un cuadrado liso de pino en el que había dibujado en tinta el rostro de una chica. Se puso en cuclillas junto a Barber y le dio la tabla.

—¿La reconoces?

Barber estudió el dibujo.

—Es la chica de la semana pasada, la muñequita de Fairt Ives.

Rob recuperó el dibujo y lo observó, complacido.

—¿Por qué pusiste esa marca tan fea en la mejilla?

—Porque la tenía.

Barber asintió.

—La recuerdo. Pero con tu palma y tu tinta estás en condiciones de embellecer la realidad. ¿Por qué no permites que se vea a sí misma más favorablemente de lo que la ve el mundo?

Rob frunció el ceño, preocupado sin saber por qué. Volvió a estudiar el parecido.

—De cualquier manera, no lo ha visto, pues lo dibujé después de dejarla.

—Pero podrías haber hecho el dibujo en su presencia. —Rob se encogió de hombros y sonrió. Barber se levantó, plenamente despierto—. Ha llegado el momento de que demos un uso práctico a tu habilidad.


A la mañana siguiente, fueron a ver a un leñador y le pidieron que aserrara rodajas del tronco de un pino. Los cortes de madera resultaron decepcionantes: demasiado ásperos para dibujar con pluma y tinta. Pero las rodajas de una joven haya eran lisas y duras, y el leñador cortó de buena gana un árbol de tamaño mediano a cambio de una moneda.

A continuación del espectáculo de aquella tarde, Barber anunció que su compañero dibujaría gratuitamente retratos de media docena de residentes de Chipping Norton.

Se produjo un bullicioso alud. Alrededor de Rob se reunió una multitud para observar, con curiosidad, cómo mezclaba la tinta. Pero hacía tiempo que él dominaba el arte de la representación, y estaba habituado al escrutinio.

Dibujó un rostro en cada uno de los seis discos de madera: una anciana, dos jóvenes, un par de lecheras que olían a vaca, y un hombre con un lobanillo en la nariz.

La mujer tenía los ojos hundidos y la boca desdentada, con los labios arrugados. Uno de los jóvenes era regordete y carirredondo, de modo que fue lo mismo que dibujarle rasgos a una calabaza. El otro era delgado y moreno, con ojos siniestros. Las lecheras eran hermanas y se parecían tanto que el desafío consistió en tratar de captar las sutiles diferencias; allí Rob fracasó, porque podrían haber intercambiado sus retratos sin que se notara. De los seis dibujos, sólo se sintió satisfecho con el último. El hombre era casi viejo. Sus ojos y todos los surcos de su cara estaban inundados de melancolía. Sin saber cómo, Rob logró plasmar toda su tristeza.

Dibujó el lobanillo sin la menor vacilación. Barber no protestó, pues todos los modelos estaban visiblemente contentos y se oyeron sostenidos aplausos de los mirones.

—Comprad seis frascos y tendréis, ¡gratis, amigos míos!, un retrato similar —vociferó Barber, sosteniendo en alto la Panacea Universal y emprendiendo su habitual discurso.

En breve se formó una cola delante de Rob, que dibujaba concentradamente, y una cola más larga aún delante de la tarima, en la que permanecía Barber vendiendo su medicina.

Desde que el rey Canuto había liberalizado las leyes de caza, empezaron a aparecer venados en los puestos de carne. En la plaza del mercado de Aldreth, Barber compró un buen cuarto trasero. Lo frotó con ajo silvestre y le hizo tajos profundos que rellenó con pequeños cuadrados de grasa de cerdo y cebolla, lardeando sabrosamente el exterior con mantequilla dulce; mientras se asaba, roció constantemente la pieza con una mezcla de miel, mostaza y cerveza negra.

Rob comió vorazmente, pero Barber dio cuenta de casi todo el cuarto trasero acompañado con una prodigiosa cantidad de puré de nabos y una hogaza de pan fresco.

—Un poco más, quizá. Para conservar las fuerzas —dijo, sonriente.

Desde que Rob lo conocía, había engordado notablemente... sus buenas seis piedras, pensó Rob. Las carnes surcaban su cuello, sus antebrazos eran como jamones y su barriga navegaba delante de él, como una vela suelta en un vendaval. Y su sed era tan portentosa como su apetito.

Dos días después de dejar Aldreth llegaron al pueblo de Ramsey, donde en la taberna Barber concitó la atención del propietario tragando en silencio dos jarros llenos de cerveza antes de imitar el sonido de un trueno con un eructo y pasar a la cuestión inmediata.

—Estamos buscando a una mujer de nombre Della Hargreaves. —El hombre se encogió de hombros y meneó la cabeza—. Hargreaves era el apellido de su marido. Es viuda. Vino hace cuatro años para quedarse con su hermano. No conozco el nombre de éste, pero le ruego que reflexione, pues ésta es una población pequeña.

Barber pidió más cerveza, para estimularlo. El dueño de la taberna puso los ojos en blanco.

—Oswald Sweeter —susurró su mujer mientras servía la bebida.

—¡Ah! Entonces es la hermana de Sweeter —concluyó el hombre, al tiempo que aceptaba el dinero de Barber.

Oswald Sweeter era el herrero de Ramsey, tan corpulento como Barber, pero puro músculo. Los escuchó algo cejijunto y luego habló, como si lo hiciera de mala gana.

—¿Della? La recogí —dijo—. De mi propia sangre. —Con unas tenazas hundió una rama de cerezo en las ascuas incandescentes—. Mi mujer la colmó de bondades, pero Della tiene talento para no trabajar. No se llevaban bien. Antes de medio año, Della nos abandonó.

—Para ir ¿adónde? —preguntó Rob.

—A Bath.

—¿Y qué hace en Bath?

—Lo mismo que aquí antes de que la echáramos —dijo Sweeter en voz baja—. Se largó con un hombre, escabulléndose como una rata.

—Fue vecina nuestra durante años en Londres, donde siempre se la consideró una mujer respetable —se sintió obligado a decir Rob, aunque la viuda nunca le había caído bien.

—Así será, mozalbete, pero hoy mi hermana es una tunanta que prefiere revolcarse con cualquiera antes que trabajar para ganarse el pan. Búscala en el barrio de las putas.

Sacando una barra al rojo vivo de las ascuas, Sweeter terminó la conversación a martillazos, de modo que una desenfrenada lluvia de chispas siguió a Rob y a Barber hasta la puerta.

Llovió una semana seguida mientras se abrían camino costa arriba. Una mañana salieron a rastras de sus húmedas camas bajo el carromato, y descubrieron un día tan suave y glorioso que olvidaron todo salvo su buena fortuna de ser libres y bienaventurados.

—¡Demos un paseo por el mundo inocente! —gritó Barber, y Rob supo exactamente qué quería decir, pues a pesar de la terrible urgencia de encontrar a sus hermanos, era joven, sano y cargado de energías en aquel día esplendoroso.

Entre toques del cuerno cantaban exuberantes himnos y tonadas maliciosas, una señal de su presencia más audible que cualquier otra. Rodaban despacio por un sendero arbolado que les proporcionaba alternativamente la cálida luz del sol y la fresca sombra, con mil distintos tonos de verde.

—¿Qué más puedes pedir? —dijo Barber.

—Armas —respondió Rob al instante.

A Barber se le borró la sonrisa.

—No pienso comprarte armas —dijo con tono cortante.

—No necesariamente una espada. Pero me parece sensato llevar una daga, pues en cualquier momento pueden atacarnos.

—Cualquier salteador de caminos lo pensaría dos veces antes de asaltarnos, porque somos hombres muy fornidos.

—Es a causa de mi estatura, precisamente. Cuando entro en una taberna, los hombres más menudos que yo me miran y piensan: «Es grandote, pero de una estocada se le pueden parar los pies», y se llevan la mano a la empuñadura de sus armas.

—Y después se dan cuenta de que vas desarmado y comprenden que eres un cachorro que no ha llegado a mastín a pesar de su tamaño. Entonces se sienten muy tontos y te dejan en paz. Con un puñal en el cinto, morirías en quince días.

Siguieron su camino en silencio.

Siglos de violentas invasiones habían hecho creer a todos los ingleses que eran soldados. La ley no permitía que los esclavos llevaran armas, y los aprendices no podían permitirse ese lujo, pero cualquier otro varón exteriorizaba su condición de nacido libre por el pelo largo y por las armas que portaba. «Claro que un hombre pequeño con un arma puede matar fácilmente a un joven corpulento sin ella», se dijo Barber.

—Tienes que saber manejar las armas cuando te llegue el momento de empuñarlas —decidió—. Ésa es una parte de tu instrucción que hemos descuidado. Por tanto, comenzaré a adiestrarte en el uso de la espada y la daga.

Rob sonrió de oreja a oreja.

—Gracias, Barber.


En un claro, se pusieron frente a frente, y Barber sacó la daga de su cinto.

—No debes empuñarla como un niño que quiere apuñalar hormigas. Equilibra la hoja en la palma hacia arriba, como si tuvieras la intención de hacer malabarismos. Los cuatro dedos se cierran alrededor del mango. El pulgar puede quedar plano a lo largo del mango o cubrir los dedos dependiendo de la trayectoria que se imprima a la hoja. La peor y de la que más hay que protegerse, es la que va de abajo arriba.

»El luchador con cuchillo dobla las rodillas y se mueve ligeramente sobre sus pies, listo para saltar hacia delante o hacia atrás. Listo para zigzaguear con el fin de evitar la puñalada del agresor. Listo para matar, pues este instrumento se usa para el cuerpo a cuerpo y el trabajo sucio. El metal con que está hecho es tan bueno como el de un escalpelo. Una vez que te has entregado a cualquiera de los dos, debes cortar como si de ellos dependiera la vida, que es lo que suele suceder.

Devolvió la daga a su vaina y entregó su espada a Rob, quien la sopesó, sosteniéndola delante de él.

—*Romanussum* —dijo en voz muy baja.

Barber sonrió.

—No, no, no eres un puñetero romano. Al menos con esta espada inglesa. La romana era corta y puntiaguda, con dos bordes de acero afilados. A ellos les gustaba pelear de cerca, y a veces la usaban como una daga. Pero esto es un sable Rob J., más largo y más pesado. La mejor de las armas, que mantiene a nuestro enemigo a distancia. Es una cuchilla, un hacha que corta seres humanos en lugar de árboles.

Recuperó la espada y se alejó de Rob.

Sujetándola con ambas manos, giró mientras la hoja destellaba y relumbraba en amplios círculos mortales, al acuchillar la luz del sol.

De improviso se detuvo y se inclinó sobre el sable, sin aliento.

—Prueba tú —le dijo, y le entregó el arma.

Escaso consuelo fue para Barber advertir cuán fácilmente su aprendiz empuñaba el pesado sable con una mano. «Es el arma de un hombre fuerte —pensó con cierta envidia—, más eficaz cuando se la usa con la agilidad de la juventud.»

A imitación de Barber, Rob la esgrimió y empezó a dar vueltas por el pequeño claro. La hoja silbaba a través del aire, y un ronco grito ajeno a su voluntad salió de su garganta. Barber lo observaba, más que vagamente perturbado, mientras barría a una invisible hueste a cintarazos.

La siguiente lección tuvo lugar varias noches más tarde, en una abarrotada y bulliciosa taberna de Fulford. Unos traficantes de ganado ingleses, de una caravana de caballos que iba hacia el norte, se encontraron allí con los boyeros daneses de una caravana que viajaba al sur. Ambos grupos pasarían la noche en el lugar; ahora bebían copiosamente y se observaban entre sí como manadas de perros de riña.

Rob estaba con Barber, bebiendo sidra, y no se sentía incómodo. No era una situación nueva, y sabían lo suficiente como para no dejarse llevar por el espíritu combativo.

Uno de los daneses salió a aliviar la vejiga. Al volver, acarreaba un cochinillo chillón bajo el brazo, y una cuerda. Ató un extremo de la cuerda al cuello del lechón y el otro a una estaca hincada en el centro de la taberna. A continuación golpeó la mesa con una jarra.

—¿Quién es lo bastante hombre para jugar conmigo al cerdo atascado? —gritó en dirección a los boyeros ingleses.

—¡Ah, Vitus! —gritó, alentador, uno de sus compañeros, y comenzó a golpear su mesa, a lo que se unieron rápidamente todos sus amigos.

Los ingleses escucharon ceñudos el martilleo y las pullas, después, uno de ellos se encaminó a la estaca y movió la cabeza afirmativamente.

Media docena de los parroquianos más prudentes de la taberna tragaron rápidamente sus bebidas y abandonaron el local.

Rob ya había empezado a incorporarse, siguiendo la costumbre de Barber de alejarse de cualquier sitio antes de que hubiera camorra, pero se sorprendió cuando su amo le apoyó una mano en el brazo para que volviera a sentarse.

—¡Dos peniques por Dustin! —gritó un boyero inglés.

En breve los dos grupos se afanaban en apostar. Los dos hombres eran más o menos equiparables. Ambos parecían estar en la veintena. El danés era más robusto y algo más bajo, mientras que el inglés tenía el alcance del brazo más largo.

Les vendaron los ojos con trapos, y cada uno de ellos fue atado a un costado opuesto de la estaca, mediante una cuerda de tres yardas de largo que rodeaba sus tobillos.

—Un momento —pidió Dustin—. ¡Otro trago!

Sus amigos lo aclamaron, y cada uno de ellos le llevó un vaso de hidromiel, que él se echó rápidamente al coleto.

Los hombres con los ojos vendados desenvainaron sus dagas.

El cerdo, al que habían mantenido en ángulo recto con respecto a ambos, fue depositado en el suelo. Inmediatamente, el animal intentó huir, pero, atado como estaba, sólo pudo correr en círculo.

—¡Dustin, el muy cabrón se acerca! —gritó alguien.

El inglés se preparó y esperó, pero el sonido de las pisadas del cerdo quedó ahogado por los gritos de los hombres, y pasó delante de él sin que se diera cuenta.

—¡Ahora, Vitus! —gritó un danés.

Aterrorizado, el lechón se dirigió hacia el boyero danés. El hombre apuñaló tres veces sin acercarse, y la bestia huyó por donde había venido, chillando.

Dustin logró diferenciar los ruidos y se acercó al cochinillo por una dirección mientras Vitus se cerraba desde la otra.

El danés atacó al cerdo y Dustin resolló cuando la afilada hoja le hizo un tajo en el brazo.

—¡Norteño mal nacido!

Apuñaló el aire en un arco, pero no llegó cerca del cerdo chillón y del otro hombre.

Ahora el animal pasó como un rayo entre los pies de Vitus. El danés se aferró a la cuerda y logró acercarlo a su puñal en ristre. La primera puñalada acertó en la pata delantera derecha y el cerdo emitió una prolongada queja.

—¡Lo tienes, Vitus!

—¡Liquídalo para que mañana podamos comerlo!

El lechón era ahora un blanco excelente a causa de sus chillidos, y Dustin se abalanzó. La mano que empuñaba el arma rozó el costado del animal, y con un ruido sordo la hoja se enterró hasta la empuñadura en el vientre de Vitus.

El danés se limitó a gruñir suavemente, pero dio un paso atrás, abriéndose las carnes al retroceder.

Sólo se oían en la taberna los alaridos del lechón.

—Deja la daga, Dustin; lo has mandado al otro mundo —ordenó uno de los ingleses.

Entre todos rodearon al boyero, le arrancaron la venda de los ojos y le cortaron las ataduras.

Mudos, los boyeros daneses sacaron a su amigo antes de que los sajones reaccionaran o alguien llamara a los ayudantes del magistrado. Barber suspiró.

—Vayamos a examinarlo, pues como cirujanos barberos que somos debemos prestarle auxilio.

Pero era evidente que no podían hacer mucho por él. Vitus yacía de espaldas, como si estuviera roto, con los ojos muy abiertos y la cara gris. En la herida abierta de su vientre rasgado vieron que tenía las entrañas partidas casi en dos. Barber cogió a Rob del brazo y lo forzó a ponerse en cuclillas a su lado.

—Míralo —dijo con tono firme.

Había capas: piel bronceada, carne pálida, un revestimiento viscoso. El intestino tenía el color rosa de un huevo de Pascua teñido, y la sangre era muy roja.

—Es curioso, pero un hombre abierto apesta mucho más que cualquier animal abierto —comentó Barber.

Manaba sangre de la pared abdominal, y en un chorro espeso el intestino se vació de material fecal. El hombre murmuraba débilmente en danés; tal vez rezaba.

Rob tuvo náuseas pero Barber lo retuvo sin miramientos junto al caído, como quien refriega el morro de un perrito en sus propios excrementos.

Rob tomó la mano del boyero. El hombre era como un saco de arena con un agujero en el fondo. Y Rob sintió cómo se le iba la vida. Agachado, le sostuvo la mano apretadamente hasta que no quedó arena en el saco, y el alma de Vitus produjo un crujido seco como el de una hoja marchita. Por último se apagó.

Siguieron practicando con las armas, pero ahora Rob se mostraba más reflexivo y no tan ansioso.

Pasaba más tiempo pensando en el don. Observaba a Barber y lo escuchaba, aprendiendo todo lo que sabía. A medida que se familiarizó con las dolencias y sus síntomas, comenzó a jugar un juego secreto, tratando de determinar, a partir de las apariencias, qué enfermedad afligía a cada paciente.

En Richmond, un pueblo de Northumbria, vieron en la cola de espera a un hombre macilento, de ojos legañosos, y una tos angustiosa.

—¿Cuál es su enfermedad? —preguntó Barber a Rob.

—¿Tisis?

Barber sonrió aprobadoramente.

Pero cuando al paciente que tosía le tocó el turno de ver al cirujano barbero, Rob le tomó las manos para acompañarlo al otro lado del biombo: No era el contacto de un agonizante; todos los sentidos indicaban a Rob que ese hombre era demasiado fuerte para padecer de consunción. Percibió que había cogido una tiritona catarral y que muy pronto se libraría de esa molestia meramente pasajera.

No tenía razones para contradecir a Barber; pero así, gradualmente, tomó conciencia de que el don no sólo servía para predecir la muerte, sino que podía resultar útil a fin de estudiar enfermedades y, tal vez, para ayudar a los vivos.

*Incitatus* arrastró lentamente el carromato encarnado en dirección norte, a través de Inglaterra, pueblo por pueblo, algunos demasiado pequeños para tener nombre. Cada vez que llegaban a un monasterio o iglesia, Barber aguardaba pacientemente en el carromato, mientras Rob preguntaba por el padre Ronald Lovell y el chico llamado William Cole pero nadie los había oído nombrar.

En algún sitio, entre Carlisle y Newcastle-upon-Tyne, Rob se encaramó a un muro de piedra levantado novecientos años atrás por la cohorte de Adriano para proteger a Inglaterra de los merodeadores escoceses. Sentado en Inglaterra y contemplando Escocia, Rob se dijo que la posibilidad más prometedora de ver a alguien de su propia sangre se hallaba en Salisbury, donde los Haverhill habían llevado a su hermana Anne Mary.

Cuando por fin llegaron a Salisbury, fue despachado en un santiamén de la Corporación de Panaderos.

El jefe panadero se llamaba Cummings. Era achaparrado y semejante a un sapo; no tan robusto como Barber pero lo bastante rechoncho como para servir de propaganda a su oficio.

—No conozco a ningún Haverhill.

—¿No lo miraríais en el registro?

—Oye, estamos en época de feria. Prácticamente todos mis cofrades están trabajando en ella, hay mucho trajín y tenemos prisa. Si quieres, ven a vernos cuando termine la feria.

Mientras duró la feria, sólo una parte de Rob hacía juegos malabares, atraía pacientes y ayudaba a tratarlos, en tanto escudriñaba constantemente las multitudes en busca de un rostro conocido; un vislumbre de la chica que ahora imaginaba sería Anne Mary.

No la vio.

Al día siguiente de la culminación de la feria volvió al edificio de la Corporación de Panaderos de Salisbury. Era una estancia pulcra y atrayente; a pesar de su nerviosismo, se preguntó por qué las salas de reunión de otros gremios eran siempre más sólidas y estaban mejor construidas que las de las Corporaciones de Carpinteros.

—Ah, el joven cirujano barbero. —Cummings fue más amable en su saludo y estaba más sosegado. Registró concienzudamente dos voluminosos libros mayores y luego meneó la cabeza—. Jamás hemos tenido un panadero llamado Haverhill.

—Un hombre y su mujer —insistió Rob—. Vendieron la pastelería de Londres y afirmaron que vendrían aquí. Tienen una chiquilla que es hermana mía. De nombre Anne Mary.

—Lo que ha ocurrido es evidente, joven cirujano barbero. Después de vender su tienda y antes de llegar aquí encontraron una oportunidad mejor en otro lado, oyeron hablar de un sitio más necesitado de panaderos.

—Sí, es probable.

Rob le agradeció y volvió al carromato. Barber quedó visiblemente preocupado, pero le aconsejó que hiciera de tripas corazón.

—No debes perder las esperanzas. Algún día los encontrarás, seguro.

Pero era como si la tierra se hubiese abierto y tragado a los vivos y a los muertos. La leve esperanza que había mantenido, ahora parecía excesivamente inocente. Pensó que los días de su familia habían quedado atrás y, con un estremecimiento, se obligó a reconocer que fuera lo que fuese lo que lo esperaba, con toda probabilidad lo enfrentaría a solas.

# 15

## EL JORNALERO

Pocos meses antes de que concluyera el aprendizaje de Rob, estaban bebiendo cerveza en la taberna de la posada de Exeter, negociando cautelosamente los términos laborales.

Barber bebía en silencio, como si estuviera perdido en sus pensamientos, y finalmente le ofreció un salario bajo.

—Más una nueva muda —agregó, como si lo acometiera un arranque de generosidad.

No en vano Rob llevaba seis años con él. Se encogió de hombros, dubitativo.

—Me siento atraído a volver a Londres —dijo mientras rellenaba las jarras.

Barber asintió.

—Una muda cada dos años tanto si es necesaria como si no —añadió, después de analizar la expresión de Rob.

Pidieron la cena: un pastel de conejo, que Rob comió entusiasmado. En lugar de dedicarse a la comida, Barber la emprendió con el tabernero.

—La poca carne que encuentro es durísima y está mal condimentada —refunfuñó—. Podríamos elevar un poco el salario. Un poco.

—Está mal condimentada —confirmó Rob—. Eso es algo que tú nunca haces. Siempre me ha gustado tu forma de condimentar la caza.

—¿Qué salario consideras justo para un mocoso de dieciséis años?

—Prefiero no tener salario.

—¿Prefieres no tener salario? —Barber lo observó con suspicacia.

—Así es. Los ingresos se obtienen de la venta de la panacea y del tratamiento de los pacientes. Por tanto, quiero la duodécima parte de cada frasco vendido y la duodécima parte de cada paciente tratado.

—Un frasco de cada veinte y un paciente de cada veinte.

Rob sólo vaciló un instante antes de asentir.

—Los términos durarán un año y luego podrán renovarse por mutuo acuerdo.

—¡Trato hecho!

—Trato hecho —dijo Rob serenamente.

Levantaron las jarras de cerveza negra y sonrieron.

—¡Salud!

—¡Salud!


Barber se tomó muy en serio sus nuevos costos. Un día que estaban en Northampton, donde había hábiles artesanos, contrató a un carpintero subalterno para que hiciera otro biombo, y en su próxima parada, que resultó ser Huntington, lo instaló no muy lejos del suyo.

—Es hora de que te pares sobre tus propios pies —dijo.

Después del espectáculo y los retratos, Rob se sentó detrás de la cortina y esperó.

¿Lo mirarían y soltarían una carcajada? ¿O girarían sobre sus talones y se sumarían a la fila de espera de Barber?

Su primer paciente hizo una mueca cuando Rob le tomó las manos, porque su vieja vaca le había pisoteado la muñeca.

—La muy zorra pateó el cubo. Luego, cuando me estiré para enderezarlo, la condenada me pisó.

Rob palpó suavemente la articulación y al instante olvidó cualquier otra cosa. Había una magulladura dolorosa. También un hueso roto, el que baja del pulgar. Un hueso importante. Le llevó un rato vendar correctamente la muñeca y amañar un cabestrillo.

El siguiente era la personificación de sus temores: una mujer delgada y angulosa de aire sombrío.

—He perdido el oído —declaró.

Rob le examinó las orejas, que no parecían tener ningún tapón de cera. No conocía nada que pudiera mejorarla.

—No puedo ayudarla —dijo con tono pesaroso.

La mujer sacudió la cabeza.

—¡NO PUEDO AYUDAROS! —gritó Rob.

—ENTONCES, PREGUNTADLE AL OTRO BARBERO.

—ÉL TAMPOCO PODRÁ AYUDAROS.

Ahora la mujer tenía expresión colérica.

—¡CONDENAOS EN LOS INFIERNOS! SE LO PREGUNTARÉ YO MISMA.

Rob oyó la risa de Barber y notó cuánto se divertían los otros pacientes cuando la mujer salió como una tromba.

Aguardaba detrás del biombo, ruborizado, cuando entró un joven que tendría uno o dos años más que él. Rob reprimió el impulso de suspirar cuando vio el dedo índice izquierdo en avanzado estado de gangrena.

—No tiene buen aspecto.

El joven tenía blancas las comisuras de los labios, pero de alguna manera logró sonreír.

—Me lo aplasté cortando madera para el fuego hará una quincena. Dolía, por supuesto, pero aparentemente mejoraba. Entonces...

La primera articulación estaba negra y abarcaba una superficie de inflamado descoloramiento que se convertía en carne ampollada.

Las grandes ampollas despedían un fluido sanguinoliento y un olor gaseoso.

—¿Cómo fuisteis tratado?

—Un vecino me aconsejó que lo envolviera en cenizas húmedas mezcladas con mierda de ganso, para aliviar el dolor.

Rob movió la cabeza afirmativamente, pues éste era el remedio más común.

—Bien. Ahora es una enfermedad que, si no se trata, os comerá la mano y luego el brazo. Mucho antes de que llegue al cuerpo, moriréis. Es necesario cortar el dedo.

El joven asintió, con expresión valerosa.

Ahora Rob dejó escapar el suspiro. Tenía que estar doblemente seguro: quitar un apéndice era un paso serio, y aquel joven notaría su falta el resto de su vida cuando intentara ganarse el pan.

Pasó al otro lado del biombo de Barber.

—¿Qué pasa?

Barber parpadeó.

—Tengo que mostrarte algo —dijo Rob y volvió con su paciente, mientras el gordo Barber lo seguía a ritmo laborioso.

—Le he dicho que es necesario cortarlo.

—Sí —afirmó Barber, y su sonrisa desapareció—. Correcto. ¿Quieres ayuda?

Rob meneó la cabeza. Dio a beber al paciente tres frascos de Panacea Universal y a continuación reunió con gran cuidado todo lo que necesitaría para no tener que buscarlo en medio del procedimiento, ni tener que gritarle a Barber pidiendo ayuda. Cogió dos bisturíes afilados, una aguja e hilo encerado, una tabla corta, tiras de trapos para vendar y una pequeña sierra de dientes finos. Ató el brazo del joven a la tabla, con la palma de la mano hacia arriba.

—Cerrad el puño dejando fuera el dedo malo.

Envolvió la mano con vendas y la ató por separado para que los dedos sanos no le obstaculizaran el camino.

Se asomó y reclutó a tres hombres fuertes que haraganeaban por allí: dos para sostener al joven y uno para sujetar la tabla.

En una docena de ocasiones se lo había visto hacer a Barber, y dos veces lo había hecho personalmente bajo la supervisión de aquél, pero nunca lo había intentado solo. El truco consistía en cortar lo bastante lejos de la gangrena como para detener su progreso, aunque dejando al mismo tiempo un muñón lo más largo posible.

Cogió el bisturí y lo hundió en la carne sana. El paciente gritó e intentó levantarse de la silla.

—Sujetadlo.

Cortó un círculo alrededor del dedo e hizo una breve pausa para lavar la hemorragia con un trapo antes de hender el sector sano del dedo por ambos lados y desollar cuidadosamente la piel hacia el nudillo, formando dos colgajos.

El hombre que sostenía la tabla empezó a vomitar.

—Coge tú la tabla —dijo Rob al que le sujetaba los hombros.

No hubo ningún problema con el cambio de manos porque el paciente se había desmayado.

El hueso era una sustancia fácil de cortar, y la sierra produjo un raspado tranquilizador cuando serró el dedo y lo seccionó.

Recortó con gran cuidado los colgajos e hizo un esmerado muñón, tal como le habían enseñado, no tan ceñido como para que doliera ni tan flojo como para provocar engorros; después cogió la aguja y el hilo, y lo cosió con puntadas pequeñas y precisas. Restañó una exudación sanguinolenta volcando más panacea sobre el muñón. Después, ayudó a llevar al joven quejumbroso a la sombra de un árbol, para que se recuperara.

Luego, en rápida sucesión, vendó un tobillo torcido, un corte profundo en el brazo de un niño, y vendió tres frascos de medicina a una viuda aquejada de dolores de cabeza y otra media docena a un hombre que padecía gota. Comenzaba a sentirse un tanto engreído cuando entró una mujer que evidentemente se estaba consumiendo.

No había error posible: estaba demacrada, tenía la tez cerúlea, y el sudor le brillaba en las mejillas. Rob tuvo que obligarse a mirarla después de haber percibido su sino a través de las manos.

—... ni deseos de comer —estaba diciendo—, aunque tampoco retengo nada de lo que como, pues lo que no vomito se me escapa en forma de deposiciones sanguinolentas.

Rob le apoyó la mano en el pobre vientre y palpó la

abultada rigidez, hacia la que guió la palma de la mano de la paciente.

—Buba.

—¿Qué es buba, señor?

—Un bulto que crece alimentándose de la carne sana. Ahora mismo podéis sentir una serie de bubas debajo de vuestra mano.

—El dolor es terrible. ¿No hay cura? —preguntó serenamente.

Le gustó su valentía y no se sintió tentado a responder con una mentira misericordiosa.

Movió la cabeza de un lado a otro, porque Barber le había dicho que muchas personas sufren bubas de estómago y todas mueren.

Cuando la mujer lo dejó, lamentó no haberse hecho carpintero, vio el dedo cortado en el suelo. Lo recogió, lo envolvió en un trapo y lo llevó hasta el árbol a cuya sombra se recuperaba el joven. Se lo puso en la mano sana. Desconcertado, el paciente miró a Rob.

—¿Qué haré con esto?

—Los sacerdotes dicen que se deben enterrar las partes perdidas para que le esperen a uno en el camposanto, y se pueda levantar entero el día del juicio final.

El joven meditó un instante y luego asintió.

—Gracias, cirujano barbero.


Lo primero que vieron al llegar a Rockingham fue la cabellera canosa de Wat, el vendedor de ungüentos. Junto a Rob, en el asiento del carromato, Barber refunfuñó decepcionado, suponiendo que el otro charlatán les había ganado por la mano el derecho a montar allí un espectáculo. Pero después de intercambiar los saludos de rigor, Wat lo tranquilizó.

—No daré ninguna representación aquí. Permitidme a cambio que os invite a un azuzamiento.

Los llevó entonces a ver a su oso, una robusta bestia a la que un aro de hierro le atravesaba el negro hocico.

—El animal está enfermo y en breve morirá de causas

naturales, de modo que quiero obtener esta noche el último beneficio que puede darme.

—¿Es *Bartram*, el oso con el que luché? —preguntó Rob, con una voz que sonó extraña en sus propios oídos.

—No; *Bartram* nos dejó hace ya cuatro años. Ésta es una hembra que responde al nombre de *Godiva* —dijo Wat mientras sacaba el paño de la jaula.

Esa tarde Wat asistió al espectáculo y a la posterior venta de la panacea; con permiso de Barber, el vendedor ambulante del famoso ungüento subió a la tarima y anunció el azuzamiento de la osa, que tendría lugar por la noche en el reñidero situado tras la curtiduría, a medio penique la entrada.

Cuando llegaron Barber y Rob, había caído el crepúsculo: el prado que rodeaba el foso estaba iluminado por las lenguas de fuego de una docena de teas. En el campo sólo se oían palabrotas y risas masculinas. Unos amaestradores retenían tres perros con bozal que tironeaban de sus cortas traíllas: un abigarrado mastín esquelético, un perro pelirrojo que parecía el primo pequeño del mastín, y un gran danés de tamaño espectacular.

Wat y un par de ayudantes llevaron a *Godiva*. La decrépita osa estaba encapuchada, pero olió a los perros e instintivamente se volvió para hacerles frente.

Los hombres la llevaron hasta un grueso poste hincado en el centro del reñidero. En la parte superior e inferior del poste había sólidas abrazaderas de cuero. El amo del reñidero usó la de abajo para atar a la osa por la pata trasera derecha. Al instante se oyeron varios gritos de protesta:

—¡La correa de arriba, la correa de arriba!

—¡Ata a la bestia por el cuello!

—¡Engánchala por el aro del hocico, condenado imbécil!

El aludido permaneció impasible ante los insultos, pues tenía una larga experiencia en esas lides.

—El oso no tiene zarpas. Por tanto, muy pobre sería

el espectáculo si tuviera atada la cabeza. Le permitiré, en cambio, usar los colmillos.

Wat le quitó la capucha a *Godiva* y saltó hacia atrás.

La osa miró a su alrededor bajo las luces parpadeantes y fijó sus ojos desconcertados en los hombres y los perros.

Obviamente era una bestia vieja y de mala salud; los hombres que gritaban las apuestas recibieron muy pocas respuestas hasta que ofrecieron tres a uno a los perros, que se veían salvajes y sanos, mientras los llevaban hasta el reborde del reñidero. Los entrenadores les rascaban la cabeza y les masajeaban el cogote. Luego les quitaron los bozales y las traíllas, antes de alejarse.

En seguida el mastín y el pequeño pelirrojo se echaron de panza, con la mirada fija en *Godiva*. Gruñían, mordían el aire y retrocedían, porque aún no sabían que la osa no tenía zarpas, un arma que temían y respetaban.

El gran danés recorría a paso largo el perímetro del ruedo y la osa le arrojaba nerviosas miradas por encima de la paletilla.

—¡Presta atención al pequeño pelirrojo! —gritó Wat en el oído de Rob.

—Parece el menos temible.

—Es de una raza excepcional, criada a partir del mastín, para matar toros en el ruedo.

Parpadeando, la osa permanecía erguida sobre sus patas traseras, con la espalda contra el poste. *Godiva* parecía confundida; comprendía la auténtica amenaza que representaban los perros, pero era una bestia amaestrada, acostumbrada a las ataduras y a los gritos de los seres humanos, y no estaba lo bastante furiosa para el gusto del amo del ruedo. El hombre cogió una larga lanza y pinchó una de sus arrugadas tetas, haciéndole un corte en el pezón oscuro.

La osa aulló de dolor.

Estimulado, el mastín se abalanzó. Quería desgarrar la suave carne de la parte inferior de la panza, pero la osa se volvió, y los terribles dientes del perro se hundieron en su cadera izquierda. *Godiva* bramó y dio un manotazo. Si de cachorra no le hubieran arrancado cruelmente las zarpas, el mastín habría quedado destripado, pero la garra sólo lo rozó de manera inofensiva. El perro notó que no era el peligro que esperaba, escupió pellejo y carne, y acometió para proseguir la faena, ahora enloquecido por el sabor de la sangre.

El pequeño pelirrojo había saltado en el aire hacia la garganta de *Godiva*. Sus dientes eran tan espantosos como los del mastín; su larga quijada inferior se cerró sobre la superior y el perro quedó colgado por debajo del morro de la osa, a la manera en que una fruta madura cuelga de un árbol.

Entonces el danés vio que era su turno y saltó hacia *Godiva* por la izquierda, trepando encima del mastín en su entusiasmo por cogerla. En la misma dentellada tajante, *Godiva* perdió la oreja y el ojo izquierdo; unos bocados de color carmesí volaron por los aires cuando la osa sacudió su estropeada cabeza.

El dogo se había concentrado en un gran pliegue de pellejo denso y piel floja. Sus mandíbulas apresadas ejercían una presión implacable en la tráquea de la osa, que empezó a jadear en busca de aire. Ahora el mastín había descubierto su panza y la estaba desgarrando.

—¡Una pelea mediocre! —gritó Wat, decepcionado—. Ya tienen a la osa.

*Godiva* golpeó su enorme pata delantera derecha sobre el lomo del mastín. El crujido de la espina del perro no se oyó a causa de los demás ruidos, pero el agonizante mastín se retorció sobre la arena y la osa volvió sus colmillos hacia el gran danés.

Los asistentes rugieron de deleite.

El gran danés fue arrojado prácticamente fuera del ruedo y allí permaneció inmóvil, pues tenía la garganta rajada.

*Godiva* dio un manotazo al pequeño, que estaba más pelirrojo que nunca por la sangre de la osa y del mastín. Las tenaces quijadas se cerraron en la garganta de *Godiva*. La osa dobló sus miembros delanteros y apretó, triturando mientras oscilaba de un lado a otro.

Hasta que el pequeño pelirrojo quedó exánime, no se relajaron las mandíbulas. Finalmente, la osa logró golpearlo contra el poste una y otra vez hasta que lo soltó en la arena pisoteada, como una lapa desprendida.

*Godiva* cayó de cuatro patas junto a los perros muertos, pero no se interesó por ellos.

Agonizante y temblorosa, empezó a lamerse sus carnes vivas y sangrantes.

Flotaban los murmullos de las conversaciones mientras los espectadores pagaban o cobraban las apuestas.

—Demasiado rápido, demasiado rápido —farfulló un hombre, cerca de Rob.

—La maldita bestia aún vive y podemos divertirnos un poco más —dijo otro.

Un joven borracho había cogido la lanza del amo del reñidero y acosó a *Godiva* desde atrás, pinchándole el ano. Los hombres aplaudieron cuando la osa giró, rugiendo, pero no pudo moverse, pues estaba sujeta por las ataduras de la pata.

—¡El otro ojo! —gritó alguien desde el fondo de la turba—. ¡Arráncale el otro ojo!

La osa volvió a incorporarse, inestable, en dos patas. El ojo sano los miraba desafiante aunque con serena presciencia, y Rob recordó a la mujer que había visto en Northampton y que tenía una enfermedad consuntiva. El borracho acercaba la punta de la lanza a la enorme cabeza cuando Rob cayó sobre él y se la quitó de las manos.

—¡Ven aquí, puñetero imbécil! —gritó Barber a Rob, y corrió tras él.

—Eres una buena chica, Godiva —dijo Rob.

Apuntó y hundió la lanza en el pecho desgarrado; casi instantáneamente brotó la sangre desde un rincón del hocico contorsionado.

La muchedumbre rugió, emitiendo un gruñido semejante al de los perros cuando se habían acercado.

—Ha enloquecido y debemos asistirlo —se apresuró a decir Barber.

Rob permitió que Barber y Wat lo sacaran a rastras del foso y lo llevaran hasta el círculo de luces.

—¿De dónde has sacado un aprendiz tan estúpido? —preguntó Wat, colérico.

—Confieso que lo ignoro.

La respiración de Barber sonaba como un fuelle. Rob notó que en los últimos tiempos su respiración era cada vez más laboriosa.

En el interior del ruedo iluminado, el amo anunciaba tranquilizadoramente que había un fuerte tejón esperando a que lo azuzaran, y las quejas se convirtieron en discordantes vítores.

Rob se alejó, mientras Barber se disculpaba con Wat.

Estaba sentado cerca del carromato, junto al fuego, cuando Barber volvió tambaleándose, abrió un frasco de licor y se bebió la mitad de un trago.

Luego cayó pesadamente en su cama, al otro lado de la fogata, con la vista fija.

—Eres un asno.

Rob sonrió.

—Si en ese momento no hubiesen estado pagadas y cobradas las apuestas, te habrían desangrado. Y yo no les habría hecho el menor reproche.

Rob acercó la mano a la piel de oso sobre la que dormía. El pelaje estaba estropeado y pronto tendría que descartarla, pensó, acariciándola.

—Buenas noches, Barber.

# 16

## LAS ARMAS

A Barber nunca le pasó por la imaginación que él y Rob J. llegarían a tener discrepancias. A los diecisiete años de edad, el antiguo aprendiz era tal cual había sido de cachorro: trabajador y bien dispuesto.

Si exceptuamos que ahora sabía regatear como una pescadera.

En las postrimerías del primer año de empleo, pidió la duodécima parte en lugar de la vigésima. Barber refunfuñó, pero acabó aceptando, porque era evidente que Rob merecía mayor recompensa.

Barber notaba que apenas gastaba el salario, y sabía que ahorraba para comprarse armas. Una noche de invierno, en la taberna de Exmouth, un jardinero intentó venderle a Rob una daga.

—¿Tú qué opinas? —preguntó Rob, entregándosela a Barber.

Era el arma de un jardinero.

—La hoja es de bronce y se quebrará. Tal vez la empuñadura sea buena, pero un mango tan llamativamente pintado puede ocultar defectos.

Rob J. devolvió el puñal barato al jardinero.

Cuando partieron en la primavera, recorrieron la costa, y Rob acechaba en los muelles en busca de españoles, pues las mejores armas de acero llegaban de España. Sin embargo, cuando viajaron tierra adentro aún no había comprado nada.

Julio los encontró en la Alta Mercia. En la población de Blyth, su ánimo cayó por los suelos. Una mañana despertaron y vieron a *Incitatus* tendido muy cerca, tieso y sin respirar.

Rob miró con amargura al caballo muerto, mientras Barber daba rienda suelta a sus sentimientos escupiendo maldiciones.

—¿Piensas que lo ha matado una enfermedad?

Barber se encogió de hombros.

—Ayer no notamos ningún síntoma, pero era viejo. Ya no era joven cuando lo adquirí, hace mucho tiempo.

Rob pasó medio día cavando para abrir una fosa, pues no querían que *Incitatus* fuese pasto de los perros y los cuervos. Mientras él proseguía la excavación, Barber salió a buscar reemplazo.

Encontrarlo le llevó todo el día y le costó caro, pero un caballo era vital para ellos. Finalmente, compró una yegua parda de cara pelada, de tres años, es decir, no del todo adulta.

—¿También la llamaremos *Incitatus*? —preguntó, pero Rob meneó la cabeza y nunca la llamaron por otro nombre que el de *Caballo*.

Era una yegua de paso suave, pero la primera mañana que estuvo con ellos perdió una herradura y tuvieron que volver a Blyth para conseguir otra.

El herrero se llamaba Durman Moulton y lo encontraron dando los toques finales a una espada que les iluminó los ojos.

—¿Cuánto? —quiso saber Rob, demasiado entusiasmado para el espíritu regateador de Barber.

—Ésta está vendida —dijo el artesano, pero les permitió empuñarla para que comprobaran su equilibrio.

Era un sable sin ornamentaciones, afilado, bien centrado y bellamente forjado. Si Barber hubiese sido más joven y no tan sabio, no se habría resistido a pujar por la espada.

—¿Cuánto por su gemela y una daga a juego?

El total ascendía a más de un año de los ingresos de Rob.

—Tienes que pagarme la mitad ahora, si quieres encargármela —dijo Moulton.

Rob fue hasta el carromato y regresó con una bolsa de la que sacó el dinero con presteza y de buena gana.

—Volveremos dentro de un año.

El herrero asintió y le aseguró que las armas estarían esperándolo.


Pese a la pérdida de *Incitatus*, gozaron de una temporada próspera, pero cuando casi tocaba a su fin, Rob pidió la sexta parte.

—¡Un sexto de los ingresos! ¿Para un mozalbete que aún no ha cumplido los dieciocho años?

Barber estaba auténticamente indignado, pero Rob aceptó con serenidad su arranque y no dijo una palabra más.

A medida que se aproximaba la fecha del acuerdo anual, Barber se atormentaba, pues sabía en qué medida había mejorado su situación gracias a su asalariado.

En el pueblo de Sempringham oyó que una paciente le susurraba a su amiga:

—Ponte en la fila de espera del barbero joven, Eadburga, porque dicen que te toca detrás del biombo. Aseguran que sus manos son curativas.

«Dicen que vende a carretadas la mierda de la panacea», se recordó Barber a sí mismo, con el gesto torcido.

No le preocupaba que ante el biombo de su ayudante hubiese colas más largas que delante del suyo. En verdad, para su empleador Rob J. valía su peso en oro.

—Un octavo —le ofreció finalmente.

Aunque para él era un sufrimiento, habría llegado a un sexto, pero con gran alivio notó que Rob movía la cabeza afirmativamente.

—Un octavo me parece justo —aceptó el ayudante.

El viejo se gestó en la mente de Barber. Siempre en busca de la forma de mejorar el espectáculo, inventó a un viejo verde que bebe la Panacea Universal y persigue a todas las mujeres que ve.

—Y lo interpretarás tú —dijo a Rob.

—Estoy muy desarrollado. Soy excesivamente joven.

—No; he dicho que lo interpretarás tú —insistió Barber obstinadamente—. Yo estoy tan gordo que bastaría mirarme para saber quién soy.

Observaron durante largo tiempo a todos los ancianos con los que se cruzaban, estudiaron su andar cansino, el tipo de vestimenta que usaban, y escucharon su manera de hablar.

—Imagina lo que debe ser sentir que se te escapa la vida —dijo Barber—. Tú crees que siempre se te empinará cuando estés con una mujer. Ahora piensa que eres viejo y nunca más podrás volver a hacerlo.

Confeccionaron una peluca canosa y un bigote postizo gris. No podían marcar arrugas, pero Barber le untó la cara con cosméticos, simulando una piel vieja, reseca y estragada por muchos años de sol y viento. Rob inclinó su largo cuerpo y aprendió a andar cojeando, arrastrando la pierna derecha. Cuando hablaba lo hacía en voz más aguda y titubeante, como si los años le hubieran enseñado a tener miedo.

El Viejo, cubierto con un abrigo raído, hizo su primera aparición en Tadcaster, mientras Barber disertaba sobre los notabilísimos poderes regeneradores de la panacea. Con andar vacilante, el viejo se acercó cojeando y compró un frasco.

—No hay duda de que soy un viejo tonto por despilfarrar así mi dinero —dijo con la voz cascada.

Abrió el frasco con cierta dificultad, bebió la medicina allí mismo y se acercó lentamente a una camarera a la que ya habían instruido y pagado.

—Tú sí que eres bonita. —El viejo suspiró, y la muchacha apartó rápidamente la mirada, como si estuviera avergonzada—. ¿Me harás un favor, querida mía?

—Si puedo...

—Sólo se trata de que pongas la mano en mi cara. Apenas una suave palmadita cálida en la mejilla de un anciano. ¡Ahhh! —exhaló cuando ella lo hizo tímidamente.

Rieron entre dientes cuando él cerró los ojos y le besó los dedos. Al instante, la miró con ojos desorbitados.

—Bendito sea san Antonio —jadeó el viejo—. ¡Es increíble! ¡Maravilloso!

Volvió a la tarima cojeando, a la mayor velocidad que le permitían las piernas.

—Dame otro —le dijo a Barber, y se lo bebió de un trago.

Esta vez, cuando intentó volver junto a la camarera, ella se alejó. La siguió.

—Soy vuestro sirviente, señora... —dijo, ansioso, se inclinó adelante y le murmuró algo al oído.

—¡Señor, no debéis decir esas cosas!

Echó a andar otra vez, y la multitud estaba convulsa por la forma en que el viejo seguía a la joven.

Minutos más tarde, mientras el viejo cojeaba llevando del bracete a la camarera, aplaudieron aprobadoramente y, sin dejar de reír, se apresuraron a gastarse los cuartos en la panacea de Barber.


Después ya no tuvieron que pagarle a nadie para que le diera pie al viejo, porque Rob aprendió en breve a manipular a las mujeres de las multitudes. Percibía cuándo una buena esposa comenzaba a ofenderse y era necesario dejarla en paz, y cuándo una mujer más atrevida no se sentiría insultada por un cumplido jugoso o un leve pellizco.

Una noche, en la ciudad de Lichfield, fue a la taberna con la vestimenta del viejo, y al rato todos los parroquianos aullaban y se secaban las lágrimas de risa al oír sus memorias amorosas.

—Antes era muy libidinoso. Recuerdo muy bien la noche que estaba de jodienda con una chica rellenita... Sus cabellos eran de negro vellón y de sus tetas podías mamar. Y más abajo, un dulce plumón de cisne puro. Al otro lado de la pared dormía su feroz padre, que tenía la mitad de mis años, ignorante de lo que estaba ocurriendo.

—¿Y qué edad tenías tú entonces, viejo?

Enderezó con gran cuidado su espalda vencida.

—Era tres días más joven que ahora —dijo con voz seca.

Durante toda la velada, los bobos de la taberna se pelearon por pagarle otra jarra de cerveza.

Aquella noche, por vez primera Barber ayudó a su asistente a volver al campamento, en lugar de sustentarse en él.


Barber se refugió en el avituallamiento. Ensartaba capones, rellenaba patos y se atiborraba de aves de corral. En Worcester se encontró con la matanza de un par de bueyes y compró sus lenguas.

¡Eso se llamaba comer!

Hirvió ligeramente las grandes lenguas antes de cepillarlas y despellejarlas; luego las asó con cebollas, ajo silvestre y nabos, rociándolas con miel de tomillo y manteca de cerdo fundida, hasta que por fuera quedaron dulcemente tostadas y curruscantes, y por dentro, tan tiernas y blandas que casi no era necesario masticar su carne.

Rob apenas probó tan fino y sabroso manjar, pues tenía prisa por ir a una nueva taberna en la que hacer de viejo estúpido. En cada lugar nuevo que pisaba, los parroquianos se desvivían por mantenerlo constantemente provisto de bebida. Barber sabía que lo que más le gustaba era la cerveza, pero en esos tiempos tuvo que reconocer, consternado, que Rob aceptaba hidromiel, pigmentos fermentados, licor de miel y moras o lo que le echaran.

Barber se mantenía atento para comprobar si tanta bebida no perjudicaba su propio bolsillo. Pero a pesar de las grandes borracheras y las vomiteras nocturnas, Rob hacía todo exactamente como antes, salvo en un detalle.

—He notado que ya no coges las manos de los pacientes cuando pasan detrás de tu biombo —dijo Barber.

—Tú tampoco.

—No soy yo quien tiene el don.

—¡El don! Tú siempre has afirmado que no existe ese don.

—Pero ahora opino que existe —declaró Barber—. Sospecho que está embotado por la bebida y que se pierde por la ingestión regular de licores.

—Todo era producto de nuestra imaginación, como tú decías.

—Escúchame bien. Haya o no haya desaparecido el don, cogerás las manos de todo paciente que pase al otro lado de tu biombo, porque es evidente que les gusta. ¿Entendido?

Rob J. asintió, malhumorado.

A la mañana siguiente, en un sendero boscoso tropezaron con un cazador de pluma. El hombre llevaba una larga vara hendida con bolas de masa impregnadas de semillas. Cuando las aves se acercaban para picotear el señuelo, las capturaba tirando de una cuerda que cerraba la hendidura sobre sus patas. Era tan astuto con ese artilugio, que de su cinturón colgaba gran número de chorlitos blancos. Barber le compró toda la partida. Los chorlitos se consideraban tan exquisitos que solían asarse sin vaciarlos, pero Barber era un cocinero delicado y escrupuloso. Limpió y aderezó cada una de las avecillas y preparó un desayuno memorable, tanto que hasta el hosco semblante de Rob se iluminó.

En Great Berkhamstead montaron su espectáculo ante un público numeroso y vendieron frascos de panacea a manos llenas. Aquella noche Barber y Rob fueron juntos a la taberna para hacer las paces. Durante buena parte de la velada todo fue bien, pero estaban bebiendo un licor de moras muy fuerte, de sabor ligeramente amargo. Barber notó que a Rob se le encendían los ojos y se preguntó si su propia cara enrojecería de ese modo con la bebida.

Poco después Rob se desmadró, empujando e insultando a un robusto leñador.

En un instante los dos trataron de hacerse daño. Ambos eran corpulentos y gritaban como salvajes, poseídos por una especie de locura. Entorpecidos por el alcohol, se mantenían próximos y forcejearon repetidas veces con todas sus fuerzas, usando los puños, las rodillas y los pies. Los golpes y puntapiés sonaban como martillazos en el roble.

Finalmente agotados, se dejaron separar por sendos grupos de pacificadores, y Barber se llevó a Rob.

—¡Maldito borracho!

—¡Mira quién habla!

Tembloroso de indignación, Barber miró de hito en hito a su ayudante.

—Es verdad que yo también puedo ser un maldito borracho, pero siempre he sabido evitar pendencias. Nunca he vendido venenos. No tengo nada que ver con la brujería que hechiza o convoca a los espíritus malignos. Me limito a comprar ingentes cantidades de licor y monto un entretenimiento que me permite vender frasquitos y obtener pingües beneficios. Nuestro sustento depende de que no llamemos la atención sobre nosotros más de la cuenta. Por tanto, tu estupidez debe cesar de inmediato y con la misma presteza tienes que aflojar los puños.

Se miraron echando chispas por los ojos, pero Rob asintió.

A partir de ese día, Rob daba la impresión de cumplir las órdenes de Barber casi contra su voluntad, mientras iban rumbo sur, siguiendo a las aves migratorias hacia el otoño. Barber resolvió pasar por alto la feria de Salisbury, en el entendimiento de que le abriría a Rob viejas heridas. Su esfuerzo fue vano, porque la noche que acamparon en Winchester en lugar de Salisbury, Rob regresó al campamento haciendo eses. Su cara era una masa de carne magullada, y resultaba obvio que se había enzarzado en una reyerta.

—Esta mañana pasamos por una abadía, cuando tú mismo conducías el carromato y no hiciste un alto para preguntar por el padre Ronald Lovell y tu hermano.

—No sirve de nada averiguar. Cada vez que pregunto por ellos, nadie los conoce.

Tampoco volvió a hablar Rob de buscar a su hermana

Anne Mary o a Jonathan o a Roger, el hermano que era un bebé cuando se separaron.

Los daba por perdidos y ahora procuraba olvidarlos, se dijo Barber, esforzándose por comprenderlo. Parecía que Rob se había convertido en un oso y se ofrecía a sí mismo para ser azuzado en todas las tabernas. La bajeza crecía en él como una mala hierba. Aceptaba de buen grado el dolor infligido por la bebida y las peleas, para alejar el dolor que padecía cuando sus hermanos ocupaban su mente.

Barber no estaba seguro de que la aceptación de la pérdida de los niños por parte de Rob fuese una actitud saludable.

Ese invierno fue el más desagradable que pasaron en la casita de Exmouth. Al principio, él y Rob iban juntos a la taberna. Habitualmente bebían y charlaban con los lugareños, y encontraban mujeres que se llevaban a casa. Pero Barber no podía estar a la altura del infatigable apetito carnal del joven y, para su propia sorpresa, tampoco lo deseaba. Ahora era él, más de una noche, quien yacía, observaba las sombras y escuchaba, lamentaba que en nombre de Cristo no acabaran de una buena vez, guardaran silencio y se durmieran.

No nevó, pero llovió incesantemente; en breve, el siseo y las salpicaduras resultaron insultantes para el oído y el espíritu. El tercer día de la semana de Navidad, Rob volvió a casa en un estado lamentable.

—¡Condenado sea el tabernero! ¡Me ha echado de la posada!

—Y supongo que no tenía ningún motivo, ¿verdad?

—Por pelear —musitó Rob, cejijunto.

Rob pasaba más tiempo en la casa, pero estaba más taciturno que nunca, lo mismo que Barber. No sostenían conversaciones largas ni agradables. Barber pasaba casi todo el tiempo bebiendo, su trillada respuesta a la desapacible estación. Toda vez que podía, imitaba a las bestias hibernantes. Cuando estaba despierto yacía como una enorme roca en la cama hundida, sintiendo que su carne lo empujaba hacia abajo, escuchando el silbido de su aliento y la respiración áspera que salía por su boca. Había reconocido, apesadumbrado, a más de un paciente cuya respiración sonaba mucho mejor.

Ansioso por tales pensamientos, se levantaba de la cama una vez al día para cocinar un plato colosal, buscando en las carnes grasas protección del frío y los malos augurios. En general, tenía junto a su lecho un frasco abierto y una fuente con cordero frito, congelado en su propia grasa. Rob todavía limpiaba la casa cuando le daba la gana, pero en febrero toda la estancia olía como la guarida de un zorro.

Dieron la bienvenida a la primavera, y en marzo cargaron el carromato, alejándose de Exmouth a través de la llanura de Salisbury y de las escarpadas tierras bajas donde esclavos tiznados cavaban la piedra caliza y la creta para arrancar hierro y estaño. No se detuvieron en los campamentos de esclavos porque allí era imposible ganar un solo penique. Fue idea de Barber recorrer la frontera con Gales hasta Shrewsbury, para encontrar allí el río Trent y seguirlo hacia el noreste. Se detuvieron en todas las aldeas y pequeñas poblaciones conocidas. *Caballo* no desfilaba haciendo cabriolas con el brío de *Incitatus*, pero era elegante y adornaban sus crines con muchas cintas. En general, el negocio prosperaba.

En Hope-Under-Dinmore dieron con un artesano del cuero, de hábiles manos, y Rob compró dos vainas para enfundar las armas que le habían prometido.

En cuanto llegaron a Blyth fueron a la herrería, donde Durman Moulton los recibió con un saludo de satisfacción. El artesano fue a un estante de la trastienda y volvió con dos bultos envueltos en suaves pellejos.

Rob los desenvolvió, entusiasmado, y al ver las armas contuvo el aliento.

El sable era mejor que el que tanto habían admirado el año anterior. La daga estaba bellamente forjada. Mientras Rob se regocijaba con la espada, Barber sopesó la daga y percibió su exquisito equilibrio.

—Es un trabajo limpio —le dijo a Moulton, quien apreció el cumplido en todo su valor.

Rob deslizó cada hoja en la correspondiente vaina de su cinto, sintiendo el peso hasta entonces desconocido. Apoyó las manos en las empuñaduras y Barber no se resistió a apreciar su porte mirándolo de la cabeza a los pies.

Tenía presencia. A los dieciocho años, finalmente, había alcanzado la adultez plena y era un palmo más alto que él. Tenía los hombros anchos, era esbelto, lucía una melena de pelo castaño rizado y tenía unos grandes ojos azules que cambiaban de tonalidad más prestamente que el mar. Su cara, grande y huesuda, se asentaba en una mandíbula cuadrada que mantenía impecablemente rasurada. Desenvainó a medias la espada que lo distinguía como un hombre nacido libre, y volvió a guardarla. Con los ojos fijos en él, Barber sintió un estremecimiento de orgullo y una sobrecogedora aprensión a la que no supo dar nombre.

Tal vez no fuese inadecuado llamarla miedo.

# 17

## UN NUEVO ACUERDO

La primera vez que Rob entró con armas en una taberna —estaban en Beverley—, notó la diferencia. No se trataba de que los hombres le mostraran más respeto, pero eran más prudentes con él y estaban más alertas. Barber no dejaba de decirle que debía ser más cuidadoso, dado que la ira era uno de los ocho pecados capitales condenados por la Santa Madre Iglesia. Rob estaba harto de oír lo que le ocurriría si los hombres del magistrado lo arrastraban ante un tribunal eclesiástico, pero Barber le describía repetidamente procesos que eran ordalías: el acusado debía demostrar su inocencia apretando rocas calentadas o metal al rojo vivo, o bebiendo agua hirviendo.

—La condena por asesinato significa la horca o la decapitación —machacaba Barber severamente—. Cuando alguien comete un homicidio, le pasan tiras de cuero por debajo de los tendones de los talones y las atan a los rabos de toros salvajes. Luego, una jauría de sabuesos persigue a muerte a las bestias.

«¡Cristo misericordioso —pensaba Rob—, Barber se ha convertido en una ancianita que se pasa el día exhalando suspiros timoratos! ¿Cree que pienso salir a asesinar al populacho?»

En la ciudad de Fulford descubrió que había perdido la moneda romana que llevaba consigo desde que la cuadrilla de su padre la había dragado del Támesis. Con un humor de perros, bebió hasta que no le resultó difícil sentirse provocado por un escocés picado de viruelas que al pasar lo codeó. En vez de disculparse, el escocés murmuró de mala manera en gaélico.

—¡Habla inglés, maldito enano! —le gritó Rob, porque el escocés, aunque de estructura robusta, era dos cabezas más bajo que él.

Las advertencias de Barber debían de haber prendido, porque Rob tuvo la sensatez de desabrochar las armas. El escocés hizo lo propio, y al instante llegaron a las manos. A pesar de su baja estatura, el hombre resultó sorprendentemente hábil con manos y pies. Su primer puntapié le rompió una costilla, y a continuación un puño como una roca le rompió la nariz con desagradable sonido y peor sufrimiento. Rob gruñó.

—¡Hijo de puta! —resolló, y apeló a toda la ira y el dolor para incrementar su fuerza.

Pero apenas logró sustentar la pelea hasta que el escocés quedó lo suficientemente agotado como para posibilitar la retirada de ambos adversarios.

Volvió cojeando al campamento, con la sensación y el aspecto de haber sido apaleado sin misericordia por una banda de gigantes. Barber no fue del todo amable cuando le encajó la nariz rota con un crujido de cartílagos. Volcó licor en los raspones y chichones, pero sus palabras escocían más que el alcohol.

—Estás en una encrucijada —le dijo—. Has aprendido nuestro oficio. Tienes una mente rápida y no hay ninguna razón que te impida prosperar, excepto la calidad de tu propio espíritu. Porque si sigues por este camino, pronto serás un borracho perdido sin remedio.

—Eso lo dice alguien que se matará bebiendo —replicó Rob desdeñosamente.

Refunfuñó cuando se tocó los labios hinchados y sangrantes.

—Dudo que tú vivas lo suficiente para que te mate la bebida —concluyó Barber.

Por más que la buscó, Rob no encontró la moneda romana. La única posesión que lo vinculaba a su infancia era la punta de flecha que le regalara su padre. Practicó una perforación en el pedernal, la enhebró en una corta tira de gamuza y se la colgó del cuello.

Ahora los hombres solían apartarse de su camino, porque además de su corpulencia y del aspecto profesional de sus armas, tenía una nariz abigarrada y ligeramente desviada sobre un rostro en diversas etapas de decoloración. Quizá Barber estaba demasiado furioso para realizar un trabajo perfecto cuando encajó la nariz, que nunca volvió a ser recta.

Durante semanas seguidas le dolía la costilla cada vez que respiraba. Rob estaba calmado mientras viajaban por la región de Northumbria a Westmoreland, y en el trayecto de vuelta a Northumbria. No iba a bodegones ni tabernas, donde era fácil enzarzarse en disputas: permanecía cerca del carromato y de la fogata nocturna. Siempre que acampaban lejos de un ciudad, se dedicaba a catar la panacea y llegó a aficionarse a la hidromiel. Pero una noche que había bebido copiosamente las existencias, se encontró a punto de abrir un frasco en cuyo cuello estaba rayada la letra E. Era un recipiente de la Serie Especial de licor con orines, preparado para vengarse de quienes se convertían en enemigos de Barber. Estremecido, Rob arrojó el frasco a lo lejos; a partir de entonces compraba bebida cada vez que se detenían en una ciudad y la almacenaba con mucho cuidado en el interior del carromato.

En la ciudad de Newcastle interpretó al viejo, encubierto con una barba postiza que ocultaba sus morados. El público era numeroso y vendieron muchos frascos de panacea. Después del espectáculo, Rob se ocultó detrás del carro para quitarse el disfraz, con el propósito de montar su biombo para recibir a los pacientes. Barber ya estaba allí discutiendo con un hombre alto y huesudo.

—Te he seguido desde Durham y no he dejado de observarte —estaba diciendo el hombre—. Vayas donde vayas, atraes a una muchedumbre. Como una muchedumbre es lo que necesito, te propongo que viajemos juntos y compartamos los ingresos.

—Tú no tienes ingresos —dijo Barber.

El hombre sonrió.

—Los tengo, y mi tarea es dura.

—Eres un ratero, un descuidero, y algún día te pescarán con la mano en el bolsillo de otro y ese será tu fin. Yo no trabajo con ladrones.

—Tal vez no te corresponda a ti decidir.

—A él le corresponde —intervino Rob.

El hombre ni siquiera lo miró de soslayo.

—Tú cierra el pico, viejo, si no quieres atraer la atención de quienes pueden perjudicarte.

Rob se acercó a él.

El manilargo lo miró con ojos desorbitados, sorprendido, y sacó un puñal largo y estrecho del interior de su vestimenta. Dio un paso hacia ambos.

La fina daga de Rob dio la impresión de abandonar la vaina por cuenta propia y dirigirse al brazo del hombre. Rob no fue consciente del esfuerzo, pero la puñalada debió de ser vigorosa, porque sintió chocar la punta contra el hueso. En cuanto retiró la hoja, de la carne comenzó a manar sangre. A Rob le asombró que tanta sangre apareciera tan rápidamente en la herida de una persona tan canija.

El ratero retrocedió, apretándose el brazo herido.

—Vuelve —le dijo Barber—. Te vendaremos la herida. No queremos hacerte más daño.

Pero el hombre ya se había escabullido alrededor del carromato, y en un momento desapareció de la vista.

—Esa hemorragia llamará la atención. Si en la ciudad están los hombres del magistrado, se lo llevarán, y muy bien puede guiarlos hasta nosotros. Debemos marcharnos de inmediato —dijo Barber.


Huyeron como lo habían hecho cuando temían la muerte de los pacientes, sin detenerse hasta que tuvieron la certeza de que nadie los perseguía.

Rob preparó el fuego y se sentó, todavía con los ropajes del viejo, demasiado cansado para cambiarse. Comieron nabos fríos sobrantes del día anterior.

—Nosotros somos dos —dijo Barber, disgustado—. Podríamos habernos librado fácilmente de él.

—Necesitaba que le dieran una lección.

Barber lo enfrentó.

—Óyeme bien: te has convertido en un riesgo.

Rob se picó por la injusticia, pues había actuado para proteger a Barber. Sintió que una nueva rabia borboteaba en su interior, acompañada de un viejo resentimiento.

—Nunca has arriesgado nada conmigo. Ya no eres el que gana dinero por los dos... Ahora ese papel lo desempeño yo. Gano para ti mucho más de lo que ese ladrón podría haber cosechado con sus dedos ágiles.

—Un riesgo y un incordio —dijo Barber con tono de hastío, y se volvió.


Llegaron a la etapa más norteña de su ruta e hicieron paradas en aldeas fronterizas donde los residentes no sabían exactamente si eran ingleses o escoceses. Cuando Rob y Barber montaban el espectáculo ante el público, bromeaban y trabajaban en aparente armonía, pero si no estaban en la tarima se instalaba entre ellos un frío silencio. Cuando intentaban conversar, la charla se convertía en una rencilla.

Habían quedado atrás los días en que Barber se atrevía a levantarle la mano, pero cuando empinaba el codo seguía siendo un deslenguado que profería insultos, desconocedor de la prudencia.

Una noche, en Lancaster, acamparon cerca de una charca de la que se elevaba una bruma teñida de rosa por la luna. Se vieron acosados por un ejército de pequeños insectos semejantes a moscas y buscaron refugio en la bebida.

—Siempre fuiste un bruto y un patán. —Rob suspiró—. Adopté un asno huérfano..., lo formé...; todo en balde.

Algún día, muy pronto, comenzaría a ejercer por su cuenta el oficio de cirujano barbero, decidió Rob, hacía largo tiempo que estaba llegando a la conclusión de que Barber y él debían seguir caminos separados.

Había encontrado a un mercader con existencias en vino agrio y le había comprado una buena cantidad, ahora intentaba tragarse el líquido abrasivo para que el otro guardara silencio Pero no paraba.

—... mano larga y entendederas cortas. ¡Cuánto me esforcé por enseñarle a hacer malabarismos!

Rob entró a gatas en el carromato para rellenar su vaso, pero la voz terrible lo siguió hasta el interior.

—¡Tráeme una condenada jarra!

«Búscatela tú mismo», estuvo a punto de responder.

Pero, presa de una irresistible idea, se arrastró hasta donde estaban los frascos de la Serie Especial.

Cogió uno y lo acercó a los ojos para ver si distinguía las marcas que identificaban su contenido. Salió a rastras del carromato, destapó la botella de barro y se la dio a su obeso amo.

«¡Qué malvado! —pensó, asustado—. Aunque no más malvado que Barber distribuyendo su Serie Especial entre tanta gente a través de los años.»

Observó fascinado cómo Barber cogía la botella, echaba la cabeza hacia atrás, abría la boca y acercaba la bebida a sus labios.

Todavía estaba a tiempo de redimirse. Casi oyó su voz gritándole a Barber que esperara. Le diría que la botella tenía un borde roto y la cambiaría con un frasco de hidromiel.

Pero apretó los labios.

El cuello de la botella entró en la boca de Barber.

«Trágala», lo apremió Rob con cierta crueldad, para sus adentros.

La papada de Barber se movió al tiempo que bebía. Luego el hombre arrojó a lo lejos el frasco vacío y se quedó dormido.

¿Por qué no había sentido ningún regocijo? A lo largo de una noche de insomnio, Rob reflexionó sobre ello.

Cuando Barber estaba sobrio era dos hombres, uno de ellos bondadoso y de corazón alegre; el otro, un ser vil que no vacilaba en administrar su Serie Especial a diestro y siniestro. Y cuando estaba borracho emergía, sin la menor duda, el hombre despreciable.

Rob vio con repentina claridad, como una lanza de luz a través de un cielo oscuro, que él mismo se estaba transformando en el Barber degradado. Se estremeció, y la desolación recorrió todo su cuerpo cuando en medio de un escalofrío se acercó al fuego.

A la mañana siguiente despertó con las primeras luces, buscó el frasco tirado y lo ocultó en la arboleda. Después reavivó el fuego, y cuando Barber abrió los ojos encontró que lo esperaba un desayuno abundante.

—No me he comportado muy bien —reconoció Rob cuando Barber terminó de comer. Titubeó, pero se obligó a seguir adelante—. Solicito tu perdón y tu absolución.

Barber asintió, atónito, en silencio.

Pusieron los arreos a *Caballo* y rodaron sin hablar hasta media mañana, en algunos momentos Rob sentía la mirada reflexiva del otro sobre él.

—Lo he meditado mucho —dijo por fin Barber—. La próxima temporada debes hacer de cirujano barbero sin mí.

Apesadumbrado porque el día anterior había llegado a la misma conclusión, Rob protestó.

—Es esa maldita bebida. El alcohol nos transforma cruelmente. Debemos abjurar de la bebida y volveremos a llevarnos como antes.

Barber se mostró conmovido, pero movió la cabeza negativamente.

—En parte es a causa de la bebida, y en parte se debe a que tú eres un cervatillo que necesita probar sus mogotes, mientras yo soy un viejo venado castrado. Más aún; para venado resulto excesivamente corpulento y jadeante —dijo secamente—. El mero hecho de encaramarme a la tarima exige todas mis fuerzas, y cada día me resulta más difícil llegar al final del espectáculo. Estaría encantado de quedarme para siempre en Exmouth, a disfrutar del verano y cultivar un huerto, para no hablar de los placeres de la cocina. Cuando tú no estés prepararé una abundante provisión de panacea. También pagaré el mantenimiento del carromato y los gastos de *Caballo*, como hasta ahora. Tú te guardarás las ganancias de cada paciente tratado, además de la quinta parte de los frascos de Panacea Universal vendidos el primer año y la cuarta parte de los vendidos a partir de entonces.

—La tercera parte el primer año —regateó Rob automáticamente—. Y la mitad a partir de entonces.

—Eso es excesivo para un joven de diecinueve años —dijo Barber, en tono severo pero con los ojos radiantes—. Hablemos y decidámoslo entre los dos, ya que ambos somos hombres razonables.

Finalmente acordaron la cuarta parte durante el primer año y la tercera en los siguientes. El trato tendría una validez de cinco años, momento en que lo reconsiderarían.

Barber no cabía en sí de júbilo, y Rob no podía creer en su buena fortuna, pues sus ganancias serían excepcionales para un mozo de su edad. Viajaron hacia el sur a través de Northumbria, muy animados, renovando los buenos sentimientos y la camaradería. En Leeds, después de trabajar, pasaron varias horas en el mercado. Barber compró generosamente y declaró que debía preparar una cena adecuada para celebrar el nuevo acuerdo.

Abandonaron Leeds por un sendero que discurría a la vera del río Aire, a través de millas y millas de árboles añosos que sobresalían por encima de verdes bosquecillos, retorcidas arboledas y claros con brezos. Acamparon temprano entre matas de alisos y sauces donde el río se ensanchaba, y durante horas ayudó a Barber a confeccionar un inmenso pastel de carne. En él puso Barber la carne picada y mezclada de una pata de corzo y un lomo de ternera, un gordo capón y un par de palomas, seis huevos duros y media libra de grasa, cubriéndolo todo con una pasta gruesa y hojaldrada que rezumaba aceite.

Comieron como tragaldabas, y a Barber no se le ocurrió nada mejor que empezar a beber hidromiel cuando el pastel despertó su sed. Rob, que no había olvidado su reciente juramento, se conformó con agua y observó cómo a Barber se le ponía colorada la cara y hosca la mirada.

En seguida Barber exigió a Rob que sacara dos cajas llenas de frascos del carromato y se las dejara cerca para poder servirse a voluntad. Rob lo hizo y contempló, desasosegado, la forma en que bebía Barber. Poco después, comenzó a murmurar palabras adversas acerca de los términos del acuerdo, pero antes de que las cosas se degradaran más cayó en un sueño embrutecido por el alcohol.

Por la mañana, que era brillante, soleada y animada por el canto de los pájaros, Barber estaba pálido y quejumbroso. No parecía recordar su conducta de la noche anterior.

—Vayamos a buscar truchas —dijo—. Me iría muy bien un desayuno de pescado crujiente, y las aguas del Aire parecen prometedoras. —Al levantarse de la cama se quejó de un tirón en el hombro izquierdo—. Cargaré el carromato —decidió—, pues a veces el trabajo duro opera maravillas para lubricar una coyuntura dolorida.

Transportó una de las cajas de hidromiel al carro, volvió sobre sus pasos y levantó la otra. Estaba a mitad de camino cuando se le cayó la caja con gran estrépito. Una mirada de desconcierto se reflejó en su semblante.

Se llevó una mano al pecho e hizo una mueca. Rob notó que el dolor le hacía meter la cabeza entre los hombros.

—Robert —dijo amablemente: era la primera vez que Rob oía a Barber pronunciar su nombre de pila.

Dio un paso hacia él, tendiéndole ambas manos.

Pero antes de que Rob llegara a su lado, dejó de respirar. A la manera de un árbol gigantesco —no; como un alud, como la muerte de una montaña—, Barber se tambaleó y se desplomó, estrellándose en tierra.

# 18

## REQUIESCAT

—No lo conocía.

—Era mi amigo.

—Tampoco te había visto nunca aquí —dijo el sacerdote secamente.

—Me estás viendo ahora.

Rob había descargado sus pertenencias del carro y las ocultó detrás del soto de un saucedal, con el fin de hacer lugar para el cadáver de Barber. Condujo seis horas hasta llegar a la pequeña aldea de Aire's Cross, con su antigua iglesia. Ahora, aquel clérigo de ojos mezquinos hacía preguntas suspicaces y tercas, como si Barber sólo hubiese fingido morir con el único propósito de causarle inconvenientes.

El sacerdote hizo un gesto de desdén, en señal de desaprobación, cuando averiguó lo que en vida había sido Barber.

—Médico, cirujano o barbero... Todos ofenden la obvia verdad de que sólo la Trinidad y los santos tienen auténtico poder para curar.

Rob estaba agobiado de intensas emociones y nada dispuesto a escuchar su perorata. «¡Ya está bien!», refunfuñó en silencio. Tenía conciencia de las armas que llevaba al cinto, pero experimentó la sensación de que Barber le aconsejaba contenerse. Habló al sacerdote en voz baja y complaciente e hizo una considerable contribución para la iglesia. Por último, el sacerdote sorbió por las narices.

—El arzobispo Wulfstan ha prohibido a los sacerdotes que persuadan mañosamente a los feligreses de otra parroquia con sus diezmos y derechos.

—Él no era feligrés de otra parroquia.

Finalmente acordaron el entierro en sagrado. Por suerte, Rob había llevado la bolsa llena. La cuestión no podía demorarse, pues la atmósfera ya olía a muerte. El ebanista de la aldea se impresionó al imaginar el tamaño del cajón que tendría que construir. La fosa debía ser correspondientemente generosa, y Rob la cavó con sus propias manos en un rincón del camposanto.

Rob creía que Aire's Cross llevaba ese nombre porque marcaba un vado en el río Aire, pero el sacerdote aclaró que la aldea se llamaba así por un gran crucifijo de roble lustrado que había en el interior de la iglesia. Delante del altar, al pie de la enorme cruz, fue colocado el ataúd de Barber cubierto de romero. Por pura casualidad ese día era la fiesta de san Calixto, y la asistencia a la iglesia fue numerosa. Cuando llegaron al *kyne eleison*, el pequeño santuario estaba casi lleno.

—Señor ten piedad. Cristo ten piedad —salmodiaron.

Sólo había dos ventanas pequeñas. El incienso luchaba contra el hedor, pero entraba algo de aire a través de los muros de árboles partidos y el techo de paja, haciendo que las velas de junco parpadearan en sus casquillos. Seis altos cirios se debatían contra las penumbras en un círculo que rodeaba el ataúd.

Un paño mortuorio blanco cubría todo el cuerpo de Barber salvo la cara. Rob le había cerrado los ojos y parecía dormido, o tal vez muy borracho.

—¿Era tu padre? —susurró una anciana.

Rob vaciló, pero luego le pareció más fácil asentir. La mujer suspiró y le tocó el brazo.

Rob había pagado una misa de réquiem en la cual la gente participó con conmovedora solemnidad, y notó, satisfecho, que Barber no habría sido mejor atendido si hubiese pertenecido a un gremio, ni más respetuosamente despedido de este mundo si su mortaja hubiese sido del púrpura de la realeza.

Al concluir la misa, y cuando la gente se marchó, Rob se acercó al altar. Se arrodilló cuatro veces e hizo la señal de la cruz sobre su pecho tal como le había enseñado mamá tanto tiempo atrás, inclinando la cabeza por separado ante Dios, Su Hijo, Nuestra Señora y, finalmente, ante los apóstoles y todas las almas benditas.

El sacerdote recorrió la iglesia y apagó ahorrativamente las velas de junco; lo dejó solo para que llorara a su muerto, junto al féretro.

Rob no salió a comer ni a beber, permaneció de rodillas, como suspendido entre la danzarina luz del cirio y la pesada negrura.

Pasó el tiempo sin que se diera cuenta.

Se sobresaltó cuando las campanas tocaron a maitines, se incorporó y avanzó por el pasillo dando bandazos sobre sus piernas entumecidas.

—Haz la reverencia —dijo fríamente el sacerdote.

Hizo la reverencia, y una vez fuera bajó por el camino. Debajo de un árbol orinó; volvió y se lavó la cara y las manos con agua del cubo que estaba junto a la puerta, mientras en la iglesia el sacerdote concluía el oficio de medianoche.

Poco después, el sacerdote sopló por segunda vez los cirios, dejando a Rob solo en la oscuridad, con Barber.

Ahora Rob se permitió pensar en cómo lo había salvado aquel hombre en Londres, siendo él un crío. Recordó a Barber cuando era bonachón y cuando no lo era; su tierno placer para preparar y compartir la comida; su egoísmo; su paciencia para instruirlo y su crueldad; su natural libidinoso y sus atinados consejos; sus risas y sus iras; su talante afectuoso y sus borracheras.

Lo que habían intercambiado no era amor; Rob lo sabía. Sin embargo, había sido tan buen sustituto del amor, que cuando las primeras luces agrisaron el cerúleo rostro Rob J. lloró con amargura, y no únicamente por Henry Croft.

Barber fue enterrado con alabanzas. El sacerdote no pasó mucho tiempo ante la sepultura.

—Puedes rellenarla —dijo a Rob.

Mientras la piedra y los guijos resonaban en la tapa Rob lo oyó murmurar en latín algo referente a la segura esperanza en la Resurrección.

Rob hizo lo que había hecho por su familia. Recordando sus tumbas perdidas, pagó al sacerdote para que encargara una lápida y especificó cuál debía ser la inscripción:

*Henry Croft*
*Cirujano barbero*
*Falleció el 11 de julio del año 1030 a.D.*

—¿Acaso *Requiescat in pace* o algo así? —preguntó el sacerdote.

El único epitafio que se le ocurrió sería fiel a Barber *Carpe diem*, «goza del momento». Sin embargo...

Entonces Rob sonrió.

El sacerdote evidenció fastidio cuando oyó lo que había decidido. Pero el formidable y joven forastero era el que pagaba la lápida e insistió, de modo que el clérigo tomó nota.

*Fumum vendidi*, «vendía humo».

Al advertir que ese sacerdote de mirada fría guardaba el dinero con expresión satisfecha, Rob pensó que no sería extraño que un barbero cirujano muerto se quedara sin su epitafio, al no tener a nadie en Aire's Cross que se ocupara de él.

—En breve volveré para ver si todo se ha hecho a mi entera satisfacción.

Un velo cubrió los ojos del sacerdote.

—Ve con Dios —dijo brevemente, y volvió a entrar en la iglesia.


Con los huesos molidos y hambriento, Rob condujo a *Caballo* hasta donde había dejado sus cosas, entre los sauces.

Todo estaba intacto. Volvió a cargarlo en el carromato, se sentó en la hierba y comió. Lo que quedaba del pastel de carne estaba estropeado, pero masticó y tragó un pan duro que Barber había horneado cuatro días antes.

Entonces se dio cuenta de que era el heredero. Aquella era su yegua y aquel su carromato. Había heredado los instrumentos y las técnicas, las gastadas mantas de piel, las pelotas para juegos malabares y los trucos mágicos, el deslumbramiento y el humo, la decisión en cuanto a dónde ir mañana y al día siguiente.

Lo primero que hizo fue coger los frascos de la Serie Especial y estrellarlos contra una roca, rompiéndolos uno por uno.

Vendería las armas de Barber: las suyas eran mejores. Pero se colgó del cuello el cuerno.

Trepó al pescante y allí se sentó, solemne y erguido, como si de un tronco se tratara.

Quizá —pensó— buscara un ayudante.

# 19

## UNA MUJER EN EL CAMINO

Viajó como siempre lo hicieran, «dando un paseo por el mundo inocente», según decía Barber. Durante los primeros días no logró obligarse a descargar el carromato ni a montar un espectáculo. En Lincoln se ofreció una comida caliente en la taberna, pero nunca cocinaba; en general, se alimentaba de pan y queso hechos por otros. No probaba una gota de alcohol. En los atardeceres se sentaba junto a la fogata y lo asaltaba una terrible soledad.

Estaba esperando que ocurriera algo. Pero nada ocurría y pasado un tiempo, llegó a comprender que debía vivir su vida.

En Stafford resolvió volver a trabajar. *Caballo* aguzó las orejas e hizo cabriolas mientras él tocaba el tambor y anunciaba su presencia en la plaza.

Todo fue como si siempre hubiese trabajado solo. La gente reunida ignoraba que tendría que haber estado allí un hombre mayor para señalarle en qué momento poner principio y fin a los juegos malabares; un hombre que contaba los mejores cuentos. Pero se apiñaron, escucharon y rieron, observaron cautivados cómo dibujaba retratos, compraron su licor medicinal y esperaron en fila para que les atendieran detrás del biombo. Cuando Rob les cogió las manos, descubrió que había recuperado el don. Un herrero fornido que parecía capaz de levantar el mundo con las manos, tenía algo que le estaba consumiendo la vida y no duraría mucho. Una chica delgada cuya palidez habría sugerido una grave enfermedad, poseía una reserva de fortaleza y vitalidad que llenó de alegría a Rob cuando le tocó las manos. Tal vez, como había dicho Barber, el don estaba ahogado por el alcohol, y se había liberado con la abstinencia. Cualquiera que fuese la razón de su retorno, Rob sintió una efervescencia de excitación y el ansia de volver a rozar las siguientes manos.

Aquella tarde, al dejar Stafford, se detuvo en una granja para comprar tocino, y vio en el granero a la cazadora de ratones con una camada de gatitos.

—Escoged el que queráis —le dijo, esperanzado, el granjero—. Tendré que ahogarlos, pues los pequeños consumen comida.

Rob jugó con los mininos, sosteniendo una cuerda colgada delante de sus hocicos; todos se mostraron encantadores salvo una desdeñosa gatita blanca que permaneció altanera y despreciativa.

—Tú no quieres venirte conmigo, ¿eh?

La gatita estaba muy compuesta y era la más bonita, pero cuando Rob intentó cogerla le arañó la mano.

Curiosamente, el gesto lo decidió más aún a llevársela. Le susurró tranquilizadoramente y fue un triunfo alzarla y alisarle el pelaje con los dedos.

—Me quedo con ésta —Y dio las gracias al granjero.

A la mañana siguiente, preparó su desayuno y dio a la gatita pan empapado en leche. Al contemplar sus ojos verdosos reconoció cierta malicia felina y sonrió.

—Te llamaré *Señora Buffington* —le dijo.

Quizás alimentarla era la magia que faltaba.

Al cabo de unas horas ronroneaba, y se subió a su regazo cuando se sentó en el pescante.

Mediada la mañana, Rob apartó a la gata al torcer una curva en Tettenhall y encontrar a un hombre agachado junto a una mujer, a un lado del camino.

—¿Qué os ocurre? —gritó Rob, y refrenó a *Caballo*.

Notó que la mujer respiraba. Su cara brillaba por el esfuerzo y tenía una tripa enorme.

—Le ha llegado el momento —contestó el hombre.

En el huerto, a sus espaldas, había media docena de canastas llenas de manzanas. El hombre iba vestido con harapos y no parecía el dueño de tan rica propiedad. Rob conjeturó que era un labrador; sin duda trabajaba una gran extensión para un terrateniente a cambio del arriendo de una pequeñísima parcela de la que podía sacar el sustento para su familia.

—Estábamos recogiendo las frutas tempranas cuando empezaron los dolores. Echó a andar en dirección a casa, pero no pudo seguir. Aquí no hay comadrona, pues la única que había murió esta primavera. Mandé a un chico corriendo a buscar al médico cuando me di cuenta de que no se movería de este lugar.

—Entonces será bien —dijo Rob, y volvió a coger las riendas.

Estaba dispuesto a seguir su camino, porque se trataba exactamente del tipo de situación que Barber le había enseñado a evitar: si podía ayudar a la mujer le pagarían una insignificancia, pero si no podía, lo culparían de todo lo que ocurriera.

—Ha pasado ya mucho tiempo y el médico no llega —dijo el hombre amargamente—. Es un doctor judío.

Mientras el hombre hablaba, Rob notó que la mujer ponía los ojos en blanco y tenía convulsiones.

Por lo que Barber le había contado de los médicos judíos, pensó que era muy probable que el doctor no se presentara nunca. Se sintió atrapado por la espantosa desdicha de los ojos del labrador y por recuerdos que habría preferido olvidar.

Suspirando, se apeó del carromato.

Se arrodilló junto a la mujer sucia y agotada, y le tomó las manos.

—¿Cuándo notó por última vez que el niño se movía?

—Hace semanas. Durante una quincena se ha sentido muy mal, como si estuviera intoxicada.

Con anterioridad había tenido cuatro embarazos. En casa había un par de varones, pero los dos últimos bebés nacieron muertos.

Rob sintió que aquel también estaba muerto. Apoyó ligeramente la mano sobre el vientre distendido y tuvo la tentación de irse, pero vio mentalmente el rostro blanco de mamá tendida en las boñigas del suelo del establo, y supo, consternado, que la mujer moriría rápidamente si él no actuaba.

En el revoltijo de avíos de Barber encontró el espéculo de metal pulido, pero no lo usó como espejo. Cuando pasó la convulsión puso las piernas de la mujer en posición, y con el instrumento dilató el cuello del útero, como Barber le había explicado que se debía hacer. La masa interior se deslizó fácilmente, pero era más putrefacción que bebé. Rob apenas notó que el marido contenía el aliento y se apartaba.

Sus manos indicaron a su cabeza lo que debía hacer, en lugar de todo lo contrario.

Sacó la placenta y limpió a la mujer. Levantó la vista y se sorprendió al ver que había llegado el médico judío.

—Supongo que querréis haceros cargo —dijo Rob aliviado, pues la hemorragia no cesaba.

—No hay prisa —respondió el médico.

Pero escuchó al infinito su respiración y la examinó tan lenta y exhaustivamente, que su falta de confianza en Rob era manifiesta.

Por último, el judío pareció satisfecho.

—Apoya la palma de tu mano en su abdomen y fricciona firmemente con este movimiento.

Rob masajeó la tripa vacía, perplejo. A través del abdomen sintió que la esponjosa matriz se encajaba hasta hacerse una bola pequeña y dura, y entonces la hemorragia cesó.

—Magia digna de Merlín y un truco que siempre recordaré —dijo.

—No hay ninguna magia en lo que hacemos —lo contradijo serenamente el médico judío—. Veo que conoces mi nombre.

—Nos encontramos hace años, en Leicester.

Benjamin Merlin miró el llamativo carromato y luego sonrió.

—¡Ah! Tú eras un crío; el aprendiz. El barbero era un tipo gordo que eructaba cintas de colores.

—Sí.

Rob no le dijo que Barber había muerto, ni Merlin le preguntó por él. Se estudiaron mutuamente. La cara de halcón del judío seguía enmarcada por una cabeza llena de pelo blanco y una barba canosa, pero no estaba tan delgado como antes.

—Al escribiente con el que hablasteis aquel día en Leicester ¿le operasteis de cataratas?

—¿Qué escribiente? —Merlin pareció confundido, pero enseguida recordó—. ¡Sí! Es Edgar Thorpe, del pueblo de Lucteburne, en Leicestershire.

Si Rob había oído hablar de Edgar Thorpe, lo había olvidado. Ésa era la diferencia entre ellos: casi nunca se enteraba del nombre de sus pacientes.

—Lo operé y le quité las cataratas.

—Y ahora ¿se encuentra bien?

Merlin sonrió tristemente.

—No puede decirse que esté bien porque cada día es más viejo y tiene achaques y dolencias. Pero ve con ambos ojos.

Rob había escondido el feto podrido en un trapo. Merlin lo desenvolvió, lo estudió, y a continuación lo roció con agua de un frasco.

—Yo te bautizo en el nombre del Padre, el Hijo y el Espíritu Santo —dijo rápidamente el judío.

Volvió a envolver el pequeño bulto y se lo entregó al labrador.

—El bebé ha sido debidamente bautizado, y sin duda se le permitirá la entrada al Reino de los Cielos. Debes decírselo al padre Stigand o al otro cura de la iglesia.

El labrador sacó una bolsa polvorienta; en su rostro se mezclaba la desdicha con la aprensión.

—¿Cuánto debo pagaros, maestro médico?

—Lo que puedas —dijo Merlin, y el hombre le dio un penique que sacó de la bolsa.

—¿Era varón?

—No podemos saberlo —respondió amablemente el médico.

Dejó caer la moneda en el bolsillo grande de su capa y tanteó hasta encontrar medio penique, que le tendió a Rob.

Tuvieron que ayudar al labrador a llevar a la mujer a casa; un trabajo duro para medio penique de recompensa. Cuando quedaron libres, fueron a un arroyo cercano y se lavaron la sangre.

—¿Has presenciado alumbramientos similares?

—No.

—¿Cómo sabías lo que debías hacer?

Rob se encogió de hombros.

—Me lo habían descrito.

—Dicen que algunos nacen para sanadores. Unos pocos selectos. —El judío le sonrió—. Por supuesto, otros tienen suerte, sencillamente —precisó.

El escrutinio del doctor puso incómodo a Rob.

—Si la madre hubiese estado muerta y el bebé vivo... —dijo Rob, obligándose a preguntarlo.

—Operación cesárea. —Rob abrió los ojos desmesuradamente—. ¿No sabes de qué estoy hablando?

—No.

—Debes cortar el vientre y la pared uterina, y sacar al niño.

—¿Abrir a la madre?

—Sí.

—¿Vos lo habéis hecho?

—Varias veces. Cuando era ayudante vi a uno de mis maestros abrir a una mujer viva para llegar a su hijo.

«¡Embustero!», pensó Rob, avergonzado de escucharlo con tanto entusiasmo. Recordó lo que Barber le había contado sobre aquel hombre y los de su especie.

—¿Qué ocurrió?

—Murió, pero de cualquier modo habría muerto. Yo no apruebo que se abra a mujeres vivas, pero me han hablado de quienes lo han hecho y lograron que sobrevivieran tanto la madre como el niño.

Rob se volvió antes de que el médico de acento francés se riera de él por tonto. Pero sólo había dado dos pasos cuando se sintió impulsado a volver.

—¿Dónde hay que cortar?

En el polvo del camino, el judío dibujó un torso y mostró dos incisiones: una larga línea recta en el costado izquierdo, y la otra más arriba, en mitad del vientre.

—Cualquiera de las dos —dijo, y lanzó el palo a lo lejos.

Rob asintió y se marchó, imposibilitado de darle las gracias.

## 20

# HUÉSPED DE UNA FAMILIA JUDÍA

Se alejó inmediatamente de Tettenhall, pero ya le estaba ocurriendo algo.

Andaba escaso de Panacea Universal y al día siguiente compró a un granjero un barril de licor, haciendo un alto para mezclar una nueva serie de la medicina, de la que esa misma tarde comenzó a desprenderse en Ludlow. La panacea se vendió tan bien como siempre, pero estaba preocupado y algo asustado.

Sostener un alma humana en la palma de tu mano, como si fuera un guijarro. ¡Sentir que a alguien se le escapa la vida pero que con tus actos puedes devolvérsela! Ni siquiera un rey tiene tanto poder.

Selectos...

¿Podría aprender más? ¿Cuánto era posible aprender? «¿Cómo será —se preguntó— aprender todo lo que puede enseñarse?»

Por vez primera reconoció el deseo de hacerse médico.

¡Luchar verdaderamente con la muerte! Albergaba nuevos y perturbadores pensamientos que por momentos lo embelesaban, y otras veces eran casi dolorosos.

Por la mañana partió hacia Worcester, la siguiente población rumbo sur, junto al río Severn. No recordaba haber visto el río ni el sendero, ni haber guiado a *Caballo*, ni nada del trayecto. Llegó a Worcester y los pueblerinos se quedaron boquiabiertos al ver el carromato rojo; rodó hasta la plaza, hizo un circuito completo sin detenerse y abandonó la ciudad por donde había llegado.

El pueblo de Lucteburne, en Leicestershire, no era lo bastante grande para tener una taberna, pero estaba en marcha la siega del heno, y cuando se detuvo en una vega en la que había cuatro hombres con guadañas, el de la ringlera más cercana al camino interrumpió su rítmico balanceo el tiempo suficiente para indicarle cómo llegar a la casa de Edgar Thorpe.

Rob encontró al viejo a cuatro patas, en su pequeño huerto, cosechando puerros. Percibió de inmediato, con una extraña sensación de exaltación, que Thorpe había recuperado la vista. Pero sufría terribles dolores reumáticos, y aunque Rob lo ayudó a incorporarse en medio de gruñidos y angustiosas exclamaciones, pasó un rato hasta que pudieron hablar en paz.

Rob bajó del carromato varios frascos de la panacea y abrió uno, contentando enormemente a su anfitrión.

—He venido a preguntarte por la operación que te devolvió la vista, Edgar Thorpe.

—¿Sí? ¿Y cuál es tu interés en esta cuestión?

Rob vaciló.

—Tengo un pariente que necesita un tratamiento semejante y estoy haciendo averiguaciones en su nombre.

Thorpe dio un buen trago de licor y suspiró.

—Espero que sea un hombre fuerte y de abundante coraje. Me encontré atado de pies y manos a una silla. Crueles ataduras rodeaban mi cabeza, para fijarla contra el alto respaldo. Me habían dado a tomar más de un trago y estaba casi insensible por la bebida pero los ayudantes me colocaron unos pequeños ganchos debajo de los párpados, y me los levantaron para que no pudiera parpadear.

Cerró los ojos y se estremeció. Evidentemente, había contado la historia muchas veces, pues los pormenores estaban fijos en su memoria y los relataba sin dudar, pero no por eso Rob los encontró menos fascinantes.

—Era tal mi aflicción que sólo veía como a través de una niebla velluda lo que tenía directamente ante mí. Nadaba en mi campo de visión la mano del maestro Merlin. Sostenía una hoja que se agrandaba a medida que descendía, hasta que me cortó el ojo.

»Oh, el dolor me devolvió la sobriedad al instante. Tuve la seguridad de que me había cortado el ojo en lugar de quitarme la nube y le chillé, lo importuné, le grité que no me hiciera nada más. Como persistió, le arrojé una lluvia de maldiciones y le aseguré que por fin comprendía cómo su despreciable pueblo podía haber asesinado a nuestro bondadoso Señor.

»Cuando tajeó el ojo, el dolor era tan atroz que perdí por completo el conocimiento. Desperté en la oscuridad de los ojos vendados, y durante un par de semanas sufrí espantosamente. Pero al final vi como no había visto en mucho tiempo. Tan grande fue la mejoría, que trabajé dos años más como escribiente antes de que el reuma aconsejara reducir mis obligaciones.

Así que era verdad, pensó Rob, deslumbrado. Entonces quizá las otras cosas que le había contado Benjamin Merlin fuesen ciertas.

—El maestro Merlin es el mejor doctor que he visto en mi vida —dijo Edgar Thorpe—. Aunque —agregó malhumorado— para ser un médico tan competente encuentra demasiadas dificultades en liberar de pesadumbre a mis huesos y articulaciones.

Volvió a Tettenhall, acampó en un pequeño valle y permaneció cerca de la ciudad tres días enteros, como un galán enamorado que carece de valor para visitar a una damisela, pero tampoco se decide a dejarla en paz. El primer granjero al que compró provisiones le informó de dónde vivía Benjamin Merlin, y varias veces condujo a *Caballo* hasta el lugar, una granja baja con el granero bien cuidado, dependencias, un campo, un huerto y una viña.

No había ninguna señal exterior de que allí viviera un médico.

La tarde del tercer día, a unas millas de su casa, encontró al médico en el camino.

—¿Cómo estás, joven barbero?

Rob respondió que bien y le preguntó por su salud. Hablaron del tiempo, y luego Merlin inclinó la cabeza a modo de despedida.

—No debo rezagarme, pues tengo que visitar a tres enfermos antes de dar por terminado el día.

—¿Me permitís acompañaros y observar? —se obligó a preguntar Rob.

El médico titubeó. Parecía menos que complacido por la solicitud. Pero asintió, aunque a regañadientes.

—Me gustaría que no te entrometieras.

El primer paciente no vivía lejos; ocupaba una casita junto a una charca de gansos. Era Edwin Griffith, un anciano de tos cavernosa. Rob notó de inmediato que estaba debilitado por una enfermedad catarral avanzada y que tenía un pie en la tumba.

—¿Cómo te encuentras hoy, Edwin Griffith? —preguntó Merlin.

El viejo se retorció en un paroxismo de toses, luego resolló y suspiró.

—Sigo igual y con pocos pesares, salvo que hoy no pude alimentar a mis gansos.

Merlin sonrió.

—Es posible que mi joven amigo pueda atenderlos —dijo, y Rob no pudo negarse.

El anciano Griffith le dijo dónde guardaba el pienso y Rob se apresuró a llegar a la charca cargado con un saco. Le preocupaba que esa visita fuera una pérdida para él, pues sin duda Merlin no pasaría mucho tiempo entretenido con un agonizante. Se acercó cautelosamente a los gansos, pues sabía que podían ser muy traidores. Pero estaban hambrientos y sólo les interesaba la comida, por lo que se lanzaron a una arrebatiña, dejándolo escapar rápidamente.

Para su sorpresa, Merlin seguía hablando con Edwin Griffith cuando volvió a entrar en la casita. Rob nunca había visto que un médico trabajara tan escrupulosamente. Merlin hizo una serie interminable de preguntas acerca de las costumbres y la dieta del paciente, su niñez, sus padres y sus abuelos, y la causa de la muerte de todos ellos. Le tomó el pulso en la muñeca y en el cuello, apoyó la oreja contra su pecho y prestó atención. Rob esperaba, observando todo atentamente.

Cuando se fueron, el anciano le dio las gracias por alimentar a los gansos.

Parecía un día destinado a atender a los condenados, porque Merlin lo llevó a dos millas de distancia, a una casa de la plaza de la ciudad, donde la esposa del magistrado se consumía atenazada de dolor.

—¿Cómo estáis hoy, Mary Sweyn?

La mujer no respondió; se limitó a mirarlo fijamente. La respuesta era significativa y Merlin asintió. Se sentó, le cogió la mano y le habló serenamente. Como con el anciano, pasó con ella mucho tiempo.

—Puedes ayudarme a dar la vuelta a la señora Sweyn —dijo Merlin a Rob—. Suavemente. Ahora, muy suavemente.

Cuando Merlin le levantó la camisa de dormir para lavar su esquelético cuerpo notaron, en su lastimoso costado izquierdo, un forúnculo inflamado. El médico lo rajó de inmediato con una lanceta para aliviar el dolor, y Rob observó, satisfecho, que actuó tal como lo habría hecho él. El médico dejó a la paciente un frasco lleno de una infusión calmante.

—Aún falta uno —dijo Merlin cuando cerraron la puerta de la casa de Mary Sweyn—. Se trata de Tancred Osbern, cuyo hijo me hizo saber esta mañana que se había hecho daño.

Merlin ató las riendas de su caballo al carromato y se sentó en el pescante, junto a Rob, para tener compañía.

—¿Cómo van los ojos de tu pariente? —le preguntó con afabilidad.

Debió haber previsto que Edgar Thorpe mencionaría la conversación, se dijo Rob, y sintió que la sangre le arrebataba las mejillas.

—No tuve la intención de engañaros. Quería ver por mí mismo los resultados de la extracción del cristalino, y me pareció la manera más sencilla de justificar mi interés.

Merlin sonrió y asintió. Mientras avanzaban, explicó el método quirúrgico que había empleado para operar de cataratas a Thorpe.

—Es una intervención que no recomendaría a nadie que la hiciera por su cuenta —dijo en tono significativo, y Rob movió la cabeza afirmativamente, porque no tenía la menor intención de operar los ojos a nadie.

En cada ocasión en que llegaban a un cruce de caminos, Merlin señalaba la dirección que debía tomar, hasta que se aproximaron a una granja próspera. Presentaba el aspecto ordenado propio de una atención constante, pero dentro encontraron a un granjero macizo y musculoso despotricando en un jergón relleno de paja que hacía las veces de cama.

—Ah, Tancred, ¿qué te has hecho esta vez? —preguntó Merlin.

—Me herí la condenada pierna.

Merlin echó hacia atrás la manta y arrugó la frente: el miembro derecho estaba retorcido e hinchado a la altura del muslo.

—Debes de estar padeciendo unos dolores terribles. Pero le has dicho a tu hijo que me avisara «cuando pudiera». La próxima vez no debes ser tan estúpidamente valeroso; de haberlo sabido, habría venido al instante —dijo con tono áspero.

El hombre cerró los ojos y asintió.

—¿Cómo te lo hiciste y cuándo?

—Ayer a mediodía. Me caí del condenado techo mientras aseguraba la maldita paja.

—Pues no podrás asegurar esa paja en mucho tiempo. —Miró a Rob—. Necesitaré tu ayuda. Ve a buscar una tablilla un poco más larga que la pierna.

—No la arranques de las dependencias ni de las vallas —gruñó Osbern.

Rob salió a ver qué encontraba. En el granero había bastantes troncos de haya y roble, además de un trozo de tronco de pino que había sido trabajado a mano hasta convertirlo en una tabla. Era demasiado ancha, pero la madera era blanda y le llevó poco tiempo partirla a lo largo con las herramientas del granjero.

Osbern le lanzó una mirada furibunda cuando reconoció la tabla, pero no pronunció palabra. Merlin bajó la vista y suspiró.

—Tiene los muslos de un toro. Nos espera un buen trabajo, joven Cole.

El médico cogió la pierna lesionada por el tobillo y la pantorrilla, tratando de ejercer una presión estable, para al mismo tiempo hacer girar y enderezar el miembro retorcido. Se oyó un crujido, como el sonido que producen las hojas secas pisoteadas, y Osbern emitió un bramido ensordecedor.

—Es inútil —dijo Merlin poco después—. Sus músculos son colosales. Se han cerrado sobre sí mismos para proteger la pierna y yo no tengo fuerza suficiente para dominarlos y reducir la fractura.

—Déjame probar a mí —dijo Rob.

Merlin asintió, pero antes dio una jarra llena de alcohol al granjero, que temblaba y sollozaba a causa del dolor inducido por el esfuerzo fracasado.

—Otra —jadeó Osbern.

Tras la segunda jarra, Rob cogió la pierna a imitación de Merlin. Cuidando de no tironear, ejerció una presión uniforme, y la voz estropajosa de Osbern se convirtió en un prolongado aullido. Merlin había cogido al hombre por debajo de las axilas y tiraba hacia el otro lado, con el rostro congestionado y los ojos desorbitados por el esfuerzo.

—¡Creo que lo estamos logrando! —gritó Rob para que Merlin lo oyera por encima de los gritos angustiados del paciente—. ¡Allá vamos!

Entretanto, los extremos del hueso roto rechinaron entre sí y se encajaron en su lugar.

El hombre cayó en un repentino silencio. Rob lo miró de soslayo para ver si se había desmayado, pero Osbern estaba fláccidamente tendido, con la cara empapada por las lágrimas.

—Mantén la tensión en la pierna —dijo Merlin en tono apremiante.

Confeccionó un cabestrillo con tiras de trapo y lo ciñó alrededor del pie y el tobillo. Ató un extremo de una cuerda al cabestrillo y el otro, bien tensado, al pomo de la puerta. A continuación, aplicó la tablilla al miembro extendido.

—Ahora puedes soltarlo —dijo a Rob.

Por añadidura, ataron la pierna sana a la entablillada.

En unos minutos confortaron al exhausto paciente, dejaron instrucciones a su empalidecida mujer y se despidieron del hermano, que haría los trabajos de la granja.

Se detuvieron en el corral y se miraron. Los dos tenían la camisa mojada de sudor y la cara tan húmeda como las mejillas de Osbern.

El médico sonrió y le palmeó el hombro.

—Ahora debes venir conmigo a casa para compartir la cena.


—Mi Deborah —dijo Benjamin Merlin.

La esposa del doctor era una mujer rolliza con figura de paloma, una afilada naricilla y mejillas coloradotas. Palideció cuando vio a Rob y se sometió rígidamente a la presentación. Merlin llevó al patio un cuenco con agua de manantial, para que Rob se refrescara. Mientras Rob se lavaba oyó que en el interior de la casa la mujer arengaba a su marido en una lengua que nunca había oído.

Cuando salió a lavarse a su vez, el médico sonreía.

—Debes disculparla. Tiene miedo. Las leyes dicen que no debemos recibir a cristianos en nuestros hogares durante las fiestas religiosas. Pero ésta no puede considerarse tal. Será una cena sencilla. —Miró penetrantemente a Rob mientras se secaba—. No obstante, puedo traerte la comida afuera si prefieres no sentarte a la mesa.

—Estoy agradecido de que me permitáis comer con vos, maestro médico.

Merlin asintió.

Una cena extraña.

Estaban los padres y cuatro niños, tres de ellos varones. La pequeña se llamaba Leah y sus hermanos, Jonathan, Ruel y Zechariah. ¡Los niños y su padre se sentaron a la mesa con unos gorritos puestos! Cuando la mujer llevó a la mesa un pan caliente, Merlin hizo una señal a Zechariah, que partió un pedazo y comenzó a hablar en la lengua gutural que Rob había oído antes. Su padre lo interrumpió.

—Esta noche el *brochot* será en inglés, por cortesía hacia nuestro invitado.

—Bendito seas, Dios nuestro Señor, Rey del Universo —entonó dulcemente el niño—, que produces el pan de la tierra.

Entregó el pan a Rob, que lo encontró bueno y lo pasó a los demás.

Merlin sirvió vino tinto de una jarra. Rob siguió el ejemplo de los demás y levantó su copa cuando el padre hizo una señal a Ruel.

—Bendito seas, Dios nuestro Señor, Rey del Universo, que creaste el fruto de la vida.

La cena consistía en sopa de pescado hecha con leche, no como la preparaba Barber, sino picante y sabrosa. Luego comieron manzanas del huerto del judío. El niño pequeño, Jonathan, dijo indignado a su padre que los conejos estaban consumiendo las coles.

—Entonces tú debes consumir los conejos —dijo Rob—. Tienes que cazarlos para que tu madre pueda servir un delicioso estofado.

Se produjo un extraño silencio, pero en seguida Merlin sonrió.

—Nosotros no comemos conejo ni liebre, porque no son *kasher*.

Rob notó que la señora Merlin mostraba inquietud, como si temiera que él no comprendiera sus costumbres.

—Es un conjunto de leyes dietéticas, viejas como el mundo.

Merlin explicó que los judíos no podían comer animales no rumiantes y que no tuvieran la pezuña hendida. Tampoco carne junto con leche, pues la Biblia advertía que el cordero no debía hervir en el flujo de la ubre materna. Y no se les permitía beber sangre ni comer carne que no hubiese sido sangrada a fondo y salada.

Rob se quedó confuso, y se dijo que la señora Merlin tenía razón: no comprendía a los judíos. ¡Eran auténticos paganos!

Se le revolvió el estómago cuando el médico dio las gracias a Dios por sus alimentos exentos de sangre y de carne.

Preguntó si le permitían acampar en el huerto aquella noche. Benjamin Merlin insistió en que durmiera bajo techo, en el granero adjunto a la casa. Poco después, Rob se tendió en la fragante paja y, a través de la delgada pared, oyó el agudo ascenso y descenso de la voz de la mujer. Sonrió tristemente en la oscuridad, pues conocía la esencia del mensaje a pesar de que las palabras eran ininteligibles.

—No conoces a ese sujeto de aspecto brutal, y lo traes aquí. ¿No has visto su nariz torcida y la cara magullada, y las costosas armas de criminal? ¡Nos asesinará cuando estemos durmiendo!

Al rato, Merlin entró en el granero con un frasco muy grande y dos copas de madera. Entregó una de ellas a Rob y suspiró.

—En cualquier otro sentido es una mujer excelente —dijo mientras llenaba las copas—. Para ella es difícil estar aquí, porque se siente separada de muchas cosas y seres queridos.

La bebida era buena y fuerte, descubrió Rob.

—¿De qué parte de Francia sois?

—Como el vino que bebemos, mi mujer y yo somos originarios de la aldea de Falaise, donde viven nuestras familias bajo la benevolente guía de Roberto de Normandía. Mi padre y dos hermanos son vinateros y proveedores del comercio inglés.

Siete años atrás, prosiguió Merlin, había regresado a Falaise después de estudiar en Persia, en una academia para médicos.

—¡Persia! —Rob no tenía la menor idea de dónde estaba Persia, pero sabía que era muy lejos—. ¿En qué dirección está Persia?

Merlin sonrió.

—En Oriente. Muy al este.

—¿Y cómo vinisteis a Inglaterra?

Al retornar a Normandía como médico, dijo Merlin, descubrió que en el protectorado del duque Roberto había demasiados profesionales de la medicina. Fuera de Normandía los conflictos eran constantes, así como los inciertos peligros de la guerra y la política: duque contra conde, nobles contra rey.

—En mi juventud había estado dos veces en Londres con mi padre, el mercader en vinos. Recordaba la belleza del campo inglés, y en toda Europa es conocida la estabilidad que ha instaurado el rey Canuto. De modo que decidí asentarme en este lugar rodeado de paz y de verdores.

—¿Y ha resultado acertada la elección de Tettenhall?

Merlin asintió.

—Pero existen dificultades. En ausencia de quienes comparten nuestra fe, no podemos orar correctamente a Dios, y es harto difícil cumplir las prescripciones alimentarias. Hablamos a nuestros hijos en su propia lengua, pero ellos piensan en la de Inglaterra y, pese a todos nuestros esfuerzos, ignoran muchas costumbres de su pueblo. Ahora estoy intentando atraer aquí a otros judíos de Francia.

Se inclinó para servir más vino, pero Rob cubrió su copa con la mano.

—Me mareo si tomo más de un trago, y necesito tener la cabeza despejada.

—¿Por qué me has buscado, joven barbero?

—Habladme de la escuela de Persia.

—Está en la ciudad de Ispahán, en la parte occidental del país.

—¿Por qué fuisteis tan lejos?

—¿A qué otro sitio podía ir? Mi familia no quería ponerme de aprendiz con un médico pues, aunque me duele reconocerlo, en casi toda Europa mis colegas forman una pandilla de parásitos y bribones. Hay un gran hospital en París, el Hôtel Dieu, que sólo es un lazareto para pobres al que arrastran a los desesperados para que mueran allí. Hay una escuela de medicina en Salerno, un lugar lamentable. Por su relación con otros mercaderes judíos, mi padre se enteró de que en los países de Oriente los árabes habían hecho un arte de la ciencia de la medicina. En Persia, los musulmanes tienen en Ispahán un hospital que es un auténtico centro curativo. En este hospital y en una pequeña academia del lugar, Avicena forma a sus doctores.

—¿Quién?

—El médico más eminente del mundo. Avicena, cuyo nombre árabe es Abu Ali at-Husain ibn Abdullah ibn Sina.

Rob pidió a Merlin que repitiera la extraña melodía del nombre, hasta que lo memorizó.

—¿Es difícil llegar a Persia?

—Sí. Varios años de peligroso trayecto. Viajes por mar, una larga travesía por tierra cruzando terribles montañas y vastos desiertos. —Merlin miró penetrantemente a su huésped—. Debes quitarte de la cabeza las academias persas. ¿Cuánto sabes de tu propia fe, joven barbero? ¿Estás familiarizado con los problemas de tu Papa ungido?

Rob se encogió de hombros.

—¿Juan XIX?

En verdad, más allá del nombre del pontífice y del hecho de que regía la Santa Iglesia, Rob no sabía nada.

—Juan XIX. Es un Papa que está a horcajadas entre dos Iglesias gigantescas en lugar de una, a la manera de un hombre que intenta montar dos caballos. La Iglesia occidental siempre le muestra fidelidad, pero en la Iglesia oriental hay constantes rumores de descontento. Hace doscientos años, el patriarca Focio se rebeló al frente de los católicos orientales en Constantinopla, y desde entonces ha cobrado fuerza el movimiento hacia un cisma en la Iglesia.

»En tus propios tratos con los sacerdotes habrás observado que desconfían de médicos, cirujanos y barberos, creyendo que por medio de la oración ellos son los únicos guardianes legítimos de los cuerpos de los hombres, además de sus almas.

Rob refunfuñó.

—La antipatía de los sacerdotes ingleses hacia quienes ejercen el arte de curar es insignificante en comparación con el odio que sustentan los sacerdotes católicos orientales por las escuelas de medicina árabes y otras academias musulmanas. Viviendo codo con codo con los musulmanes, la Iglesia oriental está entregada a una guerra virulenta y constante con el Islam para atraer a los hombres hacia la gracia de la única fe verdadera. La jerarquía oriental ve en los centros de enseñanza árabes una incitación al paganismo y una terrible amenaza. Hace quince años, Sergio II, que entonces era Patriarca de la Iglesia oriental, declaró que todo cristiano que asistiera a una escuela musulmana situada al este de su patriarcado, era un sacrílego y un quebrantador de la fe, culpable de prácticas paganas. Ejerció presiones para que el Santo Padre de Roma se sumara a esta declaración. Benedicto VIII acababa de ser elevado a la Santa Sede. Un presagio le señala como el Papa que presenciará la disolución de la Iglesia. Para apaciguar al descontento elemento oriental, cumplimentó de buena gana la solicitud de Sergio. El castigo por paganismo es la excomunión.

Rob frunció los labios.

—Es un castigo severo.

El médico asintió.

—Más severo aún en el sentido de que conlleva terribles penas según las leyes seculares. Los códigos promulgados bajo los reinados de Ethelred y Canuto consideran que el paganismo es un delito mayor. Los convictos han recibido espantosos castigos. Algunos fueron cubiertos con pesadas cadenas y enviados a deambular como peregrinos durante años, hasta que los grilletes se oxidaron y cayeron de sus cuerpos. Varios fueron quemados en la hoguera. A algunos los ahorcaron y otros fueron arrojados a la cárcel, donde aún permanecen.

»Los musulmanes, por su parte, no desean educar a miembros de una religión hostil y amenazante, y hace años que las academias del califato oriental no admiten a estudiantes cristianos.

—Comprendo —dijo Rob, consternado.

—Una posibilidad para ti es España. Se encuentra en Europa, en la franja oeste del califato occidental. Allí conviven con facilidad ambas religiones. Hay unos cuantos estudiantes de Francia. Los musulmanes han establecido grandes universidades en ciudades como Córdoba, Toledo y Sevilla. Si te gradúas en una de ellas, serás reconocido como erudito. Y aunque es difícil llegar a España, no tiene punto de comparación con el viaje a Persia.

—¿Y por qué no fuisteis vos a España?

—Porque a los judíos se les permite estudiar en Persia. —Merlin sonrió—. Y yo quería tocar el borde de la vestimenta de Ibn Sina.

Rob frunció el entrecejo.

—Yo no quiero atravesar el mundo para convertirme en un erudito. Sólo quiero llegar a ser un buen médico.

Merlin se sirvió más vino.

—Me confundes... Eres un joven corzo, pero usas un traje de fino paño y armas cuyo lujo yo no puedo permitirme. La vida de un barbero tiene sus compensaciones. ¿Para qué quieres ser médico? ¿Qué significará un trabajo más arduo que no tienes la seguridad de que te va a proporcionar riqueza?

—Me han enseñado a medicar varias dolencias. Sé cortar un dedo estropeado y dejar un muñón pulcro. Pero mucha gente va a verme y me paga, y no sé cómo ayudarla. Soy ignorante. Me digo a mí mismo que algunos podrían salvarse si yo supiera más.

—Y aunque estudiaras medicina durante más de una vida, acudiría a ti gente cuyas enfermedades son misterios, porque la angustia que mencionas es parte integrante de la profesión de curar, y hay que aprender a vivir con ella. Aunque es verdad que cuanto mejor sea la preparación, mejor doctor puedes ser. Me has dado la mejor razón posible de tu ambición. —Merlin vació su copa con expresión reflexiva—. Si las escuelas árabes no son para ti, debes observar a los médicos de Inglaterra hasta que encuentres al mejor entre los que atienden a los pobres, y tal vez puedas convencerlo de que te tome como aprendiz.

—¿Conocéis a algunos?

Si Merlin entendió la insinuación, no se dio por enterado. Meneó la cabeza y se puso en pie.

—Pero los dos nos hemos ganado un buen descanso, y mañana, más frescos, reanudaremos la cuestión. Que tengas buenas noches, joven barbero.

—Buenas noches, maestro médico.

Por la mañana había gachas calientes de guisantes y más bendiciones en hebreo. Todos los miembros de la familia se sentaron y rompieron juntos el ayuno nocturno, mirándolo furtivamente mientras él hacía lo mismo con ellos.

La señora Merlin parecía enfadada como siempre, y bajo la cruel luz del día era visible una leve línea de vello oscuro sobre su labio superior. Rob vio unos flecos que asomaban por debajo de las chupas de Benjamin Merlin y de Ruel. Las gachas eran de buena calidad.

Merlin le preguntó amablemente si había pasado bien la noche.

—He pensado en nuestra conversación. Lamentablemente, no se me ocurre ningún médico al que pueda recomendar como maestro y ejemplo. —La mujer llevó a la mesa un cesto lleno de grandes moras, y Merlin sonrió de oreja a oreja—. Sírvetelas tú mismo para acompañar las gachas; son exquisitas.

—Me gustaría que me aceptarais como aprendiz —dijo Rob.

Para su gran decepción, Merlin movió negativamente la cabeza.

Rob se apresuró a decir que Barber le había enseñado muchas cosas.

—Ayer os fui útil. En breve podría ir solo a visitar a vuestros pacientes cuando haga mal tiempo, facilitándoos así las cosas.

—No.

—Vos mismo habéis observado que tengo sentido de la curación —insistió, obstinado—. Soy fuerte y también podría hacer trabajos pesados; lo que fuera necesario. Un aprendizaje de siete años. O más; tanto tiempo como digáis.

En su agitación se había incorporado y, sin querer, movió la mesa, salpicando las gachas.

—Imposible —rechazó Merlin.

Rob estaba confundido. Tenía en la cabeza que resultaba simpático a Merlin.

—¿Carezco de las cualidades necesarias?

—Posees excelentes cualidades. Por lo que he visto, podrías ser un excelente médico.

—¿Entonces?

—En ésta, la más cristiana de las naciones, no soportarían que fuera tu maestro.

—¿A quién puede importarle?

—A los sacerdotes. Ya les ofende que haya sido forjado por los judíos de Francia y templado en una academia islámica, pues lo consideran como cooperación entre peligrosos elementos paganos. No me quitan ojo de encima. Vivo con el temor de que un día interpreten mis palabras como brujería o me olvide de bautizar a un recién nacido.

—Si no queréis aceptarme —dijo Rob—, sugeridme al menos un médico al que pueda presentarme.

—Ya te he dicho que no recomiendo a ninguno. Pero Inglaterra es vasta y hay muchos doctores que no conozco.

Rob apretó los labios y apoyó la mano en la empuñadura de la espada.

—Anoche me dijo que seleccionara al mejor entre los que atienden a los pobres. ¿Cuál es el mejor entre los que conocéis?

Merlin suspiró y respondió al acoso.

—Arthur Giles, de Saint Ives —replicó fríamente, y volvió a concentrarse en el desayuno.

Rob no tenía la menor intención de desenvainar, pero los ojos de la mujer estaban fijos en su espada y no logró contener un gemido estremecedor, convencida de que se estaba cumpliendo su profecía. Ruel y Jonathan lo miraban fijamente, pero Zechariah se echó a llorar.

Estaba abrumado de vergüenza por la forma en que había correspondido a tanta hospitalidad. Intentó disculparse, pero no logró plasmarlo en palabras; finalmente, se apartó del hebreo francés, que metía la cuchara en sus gachas, y abandonó la casa.

## 21

# EL ANCIANO CABALLERO

Semanas atrás habría tratado de librarse de la vergüenza y la cólera estudiando el fondo de una copa, pero había aprendido a ser cauto con el alcohol. Le constaba que cuanto más tiempo prescindía de la bebida, más fuertes eran las emanaciones que recibía de los pacientes cuando les cogía las manos, y cada vez adjudicaba mayor valor a ese don. Así, en lugar de entregarse a la bebida, pasó el día con una mujer en un claro, a orillas del Severn, unas millas más allá de Worcester. El sol había entibiado la hierba casi tanto como la sangre de la pareja. Ella era ayudante de una costurera, tenía los dedos estropeados por los pinchazos de la aguja, y un cuerpo menudo y firme que se volvió resbaladizo cuando nadaron en el río.

—¡Myra, resbalas como una anguila! —gritó Rob, y se sintió mejor.

Ella fue rápida como una trucha, pero él muy torpe, como un gran monstruo marino, cuando bajaron juntos a través de las verdes aguas. Las manos de Myra le separaron las piernas, y mientras pasaba entre ellas nadando, Rob le palmeó los costados pálidos y tiesos. El agua estaba fría, pero hicieron dos veces el amor en la calidez de la orilla, y así Rob descargó su ira, mientras a un centenar de yardas *Caballo* ramoneaba y *Señora Buffington* los observaba tranquilamente. Myra tenía diminutos pechos puntiagudos y un monte de sedoso vello castaño. «Más una planta que un monte», pensó Rob irónicamente; era más niña que mujer, aunque sin duda había conocido otros hombres.

—¿Cuántos años tienes, muñequita? —le preguntó ociosamente.

—Quince, me han dicho.

Tenía exactamente la edad de su hermanita Anne Mary, comprendió Rob, y se entristeció mucho al pensar que en algún lugar la niña ya había crecido pero le era desconocida.

Súbitamente lo asaltó una idea tan monstruosa que lo debilitó y le dio la impresión de que se apagaba la luz del sol.

—¿Siempre te has llamado Myra?

La pregunta fue recibida con una atónita sonrisa.

—Claro; siempre me he llamado Myra Felker. ¿Qué otro nombre podría tener?

—¿Y has nacido por aquí, muñequita?

—Me parió mi madre en Worcester y aquí he vivido siempre —respondió alegremente.

Rob asintió y le acarició la mano.

Sin embargo —pensó muy consternado—, dada la situación, no era imposible que algún día se encamara con su propia hermana sin saberlo. Resolvió que en el futuro no tendría nada que ver con jovencitas de la edad de Anne Mary.

La deprimente idea dio al traste con su humor festivo y comenzó a reunir sus prendas de vestir.

—Entonces, ¿debemos irnos? —inquirió ella, compungida.

—Sí, porque me espera un largo camino hasta Saint Ives.

Arthur Giles, de Saint Ives, resultó decepcionante, aunque Rob no tenía derecho a albergar grandes expectativas, porque evidentemente Benjamin Merlin se lo había recomendado bajo coerción. El médico era un viejo gordo y mugriento que parecía estar como mínimo un poco loco. Criaba cabras y tenía que haberlas mantenido en el interior de la casa largo tiempo, porque la estancia apestaba.

—Lo que cura es la sangría, joven forastero. Nunca lo olvides. Cuando todo fracasa, un purificador drenaje de la sangre, y otro y otro. ¡Eso es lo que cura a los cabrones! —gritó Giles.

Respondió a sus preguntas de buena gana, pero cuando hablaban de otro tratamiento distinto a la sangría, era evidente que Rob tenía mucho que enseñarle al viejo. Giles no poseía ningún saber de medicina, ningún bagaje de conocimientos que pudiera aprovechar un discípulo. El médico se ofreció a tomarlo como aprendiz y se puso furioso cuando Rob declinó amablemente su ofrecimiento. Rob se alejó dichoso de Saint Ives, pues más le valía seguir de barbero que convertirse en un ser como aquél.

Durante varias semanas creyó que había renunciado al poco práctico sueño de hacerse médico. Trabajó duramente en los espectáculos, vendió ingentes cantidades de Panacea Universal, y se sintió gratificado por lo abultado de su bolsa. *Señora Buffington* crecía con su prosperidad, del mismo modo que él se había beneficiado con la de Barber; la gata comía finos sobrantes y adquirió el tamaño adulto ante sus propios ojos: una enorme felina blanca con insolentes ojos verdes. Se creía una leona y siempre buscaba camorra. En la ciudad de Rochester desapareció durante el espectáculo y volvió al campamento con el crepúsculo, mordida en la pata delantera derecha y con menos de media oreja izquierda; su pelaje blanco estaba salpicado de carmesí.

Rob lavó sus heridas y la atendió como a una amante.

—Ah, *Señora*. Tienes que aprender a evitar las rencillas, como he hecho yo, porque no te servirán de nada.

Le dio leche y la sostuvo en el regazo, delante del fuego. Ella le lamió la mano. Quizá Rob tenía una gota de leche entre los dedos, o tal vez olía a comida, pero prefirió interpretarlo como un mimo y acarició su suave pelaje, agradecido por su compañía.

—Si tuviera expedito el camino para asistir a la escuela musulmana —le dijo—, te llevaría en el carromato, enfilaría a *Caballo* hacia Persia y nada nos impediría llegar a ese pagano lugar.

«Abu Ali at-Husain ibn Abdullah ibn Sina», pensó melancólicamente.

—¡Al infierno con vosotros, árabes! —dijo en voz alta, y se acostó.

Las sílabas hormigueaban en su mente como una letanía obsesionante y burlona. «Abu Ali at-Husain ibn Abdullah ibn Sina, Abu Ali at-Husain ibn Abdullah ibn Sina...», hasta que la misteriosa repetición superó el hervor de su sangre, y se quedó dormido.

Soñó que estaba enzarzado en combate con un odioso y anciano caballero, cuerpo a cuerpo con sus dagas.

El anciano caballero se tiró un pedo y se mofó de él. Rob notó herrumbre y líquenes en la armadura negra. Sus cabezas estaban tan próximas que vio colgar los mocos y la corrupción de la huesuda nariz, se asomó a sus ojos terribles y percibió el hedor enfermizo del aliento del caballero. Lucharon desesperadamente. Pese a su juventud y su fuerza, Rob sabía que el puñal del espectro oscuro era despiadado y su armadura, infalible. Más allá se veían las víctimas del caballero: mamá, papá, el dulce Samuel, Barber, incluso *Incitatus* y el oso *Bartram*. La cólera dio fuerzas a Rob, aunque ya sentía que la inexorable hoja penetraba su cuerpo.

Al despertar descubrió que la parte exterior de su ropa estaba húmeda de rocío y la interior, húmeda del sudor del sueño. Echado bajo el sol matinal, mientras un petirrojo cantaba su regocijo en las cercanías, comprendió que aunque el sueño había acabado, él no lo estaba. Era incapaz de renunciar al combate.

Quienes se habían ido jamás volverían, y así eran las cosas. Pero ¿había algo mejor que pasarse la vida luchando contra el Caballero Negro? A su manera, el estudio de la medicina era algo que amar, a falta de una familia. Decidió, cuando la gata se frotó contra él con la oreja sana, entregarse a ese amor.

El problema era desalentador. Montó espectáculos sucesivamente en Northampton, Bedford y Hertford, y en cada uno de esos sitios buscó a los médicos y habló con ellos y comprobó que sus conocimientos combinados eran inferiores a los de Barber. En el pueblo de Maldon, la reputación de carnicero del médico era tal, que cuando Rob J. pidió instrucciones a los transeúntes para llegar a su casa, todos palidecieron y se santiguaron.

No serviría de nada colocarse de aprendiz de uno de aquellos médicos.

Se le ocurrió que otro doctor hebreo podría estar más dispuesto a aceptarlo que Merlin. En la plaza de Maldon interrumpió sus pasos donde unos obreros estaban levantando una pared de ladrillos.

—¿Conocéis a algún médico judío en este sitio? —preguntó al maestro albañil.

El hombre lo miró fijamente, escupió y se volvió.

Preguntó a otros que estaban en la plaza, pero los resultados no fueron mejores. Por último, encontró a uno que lo examinó con curiosidad.

—¿Por qué buscas a los judíos?

—Busco a un médico judío.

El hombre asintió, comprensivamente.

—Tal vez Cristo sea misericordioso contigo. Hay judíos en la ciudad de Malmesbury, y tienen un médico que se llama Adolescentoli —dijo.

El trayecto desde Maldon hasta Malmesbury le llevó cinco días, con paradas en Oxford y Alveston para montar el espectáculo y vender la medicina. Rob creyó recordar que Barber le había hablado de Adolescentoli como un médico famoso, y se encaminó a Malmesbury cansado, al tiempo que la noche caía sobre la aldea pequeña e informe. En la posada le sirvieron una cena sencilla pero reconfortante. Barber habría encontrado insípido el guiso de cordero, pero tenía mucha carne; después pagó para que extendieran paja fresca en un rincón del dormitorio.

A la mañana siguiente, al tiempo que desayunaba, pidió al posadero que le hablara de los judíos de Malmesbury.

El hombre se encogió de hombros como diciendo: «¿Qué se puede decir?»

—Siento curiosidad, porque hasta hace muy poco no conocía a ningún judío.

—Eso se debe a que escasean en nuestra tierra. El marido de mi hermana, que es capitán de barco y ha viajado mucho, dice que abundan en Francia. Según él, se los encuentra en todos los países, y cuanto más al Este se viaje, mas numerosos son.

—¿Aquí vive entre ellos Isaac Adolescentoli, el médico?

El posadero sonrió.

—No; claro que no. Son ellos los que viven alrededor de Isaac Adolescentoli, mamando de su sabiduría.

—Entonces, ¿es célebre?

—Es un gran médico. Muchos vienen desde lejos para consultarlo y se hospeda en esta posada —informó, orgulloso—. Los sacerdotes hablan mal de él, naturalmente, pero yo sé —se metió un dedo en la nariz y se inclinó— que como mínimo en dos ocasiones lo sacaron de la cama en medio de la noche y lo despacharon a Canterbury para atender al arzobispo Ethelnoth, a quien el año pasado se creía agonizante.

Le indicó cómo llegar a la colonia judía, y poco después Rob cabalgaba junto a los muros de piedra gris de la abadía de Malmesbury, a través de montes y campos, y un escarpado viñedo en el que unos monjes recogían uvas. Un soto separaba las tierras de la abadía de las viviendas de los judíos, no más de una docena de casas apiñadas. Tenían que ser judíos: unos hombres como cuervos, con negros caftanes sueltos y sombreros de cuero en forma de campana, serraban y martillaban, levantando un cobertizo. Rob llegó a un edificio más grande que los demás, cuyo amplio patio estaba lleno de caballos y carros atados.

—¿Isaac Adolescentoli? —preguntó Rob a uno de los chicos que atendían a los animales.

—Está en el dispensario —dijo el chico, y cogió diestramente en el aire la moneda que Rob le arrojó para que atendiera bien a *Caballo*.

La puerta principal daba a una gran sala de espera llena de bancos de madera, todos ocupados por una humanidad doliente. Como las colas que esperaban junto a su biombo, pero en este caso muchas más personas. No había ningún asiento desocupado, pero encontró un lugar junto a la pared.

De vez en cuando, salía un hombre por la puertecilla que llevaba al resto de la casa, y se hacía acompañar por el paciente que ocupaba el extremo del primer banco. Entonces todos avanzaban un espacio. Al parecer, había cinco médicos. Cuatro eran jóvenes y el otro era un hombre menudo, de edad mediana y movimientos rápidos; Rob supuso que se trataba de Adolescentoli.

La espera fue larga. La sala seguía atiborrada, pues parecía que cada vez que alguien atravesaba la puertecilla con un médico, desde el exterior entraban otros por la puerta principal. Rob pasó todo el tiempo tratando de diagnosticar a los pacientes.

Cuando quedó primero en el banco de delante, promediaba la tarde. Uno de los jóvenes cruzó la puerta.

—Puedes pasar conmigo —dijo con acento francés.

—Quiero ver a Isaac Adolescentoli.

—Soy Moses ben Abraham, aprendiz del maestro Adolescentoli. Estoy en condiciones de atenderle.

—Estoy seguro de que me tratarías sabiamente si estuviera enfermo, pero debo ver al maestro por otra cuestión.

El aprendiz asintió y se volvió hacia la siguiente persona que esperaba.

Adolescentoli salió poco después, hizo pasar a Rob por la puerta y avanzaron juntos por un corto pasillo. A través de una puerta entreabierta, Rob vislumbró una sala de cirugía con una cama para operaciones, cubos e instrumentos. Fueron a parar a una habitación diminuta, desprovista de muebles, salvo una pequeña mesa y dos sillas.

—¿Cuál es tu problema? —preguntó Adolescentoli.

Lo escuchó sorprendido cuando, en lugar de describir síntomas, Rob habló nervioso de su deseo de estudiar medicina. El doctor tenía un rostro moreno y agraciado, y no sonreía. Sin duda la entrevista no habría terminado de manera diferente si Rob hubiese sido más sensato, pero fue incapaz de resistirle a hacerle una pregunta:

—¿Habéis vivido mucho tiempo en Inglaterra, maestro médico?

—¿Por qué me lo preguntas?

—Habláis muy bien nuestra lengua.

—Nací en esta casa —respondió serenamente Adolescentoli—. En el año 70 de la era común, cinco jóvenes prisioneros de guerra judíos fueron trasladados por Tito desde Jerusalén hasta Roma, con posterioridad a la destrucción del gran Templo. Los llamaban *adolescentoli*, que en latín significa «los jóvenes». Yo desciendo de uno de ellos, Joseph Adolescentoli, que ganó su libertad alistándose en la Segunda Legión Romana, la cual llegó a esta isla cuando sus habitantes eran unos oscuros hombres que hacían barquillas de cuero. Se trataba de los silurianos, que fueron los primeros en darse el nombre de britanos. ¿Tu familia ha sido inglesa durante tanto tiempo?

—Lo ignoro.

—Pero tú también hablas correctamente nuestra lengua —dijo Adolescentoli, suave como la seda.

Rob le habló de su encuentro con Merlin, mencionando únicamente que habían hablado de los estudios de medicina.

—¿También vos estudiasteis con el gran médico persa en Ispahán?

Adolescentoli meneó la cabeza.

—Yo asistí a la universidad de Bagdad, una escuela de medicina más importante, con una biblioteca y un cuerpo facultativo mucho más grande. Claro que nosotros no teníamos a Avicena, al que llaman Ibn Sina.

Hablaron de sus aprendices. Tres eran judíos de Francia y el cuarto, un judío de Salerno.

—Mis aprendices me han elegido antes que a Avicena o a cualquier otro árabe —señaló con orgullo—. No cuentan con una biblioteca como la de los estudiantes de Bagdad, pero poseo la enciclopedia que enumera los remedios según el método de Alejandro de Tralles y nos enseña a preparar bálsamos, cataplasmas y emplastos. Se les pide que lo estudien con gran atención, lo mismo que algunos escritos latinos de Pablo de Egina y ciertas obras de Plinio. Y antes de concluir el aprendizaje deben saber hacer una flebotomía, una cauterización, incisiones de las arterias y abatimientos de cataratas.

Rob experimentó un ansia arrolladora, no distinta a la emoción de un hombre que contempla a una mujer a la que instantáneamente desea.

—He venido a solicitaros que me aceptéis como aprendiz.

Adolescentoli inclinó la cabeza.

—Sospechaba que por eso estabas aquí. Pero no te aceptaré.

—¿No puedo persuadiros de ninguna manera?

—No. Debes buscar como maestro a un médico cristiano o seguir siendo barbero —dijo Adolescentoli, no con crueldad pero sí con firmeza.

Quizá sus razones eran las mismas de Merlin, pero Rob nunca las conocería, porque el médico no dijo una sola palabra más. Se levantó, lo acompañó a la puerta e inclinó la cabeza sin el menor interés, cuando Rob abandonó el dispensario.


Dos ciudades más allá, en Devizes, montó el espectáculo y por primera vez desde que dominaba el arte se le cayó una pelota durante los juegos malabares. La gente rió de sus chistes y compró la medicina. Poco después pasó tras su biombo un joven pescador de Bristol, que rondaba su edad y que orinaba sangre, además de haber perdido casi toda la carne de su cuerpo. Le dijo a Rob que se estaba muriendo.

—¿No puedes hacer nada por mí?

—¿Cómo te llamas? —le preguntó Rob, serenamente.

—Hamer.

—Quizá tengas una buba en las tripas, Hamer. Pero no estoy del todo seguro. No sé cómo curarte ni cómo aliviar tu dolor. —Barber le habría vendido unos cuantos frascos del curalotodo—. Esto es sobre todo alcohol, comprado barato y por barriles —explicó, sin saber por qué.

Nunca le había dicho algo semejante a un paciente. El pescador le dio las gracias y se fue.

Adolescentoli o Merlin habrían sabido hacer algo más por él, se dijo Rob amargamente. «¡Bastardos timoratos —pensó—, negarse a enseñarme mientras el maldito Caballero Negro sonríe!»

Esa noche se vio atrapado por una repentina tormenta, con feroces vientos y aguaceros. Era el segundo día de septiembre, o sea pronto para que cayeran tales lluvias, pero reinaban la humedad y el frío. Se abrió camino hasta el único albergue, la posada de Devizes, atando las riendas de *Caballo* al tronco de un gran roble del patio. Una vez dentro, descubrió que muchos lo habían precedido. Hasta el último trozo de pavimento estaba ocupado.

En un rincón oscuro estaba acurrucado un hombre fatigado, que rodeaba con sus brazos un abultado paquete de los que suelen usar los mercaderes para llevar sus mercancías.

De no haber estado en Malmesbury, Rob no lo habría mirado por segunda vez, pero ahora sabía, por el caftán negro y la gorra de cuero puntiaguda, que era judío.

—En una noche como ésta fue asesinado nuestro Señor —dijo Rob en voz alta.

Las conversaciones en la posada menguaron a medida que hablaba de la Pasión, porque a los viajeros les gustan las historias y las diversiones. Alguien le acercó una jarra. Cuando contó que el populacho había negado que Jesús era el Rey de los judíos, el hombre acurrucado pareció encogerse.

Al llegar Rob al episodio del Calvario, el judío había cogido su paquete y se había escabullido hacia la noche y la tormenta. Rob interrumpió la historia y ocupó su lugar en el abrigado rincón.

Pero no encontró más placer en alejar al mercader que el que había encontrado dándole a beber la Serie Especial a Barber. El dormitorio común de la posada estaba cargado del tufo que despedían la ropa húmeda y los cuerpos sin lavar, y poco después sintió náuseas. Aun antes de que dejara de llover, salió a la intemperie, en busca de su carromato y sus animales.

Condujo a la yegua hasta un claro cercano y la desenganchó. En el carro había astillas secas y se las arregló para encender el fuego. *Señora Buffington* era demasiado joven para criar, pero quizá ya exudaba aroma femenino, porque más allá de las sombras proyectadas por el fuego, maullaba un gato. Rob arrojó un palo para alejarlo y la gata blanca se frotó contra su cuerpo.

—Somos una estupenda pareja de solitarios —dijo Rob.

Aunque tardara la vida entera, investigaría hasta encontrar un médico del que pudiera aprender, decidió.

En cuanto a los judíos, sólo había hablado con dos doctores. Tenía que haber muchos más.

—Quizás alguno me tome de aprendiz si finjo ser judío —comentó con *Señora Buffington*.

Y así empezó todo. Como algo menos que un sueño..., una fantasía durante una charla ociosa. Sabía que no podía ser un judío lo bastante convincente como para sufrir el escrutinio cotidiano de un maestro judío.

Sin embargo, se sentó ante el fuego y contempló las llamas, y la fantasía adquirió forma. La gata le ofreció su panza sedosa.

—¿No podría ser lo bastante judío para satisfacer a los musulmanes? —preguntó Rob a la gata, a sí mismo y a Dios.

¿Lo bastante para estudiar con «el médico más grande del mundo»?

Estupefacto por la enormidad de lo que acababa de pensar, dejó caer a *Señora Buffington*, que de un salto se metió en el carromato. Volvió al instante, arrastrando algo que parecía un animal peludo. Era la barba postiza que Rob había utilizado para representar la farsa del viejo. La recogió. Si podía ser un anciano para Barber, se preguntó, ¿por qué no podía ser un hebreo? Podía imitar al mercader de la posada de Devizes y a otros y...

—¡Me convertiré en un falso judío! —gritó.

Fue una suerte que no pasara nadie y lo oyera hablar en voz alta y seriamente con una gata, pues lo habrían catalogado como un hechicero que habla con su súcubo. No temía a la Iglesia.

—Me cago en los sacerdotes que roban niños —informó a la gata.

Se podía dejar crecer barbas de judío, y ya tenía el pito que correspondía.

Le diría a la gente que, al igual que los hijos de Merlin, había crecido aislado de su pueblo e ignorante de su lengua y sus costumbres.

¡Se abriría camino hasta Persia!

¡Él tocaría el borde de la vestimenta de Ibn Sina!

Se sentía exaltado y aterrado, avergonzado de ser un adulto tan temblón. Fue algo semejante al momento en que supo que iría más allá de Southwark por primera vez.

Decían que ellos estaban en todas partes, ¡condenados sean! En el viaje cultivaría su amistad y estudiaría sus costumbres. Cuando llegara a Ispahán estaría listo para hacer de judío, Ibn Sina lo acogería y compartiría con él los preciosos secretos de la escuela árabe.

# SEGUNDA PARTE

# EL LARGO VIAJE

# 22

## LA PRIMERA ETAPA

Londres era el puerto inglés desde el que partían más barcos hacia Francia, de modo que se dirigió a la ciudad que lo había visto nacer. A lo largo de todo el camino hizo altos para trabajar, pues quería emprender la aventura con la mayor cantidad posible de oro. Tras su llegada a Londres se enteró de que estaba cerrada la temporada de navegación. El Támesis se hallaba congestionado por los mástiles de los navíos anclados. Haciendo honor a su origen danés, el Rey Canuto había construido una gran flota de naves vikingas que surcaban las aguas como monstruos con ronzal. Los temibles buques de guerra estaban rodeados por un variado conjunto: gordos galeones convertidos en barcas para pesca de altura; las galeras trirremes, de propiedad privada de los ricos; buques cerealeros achaparrados, de lenta navegación a vela; dos paquebotes mercantes con velas triangulares, de aparejo latino; carracas italianas de dos mástiles; largas naves de un solo mástil que hacían de caballos de tiro de las flotas mercantes de los países nórdicos. Ninguna de las embarcaciones llevaba carga ni pasajeros, puesto que ya soplaban los vientos glaciales. En los terribles seis meses siguientes, muchas mañanas se congelaría la espuma salada en el Canal, y los marineros sabían que aventurarse hasta donde el mar del Norte confluye con el Atlántico equivalía a buscarse morir ahogado en aquellas aguas agitadas.

En el Herring, un antro de marineros del puerto, Rob golpeó contra la mesa su taza de sidra calentada con especias.

—Estoy buscando alojamiento limpio y abrigado hasta la primavera —dijo—. ¿Alguno de los presentes podría orientarme?

Un hombre bajo pero ancho, con figura de bulldog, lo estudió mientras vaciaba su taza, y luego asintió.

—Sí —dijo—. Mi hermano Tom murió en el último viaje. Su viuda, que responde al nombre de Binnie Ross, ha quedado con dos bocas para alimentar. Si estás dispuesto a pagar razonablemente, sé que te alojará encantada.

Rob le pagó una copa y lo acompañó hasta una diminuta casa cercana, próxima al mercado de East Chepe. Binnie Ross resultó ser una ratita flacucha, toda ojos azules preocupados en una carita delgada y pálida. La casa estaba bastante limpia aunque era muy pequeña.

—Tengo una gata y una yegua —advirtió Rob.

—La gata no me molestará —dijo la dueña de la casa, ansiosa: era evidente que necesitaba dinero desesperadamente.

—Puedes guardar el caballo durante el invierno —dijo su cuñado—. En la calle del Támesis están los establos de Egglestan.

Rob asintió.

—Conozco el lugar.


—Está preñada —dijo Binnie Ross, alzando a la gata y acariciándola.

Rob no vio ninguna redondez extraordinaria en su liso vientre.

—¿Cómo lo sabes? —preguntó, convencido de que estaba equivocada—. Todavía es muy joven; nació el verano pasado.

La chica se encogió de hombros.

Tenía razón: pocas semanas después, *Señora Buffington* prosperaba. Rob la alimentaba con bocados exquisitos y proporcionaba buenos alimentos a Binnie y a su hijo. La pequeña era bebé y todavía mamaba. A Rob le encantaba ir andando al mercado y hacer la compra para ellos, recordando el milagro de alimentarse bien después de largo tiempo con el estómago vacío.

La pequeña se llamaba Aldyth y el niño, de menos de dos años, Edwin. Todas las noches Rob oía llorar a Binnie. Llevaba en la casa menos de dos semanas cuando ella se acercó a su cama en la oscuridad. No dijo una sola palabra, pero se tendió y lo rodeó con sus delgados brazos, silenciosa durante todo el acto. Por curiosidad, Rob probó su leche y la encontró dulce.

Después, ella volvió a su propio lecho y al día siguiente no hizo ninguna referencia a lo ocurrido.

—¿Cómo murió tu marido? —le preguntó mientras ella servía las gachas del desayuno.

—En una tormenta. Wulf, su hermano, el que te trajo aquí, dijo que a mi Paul se lo había llevado la mar. No sabía nadar.

Acudió a él más de una noche, aferrándolo desesperadamente. Más adelante, el hermano de su difunto marido, que sin duda había hecho acopio de coraje para hablarle, se presentó en la casa una tarde. A partir de entonces, Wulf aparecía todos los días con regalitos; jugaba con sus sobrinos, pero era evidente que hacía la corte a la madre, y un día Binnie le dijo a Rob que ella y Wulf se casarían. Este anuncio volvió más cómoda la casa para la larga espera de Rob.

Durante una ventisca, Rob asistió a *Señora Buffington* en el alumbramiento de una hermosa camada: una miniatura de sí misma, un macho blanco y un par de mininos negros y blancos que probablemente habían salido a su padre. Binnie se ofreció a prestarle el servicio de ahogar a los cuatro gatitos, pero en cuanto fueron destetados Rob forró un cesto con trapos y los llevó a las tabernas, donde pagó una serie de bebidas con el propósito de que alguien aceptara llevárselos.

En marzo, los esclavos que hacían el trabajo pesado volvieron al puerto, y nuevas filas de hombres y narrias comenzaron otra vez a abarrotar la calle del Támesis, cargando los depósitos y los barcos con productos de exportación.

Rob hizo innumerables preguntas a los viajantes y decidió que lo más conveniente era iniciar el viaje vía Calais.

—Allí se dirige mi nave —le dijo Wulf, y lo llevó a la grada para mostrarle el *Queen Emma*.

El barco no era tan importante como su nombre: un enorme carcamán de madera con un mástil altísimo. Los estibadores lo estaban cargando con planchas de estaño de las minas de Cornualles. Wulf llevó a Rob ante el capitán, un galés nada sonriente que asintió cuando le preguntó si llevaría un pasajero, y mencionó un precio que parecía justo.

—Tengo un caballo y un carro —dijo Rob.

El capitán frunció el ceño.

—Te costará caro transportarlos por mar. Algunos venden sus bestias y sus carros a este lado del Canal y compran otros nuevos al llegar al otro lado.

Rob meditó un rato, pero decidió pagar el flete, aunque era muy elevado. Había forjado el plan de trabajar como cirujano barbero durante sus viajes. *Caballo* y el carromato rojo eran un buen equipo, y no confiaba en encontrar otro que le diera tantas satisfacciones.

Con abril el tiempo se volvió bonancible y empezaron a salir los primeros barcos. El *Queen Emma* levó anclas del fango del Támesis el undécimo día del mes, despedido por Binnie sin demasiadas lágrimas. Soplaba un viento fresco pero suave. Rob vio cómo Wulf y otros siete marineros halaban los cabos, levantando una enorme vela cuadrada que se hinchó con un crujido en cuanto llegó a lo alto: comenzaron a flotar en la marea ascendente. Pesada con su carga de metal la enorme embarcación salió del Támesis, deslizándose suavemente a través de los estrechos entre la isla de Thanet y el continente, arrastrándose frente el litoral de Kent, y cruzando luego tenazmente el Canal, viento en popa.

La costa verde oscureció a medida que retrocedía, hasta que Inglaterra fue una bruma azul y luego un borrón púrpura que se tragó la mar. Rob no tuvo la oportunidad de albergar nobles pensamientos, pues estaba vomitando. Al pasar a su lado en cubierta, Wulf interrumpió sus pasos y escupió despectivamente por el colmillo.

—¡Por los clavos de Cristo! Vamos demasiado cargados para cabecear, el tiempo es inmejorable y las aguas están en calma. ¿Qué te ocurre?

Pero Rob no pudo responder, pues estaba inclinado sobre la borda para no manchar la cubierta. En parte, su problema era el terror que experimentaba, pues nunca había estado en el mar y ahora lo acosaba toda una vida de historias de ahogados, desde el marido y los hijos de Editha Lipton hasta el infortunado Tom Ross, que había dejado viuda a Binnie. Las aguas aceitosas en las que vomitaba se presentaban inescrutables e insondables, probable hogar de monstruos malignos, y Rob se arrepintió de la temeridad con que había emprendido tan extraña aventura. Para colmo de males, el viento arreció y en el mar se formaron profundos oleajes. Tuvo la certeza de que en breve moriría, y hubiera dado buena acogida a semejante liberación. Wulf fue a buscarlo y le ofreció una cena compuesta por pan y cerdo salado frito, muy frío. Rob resolvió que Binnie debía haberle confesado las visitas a su lecho y que ésa era la venganza de su futuro marido, al que no tenía fuerzas para responder.

El viaje había durado siete interminables horas cuando otra bruma se levantó en el denso horizonte y lentamente apareció Calais.

Wulf se despidió deprisa, pues estaba ocupado con la vela. Rob condujo a la yegua y el carro por la plancha, hacia una tierra firme que parecía subir y bajar como el mar. Razonó que el terreno francés no podía oscilar, pues de lo contrario habría oído hablar de semejante rareza. Lo cierto es que después de unos minutos de caminata, la tierra le pareció más firme, pero ¿a dónde iría? No tenía la menor idea de su destino ni de cuál debía ser el próximo paso. El idioma constituía un obstáculo. A su alrededor, la gente hablaba con un sonido de matraca, y no logró extraer ningún sentido a sus palabras. Finalmente se detuvo, se encaramó al carromato y batió palmas.

—¡Contrataré a quien hable mi lengua! —gritó.

Un viejo con cara de necesidad se acercó a él. Tenía las piernas canijas y una estructura esquelética que advertían que no sería muy útil para levantar y arrastrar pesos. Pero el hombre notó que Rob estaba pálido y sus ojos centellearon.

—¿Podemos hablar frente a un vaso calmante? Los alcoholes de manzana operan maravillas para asentar el estómago —dijo, y la lengua madre fue una bendición para los oídos de Rob.


Se detuvieron en la primera taberna que encontraron. Se sentaron ante una rústica mesa de pino, al aire libre.

—Yo soy Charbonneau —dijo el francés, haciéndose oír por encima del bullicio de los muebles—. Louis Charbonneau.

—Rob J. Cole.

En cuanto les sirvieron el aguardiente de manzanas, cada uno brindó a la salud del otro, y Charbonneau había acertado, porque el alcohol calentó el estómago de Rob y lo devolvió al mundo de los vivos.

—Creo que ahora comeré —dijo, aunque dubitativo.

Contento, Charbonneau impartió una orden y en seguida una camarera llevó a la mesa un pan crujiente, una fuente con pequeñas olivas verdes y un queso de cabra que hasta Barber habría aprobado.

—Ya ves por qué necesito ayuda —dijo Rob con tono quejumbroso—; ni siquiera sé pedir la comida.

Charbonneau sonrió.

—Toda mi vida he sido marinero. Era un crío cuando mi primer barco me dejó en Londres, y recuerdo muy bien cuánto ansiaba oír mi lengua natal.

La mitad de su vida en tierra la había pasado al otro lado del Canal, dijo, donde hablaban inglés.

—Yo soy cirujano barbero y viajo a Persia para comprar medicinas raras y hierbas curativas que serán enviadas a Inglaterra.

Eso era lo que había decidido decir a todos, para eludir cualquier discusión sobre el hecho de que la Iglesia consideraba un delito su verdadero motivo para ir a Ispahán.

Charbonneau enarcó las cejas.

—Es un largo viaje.

Rob asintió.

—Necesito un guía; alguien que traduzca lo que digo para poder presentar mis espectáculos, vender mi panacea y tratar a los enfermos durante el trayecto. Estoy dispuesto a pagar un salario generoso.

Charbonneau cogió una oliva de la fuente y la puso sobre la mesa caldeada por el sol.

—Francia —dijo y cogió otra oliva—. Los cinco ducados de Alemania regidos por los sajones. —Cogió otra y luego otra, hasta que hubo siete olivas en fila—. Bohemia —dijo, señalando la tercera—, donde viven los eslavos y los checos. Después está el territorio de los magiares, un país cristiano pero lleno de bárbaros jinetes salvajes. A continuación los Balcanes, un paraje de altas y feroces montañas, de gentes altas y feroces. Más allá Tracia, de la que sé muy poco salvo que marca el límite final de Europa y en ella se asienta Constantinopla. Y finalmente Persia, adonde tú quieres ir.

Observó a Rob completamente.

—Mi ciudad natal está en la frontera entre Francia y las tierras de los alemanes, cuyas lenguas teutónicas hablo desde mi infancia. Por tanto, si me contratas, te acompañaré hasta... —Recogió las dos primeras olivas y se las metió en la boca—. Debo dejarte a tiempo para estar en Metz el próximo invierno.

—Trato hecho —dijo Rob, aliviado.

Después, mientras Charbonneau le sonreía y pedía otro aguardiente, Rob consumió con gesto solemne las demás olivas de la fila, tragándose así la senda de los cinco países restantes, uno por uno.

# 23

## EXTRAÑO EN TIERRA EXTRAÑA

Francia no era tan decididamente verde como Inglaterra, pero había más sol. El cielo parecía más alto, y el color de Francia era un azul oscuro. Gran parte de la tierra estaba compuesta por bosques, como su país. El campo estaba salpicado de granjas escrupulosamente pulcras, y de vez en cuando aparecía un sombrío castillo de piedra similar a los que Rob estaba acostumbrado a ver en los campos de su terruño; pero algunos señores vivían en grandes casas solariegas de madera, que eran poco comunes en Inglaterra. En los pastos había ganado y campesinos sembrando trigo.

Rob ya había visto algunas maravillas.

—Muchos de vuestros edificios campestres carecen de techo —observó.

—Aquí llueve menos que en Inglaterra —dijo Charbonneau—. Algunos granjeros trillan el grano en graneros abiertos.

Charbonneau montaba un caballo grande y plácido de color gris claro, casi blanco. Sus armas tenían aspecto de haber sido usadas y bien cuidadas. Todas las noches atendía cuidadosamente su montura, y limpiaba y lustraba la espada y la daga. Era una compañía agradable en el campamento y en el camino.

Todas las granjas tenían huerto, ahora en flor. Rob se

detuvo en unas cuantas con la intención de comprar licor, pero no encontró hidromiel. Adquirió un barril de aguardiente de manzanas, similar al que había paladeado en Calais, y descubrió que mejoraba la Panacea Universal.

Allí, como en todas partes, los mejores caminos habían sido construidos tiempo atrás, por los romanos, para que marcharan sus ejércitos: anchas calzadas que empalmaban entre sí y eran tan rectas como lanzas. Charbonneau hizo observaciones cariñosas sobre sus caminos.

—Abundan por doquier y forman una red que abarca el mundo. Si lo quisieras, podrías seguir por estas vías hasta llegar a Roma.

No obstante, ante un cartel que indicaba una aldea llamada Caudry, Rob hizo desviar a *Caballo* del camino romano. Charbonneau desaprobó la maniobra.

—Estos senderos arbolados son peligrosos.

—Tengo que recorrerlos para ejercer mi oficio. Son los únicos que llevan a las aldeas pequeñas. Tocaré el cuerno. Es lo que siempre he hecho.

Charbonneau se encogió de hombros.

Las casas de Caudry tenían techos cónicos de broza o de paja. Las mujeres cocinaban al aire libre; casi todas las casas tenían una mesa de tablones y bancos cerca del fuego, debajo de un tosco sombrajo sostenido por cuatro postes resistentes que eran troncos de árboles jóvenes. Aquello no podía tomarse por un pueblo inglés, pero Rob hizo todos los movimientos de rutina como si estuviera en casa.

Dio el tambor a Charbonneau y le dijo que lo batiera. El francés parecía divertirse y se interesó vivamente cuando *Caballo* se puso a hacer cabriolas al son del tambor.

—¡Hoy hay espectáculo! ¡Gran espectáculo! —gritó Rob.

Charbonneau captó la idea de inmediato, y a partir de entonces tradujo todo lo que decía Rob.

La experiencia del espectáculo en Francia resultó rara para Rob. Los espectadores reían de los mismos cuentos aunque en diferentes momentos, quizá porque debían esperar la traducción. Durante los juegos malabares, Charbonneau estaba transfigurado, y sus farfullados comentarios de deleite contagiaron a la multitud, que aplaudió vigorosamente.

Vendieron grandes cantidades de Panacea Universal.

Aquella noche, en el campamento, Charbonneau insistió en que hiciera malabarismos, pero Rob se negó.

—Ya te hartarás de verme, no temas.

—Es sorprendente. ¿Dices que haces eso desde que eras un crío?

—Sí.

Le habló de los tiempos en que Barber se lo había llevado consigo tras la muerte de sus padres.

Charbonneau meneó la cabeza.

—Has tenido suerte. Cuando yo tenía doce años murió mi padre, y mi hermano Étienne y yo fuimos entregados como grumetes a una embarcación pirata. —Suspiró—. Ésa sí que es una vida dura, amigo mío.

—Creía haberte oído decir que tu primer viaje te llevó a Londres.

—Mi primer viaje en un buque mercante, a los diecisiete. Pero los cinco años anteriores navegué con piratas.

—Mi padre ayudó a defender Inglaterra contra tres invasiones. Dos veces cuando los daneses invadieron Londres. Y otra vez cuando los piratas invadieron Rochester —dijo Rob lentamente.

—Mis piratas nunca atacaron Londres. Una vez tocamos tierra en Romney, incendiamos dos casas y nos llevamos una vaca a la que matamos para comer carne.

Se miraron fijamente.

—Eran muy malas personas. Pero yo tenía que hacer eso para conservar la vida.

Rob asintió.

—¿Y Étienne? ¿Qué ha sido de Étienne?

—Cuando tuvo edad suficiente huyó y volvió a nuestra ciudad, donde se colocó de aprendiz de panadero. Hoy también es un viejo y hace un pan excepcional.

Rob sonrió y le deseó que pasara buena noche.

Cada tres o cuatro días iban a la plaza de una aldea distinta, donde todo transcurría como de costumbre: las tonadas libertinas, los retratos halagadores, las curas con licor. Al principio Charbonneau traducía los llamamientos del cirujano barbero, pero en breve el francés se había acostumbrado tanto, que era capaz de reunir una multitud por su cuenta. Rob trabajaba duramente, deseoso de llenar su caja, pues sabía que el dinero significaba protección en países extranjeros.

El mes de junio fue cálido y seco. Mordisquearon diminutos bocados de la oliva llamada Francia, atravesando su borde norteño, y a principios del verano estaban casi en la frontera alemana.

—Nos estamos acercando a Estrasburgo —anunció Charbonneau una mañana.

—Vayamos a esa ciudad para que veas a los tuyos.

—Si lo hacemos perderemos dos días —objetó Charbonneau, pero Rob sonrió y se encogió de hombros, porque simpatizaba con el anciano francés.

La ciudad era hermosa y bullía de artesanos que estaban construyendo una gran catedral en la que ya apuntaba la promesa de incrementar la gracia general de las anchas calles y elegantes casas de Estrasburgo.

Fueron directamente a la panadería, donde un locuaz Étienne Charbonneau estrujó a su hermano en un enharinado abrazo.

La noticia de su llegada se transmitió según el sistema de información familiar, y aquella tarde se presentaron para celebrarla dos apuestos hijos de Étienne y tres de sus hijas, de ojos oscuros, con su prole y sus cónyuges; la hija más joven, Charlotte, era soltera y aún vivía en casa de su padre. Charlotte preparó una cena pródiga: tres gansos estofados con zanahorias y ciruelas pasas. Pusieron en la mesa dos tipos de pan fresco. Uno redondo, al que Étienne llamó «pan de perro», y que era delicioso a pesar de su nombre. Estaba compuesto por capas alternativas de trigo y centeno.

—Es muy barato; se trata del pan de los pobres —dijo Étienne, y estimuló a Rob a probar una barra larga más cara, hecha con tranquillón, una mezcla de harinas con muchos granos molidos finos.

A Rob le gustó más el «pan de perro».

Fue una velada alegre. Louis y Étienne traducían todo para Rob, con gran hilaridad general. Los niños bailaron, las mujeres cantaron, Rob hizo juegos malabares para corresponder a la opípara cena, y Étienne tocó la gaita tan bien como horneaba el pan.

Cuando finalmente la familia se marchó todos besaron a los viajeros a modo de despedida. Charlotte hundió el vientre y asomó su pecho recién florecido, mientras sus grandes ojos invitaban escandalosamente a Rob. Esa noche, echado en la cama, Rob se preguntó cómo sería la vida si se instalara en el seno de una familia como aquélla y en un entorno tan encantador.

A medianoche se levantó.

—¿Ocurre algo? —preguntó Étienne en voz baja.

El panadero estaba sentado en la oscuridad, no muy lejos de donde yacía su hija.

—Tengo que mear.

—Iré contigo —dijo Étienne.

Salieron juntos y orinaron amistosamente contra un costado del granero. Cuando Rob regresó a su cama de paja, Étienne se acomodó en la silla y se quedó vigilando a Charlotte.

Por la mañana, el panadero mostró a Rob sus grandes hornos redondos y regaló a los viajeros un saco lleno de «pan de perro» horneado dos veces para que quedara duro y no se estropeara, a semejanza de las galletas marineras.

Los habitantes de Estrasburgo tuvieron que esperar sus panes ese día, pues Étienne cerró la panadería y cabalgó con ellos parte del trayecto. El camino romano los llevó hasta el río Rin, a corta distancia de la casa de Étienne, y luego se curvaba aguas abajo algunas millas, hasta un vado. Los hermanos se inclinaron en sus monturas y se besaron.

—Ve con Dios —dijo Étienne a Rob, al tiempo que enfilaba su caballo hacia su casa, y ellos salpicaban agua cruzando el vado.

Las aguas arremolinadas estaban frías y aún débilmente pardas por la tierra arrastrada por las inundaciones primaverales río arriba. La senda ascendente de la orilla opuesta era empinada, y *Caballo* realizó un gran esfuerzo para arrastrar el carromato hasta la tierra de los teutones.

En seguida llegaron a las montañas, cabalgando entre altos bosques de piceas y abetos. Charbonneau estaba cada vez más callado, lo que en principio Rob atribuyó a lo mucho que le dolía separarse de su familia y de su terruño, pero al cabo de un rato el francés escupió.

—No me gustan los alemanes, ni tampoco pisar su tierra.

—Sin embargo, naciste lo más cerca de ellos que puede nacer un francés.

Charbonneau frunció el ceño.

—Uno puede vivir junto al mar y no amar a los tiburones —dijo.

A Rob lo impresionaba como una tierra agradable. El aire era frío y claro. Descendieron una montaña alargada a cuyo pie vieron a hombres y mujeres cortando y revolviendo el heno del valle para obtener forraje, tal como hacían los campesinos en Inglaterra. Subieron otra montaña hasta unas tierras de pastoreo no muy extensas donde los niños atendían a las vacas y las cabras llevadas a pastar durante el verano desde las granjas. La senda era alta, y poco después, al bajar la vista, vieron un gran castillo de piedra gris oscuro. Unos jinetes participaban en una justa con las lanzas cubiertas, en la palestra. Charbonneau volvió a escupir.

—Es la torre del homenaje de un hombre terrible, el langrave de este sitio. El conde Sigdorff, el Imparcial.

—¿El Imparcial? No parece el sobrenombre más apropiado para un hombre tan terrible.

—Ahora es viejo —explicó Charbonneau—. Pero se ganó ese nombre en la juventud, cayendo sobre Bamberg y llevándose a doscientos prisioneros. Ordenó que a cien de ellos les cortaran la mano derecha y a los otros cien la mano izquierda.

Llevaron a sus caballos a medio galope hasta que el castillo desapareció de la vista.

Antes de mediodía llegaron a una señal de desvío del camino romano hacia la aldea de Entburg, en la que decidieron montar su espectáculo. Hacía unos minutos que habían tomado el desvío cuando llegaron a un recodo y vieron a un hombre que bloqueaba el sendero, montado en un caballo flaco y cobrizo, de ojos legañosos. El hombre era calvo y tenía pliegues de grasa en su corto pescuezo. Llevaba puesta una prenda de tejido casero sobre un cuerpo al mismo tiempo carnoso y duro, semejante al de Barber cuando Rob lo conoció. No había lugar para pasar con el carromato, pero tenían las armas enfundadas y Rob refrenó al caballo mientras se estudiaban mutuamente. El hombre calvo pronunció unas palabras.

—Pregunta si tienes licor —aclaró Charbonneau.

—Dile que no.

—El hijoputa no está solo —agregó Charbonneau sin alterar el tono de voz, y Rob percibió que otros dos habían dispuesto sus cabalgaduras detrás de los árboles.

Uno era un joven montado en una mula. Cuando se acercó al gordo, Rob notó la similitud de sus rasgos y dedujo que eran padre e hijo. El tercero iba en un animal enorme y torpe que parecía un caballo de tiro. Se instaló detrás del carromato, cortando la retirada por retaguardia. Tendría unos treinta años. Era menudo y de aspecto ruin; le faltaba la oreja izquierda, como a *Señora Buffington*.

Los dos recién llegados empuñaban espadas. El calvo dijo algo a Charbonneau en voz alta.

—Dice que debes bajar del carromato y quitarte la ropa. Quiero que sepas que en cuanto lo hagas te matarán —dijo Charbonneau—. La vestimenta es cara y no quieren que se manche de sangre.

Rob no notó de dónde había sacado Charbonneau su puñal. El viejo lo arrojó con un esforzado gruñido y un experto movimiento de mano que lo proyectó en línea recta y a gran velocidad: se hundió en el pecho del joven de la espada.

En los ojos del gordo se notó un sobresalto, pero aún no se había borrado la sonrisa de sus labios cuando Rob abandonó el asiento de su carromato.

Dio un solo paso hasta el ancho lomo de *Caballo* y se lanzó, arrancando al hombre de su silla. Aterrizaron rodando y dando zarpazos, cada uno intentando desesperadamente herir al otro. En un momento dado, Rob logró pasar su brazo izquierdo por debajo del mentón del otro, desde atrás. Un puño carnoso empezó a golpearle la ingle, pero Rob se retorció y pudo desviar los puñetazos a una nalga. Recibió unos terribles martillazos que le entumecieron la pierna. Con anterioridad siempre había peleado borracho y enloquecido de ira. Ahora estaba sobrio y concentrado en un único pensamiento, frío y claro.

«Mátalo.»

Jadeante, se aferró a la muñeca izquierda con la mano libre y tironeó, tratando de estrangularlo o aplastarle la tráquea.

Luego pasó a la frente e intentó echarle la cabeza hacia atrás, lo suficiente para estropearle la espina dorsal.

«¡Quiébrate!», imploró.

Pero el cuello era corto y grueso, acolchado de grasa y surcado de músculo.

Una mano con largas uñas negras subió hasta su cara.

Rob se debatió para apartar la cabeza, pero la mano le rastrilló la mejilla, haciéndolo sangrar.

Gruñeron y lucharon como en un tosco combate de amantes.

La mano volvió.

Esta vez llegó un poco más arriba, en busca de los ojos. Clavó sus afiladas uñas y Rob gritó.

Al instante Charbonneau estaba de pie sobre ellos. Insertó la punta de la espada deliberadamente, buscando un espacio entre las costillas, y hundió a fondo la espada.

El calvo suspiró, como si estuviera satisfecho. Dejó de gruñir y de moverse y se desplomó. Rob lo olió por primera vez.

Logró apartarse del cadáver. Se sentó, acariciándose la cara vapuleada.

El joven colgaba de la grupa de la mula, con sus sucios pies descalzos cruelmente enganchados.

Charbonneau le arrancó el puñal y lo limpió. Aflojó los pies muertos sujetos a los estribos de cuerda y bajó su cuerpo a tierra.

—¿El tercero? —jadeó Rob, sin poder evitar un temblor en su voz.

Charbonneau escupió.

—Huyó al primer indicio de que no nos dejaríamos matar tan fácilmente.

—¿Obra del Imparcial, necesitado de refuerzos?

Charbonneau meneó la cabeza.

—Éstos son unos asesinos baratos y no hombres de un langrave.

Registró los cadáveres con la destreza del que no lo hace por primera vez. Del cuello del hombre colgaba una pequeña bolsa con monedas. El joven no llevaba dinero, pero sí un crucifijo deslustrado. Sus armas eran de mala calidad, pero Charbonneau las arrojó en el interior del carromato.

Dejaron a los salteadores de caminos donde estaban, el cadáver del calvo yacía de bruces sobre su propia sangre.

Charbonneau ató la mula a la parte de atrás del carro y llevó de las riendas al huesudo caballo capturado. Después, volvieron al camino romano.

# 24

# LENGUAS EXTRAÑAS

Cuando Rob preguntó a Charbonneau dónde había aprendido a lanzar tan diestramente un puñal, el viejo francés respondió que se lo habían enseñado los piratas de su juventud.

—Era útil para luchar contra los condenados daneses y apoderarse de sus naves. —Vaciló—. Y también para luchar contra los condenados ingleses y apoderarse de sus naves —agregó con tono malicioso.

En ese entonces no le fastidiaban las trilladas rivalidades nacionales, y ninguno de ellos tenía la menor duda acerca de la valía de su compañero. Intercambiaron una sonrisa.

—¿Me enseñarás?

—Si tú me enseñas a hacer malabarismos —dijo Charbonneau, y Rob accedió de buena gana.

El trato era desigual, pues para Charbonneau había pasado la hora de llegar a dominar una habilidad difícil, y en el poco tiempo que les quedaba sólo aprendió a botar dos pelotas, aunque extrajo un enorme placer arrojándolas y recogiéndolas.

Rob tenía la ventaja de la juventud, y los años pasados haciendo juegos malabares lo habían dotado de muñecas fuertes y flexibles, además de una mirada aguda, equilibrio y sincronización.

—Se requiere un puñal especial. Tu daga tiene una hoja fina que muy pronto se quebraría si empezaras a arrojarla, o se estropearía la empuñadura, que es el centro del peso y del equilibrio de una daga corriente. Un puñal arrojadizo equilibra el peso en la hoja, de modo que un movimiento rápido de la muñeca lo lanza fácilmente de punta hacia el blanco.

Rob aprendió deprisa a lanzar el puñal de Charbonneau de modo que presentara primero su hoja afilada. Le resultó más difícil adquirir pericia para dar en el blanco al que apuntaba, pero estaba acostumbrado a la disciplina de la práctica y arrojaba el puñal a una marca hecha en un árbol, cada vez que tenía la oportunidad.

Se mantuvieron en los caminos romanos, que estaban abarrotados de viajeros que hablaban muchas lenguas. En una ocasión, la partida de un cardenal francés los obligó a apartarse del camino. El prelado cabalgaba rodeado por doscientos jinetes y ciento cincuenta sirvientes; usaba zapatos de color escarlata, sombrero y capa gris sobre una casulla en otros tiempos blanca, y ahora más oscura que la capa por el polvo del camino. Algunos peregrinos avanzaban en la dirección general de Jerusalén, solos o en grupos reducidos o numerosos; a veces eran conducidos o instruidos por palmeros, devotos religiosos que indicaban su participación en viajes sagrados usando dos palmas cruzadas recogidas en Tierra Santa. Algunas bandas de caballeros con armaduras pasaban al galope emitiendo gritos de guerra, a menudo borrachos, habitualmente belicosos y siempre sedientos de gloria, botín y diversiones. Algunos fanáticos religiosos llevaban cilicios y se arrastraban hacia Palestina sobre sus manos y rodillas ensangrentadas, para cumplir los votos hechos a Dios o a un santo. Agotados e indefensos, eran presas fáciles. En las carreteras abundaban los criminales, y la aplicación de las leyes por parte de los funcionarios era, en el mejor de los casos, negligente. Cuando un ladrón o un salteador de caminos era atrapado con las manos en la masa, los mismos viajeros lo ejecutaban en el lugar del hecho, sin celebrar ningún juicio.

Rob mantenía sus armas sueltas y preparadas, casi a la expectativa de que el ladrón al que le faltaba la oreja izquierda guiara hasta ellos a una pandilla de jinetes para vengarse. Las dimensiones de Rob, su nariz rota y las rayas de las heridas faciales se combinaban para darle una apariencia formidable, pero comprendió, divertido, que su mejor protección residía en el viejo de aspecto frágil que había contratado gracias a sus conocimientos del idioma inglés.

Compraron provisiones en Augsburgo, un activo centro comercial fundado por el emperador romano Augusto en el año 12 a.C. Augsburgo era un centro de transacciones entre Alemania e Italia, siempre repleto de gente y absorto en su preocupación, que era el comercio. Charbonneau señaló a unos mercaderes italianos, llamativos por sus zapatos de costoso material y con punteras vueltas hacia arriba. Rob ya llevaba tiempo viendo un creciente número de judíos, pero en los mercados de Augsburgo notó la presencia de muchos más, instantáneamente identificables por sus caftanes negros y sus sombreros de cuero, acampanados y de ala estrecha.

Rob montó el espectáculo en Augsburgo pero no vendió tanta medicina como anteriormente, tal vez porque Charbonneau traducía con menos entusiasmo cuando se veía obligado a utilizar la lengua gutural de los francos.

No le importó, porque su bolsa estaba abultada; de cualquier manera, diez días más tarde, al llegar a Salzburgo Charbonneau le informó de que el espectáculo en esa ciudad sería el último que presentarían juntos.

—Dentro de tres días llegaremos al río Danubio, donde te dejaré para volverme a Francia. —Rob asintió—. Ya no te seré útil. Más allá del Danubio está Bohemia, donde hablan una lengua que no conozco.

—Serás bienvenido si decides acompañarme, aunque no me hagas de intérprete.

Pero Charbonneau sonrió y negó con la cabeza.

—Ha llegado la hora de que vuelva a casa, esta vez para quedarme.

Esa noche, en una posada, se dieron un banquete de

despedida, con comida lugareña: carne ahumada guisada con manteca de cerdo, col encurtida y harina. No les gustó nada y se pusieron achispados con el espeso vino tinto. Rob pagó generosamente al anciano. Charbonneau le dio un último y sobrio consejo:

—Te espera una tierra peligrosa. Dicen que en Bohemia no se nota la diferencia entre los bandidos salvajes y los mercenarios de los señores locales. Si quieres atravesar esas tierras ileso, deberás buscarte la compañía de otras gentes.

Rob le prometió que trataría de unirse a un grupo fuerte. Al llegar al Danubio, Rob comprobó que era un río más caudaloso de lo que esperaba. Sus aguas discurrían rápidas y presentaban una superficie oleosa que, según le constaba, era indicadora de hondura y peligro. Charbonneau se quedó con él un día más de lo acordado, insistiendo en cabalgar a su lado río abajo, hasta la agreste y semiasentada aldea de Linz, donde una gran balsa de troncos vadeaba pasajeros y carga a través de un remanso en la ancha vía fluvial.

—Bien —dijo el francés.

—Quizás algún día volvamos a vernos.

—No lo creo.

Se abrazaron.

—Vive eternamente, Rob J. Cole.

—Vive eternamente, Louis Charbonneau.

Rob bajó del carromato y fue a contratar su pasaje mientras el anciano se alejaba a lomos de su huesudo caballo castaño. El barquero era un hombre tétrico y voluminoso, con un fuerte resfriado, por lo que constantemente se quitaba los mocos del labio superior con la lengua. Decidir la tarifa fue difícil, porque Rob no entendía la lengua bohemia, y terminó convencido de que le había cobrado de más. Cuando regresó al carromato, después de un arduo regateo por señas, Charbonneau había desaparecido de la vista.

Al tercer día de estancia en Bohemia se encontró con cinco alemanes gordos y rubicundos, e intentó trasmitirles la idea de que quería viajar con ellos. Se mostró amable, les ofreció oro e indicó que estaba dispuesto a cocinar y a hacer otras faenas de campamento, pero ninguno de ellos sonrió ni apartó las manos de la empuñadura de su espada.

—¡Jodidos! —dijo, por último, y se volvió.

Pero, en realidad, no podía reprocharles nada: su grupo ya era fuerte y él, un desconocido, un peligro en potencia. *Caballo* lo llevó desde las montañas hasta una gran meseta en forma de plato, rodeada de verdes colinas. Había campos cultivados de tierra gris, en los que hombres y mujeres se afanaban por obtener trigo, cebada, centeno y remolachas, pero en su mayor parte era una arboleda variada. Por la noche, no muy lejos, oyó el aullido de los lobos. Mantuvo el fuego encendido aunque no hacía frío, y *Señora Buffington* maullaba al oír a los animales salvajes, aunque dormía con el erizado borde de su lomo apoyado en su amo.

Había dependido de Charbonneau para muchas cosas, pero ahora descubrió que la más insignificante no había sido la compañía. Cabalgando cuesta abajo por el camino romano, conoció el significado de la palabra solo, dado que no podía hablar con ninguna de las personas que encontraba.

Transcurrida una semana desde la partida de Charbonneau una mañana se encontró ante el cuerpo desnudo y mutilado de un hombre colgado de un árbol, a la vera del camino.

El ahorcado era flaco, tenía cara de hurón y le faltaba la oreja izquierda.

Rob lamentó no poder informar a Charbonneau de que otros habían dado su merecido al tercer salteador de caminos.

# 25

# LA INTEGRACIÓN

Rob cruzó la vasta meseta y volvió a internarse en las montañas. Éstas no eran tan elevadas como las que ya había atravesado, pero sí lo bastante accidentadas como para retardar su avance. En otras dos ocasiones se acercó a grupos de viajeros que recorrían el mismo camino, e intentó unirse a ellos, pero ambas veces fue rechazado. Una mañana, un grupo de jinetes harapientos pasaron a su lado y le gritaron algo en su extraña lengua, pero él los retribuyó con un saludo y desvió la mirada, pues se dio cuenta de que eran unos seres violentos y desesperados. Tuvo la impresión de que si se les unía, en breve estaría muerto.

Tras su llegada a una gran ciudad, entró en una taberna y su alegría se desbordó al descubrir que el tabernero conocía algunas palabras en inglés. Por ese hombre se enteró de que la ciudad se llamaba Brunn. Los pueblos por cuyo territorio había viajado los habitaban, en su mayor parte, gentes de una tribu a las que se conocía como checos. No se enteró de mucho más; ni siquiera logró saber de dónde había sacado el tabernero sus escasos conocimientos de palabras inglesas, pues la sencilla conversación ya había exigido demasiado de su capacidad lingüística. Al abandonar la taberna, Rob descubrió a un hombre en la parte de atrás de su carro, revisando sus pertenencias.

—Fuera —dijo en voz baja.

Desenvainó la espada pero el hombre ya había saltado del carromato y se había alejado sin darle tiempo a detenerlo. La bolsa con el dinero seguía clavada a buen resguardo debajo de las tablas del carro, y lo único que faltaba era una bolsa de paño que contenía los objetos necesarios para los trucos mágicos. No fue poco consuelo pensar en la cara que pondría el ladrón cuando abriera la bolsa.

Después de este acontecimiento, limpiaba sus armas diariamente, manteniendo una ligera capa de grasa en las hojas para que se deslizaran fácilmente de sus vainas al menor tirón. De noche, su sueño era ligero o no dormía, pues estaba atento a cualquier sonido indicativo de que alguien caería sobre él. Le constaba que tenía pocas esperanzas si lo atacaba una partida como la de los jinetes harapientos. Permaneció solo y vulnerable durante nueve largos días, hasta que una mañana el camino dejó atrás el bosque y —para su sorpresa, encanto y renovación de las esperanzas— ante sus ojos apareció una diminuta población casi tapada por una enorme caravana.

Las dieciséis casas de la aldea estaban rodeadas por varios cientos de animales. Rob vio caballos y mulas de toda clase y tamaño, ensillados o enganchados a vagones, carros y carromatos de todo tipo. Ató a *Caballo* a un árbol. Había gente por todos lados, y mientras se abría paso entre la multitud, sus oídos se vieron asaltados por un barboteo de lenguas incomprensibles.

—Por favor —le dijo a un hombre empeñado en la ardua tarea de cambiar una rueda—. ¿Dónde está el jefe de la caravana?

Lo ayudó a levantar la rueda hasta el cubo, pero la única respuesta fue una sonrisa de agradecimiento y un movimiento desconcertado de la cabeza.

—¿El jefe de la caravana? —preguntó al siguiente viajero, que en ese momento alimentaba a una yunta de bueyes que tenían bolas de madera fijas a las puntas de sus largos cuernos.

—*Ah, der Meister?* Kerl Fritta —respondió el hombre e hizo un gesto hacia abajo.

Después fue fácil, porque todos parecían conocer el nombre de Kerl Fritta. Cada vez que Rob lo pronunciaba le contestaban con un movimiento de cabeza y un dedo indicador, hasta que por último llegó a un terreno en el que habían instalado una mesa junto a un inmenso vagón amarrado a seis de los alazanes de tiro más grandes que había visto en su vida. Sobre la mesa descansaba una espada desenvainada y ante ella estaba sentado un personaje que peinaba sus largos cabellos castaños en dos gruesas trenzas, totalmente enfrascado en una conversación con el primero de una larga fila de viajeros que aguardaba para viajar con él.

Rob se situó al final de la cola.

—¿Aquél es Kerl Fritta? —preguntó.

—Sí, es él —respondió uno de los hombres.

Se miraron, asombrados y contentos.

—¡Tú eres inglés!

—Escocés —corrigió el otro, levemente decepcionado—. ¡Qué encuentro! ¡Qué encuentro! —murmuró, aferrando ambas manos de Rob.

Era alto y delgado, de pelo largo y canoso, e iba bien afeitado, al estilo britano. Usaba indumentaria de viaje, de tela negra áspera, pero era un paño de buena calidad y bien cortado.

—James Geikie Cullen —se presentó—. Criador de ovejas y agente de tejidos de lana; viajo a Anatolia con mi hija en busca de mejores variedades de carneros y ovejas.

—Rob J. Cole, cirujano barbero. Rumbo a Persia, para comprar medicinas preciosas.

Cullen lo observó casi cariñosamente. La línea avanzaba, pero tuvieron tiempo suficiente para intercambiar información, y las palabras inglesas nunca sonaron tan eufóricas en sus oídos.

Cullen iba acompañado por un hombre que llevaba pantalones marrones manchados y una capa gris hecha jirones; le explicó que era Seredy, a quien había contratado como sirviente e intérprete.

Sorprendido, Rob se enteró de que ya no estaba en Bohemia, pues, sin saberlo, dos días atrás había pasado al país de Hungría. La aldea transformada por la caravana se llamaba Vac. Aunque los habitantes disponían de pan y queso, los comestibles y otros suministros eran carísimos.

La caravana se había originado en la ciudad de Ulm, en el ducado de Suabia.

—Fritta es alemán —le confió Cullen—. No se desvive por mostrarse amable, pero es aconsejable unirse a él, dado que informes fehacientes indican que los bandidos magiares hacen presa de los viajeros solitarios y de los grupos poco numerosos, y no hay otra caravana nutrida en las inmediaciones.

Los datos sobre los bandidos parecían ser del conocimiento general. A medida que avanzaban hacia la mesa, se sumaron otros solicitantes a la fila. Detrás mismo de Rob se situaron tres judíos, que por supuesto despertaron su interés.

—En este tipo de caravanas uno no tiene más remedio que viajar con gente bien nacida y con gentuza —comentó Cullen en voz alta.

Rob estaba observando a los tres hombres con sus caftanes oscuros y sus sombreros de cuero. Conversaban en otra lengua extraña que Rob todavía no había oído, pero le pareció que el que estaba más cerca de él parpadeó al oír las palabras de Cullen, como si lo hubiera entendido. Rob desvió la mirada.

Cuando llegaron a la mesa de Fritta, Cullen se ocupó de sus asuntos y luego tuvo la amabilidad de ofrecer a Seredy como intérprete de Rob.

El jefe de la caravana, experimentado y rápido en esas entrevistas, asimiló eficazmente su nombre, negocios y destino.

—Quiere que entiendas que la caravana no va a Persia —dijo Seredy—. Más allá de Constantinopla tendrás que hacer tus propios planes.

Rob asintió con un gesto, y entonces el alemán habló largamente.

—La tarifa que debes pagar al señor Fritta es igual a veintidós peniques ingleses de plata, pero no quiere esta moneda porque el señor Cullen le pagará en peniques ingleses y el señor Fritta dice que no le será fácil colocar tantos. Pregunta si podrías pagarle en monedas de plata francesas y alemanas.

—Sí.

—Entonces son veintisiete de esas —dijo Seredy con tono excesivamente zalamero.

Rob vaciló. Tenía suficiente cantidad de esas monedas porque había vendido la medicina en Francia y Alemania, pero no conocía su valor de cambio.

—Veintitrés —dijo una voz directamente a sus espaldas, tan baja que creyó haberla imaginado.

—Veintitrés monedas —repitió en tono firme.

El jefe de la caravana aceptó fríamente, mirándolo a los ojos.

—Debes llevar tus propios víveres y provisiones. Si te retrasas o te ves obligado a abandonar, te dejarán atrás —informó el traductor—. Dice que la caravana saldrá de aquí compuesta por unas noventa partidas separadas que totalizan más de ciento veinte hombres. Exige que haya un centinela cada diez grupos, de modo que cada doce días te tocará hacer guardia toda la noche.

—De acuerdo.

—Los recién llegados ocuparán su lugar al final de la línea de marcha, donde hay más polvo, y donde el viajero es más vulnerable. Tú seguirás al señor Cullen y a su hija. Cada vez que alguien que va más adelante abandone, podrás avanzar un solo lugar. Todo el que se una a la caravana a partir de este momento irá detrás de ti.

—De acuerdo.

—Y si practicas tu profesión de cirujano barbero con los miembros de la caravana, deberás compartir tus ganancias a partes iguales con el señor Fritta.

—No —se apresuró él a decir, pues consideró que era injusto que aquel alemán se llevara la mitad de sus ganancias.

Cullen carraspeó. Rob miró al escocés, notó el temor

en su expresión y recordó lo que había dicho acerca de los bandidos magiares.

—Ofrece diez y acepta treinta —aconsejó la voz baja a sus espaldas.

—Te daré un diez por ciento de mis ganancias —ofreció él.

Fritta murmuró una única palabra lacónica que Rob interpretó como el equivalente teutónico de «mierda»; luego emitió otro sonido corto.

—Dice que cuarenta.

—Dile que veinte.

Acordaron un treinta por cierto. Mientras daba las gracias a Cullen por haberle permitido usar a su intérprete y echaba a andar, Rob observó de soslayo a los tres judíos. Eran hombres de estatura mediana y tez morena, bronceada hasta resultar casi atezada. El hombre que ocupaba en la fila el lugar inmediatamente detrás de él tenía la nariz carnosa y grandes labios sobre una barba castaña moteada de gris. No miró a Rob; dio un paso hacia la mesa, con la total concentración de quien ya ha puesto a prueba a un adversario.

Ordenaron a los recién llegados que ocuparan sus puestos en la línea de marcha durante la tarde, y que esa noche acamparan en su lugar, pues la caravana partiría al amanecer. Rob encontró su posición entre Cullen y los judíos, desenganchó la yegua y la llevó a pastorear, a pocas varas de distancia. Los habitantes de Vac estaban apelando a la última oportunidad de aprovecharse de las ganancias llovidas del cielo, vendiéndoles provisiones. Un granjero se acercó a ofrecer huevos y queso amarillo, por los que pedía cuatro monedas alemanas, un precio abusivo. En lugar de pagar, Rob trocó los alimentos por tres frascos de Panacea Universal y así se ganó la cena.

Mientras comía observó a sus vecinos, que lo observaban, a su vez. En el campamento anterior al suyo, Seredy iba en busca del agua, y cocinaba la hija de Cullen. Era una muchacha muy alta y pelirroja. En el campamento de atrás había cinco hombres. Cuando terminó de limpiar, después de comer, Rob se acercó a donde los judíos cepillaban a sus animales. Tenían buenos caballos, además de dos mulas de carga, una de las cuales llevaba, probablemente, la tienda que habían levantado. Observaron a Rob en silencio cuando se encaminó directamente hacia el hombre que estaba a sus espaldas durante sus tratos con Fritta.

—Soy Rob J. Cole. Quiero darte las gracias.

—De nada, de nada. —El hombre levantó el cepillo del lomo del caballo—. Me llamo Meir ben Asher.

A continuación, le presentó a sus compañeros. Dos estaban con él cuando Rob los vio por primera vez en la fila: Gershom ben Shemuel, que tenía un lobanillo en la nariz, era bajo y aparentemente duro como un trozo de madera, y Judah ha-Cohen, de nariz afilada y boca pequeña, con el pelo negro y brillante de un oso y una barba del mismo estilo. Los otros eran más jóvenes. Simon ben ha-Levi era delgado y serio, casi un hombre, una especie de palo de barba fina. Y Tuveh ben Meir era un chico de doce años, tan crecido para su edad como lo había sido Rob.

—Mi hijo —dijo Meir. Los demás no abrieron la boca. Lo observaban atentamente.

—¿Sois mercaderes?

Meir asintió.

—En otros tiempos nuestra familia vivía en la ciudad de Hameln, en Alemania. Hace diez años todos nos trasladamos a Angora, en tierra de bizantinos, desde donde viajamos tanto al este como al oeste, comprando y vendiendo.

—¿Qué es lo que compráis y vendéis?

Meir se encogió de hombros.

—Un poco de esto, un poco de aquello...

Rob quedó encantado con la respuesta. Se había pasado horas pensando en versiones falsas sobre sí mismo y ahora veía que era innecesario: los hombres de negocios no revelan muchas cosas.

—¿Y a dónde viajas tú? —preguntó el joven Simon, sobresaltando a Rob, que había creído que sólo Meir sabía inglés.

—A Persia.

—Persia. ¡Excelente! ¿Tienes familia allí?

—No, voy a comprar. Una o dos hierbas, tal vez algunas medicinas.

—Ah —dijo Meir, que intercambió una mirada con los otros judíos.

Todos los presentes aceptaron inmediatamente la respuesta de Rob. Era el momento de irse, y les dio las buenas noches.

Cullen no le había quitado los ojos de encima mientras hablaba con los judíos, y cuando Rob se acercó a su campamento el escocés parecía haber perdido gran parte de su simpatía inicial.

Le presentó a su hija Margaret sin entusiasmo, aunque la chica saludó a Rob muy amablemente.

De cerca, su pelo rojo parecía agradable al tacto. Sus ojos eran fríos y tristes. Sus pómulos altos y redondeados daban la impresión de ser tan grandes como el puño de un hombre, y la nariz y la mandíbula eran atractivas aunque no delicadas. Tenía el rostro y los brazos poco elegantes a causa de las pecas, y Rob no estaba acostumbrado a que una mujer fuese tan alta.

Mientras trataba de resolver si era o no bonita, Fritta se acercó y habló brevemente con Seredy.

—Quiere que el señor Cole haga de centinela esta noche —dijo el intérprete.

De modo que, al ocaso, Rob empezó su recorrido, que comenzaba en el campamento de Cullen y se extendía a través de otros ocho, además del suyo.

Mientras se paseaba observó la extraña mezcolanza que la caravana había reunido. Junto a un carro cubierto, una mujer de cutis aceitunado y pelo rubio amamantaba a un bebé, mientras el marido permanecía en cuclillas cerca del fuego, engrasando sus arneses. Dos hombres limpiaban sus armas. Un chico alimentaba con granos a tres gallinas gordas que ocupaban una tosca jaula de madera. Un hombre cadavérico y su gorda esposa se miraban echando chispas por los ojos y peleaban en un idioma que, pensó Rob, debía de ser francés.

En el tercer circuito de su zona, al pasar por el campamento de los judíos, vio que todos estaban juntos y se balanceaban, entonando sus oraciones nocturnas.

Una enorme luna blanca comenzó a elevarse desde el bosque, más allá de la aldea; Rob se sintió infatigable y confiado, porque de pronto había pasado a formar parte de un ejército de más de ciento veinte hombres, algo muy distinto a viajar solo por tierras extrañas y hostiles.


Durante la noche, cuatro veces dio el quién vive y las cuatro descubrió que se trataba de algún hombre que se apartaba del campamento para responder a una llamada de la naturaleza.

Hacia el alba, cuando el sueño se le estaba haciendo insoportable, Margaret Cullen salió de la tienda de su padre. Pasó cerca de él sin darse por enterada de su presencia. Rob la vio con toda claridad bajo la luz lavada de la luna. Su vestido parecía muy negro y sus largos pies, que debían de estar húmedos de rocío, parecían muy blancos.

Hizo el mayor ruido posible mientras se encaminaba en dirección opuesta a la que había tomado ella, pero la observó de lejos hasta que la vio volver sana y salva, momento en que reanudó su ronda.

Con las primeras luces abandonó su puesto de centinela y desayunó pan y queso. Mientras comía, los judíos se reunieron en el exterior de su tienda para recitar las oraciones de la salida del sol.

Su exceso de devoción acaso era una forma de disimular la rutina. Se ataron unas pequeñas cajas negras en la frente, y se vendaron los antebrazos con delgadas tiras de cuero, hasta que sus miembros adquirieron el aspecto de los postes de barbero que lucía el carromato de Rob; después quedaron alarmantemente sumidos en un ensueño, cubriéndose la cabeza con sus taled. Rob suspiró aliviado cuando terminaron.

Enganchó a *Caballo* muy temprano y tuvo que esperar. Aunque los que encabezaban la caravana salieron poco después del amanecer, el sol estaba bien alto cuando le llegó el turno. Cullen llevaba un caballo blanco y flaco, seguido por su sirviente Seredy montando en una desaliñada yegua rucia, conduciendo tres caballos de carga. ¿Para qué necesitaban dos personas tres animales de carga? La hija cabalgaba un orgulloso corcel negro. Rob pensó que las ancas del caballo y de la mujer eran admirables, y los siguió de buena gana.

## 26

# EL PARSI

Se habituaron en seguida a la rutina del viaje. Los tres primeros días, tanto los escoceses como los judíos lo miraban amablemente y lo dejaban en paz, quizás inquietos por las cicatrices de su cara y las estrafalarias marcas del carromato. La intimidad nunca le había disgustado y estaba contento de que lo dejaran a solas con sus pensamientos.

La muchacha cabalgaba siempre delante de él, que inevitablemente la observaba, incluso después de acampar. Al parecer, tenía dos vestidos negros, y en cuanto tenía la oportunidad lavaba uno de ellos. Era obvio que se trataba de una viajera lo bastante aguerrida como para no quejarse de las incomodidades, pero había en ella —y también en Cullen— un aire melancólico apenas oculto. Por sus vestimentas, Rob dedujo que estaban de luto.

A veces la muchacha cantaba en voz baja.

La cuarta mañana, cuando la caravana se movía muy lentamente, la muchacha desmontó y llevó de las riendas a su caballo, para estirar las piernas. Rob bajó la vista, y como estaba muy cerca de su carromato, le sonrió. Los ojos eran enormes, del azul más oscuro que puede tener un iris. Su cara de pómulos altos presentaba superficies amplias y delicadas. La boca era grande y madura, como todo en ella, y sus labios se movían con rapidez y, curiosamente, resultaban muy expresivos.

—¿Cuál es la lengua de sus canciones?

—El gaélico.

—Ya me parecía.

—¿Cómo puede un *sassenach* reconocer el gaélico?

—¿Qué es un *sassenach*?

—Es el nombre que damos a quienes viven al sur de Escocia.

—Sospecho que ese término no es un cumplido.

—Claro que no —reconoció ella, y esta vez sonrió.

—¡Mary Margaret! —gritó su padre imprevistamente.

Ella se apresuró a ir a su encuentro, como una hija acostumbrada a obedecer.

¿Mary Margaret?

Debía de contar aproximadamente la edad que tendría ahora Anne Mary, pensó con incomodidad. De pequeña, su hermana tenía el pelo castaño, aunque con algunos matices rojizos...

«Esa chica no es Anne Mary», se recordó severamente. Sabía que debía dejar de ver a su hermana en todas las mujeres que no habían llegado a la ancianidad, porque era un pasatiempo que podía convertirse en una forma de locura.

Y no era necesario hacer hincapié en ello, pues la hija de James Cullen no le interesaba. Había mujeres atractivas más que suficientes en el mundo, y decidió mantenerse alejado de aquélla.

Su padre resolvió, evidentemente, darle otra oportunidad de conversación, quizá porque no lo había visto volver a hablar con los judíos. La quinta noche de camino, James Cullen fue a visitarlo, llevando una botella de aguardiente de cebada; Rob le dio la bienvenida y aceptó un trago de la botella.

—¿Entiendes de ovejas, señor Cole?

Cullen sonrió de oreja a oreja cuando le oyó responder que no, y se mostró dispuesto a adiestrarlo.

—Hay ovejas y ovejas. En Kilmarnock, asiento de las posesiones Cullen, las ovejas suelen ser tan pequeñas que sólo llegan a pesar doce piedras. Me han dicho que en Oriente doblan ese tamaño, tienen pelo largo y no corto...

y un vellón más denso que el de las bestias escocesas. Es tan espeso, que cuando se hila y se convierte en mercancía, la lluvia no lo empapa.

Cullen dijo que pensaba comprar ganado reproductor cuando encontrara el de la mejor calidad, para llevárselo consigo a Kilmarnock.

«Eso exigirá mucho capital, una buena cantidad de dinero de cambio», se dijo Rob, y comprendió por qué Cullen necesitaba caballos de carga. Sería mejor que el escocés también llevara guardaespaldas, reflexionó.

—Estás haciendo un largo viaje, y permanecerás mucho tiempo lejos de tus posesiones.

—Las he dejado en buenas manos, al cuidado de parientes que merecen toda mi confianza. Me resultó muy difícil tomar la decisión, pero... seis meses antes de salir de Escocia enterré a mi esposa, después de veintidós años de matrimonio.

Cullen hizo una mueca, se llevó la botella a la boca y se echó un buen trago al colcto. «Eso explica la tristeza de esa gente», pensó Rob. El cirujano barbero que había en él lo llevó a preguntar cuál había sido la causa de aquel fallecimiento.

—Tenía bultos en los dos pechos, bultos duros. Empezó a ponerse pálida y débil, perdió el apetito y la voluntad. Al final sentía terribles dolores. Se tomó tiempo para morir, pero pasó a mejor vida antes de lo que yo creía. Se llamaba Jura. Bien... Me entregué seis semanas a la bebida, pero comprendí que no era ésa la salida. Durante años me había dedicado a parlotear sobre la compra de buen ganado en Anatolia, sin haber pensado nunca que llegaría a hacerlo. Entonces tomé la decisión.

Le ofreció la botella y no se ofendió cuando Rob meneó la cabeza.

—Es hora de orinar —dijo, y sonrió afablemente.

Ya había vaciado una buena cantidad del contenido de la botella, y cuando intentó incorporarse e irse, Rob tuvo que ayudarlo.

—Buenas noches, señor Cullen. Vuelva a visitarme.

—Buenas noches, señor Cole.

Mientras observaba cómo se alejaba con paso inseguro, Rob se dio cuenta de que no había mencionado ni una sola vez a su hija.

La tarde siguiente, un viajante de comercio francés, de nombre Félix Roux, que ocupaba el puesto trigésimo octavo en la fila de marcha, fue arrojado de la montura cuando su caballo se espantó al ver un tejón. Cayó malamente a tierra, con todo el peso del cuerpo en el antebrazo izquierdo. Se fracturó el hueso y le quedó un miembro colgando y torcido. Kerl Fritta mandó a buscar al cirujano barbero, que se ocupó de encajar el hueso e inmovilizar el brazo. La operación fue sumamente dolorosa. Rob se esforzó por informarle a Roux que aunque el brazo le produciría sufrimientos cuando cabalgara, no tendría que abandonar la caravana. Finalmente, hizo que se acercara Seredy para decirle al paciente cómo debía manejar el cabestrillo.

Su expresión era meditabunda mientras regresaba al carromato. Había accedido a tratar a los viajeros enfermos varias veces por semana. Aunque daba propinas generosas a Seredy, sabía que no podía seguir usando como intérprete al sirviente de James Cullen.

De vuelta en su carromato, vio a Simon ben ha-Levi sentado cerca, a ras del suelo, remendando la cincha de una silla de montar. Se acercó al joven judío y le preguntó:

—¿Sabes francés y alemán?

El joven asintió mientras se llevaba una correa a la boca y arrancaba con los dientes el hilo encerado.

Rob habló y ha-Levi escuchó. Por último, como los términos eran generosos y el trabajo no le exigía demasiado tiempo, aceptó el cargo de intérprete del cirujano barbero. Rob estaba muy contento.

—¿Cómo es que sabes tantos idiomas?

—Nosotros somos mercaderes internacionales. Viajamos constantemente y tenemos relaciones familiares en los mercados de muchos países. Los idiomas forman parte de nuestro negocio. Por ejemplo, el joven Tuveh está estudiando la lengua de los mandarines, porque dentro de tres años hará la Ruta de la Seda y entrará a trabajar en la empresa de mi tío.

Su tío, Issachar ben Nachum, explicó, dirigía una sucursal de la familia en Kai Feng Fu, de la que cada tres años enviaba una caravana de sedas, pimienta y otros productos orientales exóticos a Meshed, en Persia. Y cada tres años desde que era pequeño, Simon y otros varones de la familia viajaban desde su hogar en Angora a Meshed. Allí se hacían cargo de una caravana de ricas mercancías, y regresaban al reino franco de Oriente.

Rob J. sintió que se le aceleraba el pulso.

—¿Conoces la lengua persa?

—Naturalmente. El parsi.

Rob lo miró con ojos desorbitados.

—Se llama parsi.

—¿Me lo enseñarás?

Simon ben ha-Levi vaciló, porque aquello era harina de otro costal. Podía ocuparle mucho tiempo.

—Te pagaré bien.

—¿Para qué quieres saber parsi?

—Necesitaré emplearlo cuando llegue a Persia.

—¿Quieres hacer negocios regularmente? ¿Regresar a Persia una y otra vez para comprar hierbas y productos farmacéuticos, como hacemos nosotros para adquirir sedas y especias?

—Quizá. —Rob J. se encogió de hombros en un gesto digno de Meir ben Asher—. Un poco de esto y un poco de aquello.

Simon sonrió. Empezó a garabatear la primera lección en la tierra, con un palo, pero el resultado fue insatisfactorio, Rob fue al carromato, cogió sus útiles de dibujo y una rodaja limpia de madera de haya. Simon lo inició en el parsi tal como mamá le había enseñado a leer inglés muchos años atrás, empezando por el alfabeto. Las letras del parsi se componían de puntos y líneas onduladas. ¡Por la sangre de Cristo! El lenguaje escrito parecía mierda de paloma, rastros de pájaros, virutas rizadas, lombrices que intentaban aparearse...

—Jamás lo aprenderé —dijo, y sintió que se le partía el corazón.

—Lo aprenderás —le aseguró Simon plácidamente.

Rob J. volvió al carromato con la madera. Cenó despacio, ganando tiempo para dominar su excitación; luego se sentó en el pescante, y de inmediato comenzó a aplicarse en el nuevo aprendizaje.

# 27

# EL CENTINELA FRANCÉS

Abandonaron la región montañosa y se internaron en las llanuras que el camino romano dividía en una línea absolutamente recta hasta donde alcanzaba la mirada. A ambos lados del camino había campos de tierra negra. Los campesinos comenzaban a cosechar cereales y verduras tardías: el verano había terminado. Llegaron a un inmenso lago y siguieron su orilla durante tres días, deteniéndose por la noche para comprar provisiones en la localidad ribereña de Siofok. No era propiamente una ciudad; sólo unos edificios decaídos que habitaba un campesinado mañoso y parlanchín. Pero el lago —el lago Balaton— era un sueño celestial, de aguas oscuras y aspecto duro como el de una gema, que despidió una calima blanca a primera hora de la mañana mientras él esperaba que los judíos recitaran sus oraciones.

Era entretenido observar a aquellas extrañas criaturas que se balanceaban mientras oraban, dando la impresión de que Dios hacía malabarismos con sus cabezas, las cuales subían y bajaban sin la menor sincronía aunque, evidentemente, al son de un ritmo misterioso. Cuando concluyeron y Rob sugirió que fueran a nadar con él, hicieron muecas debido al frío, pero de pronto empezaron a parlotear en su lengua. Meir dijo algo y Simon asintió y se volvió: estaba de guardia del campamento. Los otros y

Rob corrieron hasta la orilla del lago, se desnudaron y empezaron a salpicar en los bajíos, gritando como niños. Tuveh no era un buen nadador y se revolcaba. Judah ha-Cohen chapoteaba débilmente y Gershom ben Shemuel, cuya panza redonda era impresionantemente blanca en comparación con su cara bronceada por el sol, flotaba de espaldas y bramaba incomprensibles canciones. La sorpresa fue Meir.

—¡Mejor que el *mikva*! —gritó, jadeante.

—¿Qué es el *mikva*? —preguntó Rob, pero el fornido judío se hundió por debajo de la superficie y luego comenzó a alejarse de la orilla con potentes brazadas. Rob nadó tras él, pensando que preferiría estar con una señora. Trató de recordar a las mujeres con las que había nadado. Sumarían una media docena y había hecho el amor con todas ellas, antes o después de nadar. Varias veces en el agua, con la humedad lamiendo sus cuerpos...

Hacía cinco meses que no tocaba a una mujer, el período de abstinencia más prolongado desde que Editha Lipton lo había introducido en el mundo del sexo. Ahora pateó y se sacudió en el agua, que estaba muy fría, intentando liberarse del dolor que le producía la ausencia del amor carnal.

Cuando adelantó a Meir, le envió una fabulosa salpicadura a la cara.

Meir escupió y tosió.

—¡Cristiano! —le gritó amenazadoramente.

Rob volvió a salpicarlo y Meir se aferró a él. Rob era más alto pero el otro tenía una fuerza descomunal. Empujó a Rob bajo la superficie, pero éste enredó sus dedos en la barba y tironeó, hundiéndolo consigo. Bajo la superficie, parecía que unas diminutas motas de escarcha se separaban del agua parda y se aferraban a él, frío sobre frío, hasta que se sintió envuelto en una piel de gélida plata.

Más abajo.

Hasta que, en el mismo momento, cada uno de ellos sintió pánico y pensó que se ahogaría jugando. Se separaron y aparecieron en la superficie, en busca de aire. Ninguno de los dos vencido, ninguno de los dos victorioso, nadaron juntos hasta la orilla. Al salir del agua temblaban con la anticipación del frío otoñal, mientras luchaban por meter sus cuerpos húmedos en la ropa. Meir había notado que Rob tenía el pene circuncidado y lo miró.

—Un caballo me mordió la punta —dijo Rob.

—Una yegua, sin duda —apostilló Meir solemnemente; murmuró algo a los otros en su idioma, lo que provocó que todos sonrieran a Rob.

Los judíos usaban una ropa curiosamente orlada sobre la carne. Desnudos eran como los demás hombres; vestidos recuperaban su exotismo.

Pescaron a Rob estudiándolos, pero él no les pidió que aclararan el porqué de su extraña ropa interior, y nadie se lo explicó voluntariamente.

Cuando el lago quedó atrás, el paisaje se resintió. Poco después se volvió casi insoportable la monotonía de bajar por un camino recto e interminable, millas y millas de un monte o un campo invariable que se parecía a todos los campos. Rob J. buscó refugio en su imaginación, visualizando el camino tal como había sido poco después de que lo construyeran, una vía en una vasta red de miles de caminos que habían permitido a Roma conquistar todo el mundo. En primer lugar habrían llegado los exploradores, una caballería de avanzada. Luego, el general en su carro conducido por un esclavo, rodeado de trompetas por razones de boato y para hacer señales. Más tarde los tribunos y los legados, los funcionarios a caballo. Y detrás de ellos la legión, un enjambre de cerdosas jabalinas...: diez cohortes de los asesinos más eficaces de la historia; seiscientos hombres por cohorte; cada cien legionarios un centurión. Y por último miles de esclavos haciendo lo que otras bestias de trabajo no podían hacer, arrastrando la *tormenta*, la gigantesca maquinaria de guerra que era la verdadera razón para construir los caminos: enormes arietes para nivelar muros y fortificaciones, terribles catapultas para que del cielo llovieran dardos sobre el enemigo, gigantescas ballestas, las hondas de los dioses para arrojar rocas por el aire o lanzar grandes rayos si disparaban flechas. Finalmente, los carros cargados con *impedimenta*, el equipaje, seguidos por esposas e hijos, prostitutas, comerciantes, correos y funcionarios del gobierno; las hormigas de la historia que vivían de las sobras del festín romano.

Ahora aquel ejército era leyenda y sueño, aquel séquito era polvo y aquel gobierno había desaparecido, pero permanecían los caminos, indestructibles carreteras algunas veces tan rectas como para adormecer la mente.

La hija de Cullen caminaba otra vez cerca de su carromato; su caballo iba atado a uno de los animales de carga.

—¿Queréis viajar conmigo, señorita? El carro significará un cambio para vos.

Ella dudó, pero cuando Rob le tendió la mano, la cogió y le permitió que la ayudara a subir.

—Vuestra mejilla ha cicatrizado muy bien —observó Margaret ruborizada, aunque parecía incapaz de no hablar—. Apenas queda una ligerísima línea dorada del último rasguño. Con suerte se desvanecerá y no os quedará cicatriz.

Rob sintió que también se ponía colorado y no le gustó nada que ella examinara sus facciones.

—¿Cómo os habéis herido?

—En un encuentro con salteadores de caminos.

Mary Cullen respiró hondo.

—Ruego a Dios que nos evite algo semejante. —Lo miró, pensativa—. Algunos dicen que fue el propio Kerl Fritta quien extendió el rumor sobre los bandidos magiares, con el propósito de atemorizar a los viajeros y lograr que se unieran en tropel a su caravana.

Rob se encogió de hombros.

—No está fuera del alcance del señor Fritta haberlo hecho, creo. Los magiares no parecen amenazadores.

A ambos lados del camino, hombres y mujeres cosechaban coles. Guardaron silencio. Cada bache del camino hacía chocar sus cuerpos, de modo que Rob era consciente en todo momento de la posibilidad de que lo rozara una suave cadera o un muslo firme, y el aroma de la carne de aquella muchacha era como una especia tibia extraída de las zarzamoras bajo el sol.

Él, que había acosado a las mujeres a todo lo largo y lo ancho de Inglaterra, notó que se le estrangulaba la voz cuando intentó hablar.

—¿Vuestro segundo nombre siempre ha sido Margaret, señorita Cullen?

Ella lo miró, atónita.

—Siempre.

—¿No recordáis otro nombre?

—De niña mi padre me decía *Tortuga*, porque a veces hacía así.

Y parpadeó lentamente. A Rob lo turbaba el deseo de tocarle el pelo. Debajo del ancho pómulo izquierdo apuntaba una minúscula cicatriz, invisible si uno no la examinaba a fondo, y que no la desfiguraba en lo más mínimo. Rob desvió rápidamente la mirada.

Delante, su padre volvió la cabeza y divisó a su hija en el carromato. Cullen había visto varias veces más a Rob en compañía de los judíos, y el disgusto apareció en su voz cuando gritó el nombre de Mary Margaret. Ella se dispuso a abandonar el pescante.

—¿Cuál es vuestro segundo nombre, señor Cole?

—Jeremy.

Inclinó la cabeza y adoptó una expresión grave, pero sus ojos se burlaron de él.

—¿Y siempre ha sido Jeremy? ¿No recordáis otro nombre?

Recogió sus faldas con una mano y saltó a tierra ligeramente, como un animal. Rob tuvo un vislumbre de piernas blancas y golpeó las riendas contra el lomo de *Caballo*, enfurecido al ver que sólo era un objeto de diversión para ella.

Aquella noche, después de cenar, fue a buscar a Simon para la segunda lección y descubrió que los judíos tenían libros. En la escuela parroquial de san Botolph, a la que asistió de niño, había tres libros: un Canon de la Biblia y un Nuevo Testamento, ambos en latín, y un menologio en inglés, una lista de los días de festividad religiosa prescritos para su general observancia por el monarca de Inglaterra. Las páginas eran de vitela, hechas tratando las pieles de corderos, becerros o cabritillos. La ingente tarea de escribirlos a mano, hacía que los libros fuesen caros y raros.

Los judíos parecían tenerlos en gran número —más adelante supo que sumaban siete— guardados en un pequeño cofre de cuero repujado.

Simon cogió uno escrito en parsi y pasaron la lección examinándolo; Rob en el texto buscaba las letras una por una, a medida que Simon las pronunciaba. Había aprendido rápidamente y bien el alfabeto parsi. Simon lo alabó y leyó un pasaje del libro para que Rob oyera la entonación. Hacía una pausa después de cada palabra y Rob tenía que repetirla.

—¿Cómo se llama este libro?

—El Corán, que es la Biblia de los persas —dijo Simon y después tradujo:

*Gloria a Dios en las alturas, lleno de gracia y*
*[misericordia.*
*Él lo creó todo, incluido el hombre.*
*Al hombre le dio un lugar especial en su creación,*
*y lo honró convirtiéndolo en su agente.*
*Con ese fin, lo imbuyó de comprensión,*
*purificó sus afectos y lo dotó de penetración espiritual.*

—Todos los días te daré una lista de diez palabras y expresiones persas —dijo Simon—. Debes aprenderlas de memoria para la siguiente lección.

—Dame veinticinco palabras cada día —le pidió Rob, quien sabía que sólo tendría maestro hasta Constantinopla.

Simon sonrió.

—Veinticinco, entonces.

Al día siguiente Rob aprendió fácilmente las palabras, pues el camino seguía siendo recto y liso, y *Caballo* podía andar con las riendas sueltas mientras su amo estudiaba en el pescante. Pero Rob vio que estaba perdiendo muchas oportunidades, y después de la lección de ese día pidió permiso a Meir ben Asher para llevarse el libro persa a su carromato y poder estudiarlo a lo largo de todo el día de viaje, vacío de acontecimientos. Meir se negó de plano.

—El libro no debe estar nunca fuera del alcance de nuestra mirada. Sólo puedes leerlo en nuestra compañía.

—¿No puede ir Simon conmigo en el carro?

Tuvo la certeza de que Meir estaba a punto de decirle otra vez no, pero intervino Simon.

—Podría aprovechar el tiempo para verificar los libros de contabilidad —dijo.

Meir caviló.

—Éste llegará a ser un erudito de primera —dijo Simon—. Ya hay en él un voraz amor por el estudio.

Los judíos observaron a Rob de una manera algo distinta a como lo habían mirado hasta entonces. Por último, Meir asintió.

—Puedes llevar el libro a tu carro —dijo.


Aquella noche se quedó dormido lamentando que no fuese ya el día siguiente, y por la mañana despertó temprano y ansioso, con una sensación de anticipación casi dolorosa. La espera fue más difícil porque presenció los lentos preparativos que hacían los judíos antes de iniciar el día: Simon fue a la arboleda para aliviar la vejiga y los intestinos; bostezando, Meir y Tuveh se contonearon hasta el arroyo para lavarse, todos ellos balanceándose y musitando los maitines; Gershaom y Judah sirvieron elpan y la papilla.

Ningún enamorado esperó nunca a doncella alguna con más impaciencia.

—Venga, venga, patoso, holgazán hebreo —farfulló,

mientras repasaba por última vez la lección del vocabulario persa correspondiente a ese día.

Cuando por fin llegó Simon, iba cargado con el libro persa, un pesado libro mayor de contabilidad y un curioso marco de madera que contenía columnas de cuentas ensartadas en estrechas varillas de madera.

—¿Qué es eso?

—Un ábaco. Un contador muy útil cuando se trata de hacer sumas —explicó Simon.

Después de que la caravana se pusiera en marcha, fue evidente que el nuevo acuerdo era fructífero. Pese a la relativa lisura del camino, las ruedas del carromato rodaban sobre piedras y no era práctico escribir, pero resultaba fácil leer. Cada uno se dedicó a su trabajo mientras avanzaban a través de millas y millas de campo.

El libro persa no tenía ningún sentido para él, pero Simon le había dicho que leyera las letras y las palabras parsis hasta que se sintiera fluido con la pronunciación. Una vez tropezó con una frase que Simon le había puesto en la lista: *Koc-homedy*.

—Has visto con buenas intenciones —dijo con tono triunfal, como si hubiese alcanzado una victoria menor.

A veces levantaba la vista y contemplaba la espalda de Mary Margaret. Ahora ella no se movía del lado de su padre, sin duda por insistencia de éste, pues Rob había notado que Cullen miraba cejijunto a Simon cuando se encaramó al carro. Mary cabalgaba con la espalda muy recta y la cabeza erguida, como si toda su vida se hubiera balanceado en una silla de montar.

A mediodía Rob había aprendido su lista de palabras y frases.

—Veinticinco no es suficiente. Tienes que darme más.

Simon sonrió y le puso otras quince. El judío hablaba poco y Rob se acostumbró al *clac-clac-clac* de las cuentas del ábaco volando al contacto de los dedos de Simon.

A media tarde, Simon gruñó y Rob imaginó que había descubierto un error en uno de los cálculos. Evidentemente, el libro mayor contenía el registro de muchas transacciones. A Rob se le ocurrió que aquellos hombres llevaban a sus familias los beneficios de la caravana mercantil que habían conducido de Persia a Alemania, lo que explicaba por qué nunca dejaban sin protección su campamento. En la línea de marcha, delante de él iba Cullen, trasladando una considerable suma de dinero a Anatolia, con el propósito de comprar ganado. Detrás iban aquellos judíos, que seguramente llevaban una cifra más importante aún. Si los bandidos supieran de la existencia de esos dinerales, pensó con incomodidad, reunirían un ejército de proscritos y ni siquiera una caravana tan numerosa estaría a salvo de su ataque. Pero no se sintió tentado a abandonar la caravana, porque viajar a solas era lo mismo que buscarse la muerte. De modo que apartó tales temores de su mente y, día tras día, permanecía en el asiento del carromato con las riendas sueltas y los ojos fijos —como para toda la eternidad— en el libro sagrado del Islam.

El buen tiempo se mantuvo, y la profundidad azul de los cielos otoñales le recordaba los ojos de Mary Cullen, de los que muy poco veía porque ella guardaba las distancias. Sin duda así se lo había ordenado su padre.

Simon terminó de revisar el libro de contabilidad y no tenía excusa para ir a sentarse todos los días en su carro, pero ya se había establecido una rutina y Meir accedía con más tranquilidad a separarse de su libro persa.

Simon lo instruía asiduamente para que llegara a ser un príncipe de los mercaderes.

—¿Cuál es la unidad básica de peso en Persia?

—El man, Simon; aproximadamente la mitad de una piedra europea.

—Dime cuáles son los otros pesos.

—Está el ratel, que es la sexta parte de un man. El dirham, la quincuagésima parte de un ratel. El mescal, o sea la mitad de un dirham. El dung, la sexta parte de un mescal. Y, por último, el barleycorn, que es un cuarto de dung.

—Muy bien. ¡Muy bien, ya lo creo!

Cuando el otro no lo interrogaba, Rob no podía reprimir incesantes preguntas.

—Simon, por favor. ¿Cómo se dice dinero?

—*Ras.*

—Simon, si fueras tan amable... ¿qué quiere decir esta expresión que aparece en el libro, *Sonab a caret*?

—Mérito para la otra vida, es decir, en el paraíso.

—Simon...

Simon gruñía y Rob comprendía que se estaba poniendo pesado, momento en que se tragaba las preguntas hasta que la necesidad de plantear otra cruzaba su mente.

Dos veces por semana pasaba visita. Simon hacía las veces de traductor, observaba y escuchaba. Cuando Rob examinaba y medicaba, el experto era él, y Simon se transformaba en el que hacía las preguntas.

Un boyero franco, de sonrisa estúpida, fue a ver al cirujano barbero y se quejó de sensibilidad y dolor detrás de las rodillas, donde tenía unos bultos duros. Rob le dio un bálsamo de hierbas sedantes en grasa de oveja y le dijo que volviera dos semanas después, pero a la siguiente el hombre estaba otra vez en la cola. Informó que le había aparecido el mismo tipo de bultos en las axilas. Rob le dio dos botellas de Panacea Universal y lo despidió.

Cuando ya no quedaba nadie en la fila, Simon se volvió hacia Rob.

—¿Qué le ocurre a ese robusto franco?

—Tal vez sus bultos desaparezcan. Pero no lo creo, y sospecho que le saldrán más, porque tiene la buba. En tal caso, pronto morirá.

Simon parpadeó.

—¿No puedes hacer nada por él?

Rob meneó la cabeza.

—Soy un ignorante cirujano barbero. Quizás en algún sitio haya un gran médico que podría ayudarlo.

—Yo no me dedicaría a lo que te dedicas tú si no pudiera aprender todo lo que es posible saber —dijo lentamente Simon.

Rob lo miró pero no dijo nada. Le impresionó que el judío hubiera visto de inmediato y con tanta claridad lo que a él le había llevado tanto tiempo comprender.

Aquella noche, Cullen lo despertó bruscamente.

—¡Deprisa, hombre, por Cristo! —dijo el escocés.

Una mujer gritaba.

—¿Mary?

—No, no. Ven conmigo.

Era una noche negra, sin luna. Más allá del campamento judío, alguien había encendido antorchas de brea y, bajo la parpadeante iluminación, Rob vio a un hombre tendido, agonizante. Era Raybeau, el cadavérico francés que iba tres lugares detrás de Rob en la línea de marcha. Tenía la garganta abierta, el rictus de una mueca y en el suelo, a su lado, había un charco oscuro. Se le estaba escapando la vida.

—Era nuestro centinela de esta noche —dijo Simon.

Mary Cullen estaba con la llorosa mujer, la corpulenta esposa con la que constantemente había reñido Raybeau. El cuello rajado se deslizaba bajo los dedos húmedos de Rob. Había un gorgoteo y Raybeau se esforzó un momento en dirección al sonido de la angustiada llamada de su mujer, antes de retorcerse y morir.

Un instante después oyó el sonido de caballos al galope.

—Sólo son los piquetes montados que envía Fritta —informó tranquilamente Meir desde las sombras.

Todos los miembros de la caravana estaban levantados y armados, pero en breve regresaron los jinetes de Fritta, quienes comunicaron que no había habido una numerosa partida de atacantes. Probablemente el asesino era un ladrón solitario o un explorador de los bandidos, en cualquier caso, el sanguinario criminal había desaparecido.

El resto de la noche durmieron muy poco. Por la mañana enterraron a Gaspar Raybeau cerca del camino romano. Kerl Fritta entonó una oración fúnebre en rápido alemán, y luego todos se apartaron de la sepultura y, nerviosos, se dispusieron a reanudar el viaje. Los judíos cargaron sus mulas de manera tal que la impedimenta no se soltara si los animales tenían que ir al galope. Rob descubrió entre los bultos que disponían sobre cada mula una estrecha bolsa de cuero de apariencia muy pesada. No le fue difícil adivinar el contenido de esas bolsas. Simon no acudió al carromato y cabalgó todo el tiempo junto a Meir, listo para combatir o huir, según fuese necesario.

Al día siguiente llegaron a Novi Sad, una activa ciudad danubiana donde se enteraron de que un grupo de siete monjes francos que viajaban a la Tierra Santa habían sido asaltados por bandidos tres días atrás: los habían robado, sodomizado y asesinado.

Los tres días que siguieron, avanzaron como si el ataque fuese inminente, pero no hubo contratiempos mientras avanzaban a lo largo del amplio y reluciente río hasta Belgrado.

Adquirieron provisiones en el mercado de granjeros de la ciudad, incluidas unas pequeñas ciruelas rojas agrias de sabor excepcional, y minúsculas olivas verdes que Rob degustó con deleite. Cenó en una taberna, pero la comida no le gustó nada: una mezcla de muchas carnes grasas tronchadas, con gusto a sebo rancio.

Una serie de viajeros habían abandonado la caravana en Novi San y algunos más en Belgrado; otros se unieron al grupo, de modo que los Cullen, Rob y los judíos adelantaron en la línea de marcha, dejando de formar parte de la vulnerable retaguardia.

Poco después de dejar atrás Belgrado, se internaron por unas estribaciones que rápidamente se convirtieron en montañas más abruptas que cualesquiera de las que hasta entonces habían atravesado. Las empinadas pendientes estaban tachonadas de cantos rodados semejantes a afilados dientes. En las elevaciones más altas, el aire penetrante los llevó a pensar en el invierno que ya se aproximaba. Aquellas montañas debían de ser terribles con nieve.

Rob ya no podía llevar las riendas sueltas. Para subir las pendientes debía azuzar a *Caballo* con suaves chasquidos de la fusta, y yendo cuesta abajo tenía que refrenarlo.

Cuando le dolían los brazos y estaba desanimado, recordaba que los romanos habían trasladado su *tormenta* por esa cordillera de tenebrosos picos; pero los romanos tenían hordas de esclavos prescindibles, y Rob J. sólo contaba con una yegua fatigada que exigía una hábil conducción. De noche, embotado por el cansancio, se arrastraba hasta el campamento de los judíos, y a veces daban una especie de lección. Pero Simon no volvió al carromato, y algunos días Rob no logró aprender ni diez palabras persas.

## 28

## LOS BALCANES

Ahora Kerl Fritta se dejaba ver más, y por primera vez Rob lo miró con admiración, porque el jefe de la caravana parecía estar en todas partes, ayudando en las averías de los carros, estimulando y exhortando a la gente como un buen boyero anima a sus estúpidas bestias. El camino era peligroso. El primero de octubre perdieron medio día mientras unos hombres de la caravana se dedicaban a quitar rocas que habían caído en el camino. Con frecuencia ocurrían accidentes, y Rob atendió dos brazos rotos en espacio de una semana. El caballo de un mercader normando se desbocó y el carro volcó entre el cochero, aplastándole una pierna. Tuvieron que trasladarlo, en una parihuela colgada entre dos caballos, hasta una granja cuyos moradores accedieron a cuidarlo. Abandonaron allí al herido, y Rob rogaba para que el granjero no lo matara y le quitara las pertenencias en cuanto la caravana se perdiese de vista.

—Hemos dejado atrás la tierra de los magiares y ahora estamos en Bulgaria —le dijo Meir una mañana.

Poco importaba, dado que la naturaleza hostil de las rocas era inmodificable, y el viento seguía azotándoles en las alturas. A medida que el frío aumentaba, los viajeros comenzaron a ponerse una variedad de vestimentas exteriores, en su mayoría más abrigadas que elegantes, hasta que llegaron a formar una extraña colección de seres harapientos y acolchados. Una mañana sin sol, la mula de carga que Gershom ben Shemuel llevaba detrás de su caballo tropezó y cayó; sus miembros delanteros se extendieron dolorosamente hasta que el izquierdo chasqueó audiblemente bajo el considerable peso de la carga. La mula condenada a muerte, transida de dolor, emitía un sonido que se asemejaba al de ser humano.

—¡Ayúdale! —gritó Rob.

Meir ben Asher extrajo una cuchilla larga y ayudó al animal de la única manera posible: cortándole el pescuezo. De inmediato comenzaron a descargar los bultos de la mula muerta. Cuando llegaron a la bolsa de cuero, Gershom y Judah tuvieron que levantarla juntos, y a continuación se pusieron a discutir en su lengua. La otra mula ya cargaba con una de las pesadas bolsas de cuero, y Rob comprendió que Gershom insistía, justificadamente, en que la segunda bolsa exigiría demasiado del animal.

En la caravana atascada a sus espaldas, se oyeron los airados gritos de quienes no querían rezagarse del cuerpo principal. Rob se acercó corriendo a los judíos.

—Arrojad la bolsa en mi carromato.

Meir vaciló y luego meneó la cabeza.

—No.

—Entonces podéis iros al cuerno —dijo Rob groseramente, colérico ante la falta de confianza de sus compañeros de viaje.

Meir dijo algo y Simon corrió en pos de Rob.

—Amarrarán la mula a mi caballo. ¿Me permites ir en el carromato? Solamente hasta que podamos comprar otra mula.

Rob le señaló el pescante y trepó tras él. Condujo largo tiempo en silencio, pues no estaba de humor para lecciones de parsi.

—Tú no entiendes —dijo Simon—. Meir debe llevar las bolsas consigo. No es dinero suyo. Una parte pertenece a la familia y la mayoría se le debe a los inversores. A él le corresponde la responsabilidad de hacerlo llegar a destino.

Esas palabras lo hicieron sentir mejor. Pero el día siguió siendo nefasto. El camino era arduo y la presencia de otro hombre en el carromato aumentaba el esfuerzo de la yegua que estaba visiblemente fatigada cuando el crepúsculo los sorprendió en una cumbre y les indicaron que acamparan.

Antes de cenar, él y Simon tenían que ir a visitar a los pacientes. Soplaba un viento tan intenso que hubieron de situarse tras el carro de Kerl Fritta. Sólo esperaba a Rob un puñado de personas y, para su gran sorpresa y la de Simon, una de ellas era Gershom ben Shemuel. El curtido y fornido judío se levantó el caftán y se bajó los pantalones: Rob vio un desagradable forúnculo púrpura en su nalga derecha.

—Dile que se incline.

Gershom gruñó cuando lo tocó la punta del bisturí, haciendo manar pus amarillo. Rugió y maldijo en su idioma cuando Rob exprimió el forúnculo hasta que salió toda la putrefacción y apareció sangre limpia.

—No podrá sentarse en la silla de montar durante varios días.

—No tiene más remedio —replicó Simon—. No podemos abandonar a Gershom.

Rob suspiró. Aquel día los judíos resultaban un verdadero incordio.

—Tú puedes llevar su caballo y él irá en la parte de atrás de mi carromato.

Simon asintió.

El siguiente era el boyero francés, que nunca dejaba de sonreír. Esta vez unas nuevas y diminutas bubas le cubrían la entrepierna. Los bultos de las axilas y de las corvas se habían agrandado y eran más sensibles que antes, cuando Rob se lo preguntó, el hombre dijo que habían comenzado a dolerle.

Rob cogió la mano del boyero entre las suyas.

—Dile que morirá —pidió a su intérprete.

Simon puso los ojos en blanco.

—¡Maldito seas! —respondió.

—Dile que yo digo que morirá.

Simon tragó saliva y empezó a hablar suavemente en alemán. Rob observó cómo la sonrisa se esfumaba en la carota estúpida. Luego el franco apartó bruscamente sus manos de las de Rob y levantó la derecha, cerrando el puño del tamaño de un jamoncillo. Habló en un monocorde rugido.

—Dice que eres un embustero asqueroso —tradujo Simon.

Rob esperó, con los ojos fijos en los del boyero, hasta que el hombre escupió cerca de él y se alejó arrastrando los pies. Rob vendió panacea a dos hombres con tos seca, y luego trató a un magiar quejica que tenía desarticulado el pulgar: se le había quedado atrapado en la cincha de la montura y su caballo se había movido.

Dejó a Simon, con el deseo de escapar de aquel lugar y de aquellas gentes. La caravana estaba desarticulada, pues todos habían buscado una gran roca tras la cual acampar para protegerse del viento. Fue andando hasta más allá del último carro y vio a Mary Cullen de pie en una piedra, por encima del camino.

Era una imagen sobrenatural. Se había abierto la pesada pelliza y la sujetaba con los brazos extendidos, la cabeza echada hacia atrás y los ojos cerrados, como si se estuviera purificando con el viento que la azotaba con toda la fuerza de una catarata. El abrigo ondulaba y aleteaba. El vestido negro ceñía su largo cuerpo, perfilando unos pechos generosos y unos pezones suntuosos, la suave redondez de su vientre, el ombligo ancho y una dulce hendidura que unía sus fuertes muslos.

Rob sintió una extraña y cálida ternura que sin duda formaba parte del hechizo, porque ella parecía una bruja. La larga cabellera se desparramaba a sus espaldas, jugueteando como retorcidas lenguas de fuego rojo.

Rob no soportó la idea de que abriera los ojos y lo viera contemplándola, de modo que giró sobre sus talones y se alejó.

Una vez en el carromato, consideró tristemente el hecho de que el interior estaba demasiado lleno para llevar a Gershom tendido boca abajo. La única forma de hacer el espacio necesario consistía en abandonar la tarima. Sacó las tres secciones y las miró fijamente, recordando la infinidad de veces que él y Barber habían trepado al pequeño escenario y entretenido al público. Luego se encogió de hombros, agarró una enorme piedra y aplastó la tarima para hacer leña. En el caldero había carbones, y con paciencia avivó el fuego al abrigo del carromato. En la creciente oscuridad alimentó las llamas con los fragmentos de la tarima.

No era verosímil que el nombre Anne Mary se trocara en Mary Margaret. Y aunque el pelo castaño de un bebé tuviese matices rojizos, no podía convertirse en aquella magnificencia cobriza, se dijo mientras *Señora Buffington* maullaba y se tendía a su lado, cerca del fuego, protegida del viento.


Promediaba la mañana del veintidós de octubre, y duros granizos blancos flotaban en el aire, volando a favor del viento y escociendo cuando chocaban con la piel desnuda.

—Es pronto para esta mierda —dijo Rob con tono taciturno a Simon, que había vuelto al pescante cuando a Gershom le cicatrizó la nalga y regresó a su caballo.

—No para los Balcanes —contestó Simon.

Ascendían vertientes más pronunciadas y escabrosas, en su mayor parte pobladas de hayas, robles y pinos, aunque con pendientes enteras peladas y rocosas, como si una enfurecida deidad hubiese barrido parte de la montaña. Había diminutos lagos alimentados por altas cascadas que caían a plomo en gargantas profundas. Delante de él, Cullen padre e hija eran figuras gemelas, con sus sombreros y sus abrigos largos de piel de cordero, indiferenciables si Rob no hubiese vislumbrado la voluminosa figura del caballo negro sabiendo que se trataba de Mary.

La nieve no se acumulaba, y los viajeros hacían progresos esforzadamente, aunque no con bastante rapidez para el gusto de Kerl Fritta, que recorría de un lado a otro la línea de marcha, apremiándolos.

—Algo ha transmitido a Fritta el temor a Cristo —comentó Rob.

Simon le dedicó la mirada rápida y defensiva que Rob había notado entre los judíos cada vez que mencionaba a Jesús.

—Tiene que llevarnos a la ciudad de Gabrovo antes de las nevadas intensas. El camino a través de estas montañas es el gran desfiladero denominado Portal Balcánico, pero ya está cerrado. La caravana pasará el invierno en Gabrovo, en las proximidades de la entrada al portal. Cuenta con posadas y casas que albergan a los viajeros. Ninguna otra ciudad cercana al desfiladero es lo bastante grande para alojar una caravana tan numerosa como ésta.

Rob asintió, y en seguida captó las ventajas de la situación.

—Puedo estudiar la lengua persa todo el invierno.

—No tendrás el libro —le advirtió Simon—. Nosotros no pararemos en Gabrovo con la caravana. Iremos a la ciudad de Tryavna, a corta distancia, donde hay judíos.

—Pero tengo que disponer del libro. ¡Y necesito tus lecciones!

Simon se encogió de hombros.

Esa noche, después de atender a *Caballo*, Rob fue hasta el campamento judío y encontró a sus integrantes examinando unas herraduras especialmente claveteadas. Meir le alcanzó una a Rob.

—Tendrías que encargar un juego como éstas para tu yegua. Las herraduras con este tipo de clavos evitan que el animal resbale en la nieve y el hielo.

—¿Yo no puedo ir a Tryavna?

Meir y Simon intercambiaron una mirada; era evidente que ya habían hablado de él.

—No está en mi poder ofrecerte la hospitalidad de Tryavna.

—¿Quién tiene ese poder?

—Los judíos de Tryavna reconocen la autoridad de un gran sabio, el *rabbenu* Shlomo ben Eliahu.

—¿Qué es un *rabbenu*?

—Un erudito. En nuestra lengua, *rabbenu* quiere decir «nuestro maestro», y es un tratamiento del máximo honor.

—Ese Shlomo, ese sabio, ¿es un hombre altanero, frío con los desconocidos? ¿Rígido e inabordable?

Meir sonrió y meneó la cabeza.

—Entonces, ¿no podría presentarme ante él y pedir que me permita estar cerca de vuestro libro y de las lecciones de Simon?

Meir miró a Rob y no fingió agrado ante la solicitud. Guardó silencio largo rato, pero cuando fue evidente que Rob estaba dispuesto a esperar porfiadamente su respuesta, suspiró y movió la cabeza de un lado a otro.

—Te llevaremos a ver al *rabbenu*.

# 29

# TRYAVNA

Gabrovo era una ciudad desolada, compuesta por edificios provisionales de madera. Durante meses, Rob había anhelado una comida cocinada por otras manos, un fino manjar servido en la mesa de una taberna. Los judíos se detuvieron en Gabrovo para visitar a un mercader, el tiempo justo para que Rob fuese a una de las tres posadas. La comida resultó una terrible decepción; habían salado demasiado la carne, en un vano intento por ocultar que estaba echada a perder; el pan era duro y rancio, con agujeros por los que, sin la menor duda, habían pasado los gorgojos. El alojamiento era tan insatisfactorio como el precio. Si los otros dos hostales no eran mejores, un crudo invierno esperaba a los demás miembros de la caravana, pues todas las habitaciones disponibles estaban abarrotadas de jergones y los viajeros tendrían que dormir codo con codo.

Al grupo de Meir le llevó menos de una hora llegar a Tryavna, una población mucho más pequeña que Gabrovo. El barrio judío —un grupo de edificios con techo de paja, de maderos agrisados por el paso del tiempo, apiñados como para reconfortarse mutuamente— estaba separado del resto de la ciudad por viñedos y campos pardos donde las vacas pastaban los tocones de las hierbas agostadas por el frío. Entraron en un patio con suelo de tierra, donde unos chicos se hicieron cargo de los animales.

—Será mejor que esperes aquí—dijo Meir a Rob.

La espera no fue larga. En breve, Simon fue a buscarlo y lo llevó a una de las casas, donde bajaron por un oscuro pasillo que olía a manzanas y entraron en una habitación que como único mobiliario tenía una silla y una mesa cubierta de libros y manuscritos. La silla estaba ocupada por un anciano de barba y pelo blancos como la nieve, hombros redondeados y fuertes, papada laxa y grandes ojos castaños, acuosos a causa de la edad, aunque lograron penetrar hasta la esencia misma de Rob. No hubo presentaciones; fue lo mismo que comparecer ante un noble.

—Le hemos dicho al *rabbenu* que viajas a Persia y necesitas aprender la lengua de ese país para hacer negocios —dijo Simon—. El *rabbenu* pregunta si el placer del conocimiento no es razón suficiente para estudiar.

—A veces hay placer en el estudio —reconoció Rob, hablándole directamente al anciano—. Para mí, generalmente significa un trabajo arduo. Estoy aprendiendo la lengua de los persas porque abrigo la esperanza de que me permita obtener lo que deseo.

Simon y el *rabbenu* hablaron atropelladamente.

—Pregunta si siempre te muestras tan sincero. Le dije que eres lo bastante directo para decirle a un agonizante que se está muriendo, y él me ha respondido: «Esa sinceridad es suficiente.»

—Dile que tengo dinero y le pagaré la comida y el albergue.

El sabio meneó la cabeza.

—Esto no es una posada. Quienes viven aquí deben trabajar —informó Shlomo ben Eliahu por boca de Simon—. Si el Inefable es misericordioso, este invierno no tendremos necesidad de un cirujano barbero.

—No tengo por qué trabajar como cirujano barbero. Estoy dispuesto a hacer cualquier cosa útil.

—Toda vez que se declare que un animal sacrificado no es *kosher* —tradujo Simon—, llevarás la carne y se la venderás al carnicero cristiano de Gabrovo. Y el sábado, día en que los judíos no deben trabajar, atenderás los fuegos de las casas.

Rob vaciló. El judío anciano lo observó con interés atrapado por el brillo de sus ojos.

—¿Quieres decir algo? —murmuró Simon.

—Si los judíos no deben trabajar el sábado, ¿no estará el sabio condenando mi alma al decidir que yo lo haga?

El *rabbenu* sonrió al oír la traducción.

—Dice que confía en que no desees convertirte en judío, Rob J. Cole.

Rob movió la cabeza negativamente.

—Entonces dice que puedes trabajar sin temor durante el sábado judío, y te da la bienvenida a Tryavna.

El *rabbenu* los llevó a donde dormiría Rob, en el fondo de un vasto establo vacuno.

—Hay velas en la casa de estudios. Pero no pueden traerse para leer aquí, donde hay heno seco —dijo severamente el *rabbenu* a través de Simon, y de inmediato lo puso a limpiar los pesebres.

Aquella noche se tendió en la paja teniendo a la gata de guardia a sus pies, como una leona. *Señora Buffington* lo abandonaba de vez en cuando para aterrorizar a un ratón, pero siempre volvía. El establo era un palacio oscuro y húmedo, entibiado hasta hacerlo cómodo por los grandes cuerpos bovinos, y en cuanto Rob se acostumbró al continuo mugido y el dulce hedor de los excrementos de vaca, durmió contento.

El invierno llegó a Tryavna tres días después que Rob. Comenzó a nevar durante la noche, y los dos días siguientes alternaron entre una amarga cellisca empujada por el viento y gordos copos que flotaban, semejantes a dulces caídos del cielo. Cuando dejó de nevar, le dieron una gran pala de madera y ayudó a quitar los montones de nieve acumulada ante todas las puertas. Se había puesto un sombrero judío de cuero, que encontró en una percha del establo. Por encima de él, las acechantes montañas brillaban blancas bajo el sol, y el ejercicio en medio del aire frío le infundió optimismo. Cuando terminó de quitar la nieve, no tenía otro trabajo y estaba autorizado a ir a la casa de estudios, un edificio de madera en el que se colaba el frío, combatido por un lamentable fuego simbólico tan inadecuado que no era raro que se olvidaran de alimentarlo. Los judíos estaban sentados alrededor de unas mesas rústicas y estudiaban hora tras hora, discutiendo en voz alta, a veces ásperamente.

Llamaban la Lengua a su idioma. Simon le explicó que era una mezcla de hebreo y latín, además de algunas expresiones de los países por los que viajaban o en los que vivían. Un idioma para las controversias: cuando estudiaban juntos se lanzaban constantemente palabras los unos a los otros.

—¿Sobre qué discuten? —preguntó Rob a Meir, sorprendido.

—Puntos de la ley.

—¿Dónde están sus libros?

—No usan libros. Quienes conocen las leyes las han memorizado de tanto oírlas en labios de sus maestros. Quienes aún no las han memorizado, las aprenden prestando mucha atención. Siempre ha sido así. Existe la Ley Escrita, por supuesto, pero sólo para ser consultada. Todo hombre que conoce la Ley Oral es un maestro de interpretaciones legales según se las ha enseñado su maestro, y hay una multitud de interpretaciones porque hay una multitud de maestros. Por eso discuten. Cada vez que debaten, aprenden un poco más acerca de la ley.

Desde el primer momento, en Tryavna lo llamaron Mar Reuven, traslación hebrea de Master Robert. Mar Reuven el Cirujano Barbero. El tratamiento de *Mar* lo apartaba de ellos tanto como todo lo demás, pues entre sí se decían *Reb* en señal de respeto y de que se tenían por eruditos, aunque de rango inferior al *rabbenu*. En Tryavna sólo había un *rabbenu*.

Eran gentes extrañas, diferentes de él tanto en su aspecto como en sus costumbres.

—¿Qué le pasa a su pelo? —preguntó a Meir un hombre al que llamaban Reb Joel Levski el Vaquero. Rob era el único de la casa de estudios que no llevaba *peoth*, los bucles ceremoniales rizados sobre las orejas.

—Porque no sabe cómo hacerlo. Es un *goy*, un Otro —explicó Meir.

—Pero Simon me ha dicho que ese Otro está circuncidado. ¿Cómo es posible? —indagó Reb Pinhas ben Simeon el Lechero.

Meir se encogió de hombros.

—Un accidente —dijo—. Lo he hablado con él. No tiene nada que ver con el contrato de Abraham.

Durante unos días, todos miraban a Mar Reuven. A su vez, él los miraba, porque le parecían más que extraños con sus sombreros, sus bucles, sus barbas tupidas, su ropa oscura y sus costumbres paganas. Estaba fascinado por sus hábitos durante la oración. Entonces los veía muy individualizados. Meir se ponía el taled pudorosa y discretamente. Reb Pinhas desplegaba su *tallit* y lo sacudía casi arrogantemente, sosteniéndolo frente a sí por dos esquinas, y levantando los brazos y con un movimiento de muñecas lo hacía ondular sobre su cabeza, para echárselo por último a los hombros con la suavidad de una bendición.

Cuando Reb Pinhas oraba, oscilaba atrás y adelante con el apremio de su deseo de enviar sus súplicas al Todopoderoso. Meir se balanceaba suavemente cuando recitaba las oraciones. Simon se mecía a un ritmo intermedio, concluyendo cada movimiento hacia delante con un leve estremecimiento y una ligera sacudida de cabeza.

Rob leía y estudiaba su libro y a los judíos, comportándose de manera muy semejante al resto de ellos como para seguir siendo una novedad. Durante seis horas diarias —tres horas después de los maitines, que llamaban *shaharit*, y tres después de las vísperas, que llamaban *ma'ariv*—, la casa de estudios estaba atestada, pues casi todos estudiaban antes y después de concluir la jornada de trabajo con la que se ganaban la vida. Entre esos dos períodos, sin embargo, la sala permanecía relativamente tranquila, con una o dos mesas ocupadas por estudiosos de dedicación plena. Poco después de su llegada se sentaba entre ellos, cómodo y sin llamar la atención, ajeno al barboteo judío mientras trabajaba en el Corán parsi, empezando a hacer auténticos progresos.

Cuando llegó el sábado, se ocupó de atender los fuegos. Ése fue su día de trabajo más pesado desde que había estado quitando la nieve, aunque le resultó tan fácil que logró estudiar durante una parte de la tarde. Dos días después ayudó a Reb Elia el Carpintero a poner travesaños nuevos en unas sillas. No realizó otras tareas y pudo entregarse al estudio del parsi, hasta que, hacia el final de su segunda semana en Tryavna, la nieta del *rabbenu*, Rohel, le enseñó a ordeñar. La chica tenía la piel blanca y largos cabellos negros que llevaba trenzados alrededor de su cara en forma de corazón. Su boca era pequeña, con un abultamiento muy femenino del labio inferior. Una minúscula marca de nacimiento adornaba su cuello, y sus grandes ojos pardos siempre parecían posados en Rob.

Mientras estaban en la vaquería, una vaca muy torpe que, al parecer, creía ser un toro, montó sobre otra y comenzó a moverse como si tuviese pene y la hubiese penetrado.

A Rohel se le subieron los colores a la cara, pero sonrió y soltó una risilla. Sin dejar de sonreír, se inclinó hacia delante en su taburete, apoyó la cabeza contra el tibio flanco de una vaca lechera y cerró los ojos. Con la falda tensa, se estiró con las rodillas separadas y aferró los gruesos pezones, que pendían debajo de las hinchadas ubres. Presionó suavemente los dedos uno a uno. Cuando la leche tamborileó en el cubo, Rohel respiró hondo y suspiró. Asomó su lengua sonrosada entre sus labios húmedos, abrió los ojos y miró a Rob.

Rob estaba a solas en la sombreada tiniebla del establo, sosteniendo una manta que olía penetrantemente a *Caballo* y era apenas un poco mayor que un taled. Con un veloz movimiento envió la manta por encima de su cabeza y la echó sobre sus hombros tan elegantemente como si del *tallit* de Reb Pinhas se tratara. Con la repetición, adquirió soltura suficiente como para acomodarse el taled. El ganado mugía mientras practicaba el balanceo de la oración, tranquilo pero resuelto. Para orar prefería emular a Meir y no a devotos más enérgicos, como Reb Pinhas.

Ésa era la parte más fácil. Le llevaría más tiempo dominar su idioma, complejo y de sonidos extraños, sobre todo porque estaba haciendo un esfuerzo extraordinario para aprender el persa.

Eran gentes de amuletos. En el tercio superior de la jamba derecha de las puertas de todas las casas había clavado un tubito de madera al que daban el nombre de *mezuzah*.

Simon le explicó que cada tubo contenía un diminuto pergamino arrollado en cuya cara delantera aparecían trazadas, en letras asirias cuadradas, veintidós líneas del Deuteronomio, 6: 4-9 y 11:13-21; en el dorso figuraba la palabra *Shaddai*, que quería decir «Todopoderoso».

Como Rob había observado durante el trayecto, todas las mañanas, excepto la del sábado, los adultos de sexo masculino se ataban dos pequeñas cajas de cuero, una en el brazo y otra en la cabeza. Dichas cajas se llamaban *tefillin* y contenían fragmentos de su libro sagrado, la Torá; la caja de la frente estaba destinada a la mente y la otra, sujeta al brazo, al corazón.

—Lo hacemos para obedecer las instrucciones del Deuteronomio —dijo Simon—: «*Y estas palabras que yo te mando hoy, estarán sobre tu corazón... Y has de atarlas por señal en tu mano, y estarán por frontales entre tus ojos.*»

La dificultad consistía en que Rob no podía saber, mediante la simple observación, cómo se ponían los judíos el *tefillin*. Tampoco podía pedirle a Simon que se lo enseñara, pues habría llamado la atención que un cristiano quisiera aprender un rito de la fe judía. Logró contar diez vueltas al cuero alrededor de los brazos, pero lo que hacían en la mano era complicado, pues ataban la tira de cuero entre los dedos de una manera especial que nunca logró dilucidar.

De pie en el frío establo penetrado de olor dulzón, envolvió su brazo izquierdo con un trozo de cuerda vieja, pero lo que hacía con la cuerda en la mano y los dedos nunca adquirió el menor sentido.

No obstante, los judíos eran maestros naturales y aprendía algo nuevo todos los días. En la escuela parroquial de san Botolph, los sacerdotes le habían enseñado que el Dios del Antiguo Testamento era Jehová. Pero cuando él lo nombró, Meir meneó la cabeza.

—Debes saber que para nosotros, Dios nuestro Señor, bendito sea, tiene siete nombres... Éste es el más sagrado. —Con un trozo de carbón de leña de la chimenea dibujó en el suelo de madera, escribiendo la palabra en parsi y en la Lengua: *Yahvé*—. Nunca debe pronunciarse, porque la identidad del Altísimo es inefable. Los cristianos lo pronuncian mal, como has hecho tú. O sea que el nombre no es Jehová, ¿entendido?

Rob asintió.

De noche, en su lecho de paja, repasaba palabras y costumbres nuevas, y antes de que el sueño lo venciera recordaba una frase, un fragmento de una bendición, un gesto, una pronunciación, una expresión de éxtasis en un rostro durante la oración, y lo almacenaba en su mente para cuando llegara el día en que lo necesitara.


—Debes mantenerte apartado de la nieta del *rabbenu* —dijo Meir, ceñudo.

—No tengo interés por ella.

Habían transcurrido unos días desde que hablaran en la vaquería, y no había vuelto a acercarse a ella. En verdad, la noche anterior había soñado con Mary Cullen, y al alba despertó con los ojos ardientes, atónitos, tratando de recordar los detalles del sueño.

Meir asintió y desarrugó la cara.

—Bien. Una de las mujeres notó que ella te observaba con mucho interés y se lo dijo al *rabbenu*. Él me pidió que hablara contigo. —Meir se apoyó el índice en la nariz—. Una palabra serena a un hombre sensato vale más que un año de súplicas a un tonto.

Rob estaba alarmado, pues debía permanecer en Tryavna para estudiar las costumbres de los judíos y el parsi.

—Yo no quiero tener problemas por una mujer.

—Claro que no. —Meir suspiró—. El problema es la chica, que ya debería estar casada. Desde la infancia ha estado prometida a Reb Meshullum ben Moses, el nieto de Reb Baruch ben David. ¿Conoces a Reb Baruch? ¿Alto y delgado? ¿De cara larga? ¿De nariz angosta y puntiaguda? ¿Que se sienta más allá del fuego en la casa de estudios?

—Ah, sí. Un anciano de ojos feroces.

—Ojos feroces porque es un feroz erudito. Si el *rabbenu* no fuese el *rabbenu*, Reb Baruch ocuparía su puesto. Siempre fueron estudiosos rivales e íntimos amigos. Cuando sus nietos eran bebés, acordaron su matrimonio con gran júbilo para unir a las dos familias. Luego tuvieron una terrible disputa que puso fin a su amistad.

—¿Por qué disputaron? —preguntó Rob, que empezaba a sentirse tan cómodo en Tryavna como para gozar de algún chismorreo.

—Sacrificaron un toro joven en sociedad. Ahora bien, debes comprender que nuestras leyes del *kashruth* son antiguas y muy complicadas, con reglas e interpretaciones acerca de cómo deben y no deben ser las cosas. En el pulmón de la res se descubrió una mancha insignificante. El *rabbenu* citó precedentes según los cuales esa mancha podía pasarse por alto, pues en modo alguno estropeaba la carne. Reb Baruch citó otros precedentes indicativos de que la carne estaba echada a perder por causa de la mancha, y que no podía comerse. Insistió en que a él le asistía la razón y se ofendió con el *rabbenu* por haber puesto en duda sus conocimientos.

»Discutieron hasta que el *rabbenu* perdió la paciencia. "Cortemos al animal por la mitad —propuso—. Yo cogeré mi porción y que Baruch haga lo que quiera con la suya."

»Cuando llevó la mitad del toro a casa, tenía la intención de comérselo. Pero después de meditar, se lamentó: "¿Cómo puedo comer la carne de este animal? ¿Una mitad está en la basura de Baruch y yo debo comerme la otra mitad?" A continuación, también arrojó su mitad de la res a la basura. Después de lo ocurrido, se oponían constantemente. Si Reb Baruch decía blanco, el *rabbenu* decía negro; si el *rabbenu* decía carne, Reb Baruch decía leche. Cuando Rohel tenía doce años y medio, la edad en que sus mayores debían haber empezado a hablar seriamente sobre la boda, las familias no movieron un dedo porque sabían que cualquier reunión culminaría con una rencilla entre ambos ancianos. Entonces el joven Reb Meshullum, el novio en ciernes, hizo su primer viaje de negocios al extranjero con su padre y otros hombres de la familia. Viajaron a Marsella con un surtido de teteras de cobre y allí permanecieron casi un año, traficando y obteniendo buenos beneficios. Contando el tiempo que tardaron en los viajes, estuvieron fuera dos años, hasta que regresaron el verano pasado, trayendo un cargamento de finísima ropa francesa bien confeccionada. Y todavía las dos familias, distanciadas por los abuelos, siguen sin concretar el matrimonio.

»Ahora es del dominio público que la infortunada Rohel puede considerarse una *agunah*, una esposa abandonada. Tiene pechos pero no da de mamar a ningún bebé; es una mujer pero no tiene marido, y todo esto se ha convertido en un escándalo mayúsculo.

Coincidieron en que sería mejor que Rob evitara la vaquería durante las horas de ordeño.

Estaba bien que Meir le hubiese hablado, pues no sabía qué podría haber ocurrido si no le hubiese hecho ver claramente que la hospitalidad invernal de los judíos no incluía el disfrute de sus mujeres. Por la noche sufrió torturadas y voluptuosas visiones de muslos largos y plenos, cabellos rojos y jóvenes pechos pálidos con pezones como bayas. Estaba seguro de que los judíos tenían una oración para pedir perdón por la simiente derramada —tenían una para todas las cosas—, pero él no sabía ninguna y ocultó la evidencia de sus poluciones debajo de paja fresca, e intentó dedicar todas sus energías al trabajo.

Era difícil. A su alrededor reinaba una hormigueante sexualidad estimulada por la religión. Consideraban una bendición especial hacer el amor la víspera del sábado, por ejemplo, lo que tal vez explicaba por qué les gustaba tanto el final de la semana. Los jóvenes hablaban libremente de esos temas; así, murmuraban acerca de si una esposa era intocable. A los matrimonios judíos se les prohibía copular durante doce días después del inicio de la menstruación, o siete días después de su término. La abstinencia no terminaba hasta que la esposa se purificaba mediante la inmersión en el pozo ritual, que se llamaba *mikva*.

Se trataba de un aljibe bordeado de ladrillos, en una caseta de baños levantada sobre un manantial. Simon le contó a Rob que para que fuese ritualmente correcta, el agua del *mikva* debía provenir de una fuente natural o del río. El *mikva* era para la purificación simbólica, no para la higiene. Los judíos se bañaban en casa, pero todas las semanas, antes del sábado, Rob se sumaba a los varones en la caseta de baño, que sólo contenía el aljibe y un gran fuego rugiente, en un hogar redondo sobre el que colgaban calderos de agua hirviendo. Bañándose desnudos entre vapores y con el ambiente caldeado, competían por el privilegio de volcar agua sobre el *rabbenu*, mientras lo interrogaban sin parar.

—*Shi-ailah, Rabbenu, shi-ailah!* ¡Una pregunta, una pregunta!

La respuesta de Shlomo ben Eliahu a cada cuestión era deliberada y reflexiva, llena de citas y precedentes eruditos, a veces traducidas por Simon o Meir para Rob con excesivo detalle.

—*Rabbenu*, ¿está de verdad escrito en el Libro de los Consejos que todo hombre debe consagrar a su hijo mayor a siete años de estudios avanzados?

El *rabbenu*, en cueros, exploró meditativamente su ombligo, se tironeó de una oreja, y enredó sus dedos largos y pálidos en su nívea barba.

—No está así escrito, hijos míos. Por un lado —dejó asomar el pulgar derecho—, Reb Hananel ben Ashi, de Leipzig, era de esa opinión. Por el otro —dejó asomar el pulgar izquierdo—, de acuerdo con el *rabbenu* Joseph ben Eliakim, de Jaffa, esto sólo se aplica a los primogénitos varones de sacerdotes y levitas. Pero —empujó hacia ellos el vapor con ambas palmas— esos dos sabios vivieron hace cientos de años. Hoy somos hombres modernos. Entendemos que el aprendizaje no sólo corresponde al primer nacido, porque eso equivaldría a tratar a los demás hijos varones como mujeres. Hoy estamos acostumbrados a que todos los jóvenes dediquen su decimocuarto, decimoquinto y decimosexto año al estudio avanzado del Talmud, de doce a quince horas diarias. Después, los pocos que sean llamados pueden dedicar su vida a los estudios, en tanto los demás pueden entrar en los negocios y estudiar sólo seis horas diarias a partir de entonces.

Bien. La mayoría de las preguntas que le eran traducidas al Otro, no correspondían a la índole que hacía palpitar su corazón y ni siquiera, en realidad, mantenían su atención constante. Sin embargo, Rob disfrutaba de los viernes por la tarde en la caseta de baños, y nunca en su vida se había sentido tan cómodo entre hombres desnudos. Quizás esto tuviera algo que ver con su miembro circunciso. Si hubiese estado entre sus paisanos, esa particularidad habría dado lugar a groseras miradas, burlas, preguntas y especulaciones obscenas. Una flor exótica que crece sola es una cuestión, pero otra muy distinta cuando está rodeada por todo un campo de flores de configuración similar.

En la caseta de baños, los judíos eran pródigos a la hora de alimentar el fuego, y a Rob le gustaba la combinación de humo de madera y humedad vaporosa, la picazón del fuerte jabón amarillo cuya manufactura era supervisada por la hija del *rabbenu*, y la cuidadosa mezcla de agua hirviendo con agua fría del manantial, a fin de crear una agradable tibieza para el baño.

Nunca iba al *mikva*, a fin de respetar la prohibición. Se contentaba con remolonear en la caseta llena de vapores observando cómo cobraban ánimo los judíos para entrar en el aljibe. Musitando la bendición que acompañaba el acto, o cantándola en voz alta, según su personalidad, bajaban los seis húmedos peldaños que llevan a las aguas, que eran profundas. Cuando éstas les cubrían la cara, soplaban vigorosamente o contenían el aliento, porque el acto de purificación exigía que se sumergieran totalmente, hasta que el último pelo de su cabeza estuviese mojado.

Aunque lo hubiesen invitado, nada habría convencido

a Rob de que entrara en el gélido y oscuro misterio del agua, un espacio de la religión judía.

Si el Dios al que llamaban Yahvé existía verdaderamente, quizá sabía que Rob Cole tenía pensado hacerse pasar por uno de sus hijos.

Sentía que si entraba en las inescrutables aguas, algo tironearía de él hacia un mundo que estaba más allá, donde se conocían todos los pecados de su infame plan, y donde las serpientes hebreas roerían su carne, y donde tal vez se viera personalmente castigado por Jesús.

## 30

# EL INVIERNO EN LA CASA
# DE ESTUDIOS

Esa Navidad fue la más extraña de sus veintiún años de vida. Barber no lo había educado como un auténtico creyente, pero el ganso y el budín, el mordisqueo al queso con manteca de cerdo, las canciones, el brindis, la palmada festiva en la espalda... eran parte integrante de él, y aquel año sintió una profunda soledad. Los judíos no pasaron por alto ese día por mala fe: Jesús no pertenecía a su mundo, sencillamente. Sin duda Rob podría haber encontrado una iglesia, pero no la buscó. Curiosamente, el hecho de que nadie le deseara feliz Navidad, le infundió un sentimiento cristiano como jamás lo había experimentado.

Una semana más tarde, en el amanecer del año de Nuestro Señor 1032, tumbado en su lecho de paja pensó en qué se había convertido, y a dónde lo llevaría eso. En sus andanzas por la Isla Británica se había creído un gran viajero, pero ya había recorrido una distancia mayor que la que abarcaba todo su suelo natal, y aún se extendía ante él un interminable mundo desconocido.

¡Los judíos celebraron ese día, pero porque había luna nueva, no porque comenzase un nuevo año! Se enteró, de que según su impío calendario promediaba el año 4792.

Aquél era un país de nieves. Dio la bienvenida a cada

nevada, y en breve fue un hecho aceptado que después de cada tormenta el robusto cristiano, con su gran pala de madera, realizara el trabajo de varios hombres corrientes. Aquélla era su única actividad física. Cuando no estaba quitando nieve, aprendía parsi. Ya se hallaba lo bastante adelantado como para poder pensar lentamente en la lengua de los persas. Algunos judíos de Tryavna habían visitado Persia, y siempre que pescaba a alguno, Rob le hablaba en parsi.

—El acento, Simon. ¿Cómo va mi acento? —preguntó, irritando a su profesor.

—El persa que quiera reírse, se reirá —le espetó Simon—, porque para ellos tú serás un extranjero. ¿O esperas un milagro?

Los judíos presentes en la casa de estudios intercambiaron sonrisas por lo bobo que era aquel *goy* gigantesco. «Que sonrían», pensó; él los consideraba un objeto de estudio más interesante que él para ellos. Por ejemplo, en seguida supo que Meir y su grupo no eran los únicos forasteros en Tryavna. Muchos de los que iban a la casa de estudios eran viajeros que esperaban a que amainaran los rigores del invierno balcánico. Para su sorpresa, Meir le dijo que ninguno pagaba una sola moneda a cambio de más de tres meses de comida y albergue.

—Éste es el sistema que permite a mi pueblo comerciar entre una y otra nación —explicó—. Ya has visto lo difícil y peligroso que es viajar por el mundo, pero todas las comunidades judías envían mercaderes al exterior. Y en cualquier población judía de cualquier tierra, cristiana o musulmana, todo viajero judío es recibido por los judíos, que le dan comida y vino, un lugar en la sinagoga, un establo para su caballo. Todas las comunidades tienen hombres en lugares del extranjero, sustentados por otros judíos. Y el año venidero, el anfitrión será huésped.

Los forasteros encajaban rápidamente en la vida de la comunidad, hasta el punto de disfrutar con las comidillas locales. Así fue como una tarde, en la casa de estudios, mientras conversaba en lengua persa con un judío de Anatolia llamado Ezra el Herrador —¡cotilleos en parsi!—, Rob se enteró de que a la mañana siguiente tendría lugar una dramática confrontación. El *rabbenu* hacía las veces de *shohet*, matarife de la comunidad. En efecto, sacrificaría dos bestias jóvenes de su ganado mayor. Un reducido grupo de los más prestigiosos sabios de la comunidad harían de *mashgiot*, o inspectores rituales, que se ocupaban de que durante la matanza se observara hasta el último detalle de su compleja ley. Y como *mashgiat*, durante el sacrificio, presidiría el antaño amigo y hogaño antagonista del *rabbenu*, Reb Baruch ben David.

Aquella noche Meir dio a Rob una lección sobre el Levítico. Éstos eran los animales que los judíos podían comer de entre todos los que habitaban la tierra: cualquiera que rumia y tiene la pezuña hendida, incluyendo oveja, vaca, cabra y venado. Entre los animales *treif* —no *kasher*— estaban los caballos, burros, camellos y cerdos.

De las aves, estaban autorizados a comer palominos, gallinas, palomas domésticas, patos domésticos y gansos domésticos. Entre los seres alados prohibidos estaban las águilas, avestruces, buitres, milanos, cuclillos, cisnes, cigüeñas, búhos, pelícanos, avefrías y murciélagos.

—En mi vida he paladeado una carne tan sabrosa como la de un polluelo de cisne primorosamente mechado, envuelto en cerdo salado y luego asado lentamente al fuego.

Meir parecía ligeramente asqueado.

—Aquí no lo comerás —dijo.

El día siguiente amaneció claro y frío. La casa de estudios estaba casi desierta después del shaharit, la primera oración ritual, por la mañana, pues muchos se acercaron al corral del *rabbenu* para presenciar la *shehitah*, la matanza ritual. El aliento de los asistentes formaba pequeñas nubes que flotaban en el aire quieto y helado.

Rob estaba con Simon. Se produjo una leve agitación cuando llegó Reb Baruch ben David con el otro *mashgiat*, un anciano encorvado, de nombre Reb Samson ben Zanvil, cuyo rostro era adusto y resuelto.

—Es mayor que Reb Baruch y que el *rabbenu*, aunque no tan docto —susurró Simon—. Ahora teme quedarse atrapado entre ambos si se plantea una disidencia.

Los cuatro hijos del *rabbenu* condujeron al primer animal desde el establo: un toro negro de lomo oscuro y pesados cuartos traseros. Mugiendo, el toro agitó la cabeza y pateó el suelo. Tuvieron que pedir ayuda a los mirones para dominarlo con cuerdas, mientras los inspectores examinaban cada milímetro de su cuerpo.

—La más mínima herida o rasguño en la piel lo descalificará como animal de carne —dijo Simon.

—¿Por qué?

Simon lo miró, fastidiado.

—Porque lo dice la ley —respondió.

Finalmente satisfechos, condujeron al toro a un pesebre lleno de dulce heno. El *rabbenu* cogió una larga cuchilla.

—Fíjate en el extremo romo y cuadrado de la cuchilla —dijo Simon—. No tiene punta, para evitar la posibilidad de que rasgue el pellejo del animal. Pero la cuchilla está afilada como una navaja.

Seguían observando atentamente en medio del frío, pero nada ocurría.

—¿Qué están esperando? —susurró Rob.

—El momento exacto, porque el animal tiene que estar inmóvil en el instante del corte mortal —explicó Simon—, pues de lo contrario no sería *kasher*.

Y mientras lo decía, la cuchilla centelleó. Un solo golpe limpio cercenó el gaznate y, con él, la tráquea y las arterias carótidas. A continuación brotó un chorro rojo y el toro perdió el conocimiento cuando se cortó el suministro de sangre en el cerebro. Los ojos se empañaron y el animal cayó de rodillas; al cabo de un instante, estaba muerto.

Se oyó un murmullo de complacencia entre los observadores, murmullo que se silenció de inmediato porque Reb Baruch había cogido la cuchilla y la estaba examinando.

Rob notó en su expresión un debate que tensó sus finos rasgos de anciano. Baruch se volvió hacia su también anciano rival.

—¿Ocurre algo? —preguntó fríamente el *rabbenu*.

—Eso temo —dijo Reb Baruch, y procedió a mostrar, en mitad del borde cortante de la hoja, una imperfección, una ínfima muesca en el acero esmeradamente afilado.

Viejo y nudoso, con el rostro demudado, Reb Samson ben Zanvil esperó, seguro de que como segundo *mashgiat* sería solicitado su juicio, un juicio que no deseaba pronunciar.

Reb Daniel, padre de Rohel e hijo mayor del *rabbenu*, comenzó a vociferar:

—¿Qué clase de bobada es ésta? Todos saben con cuánto cuidado son afiladas las cuchillas rituales del *rabbenu* —dijo, pero su padre levantó la mano, exigiéndole silencio.

El *rabbenu* sostuvo la cuchilla a la luz y pasó un dedo experto por debajo mismo del filo. Suspiró, porque la muesca existía: un error humano que volvía ritualmente inadecuada la carne del animal.

—Es una bendición que tu mirada sea más afilada que la de esta hoja y continúe protegiéndonos, viejo amigo mío —se apresuró a decir, y todos se relajaron, como si liberaran el aliento largo tiempo contenido.

Reb Baruch sonrió. Se estiró y palmeó la mano del *rabbenu*. Ambos se miraron a los ojos un buen rato.

Luego, el *rabbenu* se volvió y llamó a Mar Reuven el Cirujano Barbero.

Rob y Simon dieron un paso al frente y escucharon atentamente.

—El *rabbenu* te pide que entregues esta res *trief* al carnicero cristiano de Gabrovo —dijo Simon.

Rob cogió su yegua, que estaba muy necesitada de ejercicios, y la ató al trineo chato sobre el que una serie de manos dispuestas cargaron al toro sacrificado. El *rabbenu* había utilizado una cuchilla aprobada para el segundo animal, que fue declarado *kasher*, y los judíos ya lo estaban desmembrando cuando Rob agitó las riendas y azuzó a *Caballo* para salir de Tryavna.

Fue a Gabrovo lentamente, experimentando un gran placer. La carnicería estaba donde le habían dicho: tres casas más abajo del edificio más destacado de la ciudad, una posada. El carnicero era un hombre fornido y pesado, que con su cuerpo hacía honor a su oficio. La lengua no significó un obstáculo.

—Tryavna —dijo Rob, señalando el toro muerto.

La cara coloradota se deshizo en sonrisas.

—Ah. *Rabbenu* —dijo el carnicero y asintió vivamente.

Descargar el animal resultó difícil, pero el carnicero fue a una taberna y volvió con un par de ayudantes. Con cuerdas y esforzándose lograron descargar el toro.

Simon le había dicho a Rob que el precio era fijo y no habría regateo. Cuando el carnicero le entregó una cantidad ínfima de monedas, Rob comprendió por qué sonreía entusiasmado, pues prácticamente había robado una excelente res, sólo porque en la cuchilla de la matanza había una insignificante muesca. Rob nunca entendería a la gente que, sin buenas razones, era capaz de tratar una carne estupenda como si fuese basura. La estupidez de aquel episodio lo cubrió de una especie de vergüenza; le habría gustado explicarle al carnicero que él era cristiano y no estaba emparentado con quienes se comportaban tan tontamente. Pero no pudo hacer otra cosa que aceptar las monedas en nombre de los hebreos y guardarlas en el bolsillo que llevaba a ese efecto, para salvaguardarlas.

Cerrado el negocio, fue directamente a la taberna de la posada cercana. El oscuro bodegón era largo y estrecho, más semejante a un túnel que a un salón, con su techo bajo ennegrecido por el humo del fuego, a cuyo alrededor holgazaneaban nueve o diez hombres, bebiendo. Una mesita estaba ocupada por tres mujeres que aguardaban, atentas. Rob las observó mientras bebía un aguardiente moreno sin refinar, que no fue de su agrado. Las mujeres eran, obviamente, prostitutas de la taberna. Dos habían pasado la flor de la vida, pero la tercera era una rubia joven de expresión maliciosa y al mismo tiempo inocente.

Captó el propósito de Rob en su mirada y le sonrió. Rob terminó la bebida y se acercó a la mesa.

—Supongo que no sabéis inglés —murmuró.

Una de las mayores dijo algo y las otras dos rieron. Pero Rob sacó una moneda y se la dio a la joven. Era toda la comunicación que necesitaban. Ella se la embolsó y, sin decir palabra a sus compañeras, fue a buscar su capa, que colgaba de una percha.

Rob la siguió afuera, y en la calle nevada se encontró cara a cara con Mary Cullen.

—¡Hola! ¿Estáis pasando un buen invierno vos y vuestro padre?

—No, estamos pasando un invierno espantoso —dijo Mary, y Rob observó que se le notaba. Tenía la nariz roja y una llaga fría en la tierna plenitud de su labio inferior—. La posada siempre está helada y la comida es pésima. ¿Es verdad que vivís con los judíos?

—Sí.

—¿Cómo podéis? —preguntó ella con una vocecilla suave.

Rob había olvidado el color de sus ojos y el efecto de su mirada lo desarmó, como si hubiera tropezado con aleteantes azulejos en la nieve.

—Duermo en un establo muy abrigado. La comida es excelente —contestó, con enorme satisfacción.

—Mi padre me ha explicado que los judíos despiden un hedor particular que se llama *foetor judaicus*. Porque frotaron el cuerpo de Cristo con ajo después de matarlo.

—A veces todos olemos. Pero sumergirse de la cabeza a los pies todos los viernes es una de las costumbres de los judíos. Sospecho que se bañan con más frecuencia que el resto de los humanos.

Ella se ruborizó, y Rob comprendió que debía de ser difícil y raro obtener agua para bañarse en una posada como la de Gabrovo. Mary observó a la mujer que, pacientemente, esperaba a corta distancia.

—Mi padre dice que el que se aviene a vivir con judíos no puede ser un hombre cabal.

—Vuestro padre parecía simpático, pero quizá —dijo Rob reflexivamente— sea un asno.

En ese mismo momento, cada uno echó a andar por su lado. Rob siguió a la rubia hasta una habitación cercana. Estaba desordenada y llena de ropa sucia de mujeres, y tuvo la sospecha de que convivía con las otras dos. Mientras la mujer se desnudaba, Rob la observaba.

—Es una crueldad mirar tu cuerpo después de haber visto a la otra —dijo, sabiendo que ella no entendería una sola palabra de lo que decía—. Su lengua no siempre expresa mieles, pero... No es una beldad, exactamente, pero muy pocas mujeres pueden compararse a Mary Cullen en su porte.

La mujer le sonrió.

—Tú eres una puta joven pero ya pareces vieja —le dijo.

Hacía mucho frío y la mujer se despojó de su ropa y se metió rápidamente entre las mugrientas mantas de piel, no sin que antes él hubiera visto más de lo que hubiera preferido. Era un hombre que sabía apreciar el aroma a almizcle de las mujeres, pero de ella emanaba un hedor agrio. El vello de su cuerpo tenía aspecto duro y pegoteado, como si sus jugos se hubiesen secado y resecado incontables veces sin sentir la simple y honrada humedad del agua. La abstinencia había provocado tales ardores en Rob que se habría echado encima de ella, pero el breve vislumbre de su cuerpo azulado le permitió descubrir una carne ajada y apelmazada que no quería tocar.

—¡Maldita sea esa bruja pelirroja! —refunfuñó.

La mujer lo miró, desconcertada.

—Tú no tienes la culpa, muñeca —le dijo, mientras metía la mano en la bolsa.

Le dio más de lo que habría valido aunque hubiese intentado extraerle algún valor. La mujer metió las monedas bajo las pieles y las apretó contra su cuerpo. Rob ni siquiera había empezado a desvestirse; estiró su ropa, inclinó la cabeza ante ella y salió a tomar aire fresco.

A medida que avanzaba febrero, pasaba cada vez más tiempo en la casa de estudios, desentrañando detenidamente el Corán persa. Siempre lo asombraba la inexorable hostilidad del Corán hacia los cristianos y su amargo aborrecimiento de los judíos. Simon se lo explicó.

—Los primeros maestros de Mahoma fueron judíos y monjes siríacos cristianos. Cuando él informó por vez primera de que el arcángel Gabriel le había visitado, que Dios le había nombrado su profeta y le había dado instrucciones de fundar una religión nueva y perfecta, esperaba que sus viejos amigos lo siguieran en tropel, dando gritos de alegría. Pero los cristianos prefirieron su propia religión y los judíos, sobrecogidos y amenazados, se sumaron activamente a los que rechazaban las prédicas de Mahoma. No los perdonó en toda su vida, y habló y escribió sobre ellos injuriosamente.

Los conocimientos de Simon hacían que el Corán cobrara vida para Rob. Ya iba por la mitad del libro y se afanaba en los estudios, sabedor de que en breve reanudarían el viaje. Al llegar a Constantinopla, él y el grupo de Meir seguirían caminos diferentes, lo que, además de separarlo de su maestro Simon, lo privaría del libro, y esto era más importante. El Corán desprendía insinuaciones de una cultura remota, y los judíos de Tryavna le daban a entender que iba a descubrir un estilo de vida diferente. De niño creía que Inglaterra era el mundo, pero ahora sabía que existían otros pueblos. En algunos rasgos eran semejantes, pero diferían en cuestiones importantes.

El encuentro en la matanza ritual había reconciliado a *rabbenu* con Reb Baruch ben David, y sus familias comenzaron de inmediato a planear la boda de Rohel con el joven Res Meshullum ben Nathan. El barrio judío era un hervidero de bulliciosa actividad. Los dos ancianos iban de un lado a otro, de buen humor, a menudo juntos.

El *rabbenu* regaló a Rob el viejo sombrero de cuero y le dejó, para que estudiara, un artículo del Talmud. El libro hebreo de las leyes había sido traducido al parsi. Aunque Rob agradeció la posibilidad de ver la lengua persa en otro documento, el significado de ese texto estaba fuera de su alcance. El fragmento se ocupaba de una ley llamada *shaatnez*: aunque se permitía a los judíos usar lino y lana, no se les permitía mezclar ambas fibras, y Rob no podía entender por qué.

Cada vez que lo preguntó, su interlocutor manifestaba ignorarlo o se encogía de hombros y decía que era la ley.

Ese viernes, desnudo en la vaporosa caseta de baños, Rob reunió valor mientras los hombres rodeaban al sabio.

—*Shi-ailah, Rabbenu, shi-ailah!* —gritó. («¡Una pregunta, una pregunta!»)

El *rabbenu* dejó de enjabonar la prominencia de su barriga, sonrió al joven extranjero y luego habló.

—Ha dicho: «Pregunta, hijo mío» —dijo Simon.

—Tenéis prohibido comer carne con leche. Tenéis prohibido usar lino con lana. La mitad del tiempo tenéis prohibido tocar a vuestras mujeres. ¿Por qué hay tantas cosas prohibidas?

—Para alimentar la fe —respondió el *rabbenu*.

—¿Por qué Dios impone exigencias tan extrañas a los judíos?

—Para separarnos de vosotros —dijo el *rabbenu*, pero sus ojos chispearon y no había malicia en sus palabras.

Rob bufó cuando Simon le echó agua en la cabeza.

Todos participaron cuando Rohel, nieta del *rabbenu*, contrajo matrimonio con Meshullum, nieto de Reb Baruch, el segundo viernes del mes de Adar.

Esa mañana, muy temprano, todos se reunieron a las puertas de la casa de Daniel ben Shlomo, padre de la novia. En el interior, Meshullum pagó por la novia el digno precio de quince piezas de oro. Se firmó el *ketubah* o contrato matrimonial, y Reb Daniel presentó una abultada dote, regalando el precio de la novia a la pareja y añadiendo otras quince piezas de oro, un carro y una yunta de caballos. Nathan, el padre del novio, dio a la afortunada pareja un par de vacas lecheras. Al salir de la casa, una radiante Rohel pasó junto a Rob como si éste fuera absolutamente invisible.

Toda la comunidad escoltó a la pareja a la sinagoga, donde recitaron siete bendiciones bajo un toldo. Meshullum pisoteó un frágil cristal para ilustrar que la felicidad es transitoria y que los judíos no deben olvidar la destrucción del Templo. Después fueron marido y mujer y se inició un largo día de celebraciones. Un flautista, un pifanista y un tamborilero interpretaron música, y los judíos cantaron vigorosamente: *Mi amado descendió a su huerto, a las eras de los aromas, para apacentar en los huertos y para coger los lirios.* Simon le dijo a Rob que se trataba de un párrafo de las Escrituras. Los dos abuelos extendieron sus brazos jubilosos, chasquearon los dedos, cerraron los ojos, echaron las cabezas hacia atrás y danzaron. Las celebraciones de la boda duraron hasta primeras horas de la madrugada. Rob comió demasiada carne y sabrosos pasteles, y bebió en exceso.

Aquella noche dio vueltas y vueltas en su camastro de paja, en la oscura calidez del establo, con la gata a sus pies. Recordó a la rubia de Gabrovo cada vez con menos asco, y se obligó a quitarse de la cabeza a Mary Cullen. Pensó con resentimiento en el flacucho Meshullum, que en ese momento yacía con Rohel, y abrigó la esperanza de que sus prodigiosos conocimientos le permitieran apreciar tan buena fortuna.

Despertó mucho antes del alba y sintió, más que oyó los cambios operados en su mundo. Después de volver a dormir y despertar y levantarse de la cama, los sonidos eran claramente audibles: un goteo, un tintineo, un torrente, un bramido que crecía de volumen a medida que el hielo y la nieve cedían y se unían a las aguas de la tierra abierta, barriendo las laderas montañosas y anunciando la llegada de la primavera.

# 31

# EL TRIGAL

Cuando murió la madre de Mary Cullen, su padre le dijo que él guardaría luto a Jura Cullen por el resto de sus días. Mary dijo, de buena gana, que también ella llevaría luto riguroso y evitaría los placeres públicos, pero cuando el dieciocho de marzo se cumplió un año, comunicó a su padre que había llegado la hora de que volvieran a la rutina de la vida corriente.

—Yo seguiré yendo de negro —dijo James Cullen.

—Yo no —contestó ella, y él asintió.

Mary había llevado consigo todo el tiempo una pieza de paño de lana ligero, hilado con sus propios vellones, y averiguó infatigablemente hasta encontrar una costurera fina en Gabrovo. La mujer aceptó el trabajo cuando le transmitió qué quería, pero indicó que convenía teñir el paño —de un color natural indescriptible— antes de cortarlo. Las raíces de la planta rubia darían matices rojos, pero con sus cabellos la haría destacarse como un faro. El centro de madera de roble daría gris, pero después de su dieta de negro el gris le parecía deprimente. La corteza de arce o de zumaque virarían al amarillo o el naranja, colores muy frívolos. Tendría que ser marrón.

—Toda mi vida he usado marrón cáscara de avellana —se quejó a su padre.

Al día siguiente él le llevó un pequeño bote con una

pasta amarillenta, de tono semejante al de la mantequilla rancia.

—Es tintura, y escandalosamente cara.

—No es un color que yo admire —dijo ella prudentemente.

James Cullen sonrió.

—Ese color se llama añil o índigo. Se disuelve en agua y debes cuidar que no te toque las manos. Cuando se saca el paño húmedo del agua amarillenta, cambia de color en el aire y, a partir de ese momento, el tinte es rápido.

Produjo un paño azul marino, tan espléndido como nunca había visto otro; la costurera cortó y cosió un vestido y una capa. Mary estaba contenta con su nueva indumentaria, pero la dobló y la apartó hasta la mañana del diez de abril, día en que los cazadores volvieron a Gabrovo con la noticia de que ya estaba abierto el camino de la montaña.

A primera hora de la tarde, la gente que estaba esperando el deshielo en el campo comenzó a acudir deprisa a Gabrovo, el punto de partida hacia el gran desfiladero conocido como Portal de los Balcanes. Los proveedores instalaron sus mercancías y comenzaron a llegar las multitudes, vociferando su derecho a comprar provisiones.

Mary tuvo que darle dinero a la mujer del posadero para convencerla de que calentara agua al fuego en un momento tan ajetreado, y la subiera a las cámaras donde dormían las mujeres. Primero Mary se arrodilló, metió la cabeza en la cuba de madera y se lavó el pelo, ahora largo y recio como la lluvia invernal; luego se metió en cuclillas en la cuba y se frotó hasta quedar brillante.

Se vistió con la ropa recién hecha y fue a sentarse fuera. Mientras se pasaba un peine de madera por los cabellos, para que se secaran dulcemente bajo el sol, vio que la calle principal de la población estaba llena de carros y caballos. Poco después, una numerosa partida de jinetes delirantemente borrachos atravesó la ciudad al galope, haciendo caso omiso de los estragos causados por los atronadores cascos de sus cabalgaduras. Un carro volcó cuando los caballos se espantaron, con los ojos blancos de terror. Mientras los hombres maldecían y luchaban para contener las riendas, y los caballos piafaban acobardados, Mary entró corriendo, antes de que se le secara el pelo.

Tenía sus pertenencias preparadas cuando apareció su padre con el sirviente Seredy.

—¿Quiénes eran esos hombres que pasaron tempestuosamente? —preguntó.

—Se dan el nombre de caballeros cristianos —replicó fríamente su padre—. Eran cerca de ochenta, franceses de Normandía que van en peregrinaje a Palestina.

—Son muy peligrosos, señora —dijo Seredy—. Usan cotas de malla, pero llevan carros repletos de armaduras. Siempre están embriagados y... —desvió la vista— abusan de las mujeres. No debéis moveros de nuestro lado, señora.

Mary le dio las gracias seriamente, pero la idea de tener que depender de Seredy y de su padre para que la protegieran de ochenta caballeros beodos y brutales, de no ser tan siniestra, le habría provocado una sonrisa.

La protección mutua era la mejor razón para viajar en una caravana numerosa, y en un abrir y cerrar de ojos cargaron los animales y los condujeron a un gran campo del límite este de la ciudad, donde se estaba reuniendo la caravana. Al pasar junto al carro de Kerl Fritta, Mary vio que éste ya había montado una mesa y hacía buenos negocios de reclutamiento.

Fue una especie de regreso al hogar, pues se acercaron a saludarlos muchas personas que habían conocido en la etapa anterior del viaje. Los Cullen encontraron su lugar hacia la mitad de la línea de marcha, pues muchos viajeros nuevos formaban fila detrás.

Todo el tiempo vigiló atentamente, pero era casi de noche cuando divisó al grupo que estaba esperando. Los mismos cinco judíos con quienes había dejado la caravana, volvieron a caballo. Detrás vio a la pequeña yegua marrón.

Rob J. Cole condujo el estrafalario carromato hacia ella, que repentinamente notó que el corazón se le saltaba del pecho.

Él tenía tan buen aspecto como siempre, y parecía contento de estar de vuelta. Saludó a los Cullen tan alegremente como si él y ella no se hubieran separado enfadados la última vez que se encontraron.

Cuando Rob terminó de atender a su yegua y entró en su campamento, Mary consideró un gesto de buena vecindad mencionar que a los mercaderes locales les quedaba muy poco para vender, por si anduviera escaso de provisiones.

Rob le dio las gracias amablemente, pero dijo que había comprado todo lo que necesitaba en Tryavna, sin la menor dificultad.

—¿Vos tenéis lo suficiente?

—Sí, porque mi padre fue de los primeros en comprar.

Le fastidiaba que él no hubiese mencionado todavía la capa y el vestido nuevos, aunque la estudió durante largo tiempo.

—Tienen el matiz exacto de vuestros ojos —dijo, finalmente.

Ella no estaba segura, pero lo interpretó como un cumplido.

—Gracias —dijo gravemente, y como su padre se aproximaba, se obligó a dar media vuelta para supervisar cómo montaba la tienda Seredy.


Transcurrió otro día sin que la caravana partiera, y en toda la línea de marcha se oían protestas. Su padre fue a ver a Fritta, y al volver dijo que el conductor de la caravana estaba esperando que partieran los caballeros normandos.

—Ya han causado muchos desmanes y Fritta prefiere, sensatamente, tenerlos delante para que no nos acosen por la retaguardia.

Pero a la mañana siguiente los caballeros seguían allí y Fritta decidió que ya habían esperado demasiado. Dio la señal de partida de la caravana hacia la larga y última etapa que los llevaría a Constantinopla; más tarde, la ola de movimiento llegó a los Cullen. El otoño anterior habían seguido a un joven matrimonio franco con dos hijos pequeños. La familia había pasado el invierno fuera de la ciudad de Gabrovo y tenía la declarada intención de sumarse de nuevo a la caravana, pero no apareció. Mary sabía que algo terrible tenía que haberle ocurrido, y rogó a Cristo que protegiera a aquellas gentes. Ahora cabalgaba detrás de dos hermanos franceses obesos, que habían dicho a su padre que abrigaban la esperanza de hacer fortuna comprando alfombras turcas y otros tesoros. Mascaban ajo por razones de salud y, con frecuencia, se volvían en la silla para contemplar estúpidamente su cuerpo. A Mary se le ocurrió que, conduciendo su carro detrás, el joven cirujano barbero también debía de observarles, y de vez en cuando era lo bastante pícara para mover las caderas más de lo que exigían los movimientos del caballo.

La gigantesca culebra de viajeros se acercó sinuosamente al desfiladero que llevaba a través de las altas montañas. La escarpada ladera se perdía bajo la tortuosa huella, hasta el centelleante río, hinchado por la fusión de las nieves aprisionadas durante todo el invierno.

Al otro lado del gran desfiladero se alzaban estribaciones que, gradualmente, se transformaban en colinas onduladas. Esa noche durmieron en una vasta llanura de vegetación arbustiva. Al día siguiente, viajaron rumbo al sur y resultó evidente que el Portal de los Balcanes separaba dos climas singulares, porque una vez traspuesto el desfiladero, el aire era más suave y se volvía más cálido a medida que avanzaban.

Por la noche hicieron alto en las afueras de Gornya. Acamparon en una plantación de ciruelos, con permiso de los campesinos, que vendieron a algunos hombres un ardiente licor de ciruelas, además de cebollas tiernas y una bebida de leche fermentada, tan espesa que había que tomarla con cuchara. Muy temprano, a la mañana siguiente, Mary oyó retumbar un trueno distante que, rápidamente, aumentó de volumen, y en breve los gritos salvajes de unos hombres se integraron en el estruendo.

Cuando salió de la tienda vio que la gata blanca había salido del carromato del cirujano barbero y estaba paralizada en el camino. Los caballeros franceses pasaron como demonios en una pesadilla, y la gata se perdió en una nube de polvo, aunque no antes de que Mary viera lo que habían hecho los primeros cascos. No tuvo conciencia de haber gritado, pero supo que corrió a toda velocidad hacia el camino antes de que se asentara el polvo.

*Señora Buffington* ya no era blanca. La gata yacía pisoteada en el polvo, y Mary levantó su pobre cuerpecillo quebrado. En ese momento se dio cuenta de que él había bajado del carromato y estaba a su lado.

—Se estropeará el vestido nuevo con la sangre —dijo Rob bruscamente, pero su cara pálida dejaba traslucir su aflicción.

Cogió a la gata y una pala, y se alejó del campamento. A su vuelta, Mary no se le acercó pero desde lejos notó que tenía los ojos enrojecidos. Enterrar a un animal muerto no era lo mismo que dar sepultura a una persona, pero a Mary no le pareció extraño que Rob fuese capaz de llorar por un gato. A pesar de su talla y su fuerza, lo que le atraía de él era aquella especie de bondad vulnerable.

Los días siguientes lo dejó estar. La caravana cambió la orientación sur y volvió a girar al este, pero el sol seguía brillando, más caliente cada día. Mary ya había comprendido que la nueva indumentaria que le confeccionaron en Gabrovo era sobre todo una molestia, pues hacía demasiado calor para vestir lana. Revolvió su guardarropa de verano en el equipaje, y encontró algunas prendas ligeras, aunque demasiado finas para viajar, pues en seguida se estropearían. Se decidió por ropa interior de algodón y un vestido basto en forma de saco, al que dio un mínimo de forma atándose un cordón en la cintura. Se tocó con un sombrero de cuero de ala ancha, aunque ya tenía pecosas las mejillas y la nariz.

Aquella mañana, cuando desmontó de su caballo y echó a andar para hacer ejercicio, como solía, él le sonrió.

—Subid conmigo en el carromato.

Mary lo hizo sin el menor aspaviento. Esta vez no se produjo ninguna incomodidad; sólo sintió el placer de ir en el pescante a su lado.

Rob metió la mano detrás del asiento para buscar su sombrero de cuero, que era igual al que usaban los judíos.

—¿De dónde lo sacasteis?

—Me lo dio el hombre santo de Tryavna.

Al rato notaron que el padre de ella le dedicaba una mirada tan torva que los dos soltaron una carcajada.

—Me sorprende que os permita visitarme —dijo.

—Lo he convencido de que sois inofensivo.

Se miraron, encantados. La cara de él era de bellas facciones, pese al aspecto escasamente favorecedor de su nariz rota. Mary comprendió que por impasibles que permanecieran sus rasgos, la clave de los sentimientos de Rob estaba en sus ojos, profundos y serenos, de algún modo mayores que él mismo. Percibió en ellos una gran soledad, equiparable a la propia. ¿Cuántos años tenía? ¿Veintiuno? ¿Veintidós?

Mary notó, sobresaltada, que él estaba hablando de la meseta de labranza por la que pasaban.

—... en su mayoría frutales y trigo. Aquí los inviernos tienen que ser cortos y benignos, porque el cereal está avanzado —dijo, pero ella no se dejó robar la intimidad que habían alcanzado en los últimos momentos.

—Os odié aquel día en Gabrovo.

Otro hombre habría protestado o sonreído, pero él no abrió los labios.

—Por aquella eslava. ¿Cómo pudisteis ir con ella? También la detesté.

—No desperdiciéis vuestro odio con ninguno de los dos, pues ella era una mujer digna de lástima y yo no la toqué. Verla a vos me estropeó esa posibilidad —dijo, sencillamente.

Ella no dudó de que le decía la verdad, y algo cálido y triunfal creció en su interior como una flor.

Ahora podían hablar de fruslerías: la ruta, la forma en que debían conducirse los animales para que resistieran, la dificultad de encontrar madera para hacer fuego y cocinar. Fueron juntos toda la tarde; hablaron tranquilamente de todo, excepto de la gata blanca y de sí mismos. Los ojos de él le decían otras cosas sin palabras.

Mary lo sabía. Estaba asustada por diversas razones, pero no habría cambiado ningún lugar de la tierra por el asiento del incómodo y traqueteante carromato bajo el sol abrasador, a su lado.

Bajó obedientemente, pero reacia, cuando por fin la voz perentoria de su padre la llamó.


De vez en cuando, adelantaban a un pequeño rebaño de ovejas, en su mayoría sucias y mal cuidadas, pero Cullen se detenía invariablemente para inspeccionarlas e iba con Seredy a interrogar a los propietarios. En todos los casos, los pastores le aconsejaban que si buscaba ovejas auténticamente maravillosas fuera más allá de Anatolia.

A principios de mayo estaban a una semana de viaje de Turquía, y James Cullen no hacía el menor esfuerzo por ocultar su excitación. Su hija vivía una excitación propia, pero hacía todos los esfuerzos posibles por ocultársela. Aunque siempre se presentaba la oportunidad de esbozar una sonrisa o dedicar una mirada en dirección al cirujano barbero, a veces se obligaba a estar alejada de él dos días seguidos, pues temía que si su padre notaba sus sentimientos le ordenara no acercarse a Rob Cole.

Una noche que Mary estaba limpiando, después de cenar, apareció Rob en su campamento. Inclinó la cabeza ante ella y se acercó directamente al padre, con un frasco de aguardiente en la mano, como ofrenda de paz.

—Siéntate —dijo James Cullen a regañadientes.

Pero después de compartir unos tragos se volvió más amistoso, sin duda porque era agradable conversar en inglés, pero también porque resultaba difícil no tomarle simpatía a Rob J. Cole. Poco después, estaba hablando a su visitante de lo que les esperaba.

—Me han hablado de una raza de ovejas orientales, delgadas y de lomo estrecho, pero con unos rabos y unas patas traseras tan gordas, que el animal puede vivir de las reservas acumuladas si escasea la comida. Sus corderos tienen un vellón sedoso, de lustre insólito. ¡Espera un momento, hombre, déjame que te lo muestre!

Desapareció en la tienda y volvió con un gorro de piel de cordero. La lana era gris y muy rizada.

—De la mejor calidad —dijo, ansioso—. El vellón sólo es tan rizado hasta el quinto día de vida del cordero, y luego permanece ondulado hasta que la bestezuela tiene dos meses.

Rob observó el gorro y le aseguró que se trataba de una piel finísima.

—Lo es —corroboró Cullen, y se caló el gorro, lo que los hizo reír porque la noche era calurosa y aquella prenda de piel es apta para la nieve. El hombre volvió a guardarla en la tienda, y después los tres se sentaron ante el fuego. James Cullen dio a su hija uno o dos sorbos de su vaso. A Mary le resultó difícil tragar el aguardiente, pero la situación hizo que el mundo mejorara ante sus ojos.

El estruendo de unos truenos sacudió el cielo purpúreo y una sábana de relámpagos los iluminó unos segundos, durante los cuales Mary vio las facciones endurecidas de Rob.

Aquellos ojos vulnerables que lo volvían hermoso quedaron ocultos.

—Una tierra extraña, con truenos y relámpagos permanentes, sin que caiga nunca una gota de lluvia —comentó Cullen—. Tengo muy presente la mañana de tu nacimiento, Mary Margaret. También había truenos y relámpagos, pero se precipitó una abundante lluvia típicamente escocesa, que caía como si los cielos se hubiesen abierto y nunca fueran a cerrarse.

Rob se inclinó hacia delante.

—¿Fue en Kilmarnock, donde están tus posesiones familiares?

—No, nada de eso; ocurrió en Saltcoats. Su madre era una Tedder de Saltcoats. Yo había llevado a Jura a su antiguo hogar, pues en su gravidez ansiaba ver a su madre, y nos agasajaron y mimaron durante semanas seguidas, con lo que nos quedamos más tiempo del previsto. Se presentó el parto, de modo que en lugar de nacer en Kilmarnock, como corresponde a un Cullen, Mary Margaret vino al mundo en la casa de su abuelo Tedder, con vista al estuario del Clyde.

—Padre —dijo ella suavemente—, el señor Cole no puede tener el menor interés en el día de mi nacimiento.

—Por el contrario —se apresuró a decir Rob, e hizo pregunta tras pregunta, escuchando a su padre con mucha atención.

Mary rogaba que no hubiera más relámpagos, pues no quería que su padre viera que el cirujano barbero había apoyado la mano en su brazo desnudo. Su contacto era como el de la borrilla de cardo, pero la carne de Mary era un puro temblor, como si el futuro la hubiera rozado o la noche fuese muy fría.


El once de mayo la caravana llegó a la margen occidental del río Arda; Kerl Fritta decidió acampar un día más para permitir que repararan los carros y que compraran provisiones a los granjeros de los alrededores. James Cullen llevó a Seredy y pagó a un guía para que los acompañara al otro lado del río, en Turquía, impaciente como si fuera un niño por iniciar la búsqueda de ovejas de rabo gordo.

Una hora más tarde, Mary y Rob montaron juntos a pelo el caballo negro, y se alejaron del ruido y la confusión. Cuando pasaron junto al campamento de los judíos, Mary notó que el joven delgado se la comía con los ojos. Era Simon el maestro de Rob, que sonrió y codeó a otro en las costillas para que también los viera.

A Mary apenas le importó.

Se sentía mareada, tal vez a causa del calor, pues el sol matinal era una bola de fuego. Rodeó el pecho de Rob con sus brazos para no caer del caballo, cerró los ojos y apoyó la cabeza en su ancha espalda.

A cierta distancia de la caravana se cruzaron con dos campesinos hoscos que llevaban un burro cargado de leña. Los hombres los miraron pero no les devolvieron el saludo. Quizá venían de lejos, pues no había árboles en ese lugar; sólo se veían vastos campos sin trabajadores, porque la plantación había terminado tiempo atrás y aún no estaba suficientemente madura para ser cosechada.

Al llegar a un arroyo, Rob ató el caballo a un arbusto, se descalzaron y vadearon la deslumbrante brillantez. A ambos lados de las aguas reflectantes se extendían trigales, y Rob le mostró cómo los altos tallos daban sombra al terreno, volviéndolo tentadoramente penumbroso y fresco.

—Vamos, es como una caverna —dijo y se acercó a la rastra, como si fuera un niño grande.

Ella lo siguió lentamente. De pronto, un pequeño ser vivo hizo crujir el grano casi maduro y dio un salto.

—Sólo se trata de un minúsculo ratón que ya ha huido, asustado —dijo él.

Mientras se acercaba a ella por el suelo frío, se contemplaron.

—No quiero hacerlo, Rob.

—Entonces no lo harás, Mary —respondió Rob, aunque Mary notó la frustración en su mirada.

—¿Podrías besarme y sólo besarme, por favor? —le preguntó humildemente.

Así, su primera intimidad explícita fue un beso torpe y melancólico, condenado por la aprensión de Mary.

—Lo otro no me gusta. Ya lo he hecho —dijo precipitadamente, para salvar el momento que tanto temía.

—Entonces, ¿tienes experiencia?

—Sólo una vez, con mi primo, en Kilmarnock. Me hizo un daño terrible.

Rob le besó los ojos y la nariz, suavemente la boca, mientras ella disipaba sus dudas. Al fin y al cabo, ¿quién era aquél? Stephen Tedder había sido alguien que conocía de toda la vida, primo y amigo, y le había provocado un auténtico dolor.

Después se desternilló de risa por su malestar, como si ella hubiera sido tan torpe como para permitirle hacer aquello, lo mismo que si le hubiera permitido empujarla para que cayera sentada en un lodazal.

Y mientras ella albergaba sus desagradables pensamientos, aquel inglés había modificado la naturaleza de sus besos, y su lengua le acariciaba el interior de los labios. No era desagradable, y cuando intentó imitarlo, le sorbió la lengua. Pero ella se echó a temblar otra vez cuando le desató el corpiño.

—Sólo quiero besarlos —dijo Rob apremiante, y Mary tuvo la extraña experiencia de bajar la vista y ver la cara de él avanzando hacia sus pechos que, reconoció Mary con gruñona satisfacción, eran pesados pero altos y firmes, ya arrebatados de color.

Rob lamió el borde rosado y toda ella se estremeció. Su lengua se movía en círculos cada vez más estrechos hasta que chasqueó el endurecido pezón de corales, en el que se posó como si fuese un bebé cuando lo tuvo entre sus labios en tanto la acariciaba detrás de las rodillas y en el interior de las piernas. Pero cuando su mano llegó al montículo, Mary se puso rígida. Sintió que se le cerraban los músculos de los muslos y el estómago, y se mantuvo tensa y asustada hasta que él apartó la mano.

Rob hurgó en sus propias ropas, luego buscó la mano de ella y le hizo una ofrenda. Ella había entrevisto hombres anteriormente, por casualidad, al encontrar a su padre o a uno de los trabajadores orinando detrás de un arbusto. Y había vislumbrado más en esas ocasiones que cuando estuvo con Stephen Tedder, de modo que nunca había visto y ahora no pudo dejar de estudiarlo. No esperaba que fuera tan... grueso, pensó acusadoramente, como si él tuviera la culpa. Mary cobró valor, le zarandeó los testículos y soltó una risilla cuando notó que él se retorcía. ¡Qué cosa tan bonita!

Después se sintió más tranquila y se acariciaron, hasta que ella intentó, por su propia iniciativa, comerle la boca. En breve sus cuerpos se hicieron frutos maduros y no fue tan terrible cuando la mano de él abandonó sus nalgas firmes y redondas, y volvió a retozar dulcemente entre sus piernas.

Mary no sabía qué hacer con la mano. Le puso un dedo entre los labios y palpó su saliva, sus dientes y su lengua, pero él se apartó para chuparle los pechos, besarle el vientre y los muslos. Se abrió camino en ella primero con un dedo y luego con dos, masajeando el clítoris en círculos cada vez más rápidos.

—¡Ah! —suspiró ella débilmente, y levantó las rodillas.

Pero en lugar del martirio para el que su mente estaba preparada, le asombró sentir la calidez de su aliento sobre ella. Y su lengua nadó como un pez en su humedad entre los pliegues vellosos que ella misma se avergonzaba de tocar. «¿Cómo haré para volver a mirar a este hombre a la cara?», se preguntó, pero la pregunta se esfumó al instante, se desvaneció de forma extraña y maravillosa, pues comenzó a estremecerse y corcovear pícaramente, con los ojos cerrados y su boca callada a medias abierta.

Antes de que recuperara el juicio, él se había insinuado en su interior. Estaban verdaderamente enlazados, él era una calidez abrigada y sedosa en el núcleo de su cuerpo. No hubo dolor; apenas una leve sensación de rigidez que en seguida cedió mientras él avanzaba lentamente.

En un momento dado, Rob preguntó:

—¿Todo va bien?

—Sí —dijo ella, y Rob siguió adelante.

En unos segundos Mary se encontró moviendo su cuerpo al ritmo del de él. Poco después, a Rob le resultó imposible seguir conteniéndose y aceleró, cada vez con más impulso, vibrante. Ella quería tranquilizarlo, pero mientras lo estudiaba a través de sus ojos rasgados, vio que echaba la cabeza hacia atrás y se arqueaba.

¡Cuánta singularidad en sentir su enorme temblor, en oír su gruñido de lo que pareció un arrollador alivio cuando se vació en ella!

Durante largo rato, en la penumbra del alto trigal, apenas se movieron. Permanecieron quietos y callados; ella había apoyado en él una de sus largas piernas. El sudor y los líquidos se secaban.

—Llegará a gustarte —dijo finalmente Rob—. Como la cerveza de malta.

Mary le pellizcó un brazo con todas sus fuerzas. Pero estaba pensativa.

—¿Por qué nos gusta? —preguntó—. He observado a

los caballos cuando lo hacen. ¿Por qué a los animales les gusta?

Él se mostró sorprendido. Años después, ella comprendería que esa pregunta la diferenciaba de cualquier mujer que hubiese conocido, pero ahora sólo sabía que Rob la estaba estudiando.

Mary no se decidió a decirlo, pero él ya se diferenciaba de cualquier otro hombre en su mente. Percibió que había sido sumamente bondadoso con ella en una forma que no comprendía del todo; claro que sólo contaba con el recuerdo de un acto tosco como elemento de comparación.

—Pensaste más en mí que en ti mismo —dijo ella.

—No lo pasé nada mal.

Ella le acarició la cara y mantuvo allí su mano mientras él le besaba la palma.

—La mayoría de los hombres... la mayoría de la gente no es así. Lo sé.

—Tienes que olvidar a tu condenado primo de Kilmarnock —le dijo Rob.

# 32

# LA OFERTA

Rob captó algunos pacientes entre los recién llegados, y se regocijó cuando le contaron que, al reclutarlos, Kerl Fritta se había jactado de que su caravana estaba asistida por un cirujano barbero magistral.

Se animó especialmente al ver a los que había tratado durante la primera etapa del viaje, pues con anterioridad nunca había atendido la salud de alguien durante tanto tiempo.

Le contaron que el boyero franco que siempre sonreía, y al que había tratado sus bubas, murió en Gabrovo en pleno invierno. Rob sabía que eso iba a ocurrir, y le había hablado al hombre de su ineludible sino, pero la noticia lo entristeció.

—Lo más gratificante es lo que sé reparar —le dijo a Mary—. Un hueso roto, una herida abierta, un doliente al que sé cómo tratar para que se ponga bien. Lo que aborrezco son los misterios. Las enfermedades sobre las que no sé nada, o de las que sé menos que quienes las padecen. Los males que aparecen como salidos de la nada y desafían toda explicación razonable, todo tratamiento. ¡Ah, Mary, es tan poco lo que sé! En realidad no sé nada, pero soy el único al que pueden acudir los pacientes.

Sin comprender todo lo que decía, Mary lo consolaba. Por su parte, no extrajo poco consuelo de él. Una noche

fue a ver a Rob, sangrante y atormentada por los retortijones, y le habló de su madre. Jura Cullen había comenzado su regla un hermoso día de verano, y el flujo se había
convertido en derrame, el derrame en hemorragia. A su
muerte, Mary estaba demasiado apesadumbrada para llorar, y ahora todos los meses, cuando aparecía la regla,
creía que la mataría.

—¡Calla! No era un flujo menstrual ordinario; tiene
que haber sido algo más. Tú sabes que así es —le dijo, con
la palma de la mano pálida y tranquilizadora en su vientre,
paliando con besos su dolor.

Unos días más tarde, con ella a su lado en el carromato, Rob se encontró hablando de temas que nunca había
comentado con nadie: la muerte de sus padres, la separación de sus hermanitos y su pérdida. Ella lloró como si no
pudiera parar, y se volvió en el asiento para que su padre
no la viera.

—¡Cuánto te quiero! —susurró.

—Te amo —dijo él lentamente para su propio asombro: nunca había dicho esas palabras a nadie.

—No quiero separarme nunca de ti —dijo Mary.

Después, cuando estaban en camino, ella se volvía en
la silla de su caballo castrado y lo miraba. Su código secreto consistía en llevarse los dedos de la mano derecha a
sus labios, como para espantar a un insecto o quitarse una
mota de polvo.

James Cullen seguía buscando el olvido en la botella, y
a veces Mary iba con Rob después que su padre había estado bebiendo y dormía profundamente. Él hizo lo imposible por disuadirla, pues los centinelas solían estar muy
nerviosos y era peligroso moverse por el campamento de
noche. Pero ella era una mujer testaruda y de todos modos
iba, y él siempre se alegraba.

Mary era una aprendiza veloz. Muy pronto se conocían mutuamente todos los defectos y virtudes, todos los
rasgos y manchas, como viejos amigos. La gran corpulencia de ambos formaba parte de la magia y, a veces, cuando
se movían al unísono, Rob pensaba en unos mamuts que
se acoplaban atronadoramente. Para él era algo tan nove-

doso como para ella, en cierto sentido: había poseído a muchas mujeres, pero nunca había hecho el amor. Ahora, sólo quería proporcionarle placer.

Estaba preocupado y desconcertado, imposibilitado de entender qué le había acontecido en tan poco tiempo.

Se internaban cada vez más en la Turquía europea, una parte del país conocida como Tracia. Los trigales se tornaron en llanuras ondulantes de ricos pastos y comenzaron a ver rebaños de ovejas.

—Mi padre se está animando —le dijo Mary.

Cada vez que encontraban ovejas, Rob veía salir a James Cullen y al indispensable Seredy al galope, para hablar con los pastores, hombres de piel morena que llevaban largos cayados y usaban camisas de manga larga y pantalones holgados recogidos a la altura de las rodillas.

Una noche, Cullen se presentó solo a hablar con Rob. Se instaló junto al fuego y carraspeó, incómodo.

—Nunca creí que me tomaras por ciego.

—Nunca lo supuse —dijo Rob, con todo respeto.

—Permíteme que te hable de mi hija. Tiene cierta educación. Sabe latín.

—Mi madre sabía latín. Ella me enseñó.

—Mary sabe mucho latín. Es muy importante saberlo en tierras extranjeras, para poder hablarlo con funcionarios y clérigos. La mandé a estudiar con las monjas de Walkirk. La aceptaron porque creyeron que podrían atraerla a la orden, pero yo la conocía. No es aficionada a los idiomas pero cuando le dije que debía aprender latín, puso todo su empeño en ello. Ya entonces yo soñaba con viajar a Oriente para comprar ovejas finas.

—¿Puedes volver a tu tierra llevando el ganado a pie? —preguntó Rob, que lo dudaba.

—Puedo. Soy un experto con las ovejas —se enorgulleció Cullen—. Siempre había sido un sueño y nada más que un sueño, pero a la muerte de mi mujer decidí que lo volveríamos real. Mis parientes dijeron que huía porque estaba loco de dolor, pero era mucho más que eso.

Hubo un silencio prolongado.

—¿Has estado en Escocia, muchacho? —preguntó finalmente Cullen, cambiando su tratamiento.

Rob meneó la cabeza.

—Nunca he ido más allá del norte de Inglaterra y de las montañas Cheviot.

Cullen bufó.

—Cerca del límite, quizá, pero ni remotamente cerca de la verdadera Escocia. Escocia es más elevada y sus rocas más duras. Las montañas producen buenas corrientes, pletóricas de peces, y dan agua en abundancia para los pastos. Nuestra propiedad está enclavada entre colinas escarpadas y es muy extensa. Los rebaños son numerosos.

Hizo una pausa, como si escogiera con gran cuidado sus palabras.

—El hombre que se case con Mary las heredará, si es digno de ello —concluyó. Luego, se inclinó hacia Rob—. Dentro de cuatro días llegaremos a la ciudad de Babaeski. Allí mi hija y yo abandonaremos la caravana. Nos dirigiremos al sur, hasta Malkara, donde hay un gran mercado de animales, en el que espero comprar reses. Luego viajaremos a la meseta de Anatolia, donde tengo puestas mis máximas esperanzas. Me daría una alegría que quisieras acompañarnos. —Suspiró y dirigió a Rob una mirada penetrante—. Eres fuerte y sano. Tienes valor; de lo contrario no te habrías aventurado tan lejos para mercar y mejorar tu posición en el mundo. No eres lo que yo habría escogido para mi hija, pero ella te eligió a ti. Yo la quiero y deseo su felicidad. Mary Margaret es todo lo que tengo.

—Señor Cullen... —dijo Rob, pero el criador de ganado lo interrumpió.

—No es algo que se ofrezca a la ligera ni sobre lo cual se deba decidir de inmediato. Querrás pensarlo, muchacho, como he hecho yo.

Rob le dio las gracias amablemente, como si le hubieran ofrecido una manzana o un dulce, y Cullen regresó a su campamento.

Pasó una noche de insomnio, contemplando el cielo. No era tan tonto como para no reconocer que Mary era excepcional. Milagrosamente, lo amaba. Jamás volvería a encontrar una mujer como ella.

Y tierras. ¡Santo Dios, tierras!

Le estaban ofreciendo una vida como la que su padre nunca se habría atrevido a soñar, ni ninguno de sus antepasados.

Tendría trabajo e ingresos seguros, respeto y responsabilidades. Propiedades para legar a sus hijos. Le estaban sirviendo en bandeja una existencia distinta a la que conocía: una mujer cariñosa que le tenía sorbidos los sesos, un futuro asegurado como uno de los privilegiados que poseían tierras.

Dio vueltas y más vueltas.

Al día siguiente, ella apareció con la navaja de su padre y procedió a cortarle el pelo.

—No cortes cerca de las orejas.

—Ahí es donde se ha vuelto más ingobernable. ¿Y por qué no te afeitas? Esa barba incipiente te da aspecto de salvaje.

—La recortaré cuando esté más larga —se quitó el trapo del cuello—. ¿Sabes que tu padre me habló?

—Antes habló conmigo, por supuesto.

—No iré contigo a Malkara, Mary.

Sólo su boca evidenció lo que estaba oyendo, y sus manos, que parecían hallarse en reposo sobre la falda, aferraron con tanta fuerza la navaja que sus nudillos se veían blancos a través de la piel translúcida.

—¿Te reunirás con nosotros en otro sitio?

—No —dijo Rob. Era difícil. No estaba acostumbrado a hablar sinceramente con las mujeres—. Iré a Persia, Mary.

—No me quieres.

El timbre atónito de la voz de Mary hizo comprender a Rob lo poco preparada que estaba para aquella eventualidad.

—Te quiero, pero le he dado vueltas a la cabeza y me he devanado los sesos, y no es posible.

—¿Por qué? ¿Ya tienes esposa?

—No, no. Pero iré a Ispahán, en Persia. No a buscar una oportunidad en el comercio, como te había dicho, sino a estudiar medicina.

La confusión se reflejó en el rostro de Mary, mediante la pregunta interior de qué era la medicina en comparación con las propiedades Cullen.

—Tengo que ser médico.

Parecía una excusa inverosímil. Sintió una extraña vergüenza, como si estuviera confesando un vicio u otra debilidad. No intentó explicarse, pues era complicado y él mismo no lo entendía.

—Tu trabajo te da pesares. Sabes que es así. Viniste a mí quejándote de que te atormenta.

—Lo que me atormenta es mi propia ignorancia y mi incapacidad. En Ispahán aprenderé a ayudar a aquellos por los que ahora no puedo hacer nada.

—¿No puedo estar contigo? Mi padre iría con nosotros y compraría ovejas allí.

El tono suplicante y la esperanza que brilló en sus ojos obligaron a Rob a endurecerse y le impidieron consolarla. Le explicó que la Iglesia prohibía la asistencia a las academias islámicas y le contó lo que pensaba hacer. Ella fue palideciendo a medida que comprendía.

—Te estás arriesgando a la condenación eterna.

—No puedo creer que mi alma se pierda por eso.

—¡Un judío!

Mary limpió la navaja en el trapo, con movimientos nerviosos, y la devolvió a su pequeño estuche de cuero.

—Sí. Como ves, es algo que tengo que hacer solo.

—Lo que veo es un hombre que está loco. He cerrado los ojos al hecho de que no sé nada sobre ti. Pienso que te has despedido de muchas mujeres, ¿no es verdad?

—Esta vez no es lo mismo.

Quiso explicarle la diferencia, pero ella no se lo permitió. Lo había escuchado con mucha atención, y ahora Rob comprendió la profundidad de la herida que le había infligido.

—¿No temes que le cuente a mi padre que me has usado y que él pague para verte muerto? ¿O que corra hasta el primer sacerdote que encuentre y le revele el destino de un cristiano que se burla de la Santa Madre Iglesia?

—Te he dicho toda la verdad. Yo nunca te causaría la muerte ni te traicionaría, y tengo la certeza de que tú me pagarás con la misma moneda.

—No pienso quedarme esperando a ningún médico —dijo Mary.

Él asintió, detestándose por el amargo velo que cubría los ojos de ella cuando se volvió.

Todo el día la observó cabalgar muy erguida en su silla. Ni una sola vez se volvió para mirarlo. Al caer la tarde, Rob observó que Mary Cullen y su padre hablaban seria y largamente. Era obvio que sólo le dijo a su padre que había decidido no casarse, porque más tarde Cullen dedicó a Rob una sonrisa que era al mismo tiempo aliviada y triunfal. Cullen conferenció con Seredy, y antes de que oscureciera, el sirviente condujo a dos hombres al campamento. Por sus vestimentas y su aspecto, Rob dedujo que eran turcos.

Después conjeturó que se trataba de unos guías, pues cuando despertó al día siguiente, los Cullen se habían ido.

Como era costumbre en la caravana, todos los que habían viajado atrás avanzaron un lugar. Ese día, en vez de seguir al caballo negro de Mary, fue detrás de los dos hermanos franceses obesos.

Se sentía muy culpable y afligido, pero también experimentó una sensación de alivio, porque nunca había reflexionado en el matrimonio y estaba mal preparado para afrontarlo. Pensó si su decisión había sido tomada por un auténtico compromiso con la medicina o si, meramente, había huido del matrimonio presa de un leve pánico, como habría hecho Barber.

«Quizás ambas cosas —pensó—. ¡Pobre y estúpido soñador! —se dijo, disgustado—. Algún día estarás cansado, viejo y necesitado de amor, y tendrás que conformarte con alguna hembra desaliñada y de lengua viperina.»

Consciente de una gran soledad, ansió que *Señora*

*Buffington* estuviera otra vez viva. Se esforzó por no pensar en lo que había destruido, encorvándose sobre las riendas y contemplando asqueado los desagradables traseros de los hermanos franceses.

Así, durante una semana, se sintió como se había sentido después de alguna muerte. Cuando la caravana llegó a Babaeski, experimentó una profundización de la pena culposa, al darse cuenta de que allí se habrían desviado juntos para acompañar a su padre e iniciar una nueva vida. Pero al pensar en James Cullen se sintió mejor en su soledad, pues sabía que el escocés habría resultado un suegro quisquilloso.

Pero no podía dejar de pensar en Mary.

Empezó a salir de su abatimiento dos días más tarde. Al atravesar un paisaje de colinas herbosas, oyó en la lejanía un ruido característico acercándose a la caravana. Un sonido como el que podían producir los ángeles, que finalmente se aproximó y le permitió ver por vez primera una partida de camellos.

Cada uno de los animales llevaba colgadas campanillas que tintineaban a cada paso de las bestias.

Los camellos eran más grandes de lo que esperaba, más altos que un hombre y más largos que un caballo. Sus cómicas caras parecían serenas y al mismo tiempo siniestras, con grandes ollares abiertos, labios colgantes y ojos acuosos de párpados pesados, semiocultos detrás de largas pestañas, que les daban una expresión singularmente femenina. Iban en recua y cargados con enormes fardos de cebada entre sus jorobas gemelas.

Posado en lo alto del bulto de paja, cada siete u ocho camellos, iba un camellero flaco y moreno, que por único atavío usaba un turbante y un trapo raído en forma de pantalón de montar. De vez en cuando, alguno apremiaba a las bestias con un grito gutural del que los bamboleantes animales no hacían el menor caso.

Los camellos tomaron posesión del ondulado paisaje. Rob contó casi trescientos animales antes de que el último se redujera a una mancha en la distancia y de que se desvaneciera el maravilloso tintineo de sus campanillas.

El innegable símbolo de Oriente espoleó a los trajinantes en su camino cuando atravesaron un istmo estrecho. Aunque Rob no veía el agua, Simon le dijo que al sur se extendía el mar de Mármara y al norte, el imponente mar Negro. El aire había adquirido un estimulante olor a sal que le recordó su terruño y lo llenó de una nueva sensación de urgencia.

La tarde siguiente, la caravana coronó una cuesta, y Constantinopla apareció ante sus ojos, como una ciudad que había poblado sus sueños.

# 33

# LA ÚLTIMA CIUDAD CRISTIANA

El foso era amplio, y mientras traqueteaban por el puente levadizo Rob vio carpas grandes como cerdos en las verdes profundidades. En la orilla interior había un parapeto de tierra y, casi ocho metros más allá, una muralla maciza de piedra oscura, probablemente de cien pies de altura. Unos centinelas paseaban en lo alto, de almena en almena.

¡Cincuenta pies más allá se levantaba otro muro, idéntico al primero! ¡Aquella Constantinopla era una fortaleza con cuatro líneas de defensa!

Pasaron por dos conjuntos de imponentes pórticos. El inmenso portal del muro interior era de triple arco y estaba adornado con la noble estatua de un hombre, sin duda un gobernante anterior, y unos extraños animales en bronce. Las bestias eran voluminosas, con grandes orejas colgantes que aparecían levantadas en actitud de cólera, rabos cortos y algo semejante a rabos más largos que crecían exuberantes en sus caras.

Rob refrenó las riendas de *Caballo* para poder estudiar aquellos animales; a sus espaldas, Gershom protestó y Tuveh gruñó.

—¡Mueve tu trasero *Inghiliz*! —gritó Meir.

—¿Qué clase de animales son ésos?

—Elefantes. ¿Nunca has visto elefantes, ignorante extranjero?

Meneó la cabeza, girando en el pescante del carromato que se alejaba, para poder estudiar los animales. De modo que los primeros elefantes que vio en su vida eran del tamaño de perros y estaban congelados de un metal sobre el que se había depositado la pátina de cinco siglos...

Kerl Fritta los condujo hasta el caravasar, un enorme edificio por el que pasaban los viajeros y cargamentos que entraban y salían de la ciudad. Era un vasto espacio horizontal que contenía depósitos para el almacenamiento de las diversas mercancías, cuadras para los animales y lugares de descanso para los humanos. Fritta era un guía veterano y, eludiendo la horda bulliciosa del caravasar, dirigió a sus viajeros hacia una serie de cavernas hechas por la mano del hombre, excavadas en unas laderas próximas, que proporcionaban frescura y techo a las caravanas. La mayoría de los viajeros sólo pasarían un día o dos en el caravasar, recuperándose, haciendo reparaciones en los carros o cambiando caballos por camellos; después seguirían un camino rumbo al sur, hacia Jerusalén.

—Nos iremos de aquí dentro de unas horas —dijo Meir a Rob—, porque nos faltan diez días de viaje para llegar a nuestro hogar, en Angora, y estamos ansiosos por liberarnos de nuestra responsabilidad.

—Creo que yo me quedaré algún tiempo.

—Cuando decidas partir, ve a ver al *kervanbashi*, jefe de caravanas de este lugar. Se llama Zevi. De joven fue boyero y luego amo de una caravana que llevaba partidas de camellos por todas las rutas. Conoce a los viajeros y —dijo Simon con orgullo— es judío y un buen hombre. Él se encargará de que viajes seguro.

Rob apretó sus muñecas, uno por uno.

«Adiós, fornido Gershom, cuyo duro culo abrí con un bisturí»

«Adiós, Judah, de nariz afilada y barba negra.»

«Adiós, joven amigo Tuveh.»

«Gracias, Meir.»

«¡Gracias, muchas gracias, Simon!»

Se despidió de ellos con pesar, pues siempre fueron bondadosos con él. La separación resultó más difícil porque lo alejaba del libro que lo había introducido en la lengua persa.

Poco después, conducía solo por Constantinopla, una ciudad enorme, tal vez más extensa que Londres. Vista de lejos parecía flotar en el aire claro y cálido, enmarcada en la piedra azul oscuro de los muros y en los diferentes azules del cielo en lo alto y del mar de Mármara al sur. Vista desde dentro, Constantinopla era una ciudad llena de iglesias de piedra que se alzaban en calles estrechas, atestadas de jinetes a lomos de burros, caballos y camellos, además de sillas de mano y carros y carromatos de toda clase. Unos fuertes mozos de cuerda con uniforme holgado de basto paño marrón, transportaban increíbles cargas sobre sus espaldas o en plataformas que llevaban en la cabeza, como si fueran sombreros.

En una plaza pública, Rob se detuvo a estudiar una figura solitaria que se erguía encima de una alta columna de pórfido, encarado hacia la ciudad. Por la inscripción en latín logró discernir que se trataba de Constantino el Grande. Los hermanos y sacerdotes que enseñaban en la escucla de St. Botolph, en Londres, le habían transmitido una buena base acerca de lo que representaba esa estatua. Los sacerdotes simpatizaban mucho con Constantino, porque fue el primer emperador romano que se hizo cristiano. Por cierto, su conversión había sido obra de la Iglesia cristiana, y cuando por la fuerza de las armas tomó la ciudad griega de Bizancio y la hizo suya —Constantinopla, ciudad de Constantino—, se transformó en la joya del cristianismo en Oriente y en asiento de catedrales.

Rob dejó el área comercial y eclesiástica para internarse en los barrios de estrechas y apiñadas casas de madera, con segundos pisos sobresalientes que podrían haber sido transportados desde muchas ciudades inglesas. Era una ciudad rica en nacionalidades, como corresponde a un lugar que marca el fin de un continente y el principio de otro. Rob pasó por un barrio griego, un mercado armenio, un sector judío e, imprevistamente, en lugar de escuchar un impenetrable parloteo tras otro, oyó unas palabras en parsi.

De inmediato buscó y encontró un establo, controlado por un hombre llamado Ghiz. Era un buen establo, y Rob se ocupó de las comodidades de su yegua antes de dejarla, porque le había prestado buenos servicios y merecía descansar ociosamente y comer montones de pienso. Ghiz señaló a Rob la dirección de su propia casa, en lo alto del Sendero de los Trescientos Veintinueve Peldaños, donde había un cuarto en alquiler.

El ascenso valió la pena, porque la habitación era luminosa y limpia, y una brisa salada se colaba a través de la ventana.

Desde allí bajó la vista hacia el Bósforo, de color jacinto, en el que las velas parecían capullos en movimiento. Más allá de la orilla opuesta, a una media milla de distancia, divisó las siluetas de cúpulas y alminares afilados como lanzas, y comprendió que ésa era la razón de las fortificaciones, los fosos y los dos muros que rodeaban Constantinopla. A corta distancia de su ventana, concluía la influencia de la cruz, y los límites estaban guarnecidos para defender al cristianismo frente al Islam. Al otro lado del estrecho comenzaba la influencia de la Media Luna.

Permaneció asomado a la ventana y fijó la vista en Asia, donde en breve ahondaría.


Aquella noche, Rob soñó con Mary. Despertó melancólico y huyó de la habitación. A la altura de una plaza que se llamaba Foro de Augusto, encontró unos baños públicos, donde soportó fugazmente las aguas frías y luego se demoró en las aguas calientes del *tepidarium*, como César, enjabonándose y respirando vapor.

Cuando emergió, secándose con una toalla y arrebolado por la última zambullida fría, tenía un hambre canina y estaba más optimista. En el mercado judío compró unos pescaditos fritos y un racimo de uvas negras, que fue comiendo mientras buscaba lo que necesitaba.

En muchos tenderetes vio las prendas interiores de lino que había visto usar a todos los judíos de Tryavna. Las camisetas cortas llevaban los adornos trenzados que recibían el nombre de *tsitsith* y que, según le había explicado Simon, les permitirían cumplir la admonición bíblica de que toda su vida los judíos debían usar orlas de ese tipo en los bordes de sus prendas de vestir.

Descubrió a un mercader judío que hablaba persa. Era un viejo chocho, de boca con labios colgantes y con manchas de comida en el caftán, pero a ojos de Rob representaba la primera amenaza de ser descubierto.

—Es un regalo para un amigo de mi talla —musitó Rob.

El viejo no le prestó la menor atención, pues sólo estaba atento a la venta. Finalmente, encontró una camiseta orlada lo bastante grande para él.

Rob no se atrevió a comprar todo a la vez. Fue a los establos y vio que *Caballo* lo estaba pasando bien.

—El tuyo es un carromato decente —dijo Ghiz.

—Sí.

—Estaría dispuesto a comprártelo.

—No está en venta.

Ghiz se encogió de hombros.

—Un carro adecuado, aunque tendría que pintarlo. Pero una pobre bestia, ¡ay! sin bríos. Sin orgullo en la mirada. Tendrías suerte si te quitaran ese animal de las manos.

Comprendió de inmediato que el interés de Ghiz por el carro sólo estaba destinado a distraerlo del hecho de que se había aficionado a *Caballo*.

—Tampoco está en venta.

Empero, tuvo que reprimir una sonrisa ante la idea de que se intentara tan torpe distracción con alguien para quien la distracción había sido su único capital. El carro estaba muy cerca y Rob se entretuvo, mientras el hombre se ocupaba en una cuadra, en hacer ciertos preparativos discretos.

De inmediato extrajo una moneda de plata del ojo izquierdo de Ghiz.

—¡Por Alá!

Convenció a una pelota de madera para que desapareciera cuando la cubrió con un pañuelo, y luego hizo cambiar de color el pañuelo, que cambió de color otra vez, del verde al azul y al marrón...

—¡En nombre del profeta!

Rob sacó una cinta roja de entre sus dientes y la presentó con un artístico floreo, como si el mozo de cuadra fuera una joven ruborizada. Atrapado entre el asombro y aquel *djinni* infiel, Ghiz cedió al deleite. Así, Rob pasó una parte del día agradablemente, haciendo magias y juegos malabares, y antes de ponerle punto final hubiera podido vender cualquier cosa a Ghiz.

Con la cena le sirvieron una ardiente bebida parda, demasiado espesa, empalagosa y abundante. En la mesa vecina había un sacerdote y Rob le ofreció una copa.

Allí los sacerdotes usaban largas túnicas negras de mucho vuelo, y gorros de paño altos y cilíndricos, con pequeñas alas rígidas. La túnica de aquel clérigo estaba bastante limpia, pero su gorro, cubierto de mugre, evidenciaba una larga carrera. Era coloradote, de ojos saltones y edad mediana; estaba ansioso por conversar con un europeo y perfeccionar sus conocimientos de las lenguas occidentales. No sabía inglés, pero trató de hablar con Rob en normando y en franco, y finalmente se vio obligado a aceptar el persa, un tanto enfurruñado.

Se llamaba padre Tamas y era un sacerdote griego.

Su humor se endulzó con la bebida espirituosa, que se echó al coleto a grandes tragos.

—¿Pensáis instalaros en Constantinopla, señor Cole?

—No, dentro de unos días viajaré a Oriente con la esperanza de adquirir hierbas medicinales para llevar a Inglaterra.

El sacerdote asintió. Sería mejor que se aventurara a viajar a Oriente sin demora, le dijo, porque el Señor había ordenado que algún día estallara una guerra justa entre la única Iglesia verdadera y el Islam salvaje.

—¿Habéis visitado nuestra catedral de la Santa Sofía? —preguntó, y se quedó pasmado cuando Rob sonrió y movió la cabeza negativamente—. ¡Tenéis que hacerlo antes de marcharos, mi nuevo amigo! ¡Debéis visitarla! Es el más maravilloso templo del mundo. Fue edificada por orden del propio Justiniano, y cuando tan digno emperador entró por primera vez en la catedral, cayó de rodillas y exclamó: «He construido mejor que Salomón.» Y no sin razón la cabeza de la Iglesia reside en la magnificencia de la catedral de la Santa Sofía —concluyó el padre Tamas.

Rob lo miró sorprendido.

—Entonces ¿el papa Juan se ha trasladado de Roma a Constantinopla?

El padre Tamas lo contempló. Cuando pareció haberse cerciorado de que Rob no se estaba riendo a sus expensas, el sacerdote griego sonrió fríamente.

—Juan XIX sigue siendo patriarca de la Iglesia cristiana en Roma. Pero Alejo IV es patriarca de la Iglesia cristiana en Constantinopla, y aquí es nuestro único pastor —dijo.


El licor y el aire marino se combinaron para proporcionarle un descanso profundo y sin sueños. A la mañana siguiente, se permitió el lujo de repetir los baños, y en la calle compró pan y ciruelas frescas para desayunar, mientras se encaminaba al bazar de los judíos. En el mercado seleccionó atentamente, porque había pensado mucho en cada artículo. Había observado unos pocos *taleds* de lino en Tryavna, pero los hombres que más respetaba usaban lana. Decidió imitarlos y compró un *taled* de lana de cuatro esquinas, adornado con bordes similares a los de la ropa interior que había encontrado el día antes.

Con cierta sensación de extrañeza, adquirió un juego de filacterias, las tiras de cuero que se colocaban en la frente y se ataban alrededor de un brazo durante las oraciones matinales.

Hizo cada una de sus compras en un puesto distinto. Uno de los vendedores, un joven cetrino al que le faltaban algunos dientes, tenía una exposición especialmente variada de caftanes. El joven no sabía parsi, pero se las arreglaron con gestos. Ninguno de los caftanes era de su talla,

pero le indicó que esperara y se acercó deprisa al tendere-
te del anciano que había vendido el tsitsith a Rob. Allí había caftanes más grandes, y unos minutos después Rob
había comprado dos.

Salió del bazar con sus posesiones en un saco de paño,
cogió una calle por la que aún no había andado, y poco
después apareció ante sus ojos una iglesia tan espléndida
que sólo podía ser la catedral de la Santa Sofía. Cruzó unas
enormes puertas de bronce y se encontró en una inmensa
nave abierta, de encantadoras proporciones, con una extensión tan alta de columna a arco, de arco a bóveda, de
bóveda a una cúpula, que se sintió muy pequeño. El vasto
espacio de la nave estaba iluminado por miles de lámparas
cuya combustión suave y clara, en cuencos de aceite, se
veía reflejada por más destellos de los que estaba acostumbrado a encontrar en una iglesia. Había iconos enmarcados en oro, paredes de mármoles preciosos, y demasiados dorados y brillos para el gusto inglés. No había
indicios del patriarca, pero más abajo vio ante el altar a
unos sacerdotes con casullas de ricos brocados. Una de las
figuras hacía oscilar un incensario y estaban cantando la
misa, pero a tanta distancia que Rob no olió el incienso ni
descifró el latín.

La mayor parte de la nave estaba desierta, y se sentó en
el fondo, rodeado de bancos tallados desocupados, bajo la
figura contorsionada que colgaba de una cruz, acechante
en las tinieblas iluminadas por las lámparas. Sintió que
aquellos ojos de mirada fija lo penetraban hasta lo más
hondo de su ser y conocían el contenido de su saco de paño.
No había sido criado en la devoción, pero en esta rebelión
calculada se sentía extrañamente movido hacia el sentimiento religioso. Rob se daba cuenta de que había entrado
en la catedral precisamente a la espera de ese momento. Se
incorporó y durante un rato permaneció en silencio,
aceptando el desafío de aquellos ojos.

Por último, habló en voz alta:

—Tengo que hacerlo. Pero no te estoy abandonando.

Se sintió menos seguro más tarde, después de haber trepado la colina de peldaños de piedra y haber llegado a su habitación.

Apoyó en la mesa el pequeño cuadrado de acero frente a cuya pulida superficie solía afeitarse, y acercó la navaja a los cabellos que ahora caían largos y enmarañados sobre sus orejas, recortando hasta que sólo quedaron los bucles ceremoniales que los judíos llamaban *peoth*.

Se desnudó y, temeroso, se puso el tsitsith, casi esperando ser alcanzado por un rayo. Tuvo la sensación de que las orlas reptaban por su carne.

El largo caftán negro resultaba menos intimidatorio. Sólo era una prenda exterior, sin ninguna relación con el Dios de los judíos.

La barba seguía siendo innegablemente escasa. Acomodó sus bucles de modo que colgaran flojos por debajo del gorro de cuero en forma de campana, que era un toque afortunado, pues evidentemente estaba muy viejo y usado.

No obstante, cuando volvió a salir de la habitación y llegó a la calle, supo que era una locura y que su plan fracasaría. Pensaba que si alguien lo miraba soltaría una carcajada.

«Necesitaré un nombre», pensó.

No valdría hacerse llamar Reuven el Cirujano Barbero, como lo conocían en Tryavna. Para prosperar en la transformación, necesitaba algo más que una poco convincente versión hebrea de su identidad *goy*.

Jesse...

Un nombre que recordaba de cuando mamá le leía la Biblia en voz alta. Un nombre sonoro con el que podía convivir; el nombre del padre del rey David.

Como patronímico se decidió por Benjamín, en honor de Benjamín Merlin que, aunque de mala gana, le había mostrado lo que podía ser un médico.

Diría que procedía de Leeds, resolvió, porque recordaba el aspecto de las casas judías de la ciudad y podría hablar en detalle si surgía la necesidad.

Se resistió al deseo de dar media vuelta y huir, pues en

su dirección se encaminaban tres sacerdotes, y con algo afín al pánico reconoció en uno de ellos al padre Tamas, su compañero de cena de la noche anterior.

Los tres siguieron su camino a ritmo de paseo, enfrascados en su conversación.

Rob se obligó a seguir la dirección que llevaba.

—La paz sea con vosotros —dijo cuando estuvieron de frente.

El sacerdote griego miró desdeñosamente al judío y retornó a la charla con sus compañeros, sin responder al saludo.

Después de cruzarse, Jesse ben Benjamin de Leeds se permitió una sonrisa. Serenamente ahora, y con más confianza, siguió andando, con la palma apretada contra la mejilla derecha, como hacía el *rabbenu* de Tryavna cuando caminaba abstraído en sus pensamientos.

# TERCERA PARTE

# ISPAHÁN

# 34

## LA ÚLTIMA ETAPA

Pese a las apariencias, todavía se sentía Rob J. Cole cuando ese mediodía fue al caravasar. Estaba en proceso de organización una gran caravana a Jerusalén, y el inmenso espacio abierto era un confuso torbellino de conductores con camellos y asnos cargados, hombres que intentaban poner sus carros en fila, jinetes peligrosamente apiñados, mientras las bestias dejaban oír sus protestas y los apresurados viajeros vociferaban contra los animales y se insultaban unos a otros.

Una partida de caballeros normandos se había apropiado del único lugar sombreado, en el lado norte de los almacenes, donde ganduleaban echados en el suelo y lanzaban sus insultos de borrachos a todo el que pasaba. Rob J. no sabía si eran los mismos que habían asesinado a *Señora Buffington*, pero podían serlo y los evitó con repugnancia.

Se sentó en un fardo de alfombras de oración y observó al jefe de caravanas. El *kervanbashi* era un robusto judío turco que usaba un turbante negro sobre un pelo entrecano que aún revelaba huellas de su anterior color rojo. Simon le había dicho que ese hombre, de nombre Zevi, podía ser inestimable para ayudarlo a ultimar un viaje seguro. Por cierto, todos se acobardaban ante él.

—¡Maldito seas! —rugió Zevi a un desafortunado

conductor—. ¡Fuera de este lugar, torpe! Saca de aquí a tus animales. ¿Acaso no has de seguir a los tratantes de ganado del mar Negro? ¿No te lo he dicho dos veces? ¿Ni siquiera recuerdas cuál es tu lugar en la línea de marcha, desgraciado?

A Rob le parecía que Zevi estaba en todas partes, dirimiendo disputas entre mercaderes y transportistas, conferenciando con el amo de la caravana acerca de la ruta, verificando conocimientos de embarque.

Mientras Rob lo observaba todo, un persa se le acercó de puntillas: un hombre menudo, flaco y con las mejillas hundidas. A juzgar por su barba, de la que todavía colgaban restos de comida, era evidente que aquella mañana se había desayunado con gachas de mijo. Usaba un sucio turbante anaranjado excesivamente pequeño para su cabeza.

—¿Adónde te diriges, hebreo?

—Espero salir pronto hacia Ispahán.

—¡Ah, Persia! ¿Quieres un guía, *effendi*? Porque debes saber que yo nací en Qum, a una cacería de ciervos de distancia de Ispahán, y conozco todas las piedras y los arbustos a lo largo del camino.

Rob vaciló.

—Todos los demás te llevarán por la ruta larga y difícil, bordeando la costa. Luego te harán cruzar las montañas persas. Lo hacen para evitar el camino más corto, a través del Gran Desierto de Sal, porque lo temen. Pero yo puedo hacerte cruzar directamente el desierto hasta el agua, eludiendo a los ladrones.

Rob se sintió tentado a aceptar y partir de inmediato, recordando los buenos servicios prestados por Charbonneau. Pero había algo furtivo en ese hombre, y finalmente meneó la cabeza. El persa se encogió de hombros.

—Si cambias de idea, amo, recuerda que soy una ganga como guía; muy barato.

Poco después, uno de los linajudos peregrinos franceses pasó junto al fardo en el que Rob estaba sentado, tropezó y cayó contra él.

—¡Mierda! —dijo y escupió—. ¡Judío de mierda!

A Rob se le subieron los colores a la cara y se levantó. Vio que el normando llevaba la mano a su espada.

Imprevistamente, Zevi cayó sobre ellos.

—¡Mil perdones, señor mío, mil perdones! Yo me ocuparé de éste —dijo y empujó al atónito Rob.

Una vez lejos, Rob oyó el matraqueo de palabras que salían de labios de Zevi y meneó la cabeza.

—No hablo bien la lengua. Y tampoco necesitaba tu ayuda con el francés —dijo, eligiendo cuidadosamente las palabras en parsi.

—¿De veras? Ya estarías muerto, joven buey.

—Era asunto mío.

—¡No, nada de eso! En un lugar plagado de musulmanes y cristianos borrachos, matar a un solo judío sería como comer un solo dátil. Habrían matado a muchos de nosotros y, por lo tanto, era asunto mío. —Zevi lo miró echando chispas por los ojos—. ¿Qué clase de *Yahud* es el que habla persa como un camello, no entiende su propia lengua y busca pendencia? ¿Cómo te llamas y de dónde eres?

—Soy Jesse, hijo de Benjamín. Un judío de Leeds.

—¿Dónde cuernos está Leeds?

—Inglaterra.

—¿Un *Inghiliz*? —dijo Zevi—. Nunca había visto a un judío *Inghiliz*.

—Éramos pocos y estábamos dispersos. Allá no hay comunidad. Ni *rabbenu*, ni *shohet*, ni *mashgiah*. Ni casa de estudios ni sinagoga, de modo que rara vez oímos la Lengua. Por eso sé tan poco.

—Es una desgracia criar a los hijos en un lugar en el que no sienten a su propio Dios ni oyen su propio idioma. —Zevi suspiró—. Con frecuencia es difícil ser judío.

Cuando Rob le preguntó si conocía una caravana numerosa y protegida con destino a Ispahán, negó con la cabeza.

—Me abordó un guía —dijo Rob.

—¿Un cagajón persa con turbante pequeño y barba repulsiva? —Zevi bufó—. Ése te llevaría directamente a las manos de los malhechores. Quedarías tendido en el desierto con el pescuezo abierto y tus pertenencias robadas. No; será mejor que salgas en una caravana de los nuestros. —Reflexionó un buen rato—. Reb Lonzano —dijo finalmente.

—¿Reb Lonzano?

Zevi asintió.

—Sí, posiblemente Reb Lonzano sea la respuesta. —No muy lejos se produjo un altercado entre boyeros y alguien gritó su nombre. Zevi hizo una mueca—. ¡Esos hijos de camellos, esos chacales inmundos! Ahora no tengo tiempo, pero vuelve después de que haya salido esta caravana. Ve a mi oficina por la tarde, en la cabaña de atrás del hospital principal. Entonces decidiremos todo.

Volvió más tarde y encontró a Zevi en la cabaña que le servía de refugio en el caravasar. Con él había tres judíos.

—Éste es Lonzano ben Ezra —dijo a Rob.

Reb Lonzano, un hombre de edad mediana y el mayor de los tres, era evidentemente el jefe de la partida. Tenía pelo y barba castaños que aún no habían encanecido, pero cualquier indicio de juventud en él quedaba descartado por su cara arrugada y sus ojos de mirada grave.

Loeb ben Kohen y Aryeh Askari eran unos diez años más jóvenes que Lonzano. Loeb era alto y desgarbado; Aryeh, más corpulento y de hombros cuadrados. Ambos tenían el cutis oscuro y curtido de los mercaderes viajeros, pero mantuvieron una actitud neutra, aguardando el veredicto de Lonzano.

—Son negociantes que vuelven a su hogar de Masqat, al otro lado del golfo Pérsico —dijo Zevi, y volviéndose hacia Lonzano prosiguió en tono severo—: A este lamentable ser lo han educado como un *goy* ignorante, en una remota tierra cristiana, y necesita que le demuestren que los judíos saben ser amables con los judíos.

—¿Qué negocios tienes en Ispahán, Jesse ben Benjamin? —preguntó Reb Lonzano.

—Voy a estudiar para hacerme médico.

Lonzano movió la cabeza afirmativamente.

—La madraza de Ispahán. Reb Mirdin Askari, primo de Reb Aryeh, estudia medicina allí.

Rob se inclinó ansioso y lo habría bombardeado a preguntas, pero Reb Lonzano no estaba dispuesto a dejarse desviar del tema principal.

—¿Eres solvente y estás en condiciones de pagar una parte justa de los gastos del viaje?

—Sí.

—¿Estás dispuesto a compartir los trabajos y las responsabilidades en el camino?

—Más que dispuesto. ¿En qué comercias, Reb Lonzano?

Lonzano frunció el entrecejo. Consideraba que la entrevista debía ser dirigida por él y no al contrario.

—Perlas —respondió a regañadientes.

—¿Hasta qué punto es nutrida la caravana en que viajas?

Lonzano permitió que un íntimo asomo de sonrisa le torciera la comisura de los labios.

—Nosotros mismos formamos la caravana.

Rob estaba confundido y se dirigió a Zevi.

—¿Cómo pueden tres hombres ofrecerme protección de los bandidos y de otros peligros?

—Óyeme bien —dijo Zevi—. Éstos tres son judíos ambulantes. Saben cuándo deben aventurarse y cuándo no. Cuándo deben esconderse. Dónde buscar protección o ayuda en cualquier lugar a lo largo del camino. —Se volvió hacia Lonzano—. ¿Qué dices tú, amigo? ¿Lo llevarás o no?

Reb Lonzano miró a sus dos compañeros. Ellos guardaban silencio, y sus impenetrables expresiones no cambiaron, pero debieron de transmitirle algo, porque cuando volvió a mirar a Rob, Lonzano asintió.

—De acuerdo; te damos la bienvenida. Zarparemos al amanecer desde el muelle del Bósforo.

—Allí estaré con mi caballo y mi carro.

Aryeh refunfuñó y Loeb suspiró.

—Ni caballo ni carro —sentenció Lonzano—. Navegaremos por el mar Negro en embarcaciones pequeñas, con el fin de ahorrarnos un viaje largo y peligroso por tierra.

Zevi apoyó su manaza en la rodilla de Rob.

—Si están dispuestos a llevarte, es una oportunidad excelente. Vende el caballo y el carro.

Rob tomó una decisión inmediata y asintió.

—*Mazel!* —dijo Zevi con serena satisfacción, y escanció vino tinto turco para formalizar el trato.

Desde el caravasar fue directamente al establo. Ghiz resolló al verlo.

—¿Eres *Yahud*?

—Soy *Yahud*.

Ghiz asintió temeroso, convencido de que aquel mago era un auténtico *djinni* que podía alterar su identidad a voluntad.

—He cambiado de idea: te venderé el carro.

El persa le hizo una oferta miserable, apenas una fracción del valor del carromato.

—No; me pagarás un precio justo.

—Puedes quedarte con tu endeble carro. Pero si quieres vender la yegua...

—La yegua te la regalo.

Ghiz entrecerró los ojos, tratando de ver por dónde venía el peligro.

—Tienes que pagarme un precio justo por el carro, pero te regalo la yegua.

Se acercó a *Caballo* y le frotó el hocico por última vez, agradeciéndole así los fieles servicios prestados.

—Hay algo que siempre debes tener en cuenta. Este animal trabaja con buena voluntad, pero debe estar bien y regularmente alimentado, y siempre limpio para que no le salgan llagas. Si cuando vuelvo está sano, nada te ocurrirá. Pero si lo has maltratado...

Sostuvo la mirada de Ghiz, que palideció y desvió la vista.

—La trataré bien, hebreo. ¡La trataré muy bien!

El carromato había sido su único hogar durante muchos años. Además, fue como decirle adiós al último recuerdo de Barber.

Tuvo que dejar también la mayor parte de su contenido, lo que resultó una ganga para Ghiz. Rob cogió su instrumental quirúrgico y un surtido de hierbas medicinales; la cajita de pino para los saltamontes, con la tapa perforada; sus armas y unas pocas cosas más.

Pensó que había sido moderado, pero a la mañana siguiente, mientras acarreaba un gran saco de paño a través de las calles todavía oscuras, se sintió menos seguro. Llegó al muelle del Bósforo cuando la luz viraba al gris, y Reb Lonzano observó agriamente el bulto que le obligaba a encorvar la espalda.

Cruzaron el estrecho del Bósforo en un *teimil*, un esquife largo y bajo que era poco más que un tronco de árboles ahuecado, embreado y equipado con un solo par de remos que accionaba un joven somnoliento. Desembarcaron en la otra orilla, en Uskudar, una población de chozas agrupadas junto al muelle, cuyos amarraderos estaban atestados de embarcaciones de todo tipo y tamaño. Rob se enteró, con gran consternación, que les esperaba una hora de caminata hasta la pequeña bahía donde anclaba la barca que los llevaría a través del Bósforo y luego costearía el mar Negro. Cargó sobre los hombros el pesado bulto y siguió a los otros tres. De inmediato, se encontró andando al lado de Lonzano.

—Zevi me contó lo que ocurrió entre tú y el normando en el caravasar. No debes dar rienda suelta a tu temperamento si no quieres ponernos en peligro a todos.

—Sí, Reb Lonzano.

Exhaló un profundo suspiro cuando desplazó al otro lado el peso del saco.

—¿Ocurre algo, *Inghiliz*?

Rob meneó la cabeza. Sosteniendo el bulto sobre el hombro dolorido, y mientras un sudor salado le corría por los ojos, pensó en Zevi y sonrió.

—Ser judío es muy difícil —comentó.

Por último, llegaron a una ensenada desierta y Rob vio; meciéndose en el oleaje, un carguero ancho y achaparrado, con un mástil y tres velas, una grande y dos pequeñas.

—¿Qué clase de embarcación es ésa? —preguntó a Reb Aryeh.

—Una chalana. Una buena embarcación.

—¡Vamos! —gritó el capitán.

Era Ilias, un griego rubio y feúcho, con la tez bronceada por el sol y una cara en la que una sonrisa con pocos dientes exhibía su blancura. Rob pensó que era un comerciante insensato, pues a bordo aguardaban nueve esperpentos con la cabeza afeitada, sin cejas ni pestañas.

Lonzano gruñó.

—Derviches, monjes errantes musulmanes.

Sus capuchas eran harapos mugrientos. Del cordón atado alrededor de la cintura de cada uno, colgaban un jarro y una honda. Todos tenían en el centro de la frente una marca redonda y oscura semejante a un callo costroso; más adelante, Reb Lonzano le contó a Rob que esa marca era el *zabiba*, corriente entre los musulmanes devotos que apretaban la cabeza contra el suelo durante la oración, cinco veces por día.

Uno de ellos, probablemente el jefe, se llevó las manos al pecho y se inclinó ante los judíos.

—*Salaam*.

Lonzano devolvió el saludo con la correspondiente inclinación.

—*Salaam aleikhem*.

—¡Vamos! ¡Vamos! —gritó el griego.

Vadearon hacia la acogedora frescura de la rompiente donde la tripulación, compuesta por dos jóvenes con taparrabos, esperaba para ayudarlos a subir la escala de cuerda de la chalana, de escaso calado. No había cubierta ni estructura; sólo un espacio abierto ocupado por el cargamento de madera, resina y sal. Como Ilias insistió en que dejaran un pasillo central para que la tripulación pudiera manipular las velas, quedaba muy poco espacio para los pasajeros, y después de estibar sus bultos, judíos y musulmanes se vieron apretujados como arenques en salmuera.

Mientras levaban las dos anclas, los derviches comenzaron a aullar. Su jefe, que se llamaba Dedeh, tenía la cara envejecida y, además del *zabiba*, lucía tres marcas oscuras en la frente que semejaban quemaduras. Echó hacia atrás la cabeza y gritó a los cielos:

—*Allah Ek-beeer!*

El sonido pareció quedar suspendido sobre el mar.

—*La ilah illallah* —coreó su congregación de discípulos.

—*Allah Ek-beeer.*

La chalana derivó a la altura de la costa, encontró el viento con mucha ondulación de sus velas, y avanzó en derechura hacia el este.

Rob estaba atascado entre Reb Lonzano y un derviche joven, muy flaco, con una sola quemadura en la frente. Poco después, el joven musulmán le sonrió y, hundiendo la mano en su bolsa, sacó cuatro trozos de pan seco, que distribuyó entre los judíos.

—Dale las gracias en mi nombre —dijo Rob—; yo no quiero.

—Tenemos que comerlo —objetó Lonzano—. De lo contrario, los ofenderemos gravemente.

—Está hecho con harina noble —aclaró tranquilamente el derviche, en persa—. Es un pan inmejorable.

Lonzano miró airado a Rob, sin duda enfadado porque no hablaba la lengua. El joven derviche los observó comer pan, que sabía a sudor solidificado.

—Yo soy Melek abu Ishak —se presentó el derviche.

—Yo soy Jesse ben Benjamin.

El derviche asintió y cerró los ojos. En breve estaba roncando, lo que Rob consideró una muestra de sensatez, porque viajar en chalana era sumamente aburrido. Ni la vista del mar ni el paisaje terrestre cercano parecían cambiar.

No obstante, tenía cosas en qué pensar. Cuando preguntó a Ilias por qué no se despegaban de la línea de la costa, el griego sonrió.

—No pueden venir a cogernos en aguas poco profundas —explicó.

Rob siguió con la vista el dedo índice de Ilias y vio, a lo lejos, unas nubecillas blancas que, en realidad, eran las grandes velas de un barco.

—Piratas —dijo el griego—. Quizás albergan la esperanza de que el viento nos arrastre a alta mar, y en este caso nos matarían y se llevarían mi cargamento y vuestro dinero.

A medida que el sol se elevaba, un hedor a cuerpos que no se lavaban desde hacía tiempo comenzó a dominar la atmósfera en torno a la embarcación. Por lo general, lo disipaba la brisa marina, pero cuando no era así, resultaba muy desagradable. Rob decidió que emanaba de los derviches, y trató de apartarse de Melek abu Ishak, pero no había lugar. Sin embargo, viajar con musulmanes tenía sus ventajas, porque cinco veces diarias Ilias atracaba para permitir que se postraran en dirección a la Meca. Estos intervalos representaban otras tantas oportunidades para que los judíos comieran deprisa en tierra o se ocultaran detrás de los arbustos y las dunas a fin de aliviar intestinos y vejigas.

Hacía tiempo que su piel inglesa se había bronceado en los caminos, pero ahora sentía que el sol y la sal la transformaban en cuero. Al caer la noche fue una bendición la ausencia de sol, pero pronto el sueño desvió de su posición perpendicular a los que iban sentados, y se vio atrapado entre los pesos muertos de un Melek ruidoso y adormecido a la derecha, y un Lonzano inconsciente a la izquierda. Cuando no soportó más, apeló a los codos y recibió fervientes imprecaciones de ambos lados.

Los judíos oraban en la embarcación. Todas las mañanas Rob se ponía su *tefillin* cuando lo hacían los otros, y enroscaba la tira de cuero alrededor de su brazo izquierdo tal como había practicado con la cuerda en el establo de Tryavna. Envolvía la cuerda alrededor de un dedo sí y otro no, inclinaba la cabeza sobre su regazo y albergaba la esperanza de que nadie notara que no sabía lo que estaba haciendo.

Entre desembarco y desembarco, Dedeh dirigía las oraciones a bordo:

—¡Dios es grande! ¡Dios es grande! ¡Dios es grande! ¡Dios es grande!

—¡Confieso que no hay otro Dios sino Dios! ¡Confieso que no hay otro Dios sino Dios!

—¡Confieso que Mahoma es el Profeta de Dios! ¡Confieso que Mahoma es el Profeta de Dios!

Eran derviches de la orden de Selman, el barbero del Profeta, juramentados para observar de por vida pobreza y piedad, según informó Melek a Rob. Los harapos que usaban significaban la renuncia a los lujos de este mundo. Lavarlos significaría abjurar de su fe, lo que explicaba el hedor. Llevar todo el vello del cuerpo afeitado simbolizaba que se quitaban el velo existente entre Dios y sus siervos. Los jarros que llevaban colgados de la cintura eran señal del profundo pozo de meditación, y las hondas estaban destinadas a ahuyentar al diablo. Las quemaduras en la frente eran de utilidad en la penitencia, y ofrecían trozos de pan a los desconocidos porque Gabriel había llevado pan a Adán en el Paraíso.

Estaban haciendo un *ziaret*, un peregrinaje a los sagrados sepulcros de La Meca.

—¿Por qué vosotros os atáis cuero alrededor de los brazos por la mañana? —le preguntó Melek.

—Por mandamiento del Señor —dijo y le contó a Melek cómo había sido dada la orden en el Libro del Deuteronomio.

—¿Por qué os cubrís los hombros con chales cuando rezáis, aunque no siempre?

Rob conocía muy pocas respuestas; sólo había adquirido conocimientos superficiales durante su observación de los judíos de Tryavna. Luchó por ocultar la angustia de que lo interrogaran.

—Porque el Inefable, Bendito sea, nos ha instruido que así debemos hacerlo —respondió con tono grave. Melek asintió y sonrió.

Cuando Rob se volvió, notó que Reb Lonzano lo estudiaba con sus ojos de párpados pesados.

# 35

## LA SAL

Los dos primeros días, el tiempo se mantuvo tranquilo y agradable, pero al tercero el viento refrescó y levantó mar gruesa. Ilias mantuvo diestramente la chalana entre los peligros de la nave pirata y el embate de la rompiente. Al atardecer, una figuras lisas y oscuras asomaron entre las aguas de color sangre, curvando y zambullendo su cuerpo alrededor y por debajo de la embarcación. Rob se estremeció y conoció el auténtico miedo, pero Ilias rió y le dijo que eran marsopas, unos seres inofensivos y juguetones.

Al amanecer, la marejada subía y caía en escarpadas vertientes, y el mareo volvió a Rob como un viejo amigo. Su vomitera resultó contagiosa incluso para los endurecidos marineros, y poco después la embarcación era un tumulto de hombres mareados y jadeantes que oraban a Dios en una variedad de idiomas, rogándole que pusiera fin a su desdicha.

En el peor momento, Rob suplicó que lo abandonaran en tierra, pero Reb Lonzano meneó la cabeza.

—Ilias ya no se detendrá para permitir que los musulmanes recen en tierra, porque aquí hay tribus turcomanas —dijo—. Al extranjero que no matan lo convierten en esclavo, y en cada una de sus tiendas hay uno o dos desgraciados maltratados y encadenados a perpetuidad.

Lonzano contó la historia de su primo, que con dos

hijos robustos había intentado llevar una caravana de trigo a Persia.

—Los cogieron. Fueron atados y enterrados hasta el cuello en su propio trigo y los dejaron morir de hambre, que no es una buena muerte. Finalmente, los turcomanos vendieron los cadáveres descompuestos a nuestra familia para que les diéramos sepultura según el rito judío.

Así pues, Rob se quedó en la embarcación y, de este modo, como una serie de años nefastos, pasaron cuatro días interminables.

Siete días después de haber dejado Constantinopla, Ilias maniobró la chalana hasta un diminuto puerto a cuyo alrededor había unas cuarenta casas apiñadas, algunas de ellas con estructuras de madera desvencijada, pero en su mayoría de adobe.

Era un puerto de aspecto inhóspito, pero no para Rob, que siempre recordaría con gratitud la pequeña ciudad de Rize.

—*Imshallah! Imshallah!* —exclamaron los derviches cuando la barca tocó el muelle.

Reb Lonzano recitó una bendición. Con el cutis oscurecido, el cuerpo más delgado y el vientre cóncavo, Rob saltó de la embarcación y caminó con gran cuidado por la tierra ondulada, alejándose del odiado mar.

Dedeh se inclinó ante Lonzano, Melek parpadeó ante Rob y sonrió, y los derviches siguieron su camino.

—Vamos —dijo Lonzano.

Los judíos echaron a andar con paso pesado, como si supieran a dónde iban. Rize era un lugar muy lamentable. Unos perros amarillos salieron corriendo y les ladraron. Se cruzaron con unos niños que reían tontamente y tenían los ojos ulcerados; una mujer desaseada que cocinaba algo en un fuego al aire libre; dos hombres dormían a la sombra, tan próximos como amantes. Un viejo escupió al verlos pasar.

—Su principal negocio consiste en la venta de ganado a la gente que llega por mar y sigue viaje a través de las montañas —explicó Lonzano—. Loeb tiene un conocimiento perfecto de las bestias y comprará para todos.

Rob dio dinero a Loeb. Poco después, llegaron a una pequeña choza, junto a un gran redil en el que había burros y mulas. El tratante era un hombre de ojos desviados hacia los lados. Le faltaban el tercero y cuatro dedos de la mano izquierda, y si bien el que se los cortó había hecho una chapuza grotesca, sus muñones fueron útiles como ganchos de tracción cuando separó los animales para que Loeb los inspeccionara.

Loeb no regateó ni mostró remilgos. A menudo miraba un instante y de soslayo un animal. A veces se detenía para examinar ojos, dentaduras, cruces y corvejones.

Propuso comprar una sola de las mulas, y el vendedor protestó ante su oferta.

—¡No es suficiente! —exclamó muy indignado, pero cuando Loeb se encogió de hombros y comenzó a alejarse, el hombre lo detuvo y aceptó su dinero.

Compraron tres animales a otro comerciante. El tercero al que visitaron echó una larga mirada a las bestias que conducían y asintió lentamente. Separó animales de su redil para ellos.

—Cada uno conoce el ganado de los demás y éste ha visto que Loeb sólo acepta lo mejor —dijo Aryeh.

Poco después, cada uno de los cuatro miembros de la partida judía tenía un burrito resistente para montar, y una mula fuerte como animal de carga.


Lonzano dijo que si todo iba bien sólo faltaba un mes de viaje hasta Ispahán, y Rob cobró nuevas fuerzas. Tardaron un día en atravesar la llanura costera y tres en cruzar unas estribaciones montañosas. Después escalaron macizos más elevados. A Rob le gustaban las montañas, pero aquellas culminaban en picos áridos y rocosos, escasamente poblados de vegetación.

—Se debe a que la mayor parte del año no hay agua —explicó Lonzano—. En primavera se producen graves inundaciones, y el resto del tiempo hay sequía. Si vemos un lago, probablemente será de agua salada, pero nosotros sabemos dónde encontrarla potable.

Por la mañana rezaron. Después, Aryeh escupió y miró desdeñosamente a Rob.

—No sabes una mierda. Eres un estúpido *goy*.

—Tú eres el estúpido y te expresas como un cerdo —regañó Lonzano a Aryeh.

—¡Ni siquiera sabe ponerse el *tefillin*! —dijo Aryeh con tono malhumorado.

—Se ha criado entre extranjeros, y si no sabe, ésta es nuestra oportunidad de enseñarle. Yo, Reb Lonzano ben Ezra ah-Levi de Masqat, le transmitiré algunas costumbres de su pueblo.

Lonzano enseñó a Rob a ponerse correctamente las filacterias. El cuero se arrollaba tres veces alrededor del brazo, formando la letra hebrea *shin*, luego se envolvía siete veces por el antebrazo, descendía a través de la palma y alrededor de los dedos, de manera que dibujaba otras dos letras, *dalet* y *yud*, componiendo así la palabra *shaddai*, uno de los siete Nombres Impronunciables.

Simultáneamente se decían oraciones, entre ellas un pasaje de Oseas, 2: 21-22: *Y te desposaré conmigo para siempre... en juicio y justicia, y misericordia, y miseraciones. Y te desposaré conmigo en fe, y conocerás al Señor.*

Al repetirlas, Rob se echó a temblar, pues había prometido a Jesús que a pesar de mostrar la apariencia exterior de un judío, le seguiría siendo fiel. Entonces recordó que Cristo había sido judío y que, sin duda, a lo largo de su vida se había puesto miles de veces las filacterias mientras decía esas mismas oraciones. Así se aliviaron su corazón y su miedo, y repitió las palabras que decía Lonzano mientras las tiras que rodeaban su brazo le enrojecieron la mano de una manera sumamente interesante, pues eso indicaba que la sangre había quedado bloqueada en los dedos por las ceñidas ataduras, y se encontró preguntándose de dónde venía la sangre y a dónde iría desde la mano cuando se quitara la tira de cuero.

—Algo más —dijo Lonzano mientras desenrollaban las filacterias—. No debes descuidar la búsqueda de la guía divina porque no sepas la Lengua. Está escrito que si una persona no puede decir una súplica prescrita, debe al menos pensar en el Todopoderoso. Eso también es rezar.

No eran unas figuras garbosas, pues si un hombre no es bajo, existe cierta desproporción cuando monta un asno. Los pies de Rob apenas se separaban del suelo, pero el burro soportaba fácilmente su peso durante largas distancias, y era una bestia ágil, perfectamente idónea para subir y bajar montañas.

A Rob no le gustaba el ritmo de Lonzano, que llevaba una fusta de espinos con la que constantemente golpeaba los flancos de su burro.

—¿Para qué ir tan rápido? —refunfuñó finalmente, pero Lonzano no se molestó en volverse.

Fue Loeb quien respondió:

—En los alrededores vive una gentuza capaz de matar a cualquier viajero, y detesta especialmente a los judíos.

Conocían de memoria la ruta. Rob no sabía nada del camino, y si les ocurría algún percance a los otros tres, era dudoso que él sobreviviera en aquel entorno desolado y hostil. La senda subía y bajaba precipitadamente, serpenteando entre los oscuros y amenazadores picos del este de Turquía. Entrada la tarde del quinto día, llegaron a un pequeño cauce que jugueteaba caprichosamente entre márgenes contorneadas de rocas.

—El río Coruh —informó Aryeh.

Casi no había agua en la bota de Rob, pero Aryeh movió la cabeza negativamente cuando vio que se dirigía al río.

—Es agua salada —advirtió en tono cáustico, como si Rob tuviera la obligación de saberlo.

Siguieron cabalgando. Al doblar un recodo al atardecer, vieron a un zagal que apacentaba cabras. El pastorcillo dio un salto y se alejó en cuanto los vio.

—¿No deberíamos perseguirlo? —preguntó Rob—. Tal vez haya salido corriendo para informar a los bandidos de que estamos aquí.

Lonzano lo miró y sonrió. Rob notó que la tensión había desaparecido de su rostro.

—Era un niño judío. Estamos llegando a Bayburt.

La aldea tenía menos de cien habitantes, y aproximadamente la tercera parte eran judíos. Vivían protegidos por un muro alto y difícilmente expugnable, construido en la ladera de la montaña. Cuando llegaron a la puerta, la hallaron abierta. En cuanto la hubieron traspuesto, se cerró a cal y canto a sus espaldas, y al desmontar encontraron seguridad y hospitalidad en el barrio judío.

—*Shalom* —saludó el *rabbenu* de Bayburt, sin sorpresa.

Era un hombre menudo, que habría formado un conjunto perfectamente armonioso a horcajadas de un burro. Su barba era espesa y tenía una expresión melancólica alrededor de la boca.

—*Shalom aleiklum* —dijo Lonzano.

En Tryavna habían hablado a Rob del sistema judío de viajes, pero ahora lo vio con ojos de participante. Unos chicos se llevaron los animales para atenderlos, otros recogieron sus botas para lavarlas y llenarlas de agua dulce del pozo del lugar. Las mujeres les dieron trapos húmedos para que pudieran lavarse, y luego les sirvieron pan fresco, sopa y vino antes de que fueran a la sinagoga, a reunirse con los hombres del pueblo para el *ma'ariv*. Después de las oraciones se sentaron con el *rabbenu* y algunas autoridades.

—Conozco tu cara, ¿no? —preguntó el *rabbenu* a Lonzano.

—He disfrutado anteriormente de vuestra hospitalidad. Estuve aquí hace seis años con mi hermano Abraham y nuestro padre, bendita sea su memoria, Jeremiah ben Label.

»Nuestro padre nos dejó hace cuatro años por voluntad del Altísimo, cuando un pequeño rasguño en el brazo se gangrenó y lo envenenó.

El *rabbenu* asintió y suspiró.

—Que en paz descanse.

Intervino entusiasmado un judío canoso que se rascaba el mentón.

—¿No me recuerdas? Soy Yosel ben Samuel de Bayburt. Estuve con tu familia en Masqat, hace diez años esta primavera. Llevaba piritas de cobre en una caravana de cuarenta y tres camellos y tu tío... ¿Issachar?, tu tío Issachar me ayudó a venderle las piritas a un fundidor y a obtener un cargamento de esponjas marinas con buenos beneficios para mí.

Lonzano sonrió.

—Mi tío Jehiel. Jehiel ben Issachar.

—¡Eso es, Jehiel! ¿Goza de buena salud?

—Estaba sano cuando salí de Masqat.

—Bien —dijo el *rabbenu*—. El camino a Erzurum está controlado por una calamidad de bandidos turcos, que la plaga se los lleve y toda forma de catástrofe siga sus pasos. Asesinan, cobran rescates, hacen lo que les da la gana. Tendréis que eludirlos por una pequeña senda que atraviesa las más altas montañas. No os perderéis porque uno de nuestros jóvenes os servirá de guía.

Así, al día siguiente muy temprano, los animales se desviaron del camino transitado poco después de dejar Bayburt, y siguieron un sendero pedregoso que en algunos lugares era muy angosto, con pendientes cortadas a pico en la ladera de la montaña. El guía los acompañó hasta que regresaron sanos y salvos al camino principal.

La noche siguiente estaban en Karakose, donde sólo había una docena de familias judías, prósperos mercaderes que gozaban de la protección de Ali ul Hamid, un poderoso jefe militar. El castillo de Hamid estaba construido en forma de heptágono, en una elevada montaña que dominaba la aldea. Tenía la apariencia de un galeón de guerra desarbolado y desmantelado. Subían agua desde la aldea hasta la fortaleza en asnos, y las cisternas siempre estaban llenas en previsión de un asedio. A cambio de la protección de Hamid, los judíos de Karakose tenían el compromiso de mantener llenos de mijo y arroz los almacenes del castillo. Rob y los tres judíos ni siquiera vislumbraron a Hamid pero abandonaron Karakose de buena gana, pues no deseaban estar un minuto en un sitio donde la seguridad dependía del capricho de un solo hombre poderoso.

Estaban atravesando un territorio muy escabroso y lleno de peligros, pero la red viajera funcionaba. Todas las noches renovaban la provisión de agua potable, recibían buena comida y techo, y consejo sobre lo que les esperaba más adelante. Las arrugas de preocupación casi habían desaparecido de la cara de Lonzano.

Un viernes por la tarde llegaron a la aldea montañosa de Igdir y se quedaron un día de más en las casitas de piedra de los judíos, con el propósito de no viajar en sábado. Igdir era un pueblo frutícola y se saciaron, agradecidos, con cerezas negras y membrillo en conserva. Hasta Aryeh estaba relajado, y Loeb se mostró amable con Rob, al que enseñó un idioma secreto por señas, con el que los judíos mercaderes de Oriente hacían sus negociaciones sin hablar.

—Se comunican con las manos —explicó Loeb—. El dedo recto significa diez, el dedo doblado, cinco. El dedo apretado dejando sólo la punta a la vista es uno; toda la mano representa cien, y el puño significa mil.

La mañana siguiente que abandonaron Igdir, él y Loeb cabalgaron juntos, regateando en silencio con las manos, cerrando tratos de embarques inexistentes, comprando y vendiendo especias y oro y reinos para pasar el tiempo. La senda era rocosa y difícil.

—No estamos lejos del monte Ararat —dijo Aryeh.

Rob reflexionó acerca de las elevadas y poco airosas cumbres, y en el terreno marchito.

—¿Por qué se le ocurriría a Noé abandonar el arca? —preguntó Rob, y Aryeh se encogió de hombros.

En Nazik, la siguiente población, se demoraron. La comunidad estaba construida a lo largo de un gran desfiladero rocoso, donde vivían ochenta y cuatro judíos y treinta veces más anatolios.

—Se celebrará una boda turca en esta aldea —les informó el *rabbenu*, un anciano delgado, de hombros caídos y ojos penetrantes—. Ya han comenzado las reuniones y su excitación es malsana y despreciable. No nos atrevemos a movernos de nuestro barrio.

Sus anfitriones los mantuvieron encerrados cuatro días en el sector judío. Había comida en abundancia y un buen pozo. Los judíos de Nazik eran simpáticos y afables, y aunque el sol brillaba con crueldad, los viajeros dormían en un fresco granero de piedra, sobre paja limpia. Desde la ciudad llegaba el alboroto de peleas, el jolgorio de las borracheras, el ruido de muebles rotos, y una vez cayó sobre los judíos una granizada de piedras desde el otro lado del muro, pero nadie resultó herido.

Cuatro días más tarde todo estaba sereno, y uno de los hijos del *rabbenu* se aventuró a salir. Tras las violentas celebraciones, los turcos estaban agotados y dóciles, y a la mañana siguiente Rob abandonó encantado Nazik, con sus tres compañeros de viaje.

Siguió una etapa a campo través, desprovista de colonias judías y de protección. Tres semanas después de dejar atrás Nazik, llegaron a una meseta que embalsaba una gran masa de agua bordeada por un ancho perímetro de barro blanco resquebrajado. Bajaron de sus burros.

—Estamos en Urmiya —dijo Lonzano a Rob—, un lago salado y poco profundo. En primavera, las corrientes de agua arrastran minerales desde las laderas hasta aquí. Pero el lago carece de drenaje, de forma que el sol estival evapora el agua y deja la sal en los bordes. Coge una pizca de sal y póntela en la lengua.

Lo obedeció cautelosamente e hizo una mueca.

Lonzano sonrió.

—Estás paladeando Persia.

Le llevó un momento comprender el significado de esas palabras.

—¿Estamos en Persia?

—Sí. Ésta es la frontera.

Rob se sintió decepcionado. «Tan largo camino para... esto.» Lozano era perspicaz.

—No padezcas; te enamorarás de Ispahán, te lo garantizo. Y ahora volvamos a montar, que todavía debemos cabalgar muchos días.

Pero antes Rob orinó en el lago Urmiya, efectuando así su personal aportación inglesa a la salobridad persa.

# 36

## EL CAZADOR

Aryeh puso de manifiesto su odio. Cuidaba sus palabras delante de Lonzano y Loeb, pero cuando éstos estaban fuera del alcance del oído, sus comentarios a Rob solían ser hirientes. Pero incluso cuando hablaba con los otros dos judíos era, a menudo, menos que simpático.

Rob, más corpulento y más fuerte, a veces tenía que apelar a toda su voluntad para no golpearlo.

Lonzano era perspicaz.

—No debes hacerle caso —advirtió a Rob.

—Aryeh es un...

Rob no sabía cómo se decía cabrón en parsi.

—Ni siquiera en casa Aryeh era muy agradable, pero no tiene alma de viajero. Cuando partimos de Masqat llevaba casado menos de un año, acababa de tener un hijo y no quería irse. Desde entonces está avinagrado. —Suspiró—. Bien; todos tenemos familia y no es fácil estar lejos de casa, sobre todo en sábado o en un día santo.

—¿Cuánto hace que salisteis de Masqat? —preguntó Rob.

—Hace ahora veintisiete meses.

—Si la vida de un mercader es tan dura y solitaria, ¿por qué os dedicáis a este trabajo?

Lonzano lo miró.

—Es así como sobrevive un judío.

Rodearon la ribera noreste del lago Urmiya y en breve volvieron a encontrarse escalando montañas altas y peladas. Pernoctaron con los judíos de Tabriz y de Takestan. Rob notó muy pocas diferencias entre la mayoría de esos pueblos y las aldeas que había visto en Turquía. Todas eran tristes poblaciones montañesas levantadas en pedregales, donde la gente dormía a la sombra y las cabras andaban dispersas cerca del pozo comunitario. Kashan era semejante a las demás localidades, pero tenía un león en la entrada.

Un auténtico león, enorme.

—Ésta es una bestia famosa, que mide cuarenta y cinco palmos desde el hocico hasta el rabo —dijo Lonzano con orgullo, como si el león fuera suyo—. Lo mató hace veinte años el sha Abdallah, padre del actual soberano. Había hecho estragos en el ganado de estos campos durante siete años, y finalmente Abdallah lo rastreó y le dio muerte. En Kashan se celebra todos los años el aniversario de la cacería.

Ahora el león tenía albaricoques secos en lugar de ojos y un trozo de fieltro rojo en vez de la lengua. Aryeh comentó desdeñosamente que estaba relleno con trapos y hierbas secas. Muchas generaciones de polillas habían comido el pellejo endurecido por el sol hasta llegar al cuero en algunos puntos, pero sus patas parecían columnas y sus dientes seguían siendo los originales, grandes y afilados como lanzas, por lo que Rob se estremeció al tocarlos.

—No me gustaría tener un encuentro con él.

Aryeh esbozó su sonrisa de superioridad.

—La mayoría de los hombres pasan toda su vida sin ver un león.

El *rabbenu* de Kashan era un hombre muy fornido, de barba y pelo rubios. Se llamaba David ben Sauli el Maestro, y Lonzano dijo que ya tenía fama de erudito pese a su juventud. Era el primer *rabbenu* que Rob veía con turbante en lugar del tradicional sombrero de cuero judío. Cuando habló, las arrugas de preocupación volvieron a surcar el rostro de Lonzano.

—No es prudente seguir la ruta hacia el sur a través de

las montañas —les comunicó el *rabbenu*—. Hay una nutrida fuerza de seljucíes en vuestro camino.

—¿Quiénes son los seljucíes? —quiso saber Rob.

—Una nación de pastores que viven en tiendas y no en ciudades o aldeas —aclaró Lonzano—. Asesinos y feroces luchadores. Suelen atacar las tierras que se encuentran a ambos lados de la frontera entre Persia y Turquía.

—No podéis atravesar las montañas —dijo el *rabbenu* en un tono que denotaba preocupación—. Los soldados seljucíes están más locos que los mismos bandidos.

Lonzano miró a Rob, a Loeb y a Aryeh.

—En ese caso, tenemos dos opciones. Podemos permanecer aquí aguardando que se resuelva por sí solo el problema de los seljucíes, lo que puede significar muchos meses, tal vez un año. O podemos eludir las montañas y a los seljucíes, aproximándonos a Ispahán por el desierto y luego por el bosque. Nunca he viajado por ese desierto, el Dashti-Kavir, pero he cruzado otros y sé que son terribles. —Se volvió hacia el *rabbenu*—. ¿Es posible atravesarlo?

—No deberíais hacerlo. Que Dios no lo permita —dijo lentamente el *rabbenu*—. Bastará con que recorráis una parte: un viaje de tres días en dirección este y luego hacia el sur. Sí, no sería la primera vez que alguien sigue esa ruta. Podemos indicaros el camino.

Los cuatro se miraron.

Por último, Loeb, el que siempre permanecía callado, interrumpió el sofocante silencio:

—No quiero quedarme aquí un año —dijo, hablando por todos.


Cada uno compró un gran odre de piel de cabra para el agua y lo llenó antes de abandonar Kashan. Una vez lleno era muy pesado.

—¿Necesitamos tanta agua para tres días? —preguntó Rob.

—A veces ocurren accidentes. Podríamos tener que pasar más tiempo en el desierto —contestó Lonzano—. Y debes compartir el agua con tus bestias, porque llevamos burros y mulas al Dasht-i-Kavir, no camellos.

Un guía de Kashan cabalgó con ellos en un viejo caballo blanco hasta el punto en que una senda casi invisible se bifurcaba del camino. El Dasht-i-Kavir comenzaba por un cerro arcilloso, más fácil de transitar que las montañas. Al principio, fueron a buen ritmo y por un rato se sintieron más animados. La naturaleza del terreno se modificaba tan gradualmente que los despistó, pero a mediodía, cuando el sol ardía sin piedad, avanzaban penosamente por arenas profundas, tan finas que los cascos de los animales se hundían. Los cuatro desmontaron, y hombres y bestias se arrastraron con dificultades.

Para Rob era una especie de ensueño, un océano de arena que se extendía en todas direcciones hasta donde alcanzaba la mirada. Algunas veces formaba colinas, como las grandes olas del mar que tanto temía, pero en otros sitios era como las aguas sin relieve de un lago apacible, meramente onduladas por el viento del oeste. No advirtió ninguna señal de vida, ni pájaros en el aire, ni escarabajos o gusanos en la tierra, pero por la tarde pasaron junto a unos huesos blanquecinos amontonados como una pila de leña levantada al azar detrás de una casita inglesa. Lonzano explicó a Rob que los restos de animales y hombres habían sido reunidos por tribus nómadas y amontonados allí como punto de referencia. Ese hito de pueblos que podían sentirse en su elemento en semejante lugar resultaba perturbador, y procuraron mantener tranquilos a sus animales, sabedores de lo lejos que podía llegar el rebuzno de un burro en el aire inmóvil.

Era un desierto de sal. Algunas veces la arena se curvaba entre marismas de fango salado, como las márgenes del lago Urmiya. Seis horas de marcha los agotaron, y al llegar a una pequeña colina de arena que proyectaba algo de sombra, hombres y bestias se apretujaron para encajar en esa fuente de relativa frescura. Después de una hora en la sombra reanudaron la andadura hasta el crepúsculo.

—Quizá sería mejor que viajáramos de noche y durmiéramos con el calor del día —sugirió Rob.

—No —se apresuró a decir Lonzano—. De joven, crucé una vez el Dasht-i-Lut con mi padre, dos tíos y cuatro primos. Que los muertos descansen en paz. Dasht-i-Lut es un desierto de sal, como este. Decidimos viajar de noche, y pronto tropezamos con dificultades. Durante la temporada calurosa, las ciénagas y lagos salados de la temporada húmeda se secan rápidamente, dejando en algunos lugares una costra en la superficie. Así descubrimos que los hombres y los animales atravesaban esa corteza. A veces había salmuera o arenas movedizas debajo. Es muy peligroso viajar de noche.

No quiso responder a ninguna pregunta sobre su experiencia juvenil en el Dasht-i-Lut y Rob no lo presionó, percibiendo que más valía no tocar ese tema.

Cuando cayó la oscuridad, se sentaron o se tumbaron en la arena salada. El desierto que los había abrasado durante el día se volvió frío. No tenían con qué encender la lumbre, pero tampoco lo habrían hecho para que no los vieran ojos hostiles. Rob estaba tan cansado, que a pesar de la incomodidad cayó en un sueño profundo hasta las primeras luces.

Le sorprendió que el agua, en apariencia tan abundante en Kashan, se hubiera reducido tanto en el yermo seco. Él se limitaba a dar unos pequeños sorbos con el pan del desayuno y proporcionaba mucha más a sus dos animales. Volcaba sus porciones en el sombrero de cuero, que sostenía mientras las bestias bebían, y disfrutaba con la sensación de ponerse el sombrero húmedo en la cabeza cuando terminaban.

Fue un día de caminata tenaz. Cuando el sol estaba en su punto más alto, Lonzano empezó a entonar un fragmento de las Escrituras: *Levántate, brilla, porque la luz ha llegado, y la gloria del Señor se eleva sobre ti.* Uno a uno, los otros repitieron el estribillo y pasaron el rato alabando a Dios, con las gargantas resecas.

En seguida se produjo una interrupción.

—¡Hombres a caballo! —gritó Loeb.

En lontananza, al sur, vieron una nube semejante a la que podía levantar una hueste numerosa, y Rob temió que

— 401 —

fuesen los trashumantes del desierto que habían dejado el montón de huesos. Pero a medida que se acercaba, comprobaron que sólo se trataba de una nube.

Cuando el bochornoso viento desértico los alcanzó, los burros y las mulas le habían vuelto la espalda, con la sabiduría del instinto. Rob se acurrucó lo mejor que pudo detrás de las bestias, y el viento pasó estrepitosamente por encima de ellos. Los primeros efectos fueron semejantes a los de la fiebre. El viento arrastraba sales y arenas que ardían en la piel como cenizas calientes. El aire se volvió más pesado y opresivo que antes. Hombres y animales esperaron obstinadamente mientras la tormenta los convertía en parte de la tierra, cubriéndolos con una capa de sal y arena de dos dedos de espesor.

Aquella noche soñó con Mary Cullen. Estaba con ella y conoció la tranquilidad. Había felicidad en el rostro de Mary, quien sabía que su satisfacción provenía de él, lo que a su vez llenaba de alegría a Rob. Ella comenzó a bordar y, sin que él supiera cómo y por qué, resultó que era su madre, y Rob experimentó una oleada de calidez y seguridad que no conocía desde los nueve años.

Entonces despertó, carraspeando y escupiendo. Tenía arena y sal en la boca y las orejas. Cuando se incorporó y echó a andar, notó que le rozaban dolorosamente las nalgas.

Era la tercera mañana. El *rabbenu* David ben Sauli había dicho a Lonzano que fueran dos días en dirección este y luego un día hacia el sur. Siguieron la orientación que Lonzano creía era el este, y ahora torcieron hacia donde Lonzano creía que era el sur.

Rob nunca había sido capaz de distinguir los puntos cardinales, y se preguntó qué sería de ellos si Lonzano no conocía realmente la diferencia entre ellos, o si las instrucciones del *rabbenu* de Kashan no eran precisas.

El fragmento del Dasht-i-Kavir que se habían propuesto cruzar era como una pequeña ensenada en un gran océano. El desierto principal era vasto y, para ellos, insalvable.

¿Y si en lugar de atravesar la ensenada se encaminaban directamente al corazón del Dasht-i-Kavir?

En tal caso, estaban condenados.

Se le ocurrió preguntarse si el Dios de los judíos no lo estaría castigando por su impostura. Pero Aryeh, aunque menos que agradable, no era malo, y tanto Lonzano como Loeb eran hombres dignos; no resultaba lógico, pues, que su Dios los destruyera para castigar a un solo *goy* pecador.

No era el único que albergaba pensamientos de desesperación. Al percibir el humor reinante, Lonzano intentó que cantaran de nuevo. Pero la suya fue la única voz que entonó el estribillo y, finalmente, también él dejó de cantar.

Rob sirvió la última porción de agua a cada uno de sus animales y los dejó beber del sombrero.

Quedarían seis tragos en el odre. Razonó que si estaban cerca del fin del Dasht-i-Kavir daba igual, pero si viajaban en dirección equivocada, esa pequeña ración de agua sería insuficiente para salvarle la vida.

Se la bebió. Se obligó a tomarla a pequeños sorbos, pero en seguida se agotó.

En cuanto la piel de cabra estuvo vacía, le acometió una sed espantosa. El agua ingerida parecía escaldarlo interiormente y comenzó a dolerle la cabeza.

Se obligó a andar, pero sintió que desfallecía. «No puedo», comprendió horrorizado. Lonzano batió palmas enérgicamente.

—Ai, di-di-di-di-di-di-di, ai, di-di-di, di —cantó, y emprendió una danza, sacudiendo la cabeza, girando, levantando los brazos y las rodillas al ritmo de la canción.

Los ojos de Loeb se llenaron de lágrimas de ira.

—¡Basta, idiota! —gritó, pero un segundo después sonrió y se sumó al canto y las palmas, retozando detrás de Lonzano.

Después se les unió Rob. E incluso el desabrido Aryeh acabó danzando.

—Ai, di-di-di-di-di-di, ai, di-di di, di.

Cantaban con los labios resecos y bailaban sobre unos pies ya insensibles. Finalmente, guardaron silencio y pusieron fin a las delirantes cabriolas, pero siguieron andando, moviendo una pierna entumecida tras la otra, sin atreverse a encarar la posibilidad de que estaban perdidos.

A primera hora de la tarde empezaron a oír truenos. Resonaron en la distancia durante largo tiempo, antes de anunciar unas pocas gotas de lluvia, e inmediatamente después vieron una gacela y luego un par de asnos salvajes.

Sus propios animales apretaron repentinamente el paso. Las bestias movían las patas con más rapidez, y luego iniciaron un trote por voluntad propia, husmeando lo que les esperaba. Los hombres montaron en los burros y volvieron a cabalgar mientras abandonaban el límite extremo de la arena sobre la que se habían esforzado durante tres días.

La tierra se convirtió en llanura, primero con vegetación escasa y luego cada vez más llena de verdores. Antes del ocaso llegaron a una charca en la que crecían juncos y donde las golondrinas se bañaban y revoloteaban. Aryeh probó el agua y asintió.

—Es buena.

—No debemos permitir que las bestias beban demasiado de una sola vez, para que no les dé una congestión —advirtió Loeb.

Dieron agua a los animales con mucho cuidado y los ataron a unos árboles; después bebieron ellos, se arrancaron la ropa y se tendieron en el agua, empapándose entre los juncos.

—¿Cuando estuviste en el Dasht-i-Lut perdiste a algunos hombres? —preguntó Rob.

—Perdimos a mi primo Calman —respondió Lonzano—. Un hombre de veintidós años.

—¿Se hundió en la costra salina?

—No, no. Abandonó toda disciplina y bebió toda su agua. Después murió de sed.

—Que en paz descanse —dijo Loeb.

—¿Cuáles son los síntomas de un hombre que muere de sed?

Lonzano se mostró evidentemente ofendido.

—No quiero pensar en eso.

—Lo pregunto porque voy a ser médico y no por simple curiosidad —dijo Rob, al notar que Aryeh lo observaba con disgusto.

Lonzano esperó un buen rato y luego habló:

—Mi primo Calman se mareó por el calor y bebió con abandono hasta quedarse sin agua. Estábamos perdidos y cada hombre debía ocuparse de su propia provisión de agua. No nos estaba permitido compartirla. Más tarde comenzó a vomitar débilmente, pero no devolvió una gota de líquido. La lengua se le puso negra, y el paladar, blanco grisáceo. Desvariaba, creía que estaba en casa de su madre. Tenía los labios apergaminados y encogidos, los dientes al descubierto y la boca abierta en una sonrisa lobuna. Jadeaba y roncaba alternativamente. Esa noche, protegido por la oscuridad, desobedecí, mojé un trapo con agua y se lo exprimí en la boca, pero era demasiado tarde. Al segundo día sin agua, murió.

Guardaron silencio, sin dejar de chapotear en el agua.

—Ai, di-di-di-di-di-di, ai, di-di di, di —tarareó Rob finalmente.

Miró a Lonzano a los ojos y se sonrieron. Un mosquito se posó en la mejilla curtida de Loeb y éste se abofeteó.

—Creo que las bestias pueden volver a tomar agua —decidió.

Salieron de la charca y terminaron de atender a sus animales.

Al amanecer del día siguiente, volvieron a montar en los burros, y para gran placer de Rob pronto pasaron por incontables lagos pequeños bordeados de guirnaldas de prados. Los lagos lo tonificaron. Las hierbas tenían unos cuantos palmos de altura y despedían un olor delicioso. Abundaban los saltamontes y los grillos, además de unas especies minúsculas de mosquitos cuya picadura ardía, y a Rob le salió inmediatamente una roncha que le producía comezón. Unos días antes se hubiera regocijado a la vista de cualquier insecto, pero ahora hizo caso omiso de las mariposas grandes y brillantes de los prados, mientras se abofeteaba y lanzaba maldiciones a los cielos por los mosquitos.

—¡Oh, dios! ¡¿Qué es eso?! —gritó Aryeh.

Rob siguió la dirección del dedo que señalaba, y a plena luz del sol divisó una inmensa nube que se elevaba hacia el este. Observó con creciente alarma cómo se aproximaba, pues tenía el aspecto de la nube de polvo que habían visto cuando el viento caliente los azotó en el desierto.

Pero con esa nube llegó el inconfundible sonido de una galopada, como si un numeroso ejército se les echara encima.

—¿Los seljucíes? —susurró, pero nadie respondió.

Pálidos y expectantes, aguardaron mientras la nube se acercaba y el sonido se volvía ensordecedor.

A una distancia de unos cincuenta pasos, se oyó un entrechocar de cascos, semejante al que pueden producir un millar de jinetes expertos que refrenan sus cabalgaduras a la voz de orden.

Al principio no vio nada. Después, el polvo fue depositándose y percibió una manada de asnos salvajes, en número incalculable y en perfecto estado, dispuestos en una fila bien formada. Los asnos observaron con intensa curiosidad a los hombres, y éstos contemplaron a los asnos.

—*Hal!* —gritó Lonzano y todas las bestias giraron como si fueran una sola y reanudaron su carrera hacia el norte, dejando atrás un mensaje acerca de la multiplicidad de la vida.

Se cruzaron con pequeñas manadas de asnos y otras numerosísimas de gacelas, que en algunas ocasiones pastaban juntas y, que evidentemente, rara vez eran cazadas, pues no prestaron la más mínima atención a los hombres. Más amenazadores eran los jabalíes, que abundaban en aquella región. De vez en cuando Rob vislumbraba una hembra peluda o un macho de colmillos feroces, y por todas partes oía los gruñidos de los animales que hociqueaban entre los altos pastos.

Ahora todos cantaban cuando Lonzano lo sugería, a fin de advertir de su proximidad a los jabalíes y evitar sorprenderlos, provocando una embestida. Rob sentía un hormigueo en todo el cuerpo, y se notaba expuesto y vulnerable, con sus largas piernas colgando a los costados del burro y arrastrando los pies entre la hierba, pero los jabalíes cedían el paso ante la masculina sonoridad del canto y no les causaron ningún problema.

Llegaron a una corriente rápida, que era como una gran zanja de paredes casi verticales en las que proliferaba el hinojo, y aunque fueron aguas arriba y aguas abajo, no encontraron ningún vado; por último, decidieron cruzar de todos modos. Las cosas se pusieron difíciles cuando los burros y las mulas intentaron trepar por la abundante vegetación de la orilla opuesta y resbalaron varias veces. En el aire flotaban las palabrotas y el olor acre del hinojo aplastado. Les llevó un buen rato vadear la corriente. Más allá del río entraron en una espesura y siguieron un sendero semejante a los que Rob había conocido en Inglaterra. La región era más agreste que los bosques ingleses: el alto toldo de las copas entrecruzadas de los árboles no dejaba pasar la luz del sol, pero el monte bajo era de un verdor exuberante y tupido, y entre él pululaba una fauna variada. Identificó un ciervo, conejos y un puercoespín.

En los árboles se posaban palomas y un ave que le recordó a una perdiz.

Era el tipo de senda que le habría gustado a Barber, pensó, y se preguntó cómo reaccionarían los judíos si se le ocurriera soplar el cuerno sajón.

Habían rodeado una curva del sendero y Rob cumplía su turno a la cabeza de la marcha cuando su burro se espantó. Por encima de ellos, en una rama gruesa, acechaba un leopardo.

El burro retrocedió y, detrás de ellos, la mula captó el olor y rebuznó. Tal vez el felino percibió el miedo sobrecogedor. Mientras Rob manoteaba en busca de un arma, el animal, que le pareció monstruoso, saltó sobre él.

Una saeta larga y pesada, disparada con tremenda fuerza, dio en el ojo derecho de la bestia.

Las grandes zarpas rasgaron al pobre burro mientras el leopardo chocaba contra Rob y lo desmontaba. En un instante quedó tendido en tierra, sofocado por el olor a almizcle de la fiera. Ésta quedó tendida a través de su cuerpo, de modo que Rob estaba de cara a uno de sus cuartos traseros, donde notó el lustroso pelaje negro, las nalgas moteadas, y la gran pata derecha trasera que descansaba a centímetros de su cara, con las plantas groseramente grandes e hinchadas.

Por alguna adversidad, el leopardo había perdido casi toda la garra, desde el segundo dedo de la pata, y estaba en carne viva y sanguinolienta, lo que le indicó que en el otro extremo había ojos que no eran albaricoques secos y una lengua que no era de fieltro rojo.

Salió gente de la arboleda, y entre ella el hombre que la mandaba, aún con el arco en la mano.

Aquel hombre iba vestido con una sencilla capa de calicó rojo, acolchado con algodón, calzas bastas, zapatos de zapa y un turbante arrollado a la ligera.

Tendría unos cuarenta años, era de estructura fuerte y porte erguido. Su barba era corta y negra y su nariz, aguileña. Los ojos le brillaban con un fulgor asesino mientras observaba cómo arrastraban sus batidores el leopardo muerto, apartándolo de aquel joven de corpulencia desmesurada.

Rob se puso en pie con dificultad, tembloroso, consiguiendo dominar las tripas a fuerza de voluntad.

—Sujetad el condenado burro —pidió Rob, sin dirigirse a nadie en particular.

No lo entendieron ni los judíos ni los persas, porque lo había dicho en inglés. En cualquier caso, el burro había retrocedido ante la rareza del bosque, en el que quizás acechaban otros peligros, pero ahora volvió y se echó a temblar como su amo.

Lonzano se puso a su lado y gruñó algo a modo de reconocimiento. A continuación todos se arrodillaron a fin de cumplir el rito de postración que más tarde fue descrito a Rob como *ravi zemin*, «la cara en tierra». Lonzano lo empujó de bruces sin la menor suavidad y se cercioró, con una mano sobre su nuca, de que bajara correctamente la cabeza.

La vista de semejante ceremonia llamó la atención del cazador. Rob oyó el sonido de sus pisadas y divisó los zapatos de zapa, detenidos a escasas pulgadas de su obediente cabeza.

—Aquí tenemos una pantera muerta y a un *Dhimmi* grandullón e ignorante —comentó una voz divertida, y los zapatos se alejaron.

El cazador y los sirvientes, cargados con la presa, se marcharon sin decir una palabra más, y poco después los hombres arrodillados se incorporaron.

—¿Estás bien? —preguntó Lonzano.

—Sí, sí —Rob tenía el caftán desgarrado, pero estaba ileso—. ¿Quién era?

—Es Ala-al-Dawla, *Shahanshah*. Rey de Reyes.

Rob fijó la vista en el camino por el que se habían marchado.

—¿Qué es un Dhimmi?

—Significa «Hombre del Libro». Es el nombre que se le da aquí a un judío —dijo Lonzano.

# 37

# LA CIUDAD DE REB JESSE

Rob y los tres judíos se separaron dos días más tarde en un cruce de caminos de la aldea de Kupayeh, compuesta por una docena de desmoronadas casas de ladrillos. El desvío por el Dasht-i-Kavir los había llevado un poco al este pero a Rob le quedaba menos de un día de viaje hacia el oeste para llegar a Ispahán, mientras que ellos debían afrontar tres semanas de laborioso camino hacia el sur y cruzar el estrecho de Ormuz antes de llegar a casa.

Rob sabía que sin esos hombres y los pueblos judíos que le habían dado albergue, nunca habría llegado a Persia.

Loeb y Rob se abrazaron.

—¡Ve con Dios, Reb Jesse ben Benjamin!

—Ve con Dios, amigo.

Hasta el amargo Aryeh esbozó una sonrisa torcida mientras se deseaban mutuamente buen viaje, sin duda tan contento de despedirse como Rob.

—Cuando asistas a la escuela de médicos debes transmitir nuestro afecto a Reb Mirdin Askari, el pariente de Aryeh —dijo Lonzano.

—Sí —cogió las manos de Lonzano entre las suyas—. Gracias, Reb Lonzano ben Ezra.

Lonzano sonrió.

—Tratándose de alguien que es casi Otro, has sido un excelente compañero y un hombre digno. Ve en paz, *Inghiliz*.

—Ve en paz.

En un coro de buenos deseos salieron en direcciones opuestas.

Rob iba montado en la mula, porque después del ataque de la pantera había transferido la carga al lomo del pobre burro aterrado, que ahora iba detrás. Así tardaría más tiempo, pero la exaltación crecía en él y deseaba recorrer la última etapa pausadamente, con el propósito de saborearla.

Resultó mejor que no tuviera prisa, pues era un camino muy transitado. Oyó el sonido que era música para sus oídos y al cabo de un rato alcanzó a una columna de camellos cargados con grandes canastos de arroz. Se puso detrás del último, disfrutando del melodioso tintineo de las campanillas.

La espesura ascendía hasta una meseta abierta, y donde había agua suficiente se veían arrozales con el cereal maduro y campos de adormideras, separados por dilatadas extensiones rocosas, chatas y secas. La meseta se convirtió, a su vez, en montañas de piedra caliza que vibraban en una diversidad de matices cambiantes por el sol y la sombra. En algunos sitios habían sido arrancados grandes trozos de piedra.

Entrada la tarde, la mula coronó una montaña y Rob bajó la vista hacia un pequeño valle ribereño, y —¡veinte meses después de dejar Londres!— vio Ispahán.

La primera impresión que dominó en su ánimo fue de destellante blancura con toques de azul oscuro. Un lugar voluptuoso, hecho de hemisferios y cavidades, grandes edificios abovedados que relucían bajo la luz del sol, mezquitas con alminares como airosas lanzas, espacios verdes abiertos, cipreses y plátanos maduros. El distrito sur de la ciudad era de un rosa cálido, y allí los rayos del sol se reflejaban en colinas arenosas y no de piedra caliza. Ya no podía retroceder.

—*Hai!* —gritó, y taloneó los flancos de la mula.

El burro iba traqueteando detrás; se desviaron de la fila y adelantaron a los camellos al trote rápido.

A un cuarto de milla de la ciudad, la senda se transformó en una espectacular avenida empedrada, el primer camino pavimentado que veía desde Constantinopla. Era muy amplia, con cuatro vías anchas separadas entre sí por hileras de altos plátanos. La avenida cruzaba el río sobre un puente que era en realidad un dique arqueado para embalsar agua de regadío. Cerca de un cartel que proclamaba que ese cauce era el Zayandeh, el Río de la Vida, unos jóvenes morenos, desnudos, salpicaban y nadaban.

La avenida lo llevó a la gran muralla de piedra y a la singular puerta de la ciudad, rematada por un arco.

En el interior del recinto se alzaban las amplias viviendas de los ricos, con terrazas, huertos y viñedos. Por todas partes se veían arcos apuntados: en los portales, en las ventanas y en las puertas de los jardines. Más allá del barrio de los ricos había mezquitas y edificios más grandes con cúpulas blancas y redondas, rematadas con pequeñas puntas, como si sus arquitectos se hubieran enamorado locamente del pecho femenino. Era fácil saber a dónde había ido a parar la roca extraída: todo era de piedra blanca adornada con azulejos de color azul oscuro dispuestos de manera tal que formaban diseños geométricos o citas del Corán:

*No hay Dios salvo Él, el más misericordioso.*
*Lucha por la religión de Dios.*
*Enemigo seas de quienes se muestran negligentes*
*en sus oraciones.*

En las calles hormigueaban hombres tocados con turbantes, pero no había ninguna mujer. Pasó por una vasta plaza abierta y luego por otra, una media milla más allá. Se deleitó con los sonidos y los olores. Era un *municipium*, inconfundiblemente; un gran enjambre de humanidad como el que conociera de pequeño en Londres, y por algún motivo sintió que era correcto y adecuado cabalgar lentamente a través de aquella ciudad de la orilla norte del Río de la Vida.

Desde los alminares, unas voces masculinas —algunas distantes y delgadas, otras cercanas y claras— comenzaron a llamar a los fieles a la oración. Todo el tráfico se paralizó cuando los hombres se pusieron de cara a lo que parecía el suroeste, la dirección de La Meca. Todos los hombres de la ciudad se habían postrado; acariciaron el suelo con las palmas y se dejaron caer hacia delante, de tal modo que sus frentes quedaran apretadas contra los adoquines.

Por respeto, Rob refrenó la mula y se apeó.

Una vez concluidas las preces, se acercó a un hombre de edad mediana que arrollaba enérgicamente una alfombra de oración, que había sacado de su carreta de bueyes. Rob le preguntó cómo podía llegar al barrio judío.

—Ah. Se llama Yehuddiyyeh. Debes seguir bajando la avenida de Yazdegerd, hasta que veas el mercado judío. En el otro extremo del mercado hay una puerta en arco y más allá encontrarás tu barrio. No puedes perderte, Dhimmi.


El mercado estaba bordeado de puestos que vendían muebles, lámparas de aceite, panes, pasteles que despedían aroma a miel y a especias, ropa, utensilios de toda clase, frutas y verduras, carne, pescado, gallinas desplumadas y aderezadas, o vivas y cloqueando...; todo lo necesario para la vida material. Exponían taleds, camisetas orladas, filacterias. En una caseta, un anciano amanuense, con el rostro surcado por las arrugas, estaba encorvado sobre tinteros y plumas, y en una tienda abierta, una mujer decía la buenaventura. Rob supo que estaba en el barrio judío porque había vendedoras en los puestos y compradoras en el abarrotado mercado, con cestos en los brazos. Usaban vestidos negros holgados y llevaban el pelo atado con trozos de tela. Algunas tenían la cara cubierta por un velo, como las mujeres musulmanas, pero en su mayoría la llevaban al descubierto. Los hombres iban ataviados como Rob y todos lucían barbas largas y tupidas.

Deambuló lentamente, disfrutando de la vista y los sonidos. Se cruzó con dos hombres que discutían el precio de un par de zapatos tan agriamente como si fueran enemigos. Otros bromeaban y se gritaban. Allí era necesario hablar en voz muy alta para ser oído.

Al otro lado del mercado cruzó la puerta rematada en arco y vagó por callejuelas estrechas, luego descendió un declive sinuoso y escarpado hasta un distrito más vasto, de casas miserables, irregularmente construidas divididas por calles estrechas sin el menor intento de uniformidad. Muchas casas estaban adosadas, pero de vez en cuando aparecía una separada, con un pequeño jardín; aunque estas últimas eran humildes para los niveles ingleses, resaltaban como castillos entre las estructuras circundantes.

Ispahán era una ciudad vieja, pero el Yehuddiyyeh parecía más viejo aún. Las calles eran sinuosas y de ellas salían callejones. Las casas y sinagogas habían sido levantadas con piedras o ladrillos antiguos que se habían desteñido hasta adquirir un tono rosa pálido. Unos niños pasaron a su lado llevando una cabra. Había gente reunida en grupos, riendo y charlando. Pronto sería la hora de cenar, y con los olores que salían de las casas se le hizo agua la boca.

Erró por el barrio hasta encontrar un establo, donde hizo arreglos para el cuidado de los animales Antes de dejarlos, limpió los zarpazos del flanco del burro, que cicatrizaban muy bien.

No lejos del establo encontró una posada cuyo dueño era un anciano alto, de amable sonrisa y espalda encorvada, llamado Salman el Pequeño.

—¿Por qué el Pequeño? —no pudo dejar de preguntarle Rob.

—En mi aldea natal de Razan, mi tío era Salman el Grande. Un famoso erudito —explicó el anciano.

Rob alquiló un jergón en un rincón de la gran sala dormitorio.

—¿Quieres comer?

Le tentaron unos trocitos de carne asada en pinchos, acompañados por un arroz grueso al que Salman dió el nombre de *pilah*, y cebolletas ennegrecidas por el fuego.

—¿Es *kasher*? —se apresuró a preguntar.

—¡Por supuesto es *kasher*, no temas comerla!

Después Salman le sirvió pasteles de miel y una deliciosa bebida a la que llamó *sherbet*.

—Vienes de lejos —dijo.

—Europa.

—¡Europa! ¡Ah!

—¿Cómo te diste cuenta?

El anciano sonrió.

—Por el acento —vio la expresión de Rob—. Aprenderás a hablarlo mejor, estoy seguro. ¿Cómo es ser judío en Europa?

Rob no sabía qué responder, pero en seguida se acordó de lo que decía Zevi.

—Es difícil ser judío.

Salman asintió sobriamente.

—¿Cómo es ser judío en Ispahán? —inquirió Rob.

—No está mal. En el Corán la gente recibe instrucciones de injuriarnos y por lo tanto nos insultan. Pero están acostumbrados a nosotros y nosotros a ellos. Siempre hubo judíos en Ispahán —dijo Salman—. La ciudad fue fundada por Nabucodonosor, que según la leyenda instaló aquí a los judíos después de hacerlos prisioneros cuando conquistó Judea y destruyó Jerusalén. Novecientos años más tarde, un sha que se llamaba Yazdegerd se enamoró de una judía que vivía aquí, de nombre Shushan-Dukht, y la hizo su reina. Ella facilitó las cosas a su propio pueblo y se asentaron más judíos en este lugar.

Rob se dijo que no podía haber escogido mejor disfraz; se mezclaría entre ellos como una hormiga en un hormiguero, en cuanto hubiese aprendido sus costumbres.

De modo que después de cenar acompañó al posadero a la Casa de Paz, una entre docenas de sinagogas. Era un edificio cuadrado, de piedra antigua, cuyas grietas estaban rellenas de un suave musgo pardo, aunque no había humedad. Tenía estrechas troneras en lugar de ventanas, y una puerta tan baja que Rob hubo de agacharse para entrar. Un pasillo oscuro conducía al interior, donde unas columnas sustentaban un techo demasiado alto y oscuro para que sus ojos lo distinguieran. Había hombres sentados en la parte principal, mientras las mujeres rendían culto detrás de una pared, en un pequeño recinto del costado del edificio. A Rob le resultó más fácil el *ma'ariv* en la sinagoga que en compañía de unos pocos judíos en el sendero. Allí había un *hazzan* que dirigía las oraciones y toda una congregación para murmurar o cantar según prefiriera cada individuo, de modo que se unió al balanceo con menos timidez por su mediocre hebreo y porque con frecuencia no podía seguir el ritmo de las oraciones.

En el camino de regreso a la posada, Salman le sonrió astutamente.

—Quizá quieras divertirte un poco, siendo tan joven como eres, ¿no? De noche cobran vida las *maidans*, las plazas públicas de los barrios musulmanes de la ciudad. Hay mujeres y vino, música y entretenimientos inimaginables para ti, Reb Jesse.

Pero Rob meneó la cabeza.

—Me gustaría, pero iré en otro momento. Esta noche debo mantener la cabeza despejada porque mañana he de tramitar una cuestión de suma importancia.


Por la noche no durmió. Dio vueltas y más vueltas, preguntándose si Ibn Sina sería un hombre accesible.

A la mañana siguiente encontró un baño público, una estructura de ladrillos construida sobre un manantial natural de aguas termales. Con jabón fuerte y trapos limpios se frotó la mugre acumulada en el viaje; cuando se le secó el pelo cogió un bisturí y se recortó la barba, mirándose en el reflejo de la pulida caja metálica. La barba estaba más tupida y pensó que parecía un verdadero judío.

Se puso el mejor de sus dos caftanes. Se encasquetó firmemente el sombrero de cuero sobre la cabeza, salió a la calle y pidió a un lisiado que lo orientara para llegar a la escuela de médicos.

—¿Te refieres a la madraza, el lugar de enseñanza?

Está junto al hospital —respondió el pordiosero—. En la calle de Alí, cerca de la mezquita del Viernes, en el centro de la ciudad.

A cambio de una moneda, el tullido bendijo a sus hijos y a los hijos de sus hijos hasta la décima generación. La caminata fue larga. Tuvo la oportunidad de observar que Ispahán era un centro comercial, pues vislumbró a hombres trabajando en sus oficios: zapateros y metalistas, alfareros y carreteros, sopladores de vidrio y sastres. Pasó junto a varios bazares en los que vendían mercancías de todo tipo. Finalmente, llegó a la mezquita del Viernes, una maciza estructura cuadrada con un espléndido alminar en el que aleteaban los pájaros. Más allá había una plaza de mercado donde predominaban los puestos de libros y de comidas. En seguida vio la madraza.

En el exterior de la escuela, entre más librerías instaladas para servir a las necesidades de los estudiosos, había edificios bajos y alargados destinados a viviendas. Alrededor, unos niños corrían y jugaban. Había jóvenes por todas partes, en su mayoría con turbantes verdes. Los edificios de la madraza eran de sillares de piedra caliza blanca, al estilo de casi todas las mezquitas. Estaban ampliamente espaciados, con jardines intermedios. Debajo de un castaño cargado de frutos erizados sin abrir, seis jóvenes sentados en el suelo, con las piernas cruzadas, dedicaban toda su atención a un hombre de barba blanca que llevaba un turbante azul cielo.

Rob se deslizó hasta quedar cerca de ellos.

—... silogismos de Sócrates —estaba diciendo el profesor—. Se infiere que una proposición es lógicamente cierta, del hecho de que las otras dos sean ciertas. Por ejemplo, del hecho de que: uno, todos los hombres son mortales, y dos, Sócrates es un hombre, se llega a la conclusión lógica de que, tres, Sócrates es mortal.

Rob hizo una mueca y siguió andando, atenazado por la duda: había mucho que ignoraba, mucho que no comprendía.

Se detuvo ante una construcción muy vieja, con una mezquita adjunta y un encantador alminar, para preguntarle a un estudiante de turbante verde en qué edificio enseñaban medicina.

—El tercero hacia abajo. Aquí dan teología. Al lado, leyes islámicas. Allá enseñan medicina —señaló un edificio abovedado de piedra blanca.

El edificio era idéntico a la arquitectura preponderante en Ispahán, y a partir de ese momento Rob siempre pensó en él como la Gran Teta. El cartel del edificio contiguo, grande y de una planta, decía que era el *maristan*, «el lugar de los enfermos». Intrigado, en vez de entrar en la madraza, subió los tres peldaños de mármol del *maristan* y traspuso su portal de hierro forjado.

Había un patio central con un estanque en el que nadaban peces de colores, y bancos bajo los frutales. El patio irradiaba pasillos como si fueran rayos del sol, a los que se abrían vastas habitaciones, casi todas llenas. Nunca había visto tantos enfermos y lesionados juntos, y merodeó por allí, asombrado.

Los pacientes estaban agrupados según sus dolencias: aquí, una sala alargada ahíta de personas con huesos fracturados; allá, las víctimas de las fiebres; acullá... Arrugó la nariz, pues evidentemente era una sala reservada a los aquejados de diarrea y otros males del proceso excretor. Pero ni en esa sala la atmósfera era tan opresiva como podía haberlo sido, pues había grandes ventanas y la circulación del aire sólo se veía obstaculizada por los paños ligeros que habían extendido sobre las aberturas para que no entraran insectos. Rob notó que en la parte superior e inferior de los marcos había ranuras para encajar los postigos durante la temporada invernal.

Las paredes estaban encaladas y los suelos eran de piedra, lo que facilitaba la limpieza y volvía fresco el edificio, en comparación con el considerable calor que hacía al aire libre. ¡En cada sala, una pequeña fuente salpicaba agua!

Rob detuvo sus pasos ante una puerta cerrada, en la que un cartel decía: *dar-ul-maraftan*, «residencia de quienes necesitan estar encadenados». Cuando abrió la puerta vio a tres hombres desnudos, con la cabeza afeitada y los brazos atados, encadenados a ventanas altas desde bandas de hierro sujetas alrededor del cuello. Dos colgaban flojos, dormidos o inconscientes, pero el tercero fijó la vista y se puso a aullar como una bestia, mientras las lágrimas humedecían sus delgadas mejillas.

—Lo siento —dijo Rob educadamente, y se apartó de los perturbados.

Llegó a una sala de pacientes quirúrgicos y tuvo que resistirse a la tentación de parar en cada jergón y levantar los vendajes para observar los muñones de los amputados y las heridas de los demás.

¡Ver tantos pacientes interesantes todos los días y escuchar las lecciones de los grandes hombres! Sería como pasar la juventud en el Dasht-i-Kavir, pensó, y luego descubrir que eres dueño de un oasis.

Sus limitados conocimientos de parsi no le permitieron desentrañar el cartel de la puerta de la sala siguiente, pero en cuanto entró, notó que estaba dedicado a las enfermedades y lesiones de los ojos.

Un fornido enfermero estaba acobardado ante alguien que le echaba una bronca.

—Fue un error, maestro Karim Harun —se disculpó el enfermero—. Creí que me habías dicho que quitara las vendas a Eswed Omar.

—Eres un inútil —dijo el otro, disgustado.

Era joven y atléticamente muy esbelto; Rob notó, sorprendido, que usaba el turbante verde de los estudiantes, pero sus modales eran tan desenvueltos y seguros como los de un médico propietario del suelo que pisaba. No era en modo alguno afeminado, pero sí aristocráticamente bello; el hombre más hermoso que Rob viera en su vida, de liso pelo negro y ojos castaños hundidos, que ahora centelleaban de cólera.

—Ha sido un error tuyo, Rumi. Te dije que cambiaras los vendajes de Kuru Yezidi, no los de Eswed Omar. Ustad Juzjani hizo personalmente el abatimiento de cataratas de Eswed Omar y me ordenó que me ocupara de que su vendaje no fuera movido de su sitio en cinco días. Te transmití la orden y no la obedeciste, enfermero de mierda. En consecuencia, si Eswed Omar no llega a ver con absoluta claridad y las iras de al-Juzjani caen sobre mí, abriré las carnes de tu gordo culo como si fueras un cordero asado.

Vio a Rob de pie, transfigurado, y lo miró echando chispas por los ojos.

—¿Qué es lo que quieres tú?

—Hablar con Ibn Sina para ingresar en la escuela de médicos.

—Vaya. ¿Te espera el Príncipe de los Médicos?

—No.

—Entonces debes ir al segundo piso del edificio de al lado para ver al *hadji* Davout Hosein, vicerrector de la escuela. El rector es Rotun bin Nasr, primo lejano del sha y general del ejército, que acepta el honor y nunca aparece por la escuela. El *hadji* Davout Hosein administra y a él debes presentarte. —El estudiante llamado Karim Harun se volvió hacia el enfermero, ceñudo—. ¿Crees que ahora podrías cambiar los vendajes de Kuru Yezidi, oh verde objeto sobre la pezuña de un camello?

Al menos algunos estudiantes de medicina vivían en la Gran Teta, porque el sombreado pasillo del primer piso estaba bordeado de reducidas celdas. A través de una puerta abierta cerca del rellano, Rob vio a dos hombres que parecían estar cortando un perro amarillo que yacía en la mesa, probablemente muerto.

En el segundo piso preguntó a un hombre de turbante verde dónde debía ir para ver al *hadji*, y finalmente alguien lo acompañó al despacho de Davout Hosein.

El vicerrector era un hombre bajo y delgado que no llegaba a viejo, y se daba aires de importancia. Llevaba una túnica de buen paño gris y el turbante blanco de quien ha llegado a La Meca. Tenía ojillos oscuros y un marcado *zabiba* en su frente daba testimonio del fervor de su piedad.

Tras intercambiar los *salaams* escuchó la solicitud de Rob y lo estudió minuciosamente.

—¿Has dicho que vienes de Inglaterra? ¿En Europa? ¿En qué parte de Europa está Inglaterra?

—El norte.

—¡El norte de Europa! ¿Cuánto tiempo te llevó llegar hasta nosotros?

—Menos de dos años, *hadji*.

—¡Dos años! Extraordinario. ¿Tu padre es médico, graduado en nuestra escuela?

—¿Mi padre? No, *hadji*.

—Hmmm. ¿Un tío, quizá?

—No. Seré el primer médico de mi familia.

Hosein arrugó el entrecejo.

—Aquí tenemos estudiantes que descienden de una larga estirpe de médicos. ¿Tienes cartas de presentación, *Dhimmi*?

—No, maestro Hosein. —Rob sentía que el pánico crecía en su interior—. Soy cirujano barbero y he adquirido cierta práctica...

—¿Ninguna referencia de alguno de nuestros distinguidos graduados? —preguntó Hosein, atónito.

—No.

—No aceptamos formar a persona alguna que se presente por su cuenta.

—No se trata de un capricho pasajero. He recorrido una distancia terrible movido por mi determinación de estudiar medicina. He aprendido vuestra lengua.

—Malamente, permíteme que lo diga. —El *hadji* lo observó con desdén—. Nosotros no nos limitamos a preparar médicos. No producimos mercachifles; formamos hombres cultos. Nuestros alumnos aprenden teología, filosofía, matemática, física, astrología y jurisprudencia además de medicina; después de graduarse como científicos e intelectuales completos, pueden elegir su carrera en la enseñanza, la medicina o el derecho.

Rob esperó, sintiendo que el alma se le caía a los pies.

—Estoy seguro de que lo comprenderás. Es absolutamente imposible.

Comprendía que había hecho un viaje de casi dos años.

Comprendía que le había vuelto la espalda a Mary Cullen.

Sudando bajo el sol abrasador, aterido en las nieves glaciales, azotado por la lluvia y las tormentas. A través de desiertos salados y montes traicioneros. Afanándose como una hormiga, montaña tras montaña.

—No me iré de aquí sin hablar con Ibn Sina —dijo con voz firme.

El *hadji* Devout Hosein abrió la boca, pero vio en los ojos de Rob algo que lo llevó a cerrarla. Empalideció y asintió deprisa.

—Por favor, espera aquí —le dijo, y salió de su despacho.

Rob permaneció a solas.

Al cabo de un rato aparecieron cuatro soldados. Ninguno era tan alto como él, pero si musculosos. Portaban porras cortas y pesadas, de madera. Uno tenía la cara picada de viruela y golpeaba constantemente la porra contra la palma carnosa de su mano izquierda.

—¿Cómo te llamas, judío? —preguntó el de las picaduras, no descortésmente.

—Soy Jesse ben Benjamin.

—Un extranjero, un europeo, según dijo el *hadji*.

—Sí, de Inglaterra. Un lugar que se encuentra a gran distancia.

El soldado asintió.

—¿No te negaste a marcharte a solicitud del *hadji*?

—Es verdad, pero...

—Ahora debes irte, judío. Con nosotros.

—No me iré de aquí sin hablar con Ibn Sina.

El portavoz balanceó la porra.

«La nariz no», pensó Rob, angustiado.

Pero de inmediato empezó a manar sangre; los cuatro sabían dónde y cómo usar los palos con economía y eficacia. Lo rodearon de manera tal que no pudiera mover los brazos.

—¡Mierda! —gritó en inglés.

No podían haberlo entendido, pero el tono era inconfundible y aporrearon más fuerte. Uno de los golpes le dio encima de la sien, y de pronto se sintió mareado y nauseabundo. Procuró, como mínimo, vomitar en el despacho del *hadji*, pero el dolor era espantoso.

Conocían muy bien su trabajo. En cuanto dejó de ser

una amenaza, abandonaron las porras a fin de golpearlo hábilmente a puñetazos.

Lo hicieron salir caminando de la escuela, cada uno sustentándolo de una axila. Tenían cuatro alazanes atados fuera y montaron mientras él se tambaleaba entre dos de las bestias. Cada vez que se caía, lo que ocurrió tres veces, alguno desmontaba y le pateaba las costillas hasta que se ponía en pie. El camino le pareció largo, pero apenas fueron más allá de los terrenos de la madraza, hasta una pequeña construcción de ladrillos, destartalada y muy fea, que formaba parte de la ramificación más baja del sistema judicial islámico, como después se enteraría. Dentro sólo había una mesa de madera, detrás de la cual estaba sentado un hombre con expresión hostil, pelo espeso y barba poblada, que vestía la túnica negra correspondiente a su cargo, semejante al caftan de Rob. Estaba cortando un melón.

Los cuatro soldados llevaron a Rob ante la mesa y permanecieron respetuosamente firmes mientras el juez empleaba una uña muy sucia para retirar las semillas del melón y echarlas en un cuenco de barro. A renglón seguido, cortó la fruta y la comió lentamente. Cuando no quedaba nada, se secó primero las manos y después el cuchillo en la túnica, se volvió hacia La Meca y dio gracias a Alá por el alimento.

Cuando terminó de orar, suspiró y miró a los soldados.

—Un loco judío europeo que perturbó la tranquilidad pública, *mufti* —dijo el soldado picado de viruela—. Denunciado por el *hadji* Davout Hosein, al que amenazó con actos de violencia.

El *mufti* asintió y extrajo un trozo de melón de entre sus dientes con una uña. Miró a Rob.

—No eres musulmán y has sido acusado por un musulmán. No se acepta la palabra de un descreído contra la de un fiel. ¿Tienes algún musulmán que pueda hablar en tu defensa?

Rob intentó hablar, pero no logró emitir ningún sonido; se le doblaron las rodillas por el esfuerzo. Los soldados lo incorporaron por la fuerza.

—¿Por qué te comportas como un perro? Ah, claro.

Al fin y al cabo, se trata de un infiel que desconoce nuestras costumbres. Por ende, debemos ser misericordiosos. Entregadlo para que permanezca en el *carcan* a discreción del *kelonter* —dijo el *mufti* a los soldados.

La experiencia sirvió para añadir dos palabras al vocabulario persa de Rob, en las que reflexionó mientras los soldados lo sacaban casi a rastras del tribunal y volvían a conducirlo entre sus cabalgaduras. Acertó correctamente una de las definiciones; aunque entonces no lo sabía, el *kelonter*, que supuso era una especie de carcelero, era el preboste de la ciudad.

Al llegar a una cárcel enorme y lúgubre, Rob pensó que *carcan* significaba, seguramente, prisión. Una vez dentro, el soldado picado de viruela se lo entregó a dos guardias, que lo llevaron por inhóspitas mazmorras de fétida humedad, pero finalmente salieron de la oscuridad sin ventanas para entrar en la brillantez abierta de un patio inferior, donde dos largas filas de cepos estaban ocupadas por desechos humanos quejosos o inconscientes. Los guardias lo llevaron a paso de marcha junto a la fila, hasta que llegaron a un cepo vacío, que uno de ellos abrió.

—Mete la cabeza y el brazo derecho en el *carcan* —le ordenó.

El instinto y el miedo hicieron retroceder a Rob, pero técnicamente los guardias tuvieron razón al interpretarlo como resistencia.

Lo golpearon hasta que cayó, momento en que comenzaron a patearlo, como habían hecho los soldados. Lo único que pudo hacer Rob fue enroscarse en un ovillo para esconder la ingle, y levantar los brazos para proteger la cabeza.

Cuando terminaron de vapulearlo, lo empujaron y lo manejaron como a un saco de granos, hasta que su cuello y su brazo derecho quedaron en posición. Después cerraron de golpe la pesada mitad superior del *carcan* y la clavaron antes de abandonarlo, más inconsciente que consciente, desesperanzado e indefenso bajo un sol atroz.

# 38

## EL *CALAAT*

Eran unos cepos peculiares, por cierto, hechos a partir de un rectángulo y dos cuadrados de madera sujetos en un triángulo, cuyo centro cogía la cabeza de Rob de manera tal que su cuerpo agachado quedaba semisuspendido. Su mano derecha, la de comer, había sido colocada sobre el extremo de la pieza más larga, y habían fijado un puño de madera alrededor de su muñeca, pues durante su estancia en el *carcan* los prisioneros no comían. La mano izquierda, la de limpiar, estaba suelta, porque el *kelonter* era un hombre civilizado.

A intervalos recobraba la conciencia y fijaba la vista en la larga fila doble de cepos, cada uno con su inquilino. En su línea de visión, en el otro extremo del patio, había un gran bloque de madera.

En un momento dado, soñó con gentes y demonios de túnicas negras. Un hombre se arrodilló y apoyó la mano derecha en el bloque, uno de los demonios balanceó una espada más grande y pesada que las inglesas, y la mano se separó de la muñeca, mientras las otras figuras con túnica rezaban. El mismo sueño una y otra vez bajo el sol ardiente. Y después algo diferente. Un hombre arrodillado, con la nuca sobre el bloque y los ojos desorbitados hacia el cielo. Rob tenía miedo de que lo decapitaran, pero sólo le cortaron la lengua.

Cuando volvió a abrir los ojos Rob no vio gente ni demonios; en el suelo y sobre el bloque había manchas frescas, de esas que no dejan los sueños.

Le dolía respirar. Había recibido la paliza más cruel de su vida y no sabía si tenía algún hueso roto.

Colgado del *carcan*, lloró débilmente, tratando de que no lo oyeran, y con la esperanza de que nadie lo viera.

Finalmente, decidió aliviar su suplicio hablando con los vecinos, a los que sólo podía ver girando la cabeza. Fue un esfuerzo que aprendió a no hacer con indiferencia, porque la piel de su cuello pronto quedó en carne viva por el roce de la madera que lo ceñía. A su izquierda había un hombre al que habían apaleado hasta que perdió el conocimiento, y no se movía; el joven de su derecha lo estudió con curiosidad, pero era sordomudo, increíblemente estúpido, o incapaz de extraer el menor sentido de su persa chapurreado. Horas más tarde, un guardia notó que el hombre de su izquierda estaba muerto. Se lo llevaron y otro ocupó su lugar. A mediodía Rob sintió que la lengua le raspaba y parecía llenarle toda la boca. No sentía urgencia por orinar ni vaciar el intestino, pues todas sus pérdidas habían sido tiempo ha absorbidas por el sol. En algunos momentos creía estar otra vez en el desierto, y en los instantes de lucidez recordaba demasiado vívidamente la descripción que había hecho Lonzano sobre la forma en que un hombre muere de sed: la lengua hinchada, las encías ennegrecidas, la convicción de encontrarse en otro lugar.

Poco después, Rob volvió la cabeza e intercambió una mirada con el nuevo recluso. Se estudiaron mutuamente y Rob notó que aquél tenía la cara hinchada y la boca estropeada.

—¿No hay nadie a quien pueda pedir merced? —susurró.

El otro esperó, tal vez confundido por el acento de Rob.

—Está Ala —dijo finalmente; tampoco a él se le entendía fácilmente porque tenía el labio partido.

—Pero ¿aquí no hay nadie?

—¿Eres forastero, *Dhimmi?*

—Sí.

El hombre descargó todo su odio en Rob.

—Ya has visto a un *mullah*, forastero. Un hombre santo te ha condenado.

Pareció perder interés por él y volvió la cara. La caída del sol fue una bendición. El atardecer trajo consigo un fresco casi gozoso. Rob tenía el cuerpo entumecido y ya no sentía dolor muscular; tal vez estaba agonizando.

Durante la noche, el hombre que estaba a su lado volvió a hablarle.

—Está el sha, judío extranjero —dijo.

Rob esperó.

—Ayer, el día de nuestra tortura, era miércoles, *Chahan Shanbah.* Hoy es *Panj Shanbah* y todas las semanas, en la mañana del *Panj Shanbah*, con el propósito de intentar una perfecta limpieza del alma antes del *Jom'a*, el sábado, el sha Ala-al-Dawla celebra una audiencia en cuyo curso cualquiera puede aproximarse a su trono en la Sala de Columnas y quejarse de injusticias.

Rob no logró contener un reacio atisbo de esperanza.

—¿Cualquiera?

—Cualquiera. Hasta un preso puede solicitar que lo lleven para presentar su caso al sha.

—¡No, no lo hagas! —gritó una voz en la oscuridad. Rob no pudo distinguir de qué *carcan* salía el sonido.

—Quítatelo de la cabeza —prosiguió la voz desconocida—. Prácticamente el sha nunca revoca el juicio o la condena de un *mufti.* Y los *mullahs* esperan ansiosos el retorno de los que han hecho perder el tiempo al sha por lenguaraces. Es entonces cuando les cortan la lengua y les rajan el vientre, como sabe este diablo malparido que te da pérfidos consejos. Debes poner toda tu fe en Ala y no en el sha.

El hombre de la derecha reía maliciosamente, como si lo hubieran descubierto gastando una broma pesada.

—No existe ninguna esperanza —dijo la voz desde la oscuridad.

El regocijo de su vecino se había convertido en un paroxismo de toses y jadeos. Cuando recuperó el aliento, dijo rencorosamente:

—Sí, debemos buscar la esperanza en el Paraíso.

No volvieron a hablar.


Tras veinticuatro horas en el *carcan*, soltaron a Rob. Trató de mantenerse en pie pero cayó y permaneció tumbado, atenazado por el dolor, mientras la sangre volvía a circular por sus músculos.

—Vamos —le dijo finalmente un guardia, y le dio un puntapié.

Se levantó con dificultad y salió cojeando de la cárcel, tratando de alejarse a la mayor velocidad posible. Caminó hasta una gran plaza con plátanos y una fuente de chorro en la que bebió y bebió, rindiéndose a una sed insaciable. Luego hundió la cabeza en el agua hasta que le zumbaron los oídos y sintió que se había quitado de encima parte del hedor carcelario.

Las calles de Ispahán estaban atestadas y la gente lo observaba al pasar.

Un vendedor ambulante, bajo y gordo, con una túnica andrajosa, apartaba moscas de un caldero en el que cocinaba algo sobre un brasero, en su carro tirado por un burro. El aroma del caldero le produjo tal debilidad, que Rob tuvo miedo. Pero cuando abrió la bolsa, descubrió que en lugar de fondos suficientes para mantenerse durante meses, sólo contenía una pequeña moneda de bronce.

Le habían robado el resto mientras estaba inconsciente. Maldijo tristemente, sin saber si el ladrón era el soldado picado de viruela o un guardia de la cárcel. La moneda de bronce era una mofa, un chiste malévolo del ladrón, o tal vez se la había dejado por algún retorcido sentido religioso de la caridad. Se la dio al vendedor, que le sirvió una pequeña ración de arroz *pilah* grasoso. Era picante y contenía trozos de habas; tragó demasiado rápido, o tal vez su cuerpo había sufrido demasiado por la privación, el sol y el *carcan*. Casi al instante vomitó el contenido de su estómago en la calle polvorienta. Le sangraba el cuello donde había sido atormentado por el cepo, y sentía una palpitación detrás de los ojos. Se trasladó a la sombra de un plátano y allí permaneció, pensando en la campiña inglesa, en su yegua y en su carro con dinero debajo de las tablas, y en *Señora Buffington* sentada a su lado, haciéndole compañía.

La multitud era más densa ahora; un tropel de personas avanzaba por la calle, todas en la misma dirección.

—¿Adónde van? —preguntó al vendedor.

—A la audiencia del sha —contestó el hombre, mirando con desconfianza al judío harapiento hasta que se alejó.

«¿Por qué no?», se preguntó. ¿Acaso tenía otra opción?

Se sumó a la marea que bajaba por la avenida de Alí y Fátima, cruzó las cuatro vías de la avenida de los Mil Jardines, y torció hacia el inmaculado bulevar que llevaba por nombre Puertas del Paraíso. Había jóvenes y viejos, gentes de edades intermedias, *hadjis* de turbante blanco, estudiantes tocados con sus turbantes verdes, *mullahs*, pordioseros con el cuerpo entero y mutilados con harapos y turbantes de desecho de todos los colores, padres jóvenes con sus bebés, sirvientes que llevaban sillas de mano, hombres a caballo y a lomo de burro. Rob se encontró siguiendo los pasos a un corro de judíos de caftanes oscuros, y cojeó tras ellos como un ganso errante.

Atravesaron la breve frescura de un bosque artificial —los árboles no abundaban en Ispahán— y luego, aunque estaban adentrados en los muros de la ciudad, pasaron junto a numerosos campos en los que pastaban ovejas y cabras, separando la realeza de sus súbditos. Se acercaban a una gran extensión verde con dos columnas de piedra en sus extremos, a la manera de portales. Cuando apareció el primer edificio de la corte real, Rob creyó que se trataba del palacio, porque era más grande que el del rey, en Londres. Pero se trataba de viviendas, a las que sucedieron otras del mismo tamaño, en su mayoría de ladrillo y piedra, muchas con torres y porches, todas con terrazas e inmensos jardines. Pasaron viñedos, establos y dos pistas de carreras, huertos y pabellones ajardinados de tal belleza que se sintió tentado a separarse de la muchedumbre y deambular por aquel perfumado esplendor, pero no le cabía la menor duda de que estaba prohibido.

Y después divisó una estructura tan formidable y al mismo tiempo tan arrebatadoramente graciosa, que no dio crédito a sus propios ojos: tejados en forma de pechos y almenas doradas entre las que se paseaban centinelas de yelmos y escudos relucientes, bajo largos pendones variopintos que ondeaban en la brisa.

Tironeó de la manga del que iba delante, un judío rechoncho cuya camiseta orlada asomaba por la camisa.

—¿Qué es esa fortaleza?

—¡La Casa del Paraíso, residencia del sha! —El hombre lo observó con mirada de preocupación—. Estás ensangrentado, amigo.

—No es nada; sólo un pequeño accidente.

Se volcaron por el largo camino de acceso; a medida que se acercaban, Rob notó que un ancho foso protegía el sector principal del palacio. El puente estaba levantado, pero en este lado del foso, junto a una plaza que hacía las veces de gran portal del palacio, había una sala por cuyas puertas entró la multitud.

El recinto ocupaba aproximadamente la mitad del espacio cubierto de la catedral de la Santa Sofía de Constantinopla. El suelo era de mármol, y las paredes y los altísimos techos de piedra, con ingeniosas hendijas para que la luz del sol iluminara tenuemente el interior. Se llamaba Sala de Columnas, porque junto a las cuatro paredes se alzaban columnas de piedra elegantemente talladas y acanaladas. La base de cada columna estaba esculpida en forma de patas y garras de diversos animales.

Cuando llegó Rob, la sala estaba llena a medias, pero detrás entró mucha gente que lo apretó entre los judíos. Unas secciones acordonadas dejaban pasillos abiertos a todo lo largo del recinto. Rob abrió bien los ojos, observándolo todo con renovada intensidad, porque las horas pasadas en el *carcan* lo habían terminado de convencer de su extranjería: actos que él consideraba naturales eran susceptibles de resultar extravagantes y amenazadores para la mentalidad persa, y ahora sabía que su vida podía depender de que percibiera correctamente cómo se comportaban y pensaban.

Observó que los hombres de la clase alta —con pantalones bordados, túnicas y turbantes de seda y zapatos con brocados— llegaban a caballo por otra entrada. A unos ciento cincuenta pasos del trono eran detenidos por unos sirvientes que se llevaban sus caballos a cambio de una moneda, y desde esa posición privilegiada proseguían su camino a pie, entre los pobres.

Unos funcionarios subalternos, de ropajes y turbantes grises, pasaron entre la muchedumbre y solicitaron la identidad de quienes querían hacer alguna petición. Rob se abrió paso hasta el pasillo, y con dificultad dio su nombre a uno de ellos, que lo apuntó en un pergamino curiosamente delgado y de aspecto endeble.

Un hombre alto había entrado en la porción elevada del frente de la sala, en la que había un gran trono. Rob estaba demasiado lejos para ver los detalles, pero el recién llegado no era el sha, pues se sentó en un trono más pequeño, debajo y a la derecha del asiento real.

—¿Quién es ése? —preguntó Rob al judío con quien ya había hablado.

—El gran visir, el santo imán Mirza-aboul Qandrasseh.

El judío miró incómodo a Rob, pues había escuchado su propuesta como demandante. Ala-al-Dawla subió a la plataforma, desabrochó el talabarte y dejó la vaina en el suelo mientras se sentaba en el trono. Todos los presentes en la Sala de Columnas hicieron el *ravi zemin* mientras el imán Qandrasseh invocaba el favor de Ala para quienes pedían justicia al León de Persia.

La audiencia comenzó de inmediato. Rob no oía claramente a los suplicantes ni a los entronizados, pese al silencio que se hizo en la sala. Pero cada vez que hablaba un mandante, sus palabras eran repetidas en voz alta por otros estacionados en puntos estratégicos de la sala, y de esta forma las palabras de los participantes llegaban a todos.

El primer caso era el relativo a dos curtidos pastores de la aldea de Ardistán, que habían andado dos días para llegar a Ispahán y presentar su controversia al sha. Les enfrentaba un feroz desacuerdo sobre la propiedad de un cabrito recién nacido. Uno era el dueño de la madre, una hembra que llevaba mucho tiempo estéril y no era receptora. El otro afirmaba que la había preparado con el fin de que fuese montada con éxito por el macho cabrío, y por lo tanto reclamaba la mitad de la propiedad de la cría.

—¿Apelaste a la magia? —preguntó el imán.

—Excelencia, lo único que hice fue acariciarla con una pluma para calentarla —respondió el aludido.

La multitud rugió y pataleó. En seguida el imán señaló que el sha se pronunciaba a favor del que había empuñado la pluma.

Para la mayoría de los presentes, aquello era un entretenimiento. El sha nunca hablaba. Tal vez transmitía sus deseos a Qandrasseh por señas, pero todas las preguntas y decisiones parecían provenir del visir, que no soportaba a los imbéciles.

Un severo maestro de escuela, con el pelo aceitado y una barbita cortada en una punta perfecta, vestido con una orlada túnica bordada, con aspecto de haber sido desechada por un hombre rico, solicitó el establecimiento de una nueva escuela en la población de Nain.

—¿No hay dos escuelas en Nain? —inquirió con aspereza el imán.

—Escuelas muy pobres en las que enseñan hombres indignos, Excelencia —respondió suavemente el maestro.

Un leve murmullo de desaprobación se elevó entre la muchedumbre. El maestro continuó leyendo la petición, que aconsejaba para la escuela propuesta la contratación de un director con tan detallados requisitos, tan específicos e irrelevantes, que despertó risas disimuladas, pues era obvio que la descripción sólo se ajustaría al propio lector.

—Suficiente —dijo Qandrasseh—. Esta petición es maliciosa y egoísta, y en consecuencia un insulto al sha. Que el *kelonter* castigue a este hombre veinte veces con las varas, y que ello complazca a Alá.

Aparecieron unos soldados blandiendo porras, a cuya vista comenzaron a palpitar las contusiones de Rob. Se llevaron al maestro, que protestaba sin parar.

En el caso siguiente hubo poco regocijo. Dos nobles ancianos ataviados con costosas ropas de seda tenían una ínfima diferencia de opinión concerniente a derechos de pastoreo.

A la presentación siguió una interminable disputa en voz baja sobre antiguos acuerdos concluidos por hombres ya difuntos, mientras el público bostezaba y se quejaba de la ventilación de la sala hacinada y de dolor en sus fatigadas piernas. No evidenciaron la menor emoción cuando se pronunció el veredicto.

—¡Qué pase Jesse ben Benjamin, judío de Inglaterra! —gritó alguien.

Su nombre flotó en el aire y luego resonó como un eco a través de la sala, mientras lo repetían una y otra vez. Bajó cojeando el largo pasillo alfombrado, conocedor de la mugre de su caftán arrugado y del estropeado sombrero de cuero, que hacían juego con su cara maltrecha.

Cerca del trono hizo tres veces el *ravi zemin*, pues había observado que eso era lo prescrito.

Cuando se enderezó vio al imán con la túnica negra de *mullah* y su nariz afilada en un rostro voluntarioso enmarcado por una barba entrecana.

El sha usaba el turbante blanco de los religiosos que han estado en La Meca, pero entre sus pliegues destacaba una delgada corona de oro. Su larga túnica blanca era de tela suave y ligera, trabajada con hebras azules y doradas. Unas perneras azul oscuro envolvían sus piernas y los zapatos en punta eran del mismo color, bordados con hilo rojo sangre. Parecía vacuo y perdido, la imagen de un hombre desatento porque estaba aburrido.

—Un Inghiliz —observó el imán—. Hasta el presente eres nuestro único Inghiliz, nuestro único europeo. ¿Por qué has venido a nuestra Persia?

—Para buscar la verdad.

—¿Quieres abrazar la religión verdadera? —preguntó Qandrasseh afablemente.

—No, pues ya hemos aceptado que no hay Alá salvo Él, el más misericordioso —dijo Rob, bendiciendo las largas horas pasadas bajo la tutela de Simon ben ha-Levi, el comerciante erudito—. Está escrito en el Corán: «No adoraré lo que adoras tú ni tú adorarás lo que yo adoro... Tú tienes tu religión y yo tengo mi religión.»

«Debo ser breve», se recordó a sí mismo.

Sin emoción y con parquedad, relató que se encontraba en la jungla del occidente persa cuando una bestia saltó sobre él.

Tuvo la impresión de que el sha empezaba a prestar atención.

—En el lugar de mi nacimiento no existen las panteras. Yo no tenía armas ni sabía cómo enfrentar a esa bestia.

Contó cómo había sido salvada su vida por el sha Ala-al-Dawla, cazador de leopardos como su padre Abdallah, que había matado al león de Kashan. Los más cercanos al trono comenzaron a aplaudir a su gobernante y a dar agudos grititos de aprobación. Los murmullos ondularon por la sala al tiempo que los repetidores transmitían la historia a las multitudes que estaban demasiado lejos del trono para haberla oído.

Qandrasseh permanecía impávido, pero por su mirada Rob dedujo que no estaba contento por el relato ni por la reacción que despertó en la multitud.

—Ahora date prisa, Inghiliz —dijo fríamente—, y declara qué solicitas a los pies del único sha verdadero.

Rob aspiró hondo para tranquilizarse.

—Como también está escrito que el que salva una vida es responsable de ella, solicito ayuda del sha para hacer que mi vida sea lo más valiosa posible.

A continuación, narró su vano intento de ser aceptado como estudiante en la escuela de médicos de Ibn Sina. La historia de la pantera se había divulgado hasta el último rincón, y el gran auditorio se sacudió bajo el constante atronar de un nutrido pataleo.

Sin duda el sha Ala estaba acostumbrado al temor y a la obediencia, pero quizás hacía mucho tiempo que no lo vitoreaban espontáneamente. Bastaba ver su expresión para notar que el pataleo sonaba a música en sus oídos.

El único sha verdadero se inclinó hacia delante, con los ojos brillantes, y Rob percibió que recordaba el incidente de la matanza de la pantera. Su mirada sostuvo la de Rob un instante. Luego se volvió hacia el imán y habló por primera vez desde el inicio de la audiencia.

—Dadle al hebreo un calaat—dijo.

Por alguna razón, el público rió.

—Vendrás conmigo —dijo el oficial entrecano.

No tardaría muchos años en hacerse viejo, pero ahora era fuerte y poderoso. Usaba un yelmo corto de metal pulido, un jubón de cuero sobre una túnica marrón de militar, y sandalias con tiras de piel. Sus heridas hablaban por él: los surcos de estocadas cicatrizadas sobresalían blancos en sus brazos macizos y morenos, tenía la oreja izquierda aplastada, y su boca estaba permanentemente torcida a causa de una vieja herida punzante por debajo del pómulo derecho.

—Soy Khuff —se presentó—, capitán de la Puerta. Heredo menesteres como el que a ti mismo te corresponde —posó su mirada en el cuello en carne viva de Rob y sonrió—. ¿El *carcan*?

—Sí.

—El *carcan* es un cabrón —dijo Khuff, admirado.

Salieron de la Sala de Columnas y se encaminaron a los establos. En el alargado campo verde galopaban unos jinetes haciendo que sus caballos se acercaran entre sí, girando y esgrimiendo largas varas semejantes a cayados, pero ninguno cayó.

—¿Tratan de golpearse?

—Tratan de golpear una pelota. Es un juego de pelota y palo, para caballistas —Khuff lo observó—. Son muchas las cosas que no sabes. ¿Has entendido lo del *calaat*?

Rob meneó la cabeza.

—En tiempos antiguos, cuando alguien se ganaba el favor de un monarca persa, éste se quitaba un *calaat*, un detalle de su vestimenta y lo concedía como símbolo de su agrado. A lo largo del tiempo la costumbre se ha convertido en una señal del favor real. Ahora la «prenda real» consiste en el mantenimiento, un conjunto de ropa, una casa y un caballo.

Rob estaba alelado.

—Entonces, ¿soy rico?

Khuff le sonrió como dándole a entender que era tonto.

—Un *calaat* es un honor singular, pero varía ampliamente en cuanto a suntuosidad. Un embajador de una nación que ha sido aliada fiel de Persia en guerra, recibiría las vestimentas más costosas, un palacio casi tan espléndido como la Casa del Paraíso, y un magnífico corcel con arreos y jaeces tachonados de piedras preciosas. Pero tú no eres un embajador.

Detrás de los establos había una cuadra que encerraba un turbulento mar de caballos. Barber siempre había dicho que para elegir un caballo había que buscar un animal con cabeza de princesa y trasero de puta gorda. Rob vio un rucio que se ajustaba exactamente a esa descripción y, por añadidura, poseía soberanía en la mirada.

—¿Puedo quedarme con esa yegua? —preguntó, al tiempo que la señalaba.

Khuff no se molestó en responder que era un corcel para un príncipe, pero una sonrisa irónica hizo cosas raras en su boca retorcida. El capitán de la Puerta desenganchó un caballo ensillado y montó. Se entremezcló en la masa de animales arremolinados y, hábilmente, separó un castrado castaño, correcto aunque desanimado, de patas cortas y robustas y fuerte espaldar.

Khuff mostró a Rob un tulipán marcado a fuego en el muslo del animal.

—El sha Ala es el único criador de caballos de Persia y ésta es su marca. Este caballo puede ser cambiado por otro que lleve un tulipán, pero nunca debe venderse. Si muere córtale el pellejo con la marca y te lo cambiaré por otro.

Khuff le entregó una bolsa con menos monedas de las que Rob podía ganar vendiendo Panacea Universal en un solo espectáculo. En un depósito cercano, el capitán de la Puerta buscó hasta encontrar una silla servible entre las existencias del ejército. La ropa que le dio estaba bien hecha aunque era sencilla: pantalones holgados que se ajustaban en la cintura con una cuerda, perneras de lino que se envolvían alrededor de cada pierna por encima de los pantalones, a la manera de vendajes, desde el tobillo a la rodilla; una camisa suelta llamada *khamisa*, que cuelga sobre los pantalones hasta la altura de la rodilla; una túnica o *durra* dos casacas para las diferentes estaciones, una corta y ligera, la otra larga y forrada con piel de cordero; un soporte cónico para turbante, denominado *kalansuwa*, y un turbante marrón.

—¿No lo hay verde?

—Éste es mejor. El verde es ordinario, pesado; lo usan los estudiantes y los más pobres entre los pobres.

—Pero lo prefiero verde —insistió Rob, y Khuff le dio el turbante barato acompañado por una mirada de desprecio.

Paniaguados de ojos alertas saltaron a cumplir la orden del capitán cuando pidió su caballo personal, que resultó ser un semental árabe parecido a la yegua gris que Rob había codiciado. Montado en el plácido caballo castrado, y acarreando un saco de paño cargado de ropa, cabalgó detrás de Khuff como un escudero hasta entrar en el Ychuddiyyeh. Durante largo rato recorrieron las estrechas calles del barrio judío, hasta que Khuff sujetó las riendas ante una casita de viejos ladrillos rojo oscuro. Había un pequeño establo, meramente una techumbre sobre cuatro postes, y un diminuto jardín en el que una lagartija miró asombrada a Rob antes de desaparecer en una grieta de la pared de piedra. Cuatro albaricoqueros excesivamente crecidos arrojaban su sombra en los espinos que tendrían que ser arrancados. La casa tenía tres habitaciones, una con suelo de tierra y dos con los suelos del mismo ladrillo rojo que las paredes, desgastado por los pies de muchas generaciones, ahora convertidos en depresiones poco profundas. La momia reseca de un ratón ocupaba un rincón de la estancia con suelo de piedra, y el débil hedor empalagoso de su putrefacción flotaba en el aire.

—Es tuya —dijo Khuff, inclinó una vez la cabeza y se marchó.

Aun antes de que el sonido de su caballo se hubiese apagado, las rodillas de Rob cedieron. Se desplomó en el suelo de tierra, luego logró tenderse y no tuvo más conocimiento que el ratón muerto.

Durmió dieciocho horas seguidas. Al despertar estaba acalambrado y dolorido como un viejo con las coyunturas agarrotadas.

Se sentó en la casa silenciosa y contempló las motas de polvo en la luz del sol que brillaba a través del agujero para salida de humos del techo. La vivienda estaba algo deteriorada —había grietas en el enlucido de arcilla de las paredes y uno de los alféizares se estaba derrumbando—, pero era la primera morada auténticamente suya desde la muerte de sus padres.

En el pequeño establo vio, horrorizado, que su nuevo caballo estaba sin agua, sin comida y todavía ensillado. Después de quitarle la silla y llevarle agua en el sombrero desde un pozo público de las inmediaciones, fue a toda prisa al establo donde estaban alojados su burro y su mula. Compró cubos de madera, paja de mijo y una cesta llena de avena, cargó todo en el burro y volvió a casa con los dos animales.

Después de atenderlos, cogió su ropa nueva y se encaminó a los baños públicos, deteniéndose antes en la posada de Salman el Pequeño.

—He venido a buscar mis pertenencias —dijo al viejo posadero.

—Han estado a buen resguardo, aunque temí por tu vida cuando pasaron dos noches y no regresaste —Salman lo observó, temeroso—. Circula la historia de un Dhimmi, un judío europeo que se presentó en la audiencia y a quien el sha de Persia le concedió un *calaat*.

Rob asintió.

—¿De verdad eras tú? —susurró Salman.

Rob se dejó caer pesadamente en una silla.

—No he probado bocado desde que me diste de comer.

Salman no perdió ni un minuto en servirle. Rob puso a prueba su estómago cautelosamente, con pan y leche de cabra; al ver que no le ocurría nada, y que lo único que tenía era hambre, se permitió ingerir cuatro huevos duros, más pan en cantidad, un pequeño queso duro y un cuenco de *pilah*. Sus miembros recuperaron las fuerzas.

En los baños se remojó largamente para aliviar las magulladuras.

Cuando se puso la ropa nueva se sintió extraño, aunque no tanto como la primera vez que vistió el caftán. Logró ponerse las perneras con dificultad, pero atarse el turbante requeriría instrucciones, y por el momento se quedó con el sombrero de cuero.

Volvió a casa, se deshizo del ratón muerto y evaluó su situación.

Ahora gozaba de una modesta prosperidad, pero no era eso lo que había solicitado al sha, y sintió una vaga aprensión inmediatamente interrumpida por la llegada de Khuff, todavía arisco, que desenrolló un frágil pergamino y procedió a leerlo en voz alta.

## ALA

Edicto del Rey del Mundo, Alto y Majestuoso Señor, Sublime y Honorable más allá de toda comparación; magnífico en Títulos, inquebrantable Base del Reino, Excelente, Noble y Magnánimo; León de Persia y Poderosísimo Amo del Universo. Dirigido al Gobernador, el Intendente y otros Funcionarios Reales de la Ciudad de Ispahán, Asiento de la Monarquía y Teatro de la Ciencia y la Medicina. Han de saber que Jesse hijo de Benjamin, Judío y Cirujano Barbero de la Ciudad de Leeds de Europa, ha llegado a nuestros Reinos, los mejores gobernados de toda la Tierra y conocido refugio de los oprimidos, y ha tenido la Facilidad y la Gloria de aparecer ante los Ojos del Más Alto, y mediante humilde petición rogó la ayuda del Auténtico Lugarteniente del Auténtico

Profeta que está en el Paraíso, o sea nuestra más Noble Majestad. Han de saber que Jesse hijo de Benjamin de Leeds cuenta con el Favor y la Buena Voluntad Reales, y por este documento se le concede una Prenda Real con Honores y Beneficencias y se ordena que todos lo traten en consecuencia. También debéis saber que quien infrinja este Edicto se verá expuesto a la Pena Capital. Hecho el tercer Panj Shanbah del mes de Rejab en el nombre de nuestra más Alta Majestad por su Peregrino de los Nobles y Santos y Sagrados Lugares, y su Jefe y Superintendente del Palacio de Mujeres del Más Alto, el Imán Mirza-aboul Qandrasseh, Visir. *Es necesario armarse con la Asistencia del Altísimo Dios en los Asuntos Temporales.*

—¿Y la escuela? —no pudo resistirse a preguntar Rob, con tono ronco.

—Yo no me ocupo de la escuela —replicó el capitán de la Puerta, y se marchó con tanta prisa como había llegado.

Al cabo de un rato, dos fornidos sirvientes llevaron ante la puerta de casa de Rob una silla de mano ocupada por el *hadji* Davout Hosein y una buena cantidad de higos como símbolo de una dulce fortuna en su nueva casa.

Rob y el visitante se sentaron entre las hormigas y las abejas, en el suelo, en medio de las ruinas del pequeño jardín con albaricoqueros, y comieron los higos.

—Estos albaricoqueros aún son excelentes —dijo el *hadji* después de estudiarlos atentamente.

Explicó con todo detalle cómo podían recuperarse los cuatro árboles mediante podas e irrigaciones asiduas, y la aplicación de abono con estiércol del caballo.

Después Hosein guardó silencio.

—¿Ocurre algo? —murmuró Rob.

—Tengo el honor de transmitirte los saludos y felicitaciones del honorable Abu Ali at-Husain ibn Abdullah ibn Sina.

El *hajdi* estaba sudando y se había puesto tan pálido que el *zabiba* de su frente se destacaba especialmente. Rob

se apiadó de él, aunque no tanto como parar restar importancia al exquisito placer del momento, más dulce y sabroso que la embriagadora fragancia de los pequeños albaricoques que cubrían el suelo debajo de los árboles:
Hosein presentó a Jesse hijo de Benjamin una invitación
para matricularse en la madraza y estudiar medicina en el
*maristan*, donde podía aspirar a convertirse en médico.

# CUARTA PARTE

# EL *MARISTAN*

# 39

# IBN SINA

La primera mañana de Rob J. como estudiante amaneció calurosa, con el cielo plomizo. Se vistió cuidadosamente con la ropa nueva, pero decidió que hacía mucho calor para ponerse las perneras.

Se había esforzado infructuosamente para aprender el secreto de arrollar el turbante verde, y por último dio una moneda a un joven callejero que le enseñó a ceñir el paño plegado alrededor de *qalansuwa* y luego encajárselo hábilmente. Pero Khuff tenía razón en cuanto a la pesadez de la tela barata: el turbante verde pesaba casi una piedra, y finalmente se quitó la insólita carga de la cabeza y se puso el sombrero de judío, lo que fue un alivio.

Eso lo volvió instantáneamente identificable cuando se acercó a la Gran Teta, donde conversaba un grupo de jóvenes tocados con turbantes verdes.

—¡Karim, aquí está tu judío! —gritó uno.

Un hombre que estaba sentado en los peldaños se levantó y se le aproximó. Reconoció al estudiante bello y larguirucho al que había visto castigando a un enfermero durante su primera visita al hospital.

—Soy Karim Harun. ¿Tú eres Jesse ben Benjamin?

—Sí.

—El *hadji* me ha asignado la tarea de mostrarte la escuela y el hospital, y de responder a tus preguntas.

—¡Lamentarás no estar de vuelta en el *carcan*, hebreo! —gritó alguien, y todos los estudiantes rieron.

Rob sonrió.

—No creo —dijo.

Era obvio que toda la escuela había oído hablar del
judío europeo que estuvo en la cárcel y luego fue admitido
en la escuela de medicina por mediación del sha.

Empezaron por el *maristan*, pero Karim caminaba
deprisa; era un guía irritable y superficial, que evidentemente quería poner fin cuanto antes a una tarea indesea-
ble. Pero Rob J. logró dilucidar que el hospital estaba dividido en secciones femeninas y masculinas. Los hombres
tenían enfermeros, y las mujeres estaban a cargo de enfermeras y sirvientas. Los únicos hombres que podían acercarse a las mujeres eran los médicos y los maridos de las
pacientes.

Había dos salas dedicadas a cirugía y una cámara
alargada, de techo bajo, repleta de estantes con frascos y
tarros pulcramente etiquetados.

—Éste es el *khazanat-ul-sharaf*, el «tesoro de medicinas» —dijo Karim—. Los lunes y jueves los médicos hacen dispensario en la escuela. Después que los pacientes
son examinados y tratados, los farmacéuticos preparan el
medicamento prescrito por el médico. Los farmacéuticos
del *maristan* son precisos hasta el grano más ínfimo, y
honrados. La mayoría de los boticarios de la ciudad son
unos cabrones corruptos, capaces de vender un frasco de
orines y jurar que es agua de rosas.

En el edificio contiguo, la escuela, Karim le mostró
salas de exámenes, de clase y laboratorios, una cocina y un
refectorio, así como un gran baño para uso de profesores
y estudiantes.

—Hay cuarenta y ocho médicos y cirujanos, pero no
todos son profesores. Incluyéndote a ti, hay veintisiete estudiantes de medicina. Cada estudiante es aprendiz
de una serie de médicos. La duración del aprendizaje varía según los individuos, lo mismo que la condición de
aprendiz. Eres candidato a un examen oral cada vez que el
puñetero cuerpo docente resuelve que estás preparado. Si

apruebas, te nombran *hakim*. Si fracasas, sigues siendo estudiante y debes trabajar con la esperanza de que te den otra oportunidad.

—¿Cuánto tiempo llevas aquí?

Karim frunció el ceño y Rob comprendió que había hecho una pregunta inoportuna.

—Siete años. Me he examinado dos veces. El año pasado fallé en filosofía. Mi segundo intento fue hace tres semanas, cuando no supe responder a unas preguntas sobre jurisprudencia. ¿Qué cuernos puede importarme la historia de la lógica y los procedentes de la ley? Ya soy un buen médico. —Suspiró amargamente—. Además de las clases de medicina, tienes que asistir a las de derecho, teología y filosofía. Puedes escoger los cursos. Lo mejor suele ser volver con los mismos profesores —reveló a regañadientes—, porque algunos son misericordiosos durante los exámenes orales si se han familiarizado contigo.

»En la madraza todos tienen que asistir a las clases matinales de cada disciplina. Pero por la tarde los estudiantes de leyes preparan informes o asisten a los tribunales, los aspirantes a teólogos se encierran en las mezquitas, los filósofos en perspectiva leen o escriben, y los futuros médicos hacen prácticas en el hospital. Los médicos visitan el hospital por la tarde y los estudiantes se pegan a ellos, que les permiten examinar pacientes y proponer tratamientos. Los médicos hacen infinitas preguntas instructivas. Es una espléndida oportunidad para aprender o —sonrió agriamente— convertirte en un asno hecho y derecho.

Rob estudió el rostro elegante y desdichado. «Siete años —pensó, azorado—, y nada salvo perspectivas inciertas.» Y seguramente ese hombre había iniciado los estudios de medicina con una preparación superior a la de sus vagos conocimientos.

Pero los temores y los sentimientos negativos se desvanecieron cuando entraron en la biblioteca, que llevaba el nombre de Casa de la Sabiduría. Rob nunca había imaginado que pudiera haber tantos libros en un solo lugar. Algunos manuscritos figuraban en vitelas de diversos animales, pero en su mayoría estaban hechos del mismo material ligero sobre el que habían escrito su *calaat*.

—Persia tiene pergaminos de mala calidad —observó.

Karim bufó.

—Aquí no hay ningún pergamino. Esto se llama papel y es un invento de los ojos sesgados del Este, unos infieles muy inteligentes. ¿En Europa tenéis papel?

—Nunca lo he visto.

—El papel sólo consiste en trapos viejos apaleados y aprestados con cola animal, y luego prensados. Es barato y hasta los estudiantes pueden permitirse el lujo de comprarlo.

La Casa de la Sabiduría deslumbró a Rob más que nada de lo que había visto hasta entonces. Se paseó calladamente por la sala, tocó los libros, y miró los nombres de los autores, de los que sólo conocía unos pocos.

Hipócrates, Dioscórides, Ardígenes, Rufo de Éfeso, el inmortal Galeno... Oribasio, Filagrio, Alejandro de Tralles, Pablo de Egina...

—¿Cuántos libros hay aquí?

—La madraza posee casi cien mil libros —dijo Karim con orgullo. Sonrió al notar incredulidad en los ojos de Rob—. En su mayoría fueron traducidos al persa en Bagdad. En la universidad de Bagdad hay una escuela de traductores donde se transcriben en papel libros escritos en todas las lenguas del Califato oriental. Bagdad tiene una universidad inmensa, con seiscientos mil libros en su biblioteca, y más de seis mil estudiantes y maestros famosos. Pero nuestra pequeña madraza posee algo de lo que ellos carecen.

—¿Qué es ese algo? —inquirió Rob, y el estudiante más antiguo lo condujo a una pared de la Casa de la Sabiduría totalmente dedicada a las obras de un solo autor.

—Él —dijo Karim.


Esa tarde Rob vio en el *maristan* al hombre que los persas llamaban Jefe de Príncipes. A primera vista, Ibn Sina le resultó decepcionante. Su turbante rojo de médico estaba desteñido y lo llevaba atado con descuido; su *durra* presentaba un aspecto lastimoso y era sencilla. Bajo y de calva incipiente, tenía la nariz bulbosa y con venitas, y un principio de papada bajo su larga barba. Era igual a cualquier árabe envejecido, hasta que Rob vio sus penetrantes ojos pardos, tristes y observadores, severos y curiosamente vivos, y de inmediato sintió que Ibn Sina veía cosas que resultaban invisibles para el hombre corriente.

Rob era uno de los siete estudiantes que, con cuatro médicos, seguían los pasos de Ibn Sina mientras recorría el hospital. Ese día el médico jefe se detuvo a corta distancia del jergón en el que yacía un hombre hecho una pasa y de miembros flacos.

—¿Quién es el estudiante aprendiz de esta sección?

—Yo, maestro. Mirdin Askari.

«De modo que éste es el primo de Arych», se dijo Rob. Observó con interés al joven judío atezado, cuya mandíbula larga y los dientes blancos y cuadrados lo dotaban de una cara sencilla y simpática, como la de un caballo inteligente.

Ibn Sina señaló al paciente.

—Háblanos de él, Askari.

—Es Amahl Rabin, un camellero que vino al hospital hace tres semanas, con intensos dolores en la región lumbar. Al principio sospechamos que se había lesionado la espina dorsal estando borracho, pero en breve el dolor se extendió al testículo y al muslo derechos.

—¿La orina? —preguntó Ibn Sina.

—Hasta el tercer día la orina era transparente. De color amarillo claro. La mañana del tercer día, presentaba sangre, y por la tarde expulsó seis cálculos: cuatro granitos de arena y dos piedras del tamaño de un guisante pequeño. Desde entonces no ha sufrido dolores y su orina es transparente, pero no acepta alimentos.

Ibn Sina arrugó la frente.

—¿Qué le habéis ofrecido?

El estudiante se mostró desconcertado.

—La ración habitual. *Pilah* de varios tipos. Huevos de gallina. Cordero, cebollas, pan... No prueba bocado. Han dejado de funcionarle los intestinos, su pulso es más lento y se va debilitando progresivamente.

Ibn Sina asintió y los miró a todos.

—¿Qué lo aqueja, entonces?

Otro asistente hizo acopio de coraje.

—Creo, que sus intestinos se han retorcido, bloqueando el paso de alimentos a través de su cuerpo. El paciente lo ha percibido y no permite que nada entre en su boca.

—Gracias, Fadil ibn Parviz —dijo cortésmente Ibn Sina—. Pero en el caso de una lesión de ese tipo, el paciente comería y después vomitaría.

Esperó.

Como nadie hizo ninguna observación, se acercó al paciente.

—Amahl —dijo—, yo soy Husayn el Médico, hijo de Abd-Ullah, que era hijo de al-Hasan, que era hijo de Alí, que era hijo de Sina. Estos son mis amigos y serán amigos tuyos. ¿De dónde eres?

—De la aldea de Shaini, maestro —susurró el hombre del jergón.

—¡Ah, eres un hombre de Fars! He pasado días muy felices en Fars. Los dátiles del oasis de Shaini son grandes y dulces, ¿verdad?

A Amahl se le llenaron los ojos de lágrimas y asintió torpemente.

—Askari, ve a buscar dátiles y un cuenco de leche tibia para nuestro amigo.

Al instante trajeron lo que había pedido Ibn Sina; médicos y estudiantes observaron cómo el enfermo comía vorazmente.

—Despacio, Amahl. Despacio, amigo mío —le advirtió Ibn Sina—. Askari, ocúpate de que cambien la dieta de nuestro amigo.

»Siempre debemos recordar este detalle acerca de los enfermos que están a nuestro cuidado. Acuden a nosotros pero no se convierten en nosotros, y con mucha frecuencia no comen lo que nosotros comemos. Los leones no paladean el heno cuando visitan al ganado.

»Los habitantes del desierto subsisten principalmente

gracias a cuajadas agrias y preparados de lácteos similares. Los habitantes del Dar-ul-Maraz comen arroz y frutos secos. Los jorasaníes sólo ingieren sopa espesada con harina. Los indios comen guisantes, legumbres, aceite y especias picantes. Los pueblos de la Transoxiana toman vino y carne, sobre todo de caballo. Los de Fars y Arabistán se alimentan principalmente de dátiles. Los beduinos están acostumbrados a la carne, la leche de camello y las algarrobas. Los de Gurgan, los georgianos, los armenios y los europeos suelen tomar bebidas espirituosas con las comidas, y comen carne de vacas y cerdos.

Ibn Sina observó a los hombres reunidos a su alrededor.

—Los aterrorizamos, jóvenes maestros. Algunas veces no podemos salvarlos y otras los mata nuestro tratamiento. No los matemos también de hambre.

El Jefe de Príncipes se alejó andando, con las manos a la espalda.

A la mañana siguiente, en un pequeño anfiteatro con gradas de piedra, Rob asistió a su primera clase en la madraza. Por puro nerviosismo llegó temprano y estaba solo en la cuarta fila cuando media docena de aprendices entraron juntos.

Al principio no le prestaron atención. Por su conversación era evidente que uno de ellos, Fadil ibn Parviz, había sido notificado de que examinarían su aptitud para convertirse en médico, y sus compañeros reaccionaban con burlona envidia.

—¿Sólo falta una semana para que te examines, Fadil? —dijo un asistente bajo y rechoncho—. ¡Mearás verde de miedo!

—Cierra tu boca gorda, Abbas Sefi, nariz de judío, picha cristiana. Tú no tienes nada que temer de los exámenes porque serás aprendiz más tiempo aún que Karim Harun —respondió Fadil.

Todos rieron. De pronto, Fadil notó la presencia de Rob y dijo:

—*Salaam*. ¿Quién está aquí? ¿Cómo te llamas, *Dhimmi*?

—Jesse ben Benjamin.

—¡Ah, el preso famoso! El cirujano barbero judío con un *calaat* del sha. Aquí descubrirás que hace falta algo más que un decreto real para llegar a ser médico.

El anfiteatro se estaba llenando. Mirdin Askari se abría paso por las gradas de piedra en busca de un lugar desocupado y Fadil lo llamó.

—¡Askari! Ha llegado otro hebreo que quiere ser matasanos. Pronto seréis más que nosotros.

Askari los miró fríamente y se desentendió de Fadil como quien no hace caso de un insecto fastidioso.

Nuevos comentarios fueron interrumpidos por la llegada del profesor de filosofía, un hombre de expresión preocupada, llamado Sayyid Sa'di.

Rob tuvo un indicio de lo que sería afanarse por ser aprendiz de médico, pues Sayyid paseó la mirada por la sala y notó una cara que le era desconocida.

—Tú, *Dhimmi*, ¿cómo te llamas?

—Soy Jesse ben Benjamin, maestro.

—Jesse ben Benjamin, dinos cómo describió Aristóteles la relación entre el cuerpo y el espíritu.

Rob meneó la cabeza.

—Está en su obra *Sobre el alma* —dijo impaciente el profesor.

—No conozco *Sobre el alma*. Nunca he leído a Aristóteles.

Sayyid Sa'di lo observó consternado.

—Debes empezar a leerlo de inmediato.

Rob entendió muy poco de lo que dijo Sayyid Sa'di en el transcurso de su clase.

Al terminar la lección, mientras el anfiteatro se estaba vaciando, abordó a Mirdin Askari.

—Te transmito los mejores deseos de tres hombres de Nasuat, Reb Lonzano ben Ezra, Reb Loeb ben Kohen, y tu primo Reb Aryeh Askari.

—Ah. ¿Fue afortunado su viaje?

—Creo que lo fue.

Mirdin asintió.

—Bien. He oído decir que tú eres un judío europeo. Ispahán te parecerá rara, pero casi todos somos de otros sitios.

Entre sus colegas aprendices, dijo, había catorce musulmanes de países del Califato oriental, siete musulmanes del Califato occidental y cinco judíos orientales.

—Entonces, ¿soy el sexto judío? Por lo que dijo Fadil ibn Pardiz, pensé que éramos más numerosos.

—¡Oh, Fadil! Un solo aprendiz de medicina judío sería demasiado para el gusto de Fadil. Él es ispahaní, y los nacidos aquí consideran que Persia es la única nación civilizada y el Islam, la única religión. Cuando los musulmanes intercambian insultos, se dicen «judíos o cristianos». Si están de buen humor, consideran el máximo alarde de ingenio llamarse Dhimmi mahometano.

Rob asintió, recordando que cuando el sha lo llamó «hebreo» todos habían reído.

—¿Y eso te enfada?

—Eso hace que mi mente y mi culo se esfuercen más, para poder sonreír cuando dejo muy atrás a los aprendices musulmanes en la madraza. —Miró con curiosidad a Rob—. Dicen que tú eres cirujano barbero. ¿Es verdad?

—Sí.

—Yo no hablaría de eso —advirtió cautamente Mirdin—. Los médicos persas opinan que los cirujanos barberos son...

—¿Menos que admirables?

—No son apreciados.

—Me da exactamente lo mismo. Yo no me disculpo por lo que soy.

Creyó notar un destello de aprobación en los ojos de Mirdin, pero si lo hubo desapareció en un instante.

—No tienes por qué hacerlo —dijo Mirdin, inclinó la cabeza fríamente y abandonó el anfiteatro.


Una lección de teología islámica impartida por un gordo mullah que se llamaba Abul Bakr sólo fue un poco mejor que la clase de filosofía. El Corán se dividía en ciento catorce capítulos llamados azoras. La longitud de las azoras variaba desde unas pocas líneas hasta varios centenares de versículos, y Rob se enteró, con gran desaliento, de que no podría graduarse en la madraza hasta haber memorizado las azoras más importantes.

En la clase siguiente, a cargo de un cirujano maestro llamado Abu Ubayd al-Juzjani, éste le ordenó que leyera *Los diez tratados sobre el ojo*, de Hunayn. Al-Juzjani era menudo, moreno y temible, de mirada pertinaz y el talante de un oso que acaba de despertarse. La rápida acumulación de tareas asignadas estremeció a Rob, pero estaba interesado en la clase de al-Juzjani acerca de la opacidad que cubría los ojos de tanta gente y la privaba de la visión.

—Se cree que tal ceguera es provocada por un derrame de humor corrupto en el ojo —dijo al-Juzjani—. Por esta razón los médicos persas primitivos dieron a esa dolencia el nombre de *nazul-i-ab*, o «descenso de agua», que se ha vulgarizado en cascada o catarata.

El cirujano agregó que la mayoría de las cataratas empezaban como un puntito en el cristalino, que apenas interfería la visión, pero que gradualmente se extendía hasta que todo el cristalino se volvía blanco lechoso y producía la ceguera. Rob observó cómo extirpaba al-Juzjani las cataratas de un gato muerto. Poco después sus ayudantes pasaron entre los aprendices distribuyendo cadáveres de animales para que repitieran el procedimiento en perros, gatos e incluso gallinas. A él le tocó un perro abigarrado de mirada fija, la expresión de un gruñido permanente, y sin patas delanteras. A Rob le temblaban las manos y no tenía idea de qué debía hacer. Pero cobró valor al recordar cómo Merlin había librado a Edgar Thorpe de su ceguera porque le habían enseñado la operación en aquella misma escuela, quizás en la misma aula. De súbito, al-Juzjani se inclinó sobre él y observó de cerca el ojo de su perro muerto.

—Apoya la aguja en el punto en que tienes la intención de efectuar la extirpación, y haz una punción —dijo con tono áspero—. Luego mueve la punta hacia el ángulo exterior del ojo, al mismo nivel y ligeramente por encima de la pupila. Eso hará que la catarata se hunda por debajo. Cuando operes el ojo derecho, debes sostener la aguja en la mano izquierda y proceder en sentido contrario.

Rob siguió las instrucciones, pensando en los hombres y mujeres que a lo largo de los años habían pasado tras su biombo de cirujano barbero con los ojos opacos y por quienes no había podido hacer nada.

«¡Al diablo con Aristóteles y el Corán! Para esto he venido a Persia», se dijo, exultante.


Aquella tarde formaba parte del grupo de aprendices que seguían a al-Juzjani por el *maristan* como acólitos de un obispo. Al-Juzjani visitó pacientes, transmitió conocimientos, hizo comentarios e interrogó a los estudiantes mientras cambiaba vendajes y retiraba suturas. Rob vio que era un cirujano hábil y de variados conocimientos: ese día había en el hospital pacientes suyos que se recuperaban de operaciones de cataratas, de un brazo aplastado y amputado, de extirpación de bubas, de circuncisiones y del cierre de una herida en la cara de un chico, cuya mejilla había sido perforada por un palo puntiagudo.

Cuando al-Juzjani terminó la ronda, Rob volvió a recorrer el hospital, esta vez detrás del *hakim* Jalal-ul-Din, un médico cuyos pacientes llevaban complejos sistemas de retractores, empalmes, cuerdas y poleas que Rob contempló entusiasmado.

Había esperado nervioso que lo llamaran o interrogaran, pero ningún médico se dio por enterado de su existencia. Cuando Jalal terminó, Rob ayudó a los sirvientes a alimentar a los pacientes y a retirar lavazas.

Fue a buscar libros al salir del hospital. Había un gran número de ejemplares del Corán en la biblioteca de la madraza, y también encontró *Sobre el alma*. Pero le dijeron que el único ejemplar de *Los diez tratados sobre el ojo* Hunayn había sido sacado por otro, y que media docena de estudiantes habían pedido el libro antes que él.

El guardián de la Casa de la Sabiduría era Yussuf-ul-Gamal, un amable calígrafo que pasaba el tiempo libre con la tinta y la pluma, haciendo copias de libros traídos de Bagdad.

—Has tardado demasiado. Transcurrirán algunas semanas hasta que puedas disponer de *Los diez tratados sobre el ojo* —dijo—. Cuando un profesor aconseja un libro tienes que venir a verme rápidamente, antes de que lleguen otros.

Rob asintió, preocupado. Llevó los dos libros a casa, deteniéndose únicamente en el mercado judío para comprarle una lámpara de aceite a una mujer de mandíbulas fuertes y ojos grises.

—¿Tú eres el europeo?

—Sí.

Ella sonrió de oreja a oreja.

—Somos vecinos. Yo soy Hinda, mujer de Tall Isak, y vivo tres casas al norte de la tuya. Debes visitarnos.

Rob le dio las gracias y sonrió, animado.

—Para ti, el precio más bajo. ¡Mi mejor precio para un judío que le arrancó un *calaat* a ese rey!

En la posada de Salman el Pequeño comió *pilah*, pero se incomodó cuando el posadero llevó a otros dos vecinos a que conocieran al judío que había conseguido el *calaat*. Eran jóvenes robustos, que oficiaban de picapedreros: Chofni y Shemuel b'nai Chivi, hijos de la viuda Nitka la Partera, que vivían en el extremo de su calle. Los hermanos le palmearon la espalda, le dieron la bienvenida y trataron de invitarlo a beber vino.

—¡Háblanos del *calaat*, háblanos de Europa! —gritó Chofni.

La camaradería era tentadora, pero escapó a la soledad de su casa. Después de atender a los animales leyó a Aristóteles en el jardín y lo encontró difícil; no llegaba a comprenderlo, y estaba acobardado por su ignorancia.

Cuando cayó la oscuridad entró, encendió la lámpara y se dedicó al Corán. Las azoras parecían organizadas según su longitud, con los capítulos más largos al principio. Pero ¿cuáles eran las azoras importantes que debía memorizar? No tenía la menor idea. Y había muchísimos pasajes introductorios: ¿eran importantes? Estaba desesperado, y pensó que tenía que empezar por algún lado.

*Gloria a Dios el Altísimo, lleno de Gracia y Misericordia; Él creó Todo, incluido el Hombre...*

Leyó los párrafos repetidas veces, pero después de memorizar unos pocos versos, se le cerraron los párpados. Completamente vestido, cayó en un profundo sueño en el suelo iluminado por la lámpara, como quien intenta escapar a un desvelo doloroso y vejatorio.

# 40

# LA INVITACIÓN

Todas las mañanas, Rob era despertado por el sol naciente que se colaba a través de la estrecha ventana de su habitación, arrancando reflejos dorados a los tejados de las casas delirantemente inclinadas del Yehuddiyeeh. La gente salía a la calle al amanecer: los hombres para asistir a las oraciones matinales en las sinagogas, las mujeres, presurosas, para atender los puestos del mercado o hacer las compras temprano, con el fin de conseguir los mejores productos del día.

En la casa vecina, al norte, vivía el zapatero Yaakob ben Rashi, su esposa Naoma y su hija Lea. Al otro lado habitaba el panadero Micah Halevi, su mujer Yudit y tres hijas pequeñas.

Rob llevaba pocos días en el Yehuddiyyeh cuando Micah envió a Yudit a su casa con objeto de entregarle un pan redondo y chato para el desayuno, recién salido del horno. Fuera donde fuese en el Yehuddiyyeh, todos tenían una palabra amable para el judío extranjero que había ganado el *calaat*.

Era menos popular en la madraza, donde los estudiantes musulmanes nunca lo llamaban por su nombre y se complacían en tildarlo de Dhimmi, y donde hasta sus compañeros judíos lo llamaban europeo.

Si bien su experiencia como cirujano barbero no era

admirada, le fue útil en el *maristan*, donde en tres días resultó evidente que sabía vender, sangrar y entablillar fracturas sencillas con la misma habilidad que un graduado. Lo aliviaron de la faena de juntar lavazas y le asignaron tareas más relacionadas con el cuidado de los enfermos, lo que volvió un poco más soportable su vida.

Cuando preguntó a Abul Bakr cuáles eran las azoras importantes entre las ciento catorce del Corán, no logró una respuesta concreta.

—Todas son importantes —dijo el gordo *mullah*—. Algunas son más importantes a juicio de un estudioso, y otras a juicio de otro estudioso.

—Pero no podré graduarme a menos que haya memorizado las azoras importantes. Si no me dices cuáles son, ¿cómo puedo saberlo?

—Ah —respondió el profesor de teología—. Tienes que estudiar el Corán y Alá (¡exaltado sea!) te las revelará.

Sentía el peso de Mahoma sobre sus espaldas, los ojos de Alá siempre puestos en él. En el último rincón de la escuela estaba, inevitablemente, el Islam. En todas las clases había un *mullah* para cerciorarse de que Alá (¡grande y poderoso sea!) no fuera profanado.

La primera clase de Rob con Ibn Sina fue una lección de anatomía en la que disecaron un enorme cerdo, prohibido a los musulmanes como alimento, pero permitido para su estudio.

—El cerdo es un sujeto anatómico especialmente apto, porque sus órganos internos son idénticos a los del hombre —dijo Ibn Sina mientras cortaba diestramente el pellejo.

El animal estaba lleno de tumores.

—Estos bultos de superficie lisa no causarán ningún daño, con toda probabilidad. Pero algunos han crecido con gran rapidez…, como éstos —Ibn Sina inclinó la pesada res para que pudieran observarlos mejor—. Estos agrupamientos carnosos se han apiñado hasta semejar la cabeza de una coliflor, y los tumores en coliflor son mortales.

—¿Aparecen en los seres humanos? —preguntó Rob.

—No lo sabemos.

—¿No podemos buscarlos?

El mutismo fue general: los demás estudiantes enmudecieron, desdeñosos, ante el diablo extranjero e infiel, y los instructores adoptaron una actitud de alerta. El *mullah* que había sacrificado al cerdo levantó la cabeza de su libro de oraciones.

—Está escrito —contestó Ibn Sina con mucho cuidado— que los muertos se levantarán y serán saludados por el Profeta (¡que Dios lo bendiga y lo salude!) para volver a vivir. A la espera de ese día, sus cuerpos no deben estar mutilados.

Poco después Rob asintió. El *mullah* volvió a sus oraciones e Ibn Sina reanudó la lección de anatomía.

Esa tarde estaba en el *maristan* el *hakim* Fadil ibn Parviz, con el turbante rojo de médico, recibiendo las felicitaciones de los aprendices porque había aprobado el examen. Rob no tenía ningún motivo para simpatizar con Fadil, pero se alegró y se exaltó, porque el éxito de cualquier estudiante podía algún día ser el propio.

Fadil y al-Juzjani eran los médicos que ese día hacían las rondas, y Rob los siguió con otros cuatro aprendices: Abbas Sefi, Omar Nivahend, Suleiman-al-Gamal y Sabit ibn Qurra. En el último momento, Ibn Sina se unió a al-Juzjani y a Fadil, y Rob sintió el aumento general del nerviosismo, la leve excitación que siempre se producía en presencia del médico jefe.

En breve llegaron al recinto de los pacientes con tumores. En el jergón más próximo a la entrada yacía una figura inmóvil y con los ojos hundidos. Hicieron un alto alejados del paciente.

—Jesse ben Benjamin, háblanos de este hombre —dijo al-Juzjani.

—Se llama Ismail Ghazali. No conoce su edad, pero dice que nació en Khur durante las grandes inundaciones de primavera. Me han dicho que eso ocurrió hace treinta y cuatro años.

Al-Juzjani asintió aprobadoramente.

—Tiene tumores en el cuello, debajo de los brazos y en la entrepierna, que le producen un terrible dolor. Su padre falleció de una enfermedad similar cuando Ismail Ghazali era pequeño. Le atormenta orinar. Sus aguas son de color amarillo oscuro, con matices semejantes a pequeñas hebras rojas. No puede comer más de una o dos cucharadas de gachas sin vomitar, de modo que se le administra una alimentación ligera tan a menudo como la tolera.

—¿Lo has sangrado hoy? —preguntó al-Juzjani.

—No, *hakim*.

—¿Por qué?

—Es innecesario causarle más dolor. —Si Rob no hubiese estado pensando en el cerdo y preguntándose si el cuerpo de Ismail Ghazali estaba siendo consumido por tumores en coliflor, probablemente no hubiera caído en la trampa—. Al caer la noche estará muerto.

Al-Juzjani lo miró atónito.

—¿Por qué piensas eso? —inquirió Ibn Sina.

Todas las miradas confluyeron en Rob, pero él sabía que no debía intentar una explicación.

—Lo sé —dijo finalmente.

Fadil olvidó su nueva dignidad y soltó una carcajada. Al-Juzjani se puso rojo de indignación, pero Ibn Sina levantó la mano indicando a los otros médicos que debían seguir camino. El incidente puso fin a la exaltación optimista de Rob. Esa noche le resultó imposible estudiar. «Asistir a la escuela es una equivocación», se dijo. Nada podía hacer de él lo que no era, y tal vez había llegado la hora de reconocer que no estaba destinado a ser médico.

Pero a la mañana siguiente fue a la escuela y asistió a tres clases; por la tarde se obligó a ir detrás de al-Juzjani en su visita a los pacientes. Cuando iniciaron la ronda, Rob notó angustiado que Ibn Sina se unía a ellos, como había hecho el día anterior.

Al llegar a la sección de pacientes con tumores, un mozalbete ocupaba el jergón más cercano a la puerta.

—¿Dónde está Ismail Ghazali? —preguntó al-Juzjani al enfermero.

—Se lo llevaron durante la noche, *hakim*.

Al-Juzjani no hizo ningún comentario.

Mientras seguían camino, trató a Rob con el gélido desprecio correspondiente a un Dhimmi extranjero que ha acertado una adivinanza.

Pero concluidas las visitas, Rob sintió una mano apoyada en el brazo, se volvió y encontró la mirada de los ojos inquietantes del Jefe de Príncipes.

—Esta noche compartirás mi cena —dijo Ibn Sina.


Rob estaba nervioso y expectante mientras seguía las instrucciones del médico jefe montado en su caballo por la avenida de los Mil Jardines hasta la senda que llevaba a la casa de Ibn Sina. Se encontró ante una gran residencia de piedra, con dos torres, enclavada entre huertos colgantes y viñedos. También Ibn Sina había recibido una «prenda real» del sha, pero su *calaat* le llegó cuando era famoso y venerado, por lo que el regalo había sido principesco.

Un guardia lo esperaba, se hizo cargo de su caballo y lo hizo pasar a la finca amurallada. El sendero hasta la casa era de grava tan triturada, que sus pisadas sonaban como susurros. Cuando estaba muy cerca de la entrada, se abrió una puerta lateral y por ella salió una mujer. Joven y garbosa, llevaba una casaca de terciopelo rojo hasta la cintura, con bordes de oropel, encima de un vestido holgado de algodón, con estampados floreados. Aunque menuda, su andar era el de una reina. Varios brazaletes de abalorios rodeaban sus tobillos en el punto en que sus pantalones carmesí se ceñían y terminaban en flecos de lana sobre sus suaves talones desnudos. La hija de Ibn Sina —si era su hija— lo escudriñó a fondo antes de apartar su cara, cubierta con un velo, de la mirada de un hombre, según lo prescrito por el Islam.

Detrás iba una figura con turbante, enorme como una pesadilla. El eunuco tenía la mano en la empuñadura alhajada de la daga que colgaba de su cinturón y no desvió los ojos, sino que observó siniestramente a Rob hasta que su señora atravesó sana y salva una puerta de la tapia que daba al jardín.

Rob seguía con la vista fija en ellos cuando se abrió la puerta delantera —una sola losa grande— sobre los goznes aceitados y un sirviente lo hizo pasar a una espaciosa frescura.

—Ah, joven amigo. Bienvenido seas a mi casa.

Ibn Sina lo condujo a través de una serie de vastas estancias cuyas paredes de azulejos estaban adornadas con ricas colgaduras tejidas, de los colores de la tierra y el cielo. Las alfombras de los suelos de piedra eran espesas como el césped. En un jardín en forma de atrio, en el centro de la casa, habían dispuesto una mesa cerca de una fuente.

Rob se sintió torpe, porque nunca un sirviente lo había ayudado a sentarse. Otro llevó una bandeja de barro con pan chato, e Ibn Sina entonó su oración islámica con desentonado desenfado.

—¿Quieres decir tu bendición? —preguntó cortésmente.

Rob partió uno de los panes y todo fue fácil, pues se había acostumbrado a la acción de gracias hebrea: «Bendito seas Tú, oh Señor Dios nuestro, Rey del Universo, que produce el pan de la tierra.»

—Amén —dijo Ibn Sina.

La comida era sencilla y excelente: pepinos troceados con menta y una pesada leche agria, un *pilah* ligero preparado con trozos de cordero magro y pollo, cerezas y albaricoques cocidos, y un refrescante *sherbet* de zumo de frutas.

Después de comer, un hombre con un anillo en la nariz, particularidad que señalaba su condición de esclavo, llevó paños húmedos para las manos y las caras, en tanto otros esclavos limpiaban la mesa y encendían antorchas humeantes para ahuyentar a los insectos.

Les llevaron un cuenco con abundantes pistachos. Se sentaron, cascaron los frutos con los dientes y masticaron en sociable compañía.

—Bien —Ibn Sina se inclinó, y sus excepcionales ojos,

que podían transmitir tantas cosas, brillaron atentos bajo la luz de las antorchas—. Hablemos de la razón por la que sabías que Ismail Ghazali estaba a punto de morir.

Rob le contó que a los nueve años, cogiendo la mano de su madre supo que moriría, y que de la misma manera había conocido la muerte inminente de su padre.

Describió los otros casos de personas cuya mano en las suyas le había transmitido el penetrante pavor y la cruel revelación.

Ibn Sina lo interrogó pacientemente mientras le informaba de cada caso, sondeando su memoria para asegurarse de que no pasara por alto ningún detalle. Gradualmente, desapareció cualquier reserva en la expresión del anciano.

—Muéstrame lo que haces.

Rob cogió las manos de Ibn Sina y lo miró a los ojos; poco después sonrió.

—Por ahora no tienes que temer la muerte.

—Tú tampoco —dijo tranquilamente el médico.

Pasaron unos pocos segundos y Rob pensó: «¡Santo Cristo!»

—¿Es en verdad algo que tú también sientes, médico jefe?

Ibn Sina meneó la cabeza.

—No del mismo modo que tú. En mí se manifiesta como una certeza en lo más profundo..., como un fuerte instinto de que el paciente morirá o vivirá. A lo largo de los años he hablado con otros médicos que comparten esta intuición, y somos una hermandad más numerosa de lo que tú imaginas. Pero nunca conocí a alguien en quien el don fuese tan potente como en ti. Es una responsabilidad, y para estar a su altura deberás convertirte en un excelente médico.

Esas palabras retrotrajeron a Rob a la cruda realidad, y suspiró pesaroso.

—Es posible que no logre completar mis estudios de medicina, pues no soy un erudito. Vuestros estudiantes musulmanes han sido alimentados por la fuerza con el aprendizaje clásico durante toda su vida..., y los demás aprendices judíos fueron destetados en la feroz erudición de sus casas de estudios. Aquí, en la universidad, unos y otros cuentan con esa base, mientras yo sólo cuento con dos insignificantes años de escolaridad y una amplia ignorancia.

—Entonces debes trabajar más arduamente y a mayor velocidad que los demás —dijo Ibn Sina sin contemplaciones.

La desesperación volvió audaz a Rob:

—En la escuela se exige demasiado. Y hay cosas que no me interesan ni necesito. La filosofía, el Corán...

El Maestro lo interrumpió desdeñosamente.

—Estás cometiendo un error muy común. Si nunca has estudiado filosofía, ¿cómo puedes rechazarla? La ciencia y la medicina se ocupan del cuerpo, mientras la filosofía trata de la mente y del alma, tan necesarias para un médico como la comida y el aire. En cuanto a la teología, yo tenía memorizado todo el Corán a los diez años de edad. Es mi fe y no la tuya, pero no te hará ningún daño, y memorizar diez coranes sería un precio irrisorio si te sirviera para adquirir todos los conocimientos médicos.

»Tu mente es apta, porque vemos cómo aprendes una nueva lengua y advertimos que eres una promesa de muchas otras formas. Pero no debes temer que el aprendizaje se convierta en una parte de ti mismo, de modo que te resulte tan natural como respirar. Tienes que expandir tu mente lo suficiente como para que asimile todo cuanto podemos transmitirte.

Rob estaba callado y atento.

—Yo tengo un don tan fuerte como el tuyo, Jesse ben Benjamin. Sé descubrir dónde hay un hombre que puede ser médico, y en ti percibo la necesidad de curar, una necesidad tan intensa que quema. Pero no es suficiente poseer esa necesidad. Un médico no se hace mediante un *calaat*... por suerte, dado que ya hay demasiados médicos ignorantes. Por eso tenemos la escuela, para separar la paja del trigo. Y cuando encontramos un aprendiz meritorio, lo sometemos a pruebas especialmente rigurosas. Si nuestras pruebas son excesivas para ti, olvídanos y vuelve a tu oficio de cirujano barbero y a vender tus espurios ungüentos...

—Medicinas —corrigió Rob, airado.

—Tus espurias medicinas, entonces. Porque para ser *hakim*, hay que ganárselo. Si lo deseas, debes castigarte a ti mismo en beneficio del aprendizaje, buscar las ventajas que reporta alcanzar el nivel de los otros aprendices y sobrepasarlos. Tienes que estudiar con el fervor de los bendecidos o de los condenados.

Rob respiró hondo, con la mirada todavía clavada en Ibn Sina, y se dijo que no había hecho el esfuerzo de cruzar el mundo para fracasar.

Se levantó para retirarse y en ese preciso instante se le ocurrió una idea.

—Médico jefe, ¿tienes *Los diez tratados del ojo*, de Hunayn?

Ahora Ibn Sina sonrió.

—Lo tengo —dijo y se apresuró a buscarlo para dárselo a su discípulo.

# 41

# LA *MAIDAN*

A hora temprana de una mañana ajetreada, tres soldados fueron a buscarlo. Se puso tenso y se preparó para lo peor, aunque esta vez todos fueron amables y respetuosos, y no desenfundaron las porras. El principal, cuyo aliento delataba que se había desayunado con cebollas tiernas, hizo una profunda inclinación.

—Nos envían a informarte, maestro, que mañana, después de la Segunda Oración habrá una recepción en la corte. Se espera la asistencia de los receptores de *calaats*.

Así, a la mañana siguiente Rob se encontró otra vez bajo la techumbre arqueada y dorada de la Sala de Columnas.

Esta vez las masas estaban ausentes, lo que lo apesadumbró, porque la Shahanshah resplandecía. Alá llevaba turbante, una túnica de ancho vuelo, zapatos puntiagudos de color púrpura, pantalones y perneras carmesí y una pesada corona de oro labrado. El imán Mirza-aboul Qandrasseh, el visir,-ocupaba un trono cercano, más pequeño, y como de costumbre iba ataviado con la túnica negra de *mullah*.

Los beneficiarios del *calaat* permanecían apartados de los tronos, como observadores. Rob no vio a Ibn Sina y no reconoció a nadie salvo a Khuff, capitán de las Puertas.

Alrededor del sha se veían, en el suelo, brillantes alfombras con hebras de seda y oro. Acomodados en cojines, a ambos lados y dando frente al trono, había un grupo de hombres ricamente engalanados.

Rob se acercó a Khuff y le tocó el brazo.

—¿Quiénes son? —susurró.

Khuff miró con desdén al hebreo extranjero pero respondió pacientemente, tal como le habían enseñado:

—El Imperio está dividido en catorce provincias, en las que hay quinientos cuarenta y cuatro Lugares Considerables: ciudades, recintos amurallados y castillos. Estos son los *mirzes, chawns*, sultanes y *beglerbegs* que gobiernan los principados sobre los que el sha Ala-al-Dawla ejerce su dominio.

Rob supuso que en breve se iniciarían las ceremonias, porque Khuff se alejó deprisa y se apostó junto a la puerta por la parte interior.

El embajador de Armenia fue el primero de los enviados que entró cabalgando en la sala. Todavía era joven, con barba y pelo negros, pero por lo demás una eminencia gris montada en una yegua gris y con rabos de zorro plateado sobre una túnica de seda gris. Khuff lo detuvo a ciento cincuenta pasos del trono, lo ayudó a desmontar y lo condujo hasta el trono para que besara los pies de Ala.

A continuación, el embajador presentó al sha lujosos regalos de su soberano, incluido un gran farol de cristal, nueve pequeños espejos en marcos de oro, ciento veinte varas de paño morado, veinte frascos de fina esencia y cincuenta cibelinas.

Apenas interesado, Ala dio la bienvenida al armenio, y por su intermedio, las gracias a su señor por los magníficos regalos.

Después entró el embajador de los jázaros, que fue recibido por Khuff. Se repitieron idénticos gestos, salvo que el regalo del soberano consistía en tres finos caballos árabes y un cachorro de león encadenado, que no estaba domesticado, por lo que, en medio de su terror, defecó en la alfombra de seda y oro.

Reinó el más absoluto silencio y todos guardaron la reacción del sha. Ala no arrugó el ceño ni sonrió; esperó a que los esclavos y sirvientes se llevaran sin dilaciones la ofensiva ofrenda, los regalos y al embajador. Los cortesanos que estaban sentados en sus cojines a los pies del sha, permanecieron como estatuas inanimadas, con los ojos fijos en el Rey de Reyes. Eran sombras dispuestas a moverse con los movimientos del cuerpo de Ala. Finalmente, hubo una señal imperceptible y un relajamiento general, cuando el siguiente enviado, del emir de Qarmatia, fue anunciado y entró en la sala montado en un caballo castaño cobrizo.

Rob siguió observando todo respetuosamente, pero en su interior se alejó de la corte y empezó a repasar sus lecciones en silencio. Los cuatro elementos: tierra, agua, fuego y aire; las cualidades reconocidas por el tacto: frío, calor, sequedad y humedad; los temperamentos: sanguíneo, flemático, colérico y saturnino; las facultades: natural, animal y vital.

Imaginó las distintas partes del ojo tal como las había enumerado Hunayn, nombró siete hierbas y medicamentos recomendados para los escalofríos y dieciocho para las fiebres, e incluso recitó varias veces las nueve primeras estrofas de la tercera azora del Corán, titulada «La familia de 'Imran».

Se estaba complaciendo con estos pensamientos cuando fue interrumpido, pues vio a Khuff enzarzado en un tenso intercambio de palabras con un imperioso anciano de pelo cano que cabalgaba un semental castaño muy nervioso.

—¡Me presentan en último lugar porque representó a los turcos seljucíes! ¡Esto es un desaire deliberado a mi pueblo!

—Alguien tiene que ser último, Hadad Khan, y hoy le ha tocado a Vuestra Excelencia —replicó serenamente el capitán de las Puertas.

Enfurecido, el embajador intentó adelantar a Khuff con su caballo y llegar cabalgando al trono. El viejo militar canoso fingió que el culpable era el corcel y no el jinete.

—¡Eh! —gritó Khuff, que aferró la brida y golpeó repetida y bruscamente el hocico del animal con su porra, haciéndolo retroceder y gemir.

Los soldados controlaron al alazán mientras Khuff ayudaba a desmontar a Hadad Khan con manos no del todo suaves, y lo acompañaba al trono.

El seljucí hizo el *ravi zemin* a la ligera, y con voz temblorosa transmitió los saludos de su jefe, Toghrul-Beg, sin presentar ningún regalo.

El sha Ala no le dirigió la palabra; lo despidió con ademán frío y así acabo la recepción.

Rob pensó que, con excepción del embajador seljucí y el episodio del león, todo había sido muy aburrido.


Le habría gustado mejorar la casita del Yehuddiyyeh. El trabajo no le habría llevado más de unos días, pero una hora se había convertido en un bien precioso, y los alféizares quedaron sin reparar, las paredes agrietadas sin enlucir, los albaricoqueros sin podar y el jardín se llenó de hierbajos.

Compró a Hinda, la vendedora del mercado judío, tres *mezuzot*, los pequeños tubitos de madera que contenían minúsculos pergaminos arrollados con fragmentos de la Escritura. Formaban parte de su disfraz. Los fijó en la jamba derecha de cada una de sus puertas, a no menos de un palmo de la parte superior, tal como recordaba que estaban colocados los *mezuzot* en las casas judías de Tryavna.

Explicó lo que necesitaba a un carpintero indio, e hizo dibujos en la tierra. Sin la menor dificultad, el hombre le construyó una mesa de olivo bastamente cortada y una silla de pino al estilo europeo. También compró algunos utensilios de cocina a un calderero. Por lo demás, le preocupaba tan poco la casa, que podría haber vivido en una cueva.

Se acercaba el invierno. Las tardes seguían siendo calurosas, pero el aire nocturno que se filtraba por las ventanas era fresco, anunciando el cambio de clima. Encontró unas cuantas pieles de carnero baratas en el mercado armenio y comenzó a dormir envuelto en ellas, agradecido.

Un viernes por la noche, su vecino, el zapatero Yaakob ben Rashi, lo convenció para que fuera a su casa a compartir la comida del sábado. La casa era modesta pero cómoda, y al principio Rob disfrutó de la hospitalidad. Naoma, la mujer de Yaakob, se cubrió la cara y pronunció la bendición de las velas. La rolliza hija, Lea, sirvió una buena comida compuesta por pescado de río, gallina guisada, *pilah* y vino. Lea mantenía la vista pudorosamente baja, pero en varias ocasiones sonrió a Rob. Estaba en edad casadera, y dos veces, durante la cena, su padre hizo algunas insinuaciones prudentes acerca de una dote considerable. La decepción fue general cuando Rob les dio las gracias y se marchó temprano, para retornar a sus libros.

En la vida de Rob se estableció una pauta. La observancia religiosa cotidiana era obligatoria para los estudiantes de la madraza, pero se permitía a los judíos asistir a sus propios servicios, de modo que todas las mañanas iba a la sinagoga Casa de Paz. El hebreo de las oraciones *shaharit* ya le resultaba familiar, pero muchas seguían siendo intraducibles, como sílabas sin sentido; no obstante, el balanceo y el cántico eran una forma serena de empezar el día.

Las mañanas estaban ocupadas por las clases de filosofía y de religión, a las que asistía con porfiada determinación, y por una serie de cursos médicos.

Mejoraban sus conocimientos de la lengua persa, pero a veces, durante una clase, no tenía más remedio que preguntar el significado de una palabra o de una expresión. Algunas veces otros estudiantes se la explicaban, pero a menudo nadie le contestaba.

Una mañana, el maestro de filosofía, Sayyid Sa'di, mencionó los *gash-tagh-daftaran*. Rob se inclinó hacia Abbas Sefi, que estaba sentado a su lado.

—¿Qué quiere decir *gashtaghdaftaran*?

Pero el rechoncho aprendiz de médico se limitó a dedicarle una mirada de enfado y meneó la cabeza.

Rob sintió que le tocaban la espalda. Se volvió y vio a Karim Harun en la grada de piedra superior. Karim sonrió.

—Una orden de antiguos escribas —le susurró—. Transcribieron la historia de la astrología y la ciencia persa primitiva.

El asiento de su lado estaba desocupado y lo señaló. Rob se trasladó a él. A partir de ese día, cuando llegaba a una clase miraba a su alrededor, y si estaba Karim se sentaban juntos.

La mejor hora del día era la tarde, cuando trabajaba en el *maristan*. Y resultó mejor aún cuando llevaba tres meses en la escuela y le correspondió examinar a los nuevos pacientes.

El proceso de admisión lo asombró por su complejidad. Al-Juzjani le enseñó cómo se hacía.

—Escucha bien, porque esta es una tarea importante.

—Sí, *hakim*.

Había aprendido a prestar mucha atención a al-Juzjani, porque a los pocos días de llegar supo que, junto con Ibn Sina, al-Juzjani era el mejor médico del *maristan*.

Varios condiscípulos le habían contado que al-Juzjani había sido ayudante y segundo de Ibn Sina prácticamente durante toda su vida, pero al-Juzjani hablaba con autoridad propia.

—Debes tomar nota de la historia detallada del paciente, y a la primera oportunidad revisarla en todos sus pormenores con un médico.

Se preguntaba a cada enfermo sobre su ocupación, hábitos, exposición a enfermedades contagiosas, dolencias del pecho, el estómago y las vías urinarias. Se lo desnudaba por completo y se le sometía a un examen médico, que incluía una adecuada inspección del esputo, el vómito, la orina y las heces, así como una evaluación del pulso y un intento por determinar fiebre según la temperatura de la piel.

Al-Juzjani le enseñó a pasar las manos sobre ambos brazos del paciente al mismo tiempo, luego sobre las dos piernas y después a cada costado del cuerpo, porque cualquier defecto, hinchazón u otra irregularidad quedaría de manifiesto, pues al tacto se diferenciaría del miembro o costado sano. También le indicó cómo se tocaba el cuerpo del paciente con golpes definidos y breves de las yemas de los dedos, con la intención de descubrir su mal oyendo algún sonido anormal. Casi todo ello era nuevo y extraño para Rob pero no tardó en familiarizarse con la rutina, y le resultó fácil porque había trabajado muchos años con pacientes.

Los momentos difíciles comenzaban al atardecer, tras la llegada a su casa en el Yehuddiyyeh, porque entonces se iniciaba la batalla entre la necesidad de estudiar y la necesidad de dormir. Aristóteles resultó ser un viejo sabio griego, y Rob descubrió que si un tema resultaba cautivante, el estudio dejaba de ser una tarea pesada para transformarse en placer. Fue un descubrimiento trascendental, quizá lo único que le permitía trabajar tan obstinadamente como fuera necesario, pues Sayyid Sa'di le encargó en seguida las lecturas de Platón y Heráclito. Al-Juzjani, con tanta indiferencia como si le pidiera que agregara un leño al fuego, le mandó que leyera los doce libros que abordaban la medicina en la *Historia Naturalis* de Plinio, «como preparación para leer todo Galeno el año que viene».

Y constantemente debía memorizar el Corán. Cuanto más guardaba en su memoria, más resentido se volvía. El Corán era la compilación oficial de las prédicas del Profeta y el mensaje de Mahoma había sido esencialmente el mismo durante una infinidad de años. El libro era repetitivo y estaba plagado de calumnias contra judíos y cristianos.

Pero perseveró. Vendió el burro y la mula para no emplear un minuto atendiéndolos y alimentándolos. Comía deprisa y sin placer; la frivolidad no tenía lugar en su vida.

Todas las noches leía hasta que ya no podía más y aprendió a poner cantidades muy ínfimas de aceite en sus lámparas, a fin de que se consumieran después de que su cabeza se hundiera entre sus brazos y él se durmiera sobre los libros. Ahora entendía por qué Dios le había dado un cuerpo grande y fuerte y buena vista, pues se exigía hasta el límite de su resistencia en su intento de formarse como erudito.

Una noche, consciente de que ya no podía estudiar más y debía evadirse, huyó de la casita del Yehuddiyyeh y se sumergió en la vida nocturna de las *maidans*.

Se había acostumbrado a las grandes plazas tal como se veían de día: espacios abiertos castigados por el sol, con pocos paseantes y algún hombre dormido hecho un ovillo en un fragmento de sombra. Descubrió que de noche las plazas rebosaban de gente y de vida, con bulliciosas celebraciones en las que se apiñaban los hombres del pueblo llano persa.

Todos parecían hablar y reír al mismo tiempo, produciendo un clamor más estruendoso que varias ferias de Glastonbury juntas. Un grupo de malabaristas cantores usaban cinco pelotas para sus juegos; eran divertidos y hábiles, y sintió la tentación de sumarse a ellos. Unos luchadores musculosos, con sus pesados cuerpos untados con grasa animal para dificultar que sus oponentes hicieran presa en ellos, se esforzaban mientras los mirones gritaban consejos y cruzaban apuestas. Los titiriteros representaron una obra de color subido, los acróbatas dieron saltos mortales, y vendedores de comidas y mercancías diversas competían entre sí para atraer a los compradores.

Rob interrumpió sus pasos en un puesto de libros iluminado por antorchas, donde el primer volumen que hojeó era una colección de dibujos. Cada uno de éstos mostraba al mismo hombre con la misma mujer, astutamente representados en una variedad de posturas amorosas que nunca había visto ni con la imaginación.

—Las sesenta y cuatro en imágenes, maestro —dijo el librero.

Rob no tenía la menor idea de qué eran las sesenta y cuatro. Sabía que iba contra la ley islámica vender o poseer dibujos de formas humanas, porque el Corán decía que Alá (¡exaltado sea!) era el solo y único creador de vida. Pero el libro lo fascinó y lo compró.

Después entró en una especie de fonda, donde la atmósfera estaba cargada de cháchara y pidió vino.

—Nada de vino. Esto es una *chai-khana*, una casa de té —dijo el afeminado camarero—. Puedes tomar *chai o sherbet*, o agua de rosas hervida con cardamomo.

—¿Qué es *chai*?

—Una bebida excelente. Viene de la India, creo. O tal vez nos llega por la Ruta de la Seda.

Rob pidió *chai* y un plato con caramelos.

—Tenemos un lugar íntimo. ¿Quieres un muchacho?

—No.

La bebida estaba muy caliente, era de color ámbar y con un sabor que le hizo arrugar los labios, Rob no supo decidir si le gustaba o no, pero los caramelos eran buenísimos. Desde las galerías altas de las arcadas, cerca de la *maidan*, llegaba una resonante melodía, y cuando miró al otro lado de la plaza vio que la música era interpretada en unas trompetas de cobre reluciente, de más de dos varas y media de longitud. Permaneció en la *chai-khana* tenuemente iluminada, observando a la multitud y bebiendo un *chai* tras otro, hasta que un cuentero entretuvo a los parroquianos con una anécdota de Jamshid, cuarto de los reyes héroes. La mitología no atraía a Rob más que la pederastia, así que pagó al camarero y se abrió paso entre la muchedumbre, hasta llegar al extremo de la *maidan*. Se quedó un rato observando los coches tirados por mulas que daban vueltas a la plaza lentamente, porque otros estudiantes se los habían mencionado.

Finalmente, contrató un coche bien cuidado, con una lila pintada en la portezuela.

En el interior reinaba la oscuridad. La mujer esperó a que las mulas tiraran del carro para moverse.

Poco después, Rob la vio lo bastante bien como para saber que el cuerpo entrado en carnes tenía edad suficiente para ser su madre.

Durante el acto, la mujer le gustó, porque era una prostituta que no pretendía engañar a nadie; así pues, no simuló pasión ni fingió goce: se limitó a complacerlo suavemente y con habilidad.

Después la mujer tiró de un cordón, lo que significaba que habían terminado, y el alcahuete del pescante refrenó las mulas.

—Llévame al Yehuddiyyeh —gritó Rob—. Te pagaré el tiempo de ella.

Viajaron en amable compañía en el coche que se balanceaba de un lado a otro.

—¿Cómo te llamas? —preguntó Rob a la mujer.

—Lorna.

Bien entrenada, no le preguntó a él su nombre.

—Yo soy Jesse ben Benjamin.

—Estás bien hecho, Dhimmi —comentó ella tímidamente y le tocó los músculos apretados de sus hombros—. ¿Por qué son como nudos de cuerda? ¿Qué temes, encontrarte con un joven robusto como tú?

—Temo ser un buey cuando tengo que ser un zorro —dijo Rob, sonriente en la oscuridad.

—Por lo que he visto, de buey no tienes nada —dijo la mujer secamente—. ¿Cuál es tu ocupación?

—Estudio en el *maristan* porque quiero ser médico.

—Ah. Como el Jefe de Príncipes. Mi prima ha sido cocinera de su primera esposa desde que Ibn Sina está en Ispahán.

—¿Sabes cómo se llama su hija? —preguntó Rob segundos después.

—No tiene ninguna hija. Ibn Sina carece de prole. A sus dos esposas, Reza la Piadosa, que es vieja y achacosa, y Despina la Fea, que es joven y hermosa, Alá (¡exaltado sea!) no las ha bendecido con descendencia.

—Comprendo —dijo Rob.

La usó cómodamente una vez más antes de que el carruaje llegara al Yehuddiyyeh. Una vez allí, orientó al conductor hasta su casa y pagó bien a ambos por haberle posibilitado llegar, encender las lámparas y enfrentarse a sus mejores amigos y peores enemigos: los libros..

42

## LA DIVERSIÓN DEL SHA

Estaba en una ciudad y rodeado de gente, pero llevaba una existencia solitaria. Todas las mañanas se ponía en contacto con los otros aprendices y todas las tardes se separaba de ellos. Sabía que Karim, Abbas y otros vivían en celdas de la madraza, y suponía que Mirdin y los demás estudiantes judíos habitaban en casas del Yehuddiyyeh, pero ignoraba cómo era su existencia fuera de la escuela y del hospital. Suponía que, al igual que él mismo, se verían desbordados por estudios y lecturas. Estaba demasiado ocupado para sentirse solo.

Sólo pasó doce semanas en la admisión de nuevos pacientes, y luego le asignaron un destino que detestaba: los aprendices de médico se turnaban prestando servicios en el tribunal islámico los días en que el *kelonter* ejecutaba las sentencias.

La primera vez que volvió a la cárcel y pasó cerca de los *carcans* se le revolvió el estómago.

Un guardia lo condujo hasta una mazmorra donde un hombre se revolcaba y gemía. En el sitio donde tendría que haber estado la mano derecha del preso, una cuerda de cáñamo ataba un áspero trapo azul a un muñón, por encima del cual el antebrazo aparecía terriblemente hinchado.

—¿Me oyes? Soy Jesse.

—Sí, señor —musitó el hombre.

—¿Cómo te llamas?

—Soy Djahel.

—Djahel, ¿cuánto hace que te cortaron la mano?

El hombre movió la cabeza, desconcertado.

—Dos semanas —dijo el guardia.

Al quitar el trapo, Rob encontró un relleno de boñiga de caballo. En sus tiempos de cirujano barbero había visto a menudo usar para ese fin la boñiga, y sabía que no sólo rara vez resultaba beneficiosa, sino que, con toda probabilidad, era dañina. Así pues, la arrancó.

El extremo del antebrazo cercano a la amputación estaba ligado con otro trozo de cáñamo. Debido a la inflamación, las cuerdas se habían hundido en el tejido, y el brazo empezaba a ponerse negro. Rob cortó la venda y lavó con sumo cuidado y lentamente el muñón. Lo untó con una mezcla de sándalo y agua de rosas, y lo llenó de alcanfor en lugar de la boñiga. Dejó a Djahel refunfuñando, pero aliviado.

Ésa fue la mejor parte del día, porque de los calabozos lo llevaron al patio de la cárcel para asistir al inicio de los castigos.

Era prácticamente lo mismo que había presenciado durante su propio confinamiento, salvo que, estando en el *carcan*, tenía la posibilidad de replegarse en la inconsciencia. Ahora permanecía petrificado entre los *mullahs* que entonaban sus preces mientras un guardia musculoso levantaba un alfanje de gran tamaño. El prisionero, un hombre de cara gris condenado por fomentar la traición y la sedición, fue obligado a arrodillarse y apoyar la mejilla contra el bloque.

—¡Amo al sha! ¡Beso sus sagrados pies! —gritó el arrodillado en un vano intento por eludir la condena, pero nadie le respondió, y el alfanje ya silbaba en el aire.

El golpe fue limpio, la cabeza rodó y quedó apoyada contra un *carcan*, con los ojos todavía desorbitados de angustiado terror. Se llevaron los restos y, a continuación, le abrieron la barriga a un joven al que habían encontrado con la esposa de otro. Esta vez el mismo verdugo blandió una daga larga y delgada, y con un tajo de izquierda a derecha destripó eficazmente al adúltero.

Afortunadamente, ese día no había asesinos, a los que también habrían destripado y luego descuartizado para que fueran pasto de perros y aves carroñeras.

Después de los castigos menores, fueron requeridos los servicios de Rob.

Un ladrón que todavía no era hombre se ensució de miedo en los pantalones cuando le cortaron la mano. Había un cazo con resina caliente, pero Rob no la necesitó porque la fuerza de la amputación cerró a cal y canto el muñón, y sólo tuvo que lavarlo y vendarlo.

Lo pasó peor con una mujer gorda y plañidera a la que por segunda vez condenaron por mofarse del Corán: la privaron de la lengua. La sangre roja manaba a través de sus gritos roncos y mudos, hasta que Rob logró cerrar un vaso.

En el interior de Rob comenzó a abrirse paso el odio por la justicia musulmana y el tribunal de Qandrasseh.


—Ésta es una de vuestras herramientas más importantes —dijo solemnemente Ibn Sina a los estudiantes.

Levantó un recipiente para la orina cuyo nombre correcto, les informó, era *matula*. Tenía forma de campana, con un pico ancho y curvo destinado al paso de la orina. Ibn Sina había dado instrucciones a un soplador de vidrio para que fabricara los *matulae* de médicos y estudiantes.

Rob ya sabía que si la orina contenía sangre o pus, algo andaba mal. ¡Pero Ibn Sina llevaba dos semanas machacando con la orina! ¿Era poco densa o viscosa? Se sopesaban y discutían las sutilezas del olor. ¿Se presentaba el meloso indicio del azúcar? ¿El olor gredoso sugería la presencia de piedras? ¿La acidez revelaba una enfermedad consuntiva? ¿O meramente evidenciaba la rancia pastosidad de alguien que ha comido espárragos?

¿Era el flujo copioso —lo que significaba que el cuerpo estaba expulsando la enfermedad— o escaso, lo que podía significar que las fiebres internas secaban los líquidos del organismo?

En cuanto al color, Ibn Sina les enseñó a mirar la orina con los ojos de un artista de la paleta: veintiún matices desde el color más claro, pasando por el amarillo, el ocre oscuro, el rojo y el marrón hasta llegar al negro, ponían de manifiesto las diversas combinaciones de *contenta* o componentes no disueltos.

«¿Para qué tanto jaleo con la orina?», se preguntaba Rob, hastiado.

—¿Por qué es tan importante la orina? —preguntó.

Ibn Sina sonrió.

—Proviene del interior del cuerpo, donde ocurren cosas importantes.

El médico maestro les leyó una selección de Galeno, indicativa de que los riñones eran los órganos encargados de filtrar la orina:

> Cualquier carnicero lo sabe porque todos los días ve la posición de los riñones y el conducto (llamado uréter) que va desde cada riñón hasta la vejiga, y estudiando esta anatomía comprende cuál es su uso y la naturaleza de sus funciones.

Esa clase encolerizó a Rob. Los médicos no deberían consultar a los carniceros, ni aprender de las ovejas y cerdos muertos la constitución de los seres humanos. Si era tan condenadamente importante saber qué ocurría en el interior de hombres y mujeres, ¿por qué no miraban, sin más, en el interior de hombres y mujeres? Si los *mullahs* de Qandrasseh podían salir bien librados de una cópula o de una borrachera, ¿por qué los médicos no se atrevían a hacer caso omiso de los religiosos para adquirir conocimientos?

Nadie hablaba de mutilación eterna ni de aceleración de la muerte cuando un tribunal religioso le cercenaba a un prisionero la cabeza, la mano o la lengua o lo destripaba.

A primera hora de la mañana siguiente, dos guardias palaciegos de Khuff —en un carretón de mulas cargado de comestibles— hicieron un alto en el Yehuddiyyeh en busca de Rob.

—Su Majestad irá hoy de visita, maestro, y solicita tu compañía —dijo uno de los soldados.

«Y ahora, ¿qué?», se preguntó Rob.

—El capitán de las Puertas dice que te des prisa. —El soldado se aclaró discretamente la voz—. Quizá sería mejor que el maestro se pusiera sus mejores galas.

—Tengo puestas mis mejores galas —dijo Rob.

Lo sentaron en la parte de atrás del carro, encima de unos sacos de arroz. Salieron de la ciudad por una vía que transitaban cortesanos a caballo y en sillas de mano, mezclados con toda suerte de carros que transportaban equipos y provisiones. Pese a su humilde posición en la carreta, Rob sentía que su situación era regia, pues jamás lo habían transportado por caminos con la capa de grava recién renovada ni recién regados. Un lado del camino, que según los soldados quedaba reservado al sha, estaba salpicado de flores.

El trayecto concluyó en casa de Rotun bin Nasr, general del ejército, primo lejano del sha Ala y director honorario de la madraza.

—Es ése —dijo a Rob uno de los soldados, señalando a un hombre gordo sonriente, parlanchín y presumido.

La suntuosa finca tenía terrenos extensos. La fiesta comenzaría en un espacioso jardín adornado, en cuyo centro salpicaba agua una gran fuente de mármol. Alrededor se habían dispuesto tapices de seda y oro, y sobre ellos, cojines ricamente bordados. Los sirvientes iban de un lado a otro con bandejas de caramelos, pastas, vinos olorosos y aguas con esencias. Al otro lado de la puerta, en un lado del jardín, un eunuco con la espada desenvainada custodiaba la Tercera Puerta, que llevaba al harén. De acuerdo con la ley musulmana, sólo el amo de una casa podía entrar en los aposentos de las mujeres, y a los transgresores se los destripaba, de modo que Rob se apartó prestamente de la Tercera Puerta. Los soldados habían aclarado que no se esperaba que él descargara el carro ni trabajara en ningún sentido, de manera que salió del jardín y entró en una zona abierta, abarrotada de bestias, nobles, esclavos, sirvientes y un ejército de animadores que parecían estar ensayando al mismo tiempo.

Allí vio reunida a una nobleza de cuadrúpedos. Atados a veinte pasos de distancia entre sí, había una docena de sementales árabes blancos —los más hermosos que había visto en su vida—, nerviosos y ufanos, con ojos oscuros de expresión audaz. Sus arreos eran dignos de ser observados de cerca, pues cuatro bridas estaban adornadas con esmeraldas, dos con rubíes, tres con diamantes y tres con una combinación de piedras de colores que no logró identificar. Los caballos estaban cubiertos por largas colgaduras semejantes a mantas, con brocados de oro tachonados de perlas, y atados con trenzas de seda y oro a anillas sobresalientes de gruesos clavos dorados hundidos en el suelo.

A treinta pasos de los caballos había animales salvajes: dos leones, un tigre y un leopardo, espléndidos ejemplares que descansaban en sus propios tapices escarlata, atados con el mismo sistema que los caballos y con un cuenco dorado para el agua a su alcance.

Más allá, media docena de antílopes blancos con cuernos largos y rectos como flechas —distintos a los de cualquier ciervo de Inglaterra— vigilaban nerviosos a los felinos, que a su vez los observaban adormilados.

Pero Rob pasó poco tiempo atento a estas bestias, y no prestó atención a gladiadores, luchadores, arqueros y semejantes; pasó junto a ellos hacia un objeto fenomenal que inmediatamente lo cautivó, hasta que finalmente se detuvo a corta distancia de su primer elefante vivo.

Era más corpulento de lo que esperaba, mucho mayor que las estatuas bronceadas que vio en Constantinopla. La estatura de la bestia superaba en medio cuerpo a la de un hombre alto. Cada pata era una columna gruesa que terminaba en un pie perfectamente redondo. Su piel arrugada parecía demasiado holgada para su cuerpo y era gris, con manchas rosa parecidas a lunares de liquen en una roca. El lomo arqueado era más alto que la cruz y la grupa, de la que colgaba un rabo semejante a un cordón grueso con el extremo deshilachado. La cabeza era tan formidable que sus ojos rosados se veían comparativamente diminutos, aunque no eran más pequeños que los de un caballo. De la frente inclinada sobresalían dos pequeñas protuberancias, como si unos cuernos se esforzaran infructuosamente en asomar. Cada oreja ondulante era casi tan grande como el escudo de un guerrero, pero el rasgo más extraordinario de ese animal excepcional era su nariz, mucho más larga y gruesa que el rabo.

El elefante era atendido por un indio de osamenta pequeña, con túnica gris, turbante blanco, fajín y pantalones, que respondió a las preguntas de Rob diciendo que él era Harsha, un *mahout* o cuidador de elefantes. La bestia era la montura personal del sha Ala en los combates y se llamaba Zi, diminutivo de *Zi-ul-Quarnayn* o «el de los dos cuernos», en honor de las feroces protuberancias óseas, curvas y tan largas como alto era Rob, que se extendían desde la quijada superior del monstruo.

—Cuando vamos a combatir —dijo orgulloso el indio—, Zi usa su propia cota de malla y lleva afiladas espadas largas fijas en sus colmillos. Está entrenado para matar, de modo que la carga de Su Majestad en su elefante heraldo de la guerra basta para congelar la sangre del enemigo.

El *mahout* mantenía ocupados a varios sirvientes, que acarreaban cubos con agua. Estos cubos se vaciaban en una gran vasija de oro en la que el animal succionaba el agua con su nariz, desde la cual la salpicaba en la boca.

Rob permaneció junto al elefante hasta que un redoble de tambores y címbalos anunció la llegada del sha, momento en que regresó al jardín con los demás invitados.

El sha llevaba ropa blanca y sencilla, en contraste con los invitados, que parecían haberse ataviado para tratar asuntos de Estado. Respondió al *ravi zemin* con un asentimiento y ocupó su lugar en una suntuosa butaca, por encima de los cojines, cerca de la fuente.

Los entretenimientos comenzaron con una demostración de espadachines que esgrimían cimitarras con tal fuerza y gracia, que todos los asistentes guardaron silencio y prestaron atención al choque de los aceros, y a los estilizados giros de un ejercicio de combate tan ritual como una danza. Rob notó que la cimitarra era más ligera que la espada inglesa y más pesada que la francesa; requería destreza del duelista en el empuje, y muñecas y brazos fuertes. Lamentó que la exhibición tocara a su fin.

Unos magos acróbatas presentaron un número espectacular plantando una semilla en la tierra, regándola y cubriéndola con un paño. Detrás de una cortina de cuerpos en movimiento, en el punto culminante de sus acrobacias, uno de ellos levantó el paño, clavó en tierra una rama frondosa y volvió a cubrirla. Tanto la distracción como el engaño fueron patentes para Rob, que los estaba esperando; pero se divirtió cuando finalmente retiraron el paño y el público aplaudió el «árbol que había crecido por arte de magia».

El sha estaba visiblemente inquieto cuando comenzó la lucha.

—Mi arco —ordenó.

Cuando lo tuvo en sus manos, lo tendió y distendió, mostrando a sus cortesanos con cuánta facilidad doblaba un arma tan pesada. Los más próximos a él murmuraron, admirados de su fuerza, pero otros aprovecharon el ánimo relajado para conversar, y entonces Rob comprendió la razón por la que había sido invitado: en su condición de europeo era una rareza exhibida como cualquiera de las bestias o los animadores, y los persas lo acribillaron a preguntas:

—¿Hay un sha en tu país, ese lugar...?

—Inglaterra. Sí, tenemos un rey que se llama Canuto.

—¿Los hombres de tu país son guerreros y caballistas? —preguntó un anciano de ojos sabios.

—Sí, sí, grandes guerreros y estupendos jinetes.

—¿Qué puedes decirnos de la temperatura y el clima?

—Hace más frío y humedad que aquí.

—¿Y la comida?

—Diferente de la vuestra, sin tantas especias. Allá no hay *pilah*.

Eso los impresionó.

—¡No conocen el *pilah*! —comentó el anciano en tono despectivo.

Lo rodearon, pero más por curiosidad que por amistad: se sintió aislado entre ellos.

El sha Ala se incorporó.

—¡A los caballos! —exclamó impaciente, y la muchedumbre lo siguió hasta un campo cercano, dejando a los luchadores con sus llaves y sus gruñidos.

—¡Pelota y palo, pelota y palo! —gritó alguien y, de inmediato, se oyeron fuertes aplausos.

—Entonces juguemos —aceptó el sha.

Escogió a tres hombres como compañeros de equipo y a otros cuatro como adversarios. Los equinos que unos mozos de cuadra llevaron al campo eran ponis duros, como mínimo un palmo más bajos que los mimados sementales blancos. Cuando todos los jugadores ocuparon sus cabalgaduras, cada uno recibió un palo largo y flexible que terminaba en forma de cayado.

En cada extremo del alargado campo había dos columnas de piedra, separadas unos ocho pasos entre sí. Cada equipo llevó a sus caballos a medio galope hasta esas áreas, donde formaron filas, enfrentados como ejércitos enemigos. Un oficial que haría de juez se paró a un lado e hizo rodar hacia el centro del campo una pelota de madera del tamaño de una manzana de Exmouth.

El público gritó. Los caballos se precipitaron al galope, y los jinetes chillaban y blandían sus palos.

—¡Dios! —pensó Rob J., aterrorizado. «¡Cuidado, cuidado!» Tres caballos chocaron con un sonido horrible; uno de ellos cayó y rodó, mientras su jinete salía disparado por el aire. El sha acercó su palo y golpeó sonoramente la pelota de madera; los caballos corrieron tras ella haciendo atronar sus cascos en el césped.

El caballo caído relinchaba estridentemente mientras intentaba levantarse sobre un corvejón quebrado. Una docena de mozos entraron corriendo en el campo, le cortaron el pescuezo y lo sacaron a rastras antes que su jinete estuviera en pie. Éste se sostenía el brazo izquierdo y sonreía a través de los dientes apretados.

Rob pensó que tenía el brazo roto y se acercó al jugador lesionado.

—¿Puedo ayudarte?

—¿Eres médico?

—Cirujano barbero y estudiante del *maristan*.

El miembro de la nobleza lo observó con sorprendido disgusto.

—No, no. Debemos llamar a al-Juzjani —protestó mientras se lo llevaban.

Caballo y jinete fueron reemplazados de inmediato. Se diría que los ocho caballistas habían olvidado que estaban jugando y no librando una batalla. Los unos golpeaban las monturas de los otros, y en sus intentos por impulsar la pelota para que cayera entre las columnas, la batían peligrosamente cerca de sus contrincantes y de las bestias. Ni siquiera sus propios ponis estaban a salvo de sus palos, pues el sha a menudo golpeaba la pelota casi detrás de sus cascos y debajo de la barriga.

Nadie daba cuartel al sha. Hombres que sin duda habrían sido asesinados si hubieran dedicado una mirada torcida a su soberano, ahora daban la impresión de hacer todo lo posible por dejarlo tullido, y a juzgar por los gruñidos y susurros de los espectadores, Rob J. pensó que no se habrían sentido descontentos si el sha Ala hubiera recibido un golpe o hubiera sido desmontado.

Pero no ocurrió nada de eso. Como los demás, el sha cabalgaba temerariamente pero con una habilidad pasmosa, orientando su poni sin usar las manos, que empuñaban el palo, y con movimientos casi imperceptibles de sus piernas. Ala mantenía una postura firme y confiada, y cabalgaba como si fuera una prolongación de su corcel. El que practicaba era un estilo de equitación que Rob desconocía y se acordó, avergonzado, del anciano que le había preguntado por las caballerías de Inglaterra y él se había jactado de su excelencia.

Los caballos eran una maravilla, pues seguían la pelota

sin reducir la velocidad, sabían girar instantáneamente y salir al galope en dirección opuesta, lo que en muchos casos impidió que caballos y jinetes chocaran contra los postes de piedra.

El aire se llenó de polvo, y los espectadores gritaban roncamente. Cuando alguien marcaba un tanto, sonaban los tambores y los címbalos. Poco después, el juego terminó cuando el equipo del sha había introducido cinco veces la pelota, mientras el contrario sólo había logrado tres tantos. Los ojos de Ala brillaban de satisfacción cuando desmontó, porque había marcado personalmente dos tantos. Para celebrarlo, mientras se llevaban los ponis, apostaron a dos toros en el centro del campo y soltaron a dos leones. La contienda fue decepcionantemente injusta, pues en cuanto los felinos estuvieron sueltos, los cuidadores derribaron a los toros y les partieron la crisma a hachazos, permitiendo que las fieras desgarraran la carne todavía estremecida.

Rob comprendió que la colaboración humana en el espectáculo se debía a que el sha Ala era el León de Persia. Habría sido indecoroso y de muy mal augurio que durante su propia fiesta un simple toro hubiera vencido al símbolo del vigoroso poder del Rey de Reyes.


En el jardín, cuatro mujeres cubiertas por velos se balanceaban y danzaban al son de las flautas, mientras un rapsoda cantaba a las huríes, las tiernas y sensuales vírgenes del paraíso.

El imán Qandrasseh no habría puesto objeciones al espectáculo. En efecto, aunque ocasionalmente se adivinaba la curva de un trasero o el movimiento de un pecho entre los pliegues de los voluminosos vestidos negros, sólo se mostraban las manos, que no paraban de hacer gestos, frotados con alheña roja. Los nobles contemplaban ávidamente unas y otros, e imaginaban ciertos rincones también rojos, en el cuerpo oculto por las negras vestimentas.

El sha Ala se levantó de su silla y se alejó de quienes

estaban en torno a la fuente, pasó junto al eunuco que sujetaba la espada desenvainada y entró en el harén.

Rob parecía el único que había seguido al rey con la mirada, mientras Khuff, el capitán de las Puertas, se adelantaba para custodiar la Tercera Puerta con el eunuco. El rumor y las conversaciones se elevó; cerca, el general Rotun bin Nasr —anfitrión del rey y amo de la casa— rió audiblemente de sus propios chistes, como si Ala no hubiese ido en busca de sus esposas a la vista de casi toda la corte.

Rob se preguntó si ése era el comportamiento que cabía esperar del Poderosísimo Amo del Universo.

Una hora más tarde volvió el sha, con expresión bondadosa. Khuff se apartó de la Tercera Puerta, hizo una señal imperceptible y comenzó el banquete.

La más fina vajilla blanca estaba dispuesta en paños de brocado de Qum. Sirvieron pan de cuatro variedades, once tipos de *pilah* en cuencos de plata tan grandes, que uno solo habría sido suficiente. El arroz de cada cuenco era de distinto color y sabor, pues había sido preparado con azafrán, azúcar, pimienta, canela, clavo, ruibarbo, jugo de granadas o zumo de cidra. Cuatro inmensos tajaderos contenían doce aves de corral cada uno; otros dos lucían perniles de antílope asados, en uno se veían pilas con trozos de carnero cocidos a fuego lento, y cuatro ostentaban corderos enteros asados en un espetón hasta quedar tiernos, jugosos y curruscantes. «¡Barber, Barber!, ¡qué pena que no estés aquí!»

Para ser alguien educado en la apreciación de sabrosos manjares por semejante maestro, en los últimos meses Rob había comido demasiado deprisa y espartanamente, con el propósito de consagrarse a la vida erudita. Ahora probó todo con incontenible avidez.

En cuanto las sombras fueron crepúsculo, los esclavos fijaron grandes bujías al caparazón córneo de tortugas vivas y las encendieron. Cuatro descomunales ollas fueron acarreadas sobre palos desde la cocina; una estaba llena de huevos de gallina convertidos en un budín cremoso, otra contenía una sopa clara con hierbas, en la tercera abundaba un picadillo de carne con penetrante olor a especias, y la última rebosaba rodajas de un pescado frito que Rob no conocía, de carne blanca y escamosa como la de la platija, aunque con la delicadeza de la trucha.

Ahora reinaba la oscuridad. Aparte el grito de las aves nocturnas, sólo se oían suaves murmullos, eructos, despedazamiento de carnes y rumor de masticación. De vez en cuando, una tortuga parecía suspirar y se movía. La luz proyectada por su vela cambiaba de lugar y parpadeaba como el destello de la luna ondulando en las aguas.

Y siguieron engullendo.

Apareció una fuente con ensalada de invierno, tubérculos conservados en salmuera. Y un cuenco con ensalada de verano, que incluía lechuga y unas hojas verdes picantes y amargas que Rob nunca había probado.

Colocaron delante de cada asistente un plato muy hondo y lo llenaron con un *sherbet* agridulce. Y luego se presentaron los sirvientes con botas de piel de cabra llenas de vino, copas y platos con pastas y frutos secos endulzados con miel y semillas saladas.

Rob estaba solo y bebió a sorbos el buen vino, sin hablar ni ser interpelado por nadie, escuchando todo con la misma curiosidad con que había paladeado la comida.

Las botas se vaciaron de vino y fueron reemplazadas por otras llenas, provenientes de la inagotable bodega personal del sha.

Algunos se levantaban y se apartaban para orinar, aliviar los intestinos o vomitar. Varios estaban embrutecidos y ausentes a causa de la bebida.

Las tortugas se movieron juntas, tal vez por nerviosismo, aunando toda la luz en un rincón y dejando el resto del jardín en la oscuridad. Un eunuco jovencito, acompañado por una lira, cantó con voz aguda y dulce a los guerreros y al amor, pasando por alto el hecho de que muy cerca dos hombres peleaban.

—¡Cagarrajo de una meretriz! —dijo uno arrastrando la voz.

—¡Cara de judío! —escupió el otro.

Se agarraron cuerpo a cuerpo hasta que alguien los separó y los sacaron a rastras.

Finalmente, el sha tuvo náuseas, perdió el conocimiento y lo llevaron a su carroza.

Rob se escabulló de inmediato. No había luna y le resultó difícil seguir el camino desde la finca de Rotun bin Nasr. Por un apremio profundo y amargo, ocupó el lado del camino reservado al sha, y en un momento dado interrumpió sus pasos para orinar larga y cálidamente sobre las flores desparramadas.

Lo adelantaron jinetes y diversos transportes, pero nadie se ofreció a llevarlo. Tardó horas en llegar a Ispahán. El centinela se había acostumbrado a los rezagados que volvían de la fiesta del sha y, fatigado, hizo ademán de que cruzara la puerta.

A mitad de camino, ya en el interior de Ispahán, Rob se detuvo y se sentó en una empalizada baja para contemplar aquella ciudad tan extraña, donde todo estaba prohibido por el Corán y todo era objeto de infracción. Se permitía a un hombre tener cuatro esposas, pero casi todos parecían dispuestos a arriesgar la cabeza para acostarse con otras mujeres, mientras el sha Ala fornicaba abiertamente con quien le venía en gana. Beber vino estaba proscrito por el Profeta y era pecado; sin embargo, había un hambre nacional de vino, un gran porcentaje del populacho bebía en exceso y el sha poseía una vasta bodega de finísimos caldos.

Meditando acerca del enigma que era Persia, Rob entró en su casa sobre piernas inestables, bajo un firmamento enjoyado y el encantador sonido del muecín del alminar de la mezquita del Viernes.

# 43

# LA COMISIÓN MÉDICA

Ibn Sina estaba acostumbrado a la piadosa sentencia del imán Qandrasseh, que no podía controlar al sha, aunque con creciente estridencia advertía a sus consejeros que la bebida y el libertinaje serían castigados por una fuerza superior a la del trono. Con este fin, el visir había estado reuniendo información del exterior y presentando ejemplos y pruebas de que Alá (poderoso sea) estaba furioso con los pecados de toda la tierra.

Los viajeros de la Ruta de la Seda habían hablado de desastrosos terremotos y brumas pestíferas en la zona de China regada por el Kiang y el Hoai. En la India, a un año de sequía habían seguido abundantes lluvias primaverales, pero las cosechas en desarrollo fueron devoradas por una plaga de langostas. Grandes tormentas habían azotado las costas del mar de Omán, provocando inundaciones que ahogaron a muchos, mientras en Egipto cundía la hambruna porque el Nilo no se había elevado hasta el nivel requerido. En Maluchistán se abrió una montaña humeante y vomitó un torrente de hirvientes rocas derretidas. Dos *mullahs* de Nain informaron que se les habían aparecido los demonios en sus sueños. Exactamente un mes antes del ayuno de Ramadán hubo un eclipse parcial del sol y luego los cielos parecieron arder: se observaron extraños incendios celestiales.

El peor presagio del disgusto de Alá lo interpretaron los astrólogos reales, quienes informaron con inocultable agitación que en el plazo de dos meses habría una gran conjunción de los tres planetas superiores —Saturno, Júpiter y Marte— en el signo de Acuario. Se plantearon discrepancias en cuanto a la fecha exacta en que se produciría, pero no hubo divergencias con respecto a su gravedad. Hasta Ibn Sina escuchó seriamente la noticia, pues sabía que Aristóteles había escrito sobre la amenaza inherente a la conjunción de Marte y Júpiter.

De modo que parecía predeterminado que Qandrasseh citara a Ibn Sina una brillante y terrible mañana, y le informara de que había estallado un brote de pestilencia en Shiraz, la ciudad más grande del territorio de Anshan.

—¿Qué pestilencia?

—La peste —respondió el imán.

Ibn Sina palideció, abrigando la esperanza de que el imán se equivocara, porque la peste llevaba trescientos años ausente de Persia. Pero su mente abordó el problema directamente.

—Debe ordenarse a los soldados que intercepten de inmediato la Ruta de las Especias para hacer retroceder a todas las caravanas y viajeros que vienen del sur. Y debemos enviar una comisión médica a Anshan.

—No obtenemos muchos beneficios con los impuestos de Anshan —dijo el imán, pero Ibn Sina meneó la cabeza.

—Debemos contener la enfermedad en nuestro propio beneficio, pues la peste pasa rápidamente de un lado a otro.

Cuando entró en su casa, Ibn Sina ya había decidido que no podía enviar a un grupo de colegas, pues si la plaga llegaba a Ispahán, los médicos serían necesarios en su propio territorio. Seleccionaría, en cambio, a un médico y una partida de aprendices.

La emergencia debía aprovecharse para templar a los mejores y más fuertes, resolvió. Tras algunas consideraciones, Ibn Sina cogió pluma, tinta y papel, y escribió:

*Hakim* Fadil ibn Parviz, jefe.
Suleiman-al-Gamal, aprendiz de tercer año.
Jesse ben Benjamin, aprendiz de primer año.
Mirdin Askari, aprendiz de segundo año.

La comisión también debía incluir a algunos candidatos más flojos, para darles una única oportunidad, enviada por Ala, de redimir sus antecedentes desfavorables y seguir estudiando hasta ser médicos. Con este fin, agregó a la lista los siguientes nombres:

Omar Nivahend, estudiante de tercer año.
Abbas Sefi, aprendiz de tercer año.
Ali Rashid, aprendiz de primer año.
Karim Harun, aprendiz de séptimo año.

Una vez reunidos los ocho jóvenes, el médico jefe les dijo que los enviaría a Anshan para combatir la peste, y ellos no pudieron mirarse a los ojos, en medio de una especie de malestar general.

—Cada uno debe llevar sus armas —advirtió Ibn Sina—, pues es imposible prever la actitud de la gente cuando hace erupción una plaga.

Ali Rashid exhaló un prolongado y estremecido suspiro. Tenía dieciséis años, mejillas redondeadas y ojos dulces. Experimentaba tanta nostalgia de su familia de Hamadhan, que lloraba día y noche y no podía aplicarse a los estudios.

Rob se obligó a concentrarse en lo que decía Ibn Sina.

—...No podemos enseñaros a combatirla, porque nunca había hecho su aparición a lo largo de toda nuestra vida. Pero tenemos un libro compilado hace tres siglos por médicos que sobrevivieron a plagas en diferentes lugares. Os daremos ese libro. Sin duda contiene muchas teorías y remedios de escaso valor, pero también puede haber información eficaz. —Ibn Sina se hurgó la barba—. Ante la posibilidad de que la peste sea provocada por la contaminación atmosférica de efluvios pútridos, creo que debéis encender grandes fogatas de maderas aromáticas tanto cerca de los enfermos como de los sanos. Estos últimos deben lavarse con vino o vinagre y salpicar sus casas con vinagre, además de oler alcanfor y otras sustancias volátiles.

»Os ocuparéis de que los enfermos también sigan estas instrucciones. Vosotros deberíais sostener esponjas empapadas en vinagre junto a la nariz cuando os aproximéis a los afectados, y hervir el agua antes de beberla, con el propósito de clarificarla y separar las impurezas. Y os debéis hacer la manicura diariamente, porque el Corán dice que el diablo se esconde debajo de las uñas.

Ibn Sina carraspeó.

—Los que sobrevivan a esta plaga no deben regresar inmediatamente a Ispahán, para no trasladarla aquí. Iréis a una casa que se alza en la Piedra de Ibrahim, a un día de distancia al este de la ciudad de Nain, y tres días al este de nuestra ciudad. Allí descansaréis un mes antes de volver. ¿Comprendido?

Todos asintieron.

—Sí, maestro —dijo con tono trémulo *hakim* Fadil ibn Parviz, hablando por todos desde su nueva categoría.

El joven Alí lloraba en silencio. El bello rostro de Karim Harun estaba ensombrecido de presagios. Por último, Mirdin Askari tomó la palabra:

—Mi mujer e hijos... Debo tomar disposiciones para cerciorarme de que estarán bien si...

Ibn Sina movió la cabeza afirmativamente.

—Aquellos de vosotros que tengáis responsabilidades, contáis con unas pocas horas para tomar esas disposiciones.

Rob no sabía que Mirdin estaba casado y tenía hijos. El aprendiz judío era reservado y autosuficiente, seguro de sí mismo en las aulas y en el *maristan*.

Pero ahora sus labios estaban exangües y se movían en muda oración.

Rob J. estaba tan asustado como cualquiera de que lo enviaran en una misión de la que quizá no regresaría, pero se esforzó por ser valiente. «Al menos ya no tendré que hacer de medicucho en la cárcel», se dijo.

—Algo más —dijo Ibn Sina, contemplándolos con ojos paternales—. Debéis tomar nota pormenorizada de todo, para instruir a quienes deban afrontar la próxima plaga. Y debéis dejar esas notas donde puedan ser encontradas si algo os ocurre.

A la mañana siguiente, mientras el sol ensangrentaba las copas de los árboles, cruzaron el puente del Río de la Vida, cada uno montado en un buen caballo y conduciendo otro caballo de carga o una mula.

Al cabo de un rato, Rob sugirió a Fadil que convenía destacar a un hombre como explorador y a otro que cabalgara a cierta distancia del último, ocupando la retaguardia. El joven *hakim* fingió meditar y luego vociferó las órdenes.

Esa noche Fadil accedió de inmediato cuando Rob sugirió el mismo sistema de centinelas rotativos que se había impuesto en la caravana de Kerl Fritta.

Sentados en torno a un fuego de espinos, se mostraban alternativamente jocosos y sombríos.

—Sospecho que Galeno nunca fue tan sabio como cuando opinó sobre la mejor actitud de un médico durante una plaga —dijo Suleiman-al-Gamal con tono lúgubre—. Galeno dijo que el médico debe huir de la plaga para poder seguir curando, y eso es exactamente lo que hizo.

—Yo creo que el gran médico Rhazes lo expresa mejor —dijo Karim—:

> *Tres palabritas la plaga te lanza:*
> *rápido, lejos y tarde, estés donde estés.*
> *Empieza rápido, aléjate sin tardanza y*
> *demora al máximo el camino del revés.*

La carcajada sonó demasiado estrepitosa.

Suleiman fue el primer centinela. No tendrían que haberse sorprendido a la mañana siguiente, cuando despertaron y descubrieron que había desaparecido durante la noche llevándose sus caballos.

Pero los conmocionó y se extendió el pesimismo. Cuando acamparon la noche siguiente, Fadil nombró centinela a Mirdin Askari y fue una buena acción: los cuidó muy bien.

El centinela del tercer campamento fue Omar Nivahend, que emuló a Suleiman y huyó con sus caballos durante la noche.

Fadil convocó a sus compañeros en cuanto se descubrió la segunda deserción.

—No es pecado temerle a la peste, pues de lo contrario todos nosotros estaríamos eternamente condenados —dijo—. Tampoco, si estáis de acuerdo con Galeno y Rhazes, es pecado huir..., aunque me pongo de parte de Ibn Sina al pensar que un médico debe combatir la pestilencia y no poner pies en polvorosa.

—Lo que sí es pecado es dejar a los compañeros desprotegidos. Y peor aún llevarse a un animal cargado con elementos necesarios para los enfermos y moribundos. —Miró a uno tras otro a los ojos—. Así pues, si alguien desea abandonar, debe hacerlo ahora. Y prometo por mi honor que se le permitirá alejarse sin vergüenza ni recriminaciones.

Todas las respiraciones eran audibles. Nadie dio un paso al frente. Rob habló:

—Sí, a cualquiera debe permitírsele que se vaya. Pero si su partida nos deja sin centinela y desprotegidos, o si se lleva elementos necesarios para los pacientes a cuyo socorro acudimos, digo que debemos perseguir al desertor y matarlo.

Volvió a reinar el silencio.

Mirdin se pasó la lengua por los labios.

—De acuerdo —dijo.

—Sí —coincidió Fadil.

—Yo también estoy de acuerdo —dijo Abbas Sefi.

—Y yo —susurró Alí.

—¡Y yo —exclamó Karim.

Todos y cada uno sabían que no era una promesa vacía, sino un solemne juramento.

Dos noches después le tocó a Rob hacer de centinela. Habían acampado en un desfiladero donde la luz de la luna convertía en monstruos acechantes las rocas. Fue una noche larga y solitaria, que le dio la oportunidad de pensar en cosas tristes que, en general, lograba apartar de su mente, y dedicó sus pensamientos a sus hermanos y a todos los demás que habían muerto. Meditó largamente en la mujer que había dejado escapar de sus manos.

De madrugada estaba de pie bajo una enorme roca, no lejos de los que dormían, cuando notó que uno de ellos estaba despierto, y tuvo la impresión de que hacía preparativos para marcharse.

Karim Harun se separó furtivamente del campamento, cuidándose de despertar a los que dormían. Algo más allá echó a correr senda abajo, y en breve quedó fuera del alcance de la vista. Karim no se había llevado provisiones ni había dejado desprotegida a la partida, y Rob no hizo ningún intento por detenerlo. Pero experimentó una amarga decepción, porque había empezado a simpatizar con el elegante y sardónico aprendiz que llevaba tantos años como estudiante de medicina.

Aproximadamente una hora más tarde desenvainó la espada, alertado por unas pisadas que avanzaban hacia él bajo la luz gris de la mañana. Ante sus ojos apareció Karim, que se detuvo delante de él y resolló al ver la hoja preparada; tenía el pecho palpitante, y la cara y la túnica húmedas de sudor.

—Te vi cuando te ibas. Creí que te habías largado corriendo.

—Es lo que hice —Karim se esforzaba por recuperar el aliento—. Me largué corriendo... y volví corriendo. Soy corredor —dijo y sonrió mientras Rob J. apartaba su espada.


Karim corría todas las mañanas y regresaba empapado en sudor. Abbas Sefi contaba chistes, cantaba canciones obscenas y era un imitador despiadado. *Hakim* Fadil era luchador, y en los campamentos, de noche, los volteaba a todos, aunque tuvo algunas dificultades con Rob y Karim. Mirdin era el mejor cocinero de la partida y aceptó alegremente la tarea de preparar todas las comidas nocturnas. El joven Alí, por cuyas venas corría sangre beduina, era un jinete deslumbrante y nada le gustaba tanto como hacer de explorador, cabalgando adelantado con respecto a los demás; a los pocos días sus ojos brillaban de entusiasmo y no a causa de las lágrimas, y desplegaba una energía juvenil que le granjeó el cariño de todos.

El creciente compañerismo era grato, y la larga cabalgata habría sido gozosa si cuando acampaban y se detenían para descansar, *hakim* Fadil no les hubiese leído párrafos del *Libro de la Plaga*, que Ibn Sina le había confiado. El texto ofrecía cientos de sugerencias de diversas autoridades que afirmaban saber cómo combatir la plaga. Un tal Lamna del Cairo insistía en que un método infalible consistía en dar de beber al paciente su propia orina, recitando al mismo tiempo imprecaciones específicas a Ala (¡glorificado sea!). Al-Hajar de Bagdad sugería que se chupara una granada o ciruela astringentes en tiempos de epidemia, e Ibn Mutillah de Jerusalén recomendaba vehementemente la ingestión de lentejas, guisantes indios, semillas de calabaza y arcilla roja. Había tantos consejos que en conjunto resultaban inútiles para la desconcertada misión médica. Ibn Sina había agregado un anexo, en el que enumeraba prácticas que le parecían razonables: encender fuego para crear un humo acre, lavar las paredes con agua de cal, salpicar vinagre y hacer beber zumos de fruta a las víctimas. En última instancia acordaron seguir el régimen sugerido por su maestro y dejar de lado el resto de los consejos.

Durante una pausa en mitad del octavo día, Fadil leyó en voz alta un párrafo del libro que informaba que de cada cinco médicos que habían tratado la peste durante la epidemia del Cairo, cuatro habían muerto víctimas de la plaga. Una serena melancolía se apoderó de todos cuando volvieron a montar, como si les hubieran pronosticado que su destino estaba sellado.

A la mañana siguiente, llegaron a una pequeña aldea y

se enteraron de que estaban en Nardiz, y por lo tanto en el distrito de Anshan.

Los aldeanos los trataron respetuosamente cuando hakim Fadil anunció que eran médicos de Ispahán, enviados por el sha Ala para tratar a los afectados por la plaga.

—Nosotros no padecemos la pestilencia, *hakim*—dijo agradecido el jefe de la aldea—, aunque nos han llegado rumores de muerte y sufrimiento en Shiraz.

Ahora viajaban expectantes, pero cruzaron aldea tras aldea y sólo vieron gente sana. En un valle montañoso de Naksh-i-Rustam hallaron unos grandes sepulcros tallados en la roca: la necrópolis de cuatro generaciones de reyes persas. Allí, de cara a su valle barrido por los vientos, Darío el Grande, Jerjes, Artajerjes y Darío II yacían desde hacía mil quinientos años. Durante ese tiempo, guerras, pestilencias y conquistadores llegaron y se esfumaron en la nada. Mientras los cuatro musulmanes se detenían para recitar la segunda oración, Rob y Mirdin se pararon ante uno de los sepulcros, maravillados, mientras leían la inscripción:

YO SOY JERJES EL GRAN REY, REY DE REYES
REY DE PAÍSES DE MUCHAS RAZAS
REY DEL GRAN UNIVERSO, HIJO DE DARÍO EL REY
EL AQUEMÉNIDA.

Pasaron cerca de unas grandes ruinas de columnas acanaladas y piedras dispersas. Karim contó a Rob que aquello había sido Persépolis, destruida por Alejandro Magno novecientos años antes del nacimiento del Profeta (¡que Dios lo bendiga y lo salude!).

A corta distancia de los restos de la ciudad, llegaron a una granja. Todo era silencio, salvo el balido de unas pocas ovejas que pastaban más allá de la casa; un sonido agradable que se transmitía limpiamente a través del aire iluminado por el sol. Un pastor sentado bajo un árbol parecía observarlos, y cuando se acercaron a él vieron que estaba muerto.

El *hakim* permaneció en su silla como los demás, con la

vista fija en el cadáver. Como Fadil no tomó la iniciativa, Rob desmontó y examinó el cuerpo, cuya carne era azul y ya estaba rígida. Llevaba demasiado tiempo muerto para cerrar sus párpados. Un animal le había roído las piernas y le había arrancado la mano derecha a mordiscos. El frente de la túnica estaba negro de sangre. Cuando Rob cogió su cuchillo y la cortó, no encontró huellas de la plaga: presentaba una herida de arma blanca en el corazón, lo bastante grande para haber sido inferida por una espada.

—Registremos —dijo Rob.

La casa estaba desierta. En el campo encontraron restos de centenares de reses lanares sacrificadas, con muchos huesos limpios por los lobos. En derredor todo estaba pisoteado y era evidente que allí se había detenido un ejército el tiempo suficiente para matar al pastor y llevarse carne.

Fadil, con los ojos vidriosos, no dio instrucciones ni órdenes.

Rob tumbó el cuerpo de costado, lo cubrieron con grandes piedras y rocas para salvar lo que quedaba del ataque de las bestias, y se alejaron deprisa.

Finalmente, llegaron a una finca importante, consistente en una casa suntuosa rodeada de campos cultivados. También parecía desierta, pero desmontaron.

Karim llamó audible y largamente hasta que se abrió una mirilla en el centro de la puerta y un ojo los escrutó desde el interior.

—Fuera de aquí.

—Somos una comisión médica de Ispahán y nuestro destino es Shiraz —informó Karim.

—Yo soy Ishmael el Mercader. Os diré que muy pocos siguen vivos en Shiraz. Hace siete semanas, un ejército de turcomanos seljucíes llegó a Anshan. Casi todos huimos a su llegada, llevando mujeres, niños y animales al interior de los muros de Shiraz. Los seljucíes nos sitiaron. La peste ya se había declarado entre ellos y abandonaron el asedio a los pocos días. Pero antes de marcharse catapultaron al interior de la ciudad dos cadáveres de soldados muertos por la plaga. En cuando desaparecieron, nos apresuramos a llevar los dos cadáveres al otro lado del muro y quemarlos, pero era demasiado tarde: la peste brotó entre nosotros.

*Hakim* Fadil recuperó el habla:

—¿Es una plaga temible?

—No se puede imaginar algo peor —dijo la voz desde atrás de la puerta—. Algunas personas parecen inmunes a la enfermedad, como yo, gracias a Alá (¡cuya merced abunde!), pero la mayoría de los que estuvieron dentro de las murallas han muerto o agonizan.

—¿Y los médicos de Shiraz? —preguntó Rob.

—Había en la ciudad dos cirujanos barberos y cuatro médicos, pues los demás sanadores huyeron en cuanto partieron los seljucíes. Ambos barberos y dos médicos bregaron entre la gente hasta que también murieron, poco después. Otro médico se contagió, y quedaba uno solo para atender a los dolientes cuando yo mismo abandoné la ciudad, hace un par de días.

—Entonces parece que realmente somos muy necesarios en Shiraz —apuntó Karim.

—Yo tengo una casa grande y limpia —dijo el hombre—, con amplias provisiones de comida y vino, vinagre y cal, y abundantes existencias de cáñamo para ahuyentar cualquier problema. Os abriré esta casa, pues no existe mejor protección que dejar entrar a un grupo de sanadores. Dentro de poco, cuando la pestilencia haya pasado, podemos ir a Shiraz, en beneficio de todos nosotros. ¿Quién quiere compartir mi seguridad?

Reinó el silencio. Al cabo de unos segundos, Fadil dijo roncamente:

—Yo.

—No hagas eso, hakim —advirtió Rob.

—Eres nuestro jefe y nuestro único médico —le recordó Karim.

Fadil no parecía haberlos oído.

—Entraré, mercader.

—Yo también —dijo Abbas Sefi.

Ambos desmontaron. Se oyó el sonido de una pesada tranca lentamente movida. Vislumbraron una cara pálida y barbada mientras la puerta se abría apenas lo suficiente para que los dos hombres se deslizaran en el interior de la casa. Luego se oyó otro portazo y la tranca que volvía a ocupar su lugar.

Los que quedaron fuera parecían hombres a la deriva en alta mar. Karim miró a Rob.

—Tal vez tengan razón —musitó.

Mirdin no pronunció palabra; su expresión era de preocupación o incertidumbre. El joven Alí estaba en un tris de echarse a llorar.

—El *Libro de la plaga* —dijo Rob al recordar que Fadil lo llevaba en una gran bolsa colgada de una tira alrededor de su cuello.

Se acercó a la puerta y la aporreó con sus puños como si diera martillazos.

—Idos —ordenó Fadil con voz aterrorizada, temiendo sin duda que abrieran la puerta y cayeran sobre él.

—¡Óyeme bien, piltrafa, cobarde! —gritó Rob, arrebatado por la rabia—. Si no nos das el libro de Ibn Sina, reuniremos madera y brozas y las amontonaremos contra las paredes de esta casa. Para mí será un placer prenderles fuego personalmente, médico de pacotilla.

Al instante volvieron a oír el movimiento de la tranca. Se abrió la puerta y el libro cayó en el polvo, a sus pies.

Rob lo recogió y montó. Su furia se fue desvaneciendo a medida que cabalgaba, porque una parte de su ser anhelaba estar con Fadil y Abbas Sefi en la protegida casa del mercader.

Pasó un buen rato hasta que se decidió a volverse en la silla. Mirdin Askari y Karim Harun iban muy atrás, pero lo seguían. El bisoño Alí Rashid ocupaba la retaguardia, llevando a rastras el caballo de carga de Fadil y la mula de Abbas Sefi.

# 44

# LA PESTE

El camino atravesaba un llano pantanoso casi en línea recta, y luego se volvía tortuoso en una cordillera rocosa de montañas peladas que recorrieron durante dos días. Finalmente, en el descenso hacia Shiraz, la tercera mañana, divisaron humo a lo lejos. A medida que se acercaban, veían hombres quemando cadáveres en el exterior del recinto amurallado.

Más allá de Shiraz, distinguieron las estribaciones de su famosa garganta, Teng-i-Allahu Akbar, o Paso de Dios es Grandioso. Rob notó que docenas de grandes aves negras revoloteaban por encima del paso, y supo que por fin se habían encontrado con la pestilencia.

Ningún centinela guardaba las puertas cuando entraron en la ciudad.

—Entonces, ¿los seljucíes estuvieron en el interior de los muros? —preguntó Karim, porque Shiraz parecía saqueada.

Era una ciudad primorosa, de piedra rosa, con muchos jardines, pero por todas partes se veían tocones indicativos de que otrora había habido grandes árboles majestuosos que daban sombra; incluso habían arrancado los rosales de los jardines para alimentar las piras funerarias. Como en un sueño, siguieron cabalgando por las calles desiertas.

Finalmente, divisaron a un hombre de andar bamboleante, pero en cuanto lo llamaron e intentaron aproximarse, se escondió detrás de unas casas.

En breve, encontraron a otro transeúnte, pero esta vez lo arrinconaron con sus caballos cuando intentó escapar. Rob J. desenvainó la espada.

—Responde y no te haremos daño. ¿Dónde están los médicos?

El hombre estaba aterrorizado. Sostenía delante de la boca y la nariz un pequeño bulto, probablemente con hierbas aromáticas.

—Con el *kelonter* —jadeó, señalando calle abajo.

En el camino se cruzaron con una carreta dedicada a la recogida de cadáveres. Estaban a cargo de ella dos hombres robustos, con las caras más veladas que si hubiesen sido mujeres. En un momento dado, detuvieron su vehículo para cargar el cuerpo de un niño al que habían dejado tirado en la calle. La carreta ya transportaba tres cadáveres adultos: un hombre y dos mujeres.

En las oficinas municipales se presentaron como la misión médica de Ispahán. Los miraron con estupor un hombre duro de traza militar y un anciano achacoso; ambos tenían las caras demacradas y los ojos fijos de un largo insomnio.

—Yo soy Dehbid Hafiz, *kelonter* de Shiraz —dijo el más joven—. Y éste es *hakim* Isfari Sanjar, nuestro último médico.

—¿Por qué están las calles desiertas? —le preguntó Karim.

—Éramos catorce mil almas —explicó Hafiz—. Con la llegada de los seljucíes se sumaron cuatro mil de este lado de la protección de nuestra muralla. Con la irrupción de la plaga, un tercio de los que estaban en Shiraz huyeron, incluidos —prosiguió amargamente— todos los ricos y la totalidad del gobierno, contentos con dejar a este *kelonter* y a sus soldados para que custodiaran sus propiedades. Aproximadamente seis mil han muerto. Los que aún no se han visto afectados se encierran en sus hogares y ruegan a Alá (¡misericordioso sea!) que los mantenga así.

—¿Cuál es el tratamiento que tú aplicas, *hakim*? —preguntó Karim.

—Nada sirve contra la peste —dijo el anciano doctor—. El médico sólo puede abrigar la esperanza de proporcionar algún consuelo a los moribundos.

—Nosotros todavía no somos médicos —dijo Rob—, sino aprendices enviados por nuestro maestro Ibn Sina, y nos ponemos a tus órdenes.

—Yo no doy órdenes; vosotros haréis lo que podáis —dijo bruscamente *hakim* Isfari Sanjar, e hizo un ademán—. Sólo os daré un consejo. Si seguís vivos como yo, todas las mañanas debéis tragar con el desayuno un trozo de pan tostado empapado en vinagre de vino, y antes de hablar con cualquier persona debéis beber un trago de vino.

Rob J. comprendió que lo que había confundido con los achaques de una edad avanzada, no era más que una borrachera.

*Registros de la misión médica de Ispahán.*

Si este compendio se encuentra después de nuestra muerte, será generosamente recompensado su envío a Abu Alí at-Husain ibn Abdullah ibn Sina, médico jefe del *maristan*, Ispahán. Redactado el día 19 del mes de Rabia I, del año 413 de la Hégira.

Llevamos cuatro días en Shiraz, durante los cuales han muerto 243 personas. La pestilencia comienza como una fiebre leve seguida por dolor de cabeza, a veces intenso. La fiebre sube mucho inmediatamente antes de que aparezca una lesión en la ingle, en una axila o detrás de una oreja, corrientemente llamada buba. En el *Libro de la plaga* se mencionan esas bubas, que según *hakim* Ibn al-Khatib de al-Andalus estaban inspiradas por el diablo y siempre tienen forma de serpiente. Las que observamos aquí no tienen forma de serpiente; son redondas y llenas, como la lesión de un tumor. Pueden ser grandes como una ciruela, pero en su mayoría presentan el tamaño de una lenteja. Suelen registrarse vómitos de sangre, lo que en todos los casos significa que la muerte es inminente. La mayoría de las víctimas fallecen a los dos días de la aparición de una buba. En unos pocos afortunados, la buba supura. Cuando esto ocurre, es como si un humor maligno saliera del paciente, que entonces puede recuperarse.

Firmado: Jesse ben Benjamin
Aprendiz

Encontraron un lazareto establecido en la cárcel, de donde habían sido liberados los prisioneros. Estaba abarrotado de muertos, agonizantes y recién afectados, de modo que era imposible atender a alguien. El aire estaba cargado de gruñidos y gritos, y del hedor a vómitos sanguinolientos, cuerpos sin lavar y desperdicios humanos.

Después de ponerse de acuerdo con los otros tres aprendices, Rob fue a ver al *kelonter* y solicitó el uso de la ciudadela, que ahora albergaba a los soldados. Una vez concedida su petición, fue de paciente en paciente por toda la prisión, comprobando su estado, sosteniéndoles las manos.

El mensaje que se transmitía a sus propias manos solía ser fatal: la llama de la vida se extinguía.

Los moribundos fueron trasladados a la ciudadela, y como formaban una gran mayoría de los enfermos, los que aún no agonizaban serían atendidos en un sitio más limpio y menos hacinado. Corría el invierno persa, y las noches eran frías y las tardes, cálidas. La nieve de las cumbres brillaba, y por las mañanas los aprendices de médicos necesitaban sus pieles de carnero. Por encima del desfiladero, los buitres negros planeaban en número creciente.

—Tus hombres arrojan los cadáveres por el paso en lugar de incinerarlos —dijo Rob J. al *kelonter*.

Hafiz asintió.

—Lo he prohibido, aunque quizá tengan razón. La madera escasea.

—Todos los cadáveres deben ser incinerados —replicó Rob con tono firme, pues se trataba de algo en lo que Ibn Sina había sido inexorable—. Debes hacer lo necesario para cerciorarte de que se cumplan tus órdenes.

Aquella tarde decapitaron a tres hombres por arrojar cadáveres en el paso, sumando las muertes por ejecución a las que se cobraba la plaga. No era esa la intención de Rob pero Hafiz se sentía agraviado.

—¿Dónde van a conseguir madera mis hombres? Ya no quedan árboles.

—Envía soldados a las montañas para que los talen —sugirió Rob.

—No volverían.

De tal suerte, Rob delegó en el joven Alí la tarea de entrar con soldados en las casas abandonadas. Casi todas eran de piedra, pero tenían puertas y postigos de madera, así como sólidas vigas para sostener las techumbres. Alí indicó a los hombres que arrancaran y rompieran, y empezaron a chisporrotear las piras fuera de los muros de la ciudad.

En principio siguieron las instrucciones de Ibn Sina y respiraron a través de esponjas empapadas en vinagre, pero éstas obstaculizaban su trabajo, y en seguida las descartaron. Siguiendo el ejemplo de *hakim* Isfari Sanjar, todos los días se atragantaban con una tostada empapada en vinagre y bebían una buena cantidad de vino. A veces,. al caer la noche estaban tan ebrios como el viejo *hakim*.

En medio de su borrachera, Mirdin les habló de su mujer, Fara, y de sus hijitos Dawwid e Issachar, que esperaban su regreso sano y salvo a Ispahán. Habló con nostalgia de la casa de su padre situada a orillas del mar de Omán, donde su familia recorría la costa comprando aljófares.

—Me gustas —le dijo a Rob—. ¿Cómo puedes ser amigo de mi repugnante primo Aryeh?

Entonces Rob comprendió la frialdad inicial de Mirdin.

—¿Yo amigo de Aryeh? Yo no soy amigo de Aryeh. ¡Aryeh es un idiota!

—¡Eso es, es exactamente un idiota! —gritó Mirdin, y todos se desternillaron de risa.

El elegante Karim arrastraba las palabras contando historias de conquistas femeninas, y prometió que cuando regresaran a Ispahán encontraría para el joven Alí el par de tetas más hermoso de todo el Califato oriental. Karim corría todos los días de un lado a otro de la ciudad de la muerte. A veces se mofaba de sus compañeros, que no tenían más remedio que correr con él, pasando por las calles desiertas junto a casas desocupadas, o cerca de otras en las que se acurrucaban los sanos con los nervios a flor de piel, o frente a cadáveres a la espera de la carreta. Con sus burlas, Karim pretendía huir de la espantosa vista de la realidad. Porque a todos los trastornaba algo más que el vino. Rodeados de muerte, eran jóvenes y estaban vivos, e intentaban enterrar su terror fingiéndose inmortales e inmunes.

*Registros de la misión médica de Ispahán.*

Día 28 del mes de Rabia I, del año 413 de la Hégira.

Las sangrías, las ventosas y las purgas parecen dar pocos resultados. La relación de las bubas con la muerte a causa de esta plaga resulta interesante, pues sigue observándose que si la buba estalla o evacua regularmente su hedionda supuración verde, es probable que el paciente sobreviva.

Tal vez muchos perecen por causa de la fiebre terriblemente alta que consume las grasas de sus cuerpos. Pero cuando la buba supura, la fiebre cae precipitadamente y comienza la recuperación.

Habiendo observado este fenómeno, nos hemos empeñado en madurar las bubas que podrían abrirse, aplicando cataplasmas de mostaza y bulbos de lila; cataplasmas de higos y cebollas hervidas, todo molido y mezclado con mantequilla; además de una diversidad de emplastos que favorecen la exudación. En algunos casos, hemos abierto las bubas y las hemos tratado como úlceras, con escaso éxito. Con frecuencia estas inflamaciones, en parte afectadas por la destemplanza y en parte por ser violentamente maduradas, se vuelven tan duras que ningún instrumento puede cortarlas. En estos casos, hemos intentado quemarlas con cáusticos, también con malos resultados. Muchos murieron locos de atar por el tormento, y algunos durante la operación propiamente dicha, de modo que puede afirmarse que hemos torturado a estas pobres criaturas hasta matarlas. Pero algunas se salvan. Claro está que igual hubieran sobrevivido sin nuestra asistencia, pero nos consuela creer que hemos sido útiles a unos pocos.

Firmado: Jesse ben Benjamin
Aprendiz

—¡Recolectores de huesos! —gritó el hombre.

Sus dos sirvientes lo dejaron caer sin ceremonias en el suelo del lazareto y salieron corriendo, sin duda para birlarle sus pertenencias, un robo corriente durante una plaga, que parecía corromper las almas con la misma rapidez que los cuerpos. Padres enloquecidos de terror abandonaban sin la menor vacilación a sus hijos aquejados de bubas. Aquella mañana habían sido decapitados tres hombres y una mujer por pillaje, y desollaron a un soldado por violar a una moribunda. Karim, que había llevado consigo a soldados armados y provistos de cubos con agua de cal para limpiar casas en las que había habido apestados, contó que se ofrecían en venta todo tipo de vicios, y que había sido testigo de tal depravación que resultaba evidente que muchos se aferraban a la vida a través del delirio de la carne.

Poco antes de mediodía, el *kelonter*, que nunca había

entrado personalmente en el lazareto, envió a un soldado pálido y tembloroso a pedir a Rob y a Mirdin que salieran a la calle, donde encontraron a Kafiz olisqueando una manzana cubierta de especias para alejar el brote.

—Os informo de que el recuento de los fallecidos ayer descendió a treinta y siete —dijo con expresión triunfal.

La mejora era espectacular, porque el día más virulento, en medio de la tercera semana posterior a la erupción, habían perecido 268 personas. Kafiz les dijo que, según sus cálculos, Shiraz había perdido 801 hombres, 505 mujeres, 3.193 niños, 566 esclavos, 1.417 esclavas, dos sirios cristianos y 32 judíos.

Rob y Mirdin intercambiaron una mirada significativa, pues a ninguno de los dos se les pasó por alto que el *kelonter* había enumerado a las víctimas en orden de importancia.

El joven Alí se aproximaba, andando calle abajo. Curiosamente, el muchacho habría pasado junto a ellos sin dar muestras de reconocerlos, si Rob no lo hubiese llamado por su nombre.

Rob se acercó a él y vio que su mirada era rara. Cuando le tocó la cabeza, el conocido ardor le heló el corazón.

«¡Ah, Dios!»

—Alí —dijo tiernamente—, debes entrar conmigo.


Habían visto morir a muchos, pero la rapidez con que la enfermedad se apoderó de Alí Rashi hizo sufrir en carne propia a Rob, Karim y Mirdin.

De vez en cuando, Alí se retorcía en un espasmo repentino, como si algo le mordiera el estómago. El dolor lo estremecía convulsivamente y arqueaba su cuerpo en extrañas contorsiones. Lo bañaron en vinagre, y a primera hora de la tarde albergaron esperanzas porque estaba casi frío al tacto. Pero fue como si la fiebre se hubiera acumulado, y con el nuevo ataque Alí estaba más caliente que antes, con los labios agrietados y los ojos en blanco.

Entre tantos gritos y quejidos, los suyos prácticamente se perdían, pero los otros tres aprendices los oían con claridad porque las circunstancias los habían convertido en la familia del muchacho.

Durante la noche se turnaron junto a su lecho.

El joven sufría atrozmente en su jergón revuelto, cuando Rob llegó para relevar a Mirdin antes del amanecer.

Tenía los ojos opacos y apagados. La fiebre había consumido su cuerpo y transformado el redondo rostro adolescente, del que habían emergido unos pómulos altos y una nariz aguileña que permitían vislumbrar al beduino adulto que pudo llegar a ser.

Rob cogió las manos de Alí y recibió la nefasta noticia.

De vez en cuando, como fuga de la impotencia de no hacer nada, acercaba los dedos a la muñeca de Alí y sentía el pulso, débil y confuso como el aleteo de un pájaro con las alas rotas.

Cuando llegó Karim para relevar a Rob, Alí había muerto. Ya no podían seguir fingiendo la inmortalidad. Era evidente que alguno de los tres sería el próximo, y comenzaron a experimentar el auténtico significado del miedo.


Acompañaron el cadáver de Alí a la pira, y cada uno rezó a su manera mientras ardía.

Esa mañana comenzaron a percibir el cambio, era obvio que cada vez llevaban menos enfermos al lazareto. Tres días después, el *kelonter*, apenas capaz de contener la ilusión de su voz, informó que el día anterior sólo habían muerto once personas. Andando cerca del lazareto, Rob vio un gran grupo de ratas muertas y agonizantes y notó algo singular al observarlas: los roedores sufrían la plaga, porque casi todos presentaban una buba pequeña pero inconfundible. Localizó a una que había muerto tan recientemente que en su pellejo pálido aún campaban las pulgas; la echó sobre una gran piedra plana y la abrió con su cuchilla tan pulcramente como si al-Juzjani u otro maestro de anatomía estuviese espiando por encima de su hombro.

*Registros de la misión médica de Ispahán.*

Día 5 del mes de Rabia II, año 413 de la Hégira.

Diversos animales han muerto además de hombres, pues supimos que caballos, vacas, ovejas, camellos, perros, gatos y aves perecieron a causa de la pestilencia en Anshan. La disección de seis ratas muertas por la plaga fue interesante. Los signos exteriores eran similares a los encontrados en víctimas humanas, con los ojos fijos, los músculos contorsionados, la boca abierta, la lengua ennegrecida y saliente, y bubas en la zona de la ingle o detrás de una oreja.

Con la disección de estas ratas quedó claro por qué la extirpación quirúrgica de la buba suele fracasar. Es probable que la lesión tenga raíces profundas semejantes a la zanahoria, y que después de quitar el cuerpo principal de la buba sigan impregnando a la víctima y haciendo estragos en ella.

Al abrir el abdomen de las ratas encontré que los orificios inferiores de los estómagos y los intestinos superiores, en los seis casos, estaban bastante descoloridos por una bilis verde. Los intestinos bajos se veían moteados. Los hígados de los seis roedores estaban arrugados, y en cuatro casos los corazones aparecían reducidos.

En una de las ratas el estómago estaba, por así decirlo, internamente pelado.

¿Se presentan estos efectos en los órganos de las víctimas humanas de esta plaga?

El aprendiz Karim Harun dice que Galeno dejó escrito que la anatomía interna del hombre es idéntica a la del cerdo y a la del mono, aunque distinta a la de las ratas. Así, aunque no conocemos los hechos causales de la muerte por plaga en los humanos, podemos tener la amarga certeza de que ocurren internamente y están excluidos, por tanto, de nuestra exploración.

Firmado: Jesse ben Benjamin
Aprendiz


Dos días más tarde, mientras cumplía su trabajo en el lazareto, Rob sintió malestar, pesadez, debilidad en las rodillas, dificultad para respirar, y el ardor interior de quien se ha atiborrado de especias, aunque no las había ingerido.

Estas sensaciones lo acompañaron y aumentaron en el curso de la tarde. Se esforzó por no hacerles caso, y mirando la cara de una víctima de la enfermedad —inflamada y distorsionada, los ojos brillantes y en blanco—, Rob sintió que se estaba mirando a sí mismo.

Fue a ver a Mirdin y a Karim.

Encontró la respuesta en sus ojos.

Antes de permitir que lo llevaran a un jergón, insistió en buscar el *Libro de la plaga* y sus notas, que entregó a Mirdin.

—Si ninguno de vosotros sobrevive, el último debe dejarlo donde alguien pueda encontrarlo y enviárselo a Ibn Sina.

—Sí, Jesse —dijo Karim.

Rob se tranquilizó. Le habían quitado una carga de los hombros: había ocurrido lo peor y, por ende, se había librado del terrible grillete del pánico.

—Uno de nosotros se quedará contigo —dijo pesaroso el bondadoso Mirdin.

—No, aquí hay muchos que os necesitan.

Pero veía que lo rondaban y lo observaban.

Decidió tomar nota mentalmente de cada paso de la enfermedad, pero sólo llegó al inicio de la fiebre alta, pues se vio aquejado de un dolor de cabeza tan formidable que sensibilizó toda su piel. Las mantas se volvieron pesadas e irritantes y las quitó de encima. Entonces lo venció el sueño.

Soñó que charlaba con el alto y flaco Dick Bukerel, el difunto carpintero jefe del gremio de su padre. Al despertar sintió que el calor era más opresivo y que aumentaba su frenesí interior. Durante una noche espasmódica, se vio asaltado por sueños más violentos, en los que luchaba con un oso que gradualmente adelgazaba y crecía en estatura, hasta convertirse en el Caballero Negro, mientras todos los que habían sido llevados por la plaga presenciaban la descomunal paliza que se propinaban sin que ninguno de los dos lograra acabar con el otro. Por la mañana lo despertaron los soldados que arrastraban su miserable carga desde el lazareto hasta la carreta. Era una visión familiar para él como aprendiz y practicante de la medicina, pero desde la perspectiva de un apestado, la escena se veía con otros ojos. Le palpitaba el corazón. Sentía un zumbido lejano en los oídos. La pesadez de todos sus miembros era peor que antes de dormirse, y un fuego quemaba en su interior.

—Agua.

Mirdin se apresuró a buscarla, pero cuando Rob cambió de posición para beber, contuvo el aliento, angustiado. Vaciló antes de mirar el lugar donde sentía dolor. Por último lo descubrió, y él y Mirdin intercambiaron una mirada de temor. Debajo de su brazo izquierdo había una horrorosa buba lívida. Cogió a Mirdin de la muñeca.

—¡No la cortarás! Y no debéis quemarla con cáusticos ¿Me lo prometes?

Mirdin soltó la mano y volvió a empujar a Rob J. sobre su jergón.

—Te lo prometo, Jesse —dijo suavemente y se fue deprisa para llamar a Karim.

Mirdin y Karim le llevaron la mano detrás de la cabeza y se la ataron a un poste, dejando la buba a la vista. Calentaron agua de rosas y empaparon trapos para hacer compresas, cambiando sin falta las cataplasmas cada vez que se enfriaban.

Tenía más fiebre de la que nunca había visto en hombres o en niños, y todo el dolor de su cuerpo se concentraba en la buba, hasta que su mente se apartó del incesante dolor y comenzó a delirar.

Buscó frescura en la sombra de un trigal, y la besó, le tocó la boca, le besó la cara y la cabellera pelirroja que caía sobre él como un bruma oscura.

Oyó que Karim rezaba en parsi y Mirdin en hebreo. Cuando éste llegó al *Shema*, Rob siguió la oración. *Oye, oh Israel, Señor Dios nuestro, el Señor es Uno. Y amarás al Señor tu Dios con todo tu corazón...*

Temía morir con la escritura judía en los labios y procuró encontrar una oración cristiana. La única que se le ocurrió fue un cántico de los sacerdotes de su niñez.

> *Jesus Christus natus est.*
> *Jesus Christus crucifixus est.*
> *Jesus Christus sepultus est.*
> *Amen.*

Su hermano Samuel estaba sentado en el suelo, cerca del jergón, y sin duda era un guía enviado a buscarlo. Samuel parecía el mismo de antes, incluida la expresión irónica y burlona de su rostro. Rob no sabía qué decirle; él era un adulto, pero Samuel seguía siendo el crío que había sido en el momento de su muerte.

El dolor se intensificó. El dolor era insoportable.

—¡Ven, Samuel! —dijo a grito pelado—. ¡Vayámonos!

Pero Samuel siguió sentado y con la vista fija en él.

Al cabo de poco, un dulce y repentino alivio del dolor en el brazo fue tan agudo como una herida recién inferida. No podía permitirse el lujo de alimentar falsas esperanzas, y se obligó a esperar pacientemente la llegada de alguno de sus compañeros.

Después de un tiempo que le pareció desmesuradamente prolongado, se dio cuenta de que Karim estaba inclinado sobre él.

—¡Mirdin! ¡Mirdin! ¡Alabado sea Alá!, la buba se ha abierto.

Dos caras sonrientes se cernieron sobre él, una bellamente oscura, la otra sencilla, reflejando la bondad de los santos.

—Pondré una mecha para drenarla —dijo Mirdin, y durante un buen rato tuvieron demasiado trajín para acordarse de las acciones de gracias.


Fue realmente como si hubiesen atravesado el mar más tormentoso y ahora derivara en el remanso más sereno y pacífico.

La recuperación fue tan rápida y falta de incidentes como la que había visto en otros sobrevivientes. Sentía debilidad y temblores, como era natural después de las altas fiebres; pero se le despejó la mente y dejó de mezclar acontecimientos pasados y actuales.

Empezó a quejarse, pues deseaba ser de alguna utilidad, pero sus cuidadores no quisieron saber nada y lo mantuvieron en posición supina sobre su jergón.

—¡Para ti lo es todo la práctica de la medicina! —dijo entusiasmado Karim una mañana—. Yo lo sabía, y por eso no planteé objeciones cuando te hiciste con el mando de nuestra pequeña misión.

Rob abrió la boca para protestar, pero la cerró de inmediato, porque era verdad.

—Me puse furioso cuando nombraron jefe a Fadil ibn Parviz —prosiguió Karim—. Se luce en los exámenes y está muy bien considerado por el cuerpo docente, pero en medicina práctica es una calamidad. Además, inició su aprendizaje dos años después que yo y es *hakim*, mientras yo sigo siendo aprendiz.

—¿Y cómo pudiste aceptarme como jefe, si aún no he cumplido un año de aprendizaje?

—Eres muy distinto y estás fuera de competición porque te ha esclavizado la curación de las enfermedades.

Rob sonrió.

—Te he observado durante estas arduas semanas. ¿Acaso no ha tomado posesión de ti el mismo amo?

—No —respondió Karim tranquilamente—. No me interpretes mal; quisiera ser el mejor médico del mundo.

Pero con la misma pasión anhelo hacerme rico. La riqueza no es tu mayor ambición, ¿verdad, Jesse?

Rob meneó la cabeza.

—Cuando yo era niño, en la aldea de Carsh, que pertenece a la provincia de Hamadhan, el sha Abdallah, padre del sha Ala, condujo un gran ejército a través de nuestro territorio para combatir contra las bandas de turcos saljucíes. Cada vez que el ejército de Abdallah se detenía, llegaba la desgracia: una plaga de soldados. Se llevaban cosechas y animales, alimentos que significaban la supervivencia o el desastre para su propio pueblo. Cuando el ejército seguía su camino, nosotros nos moríamos de hambre.

»Yo tenía cinco años. Mi madre cogió por los pies a su hija recién nacida y le aplastó la cabeza contra las rocas. Dicen que muchos recurrieron al canibalismo y lo creo.

»Primero murió mi padre y luego mi madre. Durante un año viví en las calles con pordioseros, y yo mismo me hice mendigo. Finalmente, me adoptó Zaki-Omar, un hombre que había sido amigo de mi padre. Era un atleta famoso. Me educó y me enseñó a correr. Y durante nueve años me hizo objeto de prácticas sodomitas.

Karim calló un momento, y el silencio sólo era interrumpido por el suave gemido de algún paciente en el otro extremo de la sala.

—Cuando él murió, yo tenía quince años. Su familia me expulsó, pero Zaki-Omar había gestionado mi ingreso en la madraza y viajé a Ispahán, libre por primera vez. Tomé la decisión de que cuando tuviera hijos estarían protegidos, y sólo la riqueza da esta clase de seguridad.

De niños habían vivido catástrofes similares a medio mundo de distancia, pensó Rob. De haber sido él menos afortunado, o si Barber hubiera resultado un hombre distinto...

La conversación se vio interrumpida por la llegada de Mirdin, que se sentó en el suelo, al otro lado del jergón.

—Ayer no murió nadie en Shiraz.

—¡Alá —exclamó Karim.

—¡Nadie murió ayer!

De inmediato, Karim y Mirdin también unieron sus

manos. Estaban más allá de la risa, más allá de las lágrimas, como ancianos que han compartido una vida entera. Así enlazados, se miraron, saboreando la supervivencia

Dejaron pasar diez días hasta decidir que Rob estaba lo bastante fuerte para viajar. Se había divulgado la noticia del fin de la peste. Transcurrirían años hasta que volviera a haber árboles en Shiraz, pero la gente empezaba a volver, y algunas personas llegaban provistas de madera. Pasaron por una casa donde los carpinteros estaban colocando postigos y por otras donde ponían las puertas.

Era bueno dejar atrás la ciudad y dirigirse al norte.

Viajaron sin prisa. Al llegar a la casa de Ishmael el Mercader, desmontaron y llamaron a la puerta, pero nadie respondió.

Mirdin arrugó la nariz.

—Se huele a muerte por aquí cerca —dijo, tranquilamente.

Entraron en la casa y encontraron los cadáveres de Ishmael el Mercader y de *hakim* Fadil ibn Parviz, en estado de descomposición. No había huellas del aprendiz de tercer año Abbas Sefi, que sin duda había escapado del «refugio seguro» al ver que los otros eran azotados por la plaga.

De modo que debieron cumplir una última responsabilidad antes de abandonar la tierra azotada por la peste: rezaron sus oraciones e incineraron los dos cadáveres, haciendo una alta fogata con el lujoso mobiliario del mercader.

La misión médica había abandonado Ispahán con ocho hombres; tres salieron cabalgando de Shiraz.

## 45

# LOS HUESOS DE UN ASESINADO

A su llegada, Ispahán le pareció una irrealidad desbordante de gente sana que reía o reñía. Durante un tiempo le resultó extraño caminar entre aquellas personas, como si el mundo estuviera achispado.

Ibn Sina se entristeció, pero no se sorprendió al enterarse de las deserciones y las muertes. Recibió ansioso el libro con las anotaciones de Rob. A lo largo del mes en que los tres aprendices esperaban en la casa de la Roca de Ibrahim para cerciorarse de no llevar la plaga a Ispahán, Rob escribió largamente un relato pormenorizado del trabajo en Shiraz. En sus informes puso de manifiesto que los otros dos aprendices le habían salvado la vida y los llenó de elogios.

—¿También Karim? —le preguntó Ibn Sina sin rodeos, cuando quedaron a solas.

Rob vaciló, porque le parecía pretencioso de su parte evaluar las condiciones de un compañero de estudios. Pero respiró hondo y respondió:

—Es posible que tenga dificultades con los exámenes, pero ya es un consumado médico. Se mostró sereno y decidido durante el desastre, y tierno con los dolientes.

Ibn Sina pareció satisfecho.

—Ahora debes ir a la Casa del Paraíso a informar al

sha Ala, que está ansioso por hablar sobre la presencia de un ejército de seljucíes en Shiraz —dijo.

El invierno agonizaba pero no estaba muerto, y hacía frío en el palacio. Las duras botas de Khuff resonaban en los pavimentos de piedra mientras Rob lo seguía por oscuros pasillos.

El sha estaba a solas ante una mesa de gran tamaño.

—Jesse ben Benjamin, Majestad.

El capitán de las Puertas se retiró mientras Rob hacía el *ravi zemin*.

—Puedes sentarte conmigo, *Dhimmi*. Debes ponerte el mantel sobre las piernas —le indicó el rey.

Para Rob fue una sorpresa agradable. La mesa estaba sobre una parrilla asentada en el suelo, a través de la cual subía el calor de los braseros. Sabía que no debía mirar demasiado tiempo ni muy directamente al monarca, pero ya había oído los cotilleos del mercado sobre la constante disipación del sha. Los ojos de Ala quemaban como los de un lobo, y las facciones chatas de su delgada cara de halcón colgaban flojas, sin duda como resultado de un consumo excesivo y permanente de vino.

Ante el sha había un tablero dividido en cuadrados alternos claros y oscuros, con figuras de hueso bellamente talladas. Al lado había copas y una jarra de vino. Ala sirvió para ambos y tragó su parte rápidamente.

—Bebe, bebe; me gustaría hacer de ti un judío alegre.

Los ojos enrojecidos eran exigentes.

—Solicito tu permiso para dejarlo. El vino no me hace feliz, Majestad. Me pone mohíno y violento, de modo que no puedo gozar del alcohol como algunos, que son más afortunados.

Sus palabras habían logrado despertar la curiosidad del sha.

—En mi caso hace que me despierte todas las mañanas con un terrible dolor detrás de los ojos y temblor en las manos. Tú eres médico. ¿Cuál es el remedio?

Rob sonrió.

—Menos vino, Majestad, y más cabalgatas en el diáfano aire persa.

Los ojos astutos recorrieron su rostro en busca de un atisbo de insolencia, pero no lo encontraron.

—Entonces debes salir a cabalgar conmigo, *Dhimmi*.

—Estoy a tu servicio, Majestad.

Ala hizo un ademán indicativo de que aquello era un acuerdo.

—Ahora hablemos de los seljucíes en Shiraz. Cuéntamelo todo.

Escuchó atentamente mientras Rob hablaba largo y tendido acerca de la fuerza que había invadido Anshan. Finalmente, asintió.

—Nuestro enemigo del noroeste nos rodeó e intentó establecerse al sudeste. Si hubiese conquistado y ocupado la totalidad de Anshan, Ispahán habría sido un bocado entre las afiladas fauces de los seljucíes. —Golpeó la mesa—. Bendito sea Alá por haberles enviado la plaga. Cuando vuelvan, estaremos preparados.

Acomodó el gran tablero a cuadros para que quedara entre ambos.

—¿Conoces este pasatiempo?

—No, Majestad.

—Es nuestro juego más antiguo. Si pierdes se dice que es *shahtreng*, la «angustia del rey». Pero en general se le conoce como juego del sha, porque se refiere a la guerra. —Sonrió, divertido—. Te enseñaré el juego del sha, *Dhimmi*.

Entregó a Rob una de las figuras de elefantes y le dejó palpar su cremosa suavidad.

—Está tallado de un colmillo de elefante. Como ves, los dos tenemos una formación idéntica. El rey está en el centro, y su fiel compañero, el general, en posición de servicio. A cada lado hay un elefante, que proyecta suaves sombras oscuras como el índigo alrededor del trono. Junto a los elefantes hay dos camellos montados por hombres de reflejos rápidos. Luego, dos caballos con sus jinetes, dispuestos a presentar batalla el día del combate. En cada extremo del frente de batalla vemos que un *rukh* o guerrero se lleva las manos ahuecadas a los labios y bebe la sangre de sus enemigos. Delante van los soldados de a pie, cuyo deber consiste en colaborar con los otros en la pelea. Si un soldado de a pie logra llegar al otro extremo del campo de batalla, se coloca a ese héroe junto al rey, como el general.

»El general valiente nunca se distancia más de un cuadrado de su rey durante la batalla. Los poderosos elefantes atraviesan tres cuadrados y observan todo el campo de batalla de dos millas de extensión. El camello se mueve por tres cuadrados bufando y pateando el suelo, así y así. Los caballos también atraviesan tres cuadrados, y al saltarlos uno de los cuadrados no se toca. Hacia todos los lados hacen estragos los vengadores *rukhs*, cruzando todo el campo de batalla.

»Cada pieza se mueve en su propia área y no hace ni más ni menos de lo que tiene asignado. Si alguien se aproxima al rey, grita: "Quitaos, oh sha", y el rey debe retroceder de su cuadrado. Si entre los adversarios, el rey, el caballo, el *rukh*, el general, el elefante y el ejército le bloquean el camino, el soberano debe mirar a su alrededor por los cuatro costados, con el entrecejo fruncido. Si ve su ejército derrotado, el camino cerrado por el agua y el foso, el enemigo a izquierda y derecha, adelante y atrás, morirá de agotamiento y sed, que es el destino ordenado por el firmamento rotatorio para quien pierde la guerra. —Se sirvió más vino, se lo echó al coleto y miró a Rob con la frente arrugada—. ¿Comprendes?

—Eso creo, Majestad —dijo Rob prudentemente.

—Entonces, empecemos.

Rob cometió errores, movió algunas piezas incorrectamente, y cada vez que lo hacía el sha Ala lo corregía con un gruñido. El juego no duró mucho, porque en breve las fuerzas de Rob fueron exterminadas y su rey quedó preso.

—Otra —dijo satisfecho Ala.

La segunda contienda concluyó casi tan rápidamente como la primera, pero Rob había comenzado a ver que el sha anticipaba sus movimientos porque había establecido emboscadas, y lo atraía hacia las trampas, como si estuvieran librando una verdadera guerra.

Concluida la segunda partida, Ala lo despidió con un ademán.

—Un jugador competente puede evitar la derrota durante días enteros —dijo—. Quien gana el juego del sha es apto para gobernar el mundo. Sin embargo, para ser la primera vez no lo has hecho mal. Para ti no es ninguna desgracia sufrir la *shahtreng*, por que a fin de cuentas sólo eres un judío.

¡Qué satisfactorio estar otra vez en la casita del Yehuddiyyeh y volver a la ardua rutina del *maristan* y las aulas!

Rob experimentó el gran placer de que no volvieran a enviarlo a la cárcel como cirujano, y durante un tiempo hizo de aprendiz en la sala de fracturados, y junto con Mirdin, a las órdenes de *hakim* Jalal-ul-Din. Delgado y melancólico, Jalal parecía ser un jefe típico de la sociedad médica de Ispahán, respetado y próspero. Pero difería de la mayor parte de los médicos ispahaníes en varios aspectos importantes.

—¿De modo que tú eres Jesse, el cirujano barbero de quien he oído hablar? —preguntó cuando Rob se presentó ante él.

—Sí, maestro médico.

—No comparto el desprecio general por los cirujanos barberos. Muchos son ladrones y tontos, es verdad, pero también entre ellos hay hombres honrados e inteligentes. Antes de hacerme médico ejercí otra profesión desdeñada por los doctores persas: fui ensalmador, y después de hacerme *hakim* sigo siendo el mismo de antes. Pero aunque no te condene por ser barbero, debes trabajar duramente para ganarte mi respeto. En caso contrario, te echaré de mi servicio de una patada en el culo, europeo.

Tanto Rob como Mirdin eran felices trabajando intensamente. Jalal-ul-Din se había hecho famoso como especialista en huesos, y había inventado una amplia variedad de tablillas acolchadas y artilugios de tracción. Les enseñó a usar las yemas de los dedos como si fueran ojos para ver debajo de la carne amoratada y aplastada, visualizando la lesión a fin de encontrar el tratamiento más adecuado. Jalal era especialmente habilidoso en manipular astillas y fragmentos hasta que volvían a ocupar su lugar, donde la naturaleza volvería a soldarlos.

—Parece sentir un curioso interés por el crimen —refunfuñó Mirdin después de unos días como asistentes de Jalal.

Y era cierto, porque Rob había notado que el médico habló excesivamente acerca de un asesino que esa semana había confesado su culpa ante el tribunal del imán Qandrasseh.

En efecto, un tal Fakhr-i-Ayn, pastor, se reconoció culpable de haber sodomizado y luego asesinado a un colega llamado Qifti al-Ullah, dos años antes. Enterró a su víctima en una fosa poco profunda, fuera de los muros de la ciudad. El tribunal condenó al asesino, que fue inmediatamente ejecutado y descuartizado.

Días más tarde, cuando Rob y Mirdin se presentaron ante Jalal, éste les dijo que el pastor asesinado sería exhumado de su tosca fosa y vuelto a enterrar en un cementerio musulmán, donde recibiría el beneficio de la oración islámica para asegurar la admisión de su alma en el Paraíso.

—Vamos —dijo Jalal—, ésta es una oportunidad excepcional. Hoy haremos de sepultureros.

No desveló a quién había sobornado, pero en breve los dos aprendices y el médico —que llevaba una mula cargada— acompañaron a un *mullah* y a un soldado del *kelonter* a la solitaria ladera que el difunto Fakhr-i-Ayn había indicado a las autoridades.

—Con cuidado —advirtió Jalal mientras cavaban.

En seguida vieron los huesos de una mano y, poco después, retiraron el esqueleto entero, tendiendo los huesos de Qifti-al-Ullah en una manta.

—Es hora de comer —anunció Jalal, y llevó al burro a la sombra de un árbol distante de la sepultura.

Abrió la carga que llevaba su jumento y presentó aves asadas, un *pilah* suntuoso, grandes dátiles para postre, pasteles de miel y una botella de sherbet. El soldado y el *mullah*, ansiosos, se hartaron mientras Jalal y sus aprendices aguardaban que durmieran la siesta que sin duda seguiría a la copiosa comida.

Los tres volvieron deprisa junto al esqueleto. La tierra había cumplido su tarea y los huesos estaban limpios, salvo una mancha herrumbrosa alrededor del sitio en que la daga de Fakhr había atravesado el esternón. Se arrodillaron sobre los huesos, murmurando, apenas conscientes de que un día esos restos habían sido un hombre llamado Qifti.

—Observad el fémur —dijo Jalal—, el hueso más largo y más fuerte del cuerpo. ¿No es evidente por qué resulta difícil soldar una fractura que se produce en el muslo?

»Contad los doce pares de costillas. ¿Notáis que forman una caja? Esa caja protege el corazón y los pulmones, ¿no es maravilloso?

Era absolutamente distinto estudiar huesos humanos en vez de ovinos, pensó Rob, pero ésa sólo fue una parte de la historia.

—El corazón y los pulmones del ser humano... ¿los has visto? —preguntó a Jalal.

—No. Pero Galeno dice que son semejantes a los del cerdo, y todos hemos visto los del cerdo.

—¿Y si no fueran idénticos?

—Lo son —replicó Jalal de mala manera—. No desperdiciemos esta oportunidad dorada de estudiar, que en breve volverán aquellos dos. ¿Veis cómo los siete pares superiores de costillas están adheridas al pecho mediante una materia conjuntiva flexible? Las otras tres están unidas por un tejido común y los dos últimos pares no están ligados en la parte frontal. ¿No es Alá (¡grande y poderoso sea!) el diseñador más inteligente que haya habido, Dhimmis? ¿No ha construido Él a los suyos según una estructura extraordinaria?

Permanecieron en cuclillas bajo el sol abrasador, sobre su festín erudito, transformando al asesinado en una lección de anatomía.

Después, Rob y Mirdin fueron a los baños de la academia, donde se quitaron de encima la desagradable sensación producida por el contacto con la muerte, y aliviaron los músculos desacostumbrados a cavar. Allí los encontró Karim, y Rob notó, en su expresión, que algo andaba mal.

—Volverán a examinarme.

—¡Pero si eso es lo que quieres!

Karim miró de reojo a los miembros del cuerpo docente que conversaban en el otro extremo de la sala y bajó la voz:

—Tengo miedo. Prácticamente había renunciado a la esperanza de otro examen. Éste será el tercero... Si fallo, todo habrá terminado. —Los miró con expresión lúgubre—. Al menos ahora puedo ser aprendiz asistente.

—Pasarás el examen como un buen corredor —dijo Mirdin.

Karim descartó con un gesto todo intento de despreocupación.

—No me inquieta lo que corresponde a medicina, pero sí la filosofía y el derecho.

—¿Cuándo? —preguntó Rob.

—Dentro de seis semanas.

—Eso nos da tiempo, entonces.

—Sí, estudiaré filosofía contigo —dijo tranquilamente Mirdin—. Jesse y tú trabajaréis juntos con las leyes.

Rob protestó para sus adentros, pues ni remotamente se consideraba jurista. Pero habían sobrevivido juntos a la plaga y estaban vinculados por catástrofes similares sufridas en la infancia; sabía que debía intentarlo.

—Empezaremos esta noche —dijo mientras buscaba un paño para secarse el cuerpo.

—Nunca supe de nadie que fuera aprendiz durante siete años y luego lo hicieran médico —dijo Karim sin el menor intento de ocultarles su terror, en un nuevo nivel de intimidad.

—Aprobarás —dijo Mirdin y Rob asintió.

—Tengo que aprobar —corroboró Karim.

# 46

## EL ACERTIJO

Ibn Sina invitó a cenar a Rob dos semanas seguidas.

—Vaya, el maestro tiene un aprendiz favorito —se mofó Mirdin, pero apuntaba el orgullo en su sonrisa y no los celos.

—Es bueno que se interese por él —dijo seriamente Karim—. Al-Juzjani ha contado con el patrocinio de Ibn Siria desde que eran jóvenes, y hoy al-Juzjani es un gran médico.

Rob frunció el ceño, poco dispuesto a compartir la experiencia, ni siquiera con ellos. No sabría describir lo que era pasar una velada entera como único beneficiario del cerebro de Ibn Sina. Una noche habían hablado de los cuerpos celestes... o, para ser precisos, Ibn Sina había hablado y Rob escuchado. En otra oportunidad, Ibn Sina se explayó durante horas sobre las teorías de los filósofos griegos. ¡Sabía tanto y lo sabía enseñar sin el menos esfuerzo...!

Por contraste, antes de enseñarle a Karim, Rob tenía que aprender. Resolvió que durante seis semanas dejaría de asistir a todas las clases salvo las de derecho, y de la Casa de la Sabiduría sacó libros de leyes y jurisprudencia. Ayudar a Karim no sería únicamente un acto generoso de amistad, pues Rob tenía bastante descuidada la esfera del derecho. Ayudando a Karim se estaría preparando para el día en que comenzaran sus propias pruebas.

En el Islam había dos ramas del derecho: *Fiqh* o ciencia legal y *Shari'a*, la ley divinamente revelada por Alá. A ellas hay que sumar la *Sunna*, la verdad y la justicia reveladas por la vida ejemplar y las máximas de Mahoma, con lo que el resultado era un complejo e intrincado cuerpo de aprendizaje que podía acobardar a cualquier estudioso.

Karim se esforzaba, pero era evidente que sufría.

—Es demasiado —decía.

El esfuerzo se hizo evidente.

Por primera vez en siete años, excepto en el período en que habían combatido la plaga en Shiraz, no iba diariamente al *maristan*, y confesó a Rob que se sentía extraño y privado de su elemento sin la rutina cotidiana del cuidado de sus pacientes.

Todas las mañanas, antes de reunirse con Rob para estudiar leyes y luego con Mirdin para dedicarse a los filósofos y sus enseñanzas, Karim corría con las primeras luces del día. Una vez, Rob intentó correr con él, pero pronto quedó atrás; Karim corría como si intentara aventajar a sus temores.

En varias ocasiones Rob montó su alazán y acompañó al corredor. Karim atravesaba a toda velocidad la ciudad ajetreada, pasaba junto a los sonrientes centinelas de la puerta principal de la muralla, salía al otro lado del Río de la Vida y se internaba en el campo. Rob no creía que supiera o le importara por dónde corría. Sus pies subían y bajaban, sus piernas se movían a un ritmo constante e inconsciente que parecía sosegarlo y reconfortarlo a la manera de una infusión de *buing*, el fuerte cañamón que daban a los pacientes desesperados de dolor. El gasto diario de energías preocupaba a Rob.

—Consume todas las fuerzas de Karim —se quejó a Mirdin—. Tendría que reservar todas sus energías para el estudio.

Pero el sensato Mirdin se tironeó de la nariz, golpeteó su larga mandíbula equina y meneó la cabeza.

—No; sospecho que si no corriera no soportaría este

período —dijo, y Rob fue lo bastante juicioso para no insistir, confiando en que el criterio corriente de Mirdin fuera tan formidable como su erudición.

Una mañana fue llamado y recorrió a caballo la avenida de los Mil Jardines hasta llegar al sendero polvoriento que llevaba a la elegante casa de Ibn Sina. El guarda cogió su caballo, y cuando Rob se encaminó a la puerta de piedra, Ibn Sina salió a su encuentro.

—Se trata de mi esposa. Me gustaría que la examinaras.

Rob asintió confuso, pues a Ibn Sina no le faltaban distinguidos colegas que se sentirían honrados de examinarla. Pero siguió a su maestro hasta una puerta que daba a una escalera de piedra semejante al interior de un caracol, y por ella ascendieron a la torre Norte de la casa.

La anciana yacía en un jergón y los miró con ojos opacos y ciegos. Ibn Sina se arrodilló a su lado.

—Oh, Reza...

Sus labios secos estaban agrietados. Ibn Sina mojó un trapo cuadrado en agua de rosas, y le humedeció tiernamente la cara y la boca. Tenía una amplia experiencia en volver cómoda la habitación de un enfermo, pero ni siquiera el entorno limpio, la ropa recién cambiada y las fragantes volutas de humo que se elevaban de unos platos con incienso encubrían el hedor de la enfermedad de su esposa.

Los huesos daban la impresión de querer violar su piel transparente. Tenía la cara cerúlea, el pelo ralo y blanco. Probablemente su marido era el mejor médico del mundo pero ella era una anciana en las últimas etapas de una enfermedad ósea. Se veían grandes bubas en sus brazos, y sus piernas estaban extremadamente delgadas. Los tobillos y los pies se veían hinchados a causa de los fluidos acumulados. La mayor parte de su cadera derecha aparecía deteriorada, y Rob sabía que si le levantaba la camisa descubriría que otros bultos habían invadido las partes externas de su cuerpo, así como sabía, por el olor, que se habían extendido hasta sus intestinos.

Ibn Sina no lo había llamado para confirmar un diagnóstico obvio y terrible. Rob comprendió lo que esperaba de él y cogió las frágiles manos de la mujer entre las suyas, mientras le hablaba en voz baja y con dulzura. Se tomó más tiempo del necesario, mirándola a los ojos, que por un instante parecieron despejarse.

—¿Da'ud? —susurró, y apretó con fuerza las manos de Rob.

Rob miró inquisitivamente a Ibn Sina.

—Su hermano, muerto hace muchísimos años.

Los ojos de la mujer volvieron a vaciarse, y los dedos se aflojaron. Rob volvió a apoyarle las manos en el jergón y se retiró de la torre con Ibn Sina.

—¿Cuánto?

—No mucho, *hakim-bashi*. Creo que es cuestión de días. —Rob se sintió torpe; el otro era muy superior a él para transmitirle las acostumbradas condolencias—. Entonces, ¿no es posible hacer nada por ella?

Ibn Sina torció el gesto.

—Sólo me resta expresarle mi amor con infusiones cada vez más fuertes.

Acompañó a su aprendiz hasta la puerta, le dio las gracias y volvió junto a su moribunda esposa.

—Amo —dijo alguien a Rob.

Al volverse, vio al descomunal eunuco que guardaba a la segunda esposa de Ibn Sina.

—Sígueme, por favor.

Atravesaron una puerta abierta en la tapia del jardín, de dimensiones tan reducidas que ambos tuvieron que agacharse para pasar a otro jardín, exterior a la torre Sur.

—¿De qué se trata? —preguntó secamente al esclavo.

El eunuco no contestó. Algo atrajo la mirada de Rob, que desvió la vista hacia una ventanita desde la que lo observaba un rostro embozado. Los dos sostuvieron la mirada y luego ella apartó la suya en un remolino de velos, dejando desierta la ventana. Rob miró al esclavo, que sonrió levemente y se encogió de hombros.

—Me ordenó que te trajera aquí. Deseaba contemplarte, amo —dijo.

Tal vez Rob habría soñado con ella esa noche, pero no tuvo tiempo. Estudió las leyes de la propiedad, y mientras el aceite de su lámpara ardía lentamente, oyó el resonar de unos cascos que bajaban por su calle y, al parecer, se detuvieron ante su puerta. Llamaron. Alargó la mano hacia su espada, pensando en los ladrones, pues era demasiado tarde para que alguien fuera a visitarlo.

—¿Quién anda ahí?

—Wasif, amo.

Rob no conocía a ningún Wasif, pero creyó reconocer la voz. Empuñando el arma, abrió la puerta y vio que había acertado. Allí estaba el eunuco, sujetando las riendas de un burro.

—¿Te ha enviado el *hakim*?

—No, amo. Me ha enviado ella. Quiere que vayas.

No supo qué responder. El eunuco sabía que no debía sonreír, pero en el fondo de sus ojos surgió un destello indicativo de que había notado el asombro del Dhimmi:

—Espera —dijo Rob secamente y cerró la puerta.

Salió después de lavarse deprisa y, montado a pelo en su alazán, recorrió las calles oscuras detrás del esclavo, cuyos pies planos y torcidos dejaban huellas en el polvo mientras cabalgaba a horcajadas del pobre burro. Pasaron junto a casas silenciosas en las que la gente dormía, giraron por el sendero cuyo polvo profundo amortiguaba los ruidos de los cascos de los animales, y entraron en un campo que se extendía más allá del muro de la finca de Ibn Sina.

Por una entrada de la empalizada se acercaron a la puerta de la torre Sur, que abrió el eunuco, quien a continuación se inclinó y, con un ademán, indicó a Rob que entrara solo.

Todo era igual a las fantasías que había vivido un centenar de noches, tendido en su jergón y excitado. El oscuro pasillo de piedra era gemelo a la escalera de la torre Norte, y daba vueltas como las espirales de un nautilo; al llegar a lo alto, se encontró en un espacioso harén.

A la luz de la lámpara, Rob vio que ella lo aguardaba en un inmenso jergón con cojines: era una mujer persa que se había preparado para hacer el amor, con las manos, los pies y el sexo rojos de alheña y resbaladizos de aceite. Sus pechos eran decepcionantes, apenas más voluminosos que los de un muchacho.

Rob le quitó el velo.

Tenía el pelo muy negro, también tratado con aceite y echado rígidamente hacia atrás, contra su cráneo redondeado. Rob había imaginado los rasgos prohibidos de una reina de Saba o de una Cleopatra, y se sobresaltó al encontrar a una jovencita al acecho, de boca temblorosa que ahora se lamió nerviosa, con el chasquido de su lengua rosa. Era un rostro encantador, en forma de corazón, con la barbilla en punta y la nariz corta y recta. De la delgada ventanilla derecha colgaba un pequeño anillo de metal por donde apenas cabría su dedo meñique.

Rob llevaba mucho tiempo en aquel país: las facciones al descubierto lo excitaron más que su cuerpo afeitado.

—¿Por qué te llaman Despina la Fea?

—Lo ha decretado Ibn Sina, para desviar el mal de ojo —explicó mientras él se tumbaba a su lado.


A la mañana siguiente, Rob y Karim volvieron a estudiar el *Fiqh*, concretamente las leyes del matrimonio y el divorcio.

—¿Quién suscribe el acuerdo matrimonial?

—El marido redacta el contrato y se lo presenta a la esposa; allí él escribe el *mahr*, el monto de la dote.

—¿Cuántos testigos se necesitan?

—No sé. ¿Dos?

—Sí, dos. ¿Quién tiene más derechos en el harén, la segunda esposa o la cuarta?

—Todas las esposas tienen iguales derechos.

Pasaron a las leyes del divorcio y a sus causas: esterilidad, mal carácter, adulterio.

Según la *Shari'a*, el castigo por adulterio era la lapidación, pero este método cayó en desuso dos siglos atrás. La adúltera de un hombre rico y poderoso podía ser ejecutada por decapitación en la cárcel del *kelonter*, pero las esposas adúlteras de los pobres solían ser golpeadas con palmetas y luego se divorciaban o no, según los deseos del marido.

Karim tenía pocas dificultades con la *Shari'a*, pues había sido criado en un hogar devoto y conocía las leyes piadosas. Lo que lo abrumaba era el estudio del *Fiqh* Había tantas leyes y sobre tantas cosas, que estaba seguro de no poder recordarlas.

Rob reflexionó en ello.

—Si no recuerdas el texto exacto del *Fiqh*, debes pasar a la *Shari'a* o a la *Sunna*. Toda la ley se basa en los sermones y escritos de Mahoma. Por ende, si no logras recordar las leyes, ofrece una respuesta desde el punto de vista religioso o de la vida del Profeta y tal vez los dejes contentos. —Suspiró—. Vale la pena intentarlo. Y entre tanto, oraremos y memorizaremos tantas leyes del *Fiqh* como podamos.


A la tarde siguiente, en el hospital, siguió a al-Juzjani por las salas y se detuvo con los demás junto al jergón de Bilal, un niño flacucho con cara de ratita. A su lado estaba un campesino de ojos atontados y resignados.

—Estupor —dijo al-Juzjani—. Un ejemplo de que el cólico puede absorber el alma. ¿Qué edad tiene?

Acobardado pero halagado de que le dirigieran la palabra, el padre bajó la cabeza.

—Está en la novena temporada, señor.

—¿Cuánto tiempo lleva enfermo?

—Dos semanas. Es la enfermedad del costado que mató a dos de sus tíos y a mi padre. Un dolor espantoso. Viene y se va, viene y se va. Pero hace tres días vino y no se fue.

El enfermo, que se dirigía servilmente a al-Juzjani y sin duda deseaba que terminaran con el niño y siguieran su camino, dijo que sólo había sido alimentado con *sherbets* de jugos azucarados.

—Vomita o defeca cuanto traga —concluyó.

Al-Juzjani asintió.

—Examínalo, Jesse.

Rob bajó la manta. El chico tenía una herida bajo el mentón, pero estaba completamente cicatrizada y no tenía nada que ver con su dolencia. Le puso la palma de la mano en la mejilla, y Bilal intentó moverse pero no tuvo fuerzas. Rob le palmeó el hombro.

—Caliente.

Le pasó lentamente las yemas de los dedos por el cuerpo. Al llegar al estómago, el chico gritó.

—Tiene la barriga blanda a la izquierda y dura a la derecha.

—Alá trató de proteger el asiento de la enfermedad —dijo al-Juzjani.

Con la mayor delicadeza posible, Rob utilizó las yemas de los dedos para trazar la zona dolorida desde el ombligo y a través del lado derecho del abdomen, lamentando la tortura que producía cada vez que apretaba la barriga. Dio la vuelta a Bilal y vieron que el ano estaba rojo y tierno.

Rob volvió a taparlo con la manta, cogió sus pequeñas manos y oyó que el viejo Caballero Negro volvía a carcajearse de él.

—¿Morirá, señor? —preguntó el padre, en tono pragmático.

—Sí —respondió.

Nadie sonrió ante su opinión. Desde que regresaran de Shiraz, Mirdin y Karim habían relatado algunas cosas que a su vez fueron repetidas.

Rob había notado que ahora nadie se reía de él cuando se atrevía a decir que alguien moriría.

—Elo Cornelio Celso ha descrito la enfermedad del costado, y todos deben leerlo —dijo al-Juzjani mientras pasaba al siguiente jergón.

Después de visitar al último paciente, Rob fue a la Casa de la Sabiduría y pidió al bibliotecario Yussuf-ul-Gamal que lo ayudara a encontrar lo que había escrito el romano sobre la enfermedad del costado. Se sintió fascinado al descubrir que Celso había abierto cadáveres para perfeccionar sus conocimientos. Sin embargo, no era mucho lo que se sabía sobre esa enfermedad concreta, que el autor describía como malos humores en el intestino grueso, cerca del ciego, acompañados por una violenta inflamación y dolor en el costado derecho.

Terminó de leer y fue otra vez a ver a Bilal. El padre ya no estaba. Un severo *mullah* rondaba al niño como un cuervo, entonando estrofas del Corán, mientras aquél tenía la vista fija en su vestimenta negra, con ojos desolados.

Rob movió un poco el jergón para que Bilal no viera al *mullah*. En una mesa baja, el enfermero había dejado tres granadas persas redondas como bolas, para que el chico las comiera por la noche.

Rob las cogió y empezó a hacerlas girar de una en una, hasta que pasaban de mano en mano por encima de su cabeza. «Como en los viejos tiempos, Bilal.» Ahora Rob era un malabarista con poca práctica, pero, tratándose de tres objetos, no tuvo dificultades y, además, hizo diversos trucos con la fruta.

Los ojos del chico estaban tan redondos como los propios objetos voladores.

—¡Lo que necesitamos es acompañamiento musical!

No conocía ninguna canción persa, y quería encontrar algo vital. De su boca emergió la estridente canción de Barber sobre la muñeca.

*Tus ojos me acariciaron una vez,*
*tus brazos me abrazan ahora...*
*Rodaremos juntos una y otra vez,*
*así que no hagas juramentos vanos.*

No era una canción adecuada para que un niño muriera con ella en sus oídos, pero el *mullah*, que contemplaba incrédulo sus juegos de manos, proporcionó suficiente solemnidad y oración mientras Rob proporcionaba una pizca del goce de vivir. De todos modos, nadie podía entender aquellos versos, de modo que Rob no sería acusado de falta de respeto. Regaló a Bilal varios estribillos más, y luego vio cómo saltaba en una convulsión definitiva que arqueó su cuerpecillo. Sin dejar de cantar, Rob sintió el aleteo del pulso hasta que se esfumó en la nada en el cuello de Bilal.

Rob le cerró los ojos, limpió el moco que le colgaba de la nariz, enderezó el cuerpo y lo lavó. Le ató con un trapo las mandíbulas y, por último, lo peinó.

El *mullah* seguía con las piernas cruzadas, entonando el Corán. Sacaba chispas por los ojos: era capaz de rezar y odiar al mismo tiempo. Sin duda se quejaría de que el *Dhimmi* había cometido sacrilegio, pero Rob sabía que el informe omitiría que antes de morir Bilal había sonreído.


Cuatro noches de cada siete el eunuco Wasif iba a buscarlo, y Rob se quedaba en el harén de la torre hasta la madrugada. Daban lecciones de lengua.

—Una polla.

Ella rió.

—No; eso es tu *lingam*, y esto, mi *yoni*.

Ella dijo que emparejaban bien.

—El hombre es lebrato, toro o caballo. Tú eres toro. La mujer es corza, yegua o elefanta. Yo soy corza. Eso es bueno. Sería difícil para un lebrato dar placer a una elefanta —explicó la joven seriamente.

Despina era la maestra y Rob era el alumno, como si otra vez fuera niño y nunca hubiese hecho el amor. Ella hacía cosas que él había visto en las imágenes del libro comprado en la *maidan*, y otras que no aparecían allí. Le mostró el *kshiraniraka*, el abrazo de leche y agua. La posición de la mujer de Imdra. El congreso de bocas o *auparishtaka*.

Al principio Rob estaba intrigado y encantado, mientras hacían progresos en el Tiovivo, la Llamada a la Puerta o el Coito del Herrero. Se irritó cuando Despina quiso enseñarle los sonidos correctos que debía emitir al eyacular, la elección de *sut* o *plat* en sustitución del gemido.

—¿Nunca te relajas y follas, sencillamente? Esto es peor que memorizar el *Fiqh*.

—El resultado es mejor después que se aprende —dijo ella, ofendida.

Rob no se sintió agraviado por el reproche implícito en su voz. Además, había decidido que le gustaban las mujeres que supieran moderarse.

—¿No es suficiente el anciano?

—Antes era más que suficiente. Su potencia era famosa. Era bebedor y mujeriego, y si estaba de humor hacía la víbora. Una víbora «femenina» —dijo ella, y los ojos se le llenaron de lágrimas al sonreír—. Pero hace dos años que no yace conmigo. Cuando ella enfermó, dejó de venir.

Despina le contó que toda su vida había pertenecido a Ibn Sina. Era hija de dos esclavos suyos, una india y un persa que fue su sirviente de confianza. La madre había muerto cuando ella tenía seis años. El anciano se casó con ella a la muerte de su padre, cuando tenía doce, y nunca la había liberado.

Rob le tocó el anillo de la nariz, símbolo de su esclavitud.

—¿Por qué?

—Porque como su propiedad y su segunda esposa estoy doblemente protegida.

—¿Y si apareciera ahora? —dijo Rob, pensando en la única escalera existente.

—Wasif está de guardia abajo y lo distraería. Además, mi marido no se mueve del jergón de Reza y no le suelta la mano.

Rob miró a Despina y movió la cabeza, sintiendo toda la culpa que había crecido en su interior sin darse cuenta. Le gustaba la pequeña y bonita muchacha de tez aceitunada, con sus diminutos pechos, su pancita de ciruela y su boca caliente. Le daba pena la vida que llevaba, una vida de prisionera en una cárcel cómoda. Sabía que la tradición islámica la mantenía encerrada en la casa y los jardines casi todo el tiempo. No le reprochaba nada, pero se había encariñado con el anciano descuidado en el vestir, de mente excepcional y nariz grandota. Se levantó y empezó a vestirse.

—Sólo seré tu amigo.

Ella no era estúpida. Lo observó con interés.

—Has estado aquí casi todas las noches y te has hartado de mí. Si envío a Wasif a buscarte dentro de dos semanas, vendrás.

Rob le besó la nariz, encima del anillo.

Cabalgando lentamente en el caballo castaño bajo la luz de la luna, Rob se preguntó si no estaría haciendo el idiota.

Once noches más tarde, Wasif llamó a la puerta.

Despina había estado a punto de acertar: Rob se sintió profundamente tentado y estuvo a punto de correr a su lado. El antiguo Rob J. se habría precipitado a reafirmar una historia que por el resto de su vida podría repetir cuando los hombres empinaban el codo y fanfarroneaban: había visitado repetidamente a la joven esposa mientras el anciano marido permanecía en otra ala de la casa.

Rob meneó la cabeza.

—Dile que no puedo ir con ella nunca más.

A Wasif le brillaron los ojos bajo los grandes párpados teñidos de negro; sonrió despectivamente al tímido judío y se alejó a lomos del burro.


Reza la Piadosa murió tres mañanas después, mientras los muecines de la ciudad entonaban la primera oración, un momento adecuado para el fin de una vida religiosa.

En la madraza y en el *maristan* la gente comentaba que Ibn Sina había preparado el cadáver con sus propias manos, y hablaron del entierro sencillo, al que sólo había permitido asistir a unos pocos *mallahs*.

Ibn Sina no se presentó en la escuela ni en el hospital. Nadie sabía dónde estaba.

Una semana después de la muerte de Reza, Rob vio una noche a al-Juzjani bebiendo en la *maidan* central.

—Siéntate, Dhimmi—dijo al-Juzjani, y luego pidió más vino.

—*Hakim*, ¿cómo está el médico jefe?

El *hakim* no respondió a su pregunta.

—Opina que tú eres diferente. Un aprendiz especial —dijo al-Juzjani con tono resentido.

Si no fuese aprendiz de medicina y al-Juzjani no fuese

el gran al-Juzjani, Rob habría pensado que estaba celoso de él.

—Y si no eres un aprendiz especial, Dhimmi, tendrás que vértelas conmigo.

El cirujano fijó en él sus ojos brillantes, y Rob comprendió que estaba muy achispado. Guardaron silencio mientras les servían el vino.

—Yo tenía diecisiete años cuando nos conocimos en Jurjan. Ibn Sina era pocos años mayor, pero mirarlo era como contemplar directamente el sol. ¡Por Ala! Mi padre cerró el trato. Ibn Sina me instruiría en medicina y yo sería su factótum. —Bebió reflexivamente—. Lo asistí en todo. Me enseñó matemática usando como texto el *Almagesto*. y me dictó varios libros, incluyendo la primera parte del *Canon de la medicina*, cincuenta páginas cada día.

»Cuando abandonó Jurjan lo seguí a media docena de sitios. En Hamadhan, el emir lo hizo visir, pero el ejército se rebeló e Ibn Sina dio con sus huesos en la cárcel. Al principio dijeron que lo matarían, pero finalmente lo soltaron... ¡Afortunado hijo de yegua! Poco después, el emir se vio atormentado por el cólico, Ibn Sina lo curó y por segunda vez le otorgaron el visirato.

»Estuve con él mientras fue médico, recluso o visir. Era tanto mi amigo como mi maestro. Todas las noches los pupilos se reunían en su casa, donde yo leía en voz alta el libro llamado *La curación* u otro leía el *Canon*. Reza se aseguraba de que siempre tuviéramos buena comida a mano. Cuando terminábamos, bebíamos ingentes cantidades de vino y salíamos a buscar mujeres. Era un compañero de alegría insuperable, y jugaba con el mismo empeño con que trabajaba. Tenía a su disposición docenas de bellos coños...; quizá follaba notablemente, como hacía todo lo demás, mejor que cualquier hombre. Reza siempre lo supo, pero de todos modos lo amaba.

Desvió la mirada.

—Ahora ella está enterrada y él, consumido. Por eso aleja de él a sus viejos amigos y todos los días camina a solas por la ciudad, haciendo regalos a los pobres.

—Hakim—dijo suavemente Rob.

Al-Juzjani fijó la mirada en el vacío.

—*Hakim*, ¿te acompaño a tu casa?

—Forastero, ahora quiero que me dejes en paz.

Rob asintió, le agradeció el vino y se marchó.


Esperó una semana, fue a la casa a plena luz del día y dejó su caballo en manos del guarda.

Ibn Sina estaba solo. Su mirada era serena. Él y Rob se sentaron cómodamente; a veces hablaban, a veces callaban.

—¿Ya eras médico cuando contrajiste matrimonio con ella, maestro?

—Era *hakim* a los dieciséis años. Nos casamos cuando yo tenía diez, el año que memoricé el Corán, el año que inicié el estudio de las hierbas curativas.

Rob estaba pasmado.

—A esa edad yo me esforzaba por aprender trucos y el oficio de cirujano barbero.

Le contó a Ibn Sina cómo Barber lo había tomado de aprendiz al quedar huérfano.

—¿En qué trabajaba tu padre?

—Era carpintero.

—Conozco los gremios europeos —dijo Ibn Sina, y agregó—: He oído decir que en Europa hay poquísimos judíos y que no se permite su ingreso en los gremios.

«Lo sabe», pensó Rob angustiado.

—A unos pocos se les permite —tartamudeó.

Tuvo la impresión que la mirada de Ibn Sina lo penetraba bondadosamente. Rob no logró quitarse de encima la certeza de que lo había descubierto.

—Tú tienes un ansia desesperada por aprender el arte y la ciencia de la curación.

—Sí, maestro.

Ibn Sina suspiró, asintió y desvió la vista.

Sin duda no tenía nada que temer, pensó Rob aliviado, pues en seguida se pusieron a hablar de otras cosas. Ibn Sina recordó la primera vez que había visto a Reza, de niño.

—Ella era de Bujará y tenía cuatro años más que yo. Tanto su padre como el mío eran recaudadores de impuestos, y el matrimonio quedó amigablemente acordado salvo una leve dificultad, porque su abuelo opuso reparos aduciendo que mi padre era ismailí y usaba hachís durante el culto. Pero poco después, nos casamos. Reza ha sido inquebrantable durante toda mi vida.

El anciano observó atentamente a Rob.

—En ti todavía arde el fuego. ¿Qué pretendes?

—Ser un buen médico.

«Excepcional como tú», agregó mentalmente, aunque tuvo la convicción de que Ibn Sina lo comprendía.

—Ya eres un buen sanador. En cuanto al mérito... —Ibn Sina se encogió de hombros—. Para ser un buen médico, tienes que estar en condiciones de responder a un acertijo que carece de respuesta.

—¿Cuál es la pregunta? —inquirió Rob J., intrigado.

Pero el anciano sonrió en medio de su pesar.

—Tal vez algún día la descubras. También forma parte del acertijo —concluyó.

# 47

## EL EXAMEN

La tarde del examen de Karim, Rob llevó a cabo sus actividades acostumbradas con especial energía y atención, procurando desviar de su mente la escena que, sabía, en breve tendría lugar en la sala de reuniones contigua a la Casa de la Sabiduría.

Él y Mirdin habían reclutado como cómplice y espía al amable bibliotecario Yussuf-ul-Gamal. Mientras atendía sus deberes en la biblioteca, Yussuf discernía la identidad de los examinadores. Mirdin esperaba fuera las noticias, e inmediatamente se las transmitía a Rob.

—En filosofía es Sayyid Sa'di —había dicho Yussuf a Mirdin antes de volver a entrar deprisa.

No estaba mal; el hombre era difícil, pero no se empeñaría en frustrar las esperanzas de un candidato. Las siguientes novedades fueron aterradoras.

El intolerante Madir Bukh, legalista con barba en forma de pala y que había suspendido a Karim en el primer examen, lo interrogaría en derecho. El *mullah* Abul Bakr sería el examinador en cuestiones de teología, y el Príncipe de los Médicos se ocuparía, personalmente, de lo relativo a su ciencia.

Rob abrigaba la esperanza de que Jalal formara parte de la junta en la especialidad de cirugía, pero lo vio, como todos los días, atendiendo a los pacientes; al cabo de un rato, Mirdin apareció corriendo y susurró que acababa de llegar el último miembro: Ibn al-Natheli, a quien ninguno de ellos conocía bien.

Rob se concentró en su trabajo, ayudando a Jalal a poner un aparato de tracción en un hombro dislocado, un astuto artilugio de cuerdas diseñado por el eminente cirujano. El paciente, un guardia de palacio que había sido desmontado de su poni durante una partida de pelota y palo, finalmente adquirió el aspecto de un animal salvaje con riendas de cuerda y sus ojos se desorbitaron al sentir el alivio súbito del dolor.

—Ahora descansarás varias semanas con toda comodidad, mientras los demás cumplen los pesados deberes de la soldadesca —dijo alegremente Jalal.

Ordenó a Rob que le administrara medicinas astringentes y que indicara una dieta ácida hasta que tuvieran la certeza de que el guardia no presentara inflamaciones ni hematomas.

El último trabajo de Rob consistió en vendarle el hombro con trapos, no muy ceñidos, pero sí lo suficiente para limitar sus movimientos. En cuanto terminó, fue a la Casa de la Sabiduría y se sentó a leer a Celso, tratando de oír las voces de la sala de exámenes, pero sólo llegaban a sus oídos murmullos ininteligibles. Por último, se decidió a esperar en los peldaños de la escuela de medicina, donde en breve se le reunió Mirdin.

—Todavía están dentro.

—Espero que no se demoren —dijo Mirdin—. Karim no es de los que soportan una prueba prolongada.

—No sé si puede soportar algún tipo de prueba. Esta mañana vomitó una hora seguida.

Mirdin se sentó junto a Rob en los escalones. Conversaron sobre varios pacientes y luego guardaron silencio, Rob con el ceño fruncido y Mirdin suspirando.

Después de un lapso más prolongado de lo que creían posible, Rob se incorporó.

—Aquí está —dijo.

Karim avanzó hacia ellos sorteando grupos de estudiantes.

—¿No lo adivinas por su expresión? —preguntó Mirdin.

Rob no podía saberlo, pero mucho antes de llegar a su lado Karim gritó:

—¡Debéis llamarme *hakim*, aprendices!

Bajaron los peldaños a la carga.

Los tres se abrazaron, bailaron y gritaron, se aporrearon mutuamente y ocasionaron tal alboroto, que *Hadji* Davout Hosein, al pasar, les mostró un rostro pálido de indignación al ver que los estudiantes de su academia se comportaban de semejante manera.

El resto de su vida recordarían ese día y esa noche.

—Debéis venir a casa a tomar algo —propuso Mirdin.

Era la primera vez que los invitaba a su hogar, la primera vez que cada uno de ellos dejaba al descubierto su mundo personal ante los otros dos.

El alojamiento de Mirdin consistía en dos habitaciones alquiladas en una casa adjunta, cerca de la sinagoga Casa de Sión, en el extremo del Yehuddiyyeh opuesto a donde vivía Rob.

Su familia fue una dulce sorpresa. Una esposa tímida Fara, de reducida estatura, morena, de trasero bajo y ojos serenos. Dos hijos de cara redonda, Dawwid e Issachar, que se aferraban a las faldas de su madre. Fara sirvió pasteles dulces y vino, obviamente preparados para la ocasión. Después de una serie de brindis, los tres amigos volvieron a salir y buscaron a un sastre, que tomó las medidas al novel *hakim* para confeccionarle su vestimenta negra de médico.

—¡Ésta es una noche adecuada para las *maidans*! —declaró Rob, y el anochecer los encontró cenando en un puesto con vista a la gran plaza central de la ciudad, dando cuenta de una fina comida persa y pidiendo más vino almizcleño, que Karim apenas necesitaba, ya que estaba borracho con su nueva condición de médico.

Se dedicaron a analizar cada pregunta y cada respuesta del examen.

—Ibn Sina me interrogó a fondo. ¿Cuáles son los diversos signos que se obtienen a partir del sudor, candidato? Muy bien, alumno Karim, una respuesta muy completa... ¿Y cuáles son los signos generales que usamos para el pronóstico? Por favor, háblanos de la correcta higiene de un viajero que va por tierra y luego viaja por mar. Casi parecía que Ibn Sina tenía conciencia de que la medicina era mi lado fuerte y las otras asignaturas, mi punto débil.

»Sayyid Sa'di me pidió que hablara del concepto platónico según el cual todos los hombres desean la felicidad, y te agradezco, Mirdin, que lo hayamos estudiado tan a fondo. Respondí con todo detalle, haciendo muchas referencias al concepto del Profeta en el sentido de que la felicidad es la recompensa de Alá por la obediencia y la fidelidad en la oración. Sorteé sin dificultad ese peligro.

—¿Y Nadir Bukh? —inquirió Rob.

—¡El abogado! —Karim se estremeció—. Me pidió que explicara lo que dice el *Fiqh* con respecto al castigo de los criminales. Me quedé en blanco. Entonces dije que todo castigo se basa en los escritos de Mahoma (¡bendecido sea!), que afirman que en este mundo todos dependemos del prójimo, aunque nuestra dependencia definitiva siempre se refiere a Alá, ahora y por siempre jamás. El tiempo separa a los buenos y puros de los malos y rebeldes. Todo individuo que se extravía será castigado, y todo el que obedezca estará en absoluta consonancia con la Voluntad Universal de Dios, en la que se basa el *Fiqh*. Así, el mandato del alma reposa plenamente en Alá, que se ocupa de castigar a los pecadores.

Rob estaba atónito.

—¿Y qué significa todo eso?

—Ahora no lo sé. Tampoco lo sabía entonces. Noté que Nadir Bukh rumiaba la respuesta para comprobar si contenía alguna carne que no reconocía. Estaba a punto de abrir la boca para pedirme aclaraciones o hacerme más preguntas, en cuyo caso me habría condenado al fracaso, pero Ibn Sina se apresuró a decirme que expusiera mis conocimientos sobre el humor de la sangre, momento en que repetí sus propias palabras de los dos libros que ha escrito sobre el tema. ¡Y se acabó el interrogatorio!

Rieron a carcajadas hasta que se les llenaron los ojos de lágrimas, bebieron y siguieron bebiendo.

Cuando ya no podían más, salieron a tropezones hasta la calle de más allá de la *maidan*, y contrataron el coche con la lila en la puerta.

Rob se sentó adelante, con el alcahuete. Mirdin se quedó dormido con la cabeza en el generoso regazo de la prostituta llamada Lorna, y Karim apoyó la suya en su pecho y cantó canciones tiernas.

Los serenos ojos de Fara se desorbitaron de inquietudes cuando entraron a su marido prácticamente a rastras.

—¿Está enfermo?

—Está borracho como una cuba. Como todos —explicó Rob.

Volvieron al coche, que los llevó hasta la casita del Yehuddiyyeh, donde Rob y Karim se desplomaron en el suelo en cuanto cruzaron la puerta, y se quedaron dormidos como troncos, con toda la ropa puesta.

En el curso de la noche, a Rob le despertó un sonido áspero y comprendió que Karim estaba llorando.

Al amanecer volvió a despertarse, cuando su huésped se incorporó.

Rob gruñó. «Karim no debería beber una gota de alcohol», pensó, deprimido.

—Lamento haberte molestado. Tengo que ir a correr.

—¿A correr? ¿Precisamente hoy? ¿Después de lo de anoche?

—Debo prepararme para el *chatir*.

—¿Qué es el *chatir*?

—Una carrera pedestre.

Karim salió de la casa. Rob oyó sus fuertes pisadas cuando echó a correr, y el sonido emprendió la retirada hasta que se perdió en el crepúsculo del alba.

Rob siguió echado en el suelo, oyendo los ladridos de los perros callejeros que señalaban el progreso del médico más flamante del mundo, que corría como un *djinn* a través de las estrechas callejuelas del Yehuddiyyeh.

# 48

# UNA CABALGATA POR EL CAMPO

—El *chatir* es nuestra carrera nacional, una tradición casi tan vieja como la misma Persia —explicó Karim a Rob—. Se celebra para festejar el fin de Ramadán, el mes de ayuno religioso. En su origen, tan lejos en la bruma del tiempo que hemos perdido el nombre del rey que patrocinó la primera carrera, era una competición destinada a seleccionar al *chatir* o mayordomo del sha, pero a través de los siglos ha atraído a Ispahán a los mejores corredores de Persia y de otros sitios, hasta transformarse en un espectáculo grandioso.

La carrera se iniciaba en las puertas de la Casa del Paraíso, serpenteaba por las calles de Ispahán a lo largo de diez millas romanas y media, y terminaba ante una serie de postes en el patio del palacio. Unas bolsas colgadas de los postes contenían doce flechas, y cada bolsa estaba asignada a un corredor. Cada vez que un jugador llegaba a los postes, sacaba una flecha de su bolsa, la ponía en el carcaj que llevaba a la espalda y, a continuación, desandaba lo andado para completar la vuelta siguiente. La carrera comenzaba, tradicionalmente, con la llamada a la primera oración. Era una agotadora prueba de resistencia. Si reinaba un calor opresivo, declaraban ganador al participante que más aguantaba en la carrera. Si el tiempo era fresco, algunos cumplían las doce vueltas completas, o sea ciento veintiséis millas romanas, por lo general recogiendo la última flecha poco después de la quinta oración. Aunque se rumoreaba que antiguos corredores habían alcanzado marcas mejores, la mayoría coronaba la carrera en unas catorce horas.

—Ningún ser vivo recuerda a un corredor que terminara en menos de trece horas —dijo Karim—. El sha Ala ha anunciado que si un hombre concluye la carrera en doce horas, le adjudicará un magnífico *calaat*. Además, obtendrá una recompensa de quinientas piezas de oro y el nombramiento honorario de jefe de los *chatirs*, lo que conlleva un bonito estipendio anual.

—¿Por eso has trabajado tanto y corres distancias tan largas todos los días? ¿Piensas que puedes ganar esta carrera?

Karim sonrió y se encogió de hombros.

—Todos los corredores sueñan con ganar el *chatir*. Por supuesto, me gustaría ganar la carrera y el *calaat*. Sólo hay una cosa mejor que ser médico: ¡ser un médico rico en Ispahán!

La atmósfera se estaba poniendo tan perfectamente húmeda y templada, que Rob tuvo la sensación de que le besaba la piel cuando salió de casa. El mundo entero parecía gozar de la plena juventud, y el Río de la Vida vibraba día y noche a causa de la fusión de las nieves. Corría el brumoso abril en Londres, pero en Ispahán era el mes de *Shaban*, más suave y dulce que el mayo inglés. Los descuidados albaricoqueros estallaban en una blancura de sorprendente belleza, y una mañana Khuff fue a buscar a Rob, y le informó de que el sha solicitaba su compañía para una cabalgata.

A Rob no le gustaba nada pasar tanto tiempo con el versátil monarca, y le sorprendió que recordara su promesa de cabalgar juntos.

En los establos de la Casa del Paraíso le dijeron que aguardara. La espera fue considerable, pero finalmente apareció Ala, seguido por un séquito tan nutrido que Rob no podía dar crédito a sus propios ojos.

—¡Bien, *Dhimmi*!

—Majestad.

Impaciente, el sha restó importancia al *ravi zemin* y montaron en seguida.

Se internaron en las montañas. El sha cabalgaba un semental árabe blanco que parecía volar con natural hermosura, y Rob iba detrás. Al cabo de poco, el sha adoptó un medio galope y, con un ademán, lo llamó a su lado.

—Demuestras ser un excelente médico recetando la equitación, Jesse. He estado con la mierda hasta el cuello en la corte. ¿No es agradable alejarse de la gente?

—Lo es, Majestad.

Rob echó una mirada furtiva hacia atrás. A lo lejos los seguía toda la comitiva: Khuff y sus guardias, que no le quitaba los ojos de encima al monarca, caballerizos de la casa real con monturas desocupadas y animales de carga, carros que resonaban sobre el terreno accidentado.

—¿Quieres montar un animal más fogoso?

Rob sonrió.

—Sería desaprovechar la generosidad de Vuestra Majestad. Este caballo se corresponde con mi capacidad de jinete.

De hecho, le había tomado cariño al castrado castaño. Ala bufó.

—Es evidente que no eres persa, pues ningún persa dejaría pasar la oportunidad de mejorar su montura. Aquí la equitación lo es todo y los varones salen del vientre de sus madres con minúsculas sillas de montar entre las piernas.

Espoleó exageradamente al animal, que saltó por encima de un árbol caído. El sha se volvió en la silla y disparó su enorme arco por encima del hombro izquierdo, desternillándose de risa al ver que la gran saeta erraba el blanco.

—¿Conoces la historia que hay detrás de este ejercicio?

—No, Majestad. Vi que lo ejecutaban unos jinetes en tu fiesta.

—Sí, lo practicamos a menudo, y algunos son excepcionalmente habilidosos. Se llama «flecha del parto». Hace ochocientos años, los partos eran un pueblo más entre los de nuestra tierra. Vivían al este de Media, en un territorio con infranqueables montañas y con un desierto más terrible aún, el Dasht-i-Kavir.

—Conozco el Dasht-i-Kavir. Atravesé una parte de él para llegar aquí.

—Entonces ya te consta la clase de gente que puede vivir allí —dijo Ala, sujetando firmemente las riendas de su cabalgadura para que no se separara de la de Rob—. Hubo una lucha por el poder en Roma. Uno de los contendientes era el anciano Craso, gobernador de Siria. Éste necesitaba una conquista militar igual o superior a las hazañas de sus rivales César y Pompeyo, por lo que decidió desafiar a los partos.

»El ejército parto, una cuarta parte de las temibles legiones romanas de Craso, iba al mando del general Suren. En su mayor parte estaba compuesto por arqueros montados en pequeños y rápidos corceles persas, y una exigua fuerza de jinetes armados con largas lanzas y armaduras hechas con chapas de metal en forma de escamas.

»Las legiones de Craso cayeron directamente sobre Suren, que retrocedió al Dasht-i-Kavir. En lugar de girar al norte e internarse en Armenia, Craso los persiguió y se metió en el desierto. Ocurrió algo maravilloso.

»Los lanceros atacaron a los romanos sin darles la oportunidad de reunirse en su clásico cuadrado defensivo. Después de la primera carga, se retiraron los lanceros y avanzaron los arqueros. Éstos usaban arcos persas como el mío, de mayor alcance y penetración que los romanos. Sus flechas perforaron los escudos romanos, sus petos y grebas, y para gran asombro de los legionarios, los persas seguían lanzando flechas por encima de sus hombros, con implacable puntería a medida que se retiraban.

—La flecha del parto —dijo Rob.

—Sí, la flecha del parto. Al principio, los romanos mantuvieron alta la moral, esperando que se agotaran las flechas. Pero Suren recibió nuevas provisiones en camellos de carga, y los romanos no pudieron librar su acostumbrada guerra cuerpo a cuerpo. Craso envió a su hijo a realizar un ataque de diversión, y le devolvieron su cabeza en el extremo de una lanza persa. Los romanos se batieron en retirada bajo la cobertura de la noche. ¡El ejército más poderoso del mundo! Escaparon diez mil al mando de Casio, futuro asesino de César. Diez mil fueron capturados. Y veinte mil murieron, incluido Craso. El número de víctimas entre los partos fue insignificante, y desde ese día todos los escolares persas practican la flecha del parto.

Ala dio rienda suelta a su semental y volvió a intentarlo: esta vez gritó encantado cuando la flecha se clavó sólidamente en el tronco de un árbol. Luego sostuvo en alto el arco, que era la señal para que los demás miembros de la partida se acercaran.

Los soldados extendieron ante ellos una tupida alfombra, y en un instante levantaron la tienda del rey. Poco después, mientras tres músicos interpretaban suavemente sus dulcimeres, les llevaron comida.

Ala se sentó e hizo señas a Rob para que se reuniera con él. Les sirvieron pechugas de diversas aves de caza asadas con sabrosas especias, *pilah* agrio, pan, melones que seguramente estuvieron refrescándose en una caverna a lo lago de todo el invierno, y tres tipos de vino. Rob comió con gran placer mientras Ala apenas probaba bocado pero bebía copiosamente mezclando los vinos.

Ala pidió el juego del sha, y al instante les llevaron un tablero y dispusieron las piezas. Esta vez Rob recordó los diferentes movimientos, pero al monarca le resultó fácil derrotarlo tres veces seguidas, pese a haber pedido más vino y haberlo despachado con premura.

—Qandrasseh tendría que hacer cumplir el edicto referente a la ingestión de vino —dijo Ala.

Rob ignoraba cuál era la respuesta prudente.

—Te hablaré de Qandrasseh, *Dhimmi*. Qandrasseh entiende, equivocadamente, que el trono existe sobre todo para castigar a quienes faltan al Corán. Pero el trono existe para expandir la nación y volverla todopoderosa, no para preocuparse de los despreciables pecados de los aldeanos. No obstante, el imán está convencido de que es la terrible mano derecha de Ala. No le basta con haberse elevado de jefe de una diminuta mezquita de Media hasta el cargo de visir del sha de Persia. Es pariente lejano de los Abasíes, y en sus venas corre la sangre de los califas de Bagdad. Algún día le gustaría gobernar Ispahán, arrojándome de mi trono de un puñetazo religioso.

Ahora Rob no habría podido contestar aunque conociera la respuesta prudente, porque estaba paralizado de terror. La lengua del sha, desatada por el alcohol, lo había puesto en una situación de alto riesgo, pues si una vez sobrio Ala se arrepentía de sus palabras, no le costaría nada mandar liquidar al testigo.

Pero Ala no mostró la menor confusión. Cuando le llevaron una botella de vino cerrada, se la lanzó a Rob y volvieron a montar.

No intentaron cazar: cabalgaron ociosamente hasta quedar acalorados y un tanto cansados. Las montañas rebosaban de flores, capullos en forma de taza, rojos, amarillos y blancos, con altos tallos. Rob nunca había visto esas plantas en Inglaterra. Ala no supo decirle los nombres, pero afirmó que no crecían de una semilla, sino de un bulbo semejante a la cebolla.

—Te llevaré a un lugar que jamás debes mostrarle a hombre alguno —dijo, y a través de unos matorrales lo condujo hasta la entrada cubierta de helechos de una cueva.

En el interior, en una atmósfera hedionda que recordaba huevos ligeramente podridos, el aire era cálido y había un pozo de agua parda rodeado de rocas grises salpicadas de líquenes color púrpura. Ala se estaba desnudando.

—Vamos, no te quedes atrás. ¡Quítate la ropa, estúpido Dhimmi!

Rob le obedeció a regañadientes y nervioso, preguntándose si el sha sería de los que desean los cuerpos masculinos. Pero Ala ya estaba en el agua y lo contemplaba con descaro, aunque sin lujuria.

—Trae el vino. No estás particularmente bien dotado, europeo.

Rob comprendió que no sería político señalar que su órgano era más grande que el del monarca.

Pero el sha era más receptivo de lo que Rob suponía, pues le sonrió y dijo:

—Yo no necesito que sea como la de un caballo, porque puedo tener a cualquier mujer que me apetezca. Y nunca lo hago dos veces con la misma, ¿lo sabías? Por eso nunca un anfitrión puede ofrecerme más de una fiesta, a menos que disponga de otra esposa reciente.

Rob se metió cautelosamente en el agua cálida y fragante a causa de los depósitos minerales. Ala abrió la botella de vino y bebió, se echó hacia atrás y cerró los ojos. El sudor manaba de sus mejillas y su frente, hasta el punto de que la parte de su cuerpo que estaba fuera del agua quedó tan húmeda como la porción sumergida. Rob lo estudió, preguntándose qué se sentiría siendo el supremo soberano.

—¿Cuando perdiste la virginidad? —le preguntó Ala sin abrir los ojos.

Rob le habló de la viuda inglesa que lo había invitado a su lecho.

—Yo también tenía doce años. Mi padre ordenó a su hermana que durmiera conmigo, como es costumbre, muy sensata por cierto, cuando los príncipes son jóvenes. Mi tía fue tierna e instructiva, casi una madre para mí. Durante largos años creí que después de estar con una mujer, siempre aparecería un cuenco con leche tibia y un dulce.

Se empaparon contentos, en un breve período de silencio.

—Me gustaría ser Rey de Reyes, europeo —dijo finalmente Ala.

—Ya eres Rey de Reyes.

—Así es como me llaman. —Abrió sus ojos pardos y miró a Rob fijamente, sin parpadear—. Jerjes. Alejandro. Ciro. Darío. Todos fueron grandes, y aunque ninguno nació en Persia, fueron sus reyes hasta su muerte. Grandes reyes de grandes imperios.

»Ahora no hay ningún imperio. En Ispahán yo soy el

rey. Al oeste, Toghrul-beg gobierna numerosas tribus de turcos seljucíes nómadas. Al este, Mahamud es sultán de las regiones montañosas de Ghazna. Más allá de Ghazna, dos docenas de débiles rajaes dominan la India, pero sólo se amenazan los unos a los otros. Los únicos reyes suficientemente fuertes para tener importancia somos Mahmud, Toghrul-beg y yo. Cuando paso montado a caballo, los *chawns* y los *beglerbegs* que gobiernan las ciudades y poblaciones se precipitan a salir de sus murallas para recibirme con tributos y serviles cumplidos.

»Pero sé que los mismos *chawns* y *beglerbegs* rendirían idéntico homenaje a Mahmud o a Toghrul-beg si pasaran por allí con sus ejércitos.

»Antaño hubo tiempos como el nuestro, en que pequeños reinos y reyes sin poder se disputaban el premio de un vasto imperio. Finalmente, sólo quedaron dos hombres: Ardashir y Ardewan, que libraron un combate personal mientras sus ejércitos los observaban. Dos grandes figuras con cotas de malla se enfrentaron en el desierto. El combate concluyó cuando Ardewan murió a manos de Ardashir y éste se convirtió en el primer hombre que adoptó el título de *Shahanshah*. ¿No te gustaría ser ese Rey de Reyes?

Rob meneó la cabeza.

—Yo sólo quiero ser médico.

Notó el desconcierto en la expresión del sha.

—¡Eso sí que es extraño! En toda mi vida nadie ha desaprovechado la oportunidad de halagarme. Pero tú no cambiarías tu lugar por el mío, es evidente. He hecho averiguaciones. Dicen que como aprendiz eres notable. Se esperan grandes cosas de ti cuando seas *hakim*. Necesitaré hombres que sepan hacer grandes cosas y no lamerme el culo.

»Apelaré a la astucia y al poder del trono para apartar a Qandrasseh. El sha siempre ha tenido que luchar para conservar Persia. Utilizaré mis ejércitos y mi espada contra los otros reyes. Antes que yo esté acabado, Persia será otra vez un imperio y yo podré llamarme auténticamente *Shahanshah*.

Cogió la muñeca de Rob.

—¿Serás mi amigo, Jesse ben Benjamin?

Rob comprendió que había sido atraído a una trampa tendida por un cazador inteligente. El sha Ala estaba comprometiendo su futura lealtad en beneficio propio. Y lo hacía fríamente y con premeditación; con toda evidencia, en ese monarca había algo más que un borrachín libertino.

Rob nunca habría aceptado un compromiso político y lamentó haber salido a cabalgar esa mañana. Pero ya estaba hecho y conocía muy bien sus deudas. Cogió al sha por la muñeca.

—Cuentas con mi lealtad, Majestad.

Ala asintió. Volvió a apoyar la espalda en el calor del pozo y se rascó el pecho.

—Bien. ¿Te gusta mi lugar predilecto?

—Es sulfuroso como un pedo, Majestad.

Ala no era de los que ríen a carcajadas. Se limitó a abrir los ojos y sonrió. Y luego volvió a hablar:

—Si quieres puedes traer aquí a una mujer, *Dhimmi* —dijo perezosamente.


—No me gusta —dijo Mirdin cuando se enteró de que Rob había cabalgado con Ala—. Es un hombre imprevisible y peligroso.

—Para ti es una gran oportunidad —apuntó Karim.

—Oportunidad que no deseo.

Con gran alivio por su parte, pasaron los días y el sha no volvió a llamarlo. Sentía la necesidad de amigos que no fuesen reyes, y pasaba la mayor parte del tiempo libre con Mirdin y Karim.

Karim se estaba amoldando a la vida de un médico joven; trabajaba en el *maristan* como antes, pero ahora al-Juzjani le pagaba un pequeño estipendio por el examen diario y el cuidado de sus pacientes. Con más tiempo para sí mismo y un poco de dinero, frecuentaba las *maidans* y los burdeles.

—Acompáñame —apremiaba a Rob—. Te traeré una

puta de pelo negro como las alas de un cuervo y fino como la seda.

Rob sonreía y movía negativamente la cabeza.

—¿Qué clase de mujer deseas?

—Una de pelo rojo como el fuego.

Karim sonreía.

—No las hacen así.

—Vosotros dos necesitáis esposa —les dijo un día Mirdin plácidamente, pero no le prestaron la menor atención.

Rob volcaba todas sus energías en los estudios. Karim continuaba su vida de mujeriego, y su apetito sexual se estaba convirtiendo en fuente de diversión para todo el hospital. Conociendo su historia, Rob sabía que detrás del rostro hermoso y el cuerpo atlético se escondía un niño sin amigos que buscaba el afecto femenino para borrar atroces recuerdos.

Ahora Karim corría más que nunca, al principio y al fin de cada día. Se entrenaba ardua y constantemente, y no sólo corriendo. Enseñó a Rob y a Mirdin a usar la espada curva de Persia —la cimitarra—, un arma con más peso del que estaba acostumbrado Rob, y que exigía muñecas fuertes y flexibles. Karim los hacía ejercitar con una piedra pesada en cada mano, haciendo que las volvieran del derecho y del revés, adelante y atrás, para fortalecer y dar velocidad a sus muñecas.

Mirdin no era un buen atleta y jamás sería espadachín. Pero aceptaba alegremente su torpeza y estaba tan dotado intelectualmente que no parecía tener la menor importancia su impericia con la espada.

Después de anochecer veían muy poco a Karim..., que bruscamente dejó de pedirle a Rob que lo acompañara a los burdeles, y confesó que había iniciado una aventura con una mujer casada y estaba enamorado. Pero cada vez con más frecuencia Rob era invitado a cenar en las habitaciones de Mirdin, cerca de la sinagoga Casa de Sión.

En casa de su amigo judío, Rob se sorprendió al ver sobre un mueble un tablero cuadriculado como el que sólo había visto dos veces con anterioridad.

—¿Es el juego del sha?

—Sí. ¿Lo conoces? Mi familia lo ha jugado siempre.

Las piezas de Mirdin eran de madera, pero el juego era idéntico al que Rob había jugado con Ala, salvo que en lugar de empeñarse en una victoria rápida y sangrienta, Mirdin se dedicaba a enseñarle. En poco tiempo, y bajo su paciente tutela, Rob empezó a asimilar las sutilezas del juego.

Sencillo como siempre, Mirdin le dedicaba miradas de paz. Un atardecer cálido, después de cenar el *pilah* de verduras de Fara, siguió a Mirdin para darle las buenas noches a Issachar, su hijo de seis años.

—*Abba*. ¿Nuestro Padre me mira desde el Cielo?

—Sí, Issachar. Siempre te ve.

—¿Y por qué yo no lo veo a Él?

—Porque es invisible.

El chico tenía mejillas morenas y regordetas y mirada seria. Sus dientes y sus mandíbulas ya eran enormes, y algún día tendría la inelegancia de su padre, pero también su dulzura.

—Si Él es invisible, ¿cómo sabe qué aspecto tiene Él mismo?

Rob sonrió. «¡Qué cosas dicen los niños! —pensó—. Responde a eso, oh Mirdin, erudito de la ley oral y escrita, maestro del juego del sha, filósofo y sanador...»

Pero Mirdin estuvo a la altura de las circunstancias.

—La Torá nos dice que Él ha hecho al hombre a Su imagen, que lo ha hecho a Su semejanza, y por lo tanto le basta mirarte, hijo mío, para verse a sí mismo. —Mirdin besó al niño—. Buenas noches, Issachar.

—Buenas noches, *Abba*. Buenas noches, Jesse.

—Descansa bien, Issachar —dijo Rob, besó al niño y salió del dormitorio detrás de su amigo.

# 49

## CINCO DÍAS AL OESTE

Llegó una numerosa caravana de Anatolia, y un joven conductor se presentó en el *maristan* con un canasto de higos secos para un judío que se llamaba Jesse. El joven era Sadi, el hijo mayor de Dehbid Hafiz, *kelonter* de Shiraz. Los higos eran un objeto que simbolizaba el amor y la gratitud de su padre por la misión médica de Ispahán que luchó contra la plaga.

Sadi y Rob se sentaron, bebieron *chai* y comieron las deliciosas frutas, grandes y carnosas, llenas de cristalitos de azúcar. Sadi había comprado los higos de Midyat, a un arriero cuyos camellos los habían transportado desde Izmir, atravesando todo el territorio turco. Ahora volvería a conducir los camellos hacia el este, con rumbo a Shiraz, y estaba atrapado en la gran aventura del viaje. Se sintió orgulloso cuando el sanador *Dhimmi* le pidió que llevara el regalo de unos vinos ispahaníes a su distinguido padre Dehbid Hafiz.

Las caravanas eran la única fuente de noticias, y Rob interrogó a fondo al joven.

No había nuevos indicios de plaga cuando la caravana partió de Shiraz. Una vez, en la montañosa parte oriental de Media, habían sido avistadas unas tropas seljucíes, aunque la partida parecía poco numerosa y no atacó a la caravana (¡alabado sea Alá!). En Ghazna, la población estaba afectada por un curioso sarpullido que producía escozor, y el amo de la caravana no quiso detenerse para que los camelleros no se acostaran con las mujeres lugareñas y contrajeran la extraña dolencia. En Hamadhan no hubo plaga, pero un forastero cristiano había contagiado una fiebre europea en tierras del islam, y los *mullahs* habían prohibido al populacho todo contacto con los diablos infieles.

—¿Cuáles son los signos de esa enfermedad?

Sadi Ibn Dehbid titubeó: no era médico y no ocupaba su mente con esas cuestiones. Sólo sabía que nadie, salvo su propia hija, se acercaba al cristiano.

—¿El cristiano tiene una hija?

Sadi no estaba en condiciones de describir al enfermo y a su hija, pero dijo que Boudi el Camellero, que estaba con la caravana, los había visto a ambos.

Juntos buscaron al tratante de camellos, un hombre arrugado y de mirada maliciosa, que escupía saliva roja entre sus dientes ennegrecidos de tanto mascar arecas.

Boudi casi no recordaba al cristiano, afirmó, pero cuando Rob le refrescó la memoria con una moneda fue acordándose de que los había visto a cinco jornadas de viaje al oeste, medio día más allá de la ciudad de Datur. El padre era de edad mediana, de largo pelo gris y sin barba. Usaba ropas negras extranjeras, parecidas a las túnicas de un *mullah*. La mujer era joven, alta y tenía una curiosa cabellera de color un poco más claro que la alheña.

Rob lo miró, preocupado.

—¿Parecía estar muy enfermo el europeo?

Boudi sonrió amablemente.

—No lo sé, amo. Enfermo.

—¿Había servidumbre?

—No vi que nadie los atendiera.

Sin duda los mercenarios habían huido, se dijo Rob.

—¿Ella tenía suficiente comida?

—Yo mismo le di una canasta con legumbres y tres hogazas de pan, amo.

Boudi se asustó con la mirada que le clavó Rob.

—¿Por qué le diste alimentos?

El camellero se encogió de hombros. Se volvió, metió la mano en la bolsa y sacó un puñal, sujetándolo con el mango hacia delante. Se podían encontrar hojas mucho más bonitas en cualquier mercado persa, pero aquella era la prueba, pues la última vez que Rob vio esa daga, colgaba del cinto de James Geikie Cullen.

Sabía que si confiaba en Karim y en Mirdin, éstos insistirían en acompañarlo y quería ir solo. Pidió a Yussuf-ul-Gamal que les transmitiera un mensaje.

—Diles que me han llamado por una cuestión personal que les explicaré a mi regreso —dijo al bibliotecario.

Entre los demás, sólo se lo dijo a Jalal.

—¿Que te vas por un tiempo? ¿Por qué?

—Es muy importante. Se trata de una mujer...

—Por supuesto —musitó Jalal.

El ensalmador se preocupó hasta descubrir que en la clínica había suficientes aprendices como para no ser molestado, y entonces movió la cabeza afirmativamente. Rob partió a la mañana siguiente. El trayecto era largo, y una prisa indebida le perjudicaría, pero no dio tregua a su castrado, pues no podía apartar de su mente la imagen de una mujer sola en un yermo extranjero, con su padre enfermo.

El clima era veraniego y las aguas que corrieron en la primavera se habían evaporado bajo el sol cobrizo, de modo que el polvo salado de Persia cubrió a Rob y se introdujo en su silla, lo ingirió con la comida y bebió una delgada película polvorienta con el agua. Por todas partes veía flores silvestres que viraban al marrón, pero también gente que labraba el suelo rocoso aprovechando la poca humedad que había para irrigar los viñedos y datileros, como habían hecho durante miles de años.

Avanzaba porfiadamente resuelto y nadie lo desafió ni lo entretuvo; al atardecer del cuarto día pasó por la ciudad de Datur. Nada podía hacer en la oscuridad, pero al día siguiente estaba cabalgando al rayar el alba. A media mañana, en la pequeña aldea de Gusheh, un mercader aceptó su moneda, la mordió y luego le transmitió todo lo que sabía de los cristianos. Estaban en una casa al otro lado del *wadi* Ahmad, a corta distancia hacia el Oeste.

No encontró el *wadi*, pero se cruzó con dos cabreros, un viejo y un chico. Al preguntarles por el paradero del cristiano, el viejo escupió.

Rob desenvainó su espada, y sus rasgos adquirieron una fealdad largo tiempo olvidada.

El viejo la percibió y, con los ojos fijos en el arma, levantó el brazo y señaló.

Rob cabalgó en esa dirección.

Cuando estuvo alejado, el cabrero joven colocó una piedra en su honda y la lanzó. Rob la oyó rechinar en las rocas, a sus espaldas.

De repente se encontró ante el *wadi*. El viejo lecho estaba prácticamente seco, pero se había inundado en esa misma temporada, pues en los lugares sombreados aún crecía la vegetación. Lo siguió un buen-tramo, hasta que vio ante sus ojos la casita de barro y piedra. Ella estaba fuera, hirviendo la colada, y al verlo se metió en la casa de un salto, como un animalillo salvaje. Al desmontar, Rob descubrió que había arrastrado algo pesado contra la puerta.

—Mary.

—¿Eres tú?

—Sí.

Hubo un silencio y a continuación un sonido chirriante, cuando ella movió la roca. La puerta se abrió una rendija, y luego de par en par.

Rob comprendió que Mary nunca lo había visto con la barba ni las vestiduras persas, aunque llevaba puesto el sombrero de judío que ya conocía.

Mary empuñaba la espada de su padre. En su cara, que ahora era delgada, destacaban sus ojos, los grandes pómulos y la nariz larga y afilada, y se reflejaban las duras pruebas a que se había visto sometida. Tenía ampollas en los labios y Rob recordó que siempre le salían cuando estaba agotada. Las mejillas quedaban ocultas por el hollín, salvo dos líneas lavadas por lágrimas arrancadas por el humo del fuego. Pero Mary parpadeó y Rob percibió que era tan sensata como la recordaba.

—Por favor, ayúdalo —dijo, e hizo entrar rápidamente a Rob.


Se le cayó el alma a los pies cuando vio a James Cullen. No necesitaba cogerle las manos para saber que estaba agonizando. Ella también debía saberlo, pero lo miró como si esperara que lo curara con solo tocarlo. Flotaba en la estancia el hedor fétido de las entrañas de Cullen.

—¿Ha tenido calenturas?

Ella asintió, fatigada, y recitó los pormenores con voz monocorde. La fiebre había comenzado semanas atrás, con vómitos y un terrible dolor en el costado derecho del abdomen. Mary lo había atendido con gran cuidado. Al cabo de unos días su temperatura disminuyó y ella sintió un gran alivio al ver que mejoraba. Durante unas semanas progresó establemente y estaba casi recuperado cuando recurrieron los síntomas, esta vez con más gravedad.

La cara de Cullen estaba pálida y hundida, y sus ojos carecían de brillo. Su pulso era apenas perceptible. Lo atormentaban los escalofríos, y tenía diarrea y vómitos.

—Los sirvientes creyeron que era la plaga y huyeron —dijo Mary.

—No. No es la plaga.

El vómito no era negro y no había bubas. Pero esto no aportaba ningún consuelo. Se le había endurecido el lado derecho del abdomen hasta adquirir la consistencia de un madero. Rob apretó, y Cullen, aunque parecía perdido en la más profunda suavidad del coma, gritó. Rob sabía qué era. La última vez que lo vio, había hecho juegos malabares y cantado para que un niño muriera sin miedo.

—Una destemplanza del intestino grueso. A veces llaman enfermedad del costado a esta dolencia. Es un veneno que empezó a obrar en sus entrañas y se ha extendido por todo el cuerpo.

—¿Qué lo ha provocado?

Rob meneó la cabeza.

—Tal vez se le retorcieron las tripas o hubo una obstrucción.

Ambos reconocieron la desesperanza de la ignorancia de Rob.

Trabajaron arduamente en James Cullen, probando todo lo que pudiese ayudar. Rob le aplicó enemas de manzanilla lechosa, y como no le hicieron el menor efecto le administró dosis de ruibardo y sales. También le aplicó compresas calientes en el estómago, pero ya sabía que todo era inútil. Permaneció junto al lecho del escocés. Tendría que haber mandado a Mary a la otra habitación para que se proporcionara el reposo que hasta ese momento se había negado, pero sabía que el fin estaba cercano y pensó que ya tendría tiempo de descansar.

A medianoche, Cullen dio un brinco, un pequeño saltito.

—Todo está bien, padre —susurró Mary, frotándole las manos.

Emitió un estertor tan suave y sereno, que por un rato ni ella ni Rob notaron que James Cullen había dejado de existir.


Mary había dejado de afeitarle unos días antes y fue necesario rasurarle la incipiente barba gris. Rob lo peinó y sostuvo su cuerpo entre los brazos mientras ella lo lavaba, con los ojos secos.

—Me satisface hacer esto. No me permitieron ayudar cuando murió mi madre —dijo.

Cullen tenía una cicatriz bastante larga en el muslo derecho.

—Se hirió persiguiendo un jabalí en la maleza, cuando yo tenía once años. Tuvo que pasar todo el invierno sin salir de casa. Juntos hicimos un Nacimiento para Pascuas y entonces llegué a conocerlo.

Cuando el padre estuvo preparado, Rob acarreó más agua del riachuelo y la calentó al fuego. Mientras ella se bañaba, él cavó una fosa, tarea que le resultó endiabladamente difícil porque el suelo era muy pedregoso y no contaba con la herramienta adecuada. Por fin se decidió a usar la espada de Cullen y una rama gruesa y afilada a modo de palanca, además de las manos. Una vez dispuesta la sepultura, moldeó un crucifijo con dos palos que ató con el cinturón del difunto.

Ella se puso el mismo vestido negro del día que la conoció. Rob trasladó a Cullen con ayuda de una manta de lana de la que no se habían separado desde que salieran de Escocia, tan bella y abrigada que lamentó dejarla en la fosa.

Lo correcto habría sido una misa de réquiem, pero Rob ni siquiera sabía una oración fúnebre, pues no confiaba en su latín. Pero se acordó de un salmo que siempre estaba en labios de mamá.

*El Señor es mi pastor; nada me faltará*
*En lugares de delicados pastos me hará yacer: junto a*
*aguas de reposo me pastoreará.*
*Confortará mi alma; me guiará por sendas de justicia*
*por amor de su nombre.*
*Aunque ande en valle de sombra de muerte, no temeré mal alguno porque Tú estarás conmigo: tu vara y tu cayado me infundirán aliento.*
*Aderezarás mesa delante de mí, en presencia de mis enemigos, ungiste mi cabeza con aceite: mi copa está rebosando.*
*Ciertamente el bien y la misericordia me seguirán todos los días de mi vida y en la casa del Señor moraré por largos días.*

Cubrió la fosa y clavó la cruz. Se alejó y ella permaneció de rodillas, con los ojos cerrados, moviendo los labios con palabras que sólo su mente oía.

Rob le dio tiempo para estar a solas en la casa. Mary le contó que había soltado los dos caballos para que pastaran por su cuenta en la escasa vegetación del *wadi*, y Rob salió a buscarlos.

Al pasar vio que habían levantado un cobertizo con

una cerca de espinos. Dentro encontró los huesos de cuatro ovejas, a las que probablemente otros animales habían dado muerte y devorado. Sin duda Cullen había comprado mucho más ganado lanar, que le fue robado.

¡Escocés delirante! Nunca habría podido llevar un rebaño a pie hasta Escocia. Y ahora tampoco él volvería, y su hija estaba sola en una tierra hostil.

En un extremo del pequeño valle salpicado de piedras, Rob descubrió los restos del caballo blanco de Cullen. Tal vez se había roto una pata y fue presa fácil de otras bestias; el esqueleto estaba casi consumido, pero reconoció la obra de los chacales, por lo que volvió hasta el sepulcro recién excavado y lo cubrió con pesadas piedras planas que impedirían que los animales desenterraran el cadáver.

Encontró la cabalgadura negra de Mary en el otro extremo del *wadi*, tan lejos del festín de los chacales como había podido llegar. No le resultó difícil ponerle un ronzal al caballo, que parecía ansioso de volver a la seguridad de la servidumbre. Cuando volvió a la casa encontró a Mary sosegada pero pálida.

—¿Qué habría hecho si tú no hubieses aparecido?

Rob le sonrió, recordando la barricada de la puerta y la espada en sus manos.

—Todo lo necesario.

Mary, temblorosa, conservaba a duras penas el dominio de sí misma.

—Quisiera volver contigo a Ispahán.

—Eso es lo que yo quiero.

El corazón se le saltó del pecho, pero las siguientes palabras de Mary fueron un castigo:

—¿Hay allí un caravasar?

—Sí. El tráfico es intenso.

—Entonces me sumaré a una caravana protegida que vaya hacia el oeste. Y llegaré a un puerto donde pueda reservar un pasaje a mi tierra.

Rob se acercó y le cogió las manos, tocándola por primera vez desde su llegada. Mary tenía los dedos ásperos de tanto trabajar, muy distintos a los de la mujer de un harén, pero no la soltó.

—Mary, he cometido un error garrafal. No puedo dejarte ir otra vez.

Los ojos serenos lo contemplaron.

—Acompáñame a Ispahán, pero quédate a vivir conmigo.

Habría sido más fácil si Rob no se hubiese visto forzado a confesar la superchería de Jesse ben Benjamin y a justificar la necesidad de fingir.

Fue como si una corriente se transmitiera entre sus dedos, pero Rob vio la cólera en su mirada; una especie de horror.

—¡Cuántas mentiras! —dijo Mary con tono tranquilo, se apartó y salió.

Rob fue a la puerta y vio que se alejaba andando por el terreno resquebrajado del lecho ribereño.

Desapareció el tiempo suficiente para que él se preocupara, pero volvió.

—Dime por qué vale la pena tanto engaño.

Rob se obligó a expresarlo en palabras, momento difícil que afrontó porque la amaba y sabía que merecía una respuesta veraz:

—Es como ser elegido. Como si Dios hubiera dicho: «En la creación de seres humanos he cometido equivocaciones y te encargo que trabajes para corregir algunos errores míos.» No es algo que yo deseara, sino algo que me buscó.

Sus palabras asustaron a Mary.

—¿No consideras una blasfemia pretender que te corresponde corregir los errores de Dios?

—No, no —dijo él suavemente—. Un buen médico sólo es Su instrumento.

Ella asintió, y ahora Rob creyó ver en sus ojos un destello de comprensión; hasta cierta envidia.

—Siempre tendré que compartirte con una amante.

De alguna manera había percibido la existencia de Despina, pensó Rob tontamente.

—Sólo te quiero a ti.

—No, tú quieres a tu trabajo y siempre ocupará el primer lugar, antes que la familia, antes que cualquier cosa. Pero te he amado mucho, Rob, y deseo ser tu esposa.

Él la rodeó con sus brazos.

—Los Cullen se casan por la Iglesia —advirtió Mary desde su hombro.

—Aunque encontráramos un sacerdote en Persia, no casaría a una cristiana con un judío. Tendremos que decirle a la gente que nos casamos en Constantinopla. Cuando termine mis estudios regresaremos a Inglaterra y contraeremos matrimonio como es debido.

—¿Y entretanto? —inquirió ella fríamente.

—Un matrimonio celebrado de común acuerdo —le cogió las manos.

Se miraron a los ojos.

—Tendrían que pronunciarse unas palabras, incluso en un matrimonio de común acuerdo —dijo ella.

—Mary Cullen, te tomo por esposa —dijo Rob con voz poco clara—. Prometo cuidarte y protegerte, y cuentas con todo mi amor.

Lamentó que las palabras no fuesen mejores, pero estaba profundamente conmovido y no podía controlar la lengua.

—Robert Jeremy Cole, te tomo por esposo —dijo ella con la voz perfectamente clara—. Prometo ir a donde tú vayas y procurar siempre tu bienestar. Cuentas con mi amor desde la primera vez que te vi.

Le apretó tanto las manos, que con el dolor Rob sintió toda su vitalidad, su palpitar. Sabía que la sepultura recién cubierta convertiría el placer en una indecencia, pero experimentó una desenfrenada mezcla de emociones y se dijo que sus votos eran mejores que muchos que había oído en una iglesia.


Rob cargó las pertenencias de Mary en el caballo castaño, y ella fue montada en el negro. Alternaría la carga entre los dos animales, cambiándola todas las mañanas. En las raras ocasiones que el camino era llano y suave, la pareja compartía un solo caballo, pero la mayor parte del tiempo ella iba montada y él a pie. Eso retardaba el viaje, pero Rob no tenía prisa.

Mary era más dada al silencio de lo que él recordaba. Rob no hizo la menor insinuación de tocarla, sensible a su pesadumbre. La segunda noche del trayecto a Ispahán, acamparon en un claro con brozas a un lado del camino. Rob permaneció despierto y, finalmente, la oyó llorar.

—Si eres ayudante de Dios y corriges sus errores, ¿por qué no pudiste salvarlo?

—Porque no sé lo suficiente.

El llanto había sido largo tiempo contenido y ahora Mary no podía parar. Rob la abrazó. Tumbados y con la cabeza de ella en su hombro, comenzó a besar su rostro húmedo y después su boca, suave y acogedora, con el mismo sabor que recordaba.

Le acarició la espalda y el encantador hueco de la base de su espina dorsal, y después, mientras sus besos se ahondaban, le tocó la lengua con su lengua y buscó a tientas bajo la ropa interior.

Mary lloraba otra vez, pero estaba abierta a sus dedos y extendió las piernas para aceptarlo.

Más que pasión, Rob sentía una abrumadora consideración por ella y un profundo agradecimiento. Su unión fue un tierno y delicado balanceo en el que apenas se movieron. Siguió y siguió, siguió y siguió, hasta que terminó exquisitamente para él; en el empeño de curarla se había curado a sí mismo, en el intento de consolarla se había consolado, mas para darle placer tuvo que ayudarse con la mano.

La mantuvo abrazada y le habló en voz baja, contándole cómo eran Ispahán y el Yehuddiyyeh, la madraza y el hospital Ibn Sina. Y le habló de sus amigos, el musulmán y el judío, Mirdin y Karim.

—¿Están casados?

—Mirdin tiene esposa. Karim tiene montones de mujeres.

Se quedaron dormidos, absortos el uno en el otro.

Rob despertó con las luces grises del amanecer por el crujido de una silla de montar, el lento golpetear de cascos en el camino polvoriento, una tos, y hombres que hablaban mientras sus cabalgaduras iban al paso.

Por encima del hombro de Mary atisbó a través de los matorrales que separaban su escondrijo del camino y vio pasar una fuerza de soldados de caballería. Tenían un aspecto feroz, y llevaban las mismas espadas orientales que los hombres de Ala, aunque también portaban arcos más cortos que la variedad persa. Su ropa era andrajosa y los turbantes otrora blancos se veían oscuros de sudor y tierra; exudaban un hedor que Rob percibió desde donde estaba, aterrado, a la espera de que uno de sus caballos lo delatara o que uno de los jinetes desviara la vista hacia los matorrales y los descubriera.

Apareció ante sus ojos una cara conocida: Hadad Khan el irascible embajador seljucí que se había presentado en la corte del sha Ala.

Por tanto, eran seljucíes. Y cabalgando junto al encanecido Hadad Khan apareció otra figura conocida, la del *mullah* Musa Ibn Abbas, edecán jefe del imán Mirzaaboul Qandrasseh, el visir persa.

Rob vio a otros seis mullahs y contó noventa y seis soldados a caballo. No había manera de saber cuántos habían pasado mientras dormían.

Su caballo y el de Mary no relincharon ni produjeron ningún sonido que revelara su presencia. Finalmente, pasó el último seljucí, y Rob se atrevió a respirar, atento a la debilitación de los sonidos que producían.

Poco más tarde, despertó a su esposa con un beso, levantó el campamento en un santiamén y se pusieron en camino, porque ahora tenía una razón para darse prisa.

## 50

# EL CHATIR

—¿Casado? —se asombró Karim.

Miró a Rob y sonrió.

—¡Una esposa! No esperaba que siguieras mi consejo —dijo Mirdin, con la cara iluminada—. ¿Quién hizo los arreglos?

—Nadie. Es decir —se apresuró a agregar Rob—, en realidad hubo un acuerdo nupcial hace más de un año, pero se concretó ahora.

—¿Cómo se llama? —preguntó Karim.

—Mary Cullen. Es escocesa. La conocí con su padre en una caravana, en mi viaje al Este.

Contó algunas cosas sobre James Cullen, y habló de su enfermedad y su muerte, pero Mirdin no parecía escucharlo.

—Una escocesa. ¿Quiere decir que es europea?

—Sí. Originaria de un territorio que está al norte de mi país.

—¿Es cristiana?

Rob asintió.

—Tengo que ver a esa europea —dijo Karim—. ¿Es una mujer bonita?

—¡Es una beldad! —barbotó Rob, y Karim soltó una carcajada—. Pero quiero que la juzgues con tus propios ojos.

Rob se volvió para incluir a Mirdin en la invitación, pero vio que su amigo se había alejado.

A Rob no le atraía la idea de informar al sha lo que acababa de ver, pero había comprometido su lealtad y no tenía alternativa. Cuando se presentó en palacio y dijo que quería ver al rey, Khuff esbozó su habitual sonrisa dura.

—¿Cuál es el recado?

El capitán de las Puertas puso cara de piedra cuando Rob meneó la cabeza y no abrió la boca.

Pero Khuff le dijo que esperara y fue a transmitirle a Ala que el *Dhimmi* extranjero Jesse quería verlo. Poco después, el anciano llevó a Rob a presencia del sha.

Ala apestaba a bebida, pero escuchó con suficiente sobriedad el informe de Rob referente a que su visir había enviado a conferenciar con una partida de enemigos del sha a algunos de sus discípulos, entregados a la observancia estricta del Islam.

—No tenemos noticias de ningún ataque en Hammadhan —dijo lentamente Ala—. Por tanto, no era una partida atacante y, en consecuencia, se reunieron para urdir la traición. —Observó a Rob a través de sus ojos velados—. ¿Con quién has hablado de esto?

—Con nadie, Majestad.

—Dejemos las cosas así.

En lugar de seguir conversando, Ala acomodó el tablero del juego del sha entre ambos. Se mostró visiblemente complacido de encontrar en Rob a un adversario más difícil que antes.

—¡Ah, *Dhimmi*, te estás volviendo habilidoso y astuto como un persa!

Rob logró mantenerlo a raya un rato. Finalmente, Ala le hizo besar el polvo y la partida terminó como siempre: *shahtreng*. Pero ambos reconocieron que se había producido un cambio. Ahora el juego era más igualado, y Rob habría sido capaz de mantenerse más tiempo de no haber estado tan ansioso por volver junto a su esposa.

Ispahán era la ciudad más hermosa que Mary había visto en su vida, o se lo parecía porque estaba con Rob. Le gustó la casita del Yehuddiyyeh, aunque reconoció que el barrio judío era pobretón. La casa era más pequeña que la que había habitado con su padre cerca del *wadi* de Hamadhan, aunque de construcción más sólida.

Insistió para que Rob comprara yeso y algunas herramientas sencillas, y juró que repararía la casa mientras él no estuviera, el primer día que se quedó sola. Todo el calor del verano persa flotaba en el aire, y en breve el vestido de luto de mangas largas quedó empapado de transpiración.

A media mañana llamó a la puerta el hombre más bello que hubiese visto nunca. Llevaba un canasto con ciruelas negras, que dejó en el suelo para tocarle el pelo rojo, con lo que le provocó un buen susto. El hombre reía entre dientes e inspiraba respeto; la deslumbró con sus dientes perfectamente blancos enmarcados por el rostro bronceado. Por fin habló largo y tendido; parecía elocuente y gracioso, pleno de sentimientos, pero se expresaba en parsi.

—Lo siento —dijo Mary.

—Ah. —Instantáneamente comprendió y se tocó el pecho—. Karim.

Ella perdió el miedo y se mostró encantada.

—Claro. Eres el amigo de mi marido. Me ha hablado de ti.

Karim sonrió de oreja a oreja y la llevó —mientras ella protestaba con palabras que él no entendía— a una silla donde la sentó y le hizo comer una ciruela dulce, mientras él mezclaba el yeso hasta obtener la consistencia adecuada y rellenaba tres resquebrajaduras de las paredes interiores. Luego reparó un alféizar. Con descaro, Mary le permitió que la ayudara a cortar los grandes espinos del jardín.

Karim seguía allí cuando Rob volvió, y Mary insistió en que compartieran la cena, que tuvieron que demorar hasta que oscureció, porque estaban en el Ramadán, el noveno mes, el mes del ayuno.

—Me gusta Karim —dijo Mary después que se fue—. ¿Cuándo conoceré al otro..., a Mirdin?

Rob la besó y meneó la cabeza.

—No sé —dijo.

Para Mary, el Ramadán resultó una celebración muy peculiar. Era el segundo que Rob pasaba en Ispahán y le contó que en realidad se trataba de un mes sombrío, supuestamente consagrado a la oración y la contricción, aunque la comida parecía ocupar el primer plano en la mente de todos, porque los musulmanes no podían ingerir alimentos sólidos ni líquidos desde el amanecer hasta la puesta del sol. Los vendedores ambulantes de comida estaban ausentes de los mercados y de las calles, y las *maidans* permanecían totalmente a oscuras y en silencio todo el mes, aunque por la noche se reunían familias y amigos para comer y fortalecerse a la espera del ayuno del día siguiente.

—El año pasado estuvimos en Anatolia durante el Ramadán —dijo Mary con tono melancólico—. Papá le compró corderos a un pastor y ofreció un banquete a nuestros sirvientes musulmanes.

—Podríamos ofrecer una cena de Ramadán.

—Sería muy agradable, pero estoy de luto —le recordó su esposa.

Por cierto, la atormentaban emociones conflictivas y a veces el pesar la hacía sentir atolondrada por el dolor de la pérdida, mientras en otros momentos tenía clara conciencia de que no podía haber mujer más afortunada que ella en su matrimonio.

En las pocas ocasiones en que se aventuraba a salir de la casa, tenía la impresión de que la gente la observaba con enemistad. Su vestido de luto no era distinto de la indumentaria de las demás mujeres del Yehuddiyyeh, pero sin duda su cabellera pelirroja al descubierto la señalaba como europea. Probó a ponerse su sombrero de viaje de ala ancha, pero notó que lo mismo las mujeres la señalaban en la calle, y su frialdad hacia ella era constante.

En otras circunstancias se habría sentido muy sola, porque en medio de una ciudad repleta de gente sólo podía comunicarse con una persona, pero en lugar de aislamiento experimentaba una intimidad total, como si sólo ella y su reciente marido habitaran el mundo.

Durante el apagado mes de Ramadán, únicamente los visitó Karim Harun; varias veces vio correr al joven médico persa por las calles, espectáculo que le hacía contener el aliento, pues era como ver correr a un corzo. Rob le habló de la carrera, el *chatir*, que tendría lugar el primero de los tres días festivos, llamado *Bairam*, con que se celebraba el fin del largo ayuno.

—He prometido asistir a Karim durante la carrera.

—¿Serás el único?

—También estará Mirdin. Pero creo que nos necesitará a los dos.

Su voz contenía un interrogante, y Mary comprendió que a Rob podía preocuparle que ella lo considerara una falta de respeto hacia su padre.

—Entonces debes ir —dijo ella con tono firme.

—La carrera propiamente dicha no es una celebración. No puede verse con malos ojos que alguien que está de luto vaya a presenciarla.

Ella lo pensó a medida que se aproximaba el *Bairam* y por último, decidió que su marido tenía razón y que ella misma presenciaría el *chatir*.


A hora muy temprana de la primera mañana del mes de *Shawwal* flotaba una densa neblina que hizo abrigar a Karim la esperanza de que sería un buen día para un corredor. Había dormido a rachas, pero se dijo que sin duda los otros competidores habían pasado la noche como él, tratando de apartar la carrera de sus mentes.

Se levantó, cocinó un gran cazo de guisantes y arroz, y salpicó el *pilah* con semillas de apio que midió con gran atención. Comió más de lo que quería, y luego volvió a su jergón para descansar mientras el apio hacía su efecto, manteniendo su mente en blanco y conservando la serenidad mediante la oración:

*Alá, hazme volar hoy seguro de mis pies.*
*Haz que mi pecho sea un fuelle infalible.*
*mis piernas como un árbol joven, fuertes y flexibles.*

*Mantén mi mente despejada y mis sentidos aguzados,*
*con mis ojos siempre fijos en Ti.*

No oró por la victoria. Cuando él era un niño, a menudo Zaki-Omar le había dicho: «Todos los cachorros inmaduros rezan por la victoria. ¡Qué confusión para Alá! Es mejor pedirle velocidad y resistencia, y usar éstas para saber asumir la responsabilidad de la victoria o la derrota.»

Cuando se sintió apremiado, se levantó y se fue hasta el cubo, donde permaneció en cuclillas largo rato y movió el vientre satisfactoriamente. La cantidad de semillas de apio había sido la precisa: al terminar se sentía vacío pero no débil, y ese día no lo demoraría ningún retortijón en medio de una etapa.

Calentó agua y se bañó a la luz de una vela, secándose rápidamente, porque en la penumbra hacía fresco. A renglón seguido, se untó con aceite de oliva para protegerse del sol, duplicando la operación en los puntos donde la fricción podía causar dolor: tetillas, axilas, ingle y pene, el pliegue de las nalgas y por último los pies, cuidando especialmente el aceitado de la parte de arriba de los dedos.

Se puso un taparrabos de lino y una camisa del mismo material, ligeros zapatos de cuero para corredores y una gorra estrafalaria, con plumas. Colgó de su cuello el carcaj y un amuleto encerrado en una bolsita de paño, y se echó una capa sobre los hombros para protegerse del frío. Entonces salió de la casa.

Caminó lentamente al principio y luego más rápido, sintiendo que la calidez comenzaba a aflojar sus músculos y coyunturas. Todavía había muy poca gente en la calle. Nadie lo vio cuando se introdujo en un soto frondoso para orinar. Pero cuando llegó al punto de partida, junto al puente levadizo de la Casa del Paraíso, ya se había reunido una multitud en la que pululaban centenares de hombres. Se abrió camino entre ellos hasta encontrar a Mirdin en la parte de atrás, tal como habían acordado, y en seguida se reunió con ellos Jesse ben Benjamin.

Karim notó que sus amigos se saludaban con cierto envaramiento, y pensó que algo ocurría entre ellos. Pero de inmediato apartó esta preocupación de su mente. En esos momentos sólo debía concentrarse en la carrera.

Jesse le sonrió y tocó inquisitivamente la bolsita que colgaba de su cuello.

—Mi amuleto de la buena suerte —dijo Karim—. De mi dama.

Pero no debía hablar antes de una carrera; no podía. Sonrió rápidamente a Jesse y a Mirdin para demostrar que no quería ofenderlos, cerró los ojos y dejó la mente en blanco, haciendo oídos sordos a las charlas y risas estruendosas que lo rodeaban. Le resultó mucho más difícil bloquear los olores a aceites y grasa animal, hedores corporales y ropas sudadas.

Repitió su oración.

Cuando abrió los ojos, la neblina era perlada. Escudriñó a través de la bruma y vio un disco rojo perfectamente redondo: el sol.

El aire ya estaba pesado. Comprendió, angustiado, que sería un día brutalmente caluroso.

Se le escaparía de las manos. *Imshallah*.

Se quitó la capa y se la dio a Jesse.

Mirdin estaba pálido.

—Alá sea contigo.

—Corre con Dios, Karim —dijo Jesse.

No respondió. Ahora reinaba el silencio. Corredores y espectadores fijaron la vista en el alminar más cercano, el de la mezquita del Viernes, donde Karim vio a una figura pequeña y vestida de negro que acababa de entrar en la torre.

Al cabo de un instante, la obsesiva llamada a la primera oración llegó a sus oídos y Karim se postró mirando al sudoeste, en dirección a La Meca.

Al concluir la oración, todos volvieron a gritar a voz en cuello, corredores y espectadores por igual.

El ruido era ensordecedor e hizo temblar a Karim. Algunos gritaban palabras de aliento, otros invocaban a Alá y muchos aullaban, sencillamente, con el espeluznante sonido que pueden emitir los hombres cuando atacan las murallas del enemigo.

Desde donde estaba, sólo podía percibirse el movimiento de los corredores de delante, pero sabía por experiencia que algunos saltarían para ocupar la primera fila, peleando y empujándose, sin preocuparse de a quién pisoteaban ni qué lesiones infligían. Hasta los que no fueron lentos en incorporarse después de la oración corrían riesgos, porque en el turbulento torbellino de cuerpos, los brazos agitados golpearían caras, los pies patearían piernas, y habría tobillos dislocados y torcidos.

Por ese motivo, aguardó al fondo con desdeñosa paciencia, mientras ola tras ola de corredores pasaban ante él, abrumándolo con su alboroto.

Pero finalmente echó a correr. El *chatir* había comenzado, y él estaba en la cola de una larga serpiente humana.


Corría muy lentamente. Le llevaría largo rato cubrir las primeras cinco millas romanas y cuarto, pero eso era parte de su estrategia. La alternativa habría consistido en estacionarse delante de la multitud y luego, si no salía lesionado de la refriega, arrancar a un ritmo que le permitiera colocarse en cabeza. Pero ello habría significado consumir demasiada energía a la salida. Así pues, optó por el plan más seguro.

Bajaron por las amplias Puertas del Paraíso y giraron a la izquierda, recorriendo más de una milla romana por la avenida de los Mil Jardines, que descendía y luego se elevaba, componiendo una larga cuesta en la primera mitad de la etapa y otra corta, aunque más abrupta, al regreso. Luego a la derecha por la calle de los Apóstoles, que sólo tenía un cuarto de milla de largo; pero la corta callecita bajaba en el itinerario de ida y era laboriosa en el de vuelta. Giraron una vez más a la izquierda por la avenida de Alí y Fátima, que siguieron hasta la madraza.

Había toda clase de gente entre los corredores. Estaba de moda que los nobles jóvenes recorrieran media etapa, y hombres con veraniegas ropas de seda corrían hombro a hombro con los harapientos. Karim permaneció rezagado, porque en ese punto aquello no era tanto una carrera como una turba que corría, muy animada por la conclusión del Ramadán. Y para él no era mal principio, pues el paso lento permitía que sus jugos fluyeran gradualmente.

Había espectadores, pero aún era temprano para que una densa muchedumbre bordeara las calles; la carrera iba a durar todo el día, y la mayor parte del público acudiría más tarde. Al pasar por la madraza, levantó la vista hacia el tejado alargado del *maristan* de una sola planta, donde la mujer que le había dado el amuleto —había un mechón de sus cabellos en la bolsita— estaría presenciando el *chatir*, pues su marido le había dicho que conseguiría acomodarla allí. No estaba, pero en la calle, delante del hospital, había dos enfermeras gritando «¡Hakim! ¡Hakim!». Karim las saludó con la mano, sabiendo que para ellas era una decepción verlo ocupar el último puesto.

Siguieron a través de los terrenos de la madraza, en dirección a la *maidan* central, donde habían levantado dos grandes tiendas abiertas. Una para los cortesanos, alfombrada y adornada con brocados, donde una serie de mesas contenían una gran diversidad de ricas vituallas y vinos. La otra tienda, destinada a los corredores plebeyos, ofrecían pan, *pilah* y *sherbet*, y no parecía menos acogedora, por lo que la carrera perdió casi la mitad de sus participantes, que cayeron sobre el tentempié, lanzando gritos de alegría.

Karim estaba entre los que siguieron corriendo al pasar por las tiendas. Rodearon los postes de piedra del juego de pelota y plato, y emprendieron el regreso a la Casa del Paraíso.

Ahora eran menos e iban más separados; Karim tenía lugar para fijar la pauta de su ritmo.

Había opciones y preferencias. Algunos seguían apretando el paso las primeras vueltas para aprovecharse del fresco matinal. Pero Zaki-Omar le había transmitido a Karim que el secreto para cubrir largas distancias consistía en seleccionar un ritmo que se llevaría su última chispa de energía en la culminación, y que había que atenerse a esa velocidad invariablemente. Karim logró ajustarlo a la regularidad y el ritmo perfectos de un caballo al trote. La milla romana abarcaba mil pasos de cinco pies, pero Karim daba unos mil doscientos pasos por milla, cubriendo aproximadamente poco más de cuatro pies en cada paso. Mantenía la columna vertebral perfectamente recta y la cabeza en alto. El *plaf-plaf-plaf* de sus pies contra el suelo, al ritmo elegido, era como la voz de un viejo amigo.

Ahora empezó a adelantar a algunos corredores, aunque sabía que en su mayoría no participaban en serio en la prueba, y corría cómodamente al llegar a las puertas del palacio y recoger la primera flecha para dejarla caer en su carcaj.

Mirdin le ofreció bálsamo para que se frotara la piel como protección de los rayos del sol —que Karim rechazó— y también agua, que bebió agradecido aunque con moderación.

—Ocupas el puesto cuarenta y dos —dijo Jesse.

Karim asintió y volvió a partir.

Ahora corría a plena luz del día, y el sol estaba bajo, pero ya picaba, anunciando inconfundiblemente el calor que se avecinaba. No era inesperado. En ocasiones Alá era bondadoso con los corredores, pero casi todos los *chatirs* se convertían en auténticas ordalías bajo el rigor del sol persa. Los puntos culminantes de las proezas atléticas de Zaki-Omar habían sido dos segundos puestos en dos *chatirs*, uno cuando Karim tenía doce años y otro después de cumplir los catorce. Recordaba su propio terror al ver el agotamiento en la cara colorada de Zaki y sus ojos desorbitados. Zaki corría tanto tiempo y tan lejos como podía, pero en ambas carreras hubo un corredor que corrió más tiempo y más lejos que él.

Ceñudo, Karim apartó estos lúgubres pensamientos de su mente.

Las elevaciones del terreno no presentaron más dificultades que en la primera vuelta, y las ascendió casi sin reparar en ellas. Las multitudes eran cada vez más densas en todas partes, pues aquella era una hermosa mañana soleada y día festivo en Ispahán. Casi todos los comercios estaban cerrados y había gente de pie o sentada a lo largo de la ruta: los armenios juntos, los indios juntos, los judíos juntos, las sociedades eruditas y las organizaciones religiosas, aglomeradas.

Cuando Karim llegó otra vez al hospital y no vio a la mujer que le había prometido estar allí, sintió una punzada. Tal vez en el último momento su marido le había prohibido asistir.

Había un núcleo compacto de espectadores delante de la escuela, y todos los arengaron y vitorearon.

Cuando se acercó a la *maidan*, observó que el frenesí era semejante al de los jueves al atardecer. Músicos, malabaristas, esgrimadores, acróbatas, danzarines y magos actuaban ante un público nutrido, mientras los corredores rodeaban la parte exterior de la plaza prácticamente sin que nadie se fijara en ellos.

Karim empezó a adelantar a adversarios agotados que se habían echado o sentado al borde del camino.

Al recoger la segunda flecha, Mirdin intentó una vez más darle un ungüento para que se protegiera la piel, pero rehusó, aunque íntimamente se avergonzó, pues sabía que el ungüento era antiestético y quería que ella lo viera a cuerpo descubierto. Se lo aplicaría él si lo necesitaba, pues había acordado que en esa vuelta Jesse comenzaría a seguirlo montado en su caballo castaño. Karim se conocía: aquel era el momento en que su ánimo se veía sometido a prueba, pues invariablemente se acongojaba al superar las veinticinco millas romanas.

Los problemas se presentaron casi como si estuvieran programados. A mitad de la cuesta de la avenida de los Mil Jardines, notó que tenía un punto en carne viva en el tobillo derecho. Era imposible resistir tan larga carrera sin dañarse los pies, y sabía que no debía hacer caso de la incomodidad pero poco después se le sumó el dolor de un agarrotamiento en el costado derecho, que creció hasta hacerlo resollar cada vez que su pie derecho tocaba el suelo.

Hizo una seña a Jesse, que llevaba detrás de su silla de montar una bota de piel de cabra con agua, pero el líquido tibio con sabor a pellejo caprino apenas alivió su molestia.

Pero cerca de la madraza divisó de inmediato, en el tejado del hospital, a la mujer que esperaba, y fue como si todo lo que lo había perturbado se desvaneciera.

Rob, que cabalgaba detrás de Karim como un escudero que sigue a su caballo, vio a Mary al acercarse al *maristan* e intercambiaron una sonrisa. Con su vestido negro de luto, no habría llamado la atención si no hubiera llevado la cara descubierta, pero las demás mujeres llevaban el pesado velo negro de salir a la calle. Las que estaban en el tejado se mantenían ligeramente apartadas de su esposa, como si temieran ser corrompidas por sus costumbres europeas.

Había esclavos con las mujeres, y Rob reconoció al eunuco Wasif tras una figura menuda que disimulaba su cuerpo con un informe vestido negro. Tenía puesto el velo de crines, pero Rob no pudo de dejar de notar los ojos de Despina ni hacia dónde se volvían.

Rob siguió su mirada, que se posó en Karim, y tuvo dificultades para respirar. Karim también había descubierto a Despina y sostuvo con firmeza su mirada. Al pasar cerca, levantó la mano y tocó la bolsita que pendía de su cuello.

A Rob le pareció una declaración lisa y llana a la vista de todos, pero el sonido de la ovación no se modificó. Y aunque buscó con la mirada a Ibn Sina, no lo vio entre los espectadores al pasar por la madraza.

Karim hizo caso omiso del dolor en el costado, hasta que disminuyó, y tampoco prestó atención a la rozadura de los pies. Había llegado el momento del desgaste, y a lo largo del camino había carros tirados por burros cuyos cocheros se ocupaban de recoger a los corredores que no podían seguir adelante.

Tras coger la tercera flecha, Karim permitió que Mirdin lo frotara con el ungüento preparado con aceite de rosas, aceite de nuez moscada y canela. Volvió amarilla su piel morena clara, pero era una buena protección del sol.

Jesse le masajeó las piernas mientras Mirdin aplicaba el bálsamo, y luego acercó una taza a sus labios agrietados, haciéndole beber más agua de la que deseaba. Karim intentó protestar.

—¡No quiero tener que orinar!

—Estás sudando demasiado para, además, tener que mear.

Karim sabía que era verdad y bebió. Al instante, estaba otra vez corriendo, corriendo, corriendo.

Esta vez, al pasar por la escuela tuvo conciencia de que ella veía una aparición: la grasa amarilla derretida, veteada por chorros de sudor y polvo fangoso.

Ahora el sol estaba alto y abrasaba el terreno, de modo que el calor del camino penetraba el cuero de sus zapatos y le quemaba las plantas de los pies. A lo largo de la ruta había hombres con recipientes de agua, y a veces Karim se detenía para empaparse la cabeza antes de salir disparado, sin dar las gracias ni decir una bendición.

Tras recoger la cuarta flecha, Jesse lo dejó, pero reapareció poco después montado en el caballo negro de su mujer; sin duda había dejado al castrado castaño para que tomara agua y descansara a la sombra. Mirdin aguardaba junto al poste del que colgaban las flechas, estudiando a los demás corredores, de acuerdo con el plan previsto.

Karim seguía corriendo y adelantando a los hombres que se habían derrumbado. Había uno con la cintura doblada en medio del camino, en la actitud de vomitar, aunque sin arrojar nada por la boca. Un indio que murmuraba cojeó hasta detenerse y se quitó los zapatos de una sacudida. Corrió media docena de pasos, dejando la estela roja de sus pies sangrantes, y abandonó serenamente, dispuesto a esperar un carro.

Cuando Karim pasó por el *maristan* en la quinta etapa, Despina ya no estaba en el tejado. Quizá le había asustado su aspecto. Daba igual, porque la había visto, y ahora, de vez en cuando, estiraba la mano y aferraba la bolsita que contenía el grueso mechón de pelo negro que le había cortado con sus propias manos.

En algunos sitios, los carros, los pies de los corredores

y los cascos de los animales de los asistentes levantaban una temible polvareda que le cubría las narices y la garganta y lo obligaba a toser. Comenzó a bloquear su conciencia hasta convertirla en algo muy pequeño y remoto en su interior, que no asimilaba nada, permitiendo que su cuerpo siguiera haciendo lo que tantas veces había hecho.

La llamada a la segunda oración fue un sobresalto.

En toda la ruta, corredores y espectadores se postraron de cara a La Meca. Karim yació tembloroso, pues su cuerpo no podía creer que hubiera una pausa en sus demandas, por breve que fuese. Sintió ganas de quitarse los zapatos, pero sabía que no podía volver a ponérselos con los pies hinchados. Cuando terminaron las oraciones, permaneció inmóvil un momento.

—¿Cuántos?

—Dieciocho. Ahora estamos en plena carrera —respondió Jesse.

Karim volvió a incorporarse, obligándose a correr a pesar del bochorno. Pero sabía que aún no estaba en plena carrera. Las cuestas presentaron más dificultades que durante la mañana, pero mantuvo el ritmo estable. Aquello era lo peor, con el sol directamente encima de la cabeza, y sabía que lo esperaba una dura prueba. Pensó en Zaki y supo que si no moría seguiría corriendo como mínimo para conseguir el segundo puesto.

Hasta entonces no había pasado por esta experiencia, y un año más tarde quizá su cuerpo fuera demasiado viejo para semejante castigo. Tenía que ser aquel preciso día.

Esta idea le permitió llegar al fondo de sí mismo y encontrar fuerzas allí donde otros buscaban y no encontraban nada. Cuando deslizó la sexta flecha en su carcaj, se volvió de inmediato hacia Mirdin.

—¿Cuántos?

—Quedan seis corredores —dijo Mirdin; Karim asintió y echó a correr otra vez.

Ahora estaba en plena carrera.

Vio a tres corredores más adelante, a dos de los cuales conocía. Estaba alcanzando a un indio menudo pero de buena planta. A unos ochenta pasos delante del indio iba un joven cuyo nombre Karim ignoraba, aunque lo reconoció como soldado de la guardia palaciega. Y mucho más adelante, aunque lo bastante cerca para identificarlo, había un corredor de nota, al-Harat de Hamadhan.

El indio había reducido la velocidad pero la aumentó cuando Karim se le puso a la par; siguieron avanzando juntos, zancada a zancada. Tenía la piel muy oscura, casi del color del ébano, bajo la que destellaban al sol músculos largos y lisos, mientras se movía.

La piel de Zaki también era oscura; una ventaja para correr bajo el sol ardiente. La de Karim necesitaba el ungüento amarillo: era del color del cuero claro y resultado —decía siempre Zaki— de que a una de sus antepasadas la había cubierto uno de los griegos rubios de Alejandro. Karim pensaba que no era improbable. Había habido una serie de invasiones griegas, y conocía a hombres persas de piel clara y a mujeres de pechos blancos como la leche.

Un perro con manchas salió de la nada y corrió al lado de ellos, ladrando.

Cuando pasaron por los predios de la avenida de los Mil Jardines, la gente ofrecía tajadas de melón y tazas de *sherbet*, pero Karim no tomó nada por miedo a los retortijones. Aceptó agua, que puso en su gorro antes de volver a calárselo en la cabeza. Sintió un alivio momentáneo hasta que el sol secó la humedad con asombrosa rapidez.

El indio cogió una tajada de melón, la engulló sin dejar de correr y tiró la cáscara por encima del hombro.

Juntos adelantaron al soldado, que ya estaba fuera de competición, pues llevaba una vuelta de retraso: sólo había cinco flechas en su carcaj. Dos líneas de color rojo oscuro bajaban por la pechera de su camisa, desde las tetillas, que ya estaban en carne viva a causa de la fricción. A cada paso, sus piernas se combaban ligeramente a la altura de las rodillas, y era evidente que no correría mucho más.

El indio miró a Karim y le dedicó una sonrisa, mostrando unos dientes muy blancos.

Karim se desalentó al ver que el indio corría cómodamente y que su cara estaba alerta, aunque no parecía exhausto. Su intuición de corredor le indicó que el otro era más fuerte y estaba menos fatigado. Y quizás era más rápido, incluso.

El perro que había corrido con ellos a lo largo de varias millas giró de sopetón y se atravesó en su camino. Karim saltó para esquivarlo y sintió la calidez de su pellejo, pero el perro chocó fuertemente con las piernas del corredor indio, que cayó al suelo.

Cuando Karim se volvió a mirarlo comenzaba a incorporarse, pero se sentó otra vez en el camino. Tenía el pie derecho delirantemente retorcido y se contempló incrédulo el tobillo, imposibilitado de asimilar que para él la carrera había terminado.

—¡Sigue! —gritó Jesse a Karim—. Yo me ocuparé de él. Tú sigue.

Karim giró sobre sus talones y corrió como si las fuerzas del indio se hubieran trasladado a sus propios miembros, como si Alá hubiese hablado con la voz del *Dhimmi*, porque comenzaba a creer sinceramente que había llegado su momento.


Fue detrás de al-Harat la mayor parte de la etapa. Una vez, en la calle de los Apóstoles, se acercó bastante y el otro corredor volvió la vista. Se habían conocido en Hammadham, y en los ojos de al-Harat notó un antiguo desprecio que le era familiar: «Ah, es el culo donde la mete Zaki-Omar.»

Al-Harat aceleró, y en breve lo aventajó otra vez en doscientos pasos.

Karim cogió la séptima flecha. Mirdin le habló de los otros corredores mientras le daba agua y lo untaba de amarillo.

—Eres el cuarto. El primer lugar lo ocupa un afgano cuyo nombre ignoro. El segundo es Mahdavi, un hombre de al-Rayy. Luego va al-Harat, y después tú.

A lo largo de una vuelta y media siguió la pista de al-

Harat, preguntándose en ocasiones por los otros dos, tan distanciados que no estaban a la vista. En Ghazna, un territorio de altísimas montañas, los afganos corrían por sendas tan altas que el aire era tenue, y se decía que cuando lo hacían en altitudes inferiores no se fatigaban. Y había oído decir que Mahdavi, de al-Rayy, también era un excelente corredor.

Pero mientras descendían la corta y empinada cuesta de la avenida de los Mil Jardines, vio a un corredor aturdido en la orilla del camino, que se sujetaba el costado derecho y sollozaba. Lo adelantaron, y en breve Jesse le dio la noticia de que se trataba de Mahdavi.

A Karim también había vuelto a molestarle el costado, y los dos pies le producían dolor. La llamada a la tercera oración llegó cuando iniciaba la novena etapa. Era un momento que lo tenía preocupado, pues el sol ya no estaba alto y temía que sus músculos se agarrotaran. Pero el calor seguía siendo implacable y lo apretó como una manta pesada mientras yacía rezando; aún sudaba cuando se levantó y echó a correr.

Esta vez, aunque mantuvo el mismo ritmo, tuvo la impresión de alcanzar a al-Harat como si éste fuera andando. Cuando estuvieron cuerpo a cuerpo, al-Harat intentó hacer una carrerilla, pero en seguida su respiración fue audible y desesperada, y Karim lo vio tambalearse. El calor lo había vencido; como médico, Karim sabía que el hombre moriría si se trataba de la enfermedad que enrojecía la cara y resecaba la piel, pero el rostro de al-Harat estaba pálido y húmedo.

No obstante, Karim se detuvo cuando el otro pasó dando bandazos y abandonó la carrera.

A al-Harat todavía le quedaba bastante desprecio para poner gesto adusto, pero quería que ganara un persa.

—Corre, bastardo.

Karim lo dejó atrás encantado.

Desde la alta pendiente del primer tramo descendente, con la vista fija en la extensión recta de camino blanco, distinguió a una figura pequeña que subía la larga cuesta a lo lejos.

Ante sus propios ojos, el afgano cayó, volvió a incorporarse y echó a correr para, finalmente, desaparecer en la calle de los Apóstoles. A Karim le costó refrenarse, pero conservó el ritmo escogido y no volvió a ver al otro corredor hasta pisar la avenida de Alí y Fátima.

Ahora estaba mucho más cerca. El afgano volvió a caer, se levantó y echó a correr con paso desigual. Estaba acostumbrado al aire enrarecido, pero las montañas de Ghazna eran frescas y el calor ispahaní favoreció a Karim, que siguió acortando distancias. Karim lo alcanzó después de la cuarta y última caída. Habían llevado agua al afgano —un hombre achaparrado, de hombros anchos y tez cetrina— y le estaban aplicando paños húmedos en tanto jadeaba como un pez en tierra. Sus ojos pardos ligeramente rasgados, de mirar sereno, vieron pasar a Karim.

La victoria le proporcionó más angustia que sensación de triunfo, pues ahora debía tomar una decisión. Tenía ganada la carrera, pero ¿podía aspirar a obtener el *calaat* del sha? La «prenda real» consistía en quinientas piezas de oro y el nombramiento honorario, aunque muy bien pagado, de jefe de los *chatirs*, y todo eso pasaría a manos de quien cumpliera las ciento veintiséis millas en menos de doce horas.

Al rodear la *maidan*, Karim quedó de frente al sol y lo estudió detenidamente. A lo largo del día había corrido casi noventa y cinco millas. Tendría que considerarlo suficiente y deseaba entregar sus nueve flechas, cobrar el premio en monedas y reunirse con otros corredores que ahora chapoteaban en el Río de la Vida. Necesitaba emparparse en su envidia y admiración, y en el río propiamente dicho, hundiéndose en sus verdes aguas para obtener un reposo que se había ganado.

El sol se cernía sobre el horizonte. ¿Había tiempo? ¿Quedaban fuerzas en su cuerpo? ¿Era ése el deseo de Alá? El plazo resultaba exiguo y probablemente no cubriría otras treinta y una millas antes de que la llamada a la cuarta oración indicara la puesta del sol.

Pero sabía que la victoria total liquidaría para siempre

a Zaki-Omar de sus pesadillas, algo que no lograría ni acostándose con todas las mujeres del mundo.

Así, después de recoger otra flecha, en lugar de torcer hacia la tienda de las autoridades, emprendió la décima vuelta. El camino de polvo blanco estaba desierto ante sus ojos y ahora corría contra el oscuro *djinn* del hombre del que había ansiado ser un hijo y que había hecho de él un bardaje.

Cuando en la carrera quedó un solo hombre, ganador del *chatir*, los espectadores comenzaron a dispersarse; pero ahora, a lo largo del camino, la gente vio correr a Karim y volvió a reunirse en tropel cuando comprendieron que intentaría acceder al *calaat* del sha.

Los expertos en cuestiones del *chatir* anual sabían lo que significaba correr durante un día de agobiante calor, por lo que emitieron tal clamor amoroso, que su sonido pareció empujar al corredor adelante, y fue una etapa casi gozosa. En el hospital logró descubrir rostros sonrientes de orgullo: al-Juzjani, el enfermero Rumi, el bibliotecario Yussuf, el *hadji* Davout Hosein, incluso Ibn Sina. Al ver al anciano, de inmediato dirigió la mirada hacia el tejado del hospital, comprobó que ella había regresado, y supo que cuando volvieran a verse a solas, Despina sería el verdadero premio.

Pero comenzó a experimentar el problema más grave en la segunda mitad de la etapa. Aceptaba agua a menudo y la volcaba sobre su cabeza; ahora la fatiga lo volvió descuidado, y parte del agua se le volcó en el zapato izquierdo, donde al instante el cuero húmedo empezó a raerle la piel dañada del pie. Tal vez produjo una minúscula alteración en su paso, porque poco después sintió un calambre en el tendón de la corva.

Peor aún: al descender hacia las Puertas del Paraíso, el sol estaba más bajo de lo que esperaba. Caía directamente sobre las montañas distantes, y al iniciar la que —si acertaba en sus esperanzas— sería la penúltima vuelta, velozmente debilitado y temeroso de que no le alcanzara el tiempo, lo acometió una profunda desazón.

Todo se volvió pesado. Conservó el ritmo, pero sus pies se transformaron en piedras, el carcaj lleno de flechas le golpeaba la espalda a cada paso y hasta la bolsita que contenía el mechón le molestaba al correr. Se echaba agua con mayor frecuencia sobre la cabeza y sentía que decaía segundo a segundo.

Pero la gente de la ciudad parecía haber contraído una extraña fiebre. Cada una de aquellas personas se había convertido en Karim Harun. Las mujeres gritaban al verlo pasar. Los hombres hacían mil promesas, gritaban sus alabanzas, invocaban a Alá, e imploraban al Profeta y a los doce imanes martirizados. Previendo su llegada por los vítores regaban la calle antes de verlo aparecer, esparcían flores, corrían junto a él y lo abanicaban o le rociaban con agua perfumada la cara, los muslos, los brazos, las piernas. Los sintió entrar en su sangre y en sus huesos, aprehendió esos fuegos, y su zancada se fortaleció y estabilizó.

Sus pies subían y bajaban, subían y bajaban. Conservó el paso, pero ahora no soslayaba el dolor y, en cambio, buscaba traspasar la sofocante fatiga concentrándose en el dolor del costado, el dolor de los pies, el dolor de las piernas.

Cuando cogió la undécima flecha, el sol había empezado a deslizarse detrás de las montañas y tenía la forma de media moneda.

Corrió a través de la luz que declinaba en su última danza, subiendo la primera cuesta corta y bajando la pendiente empinada hasta la avenida de los Mil Jardines, a través del llano, la larga escalada, con el corazón palpitante.

Al alcanzar la avenida de Alí y Fátima, se echó agua en la cabeza y no la sintió.

El dolor menguaba en todas sus reacciones mientras corría sin parar. Cuando llegó a la escuela, no buscó a sus amigos con la mirada, pues le inquietaba más haber perdido la experiencia sensorial de sus miembros.

Pero los pies que no sentía seguían subiendo y bajando, impulsándolo hacia delante: *plaf-plaf-plaf*.

Esta vez, en la *maidan* nadie atendía a los espectáculos, pero Karim no oyó el rugido ni vio a la gente, disparado en su mundo silencioso hacia el broche de oro de un día plenamente maduro.

En cuanto volvió a entrar en la avenida de los Mil Jardines, vio una informe luz roja y agonizante en las montañas. Karim tenía la impresión de avanzar lentamente, muy lentamente por el terreno llano y muy cuesta arriba. La última colina.

Se dejó llevar cuesta abajo y éste fue el momento de mayor riesgo, pues si sus piernas insensibles lo hacían tropezar y caer, no volvería a levantarse.

Al doblar el recodo para entrar en las Puertas del Paraíso, no había sol. Vio borrosamente a la gente que parecía flotar en el aire y lo estimulaba en silencio, pero en la mente su visión fue clara cuando un *mullah* se internó en la escalera estrecha y sinuosa de la mezquita y trepó hasta la pequeña plataforma de la torre, aguardando que agonizara el último rayo mortecino...

Sabía que apenas le quedaban unos instantes.

Trató de obligar a sus piernas a dar zancadas más largas; se esforzó por apretar el paso ya arraigado.

Más adelante, un niño se apartó de su padre y entró en el camino, donde se quedó paralizado, con la vista fija en el gigante que caería sobre él.

Karim alzó al chico y se lo puso sobre los hombros sin dejar de correr; el estruendo vocinglero hizo temblar la tierra. Al llegar a los postes con el chico, vio que Ala lo estaba esperando, y en cuanto cogió la duodécima flecha, el sha se quitó su propio turbante y lo cambió por la gorra emplumada del corredor.

El fervor de la multitud quedó anulado por la llamada de los muecines desde los alminares de toda la ciudad. El público se volvió en dirección a La Meca y se postró para orar. El niño, que seguía sobre sus hombros, empezó a lloriquear y Karim lo soltó. La oración concluyó. Cuando Karim se incorporó, el rey y los nobles lo rodearon como títeres parlanchines. Más allá, el populacho empezó a gritar y a empujar para aclamarlo, y para Karim Harun fue como si de pronto poseyera a Persia.

QUINTA PARTE

EL CIRUJANO DE GUERRA

# 51

# LA CONFIDENCIA

—¿Por qué les resulto tan antipática? —preguntó Mary a Rob.

—No lo sé.

No hizo ningún intento por engañarla, pues ella no era tonta. Cuando la hija menor de Halevi fue hacia ellos haciendo pinitos desde la casa de al lado, Yudit —su madre que ya no llevaba pan tierno al judío extranjero— corrió a buscar a su hija sin decir palabra y huyó como de la peste. Rob llevó a Mary al mercado judío y descubrió que ya no le sonreían como al judío del *calaat*, que ya no era el cliente predilecto de la vendedora Hinda. Se cruzaron con la vecina Naoma y su rechoncha hija Lea, y ambas apartaron la mirada fríamente, como si el zapatero Yaakob ben Rashi no hubiese insinuado a Rob, en una comida sabatina, que tenía la oportunidad de pasar a formar parte de la familia.

Siempre que Rob caminaba por el Yehuddiyyeh, veía que los judíos que conversaban guardaban silencio y fijaban la vista en el vacío. Notaba los codazos significativos, el feroz resentimiento en una mirada casual, incluso una maldición murmurada en labios del viejo Reb Asher Jacobi el Circuncidador, como proyectando rencor contra uno de los suyos que había probado la fruta prohibida.

Se dijo a sí mismo que no le importaba: ¿qué significaba realmente para él la gente del barrio judío?

Mirdin Askari era distinto, y a Rob le constaba que lo evitaba. Por las mañanas echaba de menos la sonrisa de Mirdin, con sus grandes dientes a la vista y su reconfortante compañía, pues ahora Mirdin ponía invariablemente una expresión adusta cuando le dedicaba un breve saludo y se alejaba de inmediato.

Un día, Rob se decidió a buscarlo; lo halló a la sombra de un castaño, en los terrenos de la madraza, leyendo el vigésimo y último volumen de *Al-Hawi*, de Rhazes.

—Rhazes lo hizo bien. *Al-Hawi* abarca toda la medicina —dijo Mirdin, incómodo.

—Yo he leído doce volúmenes. Pronto llegaré a los otros —Rob miró a su amigo—. ¿Está tan mal que haya encontrado a una mujer a la que amo?

Mirdin lo miró a los ojos.

—¿Cómo pudiste casarte con una Otra?

—Mary es una joya, Mirdin.

—«Pues los labios de una mujer extranjera saben como un panal y su boca es más suave que el aceite.» ¡Es gentil Jesse! Eres un imbécil. Somos un pueblo disperso y asediado que se esfuerza por sobrevivir. Cada vez que uno de nosotros se casa fuera de nuestra fe, significa el fin de generaciones futuras. Si no lo entiendes, no eres el hombre que yo creí que eras, y nunca más seré amigo tuyo.

Rob se había estado engañando a sí mismo: la gente del barrio judío importaba, porque lo había aceptado libremente. Y aquel hombre importaba más que nadie, porque le había brindado su amistad y Rob no tenía tantos amigos como para desecharlo.

—No soy el hombre que creías que era. —Se sintió impulsado a hablar, convencido de que no depositaba erróneamente su confianza—. No me he casado fuera de mi fe.

—Ella es cristiana.

—Sí.

La cara de Mirdin se vació de sangre.

—¿Es una broma estúpida?

Como Rob no respondió, Mirdin recogió el libro y se incorporó.

—¡Hereje! Si lo que dices es cierto, si no estás loco... no sólo arriesgas tu propio cuello, sino que pones en peligro el mío. Si consultas el *Fiqh* te enterarás de que al decírmelo me has incriminado y que, a partir de este momento, participo del engaño a menos que te denuncie. —Escupió—. ¡Hijo del Maligno, has puesto a mis hijos en peligro y maldigo el día en que nos conocimos!

Mirdin se alejó a toda prisa.

Pasaron los días, y los hombres del *kelonter* no fueron a buscarlo: Mirdin no lo había delatado.

En el hospital, el matrimonio de Rob no significaba ningún problema. El cotilleo de que se había casado con una cristiana circuló entre el personal del *maristan*, pero allí ya lo tenían catalogado como excéntrico —el extranjero, el judío que había pasado de la cárcel al beneficio del *calaat*— y aquella unión indecorosa era aceptada como una aberración más. Por añadidura, en una sociedad musulmana, en la que cada hombre podía tener cuatro esposas, tomar una mujer no provocaba la menor agitación.

No obstante, lamentó profundamente la pérdida de Mirdin. En esos días veía muy poco a Karim, el joven *hakim* había sido secuestrado por los nobles de la corte, que lo festejaban con entretenimientos y fiestas día y noche. Desde que ganara el *chatir*, el nombre de Karim estaba en boca de todos.

De modo que Rob estaba tan solo con su esposa como ella con él, y ambos se adaptaron fácilmente a la convivencia. Ella era exactamente lo que la casa necesitaba: ahora el hogar era más cálido y confortable. Enamorado, Rob pasaba con ella todos sus momentos libres, y cuando estaban separados recordaba su carne húmeda y rosada, la línea larga y tierna de su nariz, la vivaz inteligencia de sus ojos.

Se internaron cabalgando en las montañas e hicieron el amor en las tibias aguas sulfurosas del pozo secreto de Alá. Rob dejó el libro de antiguas imágenes indias donde ella pudiera verlo, y cuando intentó las variaciones que allí aparecían, descubrió que Mary lo había estudiado. Algunas prácticas resultaron placenteras y otras les causaron hilaridad. Reían a menudo y gozosamente en la estera de la cama, jugando a extraños y sensuales juegos íntimos.

Siempre aparecía en él el científico.

—¿Qué es lo que hace que te vuelvas tan húmeda? Eres un pozo que me absorbe.

Ella le hundió un codo en las costillas.

Pero a Mary tampoco la incomodaba su propia curiosidad.

—Me gusta tanto cuando está pequeña...: floja y débil y con el tacto del raso. ¿Qué la hace cambiar? Una vez mi niñera me contó que se ponía larga, pesada y tiesa porque se llenaba de neuma. ¿Es cierto?

Rob meneó la cabeza.

—No es aire. Se llena de sangre arterial. He visto a un ahorcado cuya picha rígida estaba tan henchida de sangre que era roja como un salmón.

—¡Yo no te he ahorcado a ti, Robert Jeremy Cole!

—Es algo que tiene que ver con el aroma y la vista. Una vez, en el último tramo de un viaje brutal, iba cabalgando un caballo que prácticamente no podía moverse por la fatiga. Pero olió una yegua en el viento, e incluso antes de verla, su órgano y sus músculos parecían de madera, y echó a correr hacia ella tan ansiosamente que tuve que refrenarlo.

La amaba tanto que compensaba cualquier pérdida. Sin embargo, le dio un vuelco el corazón la tarde en que una figura conocida apareció ante la puerta.

—Pasa, Mirdin.

Rob le presentó a Mary, que lo observó con curiosidad; enseguida sirvió vino y pasteles dulces y los dejó solos. Fue a alimentar a los animales, con el instinto que Rob ya conocía.

—¿De verdad eres cristiano?

Rob asintió.

—Puedo llevarte a una ciudad alejada, en Fars, donde el *rabbenu* es primo mío. Si solicitas la conversión a los sabios del lugar, tal vez accedan. Entonces ya no tendrías que mentir ni engañar a nadie.

Rob lo miró a los ojos y meneó lentamente la cabeza.

Mirdin suspiró.

—Si fueses un granuja, aceptarías de inmediato. Pero eres un hombre honrado y fiel, además de un médico poco común. Por eso no puedo volverte la espalda.

—Gracias.

—Tu nombre no es Jesse ben Benjamin.

—No. Mi verdadero nombre es...

Pero Mirdin movió negativamente la cabeza a modo de advertencia y levantó la mano.

—El otro nombre nunca debe ser pronunciado entre nosotros. Has de seguir siendo Jesse ben Benjamin.

Miró a Rob apreciativamente.

—Te has integrado en el barrio judío. En algunos aspectos algo me sonaba a falso. Pero se lo adjudiqué a que tu padre era un judío europeo, un apóstata que se descarrió y no se ocupó de transmitir a su hijo nuestro patrimonio histórico.

»Pero debes permanecer constantemente alerta y vigilante si no quieres cometer un error fatal. Si quedaras al descubierto, tu engaño acarrearía una espantosa sentencia del tribunal de un *mullah*. La muerte, indudablemente. Si desvelan tu secreto, estarán en peligro todos los judíos que viven aquí. Aunque ellos no son responsables de tu engaño, en Persia es fácil que sufran los inocentes.

—¿Estás seguro de que quieres comprometerte en semejantes riesgos? —preguntó Rob serenamente.

—Lo he meditado y asimilado. Tengo que ser amigo tuyo.

—Me alegro.

Mirdin asintió.

—Pero mi amistad tiene un precio.

Rob esperó.

—Debes comprender todo cuanto atañe a lo que finges ser. La condición de judío requiere mucho más que vestirse con un caftán y llevar la barba recortada de cierta manera.

—¿Y cómo haré para adquirir esos conocimientos?

—Debes estudiar los mandamientos del Señor.

—Conozco perfectamente los diez mandamientos.

Agnes Cole, su madre, se los había enseñado a todos sus hijos. Mirdin meneó la cabeza.

—Los diez sólo son una fracción de las leyes que componen nuestra Torá. La Torá contiene seiscientos trece mandamientos. Y esos son los que tendrás que estudiar, junto con el Talmud...: los comentarios referentes a cada ley. Sólo entonces llegarás a captar el alma de mi pueblo.

—Mirdin, eso es peor que el *Fiqh*. Ya estoy asfixiado por los estudios —dijo Rob con tono desesperado.

A Mirdin se le iluminaron los ojos.

—Ése es mi precio —dijo.

Rob vio que hablaba en serio y suspiró.

—¡Maldito seas! De acuerdo.

Por primera vez durante la entrevista, Mirdin sonrió. Se sirvió un poco de vino y, haciendo caso omiso de la mesa y las sillas europeas, se dejó caer en el suelo y se sentó con las piernas cruzadas bajo su cuerpo.

—Entonces comencemos. El primer mandamiento dice: «Fructificad y multiplicaos.»

Rob pensó que era sumamente grato ver el rostro sencillo y cálido de Mirdin en su casa.

—Lo intento, Mirdin —dijo, sonriente—. ¡Hago todo lo que puedo!

# 52

# LA FORMACIÓN DE JESSE

—Se llama Mary, como la madre de Yeshua —dijo Mirdin a su mujer, en la Lengua.

—El nombre de ella es Fara —dijo Rob a Mary en inglés.

Las dos mujeres se estudiaron mutuamente.

Mirdin había llevado de visita a Fara y a sus dos hijitos de piel morena, Dawwid e Issachar. Las mujeres no podían conversar, pues no se comprendían. Sin embargo, poco después se comunicaban ciertos pensamientos y reían entre dientes, hacían ademanes, ponían los ojos en blanco y soltaban exclamaciones de frustración. Tal vez Fara se hizo amiga de Mary por orden de su marido, pero desde el principio las dos mujeres, tan distintas en todo sentido, experimentaron estima mutua.

Fara enseñó a Mary a recoger su larga cabellera pelirroja y cubrirla con un paño antes de salir de casa. Algunas mujeres judías usaban velo al estilo musulmán, pero muchas se limitaban a cubrirse los cabellos, y este único acto volvió menos llamativa a Mary. Fara le mostró los puestos del mercado donde los productos eran frescos y la carne, de buena calidad, y le indicó a qué mercaderes había que evitar. Le enseñó a preparar la carne *kasher*, mojándola y salándola para quitarse el exceso de sangre. También le trasmitió cómo había que colocar carne, pimentón, ajo, hojas de laurel y sal en un caldero de barro cubierto que luego se amontonaba con carbones encendidos y se dejaba cocer lentamente durante el largo *shabbat* para que se volviera sabrosa y tierna; un plato delicioso que se llamaba *shalent* y que se convirtió en la comida favorita de Rob.

—Me gustaría tanto hablar con ella, hacerle preguntas y contarle cosas... —dijo Mary a Rob.

—Te daré lecciones para que aprendas la Lengua.

Pero ella no quiso saber nada del idioma judío ni del parsi.

—No tengo la misma facilidad que tú para las palabras extranjeras. Me llevó años aprender el inglés y tuve que esforzarme como una esclava para dominar el latín. ¿No nos iremos pronto a donde pueda oír mi propia lengua gaélica?

—Cuando llegue el momento —respondió Rob, pero no le prometió cuándo llegaría ese momento.


Mirdin emprendió la tarea de que volvieran a aceptar a Jesse ben Benjamin en el yehuddiyyeh.

—Desde los tiempos del rey Salomón... ¡No, desde antes de Salomón!, los judíos han tomado esposas gentiles y han sobrevivido dentro de la comunidad. Pero siempre fueron hombres que dejaron en claro, en su vida cotidiana, que seguían siendo fieles a su pueblo.

Por sugerencia de Mirdin, adoptaron la costumbre de reunirse dos veces por día para rezar en el Yehuddiyyeh para el *shaharit* de la mañana en la pequeña sinagoga Casa de la Paz —la predilecta de Rob—, y para el *ma'ariv* del final del día en la sinagoga Casa de Sión, cerca de la vivienda de Mirdin. Para Rob no significó ningún inconveniente. Siempre lo había tranquilizado el balanceo, el estado de ensueño y la rítmica canción entonada. A medida que la Lengua se volvía más natural para él, olvidó que asistía a la sinagoga como parte de un disfraz, y a veces sentía que sus pensamientos podían llegar a Dios. No oraba como Jesse el judío ni como Rob el cristiano, sino como quien busca comprensión y consuelo. A veces esto le ocurría mientras decía una oración judía, pero era más fácil que encontrara un momento de comunión en algún vestigio de su infancia; en ocasiones, mientras a su alrededor entonaban bendiciones tan antiguas que muy bien podían ser usadas por el hijo de un carpintero de Judea, pedía algo a uno de los santos de mamá, o rezaba a Jesús o a Su Madre.

Poco a poco, le fueron dirigiendo menos miradas airadas, y después ninguna, a medida que pasaban los meses y los habitantes del Yehuddiyyeh se acostumbraron a ver al robusto judío inglés sosteniendo una cidra y agitando palmas en la sinagoga Casa de la Paz durante el festival de la cosecha de *Sukkot*, ayunando junto a los demás en *Yom Kippur*, danzando en la procesión que seguía a los pergaminos celebratorios de la entrega que hizo Dios de la Torá al pueblo judío. Yaakob ben Rashi dijo a Mirdin que evidentemente Jesse ben Benjamin trataba de explicar su precipitado matrimonio con una mujer ajena a su religión.

Mirdin era astuto y conocía la diferencia entre la cobertura protectora y el compromiso total del alma de un hombre.

—Sólo te pido una cosa —le dijo—. Nunca debes permitirte ser el décimo hombre.

Rob J. comprendió. Si el pueblo religioso esperaba una *mimyam*, la congregación de diez judíos del sexo masculino que les permitía rendir culto en público, sería terrible engañarlos en beneficio de su artimaña. Se lo prometió sin la menor vacilación y nunca dejó de cumplir su palabra.

Casi todos los días Rob y Mirdin encontraban tiempo para estudiar los mandamientos. No se guiaban por ningún libro. Mirdin conocía los preceptos por transmisión oral.

—Está generalmente aceptado que los seiscientos trece mandamientos figuran en la Torá —explicó—, pero no hay acuerdo en cuanto a su forma exacta. Un estudioso puede contar un precepto como un mandamiento separado, mientras otro lo puede considerar parte de la ley anterior. Yo te transmito la versión de los seiscientos trece mandamientos que pasó por muchas generaciones de mi familia y que me fue enseñada por mi padre, Reb Mulka Askar de Masqat.

Mirdin dijo que doscientos cuarenta y ocho *mitzvot* eran mandamientos positivos, como el que obliga a un judío a cuidar a las viudas y los huérfanos; y que trescientos sesenta y cinco eran mandamientos negativos, como que un judío nunca debe aceptar el soborno.

Aprender los *mitzvot* con Mirdin era más placentero que cualquier otro estudio para Rob, pues sabía que no habría exámenes. Disfrutaba escuchando las leyes judías con una copa de vino en la mano, y en breve descubrió que esas sensaciones lo ayudaban en el estudio del *Fiqh* islámico.

Trabajaba más que nunca, pero saboreaba cada día que pasaba. Sabía que la vida en Ispahán era mucho más fácil para él que para Mary. Aunque volvía a ella entusiasmado al final de cada día, todas las mañanas la dejaba para dirigirse al *maristan* y a la *madraza* con un tipo de entusiasmo diferente. Aquel año estudiaba a Galeno y estaba inmerso en las descripciones de fenómenos anatómicos que no podía ver examinando a un paciente: la diferencia entre venas y arterias, el pulso, el funcionamiento del corazón como un puño constantemente apretado y bombeando sangre durante la sístole, para luego relajarse y volverse a llenar de sangre durante la diástole.

Lo apartaron del aprendizaje con Jalal y pasó de los retractores, empalmes y cuerdas del ensalmador a los instrumentos de cirugía como aprendiz de al-Juzjani.

—Le caigo mal. Lo único que me permite hacer es limpiar y afilar instrumentos —se quejó a Karim, que había pasado más de un año al servicio de al-Juzjani.

—Es así como empieza con cada nuevo aprendiz —replicó Karim—. No debes desalentarte.

Para Karim era fácil hablar de paciencia en esos días. Parte de su *calaat* consistía en una casona elegante, en la que ahora ejercía la medicina. Su clientela estaba constituida principalmente por familias de la corte. Estaba de moda que un noble pudiese señalar, como de paso, que su médico era Karim, el héroe del atletismo persa, ganador del *chatir*, y atrajo a tantos pacientes en breve plazo, que habría sido próspero incluso sin el precio en metálico del estipendio adjudicado por el sha. Florecía en atuendos costosos, y cuando iba a casa de Rob llevaba regalos generosos, comidas y bebidas exquisitas. Incluso le ofreció una espesa alfombra de Hamadhan para cubrir el suelo, como regalo de boda. Coqueteaba con Mary con los ojos y le decía cosas escandalosas en persa; ella afirmaba que se alegraba de no comprenderlo, aunque en seguida se encariñó con él y empezó a tratarlo como a un hermano travieso.

En el hospital, donde Rob suponía que la popularidad de Karim sería más limitada, ocurría lo mismo que en todas partes. Los aprendices se apiñaban y lo seguían mientras atendía a los pacientes, como si fuera el más sabio de los sabios, y Rob no estuvo en desacuerdo cuando Mirdin Askari sonrió y comentó que la mejor forma de llegar a ser un médico de éxito consistía en ganar el *chatir*.

En ocasiones, al-Juzjani interrumpía el trabajo de Rob para preguntarle el nombre del instrumento que estaba limpiando, o cuál era su utilidad. Había muchos más instrumentos de los que Rob conocía de sus tiempos de cirujano barbero: herramientas quirúrgicas específicamente destinadas a determinadas tareas. Limpiaba y afilaba bisturíes redondeados, bisturíes curvos, escalpelos, sierras para huesos, curetas para oídos, sondas, lancetas para sajar quistes, brocas para extraer cuerpos extraños alojados en el hueso...

En última instancia, el método de al-Juzjani adquirió sentido, porque al cabo de dos semanas —cuando Rob empezó a asistirlo en la sala de operaciones del *maristan*—, al cirujano le bastaba murmurar lo que necesitaba y Rob sabía seleccionar el instrumento adecuado y entregárselo inmediatamente.

Había otros dos aprendices de cirugía que llevaban

meses a las órdenes de al-Juzjani. Se los autorizaba a operar casos poco complicados, siempre ante los comentarios cáusticos y las críticas certeras del maestro.

Tras diez semanas de asistencia y observación, al-Juzjani permitió que Rob hiciera un corte, naturalmente bajo su supervisión. Cuando se presentó la oportunidad, tuvo que amputar el dedo índice a un mozo de cuerda cuya mano había sido aplastada por el casco de un camello.

Rob había aprendido mucho mediante la observación. Al-Juzjani siempre aplicaba un torniquete, utilizando una delgada correa de cuero similar a las empleadas por los flebotomistas para levantar una vena con anterioridad a la sangría. Rob ató diestramente el torniquete y realizó la amputación sin titubeos, pues se trataba de un procedimiento que había repetido muchas veces a lo largo de sus años como cirujano barbero. No obstante, siempre había trabajado con el engorro que representaba la sangre, y estaba encantado con la técnica de al-Juzjani, que le permitió hacer un colgajo y cerrar el muñón sin necesidad de restañar la sangre, y con apenas poco más que una gota de humedad rezumada.

Al-Juzjani lo observó todo detenidamente, con su habitual gesto huraño y amenazador. Cuando Rob concluyó la operación, el cirujano dio media vuelta y se alejó sin una sola palabra de elogio, pero tampoco indicó que existiera una forma mejor de hacer las cosas.

Mientras Rob limpiaba la mesa de operaciones, sintió una oleada de alegría, reconociendo que había logrado una pequeña victoria.

# 53

# CUATRO AMIGOS

Si el Rey de Reyes había hecho algún movimiento para reducir los poderes de su visir como resultado de las revelaciones de Rob, fue inapreciable. En todo caso, los *mullahs* de Qandrasseh parecían omnipresentes como nunca, y también más estrictos y enérgicos en su celo de que Ispahán reflejara la perspectiva coránica del imán en lo que respecta a un comportamiento musulmán.

Habían transcurrido siete meses sin que Rob recibiera ningún mensaje real, lo que lo ponía muy contento, porque entre su esposa y sus estudios no le sobraba el tiempo.

Una mañana, para gran alarma de Mary, fueron a buscarlo unos soldados, como en ocasiones anteriores.

—El sha desea que salgas a cabalgar con él.

—Todo está bien —le aclaró a Mary y se fue con los soldados.

En las grandes cuadras detrás de la Casa del Paraíso, encontró a Mirdin Askari con la tez cenicienta. Mientras hablaban, coincidieron en que detrás de la cita estaba Karim, quien desde que se había vuelto famoso como atleta era el compañero predilecto de Ala.

Acertaron. Cuando Ala llegó a los establos, Karim iba andando directamente detrás del gobernante, con una sonrisa de oreja a oreja.

La sonrisa fue menos confiada cuando el sha se inclinó para oír a Mirdin Askari, quien murmuraba palabras audibles en la Lengua al tiempo que se postraba en el *ravi zemin*.

—¡Venga! Tienes que hablar en persa y aclararnos lo que estás diciendo —le espetó Ala.

—Es una bendición, Majestad. Una bendición que ofrecen los judíos cuando ven al rey —logró decir Mirdin—. «Bendito seas, oh Señor Dios nuestro, Rey del Universo que has dado Tu gloria a la carne y al hombre.»

—¿Los *Dhimmis* ofrecen una oración de gracias cuando ven a su sha? —preguntó Ala, asombrado y complacido.

Rob sabía que se trataba de una *berakhah* que decían los piadosos al ver a cualquier rey, pero ni él ni Mirdin consideraron necesario aclararlo, y Ala iba de muy buen humor cuando montó su caballo blanco y mientras lo seguían cabalgando hacia el campo.

—Me han dicho que has tomado una esposa europea —dijo a Rob, volviéndose en la silla.

—Es cierto, Majestad.

—He oído decir que tiene los cabellos del color de la alheña.

—Sí, Majestad.

—El pelo de la mujer tiene que ser negro.

Rob no podía discutir con un rey ni tampoco vio la necesidad de hacerlo: se sintió agradecido de tener una mujer que Ala no valoraba.

Pasaron el día más o menos como el primero en que Rob había acompañado al sha, salvo que ahora iban dos más para compartir la carga de la atención del monarca, de modo que todo fue menos tenso y más agradable que en la ocasión anterior.

Ala estaba encantado con Mirdin, pues descubrió en él a un profundo conocedor de la historia persa. Mientras cabalgaban lentamente hacia las montañas, hablaron del antiguo saqueo de Persépolis por Alejandro, acto que Ala censuraba como persa y aplaudía como militarista. A media mañana, en un lugar sombreado, Ala y Karim practicaron un lance con la cimitarra. Mientras los dos giraban y sus aceros chocaban, Mirdin y Rob conversaron serenamente de ligaduras quirúrgicas, hablando de los méritos respectivos de la seda, la hebra de lino (coincidieron en que se descomponía con demasiada rapidez), la crin y el pelo humano, favorito éste de Ibn Sina. A mediodía dieron cuenta de ricas comidas y bebidas en la tienda del rey y se turnaron para ser derrotados en el juego del sha, aunque Mirdin se defendió con valentía, y en una de las partidas estuvo en un tris de ganar, lo que volvió más sabrosa la victoria para Ala.

En la caverna secreta de Ala los cuatro se remojaron, relajando sus cuerpos en el agua tibia y sulfurosa de la piscina, y sus espíritus en una inagotable provisión de vinos selectos.

Karim paladeó la bebida apreciativamente, antes de tragarla, y luego favoreció a Ala con su sonrisa.

—He sido pordiosero. ¿Lo sabías, Majestad?

Ala le devolvió la sonrisa y meneó la cabeza.

—Un pordiosero bebe ahora el vino del Rey de Reyes. Sí. Escogí como amigos a un antiguo pordiosero y a un par de judíos. —La carcajada de Ala fue más audible y sostenida que la de ellos—. Para mi jefe de *chatirs* tengo planes nobles y elevados, y hace tiempo que me gusta este *Dhimmi* —dio a Rob un empujón amistoso en el que notaba su ebriedad—. Ahora, otro *Dhimmi* parece ser un hombre excelente, digno de mi atención. Debes quedarte en Ispahán cuando acabes tus estudios en la madraza, Mirdin Askari, y hacerte médico de mi corte.

A Mirdin se le subieron los colores a la cara y se puso incómodo.

—Me honras, Majestad. Te ruego que no te ofendas, pero solicito de tu buena voluntad que me permitas regresar a mi hogar en las tierras del gran golfo cuando sea *hakim*. Mi padre es anciano y está enfermo. Seré el primer médico de nuestra familia, y antes de su muerte quiero que me vea instalado en el seno de mi hogar.

Ala asintió al descuido.

—¿Y qué hace esa familia que vive en el gran golfo?

—Nuestros hombres han recorrido las playas desde

tiempos inmemoriales, comprando perlas a los pescadores, Majestad.

—¡Perlas! Eso está bien, pues yo adquiero perlas si son de calidad. Serás el benefactor de los tuyos, Dhimmi, porque debes decirles que busquen la más grande y perfecta y me la traigan. La compraré y tu familia se enriquecerá.

Iban haciendo eses en sus monturas cuando emprendieron el regreso. Ala hacía esfuerzos por mantenerse erguido y les hablaba con un afecto que podía o no sobrevivir a la sobriedad posterior. Cuando llegaron a los establos reales, donde asistentes y sicofantes lo rodearon para atenderlo, el sha decidió hacer ostentación de su compañía.

—¡Somos cuatro amigos! —gritó al alcance de los oídos de la mitad de los cortesanos—. ¡Sólo somos cuatro hombres buenos que son amigos!


La noticia corrió como reguero de pólvora, tal como ocurría siempre con los chismorreos referentes al sha.

—Con algunos amigos es necesaria la precaución —advirtió Ibn Sina a Rob una mañana de la semana siguiente.

Estaban en una fiesta ofrecida al sha por Fath Ali, un hombre acaudalado, proveedor de vinos de la Casa del Paraíso y de casi toda la nobleza. Rob se alegró de ver a Ibn Sina. Desde su matrimonio, haciendo gala de su sensibilidad característica, el médico jefe rara vez había solicitado su compañía por la noche. Mientras paseaban se cruzaron con Karim, rodeado de admiradores, y Rob pensó que su amigo parecía tanto un prisionero como un objeto de adulación.

Su presencia en aquel lugar se explicaba porque cada uno era receptor de un *calaat*, pero Rob estaba harto de reuniones reales. Aunque diferían en algunos detalles todas estaban marcadas por la uniformidad. Para colmo, le mortificaba que ocuparan su tiempo.

—Preferiría estar trabajando en el *maristan*, donde me encuentro en mi elemento —dijo.

Ibn Sina pascó la mirada a su alrededor, cautelosamente. Caminaban a solas por la finca del mercader y gozarían de un breve período de libertad, pues Ala acababa de entrar en el harén de Fath Ali.

—Nunca debes olvidar que tratar con un monarca no es lo mismo que tratar con un hombre común y corriente —dijo Ibn Sina—. Un rey no es algo como tú y como yo. Le basta con hacer un ademán indiferente para que alguien como nosotros sea condenado a muerte. O mueve un dedo y a alguien se le permite seguir viviendo. Así es el poder absoluto, y ningún hombre nacido de mujer se le puede resistir. Vuelve un poco loco al mejor de los monarcas, incluso.

Rob se encogió de hombros.

—Yo nunca busco la compañía del sha ni tengo el menor deseo de mezclarme en política.

Ibn Sina asintió aprobadoramente.

—Los monarcas de Oriente comparten una característica: les gusta escoger como visires a los médicos, pues sienten que de alguna manera los sanadores ya cuentan con la atención de Alá. Yo sé que es fácil responder al atractivo de ese nombramiento, y me he emborrachado con el embriagador vino del poder. De joven, acepté dos veces el título de visir en Hamadhan. Era más peligroso que la práctica de la medicina. La primera vez, escapé por los pelos a que me ejecutaran. Me encerraron en la fortaleza de Fardajan, donde languidecí durante meses. Cuando me liberaron sabía que, visir o no visir, no estaría seguro en Hamadhan. Junto con al-Juzjani y mi familia me trasladé a Ispahán, donde estoy desde entonces bajo la protección del sha Ala.

Volvieron sobre sus pasos hacia los jardines donde se celebraba el espectáculo público.

—Es una suerte para Persia que Ala permita a los grandes médicos ejercer su profesión —dijo Rob.

Ibn Sina sonrió.

—Se ajusta a sus planes de darse a conocer como el gran rey que fomenta las artes y las ciencias —respondió secamente—. Ya de joven se proponía constituir un gran imperio. Ahora tiene que tratar de ampliarlo devorando a sus enemigos antes de que éstos lo devoren a él.

—Los seljucíes.

—Oh, yo temería a los seljucíes si fuese visir de Ispahán —dijo Ibn Sina—. Pero Ala vigila más intensamente a Mahmud de Ghazna, porque los dos están cortados por la misma tijera. Ala ha hecho cuatro incursiones en la India, capturando veintiocho elefantes de guerra. Mahmud está más cerca de la fuente: ha penetrado en la India con mayor frecuencia y tiene más elefantes de guerra. Ala lo envidia y le teme. Mahmud debe ser eliminado si Ala quiere seguir adelante con su sueño. —Ibn Sina se detuvo y apoyó una mano en el brazo de Rob—. Debes cuidarte mucho. Los enterados dicen que Qandrasseh tiene los días contados como visir. Y que un médico joven ocupará su lugar.

Rob no dijo nada, pero recordó que Ala había mencionado que tenía «planes nobles y elevados» para Karim.

—Si es verdad, Qandrasseh caerá sin misericordia sobre cualquiera al que considere amigo o partidario de su rival. No es suficiente que no tengas ambiciones políticas personales. Cuando un médico trata con los poderosos, debe aprender a someterse y oscilar si quiere sobrevivir.

Rob no estaba seguro de su habilidad para someterse y oscilar.

—No te inquietes demasiado —dijo Ibn Sina—. Ala cambia de idea a menudo y de un momento para otro, por lo que nadie puede saber qué hará en el futuro.

Siguieron andando y llegaron a los jardines poco antes de que el sujeto de la conversación retornara del harén de Fath Ali, al parecer relajado y de buen humor.

A media tarde, Rob comenzó a preguntarse si Ibn Sina habría sido alguna vez anfitrión de su sha y protector. Se acercó a Khuff y se lo preguntó con tono indiferente.

El canoso capitán de las Puertas entrecerró los ojos para concentrarse y luego asintió.

—Hace unos años.

Evidentemente, Ala no podía tener el menor interés

por la anciana primera esposa, Reza la Piadosa, así que era seguro que había ejercido su derecho de soberanía con Despina. Rob imaginó al sha trepando por la escalera circular de la torre de piedra, mientras Khuff custodiaba la entrada.

Y montado en el voluptuoso cuerpo de la muchacha.

Fascinado ahora, Rob estudió a los tres hombres rodeados de nobles aduladores. Ibn Sina, serio y sereno, respondía a las preguntas de hombres con aspecto de eruditos. Karim, como siempre en los últimos tiempos, quedaba prácticamente oculto por los admiradores que intentaban hablar con él, tocarle la ropa, bañarse en la excitación y el destello de su solicitada presencia.

Rob tuvo la impresión de que Persia volvía sucesivamente cornudos a todos sus vasallos.

Se sentía a gusto con los instrumentos quirúrgicos en la mano, como si fueran prolongaciones intercambiables de su propio cuerpo. Al-Juzjani le dedicaba cada vez más tiempo, enseñándole con esmerada paciencia todas las operaciones. Los persas tenían diversos recursos para inmovilizar y desensibilizar a los pacientes.

El cáñamo empapado en agua de cebada durante días e ingerido en infusión permitía que el paciente conservara el conocimiento y no sintiera dolor. Rob pasó dos semanas con los maestros farmacéuticos del *khazanat-ul-sharaf* aprendiendo a mezclar brebajes para embotar a los pacientes. Las sustancias eran imprevisibles y difíciles de controlar, pero a veces permitían que los cirujanos operaran sin los convulsivos estremecimientos, quejidos y gritos de dolor.

Las recetas le parecían más propias de la magia que de la medicina.

Tómese la carne de una oveja. Libéresela de grasa y córtesela en trozos, que se amontonarán encima y alrededor de una buena cantidad de semillas de beleño cocidas a fuego lento. Póngase todo en un recipiente de barro, debajo de una pila de boñiga de caballo, hasta que se generen gusanos. A continuación, colóquense los gusanos en un recipiente de vidrio hasta que se encojan. Cuando sea necesario, tómense dos partes de gusanos y una parte de opio en polvo, e instílense en la nariz del paciente.

El opio era un derivado del jugo de una flor oriental, la amapola o adormidera. Crecía en los campos de Ispahán, pero la demanda era superior a la oferta, pues se empleaba en los ritos de los musulmanes ismailíes tanto como en medicina, por lo que en buena parte debía importarse de Turquía y de Ghazna. Era la base de todas las fórmulas analgésicas.

Cójase opio puro y nuez moscada. Muélase, cuézase todo junto y macérese y serénese en vino añejo durante cuarenta días. Poco después el contenido se habrá convertido en una pasta. La administración de una píldora de esta pasta hará que el paciente pierda el conocimiento y quede privado de sensaciones.

Casi siempre usaban otra prescripción porque era la preferida de Ibn Sina:

Tómense partes iguales de beleño, opio, euforbio y semillas de regaliz. Muélanse por separado y luego mézclese todo en un mortero. Agréguese una pizca de la mezcla en cualquier tipo de alimento, y quien la ingiera se quedará inmediatamente dormido.

Pese a que Rob sospechaba que al-Juzjani estaba resentido por sus relaciones con Ibn Sina, en breve se encontró utilizando todos los instrumentos de cirugía. Los demás aprendices de al-Juzjani pensaron que el nuevo tenía opción a más trabajos selectos y se volvieron hoscos, descargando sus celos en Rob con insultos y murmullos. A él no le importaba, porque estaba aprendiendo más de lo que se había atrevido a soñar. Una tarde, después de realizar por primera vez a solas la intervención que más lo deslumbraba en cirugía —el abatimiento de cataratas—, intentó agradecérselo a al-Juzjani, pero éste lo interrumpió bruscamente:

—Tienes un don para cortar la carne. No es algo que posean muchos aprendices, y mi dedicación a ti es egoísta, pues me quitarás mucho trabajo de encima.

Era verdad. Día tras día practicaba amputaciones, remediaba todo tipo de heridas, percutía abdómenes para aliviar la presión de fluidos acumulados en la cavidad peritoneal, extirpaba almorranas, aligeraba venas varicosas...

—Sospecho que empieza a gustarte demasiado cortar —observó astutamente Mirdin en su casa, una noche, durante una partida del juego del sha.

En la habitación contigua, Fara escuchaba cómo Mary hacía dormir a sus hijos con una canción de cuna en gaélico, la lengua de los escoceses.

—Me atrae —reconoció Rob.

Últimamente había pensado especializarse en cirugía tras obtener el título de *hakim*. En Inglaterra se atribuía a los cirujanos categoría inferior a los médicos, pero en Persia se les daba el tratamiento especial de *ustad* y disfrutaban de igual respeto y prosperidad. Pero Rob tenía sus reservas.

—La cirugía propiamente dicha es satisfactoria, pero nos vemos obligados a operar únicamente el exterior del saco de piel. El interior del cuerpo es un misterio dictaminado en libros de hace más de mil años. No sabemos casi nada del interior del cuerpo humano.

—Así debe ser —dijo plácidamente Mirdin mientras se comía un *rukh* con uno de sus soldados de infantería—. Cristianos, judíos y musulmanes concuerdan en que es pecado profanar la forma humana.

—Yo no hablo de profanación sino de cirugía, de disección. Los antiguos no limitaban sus conocimientos científicos con admoniciones acerca del pecado, y lo poco que sabemos se remonta a los griegos primitivos, que tenían libertad para abrir el cuerpo y estudiarlo. Abrían los cadáveres y observaban cómo está hecho el hombre por dentro. Durante un breve período de esos tiempos idos, su brillantez iluminó toda la medicina, pero luego el mundo cayó en la oscuridad. —Mientras protestaba se resintió su juego, lo que Mirdin aprovechó para comerle otro *rukh* y un camello—. Creo —continuó Rob— que durante estos largos siglos de ignorancia se encendieron algunos fuegos secretos.

Ahora Mirdin apartó la atención del tablero.

—Hombres que han tenido la audacia de abrir cadáveres en secreto, desafiando a los sacerdotes, con el propósito de hacer la obra del Señor como médicos.

Mirdin fijó la vista en el vacío.

—¡Dios mío! Habrían sido tratados como brujos.

—No pudieron informar sobre sus conocimientos, pero al menos los adquirieron.

Ahora Mirdin estaba alarmado. Rob le sonrió.

—No, no lo haré —dijo cordialmente—. Ya tengo bastantes dificultades fingiéndome judío. Mi audacia no llega a tanto.

—Debemos ser agradecidos con las pequeñas bendiciones —dijo secamente Mirdin.

Estaba lo bastante incómodo y distraído como para jugar con torpeza, y entregó un elefante y dos caballos en rápida sucesión, pero Rob aún no sabía lo suficiente como para apretar hasta ganar. Rápida y fríamente, Mirdin reunió sus fuerzas, y en una docena de movimientos mortificó una vez más a Rob haciéndole experimentar el *shahtreng*, la angustia del rey.

# 54

# LAS EXPECTATIVAS DE MARY

Mary no tenía otra amiga que Fara, pero la judía era suficiente. Se acostumbraron a estar horas enteras conversando, en comunicaciones despojadas de las preguntas y respuestas que caracterizan casi todos los intercambios sociales. A veces Mary hablaba y Fara escuchaba un torrente de palabras en gaélico que no entendía, y en ocasiones Fara hablaba en la Lengua a una Mary incapaz de comprenderla.

Curiosamente, las palabras no tenían la menor importancia. Lo que importaba era el juego de emociones en sus facciones, los ademanes, el tono de voz, los secretos transmitidos por los ojos.

Así, compartían sus sentimientos, y para Mary era una ventaja, pues hablaba de cosas que jamás habría mencionado a alguien a quien conocía desde hacía tan poco tiempo. Reveló su pesadumbre por la pérdida de su padre, la soledad por la falta de la misa, la profundidad de su añoranza al despertar después de haber soñado con la joven y bella mujer que había sido Jura Cullen, para luego permanecer tendida en la casita de Yehuddiyyeh mientras, como una criatura fría y detestable, penetraba en su mente la idea de que su madre llevaba largo tiempo muerta. También hablaba de cosas que jamás habría mencionado aunque ella y Fara fuesen amigas de toda la vida: lo amaba tanto que a veces sentía un temblor incontrolable; había momentos en que el deseo la inundaba con tal calor que por primera vez comprendió a las yeguas en celo. Nunca volvería a mirar un carnero montando a una oveja sin pensar en sus propios miembros alrededor de Rob, el sabor de él en su boca, el olor de su firme carne en la nariz, la cálida extensión mágica de su marido mientras se convertían en un solo ser y él se esforzaba por llegar al núcleo de su cuerpo.

No sabía si Fara hablaba de esas cosas, pero sus ojos y sus oídos le decían que la conversación de la esposa de Mirdin era íntima e importante, y las dos mujeres, tan distintas, se vincularon, mediante el amor y la consideración, en una entrañable amistad.

Una mañana, Mirdin rió y palmeó a Rob, contento.

—Has obedecido el mandamiento de la multiplicación. ¡Ella espera un hijo, carnero europeo!

—¡Nada de eso!

—Sí —afirmó Mirdin—. Ya verás. En estas cuestiones, Fara nunca se equivoca.

Dos días después, Mary empalideció después de desayunar y vomitó. Rob tuvo que limpiar y fregar el suelo de tierra apisonada y entrar arena fresca. Durante toda la semana, Mary vomitó regularmente, y cuando no le sobrevino el flujo menstrual quedaron disipadas todas las dudas. No tendrían que haberse sorprendido, pues se habían amado infatigablemente, pero hacía un tiempo que Mary pensaba que quizá Dios no favorecía su unión.

En general, sus reglas eran difíciles y dolorosas, y fue un alivio no tenerlas, pero las frecuentes náuseas demostraron que el cambio no era ninguna ganga. Rob le sostenía la cabeza y limpiaba cuando vomitaba. Pensaba con deleite y presentimientos en el niño en formación preguntándose, nervioso, qué clase de criatura brotaría de su semilla. Ahora desvestía a su mujer con más ardor que nunca, pues el científico que había en él gozaba con la oportunidad de observar los cambios hasta en su más mínimo detalle, la expansión y el enrojecimiento de las aréolas, la plenitud de sus pechos, la primera curva suave del vientre, la reacomodación de las expresiones provocada por la sutil hinchazón de su boca y su nariz. Rob insistía en que se echara boca abajo para estudiar la acumulación de grasa en las caderas y nalgas, el leve engrosamiento de las piernas. Al principio Mary gozaba con tantas atenciones, pero al poco tiempo perdió la paciencia.

—Los dedos de los pies —refunfuñó—. ¿Qué me dices de los dedos de los pies?

Rob estudió seriamente sus pies y le informó que los dedos no habían sufrido la mayor modificación.

Los atractivos de la cirugía se estropearon para Rob gracias a una seguidilla de castraciones.

Hacer eunucos era un procedimiento corriente y se realizaban dos tipos de castraciones. Los hombres de buen porte, seleccionados para guardar las entradas de los harenes —donde tendrían muy poco contacto con las mujeres de la casa— sólo sufrían la pérdida de los testículos. Para el servicio general dentro de los harenes, eran más apreciados los hombres feos, a los que se pagaba una prima por desfiguraciones tales como una nariz aplastada o repelente de subo, la boca deforme, labios gruesos o dientes negros o irregulares. Con el fin de anular totalmente sus funciones sexuales, les amputaban la totalidad de los genitales y se veían forzados a llevar siempre el cañón de una pluma para orinar.

Con frecuencia se castraba a muchachos jóvenes. A veces se los enviaba a una escuela especializada en la educación de eunucos, en Bagdad, donde les enseñaban canto y música, o se los instruía a fondo en la práctica del comercio, o en compras y administración, convirtiéndolos en sirvientes sumamente apreciados, en valiosas propiedades, como Wasif, el esclavo eunuco de Ibn Sina.

La técnica para castrar era rudimentaria. El cirujano sujetaba con la mano izquierda el objeto que iba a ser amputado. Con una cuchilla afilada en la mano derecha, extraía las partes con una sola pasada de la hoja, porque era esencial la velocidad. De inmediato, aplicaban una cataplasta de cenizas calientes en la zona sangrante, y la virilidad del sujeto quedaba permanentemente alterada.

Al-Juzjani le había explicado que cuando se realizaba la castración como castigo, en general no se aplicaba la cataplasta, y el hombre en cuestión moría desangrado.

Una noche, Rob llegó a casa, observó a su esposa y trató de apartar de su mente la idea de que ninguno de los hombres y chicos a los que había operado hincharía de vida a una mujer. Le apoyó una mano en el vientre tibio, que en realidad aún no había crecido mucho.

—Pronto será como un melón —dijo Mary.

—Quiero verla cuando sea como una sandía.

Rob acudió a la Casa de la Sabiduría y leyó cuanto pudo sobre el feto. Ibn Sina escribió que después que se cierra la matriz sobre el semen, se forma la vida en tres etapas. Según el maestro médico, en la primera etapa el coágulo se transforma en un pequeño corazón; en la segunda etapa aparece otro coágulo que se desarrolla hasta convertirse en el hígado; y en la tercera etapa se forman los demás órganos principales.

—He encontrado una iglesia —dijo Mary.

—¿Una iglesia cristiana? —preguntó, y se sorprendió cuando ella movió la cabeza afirmativamente.

Rob no sabía que hubiese una iglesia en Ispahán.

La semana anterior, explicó Mary, ella y Fara habían ido al mercado armenio a comprar trigo. Giraron erróneamente en un callejón estrecho y que olía a orines, y de pronto se encontró ante la iglesia del Arcángel Miguel.

—¿Católicos orientales?

Ella volvió a asentir.

—Es una iglesia diminuta y triste, a la que sólo asiste un puñado de los trabajadores armenios más pobres. Sin duda la toleran porque es demasiado débil para representar una amenaza.

Había vuelto dos veces, sola, y había mirado con envidia a los andrajosos armenios que entraban y salían.

—Deben de decir la misa en su lengua. Nosotros ni siquiera podríamos decir las respuestas.

—Pero celebran la Eucaristía. Cristo está presente en el altar.

—Pondríamos en riesgo mi vida si asistiéramos. Ve a orar a la sinagoga con Fara, pero reza tus propias oraciones para tus adentros. Cuando yo estoy en la sinagoga, rezo a Jesús y a los santos.

Mary levantó la cabeza, y por primera vez Rob vio el furor latente en el fondo de su mirada.

—No necesito que los judíos me permitan rezar —replicó, acalorada.

Mirdin coincidió con él en que había que rechazar la cirugía como profesión.

—No sólo se trata de las castraciones, que ya son terribles. Pero donde no hay aprendices médicos para servir en los tribunales de los mullahs, hacen comparecer al cirujano a fin de atender a los presos después de los castigos. Debemos usar nuestros conocimientos y nuestra habilidad contra la enfermedad y para curar, no para recortar los muñones de miembros y órganos que podrían haber estado sanos.

Sentados bajo el sol de primera hora de la mañana en los peldaños de piedra de la madraza, Mirdin suspiró cuando Rob le habló de Mary y de su nostalgia por una iglesia cristiana.

—Debes rezar vuestras oraciones con ella cuando estéis a solas. Y tienes que llevarla a su terruño en cuanto puedas.

Rob asintió y estudió al otro reflexivamente. Mirdin se había mostrado agrio y detestable cuando pensó que Rob era un judío que había rechazado su propia fe. Pero desde que supo que Rob era un Otro, descubrió la esencia de una verdadera amistad.

—¿Has pensado que cada religión afirma ser la única con el corazón y el oído de Dios? —dijo Rob lentamente—. Nosotros, vosotros, el Islam... Cada fe asegura ser la única verdadera. ¿Es posible que las tres estén equivocadas?

—Tal vez las tres aciertan —respondió Mirdin.

Rob sintió brotar una oleada de afecto. Muy pronto Mirdin sería médico y retornaría con su familia de Masqat. Cuando Rob fuese *hakim*, también volvería a su tierra. Indudablemente, nunca volverían a verse.

Su mirada se cruzó con la de Mirdin y tuvo la certeza de que éste compartía sus pensamientos.

—¿Volveremos a vernos en el Paraíso?

Mirdin lo miró seriamente.

—Nos encontraremos en el Paraíso. ¿Es un voto solemne?

Rob sonrió.

—Es un voto solemne.

Se apretaron mutuamente las muñecas.

—Creo que la separación entre la vida y el Paraíso es un río —dijo Mirdin—. Si hay muchos puentes que lo cruzan, ¿puede importarle mucho a Dios qué puente elige el viajero?

—Creo que no —dijo Rob.

Se separaron cariñosamente y deprisa, y cada uno se dirigió a atender sus tareas.

En la sala de operaciones, Rob y otros dos aprendices escucharon atentamente a al-Juzjani, quien les advirtió sobre la necesidad de mantener discreción respecto de la operación que iba a tener lugar. No reveló la identidad de la enferma, con el propósito de proteger su reputación, pero les hizo saber que estaba emparentada estrechamente con un hombre poderoso y célebre, y que padecía cáncer de mama.

Dada la gravedad de la dolencia, se conculcaría la prohibición teológica conocida como *aurat*, que proscribe a todo hombre, salvo al marido, ver el cuerpo de una mujer desde el cuello hasta las rodillas.

Habían administrado a la mujer opiáceos y vino, y cuando la llevaron estaba inconsciente. Era robusta y pesada, y del paño que cubría su cabeza escapaban mechones de pelo gris. Iba embozada y estaba totalmente cubierta, dejando a la vista solamente los pechos, que eran grandes, suaves y fláccidos, lo que indicaba que había dejado atrás la juventud.

Al-Juzjani ordenó a los aprendices que se turnaran para palparle suavemente ambos pechos y determinaran cuál es el tacto de un tumor de mama. Éste resultaba discernible incluso sin palparlo, pues formaba un bulto visible a un lado del pecho izquierdo. Era tan largo como el pulgar de Rob y tres veces mas grueso.

Estaba muy interesado en observarlo todo: nunca había visto un pecho humano abierto. Manó la sangre cuando al-Juzjani apretó la cuchilla en la carne blanda y cortó muy por debajo del final del bulto, pues deseaba extraerlo en su totalidad. La paciente gimió y el cirujano trabajó con rapidez, ansioso por terminar antes de que despertara.

Rob vio que el interior del pecho contenía músculo, carne celular gris y nódulos de grasa amarilla, como en una gallina aderezada. Advirtió claramente varios conductos lactóforos de color rosa, que se unían en el pezón como brazos de un río que confluyen en una bahía. Quizás al-Juzjani había pinchado uno de los conductos, pues del pezón brotaba un líquido enrojecido semejante a una gota de leche rosada.

Al-Juzjani extrajo el tumor y cosió deprisa. Si algo semejante fuera posible, Rob habría dicho que el cirujano estaba nervioso.

«Es de la familia del sha —se dijo—. Probablemente una tía.» Tal vez la mujer de quien el sha le había hablado en la caverna; la tía que lo había iniciado en la vida sexual.

Quejándose y casi totalmente despierta, se la llevaron en cuanto quedó cosido el pecho. Al-Juzjani suspiró.

—No tiene cura. Finalmente, este cáncer la matará, pero al menos podemos tratar de detener su avance.

Vio afuera a Ibn Sina y se acercó a informarle sobre la operación mientras los aprendices limpiaban el quirófano.

Unos minutos más tarde, Ibn Sina entró en la sala de operaciones y habló brevemente con Rob, palmeándole la espalda antes de volver a separarse de él.

Rob estaba anonadado por lo que le había dicho el médico jefe. Salió de la sala de operaciones y se encaminó al *khazanat-ul-sharaf*, donde estaba trabajando Mirdin. Se encontraron en el pasillo de salida de la farmacia. Rob vio reflejadas en el rostro de Mirdin todas las emociones que bullían en su interior.

—¿Tú también?

Mirdin asintió con la cabeza.

—¿Dentro de dos semanas?

—Sí. —Rob probó el sabor del pánico—. No estoy preparado para los exámenes, Mirdin. Tú llevas cuatro años aquí, pero yo vine hace tres y no me considero preparado.

Mirdin olvidó su propio nerviosismo y sonrió.

—Lo estás. Has sido cirujano barbero y todos los que te han enseñado algo conocen lo que vales. Nos quedan dos semanas para estudiar juntos, y luego nos presentaremos al examen.

# 55

## EL DIBUJO DE UN MIEMBRO

Ibn Sina había nacido en el pequeño poblado de Afs-
hanah, en los aledaños de las aldeas de Kharmaythan, y
poco después de su nacimiento su familia se había trasladado a la cercana ciudad de Bujará. Cuando era pequeño,
su padre —un recaudador de impuestos— dispuso que
estudiara con un maestro coránico y con otro de literatu-
ra. Al cumplir los diez años había memorizado todo el
Corán y absorbido gran parte de la cultura musulmana.
Su padre conoció a un versado verdulero ambulante. Mahmud el Matemático, que enseñó al niño cálculo indio y
álgebra. Antes de que al dotado joven le crecieran los primeros vellos faciales, era competente en leyes, profundi-
zaba en Euclides y en la geometría, y los maestros rogaron
a su padre que le permitiera dedicar la vida al saber.

Empezó a estudiar medicina a los once años, y a los
dieciséis daba clases a médicos mayores y pasaba gran
parte del tiempo en la práctica del derecho. Toda su vida
sería jurista y filósofo, pero notó que aunque estas pro-
fesiones doctas merecían la deferencia y el respeto del
mundo persa en que vivía, nada importaba a ningún individuo más que su bienestar y saber si viviría o moriría. A
temprana edad, el destino volvió a Ibn Sina servidor de
una serie de gobernantes que aprovechaban su talento
para proteger su salud, y aunque escribió docenas de vo-

lúmenes sobre leyes y filosofía —los suficientes para que le dieran el afectuoso apoyo de Segundo Maestro (siendo Mahoma el Primero)—, como Príncipe de Médicos alcanzó la fama y la adulación que lo seguían fuera donde fuese.

En Ispahán pasó inmediatamente de refugiado político a *hakim-bashi* o médico jefe, y descubrió que había una numerosa oferta de médicos y que constantemente aumentaba el número de sanadores. Éstos entraban en el oficio por medio de una simple declaración. Muy pocos de esos médicos en ciernes compartían la tenaz erudición o el genio intelectual que había señalado su propia dedicación a la medicina y comprendió que hacía falta un recurso para determinar quién estaba capacitado y quién no. Durante más de un siglo se habían efectuado exámenes para médicos en Bagdad, e Ibn Sina convenció a sus colegas de que en Ispahán el examen final de la madraza debía crear médicos o rechazarlos, ofreciéndose él mismo como examinador jefe.

Ibn Sina era el médico más destacado de los Califatos de Oriente y Occidente, pero trabajaba en un entorno docente que no contaba con el prestigio de los grandes centros. La Academia de Toledo tenía su Casa de las Ciencias, la Universidad de Bagdad, su escuela para traductores; el Cairo se jactaba de una tradición médica rica y sólida con una antigüedad de muchos siglos.

Todos estos lugares poseían bibliotecas famosas y magníficas. Por contraste, en Ispahán sólo existían la pequeña madraza y una biblioteca que dependía de la caridad de la institución homóloga de Bagdad más amplia y rica. El *maristan* era una pálida versión en miniatura del gran hospital Azudi, de la misma ciudad. La presencia de Ibn Sina tuvo, pues, que compensar las insuficiencias de la escuela persa.

Ibn Sina reconocía incurrir en el pecado del orgullo. Aunque su propia reputación era tan encumbrada como para resultar intocable, se mostraba sensible en cuanto a la categoría de los médicos que formaba.

El octavo día del mes de *Shawwa*, una caravana de

Bagdad le llevó una carta de Ibn Sabur Yaqut, el examinador médico jefe de aquella capital. Ibn Sabur iría a Ispahán y visitaría el *maristan* en la primera mitad del mes de *Zulkadah*. Ibn Sina ya conocía a Ibn Sabur y se fortaleció para aguantar la actitud condescendiente y las constantes comparaciones de su colega de Bagdad, llenas de suficiencia.

Pese a las apetecibles ventajas de que disfrutaba la medicina en Bagdad, Ibn Sina sabía que allí los exámenes solían ser notoriamente superficiales. Pero en su *maristan* tenía a dos aprendices tan competentes como los mejores que había visto en su vida. De inmediato supo cómo podía dar a conocer a la comunidad médica bagdadí la clase de médicos que pasaban por las manos de Ibn Sina en Ispahán.

Así, gracias a que Ibn Sabur Yaqut iría al *maristan*, Jesse ben Benjamin y Mirdin Askari fueron convocados a un examen que les concedería o negaría su derecho al título de *hakim*.


Ibn Sabur Yaqut era tal como Ibn Sina lo recordaba. El éxito había vuelto su mirada ligeramente imperiosa por debajo de sus párpados hinchados. Tenía más canas que cuando se conocieron en Hamadhan doce años atrás, y ahora usaba una indumentaria ostentosa y suntuaria, de paño multicolor, que proclamaba su posición y su prosperidad. A pesar de su exquisita confección, sin embargo, no podía ocultar cuánto había aumentado su corpulencia con el paso de los años. Recorrió la madraza y el *maristan* con una sonrisa en los labios y arrogante buen humor, suspirando y comentando que debía ser un lujo afrontar problemas en tan ínfima escala.

El distinguido visitante se mostró complacido cuando solicitaron su participación en la junta examinadora que interrogaría a dos candidatos.

La excelencia de la comunidad docente de Ispahán no gozaba de reconocimiento, pero en los niveles altos de casi todas las disciplinas había suficiente brillantez para que a Ibn Sina le resultara fácil reclutar una junta examinadora que habría sido respetada en el Cairo o en Toledo. Al-Juzjani se ocuparía de la cirugía. El imán Yussef Gamali, de la mezquita del Viernes, interrogaría sobre teología. Musa Ibn Abbas, un *mullah* del visir de Persia Mirza-aboul Qandrasseh, examinaría de leyes y jurisprudencia. Ibn Sina se ocuparía personalmente de la filosofía, y el visitante de Bagdad fue sutilmente estimulado a plantear sus preguntas más difíciles de medicina.

A Ibn Sina no le preocupaba que sus dos candidatos fuesen judíos. Algunos hebreos eran obtusos y se convertían en pésimos médicos, naturalmente, pero según su experiencia los *Dhimmis* más inteligentes que elegían esa profesión ya tenían recorrida la mitad del camino, pues sus creencias fomentaban la investigación y el debate intelectual, además de la búsqueda de la verdad y las pesquisas acerca de las pruebas. Eso, en efecto, se les inculcaba en sus casas de estudios mucho antes de llegar a ser aprendices de medicina.

Llamaron primero a Mirdin Askari. La cara tosca, de mandíbula prominente, estaba alerta pero serena; cuando Musas Ibn Abbas le hizo una pregunta sobre las leyes de propiedad, respondió sin florituras, pero se explayó citando ejemplos y jurisprudencia del *Fiqh* y la *Shari'a*. Los otros examinadores se enderezaron un poco en sus asientos cuando las preguntas de Yussef Gamali mezclaron la ley con la teología, pero cualquier idea de que el candidato estaba en desventaja por no ser un auténtico creyente, la disipó la profundidad de las respuestas de Mirdin. Utilizó como argumento ejemplos de la vida y los pensamientos registrados de Mahoma, comentando las diferencias legales y sociales entre el Islam y su propia religión cuando eran pertinentes y, en caso contrario, citando en sus respuestas la Torá como sostén del Corán, o el Corán como apoyo de la Torá. «Utiliza la mente como una espada —pensó Ibn Sina—; hace fintas y quites, hundiendo de vez en cuando la punta a fondo, como si fuera de fino acero.» Tan polifacéticos eran sus conocimientos, que aunque cada uno de los presentes compartía su erudición en mayor o menor grado, los dejó admirados y los convenció de que se hallaban ante una mente privilegiada.

Cuando le tocó el turno, Ibn Sabur lanzó pregunta tras pregunta como si fueran flechas. Las respuestas salían sin la menor vacilación, pero ninguna de ellas correspondía a la opinión de Mirdin Askari. Citó en cambio a Ibn Sina o a Rhazes, a Galeno o Hipócrates, y en una ocasión repitió textualmente una cita de *Las fiebres bajas*, de Ibn Sabur Yaqut. El médico de Bagdad permaneció impasible escuchando la repetición de sus propias palabras.

El examen se prolongó más de lo acostumbrado, hasta que finalmente el candidato guardó silencio, los miró y nadie le hizo más preguntas.

Ibn Sina despidió amablemente a Mirdin y mandó a buscar a Jesse ben Benjamin.

El maestro percibió un sutil cambio en la atmósfera cuando entró el nuevo candidato, lo bastante alto y robusto para significar un desafío visual para hombres mayores y ascéticos, curtido por el sol de Oriente y Occidente, de ojos castaños y hundidos, con una mirada de precavida inocencia, y una feroz nariz rota que le daba más aspecto de lancero que de médico.

Sus grandes manos cuadradas parecían hechas para doblar el hierro, pero Ibn Sina las había visto acariciar rostros enfebrecidos con la máxima dulzura y cortar la carne sangrante con una cuchilla perfectamente controlada. Y su mente... hacía tiempo que era la de un médico.

Ibn Sina había presentado antes a Mirdin adrede, con el fin de preparar el escenario, dado que Jesse ben Benjamin era diferente a los aprendices a que estaban acostumbradas aquellas autoridades, y poseía cualidades que no podían ponerse de relieve en un examen académico. Había asimilado prodigiosamente gran cantidad de conocimientos en tres años, pero su erudición no era tan profunda como la de Mirdin. Tenía presencia y personalidad, pese al nerviosismo del momento.

Rob tenía la vista fija en Musa Ibn Abbas, y sus labios estaban pálidos; se lo notaba más nervioso que Askari.

El edecán del imán Qandrasseh había advertido su

mirada fija, casi grosera, y bruscamente empezó por una pregunta política cuyos peligros no se molestó en ocultar.

—¿Pertenece el reino a la mezquita o al palacio?

Rob no respondió con la rápida y resuelta seguridad que tanto había impresionado en Mirdin.

—Está expresado en el Corán —dijo en su parsi con acento europeo—. En la azora segunda Alá dice: «Pondré un virrey en la tierra.» Y en la azora treinta y ocho, se define la tarea del sha con estas palabras: «David, te hemos nombrado virrey en la tierra; por tanto, debes juzgar imparcialmente a los hombres y no seguir tus caprichos, para que no te extravíes del Camino de Dios.» Por ende, el reino pertenece a Dios.

Al adjudicarle el reino a Dios, su respuesta evitó la elección entre Qandrasseh y Ala, solucionando la pregunta bien e inteligentemente. El *mullah* no discutió.

Ibn Sabur preguntó al candidato la diferencia entre la viruela y el sarampión.

Rob citó el tratado de Rhazes titulado *La división de las enfermedades*, señalando que los síntomas premonitorios de la viruela son la fiebre y el dolor de espalda, mientras que en el sarampión hay más calentura y un marcado agotamiento mental. Citó a Ibn Sina como si éste no estuviera presente, diciendo que el libro cuatro del *Qanun* sugiere que el sarpullido del sarampión suele brotar simultáneamente, en tanto el de la viruela aparece punto por punto.

Estaba sereno y no flaqueaba; tampoco intentó encajar en la respuesta su experiencia con la plaga, como habría hecho un hombre de menos talento. Ibn Sina sabía cuánto valía; de todos los examinadores, sólo él y al-Juzjani conocían la magnitud del esfuerzo que había hecho aquel hombre durante los últimos tres años.

—¿Y si debes tratar una rodilla fracturada? —le preguntó al-Juzjani.

—Si la pierna está recta, hay que inmovilizarla vendándola entre dos tablillas rígidas. Si está doblada, *hakim* Jalalul-Din ha ideado un entablillado que sirve tanto para la rodilla como para un codo fracturado o dislocado.

—Había papel, tinta y pluma frente al visitante de Bagdad, y el candidato se acercó para cogerlos—. Puedo dibujar un miembro para que observéis la colocación de la tablilla —dijo.

Ibn Sina estaba horrorizado. Aunque el Dhimmi era europeo, tenía que saber que quien dibuja la imagen de una forma humana en su totalidad o parcialmente, se quemará en los fuegos del infierno. Era pecado y transgresión que un musulmán estricto mirara siquiera una imagen semejante. Dada la presencia del *mullah* y del imán, el artista que se mofaba de Dios y seducía su moral recreando al hombre, sería llevado ante un tribunal islámico y jamás recibiría el tratamiento de *hakim*.

Los rostros de los examinadores reflejaron una diversidad de emociones.

La cara de al-Juzjani indicaba un gran pesar, una leve sonrisa temblaba en la boca de Ibn Sabur, el imán estaba perturbado, y al *mullah* ya se le notaba furioso.

La pluma volaba entre el tintero y el papel. Se oyeron unas rápidas raspaduras y, al momento, ya era demasiado tarde: el dibujo estaba hecho. Rob se lo entregó a Ibn Sabur, que lo estudió, evidentemente incrédulo. Cuando se lo pasó a al-Juzjani, éste no pudo ocultar una mueca.

Ibn Sina experimentó la sensación de que el papel tardaba una eternidad en llegar a él, pero cuando lo tuvo ante sus ojos observó que el miembro dibujado era... ¡el miembro de un árbol! La rama doblada de un albaricoquero, sin la menor duda, pues estaba cubierta de hojas. Un nudo en la madera hacía ingeniosamente las veces de articulación de la rodilla, y se veían los extremos del entablillado atados muy por encima y por debajo del nudo.

No hubo preguntas sobre la tablilla.

Ibn Sina miró a Jesse, cuidándose de enmascarar tanto su alivio como su afecto. Disfrutó ampliamente contemplando la expresión del visitante de Bagdad. Luego, se acomodó en el asiento y planteó a su discípulo las más complejas cuestiones filosóficas que se le ocurrió formular, con la certeza de que el *maristan* de Ispahán podía permitirse el lujo de alardear un poco más.

Rob se había estremecido al reconocer a Musa Ibn Abbas, el edecán del visir, al que había visto en una reunión secreta con el embajador seljucí. Pero de inmediato recordó que en aquella ocasión él no fue descubierto, y que la presencia del *mullah* en la junta examinadora no significaba una amenaza especial.

Al concluir el examen, fue directamente al ala del *maristan* donde estaban los pacientes de cirugía, pues él y Mirdin habían acordado que sería difícil sentarse a esperar, sencillamente, para conocer su destino. Sería mejor salvar ese lapso trabajando, y Rob se vio enseguida inmerso en una variedad de tareas: examinó pacientes, cambió vendajes, quitó puntos de sutura...; los trabajos sencillos a los que estaba acostumbrado.

El tiempo pasaba, pero nadie se acercó a decirle una palabra.

Más tarde entró Jalal-ul-din en la sala de operaciones..., lo que sin duda significaba que los examinadores se habían dispersado. Rob se sintió tentado a preguntarle si conocía la decisión, pero no se atrevió. Cuando Jalal le dirigió el saludo acostumbrado, no se dio por enterado de la agonía que significaba la espera para el aprendiz.

El día anterior trabajaron juntos atendiendo a un pastor que había sido embestido por un toro. El hombre tenía el antebrazo partido en dos puntos, como si fuera un sauce, donde la bestia lo había pisoteado. Después, el toro corneó a su víctima hasta que otros pastores lograron alejarlo.

Rob acomodó y cosió los músculos y la carne del hombro y del brazo, y Jalal redujo las fracturas y aplicó el entablillado. Ahora, después de que ambos examinaran al paciente, Jalal se quejó de que los abultados vendajes formaban una torpe yuxtaposición con las tablillas.

—¿No pueden quitarse los vendajes?

La pregunta desconcertó a Rob, porque Jalal sabía mejor que él lo que había que hacer.

—Es muy pronto —respondió.

Jalal se encogió de hombros. Miró a Rob afectuosamente y sonrió.

—Como tú digas, *hakim* —dijo y salió.

Así fue informado Rob. Estaba tan alelado, que por un rato no pudo moverse.

Finalmente, se sintió reclamado por la rutina. Aún debía ver a cuatro pacientes y prosiguió la ronda, esforzándose por brindar los cuidados de un buen médico como si su mente fuera el sol enfocado en cada uno de ellos, pequeño y cálido a través del cristal de su concentración.

Pero después de atender al último paciente, permitió que sus sentimientos volvieran a fluir, experimentando el placer más puro de su vida. Caminando casi como un borracho, volvió a casa deprisa para contárselo a Mary.

# 56

## LA ORDEN

Rob había llegado a *hakim* seis días antes de cumplir veinticuatro años, y el entusiasmo se mantuvo varias semanas. Para su satisfacción, Mirdin no sugirió que fueran a las *maidans* a celebrar su nueva condición de médicos. Sin hacer demasiada alharaca, sentía que ese cambio en sus vidas era demasiado importante para celebrarlo con una noche de borrachera. Las dos familias decidieron reunirse en casa de los Askari y compartir una buena cena.

Después, Rob y Mirdin se acompañaron mutuamente a tomarse las medidas de la túnica negra con capucha correspondiente a un *hakim*.

—¿Ahora volverás a Masqat? —preguntó Rob a su amigo.

—Me quedaré aquí unos meses, porque todavía me quedan cosas por aprender en el *khazanat-ul-sharaf*. ¿Y tú? ¿Cuándo regresarás a Europa?

—Mary no puede viajar estando embarazada. Esperaremos a que el niño nazca y esté lo bastante fuerte para soportar el viaje. —Sonrió a Mirdin—. Tu familia organizará grandes celebraciones en Masqat cuando su médico vuelva a casa. ¿Has enviado a los tuyos un mensaje diciendo que el sha quiere comprarles una gran perla?

Mirdin meneó la cabeza.

—Mi familia recorre las aldeas de pescadores de perlas y compra minúsculos aljófares. Después los venden en una taza medidora a mercaderes que, a su vez, los venden para ser cosidos en diversas vestimentas. Mi familia se vería en apuros si tuviera que reunir las sumas necesarias para comprar perlas grandes. Tampoco le interesaría hacer tratos con el sha, pues los reyes rara vez están dispuestos a pagar el precio justo de las perlas que tanto les gustan. Por mi parte, espero que Ala haya olvidado la «fortuna» que ha concedido a mis parientes.

—Los miembros de la corte fueron a buscarte anoche y no te encontraron —dijo el sha Ala.

—Estaba atendiendo a una mujer desesperadamente enferma —respondió Karim.

En verdad, había ido a ver a Despina. Y los dos estaban desesperados. Era la primera vez en cinco noches que lograba escapar a las aduladoras demandas de los cortesanos, y valoró más que nunca cada minuto que estuvo con ella.

—En mi corte hay gente enferma que necesita de tu sabiduría —se quejó Ala.

—Sí, Majestad.

Ala había puesto de relieve que Karim contaba con el favor del trono, pero el joven estaba hastiado de algunos miembros de la nobleza, que a menudo se presentaban ante él con dolencias imaginarias, y echaba de menos el ajetreo y la auténtica labor del *maristan*, donde podía ser útil como médico y no como ornamento.

Empero, cada vez que iba cabalgando a la Casa del Paraíso y los centinelas lo saludaban, se sentía nuevamente conmovido. Con frecuencia pensaba en lo sorprendido que estaría Zaki-Omar si pudiera ver a su muchacho cabalgando con el rey de Persia.

—... Estoy haciendo planes, Karim —decía el sha—. Proyectando grandes acontecimientos...

—Que Alá les sonría.

—Tienes que mandar a buscar a tus amigos, los dos

judíos, para que se reúnan con nosotros. Quiero hablar con los tres.

—Sí, Majestad.

Dos mañanas más tarde, Rob y Mirdin fueron convocados para salir de cabalgata con el sha. Era una oportunidad para estar con Karim, que por esos días siempre se mantenía ocupado con Ala. En el patio de la Casa del Paraíso, los tres médicos jóvenes repasaron los exámenes, con gran placer de Karim. Cuando llegó el sha, montaron y cabalgaron detrás de él en dirección al campo.

Era una excursión conocida y nada original, salvo que ese día practicaron largamente la flecha del parto, ejercicio en el que sólo Karim y Ala podían abrigar alguna esperanza de éxito. Comieron bien y no tocaron ningún tema serio hasta que los cuatro estuvieron sumergidos en el agua caliente de la caverna, bebiendo vino.

En ese momento, Ala les dijo tranquilamente que cinco días más tarde saldría de Ispahán a la cabeza de una numerosa partida de ataque.

—¿Adónde, Majestad? —preguntó Rob.

—A los rediles de elefantes del sudoeste indio.

—Majestad, ¿puedo acompañarte? —inquirió Karim de inmediato, con los ojos encandilados.

—Espero que los tres podréis acompañarme.

Habló con ellos largo y tendido, lisonjeándolos mientras los hacía partícipes de sus planes más secretos. Evidentemente, al oeste los seljucíes se estaban preparando para la guerra. En Ghazna, el sultán Mahmud se mostraba más amenazador que nunca, y finalmente habría que enfrentarlo. Era el momento ideal para que Ala acrecentara su poderío. Sus espías le habían informado de que en Mansura una débil guarnición india custodiaba un buen número de elefantes. Una escaramuza sería una valiosa maniobra de entrenamiento y, lo que era más importante, le proporcionaría unos animales de incalculable valor que, cubiertos con cota de malla, se transformarían en armas pavorosas capaces de modificar el curso de los acontecimientos.

—Y tengo otro objetivo —Ala cogió la vaina que había dejado junto al pozo y extrajo una daga cuya hoja era de un desconocido acero azul, con adornos en espiral—. El metal de esta hoja sólo se encuentra en la India. Es distinto a todos los que tenemos. Su filo es mejor que el de nuestro propio acero y se mantiene más tiempo. Su dureza le permite atravesar las armas comunes y corrientes. Buscaremos espadas hechas con este acero azul, pues el ejército que tenga las suficientes vencerá a cualquier otro.

Les pasó la daga para que examinaran su filo.

—¿Vendrás con nosotros? —preguntó a Rob.

Rob sabía que era una orden y no una solicitud; el sha le pasaba la cuenta y había llegado el momento de que pagara su deuda.

—Iré, Majestad —dijo, tratando de que su voz sonara alegre.

Estaba mareado con algo más que el vino, y sentía que se le aceleraba el pulso.

—¿Y tú, Dhimmi? —preguntó Ala a Mirdin.

Mirdin estaba pálido.

—Contaba con tu permiso para regresar a Masqat con mi familia.

—¡Permiso! ¡Claro que tenías mi permiso! Ahora eres tú quien debes decidir si nos acompañas o no —le espetó Ala.

Karim se apresuró a coger la bota de piel de cabra y servir vino en las copas.

—Acompáñanos a la India, Mirdin —le rogó.

—Yo no soy militar —contestó Mirdin lentamente, y miró a Rob.

—Ven con nosotros, Mirdin —le apremió Rob—. Hemos analizado menos de un tercio de los mandamientos. Podríamos estudiar juntos en el camino.

—Necesitaremos cirujanos —agregó Karim—. Además, ¿Jesse es el único judío, entre tantos que he conocido en mi vida, que está dispuesto a luchar?

Era una broma con las mejores intenciones, pero algo volvió tensa la mirada de Mirdin.

—Eso no es verdad —se apresuró a decir Rob—. Karim, el vino te pone muy estúpido.

—Iré —concluyó Mirdin, y los otros gritaron encantados.

—¡Pensad en lo bien que lo pasaremos, cuatro amigos juntos cabalgando hasta la India! —dijo Ala con gran satisfacción.


Esa tarde Rob fue a ver a Nitka la Partera, una mujer seria y delgada, no muy vieja, de nariz afilada en un rostro cetrino y ojos como pasas.

Lo invitó a tomar algo sin entusiasmo, y luego escuchó sin sorprenderse lo que le dijo. Rob sólo explicó que debía irse de Ispahán. La expresión de la mujer le transmitió que ese problema formaba parte de su mundo normal: el marido viaja, y la mujer se queda en su casa y sufre a solas.

—He visto a tu esposa. Es la Otra de pelo colorado.

—Es una cristiana europea, sí.

Nitka meditó un rato, hasta tomar una decisión.

—Bien. La atenderé cuando llegue el momento. Si se presentan dificultades, me instalaré en tu casa durante las últimas semanas.

—Gracias. —Le dio cinco monedas, cuatro de ellas de oro—. ¿Es suficiente?

—Es suficiente.

En lugar de volver a casa, Rob se alejó del Yehuddiyyeh para presentarse, sin ser invitado, en casa de Ibn Sina.

El médico jefe lo saludó y después le escuchó atentamente.

—¿Y si mueres en la India? A mi hermano Alí lo mataron mientras participaba de un ataque similar. Tal vez no se te haya pasado por la cabeza esta posibilidad, porque eres joven y fuerte y te sientes pletórico de vida. Pero ¿qué ocurrirá si la muerte te lleva?

—Dejo dinero a mi mujer. En realidad, muy poco me pertenece, pues casi todo era de su padre —aclaró escrupulosamente—. Si muero, ¿te ocuparás de que pueda volver a nuestra tierra con el niño?

Ibn Sina asintió.

—Espero que tengas cuidado y me evites ese trabajo. —Sonrió—. ¿Has pensado en el acertijo que te he desafiado a desentrañar?

Rob estaba maravillado de que una mente tan privilegiada pudiera pensar en juegos infantiles.

—No, médico jefe.

—No importa. Si Alá lo desea, habrá tiempo de sobra para que lo resuelvas. —Cambió de tono y dijo bruscamente—: Ahora, acércate, *hakim*. Sospecho que haríamos bien en dedicar algún tiempo a hablar del tratamiento de las heridas.


Rob se lo dijo a Mary cuando ya estaban acostados. Le explicó que no tenían opción, que se había comprometido a pagar la deuda que tenía con Ala y que, de cualquier manera, su presencia en la partida de ataque era una orden.

—Huelga decir que ni Mirdin ni yo participaríamos de una aventura tan delirante si pudiéramos evitarlo.

No entró en detalles sobre las posibles vicisitudes, pero le dijo que había contratado los servicios de Nitka para el parto, y que Ibn Sina la ayudaría si se presentaba cualquier otro problema.

Seguramente estaba aterrada, pero no discutió. Rob la notó irascible cuando lo interrogó, aunque tal vez sólo se trataba de un ardid de su propia culpabilidad, pues reconoció que, íntimamente, a una parte de su ser, le procuraba alegría hacer de militar, pues eso satisfacía un sueño infantil. Una vez, durante la noche, apoyó ligeramente la mano en el vientre de Mary y palpó la carne tibia que comenzaba a crecer, a mostrarse.

—Tal vez no puedas verla del tamaño de una sandía como habías dicho —murmuró ella en la oscuridad.

—Para entonces, sin duda estaré de vuelta.

Mary fue replegándose en sí misma a medida que llegaba el día de la partida, y otra vez se convirtió en la mujer dura que Rob había encontrado sola defendiendo encarnizadamente a su padre agonizante en el *wadi* Ahmad.

A la hora de la partida ella estaba fuera, cepillando su propio caballo negro. Tenía los ojos secos cuando lo besó y lo vio marcharse: una mujer alta y de cintura creciente, que ahora sustentaba su corpulencia como si siempre estuviera cansada.

# 57

# EL CAMELLERO

Como ejército habría sido una fuerza pequeña, pero era grande para una partida atacante: seiscientos combatientes montados en caballos y camellos, y veinticuatro elefantes. Khuff requisó el caballo castaño en cuanto Rob llegó al lugar de encuentro en la *maidan*.

—Se te devolverá el caballo en cuanto regreses a Ispahán. Sólo llevaremos monturas acostumbradas a no arredrarse con el olor de los elefantes.

El castrado se sumó a la recua que sería llevada a los establos reales, y para su gran consternación —y diversión de Mirdin le dieron una desaliñada hembra de camello, de color gris, que lo miró fríamente mientras rumiaba su bolo alimenticio retorciendo los labios elásticos y oprimiendo las quijadas en direcciones opuestas.

A Mirdin le tocó un camello castaño; toda su vida había montado camellos y enseñó a Rob a torcer las riendas y vociferar una orden para que el dromedario de una sola joroba doblara las patas delanteras, cayera de rodillas, doblara las traseras y se echara al suelo. El jinete montó a mujeriegas y tironeó de las riendas mientras voceaba otra orden, la bestia se desdobló, repitiendo al contrario la operación del descenso.

Había doscientos cincuenta soldados de infantería, doscientos de caballería y ciento cincuenta montados en camellos. En seguida llegó Ala, y su visión les deparó un espléndido espectáculo. Su elefante sobresalía un metro por encima de los demás, con anillos de oro en sus feroces colmillos. El *mahout* iba orgullosamente sentado en la cabeza del elefante y orientaba su avance hundiendo los pies detrás de las orejas. El sha iba sentado, muy orondo, en una caja totalmente almohadillada por dentro, sobre el enorme lomo convexo, magnífico con sus sedas azul oscuro y su turbante rojo. La multitud era estruendosa. Tal vez algunos estaban saludando al héroe del *chatir*, pues Karim montaba un nervioso semental gris de ojos fieros, inmediatamente detrás del elefante real.

Khuff emitió una orden ronca y atronadora, y su caballo salió al trote en seguimiento del elefante del rey y de Karim. A continuación, los otros infantes se pusieron en fila y todos salieron de la plaza. Más atrás avanzaron los caballos y luego los camellos; después, cientos de asnos de carga con los ollares rasgados quirúrgicamente para que aspiraran más aire al desplazarse. Los soldados de a pie ocupaban la retaguardia.

Una vez más, Rob se encontró en el tercer cuarto de la alineación, al parecer la posición que le correspondía cuando viajaba formando en partidas numerosas. Eso significaba que él y Mirdin tendrían que tragar constantes nubes de polvo; previsoramente, se quitaron los turbantes y se pusieron los sombreros de cuero de judíos, que protegían mejor del polvo y del sol.

Rob se alargó con su camella. Cuando se arrodilló y él instaló su considerable peso en el lomo, la bestia gimió audiblemente, gruñó y se quejó al ponerse otra vez en cuatro patas. Rob no podía creerlo: estaba más alto que cuando montaba a caballo; botaba y oscilaba, y contaba con menos grasa y carne para acolchar su trasero.

Mientras cruzaban el puente del Río de la Vida, Mirdin le echó un vistazo y sonrió.

—¡Aprenderás a quererla! —gritó a su amigo.

Rob nunca aprendió a quererla. Siempre que tenía la oportunidad, la bestia le escupía gotas viscosas y, como si fuera un perro, quería morderlo. Tuvo, pues, que atarle las quijadas. También intentaba cocearlo, a la manera de las mulas ariscas. En todo momento debía cuidarse de su montura.

Le gustaba viajar con soldados delante y atrás; pensaba que podían formar parte de una antigua cohorte romana y le encantaba imaginarse como miembro de una legión que llevaba la ilustración por donde iba. La fantasía se disipó aquella misma tarde, porque no montaron un campamento romano como es debido. Ala tenía su tienda, mullidas alfombras y músicos, cocineros y servidores en abundancia para hacer su voluntad. Los demás escogieron un trozo de terreno y se envolvieron en sus ropas. El hedor a excrementos animales y humanos flotaba por todas partes, y si llegaban a un arroyo, dejaban fétidas sus aguas antes de marcharse. De noche, tendidos en la oscuridad sobre el duro suelo, Mirdin seguía enseñándole las leyes del Dios judío. El consabido ejercicio de enseñanza y aprendizaje los ayudaba a olvidar incomodidades y aprensiones. Analizaron docenas de mandamientos, y Rob hacía excelentes progresos llegando a observar que ir a la guerra podía brindarle una ocasión ideal para estudiar. La voz serena y erudita de Mirdin parecía afirmar que verían días mejores.

Durante una semana, consumieron sus propias existencias, pero luego desaparecieron todas las provisiones, tal como estaba planeado. Encargaron de la intendencia a cien soldados de infantería, y los hicieron avanzar delante de la partida principal. Registraban el campo con habilidad, y se convirtió en un espectáculo cotidiano verlos conducir cabras o manadas de ovejas, arrastrar aves y todo tipo de productos. Se seleccionaba lo mejor para el sha, y el resto se distribuía, de modo que todas las noches se encendían centenares de fuegos para cocinar y los expedicionarios comían bien.

En cada nuevo campamento se montaba diariamente una consulta médica, al alcance de la vista de la tienda del rey para desalentar a los simuladores, pero la cola era larga. Una noche, Karim se acercó a ellos.

—¿Quieres trabajar? Necesitamos ayuda —le dijo Rob.

—Lo tengo prohibido. Debo permanecer junto al sha.

—Ah.

Karim esbozó su sonrisa torcida.

—¿Queréis más comida?

—Tenemos suficiente —respondió Mirdin.

—Puedo conseguiros todo lo que queráis. Tardaremos unos meses en llegar a los rediles de elefantes de Mansura. Haríais muy bien en volver lo más cómoda posible vuestra marcha.

Rob pensó en todo lo que le había contado Karim durante la plaga de Shiraz. El ejército que pasó por la provincia de Hamadhan durante su infancia había amargado los últimos días de la vida de sus padres. Ahora Rob se preguntó cuántos bebés serían aplastados contra las rocas para no someterlos a la inanición debido al paso de aquel ejército. Después se sintió avergonzado de la animosidad que sentía por su amigo, pues él no era responsable de la ofensiva.

—Sí, quiero pedirte algo. Deberían abrirse zanjas en los cuatro perímetros del campamento, para usarlas como letrinas.

Karim asintió.

La sugerencia se aplicó de inmediato, junto con el anuncio de que el nuevo sistema era una orden de los cirujanos. Eso no les dio popularidad, porque ahora todas las tardes los fatigados soldados tenían que cavar, y todo el que despertara durante la noche con retortijones y apretándose las tripas debía tambalearse en medio de la oscuridad en busca de una zanja. Los infractores eran castigados con las varas. Pero el hedor había disminuido, y era mejor olvidar la preocupación de no pisar excrementos humanos al levantar el campamento por la mañana.

Casi todos los soldados los miraban con blando desdén. Todos sabían que Mirdin se había presentado sin armas, y Khuff tuvo que darle la espada de un guardia, que por lo general Mirdin olvidaba ceñirse. Los sombreros de cuero también los diferenciaba de los demás, como la costumbre de levantarse temprano y alejarse andando del campamento para ponerse sus taleds, recitar bendiciones y atarse tiras de cuero alrededor de los brazos y las manos. Mirdin estaba perplejo.

—Aquí no hay otros judíos para espiarte y sospechar de ti, de modo que no entiendo por qué rezas conmigo. —Sonrió al ver que Rob se encogía de hombros—. Sospecho que era una pequeña porción de ti se ha vuelto judía.

—No.

Le contó a Mirdin que el día que decidió asumir la identidad judía fue a la catedral de la Santa Sofía, en Constantinopla, y prometió a Jesús que nunca lo abandonaría. Mirdin asintió y dejó de sonreír. Ambos eran lo bastante sensatos para no proseguir con el tema. Sabían que había cosas en las que nunca coincidirían porque habían sido criados en distintas convicciones respecto de Dios y del alma humana, pero se contentaban con evitar esos escollos y compartir su amistad como hombres razonables, como médicos y, ahora, como torpes soldados.


Cuando llegaron a Shiraz, tal como estaba acordado, el *kelonter* salió a recibirlos al otro lado de las murallas, con una reata de animales cargados de forraje, sacrificio que salvó al distrito de Shiraz de ser indiscriminadamente saqueado por los forrajeadores. Tras rendir homenaje al sha, el *kelonter* abrazó a Rob, a Mirdin y a Karim, que se sentaron con él a beber vino y recordar los tiempos de la plaga.

Rob y Mirdin lo acompañaron hasta las puertas de la ciudad. Al volver, sucumbieron ante un tramo de camino llano y suave y al vino que recorría sus venas, e hicieron una carrerilla con sus camellos. Para Rob fue una revelación, pues lo que había sido un andar pesado se convertía en otra cosa cuando la camella corría. La zancada de la bestia se alargó, y cada paso era un salto gigantesco que la llevaba con su jinete por el aire con un ímpetu estable y estrepitoso. Rob se sentía cómodo, y gozó de diversas sensaciones: flotó, rugió y se transformó en medio del viento.

Ahora comprendía por qué los judíos persas habían acuñado para esa variedad de animales un nombre hebreo que el pueblo había adoptado: *gemala sarka*, camellos volantes.

La camella gris se esforzó denodadamente y, por primera vez, Rob sintió afecto por ella.

—¡Venga, muñequita! ¡Vamos, chica! —le gritaba, mientras avanzaba a la velocidad del rayo hacia el campamento.

Ganó el camello de Mirdin, pero la contienda dejó a Rob de muy buen humor. Solicitó forraje extra a los cuidadores de los elefantes y se lo dio con sus propias manos. La bestia aprovechó para morderle el antebrazo. El mordisco no le rasgó la piel, pero le ocasionó un desagradable moretón púrpura que le duró varios días, momento en que decidió bautizarla. Le puso *Bitch*, como les decían en su lengua a las putas.

# 58

# LA INDIA

Más al sur de Shiraz, tomaron la Ruta de las Especias y la siguieron hasta que, para esquivar el terreno montañoso del interior, se aproximaron a la costa cerca de Ormuz. Corría el invierno, pero el aire del golfo era cálido y perfumado. A veces, después de montar el campamento y a última hora del día, los soldados y sus animales se bañaban en la tibia salinidad de las playas arenosas, mientras los centinelas vigilaban por si aparecían tiburones. Ahora, entre la gente que veían, había tantos negros o beluchistaníes como persas. Eran pueblos pescadores o, en los oasis que brotaban de las arenas costeras, granjeros que cultivaban datileros y granados. Vivían en tiendas o en casas de piedra enlucidas con barro y de techo plano. De vez en cuando, los invasores atravesaban un *wadi*, donde muchas familias vivían en cuevas.

A Rob le parecía una tierra horrible, pero Mirdin se fue alegrando a medida que avanzaban y miraba a su alrededor con ojos tiernos.

Al llegar a la aldea de pescadores de Tiz, Mirdin cogió de la mano a Rob y lo llevó a la orilla del agua.

—Allá, al otro lado —dijo mientras señalaba el golfo—, está Masqat. Desde aquí, una barca podría llevarnos a casa de mi padre en unas horas.

Estaba seductoramente cerca, pero a la mañana siguiente levantaron el campamento, y a cada paso se fueron alejando de la familia.

Casi un mes después de la partida de Ispahán dejaron atrás Persia. Se produjeron cambios. Ala ordenó que todas las noches se formaran tres círculos de centinelas alrededor del campamento, y cada mañana se pasaba un nuevo santo y seña a los hombres; todo el que intentara entrar en el campamento sin conocer la contraseña, sería ejecutado.

En cuanto pisaron el suelo extranjero de Sind, los soldados dieron rienda suelta a su instinto, y un día los encargados de la intendencia volvieron al campamento arrastrando a unas mujeres de la misma manera que arrastraban animales. Ala dijo que les permitiría llevar hembras al campamento esa única noche y nunca más. Sería bastante difícil que seiscientos hombres se aproximaran a Mansura sin ser descubiertos, y el sha no quería que los rumores llegaran antes que ellos debido a las mujeres que violaban a su paso.

Fue una noche de desenfreno. Vieron que Karim seleccionaba con gran cuidado a cuatro mujeres.

—¿Para qué necesita cuatro? —preguntó Rob.

—No son para él —dijo Mirdin.

Era verdad. Observaron que Karim llevaba a las mujeres a la tienda del rey.

—¿Para esto nos esforzamos en ayudarlo a aprobar el examen y convertirse en médico? —dijo Mirdin amargamente, y Rob no respondió.

Las demás mujeres pasaron de hombre en hombre, en turnos que éstos habían echado a suertes. Los que esperaban observaban los apareamientos y chillaban, y los centinelas eran relevados cuando les llegaba el turno de compartir los despojos.

Mirdin y Rob permanecieron apartados, con una bota llena de vino agrio. Al principio intentaron estudiar, pero no era momento para repasar las leyes del Señor.

—Ya me has enseñado más de cuatrocientos mandamientos —dijo Rob asombrado—. En breve habremos acabado.

—Me he limitado a enumerarlos. Hay sabios que dedican su vida entera a tratar de comprender los comentarios sobre una sola de las leyes.

La noche estaba plagada de gritos y ruidos propios de borracheras.

Durante años Rob se había dominado bien y evitado beber mucho, pero ahora se sentía solo y con una necesidad sexual no disminuida por la morbosidad que reinaba a su alrededor, y bebió con excesiva avidez.

Poco después estaba agresivo. Mirdin, sorprendido de que aquél fuese su amigo bondadoso y razonable, no lo justificó. Pero un soldado que pasaba tropezó con él y habría sido objeto de su cólera si Mirdin no lo hubiese tranquilizado y confortado, mimándolo como a un niño malcriado y llevándoselo a dormir.

Cuando Rob despertó por la mañana, las mujeres se habían ido y pagó su estupidez cabalgando con un terrible dolor de cabeza. Mirdin, que en ningún momento dejaba de ser estudiante de medicina, incrementó su sufrimiento interrogándolo con todo detalle y, finalmente, comprendió mejor por qué algunos hombres debían tratar el vino como si fuera veneno y hechicería.

A Mirdin no se le había ocurrido llevar un arma para la ofensiva, pero sí el juego del sha, que resultó una bendición, porque jugaban todas las tardes hasta que caía la oscuridad. Ahora las partidas eran más reñidas, y en alguna ocasión en que lo acompañó la suerte, Rob ganó.

Frente al tablero le confió su inquietud por Mary.

—Sin duda está bien, porque Fara dice que tener bebés es algo que las mujeres han aprendido hace mucho tiempo —comentó Mirdin alegremente.

Rob se preguntó en voz alta si sería niña o niño.

—¿Cuántos días después del menstruo tuvisteis contacto?

Rob se encogió de hombros.

—Al-Habib ha escrito que si tiene lugar entre el primero y el quinto día después de la sangre, será varón. Si ocurre entre el quinto y el octavo día, será niña.

Vaciló, y Rob se dio cuenta de que titubeaba, porque

al-Habib también había escrito que si la cópula tenía lugar después del decimoquinto día, existía la posibilidad de que el bebé fuera hermafrodita.

—Al-Habid también ha dicho que los padres de ojos pardos engendran hijos y los de ojos azules, hijas. Pero yo vengo de una tierra donde la mayoría de los hombres tienen ojos azules y siempre han tenido muchos hijos varones —dijo Rob malhumorado.

—Indudablemente, al-Habib sólo se refería a la gente normal que suele encontrarse en Oriente —conjeturó Mirdin.

A veces, en lugar de dedicarse al juego del sha, repasaban las enseñanzas de Ibn Sina sobre el tratamiento de las heridas de guerra, o pasaban revista a sus provisiones y se cercioraban de estar preparados para cumplir su tarea de cirujanos. Fue una suerte que lo hicieran, porque una noche Ala los invitó a compartir la cena en su tienda y a responder a preguntas acerca de sus preparativos. Karim estaba allí y saludó incómodo a sus amigos; pronto fue evidente que le habían ordenado interrogarlos y poner en tela de juicio su eficacia.

Los sirvientes llevaron agua y trapos para que se lavaran las manos antes de comer. Ala hundió las manos en un cuenco de oro bellamente repujado y se las secó con toallas de lino azul claro con versículos del Corán bordados con hilo de oro.

—Cuéntanos de qué modo tratarías heridas de estocadas —dijo Karim.

Rob repitió lo que le había enseñado Ibn Sina: era preciso hervir aceite y volcarlo en la herida a la mayor temperatura posible, para evitar la supuración y los malos humores.

Karim asintió.

Ala estaba pálido. Dio instrucciones de que si él mismo se encontraba mortalmente herido, debían dosificarlo con soporíferos para aliviar el dolor inmediatamente después de que un *mullah* lo hubiese acompañado en la última oración.

La comida era sencilla en relación con lo que el soberano acostumbraba tomar: aves asadas en espetones y verduras de verano recogidas a lo largo del camino. Con todo, los alimentos estaban mejor preparados que el rancho que ellos solían ingerir, y se los sirvieron en platos. Después, mientras tres músicos interpretaban sus dulcimeres, Mirdin puso a prueba a Ala en el juego del sha, pero fue fácilmente vencido.

Fue un cambio oportuno en su rutina, pero Rob se alegró de separarse del rey. No envidiaba a Karim, que solía desplazarse en el elefante *Zi*; sentado con el sha en la caja.

Pero Rob no había perdido su fascinación por los elefantes, y los observaba de cerca siempre que se le presentaba la ocasión. Algunos iban cargados con bultos de cotas de malla similares a las armaduras de los guerreros humanos. Cinco elefantes acarreaban a veinte *mahouts* de más, llevados por Ala como exceso de equipaje con la esperanzada expectativa de que en el viaje de vuelta a Ispahán se ocuparan de atender a los elefantes conquistados en Mansura. Todos los *mahouts* eran indios aprehendidos en ataques anteriores, pero habían sido excelentemente tratados y retribuidos con generosidad, según su valía, y el sha no abrigaba la menor duda sobre su lealtad.

Los elefantes se ocupaban de su propio forraje. Al final de cada día, sus oscuros y menudos cuidadores los acompañaban hasta las vegetaciones, donde se hartaban de hierba, hojas, ramitas y cortezas. A menudo conseguían su alimento derribando árboles con gran facilidad.

Un atardecer, mientras se alimentaban los elefantes, ahuyentaron de los árboles a una chillona banda de pequeños seres peludos y con rabo, muy semejantes al hombre. Por sus lecturas, Rob sabía que eran monos. A partir de entonces, vieron monos todos los días, además de una gran diversidad de aves de plumaje brillante y alguna serpiente en la tierra y en los árboles. Harsha, el *mahout* del sha, informó a Rob que algunas de esas serpientes eran venenosas.

—Si muerden a alguien, debe usarse una cuchilla para abrir el lugar de la dentellada, y es necesario chupar todo el veneno y escupirlo. Luego hay que matar a un animal pequeño y atar su hígado a la herida para que atraiga la ponzoña. —El indio advirtió que quien chupara la herida no debía tener ninguna herida ni corte en la boca—. Si lo tuviera, el veneno entraría en su organismo y moriría en el plazo de media tarde.

Vieron las estatuas de unos Budas, grandes dioses sentados de los que algunos hombres se mofaron con cierta incomodidad, aunque nadie los profanó, pues aunque se decían unos a otros que Alá era el único Dios verdadero, las figuras inmemoriales contenían una regocijada y sutil amenaza que les recordó que estaban a gran distancia de sus hogares. Rob levantó la vista para mirar a los acechantes dioses de piedra, y los conjuró recitando, silencioso, el *Paternoster* de san Mateo. Esa noche Mirdin hizo probablemente lo mismo, porque, tendido en el suelo y rodeado del ejército persa, le dio una lección especialmente entusiasta sobre la ley.

Esa noche llegaron al mandamiento quinientos veinticuatro, a primera vista un edicto enigmático: «Si un hombre ha cometido un pecado que merece la muerte y es condenado a muerte, y tú lo cuelgas de un árbol, su cuerpo no permanecerá en el árbol toda la noche, pues tú lo enterrarás el mismo día.» Mirdin le dijo que prestara especial atención a las palabras.

—Ateniéndonos a ellas no estudiamos cadáveres humanos, como hacían los griegos paganos.

A Rob se le puso la piel de gallina y se incorporó.

—Los sabios y eruditos extraen tres edictos de este mandamiento —prosiguió Mirdin—. Primero, si el cadáver de un criminal convicto ha de ser tratado con tal respeto, el cadáver de un ciudadano respetado debe ser igualmente enterrado a toda prisa, sin verse sometido a la vergüenza o la desgracia. Segundo, quien mantiene a sus muertos insepultos durante toda la noche transgrede un mandamiento negativo. Y tercero, el cuerpo debe ser enterrado entero y sin cortes, pues si se deja fuera una pequeña cantidad de tejido, por mínima que sea, es lo mismo que si no hubiera entierro.

—Y de ahí se derivan todos los males —concluyó

Rob, extrañado—. Como esta ley prohíbe dejar sin enterrar el cadáver de un asesino, cristianos, musulmanes y judíos han impedido a los médicos estudiar aquello que intentan curar.

—Es un mandamiento de Dios —justificó Mirdin con tono sereno.

Rob se tumbó y fijó la vista en la oscuridad. Cerca, un soldado de infantería roncaba audiblemente, y más allá alguien carraspeó y escupió. Por enésima vez, se preguntó qué hacía mezclado con aquella gente.

—Yo creo que vuestra costumbre es una falta de respeto para con los muertos. Los arrojáis a la tierra con tanta prisa como si no vierais la hora de quitároslos de encima.

—Es cierto que no somos remilgados con los cadáveres. Pero después del funeral honramos la memoria del muerto en el *shiva*, siete días en que los deudos permanecen encerrados en sus casas, lamentándose y orando.

La frustración hizo que Rob se sintiera tan violento como si hubiera bebido en exceso.

—No tiene ningún sentido. Se trata de un mandamiento dictado por la ignorancia.

—¡No te permito decir que la palabra de Dios es ignorante!

—No estoy hablando de la palabra de Dios, sino de la interpretación que hace el hombre de la palabra de Dios. Eso es lo que ha mantenido al mundo en la ignorancia y la oscuridad a lo largo de mil años.

Mirdin guardó silencio un momento.

—Nadie ha pedido tu aprobación —dijo finalmente—. Además, no es sensata ni decorosa. Lo único que acordamos fue que estudiarías las leyes de Dios.

—Sí, acepté estudiarlas. Pero no accedí a cerrar mi mente ni a callar mi criterio.

Esta vez Mirdin no respondió.


Dos días después, llegaron por fin a los márgenes de un gran río, el Indo. Había un vado fácil unas millas al norte, pero los *mahouts* les informaron de que a veces estaba custodiado por soldados, de modo que recorrieron unas millas rumbo sur, en busca de otro vado, más profundo pero igualmente practicable. Khuff destinó una partida de hombres a construir balsas. Los que sabían nadar cruzaron con los animales hasta la otra orilla. Quienes no eran nadadores subieron a bordo de las balsas. Algunos elefantes caminaban por el lecho del río, totalmente sumergidos pero asomando la trompa para respirar. Cuando el río se volvió demasiado profundo incluso para ellos, los elefantes nadaron como los caballos.

En la otra orilla, la expedición se reunió y reemprendió su avance hacia el norte, en dirección a Mansura, desviándose ampliamente del vado custodiado.

Karim llamó a Mirdin y Rob a presencia del sha, y durante un buen rato fueron con él a lomos de *Zi*: Rob tenía que hacer un esfuerzo para concentrarse en las palabras del rey, porque el mundo era diferente desde lo alto de un elefante.

En Ispahán, los espías del sha le habían informado que Mansura no estaba bien defendida. El antiguo rajá del lugar, un feroz comandante, había muerto recientemente y se decía que sus hijos eran pésimos militares y que no protegían con eficacia sus guarniciones.

—Tendré que enviar una partida de reconocimiento —decidió Ala—. Iréis vosotros, pues se me ocurre que dos mercaderes Dhimmi podrán aproximarse a Mansura sin despertar comentarios.

Rob reprimió el impulso de mirar a Mirdin.

—Debéis descubrir si hay trampas para elefantes cerca de la aldea. A veces, esta gente construye armazones de madera de las que sobresalen afilados pinchos de hierro, y las entierran en zanjas poco profundas excavadas en la parte exterior de su murallas. Estos artilugios estropean las patas de los elefantes, y debemos enterarnos de que aquí no los hay, antes de hacer pasar a nuestras bestias.

Rob asintió. Cuando uno va montado en un elefante todo parece posible.

—Sí, Majestad —respondió al sha.

Los atacantes acamparon a la espera del regreso de los

exploradores. Rob y Mirdin dejaron sus camellos, obviamente bestias militares entrenadas para la velocidad y no para la carga, y se alejaron del campamento montados en sendos asnos.

La mañana era fresca y soleada. En la selva frondosa las aves chillaban y un grupo de monos se burló de ellos desde un árbol.

—Me encantaría hacer la disección de un mono.

Mirdin todavía estaba enfadado con él, y descubrió que ser observador secreto le gustaba menos aún que ser soldado.

—¿Una disección? ¿Por qué?

—Para descubrir lo que pueda —replicó Rob—. De igual modo que Galeno abrió macacos para aprender.

—Pensaba que había decidido ser médico.

—Eso es ser médico.

—No, eso es ser taxidermista. Yo seré médico y pasaré toda mi vida atendiendo al pueblo de Masqat en tiempos de enfermedad, que es lo que debe hacer un médico. ¡Tú no eres capaz de decidir si quieres ser cirujano, taxidermista, médico o... comadrona con cojones! ¡Quieres hacerlo todo!

Rob sonrió a su amigo pero no hizo comentario alguno. Carecía de defensas, pues, en gran medida, era verdad aquello de que lo acusaba Mirdin.

Viajaron un rato en silencio. Dos veces se cruzaron con indios: un granjero que iba hundido hasta los tobillos en el lodo de una acequia a la vera del camino, y dos hombres cargados con un poste del que colgaba un canasto lleno de ciruelas amarillas. Estos últimos los saludaron en una lengua que ni Rob ni Mirdin entendían, y sólo pudieron responder con una sonrisa. Rob esperaba que no llegaran andando al campamento, pues quienquiera que tropezara con los invasores sería inmediatamente convertido en cadáver o en esclavo.

Al cabo de poco tiempo media docena de hombres que conducían burros se acercaron a ellos por un recodo, y Mirdin sonrió a Rob por primera vez, pues esos viajeros usaban polvorientos sombreros de cuero como los de ellos y caftanes negros que daban testimonio de esforzados viajes.

—*Shalom!* —los saludó Rob cuando estuvieron cerca.

—*Shalom aleikhem!* Feliz encuentro.

El portavoz y jefe dijo que se llamaba Hillel Nafthali, de Ahwaz, mercader en especias. Era conversador y sonriente. Una marca de nacimiento lívida, en forma de fresa, cubría la mejilla bajo su ojo izquierdo. Parecía dispuesto a pasar el día entero en presentaciones y explicaciones genealógicas.

Uno de los que lo acompañaban era su hermano Ari, otro era hijo suyo, y los otros tres eran maridos de sus hijas. No conocía al padre de Mirdin, pero había oído hablar de la familia Askari, conocidos compradores de perlas de Masqat. El intercambio de nombres se prolongó hasta que por último llegaron a un primo lejano de apellido Nafthali, al que Mirdin sí había conocido, y de este modo ambas partes quedaron satisfechas al comprobar que no eran extraños.

—¿Venís del norte? —preguntó Mirdin.

—Hemos estado en Multan, haciendo un pequeño recado —dijo Nafthali con un tono que indicaba la magnitud de la transacción—. ¿Adónde viajáis vosotros?

—A Mansura. Por negocios, un poco de esto y otro poco de aquello —dijo Rob, y los hombres asintieron respetuosamente—. ¿Conocéis bien Mansura?

—Muy bien. De hecho, ayer pasamos la noche allí con Ezra ben Husik, que comercia con granos de pimienta. Un hombre muy valioso y siempre hospitalario.

—Entonces, ¿has observado la guarnición del lugar? —preguntó Rob.

—¿La guarnición?

Nafthali los miró fijamente, desconcertado.

—¿Cuántos soldados hay estacionados en Mansura? —preguntó tranquilamente Mirdin.

En cuanto comprendió, Nafthali retrocedió, espantado.

—Nosotros no nos mezclamos en esas cosas —dijo en voz baja, casi en un susurro.

Comenzaron a apartarse, al cabo de un instante habrían desaparecido. Rob sabía que ése era el momento de dar una prueba de buena fe.

—No debéis llegar muy lejos por este camino si no queréis poner en peligro vuestra vida. Y tampoco debéis regresar a Mansura.

Lo contemplaron, ahora pálidos.

—Entonces, ¿adónde podemos ir? —dijo Nafthali.

—Sacad a vuestros animales del camino y ocultaos en el bosque. Permaneced escondidos tanto tiempo como sea necesario... hasta que hayáis oído que pasa el último de un gran número de hombres. Después volved al camino e id a Ahwaz a toda velocidad.

—Muchas gracias —dijo Nafthali, impresionado.

—¿Es prudente que nos aproximemos a Mansura? —preguntó Mirdin.

El mercader de especias movió la cabeza afirmativamente.

—Están acostumbrados a ver comerciantes judíos.

Rob no estaba satisfecho. Recordó el idioma por señas que Loeb le había enseñado camino del este, las señales secretas con que los mercaderes judíos de Oriente cerraban sus tratos sin conversar. Extendió la mano y le dio la vuelta haciendo la señal que significaba «¿Cuántos?»

Nafthali lo observó. Por último, apoyó la mano derecha en su codo izquierdo, que quería decir centenas. Después extendió los cinco dedos. Ocultando el pulgar de la mano izquierda, extendió los otros cuatro dedos y los apoyó en su codo derecho.

Rob tenía que cerciorarse de haberlo entendido bien.

—¿Novecientos soldados?

Nafthali asintió.

—*Shalom* —dijo con serena ironía.

—La paz sea con vosotros —dijo Rob.


Llegaron al límite del bosque y divisaron Mansura. La aldea estaba enclavada en un pequeño valle, al pie de una vertiente pedregosa. Desde lo alto distinguieron la guarnición y cómo estaba dispuesta: barracas, campos de entrenamiento, caballerizas, rediles de elefantes. Rob y Mirdin tomaron nota de la situación de todos los efectivos y grabaron los datos en su memoria.

Tanto la aldea como la guarnición estaban rodeadas por una única empalizada de troncos hincados en el suelo, muy juntos, con la parte de arriba afilada para dificultar la trepa.

Cuando se acercaron a la empalizada, Rob azuzó su asno con un palo, y luego, seguido por gritos y risas infantiles, lo guió rodeando la parte exterior de la empalizada mientras Mirdin hacía lo mismo en dirección contraria, como para cortar la retirada al animal aparentemente desmandado. No había indicios de trampas para elefantes.

Ellos no se detuvieron; de inmediato giraron al oeste y no tardaron mucho en regresar al campamento.

El santo y seña del día era *mahdi*, que significa «salvador»; después de pasarlo ante tres líneas de centinelas, pudieron seguir a Khuff hasta la tienda del sha.

Ala arrugó la frente cuando se enteró de que había novecientos soldados, pues sus espías le habían hecho creer que Mansura no estaba tan bien defendida. Pero no se amilanó.

—Si logramos caer por sorpresa, todas las ventajas estarán de nuestro lado.

Mediante dibujos en la tierra, Rob y Mirdin indicaron los detalles de las fortificaciones y el emplazamiento de los rediles para elefantes, mientras el sha escuchaba con atención y formulaba mentalmente sus planes.

Los hombres habían pasado toda la mañana atendiendo los equipos, engrasando los arneses, afilando las hojas cortantes de sus armas.

Pusieron vino en los cubos de los elefantes.

—No mucho. Sólo lo suficiente para que se pongan de mal humor y estén dispuestos a luchar —aconsejó Harsha a Rob, que asintió maravillado—. Sólo se les da vino antes del combate.

Las bestias parecían comprender de qué se trataba. Se

movían inquietas, y sus *mahouts* tenían que estar alerta mientras los soldados desempacaban las cotas de los elefantes, los cubrían con ellas y las ajustaban. Encajaron en sus colmillos espadas pesadas y especialmente largas, con encajes en lugar de empuñaduras. A la de fuerza bruta que ya poseían se sumó así un elemento nuevo de eficacia mortífera. Hubo un estallido de nerviosa actividad cuando Ala ordenó que se movilizara toda la partida.

Bajaron por la Ruta de las Especies lentamente, muy lentamente, porque la regularidad era muy importante y Ala quería arribar a Mansura a la caída de la tarde. Nadie hablaba. Sólo se cruzaron con unos pocos desdichados, que de inmediato fueron aprehendidos, atados y custodiados por soldados de infantería para que no pudieran dar la alarma. Al llegar al lugar donde habían visto por última vez a los judíos de Ahwaz, Rob pensó que esos hombres estaban ocultos en las cercanías, escuchando el ruido de los cascos de los animales, las pisadas de los soldados de a pie y el suave cascabeleo de las cotas de malla de los elefantes.

Salieron del bosque cuando el crepúsculo empezaba a tender su manto sobre el mundo y, bajo la cobertura de las penumbras, Ala desplegó sus fuerzas en la cumbre de la colina. A cada elefante —sobre los que iban sentados cuatro arqueros espalda contra espalda— le seguían espadachines en camellos y equinos, y tras la caballería avanzaban los infantes armados con lanzas y cimitarras.

Dos elefantes que no tenían avíos de combate y sólo llevaban a sus *mahouts*, se apartaron a una señal. Los que estaban en lo alto de la colina los observaron descender lentamente en medio de la pacífica luz grisácea. Más allá, de un lado a otro de la aldea, llameaban los fuegos donde las mujeres preparaban la cena.

Cuando los dos elefantes llegaron a la empalizada, bajaron la cabeza, como para embestir los troncos.

El sha levantó el brazo.

Los elefantes avanzaron. Se oyó barritar y una serie de ruidos sordos a medida que caía la empalizada. Entonces, el sha bajó el brazo y los persas iniciaron su avance.

Los elefantes bajaron ansiosos la colina. Detrás, camellos y caballos salieron al paso largo y en seguida iniciaron el galope. De la aldea brotaban los primeros gritos débiles.

Rob había desenvainado la espada y la usaba para golpear los flancos de *Bitch*, pero la camella no necesitaba que la apremiaran. En principio sólo se oía el suave chocar de los cascos y el tintineo de las cotas de malla, pero luego seiscientas voces lanzaron su grito de batalla, y de inmediato se les unieron las bestias: los camellos bramaban, los elefantes barritaban y todo era espeluznante. A Rob se le pusieron los pelos de punta y aullaba como una bestia cuando los atacantes de Alá cayeron sobre Mansura.

# 59

## EL HERRERO INDIO

Rob tuvo impresiones fugaces, como si hojeara una serie de dibujos. La camella se abrió paso a gran velocidad a través de las ruinas astilladas de la empalizada. Mientras cabalgaba por la aldea, el miedo en los rostros de los lugareños que se escabullían frenéticamente le dio la extraña sensación de su propia invulnerabilidad, un conocimiento carnal que era una combinación de poder y vergüenza, como la sensación que había experimentado tiempo atrás en Inglaterra, cuando hostigó al viejo judío.

Al llegar a la guarnición, ya estaba desencadenada una batalla sin cuartel. Los indios luchaban en tierra, pero entendían de elefantes y sabían cómo atacarlos. Los soldados de infantería, con largas picas, intentaban pinchar los ojos de los elefantes, y Rob vio que lo habían logrado con una de las bestias sin armadura que había derribado la empalizada.

El *mahout* había desaparecido, sin duda asesinado. El elefante había perdido los dos ojos y permanecía de pie, ciego y tembloroso, barritando patéticamente.

Rob se encontró con la vista fija en un rostro moreno, vio la espada desenvainada, y observó el avance de la hoja. No recordaba haber decidido usar su sable a la manera de una delgada hoja francesa; empujó, sencillamente, y la punta se hundió en la garganta del indio. El hombre cayó y Rob se volvió hacia una figura que arremetía contra él desde el otro lado de la camella, y empezó a acuchillar.

Algunos indios blandían hachas y cimitarras e intentaban reducir a los elefantes tajeándoles la trompa o las patas, pero era una contienda desigual.

Los elefantes arremetían extendiendo sus orejas, anchas como velas. Doblaban sus trompas hacia dentro, detrás de sus letales colmillos con espadas, y embestían como barcos con espolones, cayendo sobre los indios en cargas que dejaban a muchos fuera de combate sobre los indios.

Los animales, de fuerza descomunal levantaban las patas en una especie de danza salvaje, y las dejaban caer golpeando el suelo de tal manera que hacían temblar la tierra. Los hombres atrapados bajo los inflexibles cascos quedaban como uvas pisoteadas.

Rob estaba encerrado en un infierno de matanza y espantosos ruidos, gruñidos, bramidos, berridos, maldiciones, gritos y quejidos de los agonizantes.

*Zi*, por ser el elefante más voluminoso y estar regiamente engalanado, atraía a más enemigos que cualquier otro.

Rob vio que Khuff, que había perdido su caballo, luchaba sin apartarse de su sha. Ahora empuñaba su pesada espada, haciéndola girar por encima de su cabeza, gritando reniegos e insultos, mientras en lo alto del elefante Ala hacía buen uso de su arco.

En el fragor de la batalla, los hombres combatían con furia, todos atrapados en la misma carnicería.

Rob lanzó a su camella en pos de un lancero que lo eludió y huyó, y en ese momento vio a Mirdin de pie, con la espada a un costado de su cuerpo, aparentemente sin usar. Tenía a un herido entre los brazos y lo estaba arrastrando para apartarlo de la virulencia sanguinaria, ajeno a todo lo demás.

La escena conmovió a Rob como si le hubieran echado un jarro de agua fría. Parpadeó, soltó las riendas de *Bitch* y se apeó antes de que la camella estuviese del todo arrodillada. Se acercó a Mirdin y lo ayudó a evacuar al herido, que ya estaba gris a causa de una puñalada en el cuello.

A partir de ese momento, Rob olvidó la contienda y comenzó a esforzarse como médico.

Los dos cirujanos tendieron a los heridos en el interior de una casa, llevándolos de uno en uno mientras proseguía la matanza. Todo lo que podían hacer era recoger a las víctimas, pues sus provisiones preparadas con tanto cuidado seguían a lomos de media docena de asnos dispersos nadie sabía dónde, por lo que no había opio ni aceite, ni grandes existencias de trapos limpios. Cuando necesitaban paños para restañar la sangre, los cortaban de la ropa de los muertos.

En breve la cruenta lucha se convirtió en una matanza. Los indios habían sido sorprendidos, y aunque aproximadamente la mitad había logrado encontrar sus armas y usarlas, los demás habían resistido con palos y piedras. Así, eran víctimas fáciles, aunque la mayoría luchaba desesperadamente con la certeza de que si se rendían deberían enfrentar una vergonzosa ejecución o vivir como esclavos o eunucos en Persia.

La carnicería se prolongó en la oscuridad. Rob desnudó su espada y, portando una antorcha, entró en una casa cercana. Dentro había un hombre pequeño y delgado, su mujer y dos hijos. Los cuatro rostros oscuros se volvieron hacia él, con los ojos fijos en la espada.

—Debéis iros sin ser vistos mientras haya tiempo —dijo Rob al hombre.

Pero no entendían el persa, y el hombre farfulló algo en su lengua.

Rob volvió a la puerta y señaló el bosque distante, volvió a entrar e hizo apremiantes movimientos con las manos.

El hombre asintió. Parecía aterrorizado, pues tal vez había bestias en el bosque. Pero reunió a su familia y, en un santiamén, salieron por la puerta.

En la casa Rob encontró lámparas. Luego, entró en

otras viviendas, y descubrió aceite y trapos. Todo cuanto halló lo trasladó a donde estaban los heridos.

Entrada la noche, cuando concluyó la última refriega, los espadachines persas aniquilaron a todos los enemigos heridos, para comenzar después el pillaje y las violaciones. Rob, Mirdin y un puñado de soldados recorrieron el campo de batalla con antorchas. No recogían a los muertos ni a nadie que estuviese evidentemente moribundo, pero buscaban a los persas que aún podían salvarse. Mirdin encontró dos de los asnos con su preciosa carga de material sanitario y a la luz de las lámparas los cirujanos comenzaron a tratar las heridas con aceite caliente, a coserlas y vendarlas. Amputaron cuatro miembros destrozados, pero murieron todos los pacientes de estas intervenciones, salvo uno. Así pasaron aquella terrible noche.

Tenían treinta y un pacientes, y con las primeras luces del amanecer sobre la asolada aldea, descubrieron a otros siete heridos pero vivos.

Después de la primera oración, Khuff transmitió la orden de que los cirujanos debían atender a cinco elefantes heridos antes de reanudar la cura de los soldados. Tres animales tenían cortes en las patas, a otro una flecha le había atravesado una oreja, y el quinto tenía la trompa abierta. Por recomendación de Rob, este último y aquel al que habían arrancado los ojos fueron sacrificados por los lanceros.

Después del plato matinal de *pilah*, los *mahouts* entraron en los rediles de elefantes de Mansura y empezaron a seleccionar a los animales, hablándoles tiernamente y tironeándoles las orejas con aguijadas ganchudas a las que daban el nombre de *ankushas*.

—Venga, papaíto.

Muévete, hija mía. ¡Tranquilo, hijo! Mostradme lo que sois capaces de hacer, queridos míos.

—Arrodíllate, madre, y déjame montar en tu espléndida cabeza.

Con exclamaciones de ternura, los *mahouts* separaban a las bestias amaestradas de las todavía semisalvajes. Sólo podían llevar animales dóciles que les obedecieran en la marcha de regreso a Ispahán. Soltarían a los más salvajes, permitiéndoles volver a la selva.

A las voces de los *mahouts* se sumó otro sonido: el zumbido de las moscardas que ya habían descubierto los cadáveres. Pronto, con el calor creciente del día, el hedor sería insoportable. Habían perecido sesenta y tres persas. Sólo se habían rendido ciento tres indios que conservaban la vida, y cuando Ala les ofreció la oportunidad de hacerse porteadores militares, aceptaron aliviados. En unos años ganarían la confianza de sus amos, y se les permitiría transportar las armas de los persas; preferían ser soldados a transformarse en eunucos. Empezaron a trabajar cavando una fosa común para los persas muertos.

Mirdin miró a Rob. «Peor de lo que temía», decían sus ojos. Rob pensaba lo mismo, pero le consoló que todo hubiera terminado, pues volverían a casa.

Pero Karim fue a hablar con ellos. Khuff había matado a un oficial indio, dijo, pero no antes de que la espada del enemigo partiera casi por la mitad el acero más blando de su enorme hoja. Karim había llevado la espada del capitán de las Puertas para mostrarles en qué estado había quedado. La espada del indio estaba hecha con el precioso acero de dibujos en espiral, y ahora la usaba Ala. El sha supervisó personalmente el interrogatorio de los prisioneros hasta averiguar que la espada era obra del artesano Dhan Vangalil, de Kausambi, una aldea situada tres días al norte de Mansura.

—Ala ha decidido marchar sobre Kausambi —concluyó Karim.

Apresarían al herrero indio y lo llevarían a Ispahán, donde fabricaría armas de acero ondulado para ayudar al sha a derrotar a sus vecinos y reconstituir la extensa Persia de tiempos pretéritos.

Era fácil de decir, pero resultó más difícil de lo esperado.

Kausambi era otra pequeña aldea de la margen occidental del Indo, y constaba de unas pocas docenas de destartaladas casas de madera sobre cuatro calles polvorientas que conducían a la guarnición militar. Una vez más, lograron atacar por sorpresa, arrastrándose por el bosque que inmovilizaba la aldea contra la ribera. Cuando los soldados indios comprendieron que los estaban atacando, salieron disparados como monos sorprendidos y se internaron en la zona boscosa.

Ala estaba encantado, pensando que la cobardía enemiga le había servido en bandeja de plata la más fácil de sus victorias. No perdió un minuto en apoyar la espada en un cuello y decirle al aterrado aldeano que lo llevara ante Dhan Vangalil. El fabricante de espadas era un hombre enjuto, de ojos que no mostraban la menor sorpresa, pelo gris y una barba blanca que intentaba ocultar un rostro ni joven ni viejo. Vangalil aceptó inmediatamente trasladarse a Ispahán para servir al sha Ala, pero aclaró que prefería la muerte a menos que el sha le permitiera llevar a su mujer, dos hijos y una hija, además de diversas pertenencias necesarias para fabricar el acero ondulado, incluida una enorme pila de lingotes cuadrados de duro acero indio.

El sha accedió en seguida. No obstante, antes de emprender el regreso, volvieron las partidas de reconocimiento con inquietantes noticias. Las tropas indias, lejos de haber huido, habían ocupado posiciones en el bosque y a lo largo del camino, a la espera de caer sobre quien intentara salir de Kausambi.

Ala sabía que los indios no podían retenerlos indefinidamente. Como en Mansura, los soldados ocultos estaban mal armados; además, ahora se verían obligados a vivir de los frutos silvestres de la tierra. Los oficiales informaron al sha que sin duda habían enviado a sus mejores corredores a buscar refuerzos, pero la guarnición militar más cercana y de cierta importancia, se encontraba en Sehwan, a seis días de distancia.

—Debéis ir al bosque y barrerlos —ordenó Ala.

Los quinientos persas se dividieron en diez unidades de cincuenta combatientes cada una, todos soldados de infantería. Abandonaron la aldea y abordaron la maleza para buscar al enemigo, como quien sale a cazar jabalíes. Al tropezar con los indios se desencadenó una batalla feroz, sangrienta y prolongada.

Ala ordenó que sacaran a todas las víctimas del bosque, para que el enemigo no pudiera contarlas y enterarse de cómo menguaban sus fuerzas. De modo que los muertos persas fueron tendidos en el polvo gris de una calle Kausambi, para ser enterrados en fosas comunes por los prisioneros de Mansura. El primer cadáver que llevaron, en cuanto comenzó la refriega en el bosque, fue el del capitán de las Puertas. Khuff había muerto con una espada india clavada en la espalda. Era un hombre estricto y nunca sonreía, pero también era una leyenda. Las cicatrices de su cuerpo podían leerse como una historia de cruentas campañas bajo el mandato de dos shas. Durante todo el día, los soldados persas desfilaron ante su cadáver.

Todos estaban fríamente enfurecidos por su muerte, y no tomaron prisioneros: mataban a los indios incluso cuando se rendían. A su vez, debieron enfrentar el frenesí de hombres cazados que sabían que nadie sería misericordioso con ellos. El arte de la guerra era miserablemente cruel, con flechas despuntadas o con metales afilados. Sólo se oían puñaladas, estocadas y gritos.

Dos veces por día, reunían a los heridos en un claro, y uno de los cirujanos, fuertemente custodiado, salía a proporcionarles los primeros auxilios y trasladarlos a la aldea. El combate duró tres días. De los treinta y ocho heridos de Mansura, once murieron antes de que los persas abandonaran esa aldea, y otros diecisiete habían perecido en los tres días de marcha a Kausambi. A los once heridos que sobrevivieron gracias a los cuidados de Mirdin y Rob, se sumaron otros treinta y seis durante los tres días de batalla en el bosque. Murieron cuarenta y siete persas más.

Mirdin hizo otra amputación y Rob tres más, una de las cuales se limitó a fijar un colgajo de piel sobre un muñón perfectamente recortado por debajo del codo, cuando una espada india cercenó el antebrazo de un soldado. Al principio trataban a los heridos siguiendo las enseñanzas de Ibn Sina: hervían aceite y lo volcaban a la mayor temperatura posible sobre la herida, para evitar la supuración. Pero la mañana del último día Rob se quedó sin aceite. Recordando cómo atendía Barber las laceraciones con hidromiel, cogió una bota llena de vino y comenzó a lavar las heridas con él antes de vendarlas.

La última batalla comenzó al amanecer. A media mañana llegó un nuevo grupo de heridos, y los porteadores depositaron un cadáver envuelto de la cabeza a los tobillos en una manta robada a un indio.

—Aquí sólo entran los heridos —les dijo Rob bruscamente.

Pero los soldados bajaron el cadáver y esperaron indecisos, hasta que, de repente, Rob notó que el muerto llevaba puestos los zapatos de Mirdin.

—Si hubiese sido un soldado corriente lo habríamos dejado en la calle —informó uno de los porteros—. Pero como es *hakim*, se lo hemos traído al otro *hakim*.

Explicaron que volvían con los heridos cuando un hombre saltó de entre los arbustos con un hacha. El indio sólo golpeó a Mirdin, pues de inmediato lo mataron.

Rob les dio las gracias y los soldados se alejaron.

Cuando apartó la manta de la cara comprobó que sin duda alguna era Mirdin. Tenía el rostro contorsionado, y parecía asombrado y dulcemente extravagante.

Rob cerró sus tiernos ojos y ató aquella mandíbula prominente, tosca y franca. Tenía la mente en blanco y se movía como si estuviese borracho. De vez en cuando, se alejaba para consolar a los agonizantes o a los heridos, pero siempre volvía y se sentaba a su lado. En una ocasión besó la fría boca de Mirdin, aunque sabía que él no podía enterarse. Sentía lo mismo cada vez que intentaba retenerle la mano. Mirdin ya no estaba allí.

Abrigó la esperanza de que su amigo hubiese cruzado uno de los puentes.

Finalmente, Rob lo dejó y trató de mantenerse alejado, trabajando ciegamente. Llevaron a un hombre con la mano derecha en pésimo estado y practicó la última amputación de la campaña, cortando por encima de la articulación de la muñeca.

Cuando volvió junto a Mirdin, a mediodía, las moscas ya se habían reunido a su alrededor.

Apartó la manta y vio que el hacha había escindido el

pecho de Mirdin. Se inclinó sobre la gran herida y logró curiosear, abriéndola un poco con las manos.

Pasó por alto los hedores del muerto dentro de la tienda y el aroma de las hierbas pisoteadas. Los lamentos de los heridos, el zumbido de las moscas, los gritos lejanos y el fragor de la batalla desaparecieron de sus oídos. Perdió la conciencia de que su amigo había muerto y olvidó la aplastante carga de su pesadumbre.

Por primera vez tuvo acceso a las vísceras de un hombre y tocó un corazón humano.

# 60

## CUATRO AMIGOS

Rob lavó a Mirdin, le cortó las uñas, lo peinó y lo envolvió en su taled del que cortó la mitad de uno de los bordes, según la tradición.

Buscó a Karim, que al enterarse de la noticia parpadeó como si lo hubieran abofeteado.

—No quiero que lo arrojen a la fosa común —dijo Rob—. Estoy seguro de que su familia vendrá a buscarlo para llevarlo a Masqat y enterrarlo entre los suyos, en sagrado.

Escogieron un lugar, delante de una roca redondeada tan grande que los elefantes no podían moverla. Tomaron medidas y contaron los pasos desde la roca hasta el borde del camino. Karim aprovechó sus prerrogativas para obtener pergamino, pluma y tinta; después de cavar la sepultura, Rob levantó un mapa. Más adelante, volvería a dibujarlo todo y lo enviaría a Masqat. Si no había pruebas incontrovertibles de que Mirdin había muerto, Fara sería considerada una *agunah*, una esposa abandonada, y nunca le permitirían volver a casarse. Eso decía la ley: Mirdin se lo había enseñado.

—Ala querrá estar presente —dijo Karim.

Rob lo siguió con la mirada cuando se acercó al sha, que estaba bebiendo con sus oficiales, bañándose en el cálido destello de la victoria. Vio que escuchaba a Karim un momento y luego lo despedía con un ademán impaciente. Rob experimentó una oleada de odio al recordar la voz del rey en la caverna y rememorar las palabras que había dicho a Mirdin: «Somos cuatro amigos.»

Karim volvió a su lado y dijo, avergonzado, que siguieran con la ceremonia. Murmuró unos fragmentos de oraciones islámicas mientras cubrían el sepulcro, pero Rob no intentó rezar. Mirdin merecía las voces afligidas del *Haskavot*, el cántico de enterramientos, y del *kaddish*. Pero este último debía ser entonado por diez judíos y él era un cristiano que se fingía hebreo, y permaneció obnubilado y en silencio mientras la tierra se cerraba sobre su amigo.


Esa tarde los persas no encontraron más indios que matar en el bosque. El camino de salida de Kausambi estaba abierto. Ala nombró capitán de las Puertas a Farhad, un veterano de mirada dura que empezó a vociferar órdenes destinadas a fustigar a la tropa, a fin de disponer la partida.

En medio del júbilo general, Ala hizo un recuento. Tenía un fabricante de espadas indio. Había perdido dos elefantes en Mansura, pero se había apoderado de veintiocho en la misma plaza. Además, los *mahouts* encontraron cuatro elefantes jóvenes y sanos en un redil de Kasambi; eran animales de trabajo no entrenados para la batalla, pero seguían siendo valiosos. Los caballos indios eran achaparrados, y los persas hicieron caso omiso de ellos, pero habían descubierto una pequeña manada de camellos finos y veloces en Mansura, y docenas de otros, aptos para la carga, en Kausambi.

Ala no cabía en sí de gozo por el éxito de sus ataques.

Ciento veinte de los seiscientos soldados que habían seguido al sha desde Ispahán estaban muertos, y Rob se encontraba a cargo de cuarenta y siete heridos. Muchos de éstos se hallaban en estado grave y morirían durante el viaje, pero no los abandonarían en la aldea devastada. Todos los persas que se encontraran allí serían asesinados cuando llegaran los refuerzos indios. Rob envió a unos soldados a registrar las casas para requisar alfombras y mantas, que se sujetaron entre palos, a fin de improvisar unas parihuelas. Al amanecer del otro día, cuando partieron, los indios apresados acarreaban las precarias camillas.

Fueron tres días y medio de viaje arduo y tenso hasta un lugar en el que podía vadearse el río sin tener que presentar batalla. En las primeras etapas del cruce dos hombres fueron arrastrados por las aguas y se ahogaron. En medio, el cauce del Indo era poco profundo pero rápido. Los *mahouts* situaron los elefantes río arriba, para frenar la fuerza de las aguas mediante aquel muro viviente, una nueva demostración del auténtico valor de estos animales.

Murieron primero los gravemente heridos: los que tenían el pecho perforado o el vientre tajeado, y un hombre que había recibido una puñalada en el cuello. En un solo día sucumbieron seis soldados. En quince días llegaron al Beluchistán, donde acamparon en unos terrenos en los que Rob acomodó a sus heridos en un granero. Al ver a Farhad intentó hablarle, pero el nuevo capitán de las Puertas no hizo más que darle largas pomposamente. Por suerte, Karim lo oyó y de inmediato lo llevó a la tienda del sha.

—Me quedan veintiuno. Pero deben descansar un tiempo, pues de lo contrario también morirán, Majestad.

—Yo no puedo esperar por los heridos —dijo Ala, ansioso por desfilar triunfante por las calles de Ispahán.

—Solicito tu permiso para quedarme aquí con ellos.

El sha estaba atónito.

—No prescindiré de Karim para que te acompañe como *hakim*. Él debe volver conmigo.

Rob asintió.

Le asignaron quince indios y veintisiete soldados armados para llevar camillas, además de dos *mahouts* y los cinco elefantes lesionados, a fin de que continuaran recibiendo sus cuidados. Karim se ocupó de que descargaran varios sacos de arroz. A la mañana siguiente, el campamento bullía con el acostumbrado frenesí. Luego, el cuerpo principal de la partida se puso en camino. Cuando desapareció el último hombre, Rob quedó con sus pacientes y su puñado de ayudantes en una repentina ausencia de ruido que resultaba al mismo tiempo acogedora y desconcertante.

El reposo a la sombra y sin polvareda benefició a los pacientes, ahorrándoles los constantes saltos y traqueteos del viaje. El primer día en el granero murieron dos hombres y otro el cuarto día, pero los que se aferraban a la supervivencia resistieron, y la decisión de Rob de hacer una pausa en el Beluchistán les salvó la vida.

Al principio, los soldados se tomaron a mal las nuevas obligaciones. Los demás estarían en breve en Ispahán, donde serían recibidos con aclamaciones, mientras ellos seguían expuestos a todos los riesgos y obligados a realizar faenas sucias. La segunda noche se escabulleron dos miembros de la guardia armada, y nunca volvieron a verlos. Los indios desarmados no intentaron huir, lo mismo que los demás miembros de la guardia. Como soldados profesionales, pronto comprendieron que la próxima vez podía tocarle a cualquiera de ellos, y se sintieron agradecidos de que el *hakim* pusiera en peligro su propia vida para ayudar al prójimo. Todas las mañanas Rob destacaba partidas de caza que volvían con presas pequeñas, que aderezaban y guisaban con el arroz que les había dejado Karim. Los pacientes se recuperaban ante sus propios ojos.

Trataba a los elefantes como a los hombres, cambiando regularmente sus vendajes y bañando sus heridas con vino. Las grandes bestias permanecían impasibles y permitían que les hiciera daño, como si comprendieran que él era su benefactor. Los hombres eran tan resistentes como los animales, incluso cuando se les gangrenaban las heridas, y Rob no tenía más remedio que cortar la sutura y abrir la carne para limpiar el pus y empaparla en vino antes de volver a cerrarla. Asistió a un hecho extraño: prácticamente en todos los casos que había tratado con aceite hirviendo, las heridas estaban inflamadas y supuraban. Muchos de los pacientes habían muerto, en tanto la mayoría de aquellos cuyas heridas habían sido tratadas cuando ya no había aceite, no tenían pus y sobrevivieron. Comenzó a tomar notas, sospechando que esa sola observación podía hacer que su presencia en la India valiera para algo. Se había quedado casi sin vino, pero fabricar la Panacea Universal le había servido para aprender que donde había granjeros podían obtenerse barriles de bebidas fuertes. Comprarían más en el camino.

Al cabo de tres semanas, cuando abandonaron el granero, cuatro de sus pacientes estaban en condiciones de montar. Doce soldados iban sin carga para poder turnarse con los camilleros, lo cual permitía que en todo momento algunos descansaran. En la primera oportunidad que se presentó, Rob se desvió de la Ruta de las Especias y dio un rodeo. Éste les retrasaría casi una semana, lo que disgustó a los soldados. Pero Rob no quería arriesgar su reducida caravana siguiendo a las numerosas fuerzas del sha por un camino en el que los desenfrenados intendentes persas habían sembrado el odio y la inanición.

Tres elefantes aún cojeaban y no los cargaron, pero Rob montó en el que tenía cortes de escasa gravedad en la trompa. Se alegró de dejar a *Bitch*, y estaría contento si nunca tuviera que volver a cabalgar un camello. Por contraste, el amplio lomo del elefante le proporcionaba comodidad, estabilidad y una visión regia del mundo.

Este agradable viaje le ofreció ilimitadas oportunidades de pensar, y el recuerdo de Mirdin lo acompañaba a cada paso, de modo que las maravillas que amenizan cualquier viaje fueron percibidas por sus ojos, pero le proporcionaron muy poco placer: el vuelo repentino de miles de pájaros, una puesta de sol que dejaba el cielo en llamas, la forma en que uno de los elefantes pisó el reborde de una zanja, que se derrumbó, y cómo el animal se sentó como un niño para deslizarse en la rampa resultante...

«Jesús —pensó—. O Shaddai, o Alá, o quien seas. ¿Cómo puedes permitir semejante pérdida?»

Los reyes conducían a hombres ordinarios a la batalla, y algunos de los sobrevivientes eran gentes de baja estofa y otros, individuos perversos, pensó con amargura. No obstante, Dios había permitido que segaran la vida de quien poseía cualidades de santidad y una mente que cualquier erudito envidiaba y ambicionaba. Mirdin habría pasado toda su vida tratando de curar y servir a la humanidad.

Desde el entierro de Barber, Rob no había estado tan conmovido y afectado por una muerte, y todavía mascullaba desesperado cuando llegaron a Ispahán. Se aproximaron a última hora de la tarde, de manera que la ciudad estaba tal como la vio por vez primera, con sus edificios blancos sombreados de azul y los tejados con el reflejo rosa de las montañas de arenisca. Cabalgaron directamente hasta el *maristan*, donde dejaron a los dieciocho heridos. Después fueron a los establos de la Casa del Paraíso, donde se libró de la responsabilidad de los animales, las tropas y los esclavos.

Luego, pidió su castrado castaño. Farhad, el nuevo capitán de las Puertas, estaba por allí y lo oyó. Ordenó al mozo de cuadra que no perdiera un minuto tratando de localizar a un caballo determinado entre tantos animales.

—Entrega otra montura al *hakim*.

—Khuff dijo que me devolverían mi caballo.

«No todo tenía que cambiar», pensó Rob.

—Khuff está muerto.

—Pues aun así quiero mi caballo.

Para su propia sorpresa, su voz y su mirada se endurecieron. Venía de una carnicería que le daba náuseas, pero ahora ansiaba golpear, descargar la violencia.

Farhad conocía a los hombres y supo reconocer el reto en la voz del *hakim*. No tenía nada que ganar y sí mucho que perder en una reyerta con aquel *Dhimmi*. Se encogió de hombros y dio media vuelta. Rob montó junto al mozo de cuadra, recorriendo de un lado a otro los establos. Cuando divisó a su castrado, se avergonzó de su desagradable conducta. Separaron el caballo y lo ensillaron, mientras Farhad acechaba sin ocultar su desdén al ver la bestia defectuosa por la que el *Dhimmi* había estado dispuesto a pelear.

Pero el caballo trotó alegre hasta el Yehuddiyyeh.

Al oír ruidos entre los animales, Mary cogió la espada de su padre y la lámpara, y abrió la puerta que separaba la casa del establo. Él había vuelto.

El caballo castaño ya había sido desensillado, y en ese momento Rob lo hacía retroceder hacia el pesebre. Se volvió, y bajo la tenue luz Mary notó que había adelgazado mucho; era casi idéntico al muchacho flacucho y semisalvaje que había conocido en la caravana de Kerl Fritta.

Rob fue a su lado en tres zancadas y la abrazó sin hablar.

Después le tocó el vientre plano.

—¿Todo fue bien?

Mary soltó una carcajada temblorosa, porque estaba fatigada y dolorida. Rob se había perdido sus frenéticos gritos por cinco días.

—Tu hijo tardó dos días en llegar.

—Un hijo.

Apoyó su enorme palma en la mejilla de Mary. A su contacto, la oleada de alivio la hizo temblar, estuvo a punto de derramar el aceite de la lámpara y la llama parpadeó. Durante su ausencia se había vuelto dura y fuerte, una mujer curtida, pero era todo un lujo volver a confiar en alguien competente. Como pasar del cuero a la seda. Mary dejó la espada y le cogió la mano para llevarlo al interior, donde el bebé dormía en una cesta forrada con una manta.

En ese momento, vio con los ojos de Rob el trocito de humanidad de carne redonda, las facciones hinchadas por los dolores del parto, la pelusilla oscura en la cabeza. Sintió fastidio por ese hombre, pues no logró dilucidar si estaba decepcionado o sobrecogido de júbilo. Cuando Rob levantó la vista, en su expresión había congoja y placer.

—¿Cómo está Fara?

—Karim vino a decírselo. Observé con ella los siete días del *shiva*. Después cogió a Dawwid e Issachar y se unió a una caravana con rumbo a Masqat. Con la ayuda de Dios, ya están entre los suyos.

—Será duro para ti estar sin ella.

—Es más duro para ella —dijo Mary amargamente.

El bebé soltó un leve vagido y Rob lo levantó del canasto y le acercó el dedo meñique, que el niño aceptó, hambriento. Mary usaba un vestido suelto, con un cordón en el cuello, que le había cosido Fara. Aflojó el cordón, dejó caer el vestido por debajo de sus senos henchidos y cogió al bebé. Rob también se echó en la estera cuando ella comenzó a amamantarlo. Le apoyó la cabeza en el pecho libre y Mary notó que tenía la mejilla húmeda.

Nunca supo que su padre o ningún otro hombre llorara, y las sacudidas convulsivas de Rob la asustaron.

—Querido mío. Mi Rob... —murmuró.

Instintivamente, su mano libre lo orientó suavemente hasta que la boca de él rodeó su pezón. Era un lactante más indeciso que su hijo, y cuando apretó y succionó, Mary se sintió muy emocionada, aunque tiernamente divertida: por una vez, una parte de su cuerpo penetraba el de él. Pensó fugazmente en Fara, y sin experimentar la menor culpa agradeció a la Virgen que la muerte no se hubiera llevado a su marido. Los dos pares de labios en sus pechos, uno diminuto y el otro grande y conocido, le hicieron experimentar una hormigueante calidez. Quizá la Madre bendita o los santos estaban obrando su magia, pues por un instante los tres fueron uno. Finalmente, Rob se incorporó, y cuando se inclinó y la besó, Mary probó su propio sabor tibio.

—No soy un romano —dijo él.

# SEXTA PARTE

# HAKIM

# 61

## EL NOMBRAMIENTO

La mañana siguiente al retorno, Rob estudió a su niño-hombre a la luz del día y vio que era un bebé hermoso, con ojos azul oscuro, muy ingleses, manos y pies grandes. Contó y flexionó suavemente cada dedito de la mano y el pie y se regocijó con sus piernecillas ligeramente arqueadas. Un niño fuerte.

Olía como una prensa olivarera, pues había sido aceitado por su madre. Luego el olor se hizo menos agradable y Rob cambió los pañales de un bebé por primera vez desde que atendiera a sus hermanos menores. En el fondo, todavía ansiaba encontrar algún día a William Stewart, Anne Mary y Jonathan Carter. ¿No sería un placer mostrar su sobrino a los Cole largo tiempo perdidos?

Rob y Mary discutieron sobre la circuncisión.

—No le hará daño. Aquí todos los hombres están circuncidados, musulmanes y judíos, y para él será una forma fácil de ser mejor aceptado.

—Yo no quiero que sea mejor aceptado en Persia —dijo Mary con tono de hastío—. Deseo que lo sea en nuestra tierra, donde a los hombres no les cortan ni les atan nada, y los dejan tal como la naturaleza los trajo al mundo.

Rob rió y ella se echó a llorar. La consoló y, después, en cuanto pudo, escapó a conversar con Ibn Sina.

El Príncipe de los Médicos lo saludó cordialmente, dando gracias a Alá por su supervivencia y pronunciando palabras de pesar por Mirdin. Ibn Sina escuchó atentamente el informe de Rob sobre los tratamientos y amputaciones realizados en las dos batallas, y se interesó de forma especial en las comparaciones entre la eficacia del aceite caliente y los baños de vino para limpiar heridas abiertas. Ibn Sina demostró que le interesaba más la validez científica que su propia infalibilidad. Aunque las observaciones de Rob contradecían lo que él mismo había dicho y escrito, insistió en que su discípulo pusiera por escrito sus hallazgos.

—Además, esta cuestión concerniente al vino de las heridas podría ser tu primera conferencia como *hakim* —dijo.

Rob aceptó lo que decía su mentor. Luego, el anciano lo observó:

—Me gustaría que trabajaras conmigo, Jesse ben Benjamin. Como asistente.

Nunca había soñado con algo semejante. Quería decirle al médico jefe que sólo había ido a Ispahán —desde tierras remotas, a través de otros mundos, superando todo tipo de vicisitudes— para tocar el borde de sus vestiduras, pero en lugar de explicárselo, asintió.

—*Hakim-bashi*, ¡ya lo creo que me gustaría!

Mary no opuso reparos cuando se lo dijo. Llevaba en Ispahán el tiempo suficiente como para no ocurrírsele que su marido pudiera rechazar tal honor, pues además de un buen salario contaría con el prestigio y el respeto inmediatos de la asociación con un hombre venerado como un semidiós, más amado que la misma realeza. Cuando Rob vio que se alegraba por él, la abrazó.

—Te llevaré a casa, te lo prometo, Mary, pero todavía falta algún tiempo. Por favor, confía en mí.

Mary confiaba en él. No obstante, reconocía que si habían de permanecer más tiempo allí, debía cambiar. Resolvió hacer un esfuerzo por adaptarse al país. Aunque reacia cedió en lo concerniente a la circuncisión de su hijo.

Rob fue a pedir consejo a Nitka la Partera.

—Acompáñame —dijo la mujer, y lo llevó dos calles más abajo, a ver al *mohel*, Reb Asher Jacobi.

—Una circuncisión —dijo el *mohel*—. La madre... —refunfuñó, y miró a Nitka con los ojos entornados, atusándose la barba—. ¡Es una Otra!

—No tiene por qué ser un *brit* con todas las oraciones —dijo Nitka, impaciente. Habiendo dado el serio paso de asistir a la Otra a dar a luz, pasó fácilmente al papel de defensora—. Si el padre solicita el sello de Abraham en su hijo, es una bendición circuncidarlo, ¿verdad?

—Sí —admitió Reb Asher—. Tu padre. ¿Quién sujetará al niño? —preguntó Rob.

—Mi padre ha muerto.

Rob Asher suspiró.

—¿Estarán presentes otros miembros de la familia?

—Sólo mi mujer. Aquí no hay más miembros de la familia. Yo mismo sujetaré a mi hijo.

—Es una ocasión celebratoria —dijo Nitka amablemente—. ¿No te molesta? Mis hijos Shemuel y Chofni, unos pocos vecinos...

Rob asintió.

—Yo me ocuparé —propuso Nitka.

A la mañana siguiente, ella y sus robustos hijos, picapedreros de oficio, fueron los primeros en llegar a casa de Rob. Hinda, la huraña vendedora del mercado judío, fue con su Tall Isak, un erudito de barba gris y ojos azorados. Hinda seguía sin sonreír, pero llevó un regalo consistente en pañales y mantillas. Yaakob el Zapatero y Naoma, su mujer, se presentaron con una jarra de vino. Mizah Halevi el Panadero y su mujer, Yudit, aparecieron con dos grandes hogazas de pan azucarado. Sosteniendo el dulce cuerpecillo en posición supina sobre su regazo, Rob tuvo sus dudas cuando Reb Asher cortó el prepucio de tan diminuto pene.

—Que el muchacho crezca vigoroso de mente y cuerpo para una vida de buenas obras —declaró el *mohel*, mientras el bebé berreaba.

Los vecinos levantaron sus cuencos con vino y aplaudieron, Rob dio al niño el nombre judío de Mirdin ben Jesse. Mary odió cada instante de la ceremonia.

Una hora más tarde, cuando todos se hubieron ido, ella y Rob quedaron solos con el bebé. Mary se humedeció los dedos con agua de cebada y tocó ligeramente a su hijo en la frente, el mentón, el lóbulo de una oreja y luego el otro.

—En el nombre del Padre y el Hijo y el Espíritu Santo, yo te bautizo con el nombre de Robert James Cole —dijo en voz alta y clara, imponiéndole los nombres de su padre y de su abuelo.

A partir de ese momento, cuando estaban a solas, llamaba Rob a su marido, y se refería al niño como Rob J.


Al Muy Respetado Reb Mulka Askari, mercader de perlas de Masqat, un saludo.

Tu difunto hijo Mirdin era mi amigo. Que en paz descanse.

Juntos fuimos cirujanos en la India, de donde he traído estas pocas cosas que ahora te envío por intermedio de las amables manos de Reb Moise ben Zavil, mercader de Qum, cuya caravana parte este mismo día hacia tu ciudad, con un cargamento de aceite de oliva.

Reb Moise te entregará un pergamino con un plano que muestra el emplazamiento exacto del sepulcro de Mirdin en la aldea de Kausambi, con la intención de que algún día los huesos puedan ser retirados si ése es tu deseo. Asimismo, te envío el *tefillin* que diariamente se ceñía al brazo y que, me dijo, tú le regalaste para el *minyan* al llegar a los catorce años. Además, te envío las piezas y el tablero del juego del sha con el que Mirdin y yo pasamos muchas horas felices.

No llevó otras pertenencias suyas en la India. Naturalmente, fue enterrado con su *tallit*.

Ruego al Señor que proporcione algún alivio a tu aflicción y a la nuestra. Con su fallecimiento, una luz se apagó en mi vida. Mirdin era el hombre al que más he apreciado. Sé que está con *Adashem* y abrigo la esperanza de ser digno, algún día, de encontrarme con él.

Por favor, transmite mi afecto y respeto a su viuda y a sus vigorosos hijos, e infórmales de que mi esposa ha dado luz a un hijo saludable, Mirdin ben Jesse, y les transmite sus deseos amorosos de una buena vida.

> *Yivorechachah Adonai V'Yishmorechah*
> Que el señor le bendiga y te guarde.
> Yo soy Jesse ben Benjamin, *hakim*.

Al-Juzjani había sido asistente de Ibn Sina durante años. Alcanzó la notoriedad como cirujano por derecho propio, y fue el más destacado entre sus antiguos asistentes, aunque todos se habían desempeñado bien. El *hakim-bashi* hacía trabajar duramente a sus asistentes, y el puesto era como una prolongación de los estudios; una oportunidad para seguir aprendiendo. Desde el principio, Rob hizo mucho más que seguir los pasos de Ibn Sina y alcanzarle el instrumental, que a veces era lo único que exigían a sus asistentes otros grandes hombres.

Ibn Sina esperaba que lo consultara si había algún problema o si era necesaria su opinión, pero el joven *hakim* contaba con toda su confianza, y aquél esperaba que actuara por cuenta propia.

Para Rob fue una época dichosa. Dio una conferencia en la madraza sobre los baños de vino para las heridas abiertas. Asistió muy poco público, pues esa misma mañana un médico visitante de al-Rayy conferenció sobre el tema del amor físico. Los doctores persas siempre se apiñaban en las clases referentes a cuestiones sexuales, algo curioso para Rob, porque en Europa el tema no era responsabilidad de los médicos. No obstante, él mismo asistió a muchas conferencias sobre esa materia, y ya fuese por lo que aprendía o a pesar de ello, su matrimonio prosperaba.

Mary se repuso rápidamente después de dar a luz. Siguieron las instrucciones de Ibn Sina, quien advirtió que hombre y mujer habían de guardar abstinencia durante las seis semanas posteriores al parto, y aconsejó que las partes pudendas de la madre reciente se trataran suavemente con aceite de oliva y se masajearan con una mezcla de miel y agua de cebada. El tratamiento funcionó de maravilla. La espera de seis semanas pareció una eternidad, y cuando se cumplieron, Mary se volvió hacia Rob tan ansiosa como él hacia ella.

Semanas después la leche de sus pechos empezó a menguar. Fue un sobresalto, porque su producción era copiosa; Mary había contado a Rob que en ella había ríos de leche, leche suficiente para abastecer al mundo. Cuando amamantaba, sentía aliviarse la dolorosa presión de sus pechos, pero en cuanto desapareció la presión, sintió el dolor de oír el quejido hambriento de Rob J. Comprendieron que necesitarían a un ama de cría. Rob habló con varias comadronas, y por medio de ellas encontró a Prisca, una armenia fuerte y humilde, que tenía bastante leche para su hija recién nacida y para el hijito del *hakim*. Cuatro veces por día, Mary llevaba al niño al almacén de cueros de Dikran, el marido de Prisca, y aguardaba mientras el pequeño Rob J. se alimentaba. De noche, Prisca iba a la casa del Yehuddiyyeh y se quedaba en la otra habitación con los dos bebés, mientras Rob y Mary hacían sigilosamente el amor y luego gozaban del lujo del sueño ininterrumpido con una nueva certeza. A veces Rob tenía la impresión de que ella se adjudicaba todo el mérito de la pequeña y ruidosa criatura que habían creado juntos, pero la amaba tanto más por eso mismo. La primera semana del mes de *Shaban* volvió a pasar por Ispahán la caravana de Reb Moise ben Zavil, camino de Qum, y el mercader les entregó regalos de Reb Mulka Askari y su hija política Fara. Ésta envió para el niño Mirdin ben Jesse seis pequeñas prendas de lino, primorosamente cosidas por ella. El mercader de perlas devolvió a Rob el juego del sha que había pertenecido a su hijo. Fue la primera vez que Mary lloró por Fara. Cuando se secó las lágrimas, Rob acomodó las figuras de Mirdin en el tablero y le enseñó a jugar. Después, a menudo hacían partidas. Rob no esperaba demasiado porque era un juego de guerreros, y Mary sólo era una mujer. Pero aprendió en seguida y comió una de sus piezas soltando un grito de guerra digno de un merodeador seljucí. La habilidad que adquirió Mary en mover el ejército de un rey, aunque poco natural en una hembra, no significó un gran choque para Rob, pues hacía tiempo le constaba que Mary Cullen era un ser extraordinario.

El advenimiento del Ramadán cogió desprevenido a Karim, tan inmerso en el pecado que la pureza y contrición implícitas en el mes de ayuno le parecieron imposibles de alcanzar, y demasiado dolorosas de soportar. Ni siquiera las oraciones y el ayuno apartaron de sus pensamientos a Despina y sus insaciables deseos. Por cierto, como Ibn Sina pasaba varias tardes por semana en diversas mezquitas y rompía el ayuno con *mullahs* y eruditos coránicos, el Ramadán resultó una época segura para el encuentro de los amantes. Karim la veía con tanta frecuencia como siempre.

Durante el Ramadán, también el sha Ala mantenía reuniones para orar y se sometía a otras exigencias. Un día, Karim tuvo la oportunidad de regresar al *maristan* por primera vez en meses. Afortunadamente, ese día Ibn Sina no estaba en el hospital, pues se encontraba atendiendo a un cortesano aquejado de fiebre. Karim conocía el sabor de la culpa: Ibn Sina siempre lo había tratado bien. El *hakim* era renuente a encontrarse con el marido de Despina.

La visita al hospital fue una cruel decepción. Los aprendices lo siguieron a través de las salas como de costumbre..., incluso en mayor número que antes, porque su personalidad legendaria se había agigantado. Pero no conocía a ninguno de los pacientes; todos los que había tratado con anterioridad estaban muertos o recuperados y dados de alta. Y aunque otrora había paseado por aquellas salas con segura confianza en su propia habilidad, se encontró tartamudeando mientras hacía preguntas nerviosas, sin saber lo que buscaba en pacientes que eran responsabilidad de otros.

Logró superar la visita sin revelar su torpeza, pero

experimentó la triste sensación de que a menos que dedicara su tiempo a la auténtica práctica de la medicina, en breve olvidaría los conocimientos adquiridos tan dolorosamente a través de muchos años.

No tenía opción. El sha Ala le había asegurado que lo que esperaba a ambos haría empalidecer la medicina.

Aquel año Karim no corrió en el *chatir*. No se había preparado y estaba más pesado de lo que debía estar un corredor. Presenció la carrera con el sha Ala.

El primer día de *Bairam* amaneció más caluroso que el de su victoria, y la carrera transcurrió lentamente. El rey había renovado su oferta de un *calaat* a quien repitiera la hazaña de Karim y completara las doce vueltas a la ciudad antes de la última oración, pero era evidente que en esa jornada nadie correría ciento veintiséis millas romanas.

El acontecimiento se convirtió en una carrera en la quinta etapa, deteriorándose hasta transformarse en un combate entre al-Harat de Hamadhan y un joven soldado llamado Nafis Jurjis. Los dos habían optado por un paso demasiado veloz el año anterior, por lo que para ellos la carrera terminó en un colapso. Ahora, con el fin de evitar que ocurriera lo mismo, corrían lentamente.

Karim estimulaba a Nafis. Informó a Ala que lo hacía porque el soldado había sobrevivido con ellos en la incursión a la India. En verdad, aunque le gustaba el joven Nafis, lo apoyaba porque no quería que ganara al-Harat, que lo había conocido de niño en Hamadhan, y cuando se encontraban, Karim aún percibía su desprecio por haber sido «el agujero donde la metía Zaki-Omar».

Pero Nafis languideció después de recoger la octava flecha, y la carrera quedó en manos de al-Harat. Transcurrían las últimas horas de la tarde y el calor era brutal; dando muestras de sensatez, al-Harat indicó con un gesto que terminaría la vuelta y se conformaría con esa victoria.

Karim y el sha recorrieron cabalgando la última etapa muy adelantados con respecto al corredor a fin de estar en la línea de llegada para recibirlo. Ala iba en su salvaje semental blanco y Karim montaba el árabe gris que siempre sacudía la cabeza. A lo largo del camino, a Karim se le levantó el ánimo, pues todo el pueblo sabía que pasaría mucho tiempo antes de que un corredor lo emulara en el *chatir*, si es que alguna vez alguien lo conseguía. Ahora lo abrazaban por aquella proeza con gritos de alegría, y también como héroe de Mansura y Kausambi. Ala sonreía de oreja a oreja y Karim sabía que podía mirar por encima del hombro y con benevolencia a al-Harat, pues el corredor era un granjero de tierras pobres y él pronto sería visir de Persia.

Al pasar por la madraza, Karim vio al eunuco Wasif en el tejado del hospital y a su lado estaba Despina con la cara velada. Al verla, a Karim le dio un vuelco el corazón y sonrió. Era mejor pasar a su lado así, en un valioso corcel y ataviado con sedas y lino, a tambalearse y tropezar apestando a sudor, cegado por la fatiga.

No lejos de Despina, una mujer sin velo perdió la paciencia con el calor y, quitándose el paño negro que cubría su cabeza, la sacudió como si imitara al caballo de Karim. Sus cabellos cayeron y se abrieron en abanico, largos y ondulantes. El sol destelló gloriosamente en su cabellera, revelando diferentes pinceladas rojas y doradas. En ese momento Karim oyó que el sha le estaba dirigiendo la palabra.

—¿Es la mujer del *Dhimmi*? ¿La europea?

—Sí, Majestad. La esposa de nuestro amigo Jesse ben Benjamin.

—Pensé que tenía que ser ella —comentó Ala.

El rey observó a la mujer de cabeza descubierta hasta que la adelantaron unos metros. No hizo más preguntas, y poco después Karim logró enzarzarlo en una conversación concerniente al herrero indio Dhan Vangalil y las espadas que estaba fabricando para el sha en su nuevo horno y fundición, situados detrás de los establos de la Casa del Paraíso.

# 62

## LA RECOMPENSA

Rob, como de costumbre, empezaba el día en la sinagoga Casa de la Paz, en parte porque la extraña mezcla del cántico de la oración judía y la silenciosa oración cristiana se había vuelto satisfactoria y nutría su espíritu.

Pero todo porque, de alguna extraña manera, su presencia en la sinagoga representaba la satisfacción de una deuda con Mirdin.

No obstante, se sentía incapaz de entrar en la sinagoga de Mirdin, la Casa de Sión. Y aunque muchos eruditos se sentaban a diario para debatir sobre la ley en la Casa de la Paz, y habría sido sencillo sugerir que alguien le diera clases privadas sobre los ochenta y nueve mandamientos que aún no había estudiado, no le quedaban ánimos para completar esa tarea sin Mirdin. Se dijo a sí mismo que quinientos veinticuatro mandamientos servirían a un judío espurio tan bien como seiscientos trece, y dedicó su mente a otras cuestiones.

El maestro había escrito sobre todos los temas. Mientras era estudiante, Rob había tenido la oportunidad de leer muchas de sus obras sobre medicina, pero ahora estudiaba otros escritos de Ibn Sina, y cada vez sentía más respeto por él. Se había ocupado de música, poesía y astronomía, metafísica y pensamiento oriental, filología e intelecto activo, y a él se debían, además, comentarios acerca de todas las obras de Aristóteles. Durante su encierro en el castillo de Fardajan escribió un libro titulado *La guía*, en el que sintetizaba todas las ramas de la filosofía. Incluso era autor de un manual militar, *Manejo y aprovisionamiento de soldados, tropas esclavas y ejércitos*, que habría sido muy útil a Rob si lo hubiese leído antes de ir a la India como cirujano de campaña. Había escrito acerca de la matemática, el alma humana y la esencia de la tristeza. Y repetidas veces se había explayado sobre el Islam, la religión heredada de su padre y que, a pesar de la ciencia que impregnaba todo su ser, aceptaba como dogma de fe.

Y eso es lo que hacía que el pueblo lo amara tanto. Toda la gente veía que pese a la lujosa finca y a los frutos del *calaat* real, pese a que hombres sabios y gloriosos del mundo entero iban a buscarlo y sondeaban sus pensamientos, pese a que los reyes rivalizaban por el honor de ser reconocidos como patrocinadores del maestro..., pese a toda estas cosas, incluso como el más humilde de los desgraciados, Ibn Sina elevaba los ojos al cielo y exclamaba:

*La ilaha illa-l-Lah;*
*Muhammadun rasulu-l-Lah.*
(No hay Dios salvo Dios;
Mahoma es el Profeta de Dios.)

Todas las mañanas, antes de la primera oración, una multitud de varios centenares de hombres se reunía delante de su casa. Eran mendigos, *mullahs*, pastores, mercaderes, pobres y ricos, hombres de toda condición. El Príncipe de los Médicos sacaba su propia alfombra de plegaria y oraba con sus admiradores, y cuando cabalgaba hasta el *maristan*, lo acompañaban a pie, cantándole al Profeta y entonando versículos del Corán.

Varias tardes por semana se reunían algunos discípulos en su casa. En general, se hacían lecturas sobre temas médicos. Durante un cuarto de siglo, todas las semanas, al-Juzjani había leído en voz alta obras de Ibn Sina, sobre todo el famoso *Qanun*. A veces pedían a Rob que leyera otro libro del maestro titulado *Shifa*. A continuación discutían vivamente de temas clínicos mientras bebían. El debate resultaba a menudo acalorado, y algunas veces divertido, pero siempre instructivo.

—¿Que cómo llega la sangre a los dedos? —podía gritar desesperadamente al-Juzjani, repitiendo la pregunta de un aprendiz—. ¿Has olvidado que Galeno dijo que el corazón es una bomba que pone toda la sangre en movimiento?

—¡Ah! —intervenía Ibn Sina—. Y el viento pone en movimiento una embarcación de vela, pero ¿cómo encuentra el camino a Bahrain?

Muchas veces, cuando Rob se marchaba, notaba la presencia del eunuco Wasif oculto en las sombras, cerca de la puerta de la torre Sur. Un anochecer, Rob fue al campo que se extendía detrás del muro de la finca de Ibn Sina. No le sorprendió ver al semental gris de Karim agitando impaciente la cabeza.

Volvió andando hacia donde estaba su propio caballo, a la vista de todos, y estudió el aposento en lo alto de la torre Sur. A través de las rendijas de la ventana de la pared curva, una luz amarillenta parpadeaba, y sin envidia ni pesar recordó que a Despina le gustaba hacer el amor a la luz de seis velas.

Ibn Sina inició a Rob en los misterios.

—Mora en nosotros un extraño ser que unos llaman mente y otros alma, el cual ejerce un poderoso efecto sobre nuestros cuerpos y nuestra salud. Tuve las primeras pruebas de ello siendo joven, en Bujará, cuando comenzaba a interesarme por el tema que me llevó a escribir *El pulso*. Tenía un paciente, un joven de mi edad que se llamaba Achmed. Su apetito había decaído hasta hacerle adelgazar mucho. Su padre, un acaudalado mercader del lugar, estaba desesperado y me rogó que lo ayudara.

»Cuando examiné a Achmed no advertí que algo funcionara mal. Pero mientras lo exploraba, ocurrió algo extraño. Le había apoyado los dedos en la arteria de la muñeca mientras conversábamos amistosamente sobre diversas poblaciones de los alrededores de Bujará. El pulso era lento y estable hasta que mencioné la aldea de Efsene, donde yo nací. ¡Se produjo tal tremolar en su muñeca, que me asusté!

»Yo conocía bien esa aldea, y mencioné varias calles que no produjeron ningún efecto hasta que llegué al camino del Undécimo Imán, momento en que su pulso volvió a palpitar y danzar. Yo ya no conocía a todas las familias de esa calle, pero nuevos interrogatorios y sondeos me permitieron averiguar que allí vivía Ibn Razi, un trabajador del cobre con tres hijas, la mayor de las cuales era Ripka, una muchacha hermosísima. Cuando Achmed la nombró, el aleteo de su muñeca me recordó a un pájaro herido.

»Hablé con su padre y le dije que la curación de su hijo consistía en que contrajera matrimonio con Ripka. Todo se arregló y hubo boda. Poco después, Achmed recuperó el apetito. La última vez que lo vi, hace unos años, era un hombre gordo y contento.

»Galeno nos dice que el corazón y todas las arterias palpitan al mismo ritmo, de modo que a partir de una cualquiera puedes juzgar todas las demás, y que un pulso lento y regular significa buena salud. Pero desde que traté a Achmed, descubrí que el pulso también puede emplearse para determinar el estado de agitación o la paz mental de un paciente. Muchas veces me he guiado por ese criterio, y el pulso ha demostrado ser "el mensajero que nunca miente".

Así Rob aprendió que —además del don que le permitía mensurar la vitalidad— era posible utilizar el pulso para reunir información acerca de la salud y el estado de ánimo del paciente. Tuvo abundantes oportunidades de practicar. Mucha gente desesperada iba en tropel a ver al Príncipe de los Médicos con la esperanza de una cura milagrosa. Ricos y pobres eran tratados de la misma manera, pero Ibn Sina y Rob sólo podían aceptar a unos pocos pacientes, que en su mayoría eran enviados a otros médicos.

Ibn Sina tenía que dedicar la mayor parte de su práctica clínica al sha y miembros ilustres de su séquito. Así, una mañana Rob fue enviado a la Casa del Paraíso por el maestro, quien le informó que Siddha, la esposa del herrero indio Dhan Vangalil, estaba enferma de cólicos.

Rob solicitó los servicios del *mahout* personal de Ala, el indio Harsha, como traductor. Siddha resultó ser una mujer agradable, de cara redonda y pelo entrecano. La familia Vangalil idolatraba a Buda, de modo que no se aplicaba la prohibición del *aurat*, y Rob pudo palpar su estómago sin preocuparse de que lo denunciaran a los *mullahs*. Después de examinarla con todo detalle, resolvió que su problema era de dieta, pues Harsha le transmitió que ni la familia del herrero ni ninguno de los *mahouts* tenía suficientes provisiones de comino, cúrcuma o pimienta, especias a las que se habían acostumbrado toda su vida y de las que dependía su digestión.

Rob zanjó la cuestión ocupándose personalmente de la distribución de dichas especias. Ya se había ganado la consideración de algunos *mahouts* atendiendo las heridas de guerra de sus elefantes, y ahora conquistó también la gratitud de los Vangalil.

Llevó a Mary y a Rob J. de visita con la esperanza de que los problemas comunes a la gente trasplantada a Persia sirvieran como base de una amistad. Pero la chispa de comprensión que se había encendido instantáneamente entre Fara y Mary no reapareció. Las dos mujeres se observaron incómodas y observando una rígida cortesía. Mary tuvo que esforzarse por no mirar fijamente el *kumkum* negro y redondo pintado en medio de la frente de Siddha. Rob nunca volvió a llevar a su familia a casa de los Vangalil.

Pero volvió solo, fascinado por lo que lograba hacer Dhan Vangalil con el acero.

Sobre un hoyo poco profundo del suelo, Dhan había construido un horno de fundición, consistente en una pared de arcilla rodeada por una pared exterior y más gruesa de roca y barro, todo asegurado mediante estacas. El horno llegaba a la altura de los hombros de un hombre normal, tenía un paso de ancho, y se estrechaba hasta un diámetro ligeramente menor en lo alto, para concentrar el calor y reforzar las paredes.

En ese horno Dhan forjaba el hierro quemando capas alternativas de carbón y mineral de hierro persa, de anchuras variables entre un guisante y una nuez. Alrededor del horno había cavado una zanja poco profunda. Sentado en el reborde exterior y con los pies dentro, ponía en funcionamiento unos fuelles hechos con el pellejo de una cabra entera, emitiendo cantidades exactamente controladas de aire sobre la masa incandescente. Encima de la parte más caliente de esa masa, el mineral se reducía a fragmentos de hierro semejantes a metálicas gotas de lluvia. Las cuales se derramaban a través del interior del horno y se depositaban en el fondo, formando una mezcla de gotas de carbón, escoria y hierro, llamada tocho.

Dhan había sellado con arcilla un agujero de descarga, que ahora rompió para sacar el tocho; luego lo refinó mediante fuertes martillazos que exigieron diversos recalentamientos en la forja. La mayor parte del hierro del mineral se convertía en escoria y desperdicios, pero el que era reducido producía una buena cantidad de hierro forjado.

Pero era blando, explicó a Rob por intermedio de Harsha. Las barras de acero indio, trasladadas por los elefantes desde Kausambi, eran durísimas. Fundió varias en un crisol y luego apagó el fuego. Al enfriarse, el acero era sumamente quebradizo. Dhan lo hizo trizas y lo salpicó sobre las piezas de hierro fundido. Después, sudando entre sus yunques, tenazas, cinceles, punzones y martillos, el delgado indio desplegó unos bíceps semejantes a serpientes mientras unía el metal blando y el metal duro. Soldó en la forja múltiples capas de hierro y acero, martillando como un poseso, retorciendo y cortando, superponiendo, plegando la lámina y martillando una y otra vez, mezclando sus metales como un caldero la arcilla. También recordaba a una mujer amasando pan.

Observándolo Rob comprendió que nunca podría

aprender las complejidades, las variaciones en las sutiles habilidades transmitidas a lo largo de muchas generaciones de herreros indios, pero entendió el proceso haciendo un sinnúmero de preguntas.

Dhan manufacturó una cimitarra que curó en hollín humedecido con vinagre de cidra, y que dio por resultado una hoja con un «grabado ácido de filigranas» de un color de azul oscuro, como ahumado. De haber sido fabricada sólo con hierro, la hoja habría resultado blanda y pesada, si sólo hubiera empleado el duro acero indio, habría resultado quebradiza.

Pero esa espada adquirió un filo fino, capaz de cortar un pelo en el aire, y era un arma flexible.

Las espadas que Ala había encargado a Dhan no estaban destinadas a los reyes. Eran armas para la soldadesca sin adornos, que serían amontonadas en previsión de una guerra futura en la que unas cimitarras de calidad superior podían dar ventajas a Persia.

—Dentro de unas semanas se quedará sin acero indio —observó Harsha.

Sin embargo, Dhan se ofreció a hacerle una daga a Rob, como muestra de gratitud por lo que el *hakim* había hecho por su familia y por los *mahouts*.

Rob la rehusó con pesar: esas armas eran hermosas, pero no quería tener que ver nada más con matanzas. Empero, no se resistió a abrir el maletín y mostrarle a Dhan un escalpelo, un par de bisturíes y dos cuchillas para amputaciones, una de hoja curva y delgada, la otra grande y serrada para cortar huesos.

Dhan esbozó una amplia sonrisa, dejando a la vista el vacío de muchos dientes, y movió la cabeza afirmativamente.

Una semana más tarde, Dhan le entregó sus instrumentos, de un acero estampado afiladísimo, superior a cualquier otra herramienta quirúrgica que Rob hubiese tenido en sus manos.

Sabía que iban a durarle toda la vida. Era un obsequio

principesco y exigía un regalo generoso a cambio, pero estaba demasiado abrumado para pensar en ello por el momento. Dhan apreció el enorme placer de Rob y se congratuló de él. Imposibilitado de comunicarse con palabras, se abrazaron. Juntos engrasaron los objetos de acero y los envolvieron de uno en uno en trapos. Terminada la tarea, Rob se los llevó en una bolsa de cuero.

Pletórico de deleite, se alejaba a caballo de la Casa del Paraíso cuando se encontró con una partida de caza conducida por el rey, que volvía al palacio. Con sus burdas ropas de cazador, Ala personificaba con exactitud al sha que Rob había visto por primera vez años atrás.

Refrenó su caballo e inclinó la cabeza con la esperanza de que pasaran a su lado sin detenerse, pero al instante Farhad acercó su caballo al medio galope.

—Quiere que te acerques.

El capitán de las Puertas volvió grupas y Rob lo siguió hasta donde estaba el sha.

—Ah, *Dhimmi*. Tienes que cabalgar un rato conmigo.

Ala indicó a los soldados que lo acompañaban que se retrasaran, mientras él y Rob iban con los animales al paso hacia el palacio.

—No te he recompensado por los servicios prestados a Persia.

Rob estaba sorprendido, pues pensaba que todas las recompensas por los servicios prestados durante la incursión a la India habían quedado atrás. Varios oficiales habían sido ascendidos por su valor, y los soldados habían recibido bolsas con monedas. Karim había sido premiado tan profusamente por el sha que, según los cotilleos del mercado, en breve le adjudicarían una serie de altos puestos. Rob estaba contento de que lo hubieran pasado por alto, dichoso de que las incursiones fueran historia.

—Tengo pensado para ti otro *calaat*: una casa más grande y extensos terrenos; una finca adecuada para organizar una fiesta real.

—No es necesario ningún *calaat*, Majestad. —Con voz seca, agradeció al sha su generosidad—. Mi presencia fue una forma modesta de saldar mi deuda contigo.

Habría sido más elegante de su parte hablar de amor por el monarca, pero no podía, y de todos modos Ala no pareció tomarse sus palabras a pecho.

—No obstante, mereces una recompensa.

—En tal caso, solicito a mi sha que me recompense permitiéndome permanecer en la casita del Yehuddiyyeh, donde estoy cómodo y me siento feliz.

El sha lo miró fijamente y con dureza. Por último, asintió.

—Ahora vete, Dhimmi.

Hundió los talones en el semental blanco, que partió de un salto. La escolta se apresuró a galopar tras él, y un instante después los soldados de caballería pasaron junto a Rob, produciendo un gran alboroto.

Pensativo, Rob volvió grupas y se dirigió a casa, para mostrar a Mary los instrumentos de acero estampado.

# 63

## UN DISPENSARIO EN IDHAJ

Aquel año el invierno fue crudo y llegó temprano a Persia. Una mañana, todas las cumbres montañosas aparecieron nevadas, y al día siguiente fuertes y gélidos vientos soplaron sobre Ispahán arrojando una mezcla de sal, arena y nieve. En los mercados, los tenderos cubrían sus artículos con trapos y suspiraban por la llegada de la primavera. Abultados por los *cadabis* de piel de cordero que les llegaban a los tobillos, se acurrucaban alrededor de los braseros e intercambiaban chismorreos referentes a su rey. Aunque gran parte del tiempo reaccionaban a las hazañas de Ala con una risilla entre dientes o con una mirada torva y resignada, el último escándalo llevó una expresión grave a muchos rostros, expresión que no provocaba la exposición a los terribles vientos.

En vista de las borracheras cotidianas y del libertinaje a que se entregaba el sha, el imán Mirza-aboul Qandrasseh había enviado a su amigo y jefe de edecanes, el *mullah* Musa Ibn Abbas, para que intentara razonar con el rey y le recordara que la bebida era abominable para Alá y que estaba prohibida por el Corán.

Ala llevaba horas bebiendo cuando recibió al delegado del visir, al que escuchó con atención. En cuanto se percató del contenido del mensaje y captó el tono cuidadosamente medido de Musa, el sha bajó del trono y se acercó a él.

Desconcertado y sin saber cómo comportarse, el *mull-ah* siguió hablando. De inmediato, y sin cambiar de expresión, el rey volcó el vino sobre la cabeza del anciano, para asombro de todos los presentes: cortesanos, sirvientes y esclavos. Durante el recordatorio del sermón, no dejó de volcar vino sobre todo el cuerpo de Musa, mojándole la barba y las ropas. Luego lo echó con un ademán, devolviéndoselo a Qandrasseh empapado y plenamente humillado.

Fue una manera de desdén para todos los religiosos de Ispahán y ampliamente interpretado como prueba de que los tiempos de Qandrasseh como visir tocaban a su fin. Los *mullahs* se habían acostumbrado a la influencia y los privilegios que Qandrasseh les había proporcionado, y a la mañana siguiente, en todas las mezquitas de la ciudad se oyeron oscuras y perturbadoras profecías concernientes al futuro de Persia.

Karim Harum fue a consultar el tema con Ibn Sina y Rob.

—Ala no es así. Sabe mostrarse el más generoso de los compañeros, alegre y encantador. Tú lo has visto en la India, *Dhimmi*. No hay luchador más valiente que él, y si es ambicioso en su deseo de llegar a ser un gran *Shahanshah*, se debe a que anhela la grandeza de Persia.

Los otros dos lo escuchaban en silencio.

—He intentado apartarlo de la bebida —dijo Karim, tan apenado como su antiguo maestro y su amigo.

Ibn Sina suspiró.

—Es más peligroso para los demás a primera hora de la mañana, cuando despierta con la enfermedad del vino del día anterior en su cuerpo. Hazle beber en ese momento té de sen, para purgar los venenos y quitarle el dolor de cabeza, también debes rociar su comida con hueso molido de fruta armenia, a fin de liberarlo de la melancolía. Pero nada lo protegerá de sí mismo. Cuando bebe debes apartarte de él, si puedes —observó a Karim atentamente—. Y tú también has de cuidarte cuando vas por la ciudad, pues eres conocido como el predilecto del sha y, en general, te consideran rival de Qandrasseh. Ahora tienes enemigos poderosos dispuestos a jugarse el todo por el todo para interrumpir tu ascenso.

Rob miró a Karim.

—Y tienes que llevar una vida intachable —advirtió en tono significativo—, porque tus enemigos se aferrarán a cualquier debilidad que tengas.

Recordó el profundo odio por sí mismo que había sentido cuando hizo cornudo al maestro. Conocía a Karim; pese a su ambición y a su amor por aquella mujer, era básicamente bondadoso, y Rob imaginaba la angustia que experimentaba al traicionar a Ibn Sina.

Karim asintió. Al separarse, apretó la muñeca a Rob y sonrió. Éste le devolvió la sonrisa: era imposible no responder. Karim conservaba todo su encanto, aunque ya no se mostraba despreocupado. Rob percibió una gran tensión y una inquieta incertidumbre en su rostro, y se compadeció de su amigo.

Los ojos azules del pequeño Rob contemplaban el mundo intrépidamente. Había empezado a gatear, y sus padres se regocijaron cuando aprendió a beber de una taza. Por sugerencia de Ibn Sina, Rob probó a alimentarlo con leche de camella, que según el maestro era el alimento más sano para un niño. Esa leche despedía un olor fuerte y contenía grumos amarillentos de grasa, pero el niño la tragó ávidamente. A partir de entonces, Prisca dejó de amamantarlo. Todas las mañanas, Rob iba a buscar leche de camella al mercado armenio, con un cántaro de piedra. El ama de cría, siempre con un bebé en brazos, se asomaba al almacén de cueros de su marido para verlo pasar.

—¡Amo *Dhimmi*! ¡Amo *Dhimmi*! ¿Cómo está mi niño? —gritaba Prisca, y le dedicaba una sonrisa luminosa cada vez que él aseguraba que el niño estaba bien.

Debido al aire cortante, había muchos pacientes con catarros, huesos doloridos, y coyunturas inflamadas e hinchadas. Plinio el Joven había escrito que para curar un resfriado el paciente debe besar el hocico peludo de un ratón, pero Ibn Sina declaró que Plinio el Joven no merecía ser leído. Él tenía su remedio favorito contra los males de la flema y los rigores del reumatismo. Dio instrucciones cuidadosas a Rob para que reuniera dos dirhams de castóreo y otras tantas medidas de gálbano de Ispahán, asfétida hedionda, asfétida, semilla de apio, alholva siria, gálbano, abrojo, semilla de harmela, opopónaco, resina de ruda y meollo de pepitas de calabaza. Los ingredientes secos se machacaban. Las resinas debían remojarse en aceite toda la noche y luego machacarlas. Encima había que echar miel tibia desprovista de espuma, y luego amasar la mezcla húmeda con los ingredientes secos y poner la pasta resultante en una vasija vidriada.

—La dosis es un *mithqal* —dijo Ibn Sina—, y el resultado, eficaz, si Dios quiere.

Rob fue a los rediles de elefantes, donde los mahouts respiraban ruidosamente y tosían, soportando menos que alegremente una estación distinta a los inviernos benignos que habían conocido en la India. Los visitó tres días seguidos, y los medicó con fumaria, artemisa y la pasta de Ibn Sina, con resultados tan poco concluyentes que habría preferido recetarles la Panacea Universal de Barber. Los elefantes no se veían tan espléndidos como en la batalla; ahora estaban cubiertos con mantas, como si llevaran encima tiendas festoneadas, en un intento por mantenerlos abrigados.

Rob se paró en Harsha para observar a *Zi*, el gran elefante del sha, que engullía enormes cantidades de heno.

—¡Mis pobres niños! —dijo Harsha tiernamente—. En otros tiempos, antes de Buda o de Brahman o de Vishnu o de Shiva, los elefantes eran todopoderosos y mi pueblo les rezaba. Ahora son mucho menos que dioses, los capturamos y los obligamos a cumplir nuestra voluntad.

*Zi* se estremeció mientras lo miraban, y Rob prescribió que dieran a las bestias cubos de agua tibia para beber, de manera que se calentaran interiormente.

Harsha se mostró dubitativo.

—Los hemos hecho trabajar y se afanan como siempre, a pesar del frío.

Pero Rob había aprendido algo sobre elefantes en la Casa de la Sabiduría.

—¿Has oído hablar de Aníbal?

—No —dijo el *mahout*.

—Fue un militar, un gran jefe.

—¿Grande como el sha Ala?

—Al menos tan grande como él, pero de tiempos muy antiguos. Con treinta y siete elefantes salió a la cabeza de un ejército por los Alpes, unas montañas altas, terribles, escarpadas y cubiertas de nieve, y no perdió un solo animal. Pero el frío y la exposición a las inclemencias del tiempo los debilitó. Más adelante, cruzando montañas más bajas, murieron todos los elefantes menos uno. La lección indica que debes hacer descansar a tus bestias y mantenerlas abrigadas.

Harsha asintió respetuosamente.

—*Hakim*, ¿sabes que te siguen?

Rob se sobresaltó.

—Aquél, el que está sentado al sol.

Era un hombre acurrucado en el vellón de su *cadabi*, sentado de espaldas a la pared, para protegerse del fuerte viento.

—¿Estás seguro?

—Sí, *hakim*, ayer también lo vi seguirte. Incluso ahora, no te quita ojo de encima.

—Por favor, cuando me marche, ¿quieres seguirlo sin que se note, para que descubramos quién es?

A Harsha se le iluminaron los ojos.

—Sí, *hakim*.

A última hora de la tarde, Harsha entró en el Yehuddiyyeh y llamó a la puerta de Rob.

—Te siguió hasta tu casa, *hakim*. Después que entraste, lo seguí hasta la mezquita del Viernes. Fui muy astuto, porque me mantuve invisible. Entró en casa del *mullah* con ese *cadabi* hecho jirones y poco después volvió a salir totalmente vestido de negro, y entró en la mezquita a tiempo para la última oración. Es un *mullah*, *hakim*.

Rob le dio las gracias, y Harsha se fue.

Estaba seguro de que el *mullah* había sido enviado por los cómplices de Qandrasseh. Sin duda había seguido a Karim cuando fue a reunirse con Ibn Sina y Rob, y luego vigiló para saber en qué medida este último estaba implicado con el probable futuro visir.

Tal vez llegaron a la conclusión de que era inofensivo, porque al día siguiente Rob observó atentamente y no vio a nadie que pudiera haberlo seguido y, por lo que supo, en los días posteriores nadie lo espió.

El frío persistía, pero se aproximaba la primavera. Sólo los picos de las montañas gris purpúreo estaban blancos de nieve, y en el jardín las ramas tiesas de los albaricoqueros se veían cubiertas de minúsculos brotes negros perfectamente redondos.

Una mañana, dos soldados fueron a buscar a Rob y lo llevaron a la Casa del Paraíso. En la sala del trono, de fría piedra, sufrían los rigores del clima pequeños grupos de cortesanos con los labios amoratados. Karim no se encontraba entre ellos. El sha estaba sentado ante la mesa de encima del brasero del que se elevaba calor. Acabado el *ravi zemin*, hizo señas a Rob para que se acercara, y la tibieza protegida por el pesado mantel de fieltro significó un verdadero placer.

El juego del sha ya estaba dispuesto, y sin pronunciar palabra Alá hizo el primer movimiento.

—Ah, *Dhimmi*, te has convertido en un gato hambriento —dijo poco después.

Era verdad: Rob había aprendido a atacar.

El sha jugaba con el entrecejo fruncido y los ojos fijos en el tablero. Rob usó sus dos elefantes para debilitarlo y, rápidamente, comió un camello, un caballo con su jinete y tres soldados de infantería.

Los observadores seguían la partida en un absorto e inexpresivo silencio. Sin duda, algunos estaban horrorizados y otros encantados porque un europeo no creyente estuviera en condiciones de medirse con el sha.

Pero el rey tenía amplia experiencia y era un general astuto. Precisamente cuando Rob empezaba a creerse un tipo listo y maestro de la estrategia, Ala, a costa de sacrificar algunas piezas, fue atrayendo a su oponente. Empleó sus dos elefantes con más destreza de la que Aníbal había mostrado con sus treinta y siete, hasta que desaparecieron los elefantes y los jinetes de Rob. Pero éste se debatió con tesón, rememorando todo cuanto le había enseñado Mirdin. Antes del *shahtreng* transcurrieron unos minutos que se hicieron muy largos.

Cuando concluyó la partida, los cortesanos aplaudieron la victoria del rey, quien se dio el lujo de exteriorizar su gran satisfacción.

El sha se quitó del dedo un pesado anillo de oro macizo y se lo puso en la mano derecha a Rob.

—Hablemos del *calaat*. Tendrás una casa lo bastante grande como para organizar una recepción real.

«Con un harén. Y Mary en él», pensó Rob.

Los nobles aguzaron los oídos.

—Llevaré este anillo con orgullo y gratitud. En cuanto al *calaat*, soy dichoso con tu generosidad pasada y permaneceré en mi casa.

Su voz era respetuosa pero demasiado firme, y no desvió la mirada con suficiente rapidez en prueba de humildad. Y todos los presentes oyeron al Dhimmi decir esas cosas.

A la mañana siguiente, la noticia había llegado a oídos de Ibn Sina.

No en vano el médico jefe había sido dos veces visir. Tenía informantes en la corte y entre los sirvientes de la Casa del Paraíso, y por varias fuentes se enteró de la estúpida imprudencia de su asistente.

Como siempre en momentos de crisis, Ibn Sina se sentó a reflexionar. Sabía que su presencia en la ciudad capital era una fuente de orgullo real, que permitía al sha compararse con los califas de Bagdad como monarca protector de la cultura y patrocinador del saber. Pero Ibn Sina conocía los límites de su influencia; una apelación directa no serviría para salvar a Jesse ben Benjamin.

A lo largo de toda su vida, Ala había soñado con ser uno de los grandes soberanos de la tierra, un rey de nombre imperecedero. Ahora hacía los preparativos para una guerra que podía llevarlo a la inmortalidad o al olvido, y en ese momento le resultaba imposible permitir que alguien obstruyera su voluntad.

Ibn Sina sabía que el rey mandaría matar a Jesse ben Benjamin.

Tal vez ya se había impartido la orden de que unos asaltantes no identificados cayeran sobre el joven *hakim* en la calle, o que unos soldados lo arrestaran, para ser juzgado y sentenciado por un tribunal islámico. Ala era políticamente hábil y usaría la ejecución del *Dhimmi* como mejor conviniera a sus propósitos.

Durante años, Ibn Sina había estudiado al sha Ala y comprendía cómo operaba su mente. Sabía lo que debía hacer. Aquella mañana, en el *maristan*, reunió a su personal.

—Hemos sabido que en la ciudad de Idhaj hay una serie de pacientes demasiado enfermos para trasladarse al hospital —dijo, y era verdad—. Por lo tanto —se dirigió en particular a Jesse ben Benjamin—, debes cabalgar hasta Idhaj y montar allí un dispensario para el tratamiento de esa gente.

Después de hablar sobre las hierbas y medicinas que debía llevar en un asno de carga, de los medicamentos que podían encontrarse en dicha ciudad, y de las historias de algunos pacientes conocidos, Jesse se despidió y partió sin demora.

Idhaj estaba al sur, a tres días de lento e incómodo viaje, y el dispensario lo entretendría como mínimo tres días, lo que daría a Ibn Sina tiempo de sobra.

A la tarde siguiente, fue solo al Yehuddiyyeh y enfiló directamente hacia la casa de su asistente.

La mujer abrió la puerta con el niño en brazos. Su cara mostró sorpresa y una leve confusión al ver al Príncipe de los Médicos en el umbral, pero en seguida se recuperó y lo hizo pasar con la cortesía debida. La casa era humilde pero estaba bien cuidada, y habían conseguido hacerla cómoda, colocando tapices en las paredes y extendiendo alfombras en el suelo de tierra apisonada. Con diligencia digna de elogio, Mary puso ante él una fuente de barro con pasteles de semillas dulces y un *sherbet* de agua de rosas aromatizadas con cardamomo.

Ibn Sina no había contado con las dificultades idiomáticas. Cuando intentó hablar con ella, comprendió de inmediato que solamente conocía unas cuantas palabras de parsi.

Su intención era hablar largamente y con persuasión; quería informarla de que al percatarse de las cualidades intelectuales y de la competencia de su marido, fue tras el joven y corpulento extranjero como un avaro tras un tesoro que codicia o como un hombre que desea a una mujer. Quería que el europeo se entregara a la medicina porque tenía claro que Dios había destinado a Jesse ben Benjamin a la curación.

—Será una luminaria. Está casi formado, pero aún es pronto, todavía no ha llegado.

»Todos los reyes están locos. Para el que tiene el poder absoluto, no es más difícil cobrarse una vida que otorgar un *calaat*. Pero si huyeseis ahora, significaría un resentimiento para el resto de vuestra vida, porque ha llegado muy lejos y se ha atrevido a mucho. Sé que no es judío.

La mujer se sentó abrazando al niño y observando a Ibn Sina con creciente tensión. Él intentó hablar hebreo sin alcanzar resultados, luego turco y árabe en rápida sucesión. Era filólogo y lingüista, pero conocía muy pocos idiomas europeos, pues sólo aprendía las lenguas útiles para la erudición. Le habló en griego y tampoco obtuvo respuesta.

Entonces pasó al latín y notó que ella movía ligeramente la cabeza y parpadeaba.

—*Rex te venire ad se vult. Si non, maritus necabitur* —lo repitió—: El rey quiere que vayas con él. Si no lo haces, tu marido será asesinado.

—*Quid dicas?* —preguntó Mary, asombrada de lo que había dicho.

Ibn Sina volvió a repetirlo, muy lentamente.

El bebé comenzó a inquietarse entre sus brazos, pero ella no le prestó la menor atención. Fijó la vista en Ibn Sina. Tenía la cara pálida como la nieve, y aunque no mostraba la menor emoción, el maestro percibió un elemento que no había notado antes. El anciano comprendía a la gente y, por primera vez, su ansiedad disminuyó, pues reconoció toda la fortaleza contenida en aquella mujer. Él efectuaría las gestiones y ella haría cuanto fuese necesario.

Se presentaron a buscarla unos soldados con una silla de mano. Mary no sabía qué hacer con Rob J., de modo que lo llevó consigo. Fue una solución acertada, porque en el harén de la Casa del Paraíso el niño fue recibido por varias mujeres que se mostraron encantadas con él.

Llevaron a Mary a los baños, lo que fue sumamente engorroso. Rob le había contado que las musulmanas tenían la obligación religiosa de depilarse el pubis cada diez días frotándose con una mezcla de cal y arsénico. También debían arrancarse o afeitarse el vello de las axilas, una vez por semana las mujeres casadas, cada dos semanas las viudas y una vez por mes las vírgenes. Las mujeres que atendían a Mary la contemplaron con mal disimulado asco.

Después de lavarla, le ofrecieron tres bandejas con esencias y tintes, pero sólo se puso un poco de perfume.

La llevaron a una habitación y le indicaron que esperara. La cámara sólo estaba amueblada con un gran jergón, almohadones y mantas, y un gabinete cerrado sobre el que había una palangana con agua. En algún lugar cercano interpretaban música. Mary tenía frío. Cuando llevaba aguardando lo que le pareció un largo rato, cogió una manta y se envolvió con ella.

En seguida llegó Ala. Mary estaba aterrada, pero él sonrió al verla acurrucada en la manta.

Meneó un dedo indicando que se la quitara y con señas impacientes le hizo saber que también debía quitarse la túnica. Mary sabía que era delgada en comparación con la mayoría de las mujeres orientales, y las persas se las habían arreglado para informarle de que las pecas eran el castigo de Alá para alguien tan desvergonzado que no usaba velo.

El sha tocó su espesa caballera pelirroja y se llevó un mechón a la nariz.

Ella no se había perfumado el pelo, y la ausencia de aroma provocó una mueca en el hombre.

Mary logró desviar la mente del momento que estaba viviendo y la concentró en su hijo. Cuando Rob J. fuese mayor, ¿recordaría que lo había llevado a aquel lugar? ¿Se acordaría de los gritos de alegría y los suaves mimos de las mujeres? ¿De sus caras tiernas sonriéndole y arrullándolo? ¿De sus manos acariciándolo?

Las manos del rey seguían en su cabeza. Hablaba en persa, Mary no sabía si para sus adentros o para ella. Ni siquiera se atrevía a mover la cabeza para hacerle saber que no entendía, con el fin de que no interpretara su gesto como un desacuerdo.

Ala hizo un examen detenido de las manchas de su cuerpo, pero lo que más le llamaba la atención era su pelo.

—¿Alheña?

Ella comprendió esa palabra y le aseguró que no era tintura, en una lengua que naturalmente él no podía entender.

El hombre tironeó suavemente de un mechón con las yemas de los dedos y trató de quitar el color rojo.

Un instante después se despojó de lo único que llevaba puesto: una holgada vestidura de algodón. Sus brazos eran musculosos y su cintura gruesa, con una panza velluda y protuberante. Tenía vello en todo el cuerpo. Su verga parecía más pequeña y oscura que la de Rob.

En la silla de mano, camino de palacio, Mary había hecho fantasías. En una lloraba y explicaba al sha que Jesús había prohibido a las mujeres cristianas copular fuera del matrimonio; como si fuera la historia de una santa, él se habría apiadado de sus lágrimas y, con un gesto bondadoso, la enviaría de regreso a su casa. En otra de las fantasías, después de haber sido llevada por la fuerza a aquella situación para salvar a su marido, gozó del más lascivo placer físico de toda su vida, el embeleso de un amante sobrenatural que, aunque tenía a sus pies a las mujeres más bellas de Persia, la había elegido a ella.

La realidad no se asemejó en nada a la imaginación. Él le observó los pechos, le tocó los pezones; quizá el color era distinto al de los que estaba acostumbrado a ver. El aire frío le endureció los senos, pero no lograron retener el interés del monarca. Cuando la empujó a la esterilla, Mary imploró en silencio la ayuda de la bendita Madre de Dios, cuyo nombre llevaba.

Fue un receptáculo mal dispuesto, reseco por la ira y el miedo al hombre que había estado a punto de ordenar la muerte de su marido. Le faltaron las dulces caricias con que Rob la calentaba y convertía sus huesos en agua. En lugar de un órgano tieso como un palo, el de Alá era más flojo, y tuvo dificultades para penetrarla, por lo que recurrió al aceite de oliva, con el que la embadurnó a ella y no a sí mismo. Por fin se introdujo en su interior engrasado, y Mary permaneció inmóvil, con los ojos cerrados.

A ella la habían bañado, pero descubrió que a él no. No era vigoroso. Parecía casi aburrido y gruñía débilmente mientras empujaba.

Unos segundos después, soltó un levísimo estremecimiento nada regio para un hombre tan corpulento, y de inmediato un gemido de disgusto. Luego el rey de reyes retiró su verga, produciendo un chupón de aceite, y salió dando zancadas de la habitación, sin decirle una palabra ni dirigirle una sola mirada.

Mary permaneció donde él la había dejado, pegajosa y humillada, sin saber qué hacer. No se permitió derramar una sola lágrima.

Poco más tarde, fueron a buscarla las mismas mujeres y la llevaron junto a su hijo. Mary se vistió deprisa y cogió a Rob J.

Al despacharla a casa, las mujeres pusieron en la silla de mano una bolsa de cuerda entretejida llena de melones. Cuando llegaron al yehuddiyyeh pensó en dejar los melones en el camino, pero le pareció más fácil acarrearlos hasta la casa y dejar que la silla siguiera su camino.

Los melones de los mercados eran de mala calidad porque durante todo el invierno persa permanecían almacenados en cuevas y muchos se estropeaban. Aquellos estaban en excelentes condiciones y perfectamente maduros cuando Rob volvió de su misión en Idhaj, con un sabor finísimo y dulce.

# 64

## LA BEDUINA

Curioso. Extraño. Entrar en el *maristan*, ese lugar frío y sagrado, con su hedor a enfermedad, sus penetrantes olores medicinales, sus gruñidos, gritos y ajetreos: la canción del hospital. Todavía Rob contenía la respiración, aún le palpitaba el corazón cada vez que entraba en el *maristan*, y detrás de él iba —como los polluelos tras la clueca— un corro de estudiantes.

¡Lo seguían a él, que poco antes había seguido a otros!

Detenerse y escuchar a un aprendiz que recitaba una historia de sufrimientos. A continuación acercarse a un jergón y hablar con el paciente, observar, examinar, tocar, oler la enfermedad como un zorro que olisquea en busca de un huevo. Tratar de ser más listo que el pérfido Caballero Negro. Y, por fin, hablar del enfermo o herido con el grupo, oír opiniones a menudo inútiles y absurdas, pero a veces maravillosas. Para los aprendices, un aprendizaje; para Rob, una oportunidad de moldear aquellas mentes como un instrumento crítico que analizaba, proponía tratamientos y analizaba y volvía a proponer, de modo que a-veces, como resultado de lo que enseñaba, alcanzaba conclusiones que de lo contrario se le habrían escapado.

Ibn Sina lo instaba a dar clases. Cuando Rob las impartía, otros iban a oírlo, pero nunca se sintió del todo cómodo delante de ellos, de pie y sudoroso mientras discurseaba sobre un tema que había repasado atentamente en los libros. Sabía la impresión que debía producirles, más corpulento que la mayoría y con la nariz rota, atento a cómo se expresaba, porque ahora su lenguaje era lo bastante fluido como para ser consciente del acento.

De igual manera, como Ibn Sina le exigía que escribiera, pergeñó un breve artículo sobre el tratamiento de las heridas con vino. Trajinó con el ensayo pero no extrajo el menor placer, ni siquiera cuando lo concluyó y fue transcrito y ocupó un lugar en la Casa de la Sabiduría.

Sabía que debía transmitir conocimientos y pericia, pues a él le habían sido transmitidas, pero Mirdin se había equivocado: Rob no quería hacerlo todo. No se imaginaba imitando a Ibn Sina. No tenía la ambición de ser filósofo, educador y teólogo, no necesitaba escribir ni predicar. Se sentía forzado a aprender e investigar para saber qué hacer en el momento de actuar. Para él, el reto se presentaba cada vez que retenía las manos de un paciente, con la misma magia que había sentido por primera vez a los nueve años.


Una mañana, un fabricante de tiendas beduino llevó a su hija Sitara al *maristan*. La muchacha estaba muy enferma, con náuseas y vómitos, y se retorcía a causa de los dolores en la parte inferior del lado derecho del vientre rígido. Rob sabía qué era, pero no tenía la menor idea de cómo se trataba la enfermedad del costado. La muchacha se quejaba y apenas podía contestar, pero Rob la interrogó con todo detalle, tratando de aprender algo que le indicara el camino.

La purgó, le aplicó paños calientes y compresas frías, y esa noche le habló a Mary de la beduina y le pidió que rezara por ella.

A Mary le entristeció pensar que una jovencita se viera aquejada de lo mismo que había matado a James Geikie Cullen. Entonces recordó que su padre yacía en una tumba que nadie visitaba, en el *wadi* Ahmad de Hamadhan.

A la mañana siguiente, Rob sangró a la beduina, le dio medicinas y hierbas, pero todo fue en vano. La notó febril, con los ojos vidriosos, y comenzó a decaer como una hoja después de la helada. Murió al tercer día.

Rob repasó todos los detalles de su corta vida con gran cuidado.

Había estado sana con anterioridad a una serie de dolorosos ataques que, finalmente, la mataron. Era una virgen de doce años que poco antes había comenzado a menstruar... ¿Qué tenía en común con aquel chiquillo que vio morir y con su suegro, un hombre de edad mediana? Rob no logró encontrar ninguna similitud.

No obstante, los tres habían muerto exactamente del mismo modo.

La brecha entre Ala y su visir, el imán Qandrasseh, se hizo pública, más pública si cabe, en la audiencia del sha. El imán estaba sentado en el trono más pequeño, a la diestra de Ala, como era costumbre, pero se dirigió a él con tan fría cortesía que el mensaje resultó claro para todos los asistentes.

Esa noche Rob fue a casa de Ibn Sina y jugaron al juego del sha. Era más una lección que una lid, como cuando un adulto juega con un niño. Aparentemente, Ibn Sina tenía pensada toda la partida por adelantado. Movía las piezas sin vacilaciones. Rob no pudo contenerlo, pero percibió la necesidad de planear con anticipación, y esa previsión se convirtió de inmediato en parte de su propia estrategia.

—En las calles y en las *maidans* se reúnen grupitos que cuchichean —dijo Rob.

—Se sienten preocupados y confundidos cuando los sacerdotes entran en colisión con el señor de la Casa del Paraíso, pues temen que la rencilla destruya el mundo. —Ibn Sina comió un rukh con su caballero—. Ya pasará. Siempre pasa y los bienaventurados sobrevivirán.

Jugaron un rato en silencio y luego Rob le habló de la muerte de la beduina, narró los síntomas y describió los otros dos casos de enfermedad abdominal que lo acosaban.

—Sitara era el nombre de mi madre. —Ibn Sina suspiró: no contaba con una explicación para la muerte de la adolescente—. Hay muchas respuestas que no nos han sido dadas.

—Y no nos serán dadas a menos que las busquemos —dijo lentamente Rob.

Ibn Sina se encogió de hombros y resolvió cambiar de tema, relatando novedades de la corte. Reveló que enviarían a la India una expedición real.

Esta vez no serían atacantes, sino mercaderes autorizados por el sha para comprar acero indio o el mineral de hierro de fundición, pues a Dhan Vangalil no le quedaba acero para fabricar las hojas azules estampadas que tanto valoraba Ala.

—Les ha dicho que no regresen sin una caravana de mineral de hierro o acero duro, aunque tengan que ir hasta el final de la Ruta de la Seda para conseguirlo.

—¿Qué hay al final de la Ruta de la Seda? —preguntó Rob.

—Chung-Kuo. Un país inmenso.

—¿Y más allá?

Ibn Sina se encogió de hombros.

—Agua. Océanos.

—Algunos viajeros me han dicho que el mundo es plano y está rodeado de fuego. Que sólo es posible aventurarse hasta antes de caer en ese fuego, que es el Infierno.

—Sandeces de los viajeros —rechazó Ibn Sina en tono desdeñoso—. No es verdad. Yo he leído que fuera del mundo habitado todo es sal y arena, como el Dasht-i-Kavir. También está escrito que gran parte del mundo es de hielo. —Observó pensativo a Rob—. ¿Qué hay más allá de tu país?

—Mi país es una isla. Más allá hay un mar y después está Dinamarca, la tierra de los nórdicos, de donde es originario nuestro rey. Más allá de eso, se dice hay una tierra de hielos.

—Y si uno va al norte desde Persia, más allá de Ghazna está la tierra del Rus... y después una tierra de hielos. Sí, creo que es verdad que gran parte del mundo está cubierta de hielo —conjeturó Ibn Sina—. Pero no hay un fiero infierno en los bordes, porque los hombres de pensamiento siempre han sabido que la tierra es esférica como una ciruela. Tú has viajado por mar. Al avistar un barco a la distancia, lo primero que se ve en el horizonte es el extremo del mástil, y luego cada vez más partes del cuerpo de la embarcación, a medida que navega sobre la superficie curva del mundo.

Liquidó a Rob en el tablero capturándole el rey, casi distraído, y luego pidió a un esclavo que les llevara *sherbet* de vino y un cuenco con pistachos.

—¿No recuerdas al astrónomo Ptolomeo?

Rob sonrió; sólo había estudiado los rudimentos de astronomía necesarios para satisfacer los requisitos de la madraza.

—Un griego muy antiguo que redactó sus escritos en Egipto.

—Exactamente. Escribió que el mundo es esférico y está suspendido bajo el firmamento cóncavo, ocupando el centro del universo. A su alrededor giran el Sol y la Luna, creando la noche y el día.

—Este mundo como una bola, con su superficie de mar y tierra, montañas y ríos y bosques y desiertos y lugares con hielo... ¿es hueco o macizo? Y si es macizo, ¿cuál es la naturaleza de su interior?

El anciano sonrió y se encogió de hombros; ahora estaba en su elemento y disfrutaba.

—No podemos saberlo. La Tierra es enorme, como tú muy bien puedes comprender, ya que has cabalgado y andado un vasto fragmento. Y nosotros sólo somos seres diminutos que no podemos ahondar lo suficiente para responder a semejante pregunta.

—Pero si pudieras asomarte al centro de la Tierra, ¿lo harías?

—¡Naturalmente!

—Sin embargo, puedes asomarte al interior del cuerpo humano y no lo haces.

A Ibn Sina se le borró la sonrisa.

—La humanidad está muy cerca del salvajismo y tiene que regirse por normas. De lo contrario, nos hundiríamos en nuestra propia naturaleza animal y pereceríamos. Una de nuestras reglas prohíbe la mutilación de los muertos, a quienes un día el Profeta rescatará de sus sepulcros.

—¿Por qué la gente sufre la enfermedad abdominal?

Ibn Sina se encogió de hombros.

—Abre la barriga de un cerdo y estudia el enigma. Los órganos del cerdo son idénticos a los del hombre.

—¿Estás seguro, maestro?

—Sí. Así consta por escrito desde los tiempos de Galeno, cuyos colegas griegos no le permitieron abrir seres humanos. Los judíos y los cristianos se guían por una prohibición similar. Todos los hombres abominan de la disección. —Ibn Sina lo miró con tierna inquietud—. Has tenido que superar muchas cosas para hacerte médico. Pero debes practicar la cura de las enfermedades dentro de las reglas de la religión y de la voluntad general de los hombres. Si no lo haces, su poder te destruirá —concluyó el maestro.


Rob inició el regreso a casa contemplando el cielo hasta que los puntos de luz comenzaron a nadar ante sus ojos. De los planetas, sólo distinguió la Luna y Saturno, y un brillo que podía ser Júpiter, porque derramaba un resplandor estable en medio del parpadeo de las estrellas.

Comprendió que Ibn Sina no era un semidiós. El Príncipe de los Médicos era, sencillamente, un erudito anciano atrapado entre la medicina y la fe en la que lo habían criado. Rob le amaba más aún por sus limitaciones humanas, pero experimentó cierta sensación de ser engañado como un niño pequeño que nota las fragilidades de su padre.

En el Yehuddiyeh y en su casa, mientras se ocupaba de las necesidades del caballo castaño, seguía meditando. Mary y el niño estaban dormidos, y Rob se desnudó con mucho cuidado. Luego se acostó y permaneció despierto, pensando en qué provocaba la enfermedad del abdomen.

En mitad de la noche Mary despertó repentinamente y salió corriendo. Una vez fuera, vomitó. Estaba mareada. Rob la siguió. Obsesionado por la enfermedad que se había llevado a James Cullen, recordó que los vómitos eran la primera señal. Aunque ella protestó, Rob la examinó cuando volvieron a entrar en la casa, pero el abdomen estaba blando y Mary no tenía fiebre.

Finalmente, retornaron al jergón.

—¡Rob! —gritó súbitamente Mary—. ¡Mi Rob!

Emitió un grito desesperado, como si acabara de despertar de una pesadilla.

—Calla, que despertarás al niño —murmuró Rob.

Estaba sorprendido, porque no sabía que Mary tuviera pesadillas. Le acarició la cabeza y la consoló; ella, por su parte, lo abrazó con fuerza desesperada.

—Mary, estoy aquí. Aquí estoy, amor mío.

Le dijo palabras suaves y tranquilizadoras hasta que se calmó, ternuras en inglés, en persa y en la Lengua. Poco después empezó de nuevo, pero tocó la cara de Rob, suspiró y lo acunó entre sus brazos. Rob apoyó la mejilla en el pecho de su mujer hasta que el dulce y lento palpitar de su corazón le permitió descansar.

# 65

## KARIM

El cálido sol arrancaba pálidos brotes verdes de la tierra mientras la primavera emergía en Ispahán. Los pájaros cruzaban los aires llevando paja y ramitas en el pico para construir sus nidos, y las aguas manaban de los arroyos y los *wadis* hacia el Río de la Vida, que bramaba al tiempo que su cauce crecía. Rob tenía la impresión de haber cogido las manos de la tierra entre las suyas y sentía la naturaleza sin límites, la vitalidad eterna. Y entre otras pruebas de fertilidad, estaba la de Mary. Las náuseas persistían y esta vez no necesitaron que Fara les dijera que estaba embarazada. Rob estaba encantado, pero Mary se mostraba taciturna y muy irritable. Él pasaba más tiempo que nunca con su hijo. La carita de Rob J. se iluminaba cuando lo veía. El bebé balbuceaba y meneaba el trasero como un cachorro que mueve el rabo. Rob le enseñó a tironear alegremente de su padre.

—Tira de la barba a papá —decía, orgulloso por la fuerza del tirón.

—Tira de las orejas a papá.

—Tira de la nariz a papá.

La misma semana que dio sus primeros pasos indecisos e inestables, empezó a hablar. No es extraño que su primera palabra fuera «papá». El sonido que emitió la criatura para dirigirse a él lo inundó de tal amor reverencial, que apenas podía creer en su buena fortuna.

Una tarde templada convenció a Mary de que fuera andando con él, que llevaría en brazos a Rob J., hasta el mercado armenio. Una vez allí bajó al bebé cerca del almacén de cueros para que diera varios pasos temblorosos hacia Prisca. La antigua ama de cría dio gritos de deleite y cogió al niño en sus brazos.

Camino de casa a través del Yehuddiyyeh, sonreían y saludaban a uno y a otro, pues aunque ninguna mujer se había encariñado con Mary desde la partida de Fara, ya nadie maldecía a la Otra europea, y los judíos del barrio se habían acostumbrado a su presencia.

Más tarde, mientras Mary preparaba el *pilah* y Rob podaba uno de los albaricoqueros, las dos hijas pequeñas de Mica Halevi el Panadero salieron corriendo de la casa de al lado y fueron a jugar con su hijo en el jardín. Rob estaba encantado con sus grititos y sus tonterías infantiles.

Había gente peor que los judíos del Yehuddiyyeh, se dijo, y lugares peores que Ispahán.

Un día, al enterarse de que al-Juzjani daría una clase con la disección de un cerdo, Rob se ofreció voluntariamente a asistirlo. El animal en cuestión resultó ser un jabalí robusto, con colmillos tan feroces como los de un elefante pequeño, malignos ojos porcinos, un cuerpo largo cubierto de gruesas cerdas grises, y un robusto cipote peludo. El cerdo había muerto aproximadamente veinticuatro horas atrás, pero siempre lo habían alimentado con granos y el olor predominante, al abrirle el estómago, era de una fermentación como la de la cerveza, ligeramente acre. Rob había aprendido que esos olores no eran malos ni buenos: todos resultaban interesantes, pues cada uno contenía una historia. Pero ni su nariz, ni sus ojos, ni sus manos exploradoras le enseñaron algo acerca de la enfermedad abdominal mientras registraba la panza y la tripa en busca de señales. Al-Juzjani, más interesado en dar su clase que en permitir a Rob el acceso al cerdo, se sintió justificadamente irritado por la cantidad de tiempo que pasó toqueteándolo.

Después de la clase, y sin saber más que antes, Rob fue a buscar a Ibn Sina al *maristan*. Le bastó un vistazo al médico jefe para saber que algo funesto había ocurrido.

—Mi Despina y Karim Harun. Han sido arrestados.

—Siéntate, maestro, y tranquilízate —le aconsejó Rob amablemente, al ver que Ibn Sina se estremecía, y estaba desorientado y envejecido.

Se habían confirmado los peores temores de Rob. Pero se obligó a sí mismo a hacer las preguntas necesarias y no se asombró al saber que estaban acusados de adulterio y fornicación.


Aquella mañana los agentes de Qandrasseh habían seguido a Karim a la casa de Ibn Sina. *Mullahs* y soldados irrumpieron en la torre de piedra y hallaron a los amantes.

—¿Y el eunuco?

En un abrir y cerrar de ojos, Ibn Sina lo miró y Rob se detestó a sí mismo, consciente de todo lo que ponía de relieve su pregunta. Pero Ibn Sina se limitó a menear la cabeza.

—Wasif está muerto. Si no lo hubieran matado a mansalva, no habrían entrado en la torre.

—¿Cómo podemos ayudar a Karim y a Despina?

—Sólo el sha Ala puede ayudarlos —dijo Ibn Sina—. Debemos pedírselo.

Cuando Rob e Ibn Sina cabalgaron por las calles de Ispahán, la gente desviaba la mirada, pues no quería avergonzar a Ibn Sina con su compasión.

En la Casa del Paraíso fueron recibidos por el capitán de las Puertas con la cortesía correspondiente al Príncipe de los Médicos, pero los llevaron a una antesala y no a presencia del sha.

Farhad los dejó y volvió al instante para decirles que el rey lamentaba no poder perder un minuto con ellos ese día.

—Esperaremos —respondió Ibn Sina—. Tal vez se presente la oportunidad.

A Farhad le gustaba ver caídos a los poderosos: sonrió

a Rob al inclinar la cabeza. Aguardaron toda la tarde y luego Rob llevó a Ibn Sina a casa. Volvieron a la mañana siguiente. Una vez más, Farhad les dispensó toda su cortesía. Los condujo a la misma antesala y allí los dejó languidecer, aunque era evidente que el sha no los recibiría.

No obstante, esperaron.

Ibn Sina rara vez hablaba. De pronto suspiró.

—Siempre ha sido como una hija para mí —dijo.

Y un rato más tarde:

—Para el sha es más fácil encajar el golpe de audacia de Qandrassed como una pequeña derrota antes que desafiarlo.

Pasaron el segundo día sentados en la Casa del Paraíso. Gradualmente, comprendieron que a pesar de la eminencia del Príncipe de los Médicos y de que Karim era el predilecto de Alá, éste no movería un dedo.

—Está dispuesto a entregarle a Karim a Qandrasseh —dijo Rob—. Como si fuera una partida del juego del sha en la que Karim es una pieza que no merecerá una lágrima.

—Dentro de dos días habrá una audiencia —dijo Ibn Sina—. Debemos facilitarle las cosas al sha para que nos ayude. Solicitaré públicamente su misericordia. Soy el marido de la mujer inculpada y Karim es amado por todo el pueblo. Éste se unirá en apoyo de mi solicitud para salvar al héroe del *chatir*. El sha dejará que todos crean que es clemente porque ésa es la voluntad de sus súbditos.

Si así ocurría, agregó Ibn Sina, darían veinte palos a Karim y una paliza a Despina, a la que condenarían a permanecer confinada el resto de sus días en casa de su amo. Pero al salir de la Casa del Paraíso hallaron a al-Juzjani esperándolos. El maestro cirujano amaba a Ibn Sina más que a nadie en el mundo, y en nombre de ese amor le dio la mala nueva.

Habían llevado a Karim y a Despina ante un tribunal islámico. Declararon tres testigos, que eran otros tantos *mullahs* ordenados. Sin duda para evitar la tortura, ninguno de los dos acusados intentó defenderse. El *mufti* los había condenado a muerte y la ejecución sería la mañana siguiente.

—Despina será decapitada. A Karim Harun le rajarán el vientre. Los tres se miraron cariacontecidos. Rob esperaba que Ibn Sina dijera a al-Juzjani que Karim y Despina aún podían salvarse, pero el anciano meneó la cabeza.

—No podemos eludir la sentencia —concluyó con gran tristeza—. Sólo podemos cerciorarnos de que su fin sea lo más dulce posible.

—Entonces debemos poner manos a la obra —dijo serenamente al-Juzjani—. Hay que pagar sobornos. Y tenemos que sustituir al aprendiz de la cárcel del *kelonter* por uno de nuestra confianza.

Pese a la tibieza del aire primaveral, Rob estaba helado.

—Permitid que sea yo —se ofreció.

Pasó la noche en vela. Se levantó antes del amanecer y, montado en su castrado castaño, recorrió la ciudad a oscuras. Casi esperaba ver al eunuco Wasif en las penumbras de la casa de Ibn Sina. No había luz ni señales de vida en las habitaciones de la torre.

Ibn Sina le dio una tinaja con zumo de uvas.

—Contiene una fuerte infusión de opiáceos y un polvo de cañamón puro que se llama *buing* —dijo—. Y precisamente aquí está el riesgo. Deben beber mucho. Pero si alguno bebe demasiado y no está en condiciones de andar cuando lo llamen, tú también morirás.

Rob asintió.

—Dios sea misericordioso.

—Dios sea misericordioso —contestó Ibn Sina y antes de que Rob saliera comenzó a entonar cánticos del Corán.

En la prisión, Rob informó al centinela que era el médico y le proporcionaron una escolta. Fueron primero a las celdas de las mujeres, donde oyeron que una cantaba y sollozaba alternativamente.

Rob temía que los terribles sonidos fuesen emitidos por Despina, pero ella aguardaba en silencio en una pequeña celda. No estaba lavada ni perfumada, y el pelo le caía en mechas lacias. Su cuerpo fino y menudo estaba cubierto por un atuendo negro y sucio.

Rob dejó la jarra, se acercó a ella y le levantó el velo.

—He traído algo para que lo bebas.

En adelante, para Rob ella siempre sería *femina*, una combinación de su hermana Anne Mary, su esposa Mary, la prostituta que le había prestado sus servicios en el coche de la *maidan* y todas las mujeres del mundo. En sus ojos había lágrimas no derramadas, pero se negó a beber el *buing*.

—Tienes que beberlo. Te ayudará.

Despina movió la cabeza de un lado a otro. «Pronto estaré en el Paraíso», le transmitió su mirada.

—Dáselo a él —susurró, y Rob se despidió.

Sus pasos resonaban mientras seguía al soldado por un pasillo, bajaba dos tramos de escaleras, entraba en otro túnel de piedra y, se introducía en otra diminuta celda.

Su amigo estaba pálido.

—Así es, europeo.

—Así es, Karim.

Se abrazaron con firmeza.

—¿Ella está...?

—La he visto. Está bien.

Karim suspiró.

—¡Hacía semanas que no hablaba con ella! Sólo me acerqué para oír su voz, ¿me comprendes? Estaba seguro de que ese día nadie me seguía.

Rob asintió.

A Karim le temblaban los labios. Cuando Rob le ofreció la jarra, la cogió y bebió copiosamente. Al devolvérsela, el contenido había menguado en dos tercios.

—Surtirá efecto. La mezcla la hizo Ibn Sina personalmente.

—El viejo al que idolatras. A menudo soñé que lo envenenaba para poder tenerla.

—Todos los hombres alimentan pensamientos perversos. Pero tú no los habrías llevado a la práctica. —Por alguna razón, le pareció vital que Karim supiera esto antes de que le hiciera efecto el narcótico—. ¿Me entiendes?

Karim asintió. Rob lo observó atentamente, temeroso de que hubiese bebido demasiado *buing*. Si la infusión operaba rápidamente, el tribunal de un *mufti* decretaría la muerte de otro médico. A Karim se le caían los párpados. Permaneció despierto, pero prefería no hablar. Rob lo acompañó en silencio hasta que oyó pisadas.

—Karim.

Su amigo parpadeó.

—¿Ahora?

—Piensa en el *chatir*—dijo Rob cariñosamente. Los pasos se detuvieron y se abrió la puerta: eran tres soldados y dos *mullahs*—. Piensa en el día más feliz de tu vida.

—Zaki-Omar solía ser bondadoso —dijo Karim, y dedicó a Rob una sonrisa breve e inexpresiva.

Dos soldados lo cogieron de los brazos. Rob los siguió fuera de la celda, pasillo abajo, subió tras ellos los dos tramos de peldaños y salió al patio donde el sol reflejaba un destello cobrizo. La mañana era templada y resplandeciente: una última crueldad. Notó que a Karim se le doblaban las rodillas al andar, pero cualquier observador habría pensado que era a causa del miedo. Pasaron junto a la doble hilera de víctimas del *carcan* hasta los bloques, escenario de sus pesadillas. Algo espantoso yacía junto a un bulto cubierto de negro sobre el terreno bañado en sangre, pero el *buing* se burló de los mullahs y Karim no lo vio. El verdugo parecía apenas mayor que Rob; era un mozo bajo y fornido, de brazos largos y ojos indiferentes. El dinero de Ibn Sina había pagado su fuerza, su destreza y el finísimo filo de su hoja.

Karim tenía los ojos vidriosos cuando los soldados lo hicieron avanzar. No hubo despedida; la estocada fue rápida y certera. La punta del acero entró en el corazón y produjo la muerte instantánea, tal como había sido acordado con el verdugo en el momento del soborno. Rob oyó que su amigo emitía un sonido semejante a un suspiro de descontento.

Rob debía ocuparse de que Despina y Karim fuesen llevados desde la prisión hasta un cementerio extramuros de la ciudad. Pagó bien para que rezaran sobre las dos sepulturas, lo que era una ironía: los *mullahs* oficiantes se encontraban entre los que habían presenciado las ejecuciones.

Cuando concluyó el funeral, Rob dio cuenta de la infusión que quedaba en la jarra y dejó que el caballo lo guiara.

Pero en las cercanías de la Casa del Paraíso cogió las riendas, lo refrenó y estudió el edificio. El palacio estaba especialmente bello ese día, con sus pendones variopintos ondeando y aleteando bajo la brisa primaveral. El sol destellaba en banderines y alabardas y hacía relucir las armas de los centinelas. Hicieron eco en sus oídos las palabras de Ala: «Somos cuatro amigos... Somos cuatro amigos...»

Sacudió el puño cerrado.

—¡IN-DIG-NOOOO!

Su voz llegó a los centinelas de la muralla.

El oficial bajó y se acercó al guardia extremo.

—¿Quién es? ¿Lo conoces?

—Sí. Creo que es el *hakim* Jesse. El *Dhimmi*.

Todos estudiaron la figura montada a caballo, lo vieron sacudir el puño una vez más, y notaron la jarra de vino y las riendas flojas del caballo.

El oficial sabía que el judío era el que se había quedado atrás para atender a los soldados heridos cuando la partida de ataque a la India retornó a Ispahán.

—En la cara se le nota que se ha pasado con la bebida. Pero no es mala persona. Dejadlo en paz —dijo.

Siguieron con la mirada al caballo castaño que llevaba al médico hacia las puertas de la ciudad.

# 66

## LA CIUDAD GRIS

O sea que era el último sobreviviente de la misión médica de Ispahán. Pensar que Mirdin y Karim estaban bajo tierra era como tragar una infusión de cólera, pesar y tristeza; sin embargo, perversamente, sus muertes volvieron sus días dulces como un beso de amor. Paladeaba los detalles de la vida cotidiana. Respirar hondo, orinar largamente, emitir una lenta ventosidad. Masticar pan duro cuando tenía hambre, dormir si estaba fatigado. Tocar la gordura de su esposa, oírla roncar. Mordisquear la pancita de su hijo hasta que el gorgoteo de risa infantil arrancaba lágrimas de sus ojos.

Y todo ello a pesar de que Ispahán se había convertido en un lugar sombrío.

Si Ala y el imán Qandrasseh eran capaces de aniquilar al héroe del atletismo de Ispahán, ¿qué hombre común y corriente se atrevería ahora a quebrantar las leyes islámicas establecidas por el Profeta?

Las prostitutas desaparecieron y en las *maidans* ya no había jarana por las noches. Parejas de *mullahs* patrullaban las calles de la ciudad, fijándose en si un velo cubría inadecuadamente el rostro de una mujer, si un hombre era lento en responder con la oración a la llamada de un muecín, si el propietario de un puesto de refrescos era tan estúpido como para vender vino. Incluso en el Yehuddiyyeh, donde las mujeres siempre se cubrían los cabellos, muchas judías empezaron a usar los pesados velos musulmanes.

Algunos se lamentaban en privado, pues echaban de menos la música y la alegría de noches que habían quedado atrás, pero otros expresaban su satisfacción; en el *maristan*, el *hadji* Davout Hosein dio gracias a Alá durante una oración matinal.

—La mezquita y el Estado nacieron de la misma matriz, unidos, y nunca deben separarse —dijo.

Cada día iban más fieles a casa de Ibn Sina para unirse con él en la oración, pero ahora el Príncipe de los Médicos, al concluir los rezos, volvía a entrar en su casa y nadie lo veía hasta la siguiente oración. Se sumió en la congoja y cayó en el ensimismamiento, y ya no iba al *maristan* a dar clases ni a atender a los pacientes. Quienes ponían objeciones a que los tocara un *Dhimmi* eran tratados por al-Juzjani, aunque no eran muchos, y Rob trajinaba todo el día, pues además de atender a los pacientes de Ibn Sina tenía sus propias responsabilidades.

Una mañana entró en el hospital un viejo enclenque, con mal aliento y los pies sucios. Qasim ibn Sahdi tenía las piernas nudosas como una grulla y un vestigio de barba que parecía comida por las polillas. No sabía cuál era su edad y no tenía hogar, porque había pasado casi toda su vida haciendo faenas de criado en una caravana tras otra.

—He viajado por todo el mundo.

—¿Conoces Europa, de donde he venido yo?

—Casi todo el mundo. —No tenía familia, dijo, pero Alá lo protegía—. Llegué ayer con una caravana de lana y dátiles de Qum. En la ruta me vi atacado por un dolor que es como un *djinn* malvado.

—¿Dónde?

Qasim, gruñendo, se tocó el lado derecho del vientre.

—¿Devuelves?

—Señor, vomito constantemente y soy presa de una terrible debilidad. Pero en medio de los mareos Alá me habló y me dijo que cerca había uno que me curaría. Y al despertar pregunté a la gente si había por aquí un lugar de curación y me orientaron hasta este *maristan*.

Lo llevaron a un jergón, donde lo bañaron y alimentaron ligeramente. Era el primer paciente con la enfermedad abdominal a quien Rob podía examinar en una etapa temprana del malestar. Tal vez Alá sabía cómo curar a Qasim, pero él lo ignoraba.

Pasó muchas horas en la biblioteca. Por último, y muy cortésmente, Yussuf-ul-Gamal, el cuidador de la Casa de la Sabiduría, le preguntó qué buscaba con tanto empeño.

—El secreto de la enfermedad abdominal. Estoy tratando de encontrar relatos de los antiguos que abrieron el vientre humano antes de que estuviera prohibido hacerlo.

El bibliotecario parpadeó y asintió amablemente.

—Intentaré ayudarte. Déjame ver lo que puedo encontrar —dijo.


Ibn Sina no estaba disponible, y Rob fue a ver a al-Juzjani, que no tenía la paciencia del viejo maestro.

—A menudo la gente muere de destemplanza —respondió al-Juzjani—, pero algunos llegan al *maristan* quejándose de dolor y ardor en el bajo vientre, pero el dolor desaparece y el paciente vuelve a su casa.

—¿Por qué?

Al-Juzjani se encogió de hombros, lo miró con fastidio y decidió no perder un minuto más con ese tema.

El dolor de Qasim también desapareció días más tarde, pero Rob no quería darlo de alta.

—¿Adónde irás?

El viejo se encogió de hombros.

—Buscaré una caravana, *hakim*, porque las caravanas son mi hogar.

—No todos los que vienen aquí suelen marcharse. Como comprenderás, algunos mueren.

Qasim asintió seriamente:

—Todos los hombres deben morir.

—Lavar a los muertos y prepararlos para su entierro es servir a Alá. ¿Podrías hacer ese trabajo?

—Sí, *hakim*, porque como tú dices es un trabajo para

Dios —dijo solemnemente—. Alá me trajo aquí y es posible que Él quiera que me quede.

Había una pequeña despensa contigua a las dos habitaciones que hacían las veces de depósito de cadáveres del hospital. La limpiaron entre los dos, y la despensa se convirtió en el alojamiento de Qasim ibn Sahdi.

—Tomarás tus comidas aquí después de que sean alimentados los pacientes, y puedes lavarte en los baños del *maristan*.

—Sí, *hakim*.

Rob le dio una esterilla para dormir y una lámpara de arcilla. El viejo desenrolló su alfombra de rezo y afirmó que aquel cuartito era el mejor hogar que había tenido en su vida.

Transcurrieron casi dos semanas hasta que las ocupaciones permitieron a Rob ir a hablar con Yussuf-ul-Gamal en la Casa de la Sabiduría. Llevó un regalo como muestra de aprecio por la ayuda que le brindaba el bibliotecario. Todos los vendedores exhibían pistachos gordos y grandes, pero Yussuf tenía muy pocos dientes para masticar frutos secos, por lo que Rob le compró una canasta de juncos llena de blandos dátiles del desierto.

A última hora de una tarde, Rob y Yussuf se sentaron a comer las frutas en la Casa de la Sabiduría, que estaba desierta.

—He retrocedido en el tiempo —dijo Yussuf— hasta donde me ha sido posible. La antigüedad. Incluso los egipcios, cuya fama de embalsamadores conoces, recibieron la enseñanza de que era malo y que significaba una desfiguración de los muertos abrirles el abdomen.

—Pero... ¿cómo se las arreglaban para momificar?

—Eran hipócritas. Pagaban a unos hombres despreciables, llamados *paraschistes*, para que pecaran haciendo la incisión prohibida. En cuanto practicaban el corte, los *paraschistes* huían con el fin de que no los mataran a pedradas, en un reconocimiento de culpabilidad que permitía a los respetables embalsamadores vaciar los órganos del abdomen y seguir adelante con sus métodos de conservación.

—¿Estudiaban los órganos que quitaban? ¿Dejaron escritas sus observaciones?

—Embalsamaron durante cinco mil años, destripando casi a las tres cuartas partes de mil millones de seres humanos que habían muerto de todas las enfermedades imaginables, y almacenaron sus vísceras en vasijas de arcilla, piedra caliza o alabastro, o simplemente las tiraron. Pero no hay pruebas de que alguna vez hayan estudiado los órganos.

»Los griegos... son otra historia. Y ocurrió en la misma región del Nilo. —Yussuf se sirvió más dátiles—. Alejandro Magno asaltó esta Persia nuestra como un bello y joven dios de la guerra, novecientos años antes del nacimiento de Mahoma. Conquistó el mundo antiguo y, en el extremo noroccidental del delta del Nilo, en una franja de tierra que se extiende entre el mar Mediterráneo y el lago Mareotis, fundó una ciudad llena de gracia a la que dio su nombre.

»Diez años más tarde murió de fiebre de los pantanos, pero Alejandría ya era un centro de la cultura griega. Con el desmembramiento del imperio alejandrino, Egipto y la nueva ciudad cayeron en manos de Ptolomeo de Macedonia, uno de los más sabios entre los allegados de Alejandro. Ptolomeo creó el Museo de Alejandría, la primera universidad del mundo, y la gran Biblioteca de Alejandría. Todas las ramas del conocimiento prosperaron, pero la escuela de medicina atrajo a los estudiantes más prometedores del mundo entero. Por primera y única vez en la larga historia del hombre, la anatomía se convirtió en la piedra angular de la ciencia, y durante los trescientos años siguientes se practicó a gran escala la disección del cuerpo humano.

Rob se inclinó hacia delante, ansioso.

—Entonces, ¿es posible leer sus descripciones de las enfermedades que afectan a los órganos internos?

Yussuf meneó la cabeza.

—Los libros de tan magnífica biblioteca se perdieron

cuando las legiones de Julio César saquearon Alejandría treinta años antes del inicio de la era cristiana. Los romanos destruyeron casi todos los escritos de los médicos alejandrinos. Celso reunió lo poco que quedaba e intentó conservarlo en su obra titulada *De re medicina*, pero sólo hay una breve mención de la «destemplanza asentada en el intestino grueso, que afecta principalmente la parte donde mencioné que estaba el ciego, acompañada por una violenta inflamación y vehementes dolores, en especial del lado derecho».

Rob refunfuñó, decepcionado.

—Conozco la cita. Ibn Sina la menciona en sus clases.

Yussuf se encogió de hombros.

—De modo que mi exploración en el pasado te deja exactamente donde estabas. Las descripciones que buscas no existen.

Rob asintió, melancólico.

—¿Por qué el único momento fugaz de la historia en que los médicos abrieron seres humanos fue el de los griegos?

—Porque ellos no tenían la ventaja de un solo Dios fuerte que les prohibiera profanar la obra de Su creación. Contaban en cambio con un hato de fornicadores, ese puñado de dioses y diosas débiles y pendencieros. —El bibliotecario escupió pepitas de dátiles en su palma ahuecada y sonrió dulcemente—. Podían disecar porque, al fin y al cabo, sólo eran bárbaros, *hakim*.

# 67

# DOS RECIÉN LLEGADOS

Su embarazo estaba demasiado avanzado para permitirle montar, pero Mary iba a pie a comprar los productos alimenticios necesarios para su familia, llevando el burro cargado con las compras y con Rob J., que iba en un sillín en forma de cabestro a lomos del animal. La carga de su hijo no nacido la cansaba y le producía molestias en la espalda mientras se movía de un mercado a otro. Como hacía normalmente cuando iba al mercado armenio, se detuvo en el almacén de cueros para compartir con Prisca un *sherbet* y un trozo de delgado pan persa, caliente.

Prisca siempre se alegraba de ver a su antigua patrona y al bebé que había amamantado, pero ese día se mostró especialmente locuaz. Mary había hecho esfuerzos por aprender el persa, pero sólo entendió unas pocas palabras: *Extranjero. De lejos. Como el* hakim. *Como tú.*

Sin entenderse y mutuamente frustradas, las dos mujeres se separaron, y esa noche Mary estaba irritada cuando informó a su marido.

Rob sabía lo que había intentado decirle Prisca, porque el rumor llegó rápidamente al *maristan.*

—Ha llegado un europeo a Ispahán.

—¿De qué país?

—De Inglaterra. Es un mercader.

—¿Un inglés? —Mary fijó la mirada en el vacío. Tenía

el rostro ruborizado y Rob notó interés y exaltación en sus ojos y en la forma en que inadvertidamente apoyó la mano en el pecho—. ¿Por qué no fuiste a verlo de inmediato?

—Mary...

—¡Tienes que ir! ¿Sabes dónde se aloja?

—Está en el barrio armenio, por eso Prisca oyó hablar de él. Dicen que al principio sólo aceptó convivir entre cristianos —explicó Rob sonriendo—, pero en cuanto vio los cuchitriles en que viven los pocos y pobres cristianos armenios del lugar, se apresuró a alquilarle una casa en mejores condiciones a un musulmán.

—Tienes que escribirle un mensaje. Invítalo a cenar.

—Ni siquiera sé cómo se llama.

—Y eso ¿qué importa? Llama a un mensajero. Cualquier vecino del barrio armenio podrá orientarle. ¡Rob! ¡Traerá noticias!

Lo último que deseaba Rob era el peligroso contacto con un inglés cristiano. Pero sabía que no podía negarle a Mary la oportunidad de oírle hablar de lugares más entrañables para ella que Persia, de modo que se sentó y escribió una carta.


—Soy Bostock. Charles Bostock.

De un solo vistazo, Rob recordó. La primera vez que regresó a Londres después de hacerse ayudante de cirujano barbero, él y Barber cabalgaron dos días bajo la protección de la larga fila de caballos de carga de Bostock, que acarreaban sal de las salinas de Arundel. En el campamento, Rob y su amo habían hecho malabarismos y el mercader le regaló dos peniques para que los gastara en Londres.

—Jesse ben Benjamin, médico del lugar.

—Su invitación estaba escrita en inglés y veo que habla mi idioma.

La respuesta sólo podía ser la que Rob había difundido en Ispahán.

—Me crié en la ciudad de Leeds.

Estaba más divertido que preocupado. Habían transcurrido catorce años. El cachorro que había sido estaba transformado en un perro grandote, se dijo, y no era probable que Bostock relacionara al chico de los juegos malabares con el altísimo médico judío a cuyo hogar persa había sido invitado.

—Y ésta es mi esposa, Mary, una escocesa de la campiña norteña.

—Señora...

A Mary le habría encantado ponerse sus mejores galas, pero el protuberante vientre le impedía lucir su vestido azul y llevaba uno muy holgado, que parecía una tienda. Su cabellera roja, bien cepillada, brillaba esplendorosamente. Se había puesto una cinta bordada, y entre sus cejas colgaba su única joya, un pequeño colgante de aljófares.

Bostock todavía llevaba el pelo largo echado hacia atrás, con lazos y cintas, aunque ahora era más canoso que rubio. El traje de terciopelo rojo que vestía adornado con bordados, abrigaba en exceso para el clima reinante y, resultaba ostentoso. Nunca unos ojos fueron tan calculadores, pensó Rob, considerando el valor de cada animal, de la casa, de sus vestimentas y de sus muebles. Y evaluó con una mezcla de curiosidad y disgusto la vergonzosa unión de aquella pareja mixta —el judío moreno y barbado, la esposa pelirroja, de rasgos celtas, tan adelantada en su embarazo—, de la que el bebé dormido que era una prueba concluyente.

Pese a su inocultable disgusto, el visitante anhelaba hablar su idioma tanto como ellos, y en breve los tres estaban conversando. Rob y Mary no podían contenerse y lo abrumaron a preguntas:

—¿Tiene noticias de las tierras escocesas?

—¿Corrían buenos o malos tiempos cuando partiste de Londres?

—¿Reinaba la paz?

—¿Canuto seguía siendo rey?

Bostock debió darles todo tipo de informaciones para compensar la cena, aunque las últimas noticias eran de casi dos años atrás. Nada sabía de las tierras escocesas ni del norte de Inglaterra. Los tiempos eran prósperos y Londres crecía en paz, cada año con más viviendas y con más barcos dejando pequeñas las instalaciones del Támesis. Dos meses antes de abandonar Inglaterra, les informó, había muerto el rey Canuto de muerte natural, y el día que llegó a Calais se enteró del fallecimiento de Roberto I, duque de Normandía.

—Ahora gobiernan unos bastardos a ambos lados del Canal. En Normandía el hijo ilegítimo de Roberto, Guillermo, y aunque todavía es un niño, se ha convertido en duque de Normandía con el apoyo de los amigos y parientes de su difunto padre.

»En Inglaterra, la sucesión correspondía por derecho a Hardeknud, el hijo de Canuto y la reina Emma, pero durante años ha llevado la vida de un extranjero en Dinamarca, de modo que el trono le ha sido usurpado por su medio hermano más joven que él. Haroldo Pie de Liebre, a quien Canuto ha reconocido como hijo ilegítimo habido de su unión con una desconocida de Northampton, llamada Aelfgifu, es ahora rey de Inglaterra.

—¿Y dónde están Eduardo y Alfredo, los dos príncipes que tuvo Emma con el rey Ethelred antes de su matrimonio con el rey Canuto? —quiso saber Rob.

—En Normandía, bajo la protección de la corte del duque Guillermo, y cabe presumir que miran con gran interés al otro lado del Canal —respondió Bostock.

Hambrientos como estaban por las noticias de su tierra los olores de los platos preparados por Mary también los volvieron hambrientos de comida, y los ojos del mercader se ablandaron al ver lo que había cocinado en su honor.

Un par de faisanes, bien aceitados y generosamente rociados, rellenos al estilo persa con arroz y uvas, todo cocido en una cacerola a fuego lento durante largo tiempo. Ensalada de verano. Melones dulcísimos. Una tarta de albaricoques y miel. Y, no menos importante, una bota con buen vino rosado, caro y conseguido con grandes riesgos. Mary había ido con Rob al mercado judío, donde al principio Hinda negó vehementemente que tuviese ninguna bebida alcohólica, mirando temerosa a su alrededor para comprobar si alguien había escuchado el pedido. Después de muchos ruegos y de ofrecerle el triple del precio corriente, apareció un odre de vino en medio de un saco de granos, que Mary llevó oculto de la vista de los *mullahs* en el sillín en que reposaba su hijo dormido.

Bostock se consagró a la comida, pero poco después, tras un gran eructo, declaró que al cabo de unos días reemprendería el camino a Europa.

—Al llegar a Constantinopla por asuntos eclesiásticos, no pude resistir a la tentación de continuar hacia el este. ¿Sabéis que el rey de Inglaterra dará un título nobiliario a cualquier mercader-aventurero que se atreva a hacer tres viajes para abrir mercados extranjeros al comercio inglés? Bien, eso es verdad, y es un buen sistema para que un hombre libre alcance un rango nobiliario y, al mismo tiempo, saque jugosos beneficios. «Sedas», pensé. Si pudiera seguir la Ruta de la Seda, volvería con un cargamento que me permitiría comprar todo Londres. Me alegré de llegar a Persia, donde en lugar de sedas he adquirido alfombras y finos tejidos. Pero no volveré aquí, pues el beneficio será escaso... Tengo que pagar a un pequeño ejército para poder volver a Inglaterra.

Cuando Rob trató de encontrar similitudes en sus rutas de viaje al este, Bostock le informó que desde Inglaterra él había ido en primer lugar a Roma.

—Combiné los negocios con un recado de Ethelnoth, el arzobispo de Canterbury. En el Palacio de Letrán, el Papa Benedicto IX me prometió amplias recompensas por *expeditiones in terra et mari* y me ordenó, en nombre de Jesucristo, que hiciera mi trayecto de mercader vía Constantinopla y entregara allí unas cartas papales al Patriarca Alejo.

—¡Un legado papal! —exclamó Mary.

«No tan legado como recadero», conjeturó socarronamente Rob, aunque era evidente que Bostock gozaba de toda la admiración de Mary.

—Durante seiscientos años, la Iglesia oriental ha disputado con la occidental —dijo el mercader, dándose importancia—. En Constantinopla consideran a Alejo un igual del Papa, para gran disgusto de la Santa Roma. Los condenados sacerdotes barbudos del Patriarca se casan... ¡Se casan! No rezan a Jesús y a María, ni tratan con suficiente respeto a la Trinidad. Así es como van y vienen cartas de protesta.

La jarra estaba vacía, y Rob la llevó a la habitación contigua para rellenarla con vino del odre.

—¿Eres cristiana?

—Lo soy —dijo Mary.

—Entonces; ¿cómo has llegado a unirte con ese judío? ¿Te secuestraron los piratas o los musulmanes y te vendieron a él?

—Soy su esposa —dijo ella con toda claridad.

En la otra habitación, Rob abandonó la tarea de rellenar la jarra y prestó atención, con los labios apretados en una apenada mueca. Tan intenso era el desdén de Bostock por él, que ni siquiera se molestó en bajar la voz.

—Podría acomodaros en mi caravana a ti y al niño. Irías en una camilla con porteadores hasta después de dar a luz y poder montar en un caballo.

—No existe la menor posibilidad, señor Bostock. Yo soy de mi marido, felizmente y por acuerdo mutuo —replicó Mary, aunque le dio las gracias con frialdad.

Bostock le respondió con grave cortesía que estaba cumpliendo con su deber de cristiano, que eso era lo que desearía que otro hombre ofreciera a su propia hija si, Jesús no lo permita, se encontrara en circunstancias similares.

Rob Cole volvió con ganas de darle una paliza a Bostock, pero Jesse ben Benjamin se comportó con hospitalidad oriental y sirvió vino a su invitado en lugar de retorcerle el pescuezo. La conversación, sin embargo, se resintió y, a partir de ese momento, fue escasa. El mercader inglés partió casi inmediatamente después de comer, y Rob y Mary quedaron solos.

Cada uno estaba sumido en sus propios pensamientos mientras recogían las sobras de la comida.

Por último, Mary dijo:

—¿Alguna vez volveremos?

Rob se quedó atónito.

—Claro que volveremos.

—¿Bostock no era mi única oportunidad?

—Te lo prometo.

A Mary le brillaron los ojos.

—Tiene razón en contratar un ejército para que lo proteja. El viaje es tan peligroso... ¿Cómo podrán viajar tan lejos y sobrevivir dos niños?

Era una exageración, pero Rob la abrazó tiernamente.

—Al llegar a Constantinopla seremos cristianos y nos sumaremos a una caravana fuerte.

—¿Y entre Ispahán y Constantinopla?

—He aprendido el secreto mientras viajaba hacia esta ciudad. —La ayudó a acomodarse en el jergón. Ahora a Mary le resultaba difícil porque en cualquier posición que se tumbara, en seguida le dolía alguna parte del cuerpo. Rob la retuvo entre sus brazos y le acarició la cabeza, hablándole como si le contara una historia reconfortante a un niño—. Entre Ispahán y Constantinopla seguiré siendo Jesse ben Benjamin. Y nos atenderán en una aldea judía tras otra, nos alimentarán, cuidarán y guiarán, como quien cruza una corriente peligrosa pasando de una roca segura a otra roca segura.

Le tocó la cara. Apoyó la palma de la mano en el enorme vientre tibio, palpó los movimientos del niño no nacido y se sintió inundado de compasión y gratitud. Así ocurrirán las cosas, se repitió a sí mismo. Pero no podía decirle cuándo ocurrirían.

Rob se había acostumbrado a dormir con el cuerpo acurrucado alrededor de la dilatada dureza de la barriga de Mary, pero una noche despertó al sentir una humedad cálida, y en cuanto se espabiló se vistió deprisa y salió corriendo en busca de Nitka la Partera. Aunque la mujer estaba habituada a que llamaran a su puerta mientras todo el mundo dormía, apareció irritada e irascible, le dijo que se callara y tuviera paciencia.

—Ha roto aguas.

—Está bien, está bien —refunfuñó la comadrona.

En breve salieron en caravana por la calle a oscuras; Rob encabezaba la marcha con una antorcha, seguido por Nitka con un gran saco lleno de trapos limpios, y cerraban la marcha sus dos robustos hijos, protestando y resollando bajo el peso del sillón de partos.

Chofmi y Shemuel dejaron la silla junto a la lumbre, como si fuera un trono, y Nitka ordenó a Rob que encendiera el fuego, porque en plena noche el aire era fresco. Mary se acomodó en el sillón como una reina desnuda. Los hijos de Nitka se marcharon, llevándose a Rob J. para cuidarlo mientras su madre daba a luz. En el Yehuddiyyeh los vecinos se ayudaban así, aunque en este caso se trataba de una *goya*.

Mary perdió su porte regio con el primer dolor y su ronco grito espantó a Rob.

El sillón era resistente, de modo que podía soportar sacudidas y revolcones, por lo que Nitka se dedicó a la tarea de plegar y apilar los trapos, obviamente sin sufrir la menor perturbación mientras Mary se agarraba a los brazos del sillón y sollozaba.

Todo el tiempo le temblaban las piernas, pero durante los terribles espasmos daba sacudidas y puntapiés. Después del tercero, Rob se puso detrás de ella y le apoyó los hombros contra el respaldo del asiento. Mary mostraba los dientes y bramaba como un lobo él no se habría sorprendido si lo hubiese mordido o si hubiera aullado.

Había amputado miembros y estaba familiarizado con todas las enfermedades, pero ahora sintió que la sangre dejaba de circular por su cabeza. La comadrona lo miró duramente y apretó un trozo de carne del brazo de Rob entre sus dedos nervudos. El doloroso pellizco le hizo recuperar el sentido y no quedó deshonrado.

—Fuera —dijo Nitka—. ¡Fuera de aquí!

Rob salió al jardín y permaneció en la oscuridad, atento a los sonidos que lo siguieron fuera de la casa. La noche era fresca y serena; pensó fugazmente en que salían víboras de la pared de piedra y decidió que le daba igual.

Perdió la noción del tiempo, pero finalmente comprendió que debía atender el fuego y volvió a entrar para avivarlo.

Miro a Mary y vio que tenía las rodillas muy separadas.

—Ahora debes ayudar —le ordenó Nitka seriamente—. Haz fuerza, amiga mía. ¡Fuerte! ¡Trabaja!

Transfigurado, Rob vio aparecer la coronilla del bebé entre los muslos de su mujer, como la tonsura roja y húmeda de un monje, y otra vez se escabulló al jardín. Allí permaneció largo rato, hasta que oyó el débil vagido. Entró y vio al recién nacido.

—Otro varón —informó enérgicamente Nitka mientras limpiaba la mucosidad de la diminuta boca con la yema de su dedo índice.

El ombligo grueso y viscoso se veía azul bajo la tenue luz del alba.

—Fue mucho más fácil que la primera vez —reconoció Mary.

Nitka limpió y la animó, y entregó a Rob la placenta para que la enterrara en el jardín. La comadrona aceptó su pago generoso con un asentimiento de satisfacción y volvió a su casa.

Cuando quedaron solos en el dormitorio se abrazaron, minutos después, Mary pidió agua y bautizó al niño con el nombre de Thomas Scott Cole.

Rob lo alzó y lo examinó: ligeramente más pequeño que su hermano mayor, pero no canijo. Un varón fuerte y rubicundo, con redondos ojos pardos y una pelusa oscura en la que ya apuntaban los reflejos rojizos de la cabellera de su madre. Rob pensó que en los ojos y en la forma de la cabeza, la boca amplia y los deditos largos y estrechos, su nuevo hijo se parecía mucho a sus hermanos William Stewart y Jonathan Carter de recién nacidos.

—Siempre es fácil distinguir a un bebé Cole— le dijo a Mary.

## 68

# EL DIAGNÓSTICO

Qasim llevaba dos meses cuidando muertos cuando volvió a sentir dolores en el abdomen.

—¿Cómo es el dolor? —preguntó Rob.

—Malo, *hakim*.

Pero, evidentemente, no era tan malo como la primera vez.

—¿Es un dolor sordo y agudo?

—Es como si un *djinn* viviera en mi interior y me clavara las garras, retorciendo y toroneando.

El antiguo boyero logró aterrorizarse a sí mismo. Miró implorante a Rob para que lo tranquilizara. No estaba calenturiento como durante el ataque que lo había llevado al *maristan*, ni tenía el abdomen rígido. Rob le prescribió frecuentes dosis de una infusión de miel y vino, a la que Qasim se aficionó con gran entusiasmo, pues era bebedor y para él resultaba una auténtica odisea la forzada abstinencia religiosa. Qasim pasó varias semanas agradables, ligeramente ebrio mientras holgazaneaba por el hospital, intercambiando puntos de vista y opiniones. Pululaban las comidillas. La última novedad era que el imán Qandrasseh había abandonado la ciudad, pese a su obvia victoria política y táctica sobre el sha.

Se rumoreaba que Qandrasseh se había ido con los seljucíes, y que cuando retornara lo haría con un ejército atacante para deponer a Ala y sentar en el trono de Persia a un religioso islámico estricto (¿él mismo, quizás?). Entretanto, nada cambió: parejas de sombríos *mullahs* patrullaban las calles porque el imán había dejado a su discípulo Musa Ibn Abbas como defensor de la religión en Ispahán.

El sha permanecía en la Casa del Paraíso. No celebraba audiencias. Rob no había sabido de él desde la ejecución de Karim. No le ordenaron comparecer en ninguna recepción, cacería ni juegos, ni le invitaron a la corte. Si era necesario un médico en la Casa del Paraíso e Ibn Sina estaba indispuesto, llamaban a al-Juzjani o a otro, pero nunca a Rob.

Sin embargo, el sha envió un regalo a su nuevo hijo.

El obsequio llegó después del bautizo hebreo del bebé. Esta vez Rob había aprendido lo suficiente para invitar personalmente a los vecinos. Reb Asher Jacobi, el *mohel*, rogó que el niño creciera vigoroso para llevar una vida de buenas obras, y cortó el prepucio. Dieron a chupar al bebé un paño empapado en vino para aquietar su aullido de dolor, y Reb Asher declaró en la Lengua que era Tam, hijo de Jesse.

Ala no envió ningún regalo cuando nació el pequeño Rob J., pero ahora hizo llegar una alfombra de lana azul claro, con lustrosas hebras de seda del mismo tono y, grabado en azul más oscuro, el sello de la dinastía real Samaní.

A Rob le pareció una alfombrilla muy elegante, y la habría puesto en el suelo, junto a la cuna, de no haber sido porque Mary, muy quisquillosa desde su nacimiento, dijo que no quería verla allí. Compró un cofre de madera de sándalo que la protegería de las polillas, y lo arrinconó.


Rob participó en una junta examinadora. Sabía que estaba allí en ausencia de Ibn Sina y le avergonzaba pensar que alguien pudiera considerarlo tan presumido como para creerse en condiciones de ocupar el lugar del Príncipe de los Médicos. Pero no podía rehuir el compromiso, e hizo las cosas lo mejor que pudo. Se preparó como si fuera un candidato y no un examinador. Formuló preguntas muy meditadas, no con la intención de hacerle pasar apuros a un candidato, sino para que pusiera de manifiesto sus conocimientos. Escuchó atentamente todas las respuestas. La junta examinó a cuatro candidatos y aprobó a tres médicos. Se plantearon dificultades con el cuarto. Gabri Beidhawi había sido aprendiz durante cinco años. Ya había fracasado en dos exámenes, pero su padre era un hombre rico y poderoso, que lisonjeó y engatusó al *hadji* Davout Hosein, el administrador de la madraza, quien solicitó personalmente que volvieran a examinar a Beidhawi.

Rob había sido compañero de Beidhawi y sabía que era insensible y descuidado en el tratamiento de los pacientes. En el tercer examen demostró su pésima preparación.

Rob sabía qué habría hecho Ibn Sina.

—Rechazo al candidato —dijo sin el menor pesar.

Los otros examinadores se apresuraron a mostrar su acuerdo y se levantó la sesión. Unos días después de los exámenes, Ibn Sina se presentó en el *maristan*.

—¡Dichoso regreso, maestro! —le saludó Rob.

Ibn Sina meneó la cabeza.

—No he regresado.

Parecía fatigado y vencido, e informó a Rob de que había ido porque deseaba que al-Juzjani y Jesse ben Benjamin hicieran una evaluación. Se sentaron con él en un consultorio y hablaron, compilando la historia de su malestar, tal como él les había enseñado a hacer.

Se había quedado en casa con la esperanza de volver en breve a sus obligaciones, les dijo. Pero no se había recuperado de haber perdido primero a Reza y después a Despina. Su aspecto había desmejorado y se sentía mal.

Había experimentado lasitud, con dificultades para hacer el esfuerzo que requerían las tareas más sencillas. Al principio, atribuyó sus síntomas a una melancolía aguda.

—Porque todos sabemos que el espíritu puede hacer cosas terribles y extrañas al cuerpo.

En los últimos tiempos sus movimientos intestinales se habían vuelto explosivos y sus deposiciones estaban manchadas de moco, pus y sangre; por eso había solicitado aquel reconocimiento médico.

Lo exploraron como si fuera la única y última oportunidad de examinar a un ser humano. No pasaron nada por alto. Ibn Sina hizo gala de su dulce paciencia y permitió que lo palparan, apretaran, percutieran, escucharan e interrogaran. Cuando concluyeron el examen, al-Juzjani estaba pálido, pero adoptó una expresión optimista.

—Es el flujo de sangre, maestro, provocado por la agravación de tus emociones.

Pero la intuición había indicado otra cosa a Rob. Miró a su querido maestro.

—Creo que son los primeros estadios del tumor.

Ibn Sina parpadeó una sola vez.

—¿Cáncer de intestino? —preguntó con la misma serenidad con que se referiría a un paciente desconocido.

Rob movió la cabeza afirmativamente, tratando de no pensar en la lenta tortura de esa enfermedad. Al-Juzjani estaba rojo de ira por haber sido desmentido, pero Ibn Sina lo tranquilizó. Por esa razón los había llamado a los dos, comprendió Rob: sabía que al-Juzjani estaría tan cegado por el cariño que no afrontaría la cruda verdad.

A Rob se le debilitaron las piernas. Cogió las manos de Ibn Sina entre las suyas y se miraron a los ojos.

—Aún estás fuerte, maestro. Debes mantener despejados los intestinos para evitar la acumulación de la bilis negra que favorecería el crecimiento del cáncer.

El médico jefe asintió.

—Espero haberme equivocado en el diagnóstico y pido a Dios que así sea —dijo Rob.

Ibn Sina le dedicó una débil sonrisa.

—Rezar nunca está de más.

Dijo a Ibn Sina que le gustaría visitarlo pronto y pasar una tarde en una partida del juego del sha, y el anciano afirmó que Jesse ben Benjamin siempre sería bienvenido.

# 69

# LOS MELONES

Un día seco y polvoriento de las postrimerías del verano, de la neblina del noreste surgió una caravana de ciento dieciséis camellos con cencerros. Las bestias, en fila y escupiendo saliva fibrosa por el esfuerzo de acarrear pesadas cargas de mineral de hierro, entraron en Ispahán a última hora de la tarde. Ala abrigaba la esperanza de que Dhan Vangalil usara el mineral para hacer muchas armas de acero azul decorado. Las pruebas realizadas posteriormente por el herrero, ¡ay!, demostraron que el hierro del mineral era demasiado blando para ese propósito, pero la misma noche las noticias que llevaba la caravana despertaron una gran emoción entre algunos habitantes de la ciudad.

Un hombre llamado Kkendi —capitán de camelleros de la caravana— fue llamado a palacio para que repitiera detalles de la información ante el sha, y luego fue llevado al *maristan* a fin de que narrara lo mismo ante los doctores.

Durante un período de meses, Mahmud, el sultán de Ghazna, había estado gravemente enfermo, con fiebre y tanta pus en el pecho que le provocó una protuberancia blanda en la espalda. Sus médicos decidieron que si Mahmud había de vivir, era indispensable drenarle el bulto.

Uno de los detalles que proporcionó Khendi era que

habían cubierto la espalda del sha con una delgada capa de arcilla de alfarero.

—¿Por qué? —preguntó uno de los médicos.

Khendi se encogió de hombros, pero al-Juzjani, que hacía las veces de jefe en ausencia de Ibn Sina, conocía la respuesta.

—Debe observarse atentamente la arcilla, pues el primer trozo que se seca indica la parte más caliente de la piel y es, por ende, el mejor lugar para practicar la incisión.

Cuando los cirujanos abrieron, saltó la corrupción del sultán, prosiguió Khendi, y para quitarle el pus restante insertaron unas mechas.

—¿El escalpelo era de hoja redonda o puntiaguda? —inquirió al-Juzjani.

—¿Qué le aplicaron para el dolor?

—¿Las mechas eran de estaño o de lino?

—¿El pus era oscuro o blanco?

—¿Había vestigios de sangre en el pus?

—¡Señores! ¡Señores míos, soy capitán de camelleros y no *hakim*! —exclamó Khendi, angustiado—. No conozco la respuesta a ninguna de esas preguntas. Sólo sé una cosa más.

—¿Qué? —preguntó al-Juzjani.

—Tres días después del sajado, señores, el sultán de Ghazna murió.


Ala y Mahmud habían sido dos jóvenes leones. Ambos llegaron al trono a edad temprana como sucesores de un padre fuerte, y ninguno de los dos perdió de vista al otro mientras sus reinos se vigilaban, sabedores de que algún día chocarían, de que Ghazna deglutiría a Persia o Persia a Ghazna.

Nunca se presentó la oportunidad. Se habían rodeado el uno al otro cautamente, y alguna vez sus fuerzas se enfrentaron en escaramuzas, pero los dos habían esperado, percibiendo que aún no era el momento adecuado para una guerra total. No obstante, Mahmud nunca se apartaba de los pensamientos de Ala, que a menudo soñaba con él.

Siempre el mismo sueño, con los ejércitos reunidos y ansiosos, mientras el sha cabalgaba a solas hacia la feroz tribu de afganos de Mahmud, lanzando un único grito de combate al sultán, como Ardashir había rugido su desafío a Ardewan para que el sobreviviente reivindicara su destino como el único auténtico y demostrado Rey de Reyes.

Pero ahora había intervenido Dios, y el sha Ala nunca combatiría con Mahmud. En los cuatro días siguientes a la llegada de la caravana de camellos, tres experimentados y fiables espías entraron cabalgando por separado en Ispahán y permanecieron cierto tiempo en la Casa del Paraíso; a partir de sus informes, el sha comenzó a percibir una clara imagen de lo que había ocurrido en la ciudad capital de Ghazni.

Inmediatamente después de la muerte del sultán, Muhammad —el hijo mayor de Mahmud— había intentado ocupar el trono, pero su propósito fue desbaratado por su hermano Abu Said Masud, un joven guerrero que contaba con el firme apoyo del ejército. En el plazo de unas horas Muhammad fue tomado prisionero y declararon sultán a Masud. El funeral de Mahmud fue un espectáculo delirante una mezcla de tristeza por la despedida y de frenética celebración. Cuando hubo concluido, Masud convocó a todos sus jefes de tribus y les transmitió su intención de hacer lo que nunca había hecho su padre: en unos días, el ejército marcharía sobre Ispahán.

Fue esa información la que finalmente haría salir a Ala de la Casa del Paraíso.

La invasión planeada no le pareció inoportuna por dos razones. Masud era impetuoso e inexperto, y a Ala le agradó la posibilidad de oponer su generalato al mozalbete. En segundo lugar, como en el alma persa había un destello de amor por la guerra, era lo bastante astuto como para comprender que el conflicto sería abrazado por su pueblo como un contraste de la beatería y las restricciones bajo las que le obligaban a vivir los *mullahs*.

Celebró reuniones militares que eran pequeñas celebraciones, con vino y mujeres en los momentos oportunos, como en tiempos pasados. Ala y sus comandantes estudiaron detenidamente sus cartas de viaje, y vieron que desde Ghazna sólo había una ruta viable para una gran fuerza. Masud tenía que atravesar las estribaciones y cerros arcillosos al norte del Dasht-i-Kavir, bordeando el gran desierto hasta que su ejército estuviera bien internado en Hamadhan, donde tomarían el rumbo sur. Pero Ala decidió que un ejército persa marchara a Hamadhan y saliera al encuentro de aquéllos antes de que cayeran sobre Ispahán.

Los preparativos del ejército de Ala eran el único tema de conversación, del que ni siquiera se libraban en el *maristan*, aunque Rob lo intentaba. No pensaba en la guerra inminente porque no quería tener nada que ver con ella. Su deuda con Ala, aunque considerable, estaba saldada. Las incursiones a la India lo habían convencido de que jamás volvería a mezclarse con la soldadesca. De modo que aguardaba preocupado una cita real que no llegó. Entretanto, trabajaba arduamente. Los dolores abdominales de Qasim habían desaparecido; para gran deleite del antiguo boyero, Rob siguió prescribiéndole una porción diaria de vino y le restituyó sus tareas en el depósito. Rob atendía a más pacientes que nunca, pues al-Juzjani había asumido gran parte de las obligaciones de médico jefe, y derivó un buen número de sus pacientes a otros médicos, entre ellos a Rob.

A Rob lo dejó pasmado enterarse de que Ibn Sina se había ofrecido voluntario para encabezar a los cirujanos que acompañarían al ejército de Ala al norte. Al-Juzjani, que había superado su enfado o lo ocultaba, se lo comunicó.

—Es un desperdicio enviar ese cerebro a la guerra.

Al-Juzjani se encogió de hombros.

—El maestro desea hacer la última campaña.

—Es viejo y no sobrevivirá.

—Siempre pareció viejo, pero aún no ha vivido sesenta años. —Al-Juzjani suspiró amargamente—. Sospecho que abriga la esperanza de que una flecha o una lanza acabe con él. No sería ninguna tragedia encontrar una muerte más rápida que la que ahora parece esperarle.

El Príncipe de los Médicos les hizo saber de inmediato que había escogido una partida de once cirujanos para que lo acompañaran con el ejército persa. Cuatro eran estudiantes de medicina, tres eran los más recientes médicos jóvenes, y otros cuatro eran doctores veteranos.

A al-Juzjani le asignaron el cargo de médico jefe, que ya ocupaba en la práctica. Fue un ascenso que causó pesar, ya que hizo comprender a la comunidad médica que Ibn Sina no volvería al hospital.

Para gran sorpresa y consternación de Rob, le pidieron que cumpliera alguna de las tareas que hasta entonces al-Juzjani había desempeñado en sustitución de Ibn Sina, aunque había unos cuantos médicos más experimentados que podían haber sido escogidos por al-Juzjani. Asimismo, dado que cinco de los doce que marcharían con el ejército eran maestros, le informaron de que debía dar clases con mayor frecuencia y también impartir instrucción cuando visitaba a sus pacientes en el *maristan*.

Además, lo nombraron miembro permanente de la junta examinadora y solicitaron que formara parte de la comisión que supervisaba la cooperación entre el hospital y la escuela. La primera junta de la comisión a la que asistió, se celebró en la lujosa casa de Rotun bin Nasr, director de la escuela. Este cargo era honorífico y el director no se molestó en asistir, aunque puso su casa a disposición de los reunidos y ordenó que les sirvieran una opulenta comida.

El primer plato consistía en tajadas de grandes y pulposos melones de sabor singular y una dulzura inigualable. Rob había probado ese tipo de melón una sola vez, y estaba a punto de comentarlo cuando su antiguo maestro Jalal-ul-Din le sonrió significativamente.

—Debemos dar gracias a la nueva esposa del director por esta deliciosa fruta.

Rob no entendió. El ensalmador guiñó un ojo.

—Rotun bin Nasr es general y primo del sha, como ya sabrás. Ala lo visitó la semana pasada para organizar la guerra y sin duda conoció a su más reciente y joven esposa. Cada vez que el sha planta su simiente real, regala una bolsa con deliciosos melones especiales. Y si la semilla da por resultado una cosecha del sexo masculino, envía un regalo principesco: la alfombra de los Samaníes.

No logró tragar la comida; alegó que se sentía mal y abandonó la reunión. Con la mente hecha un torbellino, cabalgó directamente hasta la casita del Yehuddiyyeh. Rob J. estaba jugando en el jardín con su madre, pero Tam dormía en la cuna y Rob lo alzó y lo estudió a fondo.

Sólo era un pequeño bebé recién nacido. El mismo niño que adoraba al salir de casa por la mañana.

Lo dejó en la cuna, buscó el cofre de sándalo y sacó la alfombra regalada por el sha. La extendió en el suelo, junto a la cuna.

Cuando levantó la vista, Mary estaba en el vano de la puerta. Se miraron. Entonces se convirtió en un hecho: el dolor y la piedad que Rob sintió por Mary fueron inconmensurables. Se acercó a ella con la intención de abrazarla, pero en lugar de hacerlo descubrió que sus manos la sujetaron fuertemente de los brazos. Intentó hablar pero su garganta no emitió ningún sonido.

Ella se apartó de un tirón y se masajeó los brazos.

—Por ti estamos aquí, por mí estamos vivos —dijo Mary con desprecio.

La tristeza de sus ojos se había transformado en algo frío, en todo lo contrario del amor. Aquella tarde ella cambió de aposento. Compró un jergón estrecho y lo instaló entre las cunas de sus hijos, junto a la alfombra del príncipe Samaní.

# 70

# EL CUARTO DE QASIM

No pudo dormir. Se sentía hechizado, como si la tierra hubiera desaparecido bajo sus pies y tuviera que andar un largo camino por el aire. No era insólito que alguien en su situación matara a la madre y al niño, reflexionó, pero sabía que Tam y Mary estaban a salvo en la alcoba contigua. Lo acechaban ideas delirantes pero no estaba loco.

Por la mañana se levantó y fue al *maristan*, donde las cosas tampoco iban bien. Ibn Sina se había llevado a cuatro enfermeros como encargados de transportar las camillas y de recoger a los heridos, y al-Juzjani aún no había encontrado a otros cuatro que respondieran satisfactoriamente a sus expectativas. Los enfermeros que quedaban en el *maristan* estaba sobrecargados de trabajo y cumplían sus tareas ceñudos. Rob visitó a sus pacientes sin ninguna clase de ayuda, y a veces se detenía a hacer lo que un enfermero no había tenido tiempo de hacer: lavar una cara febril o ir en busca de agua para aliviar una boca seca y sedienta.

Encontró a Qasim ibn Sanhdi echado, con la cara del color del suero, sufriendo y rodeado de vómitos.

Enfermo, Qasim había dejado su cuarto contiguo al depósito, y se había asignado un lugar como paciente, seguro de que Rob lo encontraría al hacer su ronda en el *maristan*.

La semana anterior se había sentido mal varias veces, le informó Qasim.

—¿Por qué no me lo dijiste?

—Señor, tenía mi vino. Tomaba mi vino y el dolor se iba. Pero ahora el vino no me ayuda, *hakim*; no puedo soportarlo.

La fiebre era alta pero no abrasadora; el abdomen estaba dolorido aunque blando. A veces, atenazado por el dolor, Qasim jadeaba como un perro; tenía la lengua sucia y respiraba laboriosamente.

—Te prepararé un infusión.

—Que Alá te bendiga, señor.

Rob fue directamente a la farmacia. Con el vino tinto que tanto gustaba a Qasim remojó opiáceos y *buing*, y volvió deprisa junto a su paciente. Los ojos del viejo encargado del depósito mostraban malos augurios cuando tragó la poción.

A través de las cortinas de tela delgada de las ventanas abiertas, los sonidos invadían el *maristan* con volumen creciente, y cuando Rob salió vio que toda la ciudad se había volcado a las calles para despedir a su ejército.

Siguió a la gente hasta las *maidans*. Aquel ejército era demasiado numeroso para caber en las plazas. Desbordaba y llenaba las calles de toda la porción central de la ciudad. No lo componían cientos, como en la partida de ataque a la India, sino miles de hombres. Largas filas de infantería pesada, más largas aún de hombres ligeramente armados. Lanzadores de venablos o jabalinas. Lanceros a caballo, espadachines a horcajadas de ponis y camellos. La presión y el apiñamiento de la muchedumbre eran indescriptibles lo mismo que el barullo: gritos de despedida, llantos, chillidos, bromas obscenas, órdenes, adioses y palabras de estímulo.

Se abrió paso como quien nada contra una corriente humana, en medio de una amalgama de hedores: humanos, sudor de los camellos y estiércol de caballo. El destello del sol sobre las armas pulidas era cegador. A la cabeza de la fila estaban los elefantes. Rob contó treinta y cuatro, o sea que Alá comprometía cuantos elefantes de guerra poseía.

No vio a Ibn Sina. Rob ya se había despedido en el *maristan* de varios médicos que partían, pero Ibn Sina no había acudido a saludarlo ni lo había hecho llamar a su casa, de modo que resultaba obvio que prefería no despedirse.

En ese momento, llegaron los músicos reales. Algunos soplaban largas trompetas doradas y otros repicaban campanas de plata, anunciando que se acercaba el gran elefante *Zi*, una fuerza tremenda. El *mahout* Harsha iba ataviado de blanco y el sha, en telas azules y tocado con un turbante rojo, el atuendo que vestía siempre que iba a la guerra.

La gente rugió extasiada al ver a su rey guerrero. Cuando levantó la mano para hacer el saludo real, sabían que les estaba prometiendo Ghazna. Rob estudió la espalda erguida del sha; en ese momento, Ala no era Ala: se había transformado en Jerjes, se había transformado en Darío, se había transformado en Ciro el Grande. Era todos los conquistadores de todos los hombres.

*Somos cuatro amigos. Somos cuatro amigos.* Rob se mareó al pensar en todas las ocasiones en que le habría resultado fácil matarlo. Ahora estaba en el fondo de la multitud. Aunque hubiese estado adelante, lo habrían reducido en el mismo instante en que cayera sobre el rey.

Se volvió. No esperó con los demás para ver el desfile de tropas de quienes iban a la gloria o a la muerte. Se separó con esfuerzo de la turba y caminó a ciegas hasta llegar a las orillas del Zayendeh, el Río de la Vida.

Se sacó del dedo el anillo de oro macizo que Ala le había dado por sus servicios en la India y lo arrojó a las aguas pardas. Luego, mientras en la distancia el gentío bramaba y bramaba, volvió andando al *maristan*.

Qasim había bebido grandes dosis de la infusión, pero se le notaba muy grave. Tenía los ojos vacíos, y el semblante pálido y hundido. Temblaba aunque hacía calor, y Rob lo tapó con una manta. Poco después, la manta estaba empapada y la cara de Qasim ardía.

A última hora de la tarde el dolor era tan intenso que cuando Rob le tocó el abdomen, el viejo gritó.

Rob no volvió a casa. Se quedó en el *maristan*, permaneciendo a menudo junto al jergón de Qasim.

Esa noche, en medio del dolor, se produjo un alivio total. Por un instante, la respiración de Qasim fue serena y regular, y se quedó dormido. Rob se atrevió a albergar esperanzas, pero unas horas más tarde volvió la fiebre, la temperatura de su cuerpo aumentó más aún, el pulso se volvió rápido y en algunos momentos era casi imperceptible.

Qasim se agitaba y revolvía en sus delirios.

—¡Nuwas! —llamó—. Ah, Nuwas.

A veces hablaba con su padre o con su tío Nili, y repetidas veces llamó a la desconocida Nuwas.

Rob le cogió las manos y el corazón le dio un vuelco: no las soltó, porque ahora sólo podía ofrecerle su presencia y el exiguo consuelo de un contacto humano. Por último, la laboriosa respiración se aquietó hasta parar por completo. Rob aún apretaba las callosas manos de Qasim cuando éste expiró.


Pasó un brazo por debajo de las rodillas nudosas y el otro bajo los hombros huesudos, trasladó el cadáver al depósito y luego entró en el cuartito de al lado. Apestaba: tendría que ocuparse de que lo fregaran. Se sentó entre las pertenencias de Qasim, que eran pocas: una harapienta túnica de recambio, una alfombra de rezo hecha jirones, unas hojas de papel y un cuero curtido en el que un escriba pagado por Qasim había copiado varias oraciones del Corán. Dos frascos del vino prohibido. Una hogaza de pan armenio endurecido y un cuenco con olivas verdes rancias. Una daga barata, con la hoja mellada.

Era más de medianoche y casi todo el hospital dormía. De vez en cuando, un enfermo gritaba o lloraba. Nadie lo vio retirar las escasas pertenencias de Qasim del cuartito. Mientras arrastraba la mesa de madera, se cruzó con un enfermero, pero la escasez de mano de obra dio a éste ánimos para desviar la mirada y pasar deprisa junto al *hakim*, antes de que le encargara más trabajo del que ya tenía.

En el cuarto, bajo dos patas de un lado de la mesa, Rob puso una tabla para lograr una inclinación. En el suelo, debajo del extremo más bajo, colocó una palangana. Necesitaba mucha luz y merodeó por el hospital, birlando cuatro lámparas y una docena de velas, que dispuso alrededor de la mesa como si fuera un altar. Sacó a Qasim del depósito y lo acostó en la mesa. Incluso mientras el viejo agonizaba Rob sabía que transgrediría el mandamiento.

Pero ahora que había llegado el momento, le resultaba difícil respirar. No era un antiguo embalsamador egipcio que podía llamar a un despreciable *paraschiste* para que abriera el cadáver y cargara con el pecado. El acto y el pecado, si lo había, serían responsabilidad suya.

Cogió una cuchilla quirúrgica curva, con punta de sondeo, llamada bisturí, y practicó la incisión, abriendo el abdomen desde la ingle hasta el esternón. La carne se partió crujiente y comenzó a rezumar sangre.

Rob no sabía cómo proceder, y apartó la piel del esternón, pero luego se puso nervioso. En toda su vida sólo había tenido dos amigos que eran sus pares y los dos habían muerto con la cavidad corporal cruelmente herida. Si lo descubrían, moriría de la misma manera, pero además lo desollarían. Dejó el cuartito y deambuló nervioso por el hospital, pero los pocos que estaban despiertos no le prestaron la menor atención. Aún tenía la impresión de que el suelo se había abierto y caminaba en el aire, pero ahora poseía la convicción de estar asomado a las profundidades del abismo. Buscó una sierra de dientes pequeños para huesos la llevó al minúsculo laboratorio improvisado y serró a través del esternón, e imitación de la herida que había matado a Mirdin en la India. En el fondo de la incisión cortó desde la ingle hasta el interior del muslo, dejando un gran colgajo que logró echar hacia atrás, para dejar a la vista la cavidad abdominal. Debajo de la barriga rosada, la pared estomacal era carne roja y hebras blancuzcas de músculo, y hasta el flaquísimo Qasim tenía glóbulos amarillentos de grasa.

El delgado revestimiento interior de la pared abdominal estaba inflamado y cubierto por una sustancia coagulable. A sus ojos deslumbrados, los órganos parecían sanos, excepto el intestino delgado, que estaba enrojecido e hinchado en muchos sitios. Hasta los vasos más pequeños estaban tan llenos de sangre, que daban la impresión de haber sido inyectados con cera roja. Una pequeña parte embolsada de la tripa estaba extraordinariamente negra y adherida al revestimiento abdominal. Cuando intentó separar ambas partes tirando suavemente, las membranas se rompieron dejando a la vista el equivalente a dos o tres cucharadas de pus: la infección que tantos dolores había causado a Qasim. Rob sospechaba que el sufrimiento del viejo había cesado cuando el tejido afectado se hernió. Un fluido poco denso, oscuro y fétido había escapado de la inflamación hacia la cavidad del abdomen. Hundió el dedo en el líquido y lo olisqueó, pues podía ser el veneno causante del desenlace.

Quería examinar los otros órganos, pero tenía miedo.

Cosió atentamente la abertura por si los religiosos tenían razón. Cuando Qasin ibn Sahdi resucitara de su tumba, estaría entero. Le cruzó las muñecas, las ató y usó un paño grande para vendarle los riñones. Con gran cuidado, envolvió el cadáver en una mortaja y lo devolvió al depósito, para que lo enterraran por la mañana.

—Gracias, Qasim —dijo con tono sombrío—. Que en paz descanses. —Se llevó una sola vela a los baños del *maristan*, donde se lavó y se cambió de ropa. Pero aún perduraba en su cuerpo el olor a muerte, y se frotó las manos y los brazos con perfume.

Fuera, en la oscuridad, seguía asustado. No podía creer en lo que había hecho. Al filo del amanecer se acostó en su jergón. Por la mañana dormía profundamente, y Mary se puso ceñuda cuando respiró el aroma florido de otra mujer que impregnaba toda la casa.

# 71

## EL ERROR DE IBN SINA

Yussuf-ul-Gamal llamó a Rob a la sombra erudita de la biblioteca.

—Quiero mostrarte un tesoro.

Era un libro voluminoso, una copia evidentemente nueva de la obra maestra de Ibn Sina, el *Canon de medicina*.

—Este *Qanun* no es de propiedad de la Casa de la Sabiduría, sino una copia hecha por un escriba que conozco. Está en venta.

¡Ah! Rob lo cogió. Era un primor, con letras negras y vigorosas sobre cada página de color marfil. Era un códice, un libro con muchos pliegues, grandes hojas de vitela dobladas y luego cortadas para que se pudieran volver cómodamente las páginas. Los pliegues estaban finamente cosidos entre las tapas de delicada piel de cordero curtida.

—¿Es muy caro?

Yussuf movió la cabeza afirmativamente.

—¿Cuánto?

—Lo vende por ochenta *bestis* de plata, porque necesita dinero.

Rob frunció los labios, pues sabía que no contaba con esa cifra. Mary tenía una importante suma de dinero de su padre, pero él y Mary ya no...

Rob meneó la cabeza.

Yussuf suspiró.

—Pensé que tú debías tenerlo.

—¿Cuándo debe estar vendido?

Yussuf se encogió de hombros.

—Puedo retenerlo dos semanas.

—De acuerdo. Guárdalo.

El bibliotecario lo miró dubitativamente.

—¿Entonces tendrás el dinero, *hakim*?

—Si ésa es la voluntad de Dios.

Yussuf sonrió.

—Sí. *Imshallah*.


Puso un pestillo fuerte y una cerradura pesada en la puerta del cuartito contiguo al depósito. Llevó otra mesa, una chaira, un tenedor, un cuchillo pequeño, diversos escalpelos afilados y el tipo de cincel que usan los picapedreros; un tablero de dibujo, papel, carbones y regletas; tiras de cuero, arcilla y cera, plumas y un tintero.

Un día se hizo acompañar al mercado por varios estudiantes fuertes, y volvieron con un cerdo sacrificado. A nadie le pareció extraño que dijera que iba a hacer algunas disecciones en el cuartito.

Esa noche, a solas, llevó el cadáver de una joven que había muerto pocas horas antes y lo puso sobre la mesa vacía. En vida, la mujer se llamaba Melia.

Esta vez Rob estaba más ansioso y menos asustado. Había meditado sobre sus temores y no creía que sus actos estuviesen inspirados en la brujería ni en la obra de un *djinn*. Pensaba que se le había concedido la posibilidad de convertirse en médico para trabajar en la protección de la más excelsa creación de Dios, y que el Todopoderoso no vería con malos ojos que aprendiera más acerca de tan compleja e interesante criatura.

Abrió el cerdo y la mujer, dispuesto a hacer una atenta comparación de ambas anatomías.

Dado que comenzó la doble inspección en la zona donde se asentaba la enfermedad abdominal, en seguida descubrió algo. El ciego del cerdo, la tripa embolsada donde comenzaba el intestino grueso, era de tamaño considerable, pues medía unas dieciocho pulgadas de longitud. El ciego de la mujer era comparativamente diminuto, de apenas dos o tres pulgadas de largo y el ancho del dedo meñique de Rob. ¡Albricias! Adherido a este pequeño ciego había... algo. No se parecía a nada tanto como a un gusano rosado, descubierto en el jardín, recogido y puesto en el interior de la barriga de la mujer.

El cerdo de la otra mesa no tenía ninguna adherencia en forma de gusano, y Rob nunca había observado un apéndice similar en las tripas de esos animales.

No se precipitó a sacar conclusiones. En principio pensó que las pequeñas dimensiones del ciego de la mujer podían corresponder a una anomalía, y que aquella cosita en forma de gusano era un raro tumor o algún otro tipo de excrecencia.

Preparó el cadáver de Melia para su entierro con tanto cuidado como había dispuesto el de Qasim y la devolvió al depósito.

Pero en las noches siguientes abrió los cuerpos de un jovenzuelo, de una mujer de edad mediana y de un bebé de seis semanas. En cada caso descubrió, con creciente emoción, que aparecía el mismo apéndice de tamaño minúsculo. El «gusano» formaba parte de todas las personas..., pequeña prueba de que los órganos de un ser humano no eran idénticos a los de un cerdo.

«¡Oh, maldito Ibn Sina!»

—Viejo condenado —murmuró—. ¡Estás muy equivocado!

Pese a lo que había escrito Celso, pese a las enseñanzas transmitidas durante mil años, hombres y mujeres eran seres singulares. En tal caso, ¡cuántos magníficos misterios podrían descubrirse y resolverse con sólo buscarlos en el interior de los cuerpos humanos!

A lo largo de toda su vida, Rob había estado solo hasta que la encontró, pero ahora volvía a estarlo y no lo soportaba. Una noche, al regresar a casa se tendió a su lado, entre los dos niños dormidos.

No intentó tocarla, pero ella se volvió como un animalito salvaje. Le dio una sonora bofetada. Era una mujer corpulenta y lo bastante fuerte para producirle dolor. Rob le cogió las manos y se las sujetó a los costados del cuerpo.

—Loca.

—¡No te acerques a mí después de estar con las rameras persas!

Rob comprendió que ella pensaba eso por el aroma que despedía todos los días al volver a casa.

—Uso perfume porque todas las noches hago disecciones de animales en el *maristan*.

Ella no dijo nada, pero al instante intentó liberarse. Rob sintió su cuerpo, tan conocido, junto al suyo, mientras ella se debatía, y percibió el aroma de sus cabellos rojos en la nariz.

—Mary.

Comenzó a serenarse, tal vez por algo que percibió en la voz de Rob. Sin embargo, cuando él se volvió para besarla, no le habría sorprendido que le mordiera la boca o en el cuello, pero no fue así. Le llevó un momento darse cuenta de que le estaba devolviendo los besos. Dejó de aferrarle las manos y se sintió infinitamente agradecido cuando tocó unos pechos rígidos, aunque no por la rigidez de la muerte.

Rob no sabía si Mary lloraba o estaba excitada, pues oía, breves gemidos. Probó sus pezones lechosos y le hurgó el ombligo. Debajo de aquella panza cálida, había un entramado de vísceras grises y rosadas, como cardúmenes en las aguas del mar, pero sus miembros no estaban duros y fríos, y en el montículo uno de sus dedos y luego dos encontraron calor y terreno resbaladizo: la materia que compone la vida.

Cuando la penetró se unieron como si batieran palmas, empujando como si intentaran destruir algo que no podían enfrentar. Exorcizando al *djinn*. Mary le clavó las uñas en la espalda al corcovear. Sólo hubo un sereno gruñido y el *plaf-plaf-plaf* de la cópula, hasta que ella gritó y él gritó y Tam gritó y Rob J. despertó con un grito, y los cuatro rieron o lloraron; en el caso de los adultos, ambas cosas.

Finalmente, todo se aquietó. El pequeño Rob J. volvió a dormirse y Mary llevó el bebé a su pecho; mientras lo alimentaba, con voz serena contó a Rob que Ibn Sina había ido a verla y le había dicho lo que debía hacer. Así, Rob se enteró de que entre la mujer y el anciano le habían salvado la vida.

Se sorprendió y se sintió impresionado al saber hasta qué punto se había comprometido por él Ibn Sina.

En cuanto al resto, la experiencia de ella había sido aproximadamente como Rob la imaginó. Cuando Tam se hubo dormido, la abrazó y le dijo que era la mujer que había elegido para toda la vida, acarició su cabellera pelirroja y la besó en la nuca, donde las pecas no osaban aparecer. Y Mary también se durmió y Rob permaneció con la vista fija en el techo oscuro.

En los días siguientes, Mary sonreía mucho y a Rob le entristecía e indignaba ver huellas de temor en sus sonrisas, aunque con sus actos intentaba demostrarle amor y gratitud.

Una mañana, mientras atendía a un niño enfermo en casa de un cortesano, junto a su jergón vio la pequeña alfombra azul de la realeza Samaní. Observó el cutis atezado del niño, la nariz ya ganchuda, cierta característica específica en los ojos. Era una cara conocida, más conocida cuanto más miraba a su hijo menor.

Modificó sus planes para aquel día, volvió a casa, levantó al pequeño Tam y lo acercó a la luz. Sus rasgos le convertían en hermano del niño enfermo.

No obstante, por momentos Tam se parecía notablemente a Willum, su hermano perdido.

Antes y después de los días que había pasado en Idhaj por indicación de Ibn Sina, él y Mary habían hecho el amor. ¿Quién podía decir que aquel no era el fruto de su propia simiente?

Cambió los pañales húmedos de Tam, le tocó delicadamente la mano, besó su suavísima mejilla y volvió a acostarlo en la cuna.

Aquella noche hicieron el amor tierna y consideradamente, lo que les produjo alivio, aunque no fue como en otros tiempos. Después, Rob salió y se sentó en el jardín bañado por la luna, junto a las ruinas otoñales de las flores a las que ella había brindado todos sus cuidados.

Comprendió que nada permanece siempre igual. Ella no era la joven que lo había seguido confiadamente a un trigal y él tampoco era el joven que la había llevado al trigal.

Y ésa no era la deuda menos importante que ansiaba pagar al sha Ala.

# 72

## EL HOMBRE TRANSPARENTE

Del este surgió una nube de polvo de tales proporciones, que los centinelas pensaron confiadamente en una enorme caravana, o quizás en varias grandes caravanas que avanzaban juntas.

Pero se aproximaba un ejército a la ciudad.

Con su llegada a las puertas fue posible identificar a los soldados como afganos de Ghazna. Se detuvieron fuera de los muros, y su comandante, un joven de túnica azul oscuro y turbante blanco como la nieve, entró en Ispahán acompañado de cuatro oficiales. No había nadie allí para detenerlos. El ejército había seguido a Alá a Hamadhan y las puertas estaban custodiadas por un puñado de soldados ancianos que se esfumaron con la proximidad del ejército extranjero, de modo que el sultán Masud —pues de él se trataba— entró cabalgando en la ciudad sin resistencia. Al llegar a la mezquita del Viernes, los afganos desmontaron y entraron. Sin duda se unieron allí a los fieles durante la tercera oración, y luego se encerraron varias horas con el imán Musa ibn Abbas y su camarilla de mullahs.

Casi ninguno de los habitantes de Ispahán vio a Masud, pero en cuanto se conoció su presencia, Rob y al-Juzjani se encontraban entre los que fueron a lo alto de la muralla y desde allí observaron a los soldados de Ghazna.

Eran hombres de aspecto duro, con pantalones desharrapados y largas camisas holgadas. Algunos llevaban los extremos de los turbantes envueltos alrededor de la boca y la nariz para protegerse de la polvareda y la arena del viaje, y tenían esteras acolchadas arrolladas detrás de las pequeñas sillas de sus desgreñados ponis. Estaban muy animados, toqueteaban sus flechas, cambiaban de lugar sus arcos y se relamían mirando la lujosa ciudad, con sus mujeres desprotegidas, como los lobos mirarían una madriguera llena de liebres. Pero eran disciplinados y aguardaban sin hacer violencia mientras su líder permanecía en la mezquita. Rob se preguntó si entre ellos estaría el afgano que había hecho tan buen papel corriendo en competencia con Karim en el *chatir*.

—¿Qué puede querer Masud de los *mullahs*? —preguntó a al-Juzjani.

—Sin duda sus espías le han informado de los conflictos que tiene Ala con ellos. Sospecho que intenta gobernarnos en breve y negocia en las mezquitas bendiciones y obediencias.

Y es posible que así fuera, pues en breve Masud y sus edecanes volvieron con sus tropas y no hubo pillaje. El sultán era joven, apenas un muchacho, pero él y Ala podrían haber sido parientes: tenían el mismo rostro orgulloso y cruel de depredador. Lo vieron desenrollar su impecable turbante negro, que dejó a un lado con mucho cuidado, y ponerse un mugriento turbante negro antes de reemprender la marcha.

Los afganos cabalgaron rumbo norte, siguiendo la ruta del ejército de Ala.

—El sha se equivocó al pensar que vendrían por Hamadhan.

—Sospecho que la fuerza principal de Ghazna ya está en Hamadhan —dijo lentamente al-Juzjani.

Rob comprendió que la idea de al-Juzjani era acertada. Los afganos que partieron eran muy inferiores en número al ejército persa, y entre ellos no había elefantes de guerra; tenía que haber otra fuerza esperándolos.

—Entonces, ¿Masud está montando una trampa?

—Al-Juzjani, asintió—. ¡Podemos partir a caballo para advertírselo a los persas!

—Ya es tarde; de lo contrario Masud no nos habría dejado vivos. En cualquier caso —dijo con tono irónico al-Juzjani—, poco importa que Ala derrote a Masud o Masud derrote a Ala. Si es verdad que el imán Qandrasseh ha ido a ponerse a la cabeza de los seljucíes para caer sobre Ispahán, en última instancia no imperarán Masud ni Ala. Los seljucíes son tan numerosos como las arenas de la mar.

—Si vienen los seljucíes o si Masud retorna para tomar la ciudad, ¿qué será del *maristan*?

Al-Juzjani se encogió de hombros.

—El hospital cerrará un tiempo y todos nos ocultaremos para salvarnos del desastre. Después saldremos de nuestros escondrijos y la vida seguirá como antes. Con nuestro maestro he servido a media docena de reyes. Los monarcas vienen y van, pero el mundo sigue necesitando médicos.


Rob pidió dinero a Mary y el Qanun fue suyo. Tenerlo entre sus manos lo inundó de respeto reverencial. Nunca había poseído un libro, pero tan desbordante era su deleite con la propiedad de aquél, que juró que habría otros.

Sin embargo, no pasaba demasiado tiempo leyéndolo, pues nada lo atraía tanto como el cuartito de Qasim.

Realizaba disecciones varias veces por semana, y empezó a usar sus materiales de dibujo, hambriento por hacer más cosas, aunque en realidad no las llevaba a cabo, pues necesitaba un mínimo de sueño si quería desempeñar adecuadamente sus funciones en el *maristan* durante el día.

En uno de los cadáveres que estudió, el de un joven que había sido acuchillado en una reyerta de borrachos, encontró el pequeño apéndice del ciego dilatado, con la superficie enrojecida y áspera, y conjeturó que lo estaba observando en la primera etapa de la enfermedad del costado, cuando el paciente comenzaría a sentir las primeras punzadas intermitentes.

Ahora tenía un cuadro amplio del progreso de la enfermedad desde el inicio hasta la muerte, y escribió en su registro:

Se ha observado la enfermedad abdominal perforante en seis pacientes, todos los cuales fallecieron.

El primer síntoma marcado de la enfermedad es un repentino dolor abdominal.

El dolor suele ser intenso y rara vez ligero.

En ocasiones va acompañado por escalofríos, y con mayor frecuencia con náuseas y vómitos.

Al dolor abdominal sigue la fiebre como siguiente síntoma constante.

Al palpar se percibe una resistencia circunscrita al bajo vientre derecho, con el área a menudo dolorida por la presión y los músculos abdominales tensos y rígidos.

El mal se asienta en un apéndice del ciego que, en apariencia, no difiere de una lombriz rosa y gruesa de la variedad común. Si este órgano se inflama o infecta, se vuelve rojo y luego negro, se llena de pus y finalmente estalla, escapando su contenido hacia la cavidad abdominal general.

En tal caso, se presenta rápidamente la muerte, por regla general entre media hora y treinta y seis horas después del inicio de la fiebre alta.

Sólo estudiaba las partes del cuerpo que quedarían cubiertas por la mortaja. Este hecho excluía los pies y la cabeza, una verdadera frustración, pues ya no se contentaba con examinar el cerebro de un cerdo

Su respeto por Ibn Sina permanecía incólume, pues había tomado conciencia de que en ciertas cuestiones su mentor había recibido enseñanzas incorrectas acerca del esqueleto y la musculatura, y había transmitido la información errónea.

Rob trabajaba con gran paciencia, descubriendo y dibujando músculos como alambres y cuerdas. Algunos comenzaban en un cordón y terminaban en un cordón, otros presentaban acoplamientos planos, otros más tenían acoplamientos redondeados, o un cordón únicamente en un extremo; tampoco faltaban músculos compuestos de dos cabezas, y aparentemente su función específica consistía en que si una de las cabezas se lesionaba quedaba útil la otra. Comenzó en la ignorancia y, de modo gradual, en constante estado de exaltación enfebrecida y ensoñadora, fue aprendiendo. Dibujó estructuras de huesos y articulaciones, formas y posiciones, comprendiendo que esos bosquejos tendrían un valor incalculable para enseñar a los jóvenes doctores a tratar torceduras y fracturas.

Siempre, cuando terminaba de trabajar, amortajaba los cadáveres, volvía a colocarlos en el depósito y se llevaba los dibujos. Ya no sentía que se asomaba a las profundidades de su propia condenación, pero en ningún momento perdió de vista el terrible fin que le aguardaba si lo descubrían. En las disecciones que hacía bajo la luz inestable y parpadeante de la lámpara en el cuartito sin ventilación, se sobresaltaba ante el menor ruido y quedaba paralizado por el terror en las raras ocasiones en que alguien pasaba ante la puerta.

Y tenía sobradas razones para estar asustado.

Una madrugada sacó del depósito el cadáver de una anciana que había muerto poco antes. Levantó la vista, y al otro lado de la puerta vio a un enfermero que iba hacia él, llevando el cadáver de un hombre. La cabeza de la mujer se inclinó y un brazo se balanceó cuando Rob se detuvo, enmudecido, y miró fijo al enfermero, que inclinó amablemente la cabeza.

—¿Te ayudo con ésa, *hakim*?

—No es pesada.

Volvió a entrar detrás del enfermero, dejaron los dos cadáveres en el depósito y salieron juntos.

El cerdo sólo le había durado cuatro días, pues rápidamente se descompuso y fue indispensable deshacerse de él. Sin embargo, abrir el estómago y el intestino humanos despedía olores mucho peores que el hedor dulzón de la podredumbre porcina. A pesar del agua. y el jabón, el olor impregnaba todo el recinto.

Una mañana compró otro cerdo. Por la tarde, al pasar ante el cuartito de Qasim encontró al *hadji* Davout Hosein golpeando la puerta cerrada.

—¿Por qué está cerrada con llave? ¿Qué hay adentro?

—Es un cuarto en el que estoy haciendo la disección de un cerdo —replicó serenamente Rob.

El vicerrector de la escuela lo observó con asco. En esos días, Davout Hosein lo miraba todo con suspicacia, pues los *mullahs* le habían solicitado que vigilara el *maristan* y la madraza en busca de infractores de la ley islámica.

A lo largo de ese mismo día, varias veces, Rob lo vio rondar por allí.

Por la tarde, Rob volvió a casa temprano. A la mañana siguiente, cuando llegó al hospital, vio que habían forzado y roto la cerradura de la puerta del cuartito. Dentro, todas las cosas estaban como las había dejado..., aunque no exactamente. El cerdo yacía cubierto sobre la mesa. Sus instrumentos estaban desordenados, pero no faltaba ninguno. No habían encontrado nada que lo acusara y, por el momento, estaba a salvo. Pero la intrusión tuvo espeluznantes repercusiones.

Sabía que tarde o temprano lo descubrirían, pero estaba acumulando datos preciosos y viendo cosas maravillosas, y no estaba dispuesto a abandonar.

Aguardó dos días, hasta que el *hadji* lo dejó en paz. En el hospital murió un anciano mientras mantenía una serena conversación con él. Por la noche abrió el cadáver para averiguar qué le había proporcionado una muerte tan pacífica, y descubrió que la arteria que alimentaba el corazón y los miembros inferiores estaba reseca y encogida, como una hoja marchita.

En el cuerpo de un niño comprendió por qué el cáncer tenía ese nombre, al ver cómo la hambrienta protuberancia en forma de cangrejo había extendido sus pinzas en todas direcciones. En el cadáver de un hombre descubrió que el hígado, en lugar de ser blando y de un rico color pardo rojizo, se había convertido en un objeto amarillento con la dureza de la madera.

La semana siguiente hizo la disección de una mujer embarazada de varios meses y dibujó la matriz de su abultada tripa como una copa invertida que protegía la vida que se estaba formando en su interior. En el dibujo le dio la cara de Despina, que nunca tendría un hijo. Lo tituló *Mujer embarazada*.

Una noche se sentó junto a la mesa de disecciones y creó a un joven al que dotó de los rasgos de Karim, en una semejanza imperfecta aunque reconocible para cualquiera que lo hubiese querido. Rob dibujó la figura como si la piel fuese de cristal. Lo que no podía ver con sus propios ojos en el cadáver de la mesa, lo dibujó tal como decía Galeno. Sabía que algunos detalles imaginarios serían desacertados pero el dibujo resultó notable incluso para él, pues mostraba todos los órganos y los vasos sanguíneos como si el ojo de Dios se asomara a través de la carne sólida.

Cuando lo concluyó, lo firmó, lo fechó y le dio el título de *El hombre transparente*.

# 73

# LA CASA DE HAMADHAN

En todo ese tiempo no hubo noticias de la guerra. Tal como había sido acordado, salieron cuatro caravanas cargadas de provisiones en busca del ejército, pero nunca volvieron a verlas, y se suponía que habían encontrado a Ala y se habían sumado al combate. Pero una tarde, inmediatamente antes de la cuarta oración, llegó un jinete con las peores noticias posibles.

Tal como habían conjeturado, cuando Masud hizo escala en Ispahán, su fuerza principal ya había encontrado a los persas y se había enzarzado con ellos. Masud envió a dos de sus generales más veteranos —Abu Sahl al-Hamduni y Tash Farrash— a la cabeza de su ejército por la ruta esperada. Planearon y ejecutaron el ataque frontal a la perfección. Dividieron sus fuerzas en dos, permanecieron ocultos detrás de la aldea de al-Karaj y enviaron una patrulla de reconocimiento de cuatro hombres. Cuando los persas estuvieron lo bastante cerca, las huestes de Abu Sahl al-Hamduni aparecieron por una orilla de al-Karaj y los afganos de Tash Farrash salieron por la otra. Cayeron sobre los hombres del sha por dos flancos, que rápidamente se acercaron hasta que el ejército de Ghazna quedó reunido a través de una gigantesca línea de combate semicircular semejante a una red.

Tras la sorpresa inicial, los persas lucharon valientemente, pero eran inferiores en número y estrategia, y fueron perdiendo terreno día a día. Por último, descubrieron que a sus espaldas había otra fuerza de Gahzna al mando del sultán Masud. Entonces la batalla se volvió más desesperada y salvaje, pero el resultado era inevitable. Los persas estaban enfrentados a la fuerza superior de los dos generales de Ghazna. Detrás, la caballería del sultán, poco numerosa pero feroz, libraba un conflicto similar a la histórica batalla entre los romanos y los antiguos persas, aunque esa vez la enemiga de Persia fue la efímera fuerza, que resultó arrasada. Los afganos golpearon una y otra vez, y se esfumaban para reaparecer en otro sector de la retaguardia.

Finalmente, cuando los persas estaban lo bastante debilitados y confundidos, bajo la cobertura de una tempestad de arena Mansud lanzó toda la fuerza de sus tres ejércitos en un ataque global.

A la mañana siguiente, el sol puso de relieve los remolinos de arena sobre los cadáveres de hombres y bestias, lo mejor del ejército persa. Algunos habían escapado y se rumoraba que entre ellos estaba el sha Ala, según el emisario, aunque este detalle no había sido confirmado.

—¿Qué ha sido de Ibn Sina? —inquirió al-Juzjani.

—Ibn Sina abandonó el ejército bastante antes de llegar al al-Karaj, *hakim*. Lo había afectado un terrible cólico que lo dejó imposibilitado, de modo que con permiso del sha el médico más joven de entre los cirujanos, Bibi al-Ghuri, lo llevó a la ciudad de Hamadhan, donde Ibn Sina sigue siendo propietario de la casa que fuera de su padre.

—Conozco el lugar —dijo al-Juzjani.

Rob sabía que al-Juzjani iría.

—Déjame ir contigo —le pidió.

Durante unos segundos, el celoso resentimiento parpadeó en los ojos del médico de más edad, pero en seguida la razón ganó la batalla y asintió.

—Partiremos de inmediato —dijo.

Fue un viaje arduo y tétrico. Espoleaban sus caballos, pues no sabían si iban a encontrarlo vivo. Al-Juzjani había enmudecido por la desesperación, y no era extraño que así fuera; Rob había amado a Ibn Sina durante pocos años relativamente, mientras que al-Juzjani idolatró toda su vida al Príncipe de los Médicos.

Tuvieron que hacer un rodeo hacia el este para eludir la guerra que, por lo que sabían, aún se libraba en el territorio de Hamadhan. Pero al llegar a la ciudad capital que daba nombre al territorio, la encontraron adormilada y pacífica, sin rastros de la gran matanza que había tenido lugar a pocas millas de distancia.

Cuando Rob vio la casa pensó que se adaptaba mejor a Ibn Sina que la gran finca de Ispahán. La vivienda de adobe y piedra era semejante a la ropa que siempre llevaba Ibn Sina: modesta y cómoda.

Pero en el interior reinaba el hedor de la enfermedad.

En un asomo de celos, al-Juzjani pidió a Rob que esperara fuera de la cámara en la que yacía Ibn Sina. Poco después, Rob oyó el murmullo de una conversación y luego, para su gran sorpresa y alarma, el inconfundible sonido de un golpe.

El joven médico llamado Bibi al-Ghuri salió de la cámara. Tenía la cara blanca y sollozaba. Pasó junto a Rob sin saludarlo y salió corriendo de la casa.

Poco después apareció al-Juzjani, seguido por un *mullah* anciano.

—Ese joven charlatán ha condenado a Ibn Sina. Cuando llegaron aquí, al-Ghuri dio semillas de apio al maestro para interrumpir las ventosidades del cólico. Pero en lugar de darle dos *danaqs* de semillas, la dosis fue de cinco *dirhams*, y desde entonces Ibn Sina ha evacuado gran cantidad de sangre.

Cada *dirham* se dividía en seis *danaqs*, lo que significaba que había ingerido quince veces la dosis recomendada del brutal purgante.

Al-Juzjani lo miró.

—Formé parte de la junta examinadora que aprobó a al-Ghuri —se lamentó amargamente.

—No podías prever el futuro ni conocer por anticipado este error —dijo Rob amablemente.

Pero al-Juzjani no se consoló con sus palabras.

—¡Qué cruel ironía que el médico más grande del mundo termine en manos de un *hakim* inepto!

—¿Está consciente el maestro?

El *mullah* asintió.

—Ha liberado a sus esclavos y repartido sus riquezas entre los pobres.

—¿Puedo entrar?

Al-Juzjani hizo un ademán afirmativo.

Una vez en la cámara, Rob recibió un fuerte choque. En los cuatro meses transcurridos desde que lo viera por última vez, la carne de Ibn Sina se había consumido. Tenía los ojos hundidos, la cara parecía socavada y su piel era cerúlea.

Al-Ghuri le había perjudicado, pero el tratamiento erróneo sólo había servido para apresurar el inevitable efecto del cáncer de estómago.

Rob le cogió las manos y sintió tan poca vida, que le resultó difícil hablar. Ibn Sina abrió los ojos y los fijó en los suyos. Rob sintió que el maestro leía sus pensamientos y no había necesidad de fingir.

—Pese a todo lo que puede hacer un médico, maestro ¿por qué es una hoja al viento y el auténtico poder sólo está en manos de Alá? —preguntó amargamente.

Para su gran confusión, una brillantez iluminó las facciones deterioradas del maestro. Y repentinamente, su-po por qué Ibn Sina intentaba sonreír.

—¿Ése es el acertijo? —inquirió débilmente.

—Ése es el acertijo..., europeo. Debes pasar el resto de tu vida... tratando de... encontrar la respuesta.

—Maestro...

Ibn Sina había cerrado los ojos y no contestó. Rob permaneció un rato sentado a su lado, en silencio, y finalmente dijo en inglés:

—Podría haber ido a cualquier otro sitio sin necesidad de imposturas. Al Califato occidental...: Toledo, Córdoba Pero había oído hablar de un hombre, Avicena, cuyo nombre árabe me acometió como un hechizo y me sacudió como un estremecimiento. Abu Ali at-Husain ibn Abdullah Ibn Sina.

No podía haber entendido nada más que su nombre sin embargo volvió a abrir los ojos y sus manos ejercieron una leve presión en las de Rob.

—Para tocar el borde de tus vestiduras. El médico más grande del mundo —susurró Rob.

Apenas recordaba al fatigado carpintero golpeado por la vida que había sido su padre natural. Barber lo había tratado bien, aunque con escaso afecto. Aquél era el único padre que su alma conocía. Olvidó todas las cosas que había menospreciado y sólo fue consciente de una necesidad.

—Solicito tu bendición.

Ibn Sina pronunció unas vacilantes palabras en árabe clásico, aunque Rob no tenía necesidad de comprenderlas Sabía que Ibn Sina lo había bendecido largo tiempo atrás.

Se despidió del anciano con un beso. Al cruzar la puerta, el *mullah* ya se había instalado junto al lecho y leía en voz alta el Corán.

# 74

## EL REY DE REYES

Volvió solo a Ispahán. Al-Juzjani se quedó en Ahmadhan, pues quería estar a solas con su maestro agonizante durante sus últimos días.

—Nunca volveremos a ver a Ibn Sina —dijo Rob a Mary suavemente; ella dio vuelta a la cara y lloró como una criatura.

Después de descansar, Rob fue deprisa al *maristan*. Sin Ibn Sina ni al-Juzjani, el hospital estaba desorganizado y todo eran cabos sueltos; pasó un largo día examinando y tratando a los pacientes, conferenciando sobre heridas y en la desagradable tarea de reunirse con el *hadji* Davout Hosein para hablar sobre la administración general de la escuela.

Como los tiempos eran inciertos, muchos estudiantes habían abandonado su aprendizaje y regresado a sus hogares de fuera de la ciudad.

—Esto nos deja con muy pocos aprendices de medicina para hacer el trabajo del hospital —protestó el *hadji*.

Afortunadamente, el número de pacientes también era escaso, pues por instinto la gente se preocupaba más por la inminente violencia militar que por las enfermedades.

Aquella noche Mary tenía los ojos rojos e hinchados; ella y Rob se abrazaron con una ternura casi olvidada.

Por la mañana, al salir de la casita del Yehuddiyyeh sintió un cambio en el aire, una humedad semejante a la que precede a una tormenta en Inglaterra.

En el mercado judío casi todos los tenderetes estaban vacíos, y Hinda amontonaba frenéticamente sus mercancías en el puesto.

—¿Qué pasa? —le preguntó Rob.

—Los afganos.

Cabalgó hasta el muro. Al subir la escalera descubrió que en el camino de ronda se alineaban hombres extrañamente silenciosos, y de inmediato comprendió el motivo de sus temores, porque las huestes de Ghazna habían reunido sus numerosos efectivos. Los infantes de Masud llenaban la mitad del pequeño llano que se extendía más allá del muro occidental de la ciudad. Los jinetes, tanto a caballo como en camellos, habían acampado al pie de las montañas. Se veían elefantes de guerra atados en las partes más elevadas de las laderas, cerca de las tiendas, y puestos de nobles y comandantes cuyos estandartes crujían bajo el viento seco. En medio del campamento, flotando por encima de todo, ondeaba el amenazador pendón de guerra de Ghazna: la cabeza de un leopardo negro sobre campo naranja.

Rob calculó que aquel ejército de Ghazna cuadruplicaba el que Masud había llevado a través de Ispahán camino del oeste.

—¿Por qué no han entrado en la ciudad? —preguntó a un miembro de la fuerza policial del *kelonter*.

—Persiguieron al sha hasta aquí y ahora el sha está dentro de las murallas.

—¿Y por esa razón permanecen afuera?

—Masud dice que Ala debe ser traicionado por su propio pueblo. Afirma que si le entregamos al sha nos perdonará la vida. En caso contrario, promete hacer una montaña con nuestros huesos en la *maidan* central.

—¿Y Ala será entregado?

El hombre lo miró lleno de ira y escupió.

—Somos persas y él es nuestro sha.

Rob asintió. Pero no le creyó.

Bajó del muro y volvió cabalgando a la casa del Ye-huddiyyeh. Había guardado su espada inglesa envuelta en trapos aceitados. Se la sujetó a un costado del cuerpo e indicó a Mary que cogiera la espada de su padre e hiciera una barricada en la puerta tras su salida.

Volvió a montar y cabalgó hasta la Casa del Paraíso.

En la avenida de Alí y Fátima se habían reunido grupos con gentes de expresión preocupada. Había menos personas en las cuatro calzadas de la avenida de los Mil Jardines, y nadie en las Puertas del Paraíso. El bulevar real, en general inmaculado, daba muestras de descuido; nadie había segado el césped ni podado los jardines últimamente. En el otro extremo del camino había un centinela solitario.

El guardia retrocedió para dar el alto a Rob.

—Soy Jesse, *hakim* del *maristan*. He sido citado por el sha.

El guardia era poco más que un niño y parecía indeciso, incluso asustado. Por último, asintió y se hizo a un lado para dejarlo pasar.

Rob cabalgó por el bosque plantado para los reyes, por los verdes campos destinados al juego de pelota y palo, por las dos pistas de carreras y ante los pabellones.

Se detuvo detrás de los establos, en el alojamiento asignado a Dhan Vangalil. El fabricante de armas indio y su hijo mayor habían sido llevados a Hamadhan con el ejército. Rob ignoraba si habían sobrevivido, pero la familia no estaba allí. La casita se encontraba desierta y alguien había derribado a puntapiés las paredes de arcilla del horno que Dhan construyera con tanto cariño y esmero.

Bajó a caballo el largo y elegante camino de acceso a la Casa del Paraíso. En las almenas no había un solo centinela. Los cascos de la montura de Rob resonaron en el puente levadizo. Después ató al caballo delante de las puertas.

Una vez dentro de la Casa del Paraíso, sus pisadas

también resonaban en los pasillos desiertos. Finalmente, llegó a la cámara de audiencias en la que siempre se había presentado ante el rey, y ahora lo vio sentado en el suelo, con las piernas cruzadas, solo y en un rincón. Tenía enfrente una jarra de vino medio llena y un tablero en el que se había planteado un problema en el juego del sha.

Se lo veía en tan mal estado y desatendido, como los jardines. Su barba no había sido recortada. Tenía manchas purpúreas bajo los ojos y estaba más delgado, lo que hacía que su nariz se pareciera más que nunca a un pico de ave. Levantó la vista y vio a Rob con la mano en la empuñadura de la espada.

—¿Qué, Dhimmi? ¿Has venido a vengarte?

Pasaron unos segundos hasta que Rob comprendió que Ala se refería al juego del sha, pues ya estaba reacomodando las piezas del tablero.

Rob se encogió de hombros y apartó la mano de la empuñadura, apartando la espada a fin de poder sentarse cómodamente en el suelo, frente al rey.

—Ejércitos nuevos —dijo Ala sin el menor humor, y abrió el juego moviendo un infante de marfil.

Rob movió un soldado negro.

—¿Dónde se encuentra Farhad? ¿Lo asesinaron en el combate?

Rob no esperaba encontrar solo a Ala. Había pensado que antes tendría que matar al capitán de las Puertas.

—Farhad no ha sido asesinado. Huyó.

Ala comió un soldado negro con su caballero blanco y en seguida Rob apeló a uno de sus caballeros de ébano para capturar a un soldado de infantería blanco.

—Khuff no te habría abandonado.

—No, Khuff no se habría fugado —coincidió Ala, distraído.

Estudió el tablero. Finalmente, en el extremo de la línea de batalla, levantó y movió al guerrero rukh tallado en marfil y con sus manos de asesino ahuecadas junto a los labios para beber la sangre de su enemigo. Rob tendió una trampa y atrajo a Ala, cediendo un jinete de ébano a cambio del *rukh* blanco. Ala fijó la vista en el tablero.

A partir de ese momento sus movimientos fueron más deliberados y pasaba más tiempo sumido en la concentración. Le brillaban los ojos cuando ganó el otro jinete blanco, pero se le apagaron al perder su elefante.

—¿Qué ha sido del elefante *Zi*?

—Ah, ese era un buen elefante. También lo perdí en la Puerta de al-Karaj.

—¿Y el *mahout* Harsha?

—Muerto antes que el elefante. Una lanza le atravesó el pecho. —Sin ofrecerle vino a Rob, bebió directamente de la jarra y volcó buena parte en su túnica mugrienta. Se secó la boca y la barba con el dorso de la mano—. Basta de charla —dijo, y se entregó de lleno al juego, pues las piezas de ébano llevaban una ligera ventaja.

Ala se transformó en un atacante porfiado y probó todas las tretas que antes le habían dado buenos resultados pero Rob había pasado los últimos años oponiéndose a mentes más agudas: Mirdin le había enseñado cuándo debía ser audaz y cuándo cauteloso. Ibn Sina le había enseñado a prever, a pensar con tanta anticipación que ahora era como si hubiese conducido a Ala por los caminos en los que la aniquilación de las piezas de marfil era una certeza.

Pasaba el tiempo, y el sudor apareció en el rostro de Ala, aunque las paredes y el suelo mantenían fresca la sala.

Rob tenía la impresión de que Mirdin e Ibn Sina jugaban como si formaran parte de su mente.

De las piezas de marfil sólo quedaban en el tablero el rey, el general y un camello; en breve, con los ojos fijos en los del sha, Rob comió el camello con su general.

Ala colocó a su general delante del rey, bloqueando la línea de ataque. Pero a Rob le quedaban cinco piezas: el rey, el general, un *rukh*, un camello y un infante. Rápidamente movió el soldado de caballería no amenazado hasta el otro lado del tablero, donde las reglas del juego le permitían cambiarlo por su otro rukh, que fue recuperado.

En tres movimientos, sacrificó al recién recuperado rukh, con el propósito de capturar al general de marfil.

Y en dos movimientos más su general de ébano amenazó el caballo de marfil.

—Quítate, oh sha—dijo en voz baja.

Repitió tres veces las palabras, mientras acomodaba sus piezas de modo que el sitiado rey de Ala no tuviera hacia dónde volverse.

—Shahtreng—dijo Rob finalmente.

—Sí. La agonía del rey.

Ala barrió las piezas restantes del tablero. Ahora se examinaban mutuamente, y Rob volvió a apoyar la mano en la empuñadura de su espada.

—Masud ha dicho que si el pueblo no te entrega, los afganos saquearán esta ciudad y matarán a sus habitantes.

—Los afganos saquearán esta ciudad tanto si me entregan como si no. A Ispahán sólo le queda una oportunidad.

Se incorporó con dificultad, y Rob se puso inmediatamente de pie porque un plebeyo no podía permanecer sentado si el gobernante estaba levantado.

—Desafiaré a Masud a combatir: rey contra rey.

Rob deseaba matarlo, y no quería admirarlo ni simpatizar con él, y frunció el ceño. Ala curvó el pesado arco que muy pocos podían curvar y lo armó. Señaló la espada de acero estampado que le había hecho Dhan Vangalil y que ahora colgaba de la pared opuesta.

—Ve a buscar mi arma, Dhimmi:

Rob se la alcanzó y observó cómo se la sujetaba al cinto.

—¿Irás ahora a enfrentarte con Masud?

—Éste parece un buen momento.

—¿Quieres que te asista?

—¡No!

Rob notó el desprecio por la sugerencia de que al rey de Persia pudiera servirle de escudero un judío. Pero en lugar de enfurecerse, sintió alivio; lo había dicho impulsivamente y lamentó sus palabras en cuanto las pronunció, pues no veía ningún sentido ni gloria en morir junto al sha Ala.

Sin embargo, la cara de buitre se ablandó y el sha hizo una pausa antes de salir.

—Tu oferta ha sido viril. Piensa qué te gustaría tener como recompensa. A mi regreso te adjudicaré un *calaat*.

Rob trepó por una estrecha escalera de piedra hasta las almenas más altas de la Casa del Paraíso, y desde su aguilera vio las viviendas de la zona más opulenta de Ispahán, a los persas en lo alto de las murallas, el llano y el campamento de Ghazna que se extendía hasta las montañas.

Aguardó largo rato, pero Ala no apareció.

A medida que pasaba el tiempo comenzó a reprocharse no haber matado al sha; sin duda éste lo había engañado y había puesto pies en polvorosa. Pero en seguida lo vio.

La puerta occidental estaba fuera del alcance de su mirada, pero en el llano, más allá de la muralla, emergió el sha a horcajadas del semental blanco salvajemente hermoso que agitaba la cabeza y hacía elegantes cabriolas.

Rob vio que Ala cabalgaba directamente hacia el campamento enemigo. Cuando estuvo muy cerca refrenó el caballo y, con los pies en los estribos, gritó su desafío. Rob no oyó las palabras, pues sólo llegó a sus oídos un apagado grito ininteligible. Pero algunos súbditos del rey debieron de oírlas. Los habían educado en la leyenda de Ardewan y Ardeshir, relativa al primer duelo librado para elegir un *Shahanshah*, y en lo alto del muro brotaron las aclamaciones. En el campamento de Ghazna, un grupito de jinetes bajó desde las tiendas de los oficiales. El que iba al mando llevaba un turbante blanco, pero Rob no sabía si era o no Masud. Estuviera donde estuviese éste, si había oído hablar de Ardewan y Ardeshir y de la antigua batalla por el derecho a ser rey de reyes, nada le importaban las leyendas.

Una tropa de arqueros salieron de las filas afganas.

El semental árabe era el caballo más rápido que Rob había visto en su vida, pero Ala no intentó correr más que ellos. Volvió a alzarse en los estribos. Esta vez, Rob estaba seguro, gritó pullas e insultos al joven sultán, que no presentaría batalla. Cuando los soldados estaban casi sobre él, Ala preparó su arco e inició la fuga sobre el caballo blanco, pero no tenía hacia dónde correr. Veloz como el rayo, se volvió en la silla y disparó una flecha que derribó al jefe afgano, blanco perfecto de la flecha del parto que arrancó vítores de los labios de quienes observaban desde los muros. Pero una lluvia de flechas encontró el cuerpo del sha.

Cuatro cayeron sobre su caballo. Un chorro rojo de sangre manó de la boca del semental. La bestia blanca se detuvo y osciló antes de desplomarse en los suelos con su jinete muerto.

Rob se asombró de su propia tristeza.

Los vio atar con una cuerda los tobillos de Ala y arrastrarlo hasta el campamento de Ghazna, levantando una estela de polvo gris. Por alguna razón que Rob no comprendió, se sintió especialmente molesto por el hecho que arrastraran al rey por el suelo, boca abajo.


Llevó su caballo castaño al pradito situado detrás de los establos reales y lo desensilló. Le costó trabajo abrir solo la pesada puerta, pero al igual que en el resto de la Casa del Paraíso allí no había nadie, y tuvo que arreglárselas.

—Adiós, amigo —dijo.

Palmeó la grupa del caballo, y cuando lo vio unirse a la manada cerró la puerta. Sólo Dios sabía quien sería el dueño de su caballo castrado a la mañana siguiente.

En el redil de camellos cogió un par de cabestros de la impedimenta que colgaba en un cobertizo abierto y escogió las dos hembras que necesitaba. Las bestias estaban arrodilladas, rumiando y observando cómo se acercaba.

La primera intentó morderle en el brazo cuando se aproximó con la brida; pero Mirdin, el más delicado de los hombres delicados, le habían enseñado cómo se razonaba con los camellos. Le propinó tan brutal puñetazo en las costillas que la camella soltó el aire entre sus amarillentos dientes cuadrados. Después se mostró muy tratable y el otro animal no le creó ningún problema, como si hubiera aprendido de la observación. Montó en la bestia más corpulenta y condujo la otra con ayuda de una cuerda.

El joven centinela había desaparecido de las Puertas

del Paraíso, y mientras Rob entraba en la ciudad, tuvo la impresión de que Ispahán se había vuelto loca. La gente se precipitaba de un lado a otro con sus hatillos y conduciendo animales cargados con sus pertenencias. La avenida de Alí y Fátima estaba alborotada; un caballo desbocado pasó a la carrera junto a Rob, asustando a sus camellos. En los zocos algunos vendedores habían abandonado sus mercancías. Notó que dirigían miradas codiciosas a los camellos, por lo que desenvainó la espada y la cruzó sobre su regazo mientras seguía adelante. Tuvo que hacer un amplio desvío alrededor de la parte oriental, con el propósito de llegar al Yehuddiyyeh. La gente y los animales ya habían retrocedido un cuarto de milla cuando intentaron huir de Ispahán por la puerta oriental para eludir el enemigo acampado más allá del muro occidental.

Cuando llamó a la puerta de su casa, Mary abrió, con la cara cenicienta y la espada de su padre en la mano.

—Nos volvemos a Inglaterra.

Estaba aterrorizada, pero Rob notó que sus labios se movían en una oración de acción de gracias.

Se quitó el turbante y las vestiduras persas para ponerse el caftán negro y el sombrero judío de cuero.

Cogieron el ejemplar del *Canon de medicina* de Ibn Sina los dibujos anatómicos enrollados e insertados en una caña de bambú, los registros de historias clínicas, el equipo de instrumentos médicos, el juego que había sido de Mirdin, alimentos y unas pocas medicinas, la espada del padre de Mary y una cajita que contenía su dinero. Cargaron todo a lomos del camello más pequeño.

De un costado del más grande, Rob colgó una cesta de juncos, y del otro, un saco de tejido flojo. Tenía una ínfima dosis de *buing* en un frasco pequeño, sólo lo suficiente para humedecer la yema del dedo índice y hacer que Rob J. lo chupara, y luego repetir la operación con Tam. En cuanto se durmieron, acomodó al mayor en la cesta y al bebé en el saco. La madre montó en el camello, entre ambos.

Aún no había oscurecido cuando dejaron para siempre la casita del Yehuddiyyeh, pero no se atrevieron a esperar, pues los afganos podían caer en cualquier momento sobre la ciudad. La oscuridad era total cuando hizo pasar los dos camellos por la abandonada puerta occidental. La senda de caza que siguieron a través de las montañas pasaba tan cerca de los fuegos del campamento de los soldados de Ghazna, que oyeron cánticos y gritos de los afganos preparándose para una orgía de pillaje y violaciones.

En un momento dado, creyeron que un jinete iba al galope directamente hacia ellos, vociferando como un energúmeno, pero el sonido de los cascos se desvió y se apagó.

El efecto del *buing* comenzó a disiparse; Rob J. gimió y luego lloró. El sonido era terriblemente audible, pero Mary sacó al niño de la cesta y lo silenció amamantándolo.

No los persiguieron. Poco después dejaron atrás los campamentos, pero cuando Rob volvió la mirada notó que ascendía una nube rosada y comprendió que Ispahán estaba ardiendo. Viajaron toda la noche, y cuando asomaron las primeras luces del amanecer, notó que los había sacado de las montañas y ya no había soldados a la vista. Tenía el cuerpo entumecido y en cuanto a los pies..., sabía que cuando dejara de andar el dolor sería otro enemigo. Ahora los dos niños gimoteaban y su esposa, con el rostro ceniciento, cabalgaba con los ojos cerrados, pero Rob no se detuvo. Obligó a sus cansadas piernas a seguir adelante, conduciendo los camellos rumbo oeste, hacia la primera aldea judía.

# SÉPTIMA PARTE

# EL RETORNO

# 75

# LONDRES

Cruzaron el Gran Canal el veinticuatro de marzo del año del Señor de 1043, y tocaron tierra a última hora de la tarde, en Queen's Hythe. Quizá si hubiesen llegado a la ciudad de Londres un cálido día de verano, el resto de su vida habría sido diferente, pero Mary pisó tierra bajo un aguanieve primaveral llevando a su hijo menor que, al igual que su padre, había vomitado sin parar desde Francia hasta el final del viaje. Le disgustó la ciudad y desconfió de ella por su desapacible humedad del primer momento.

Apenas había lugar para desembarcar. Rob contó más de una veintena de temibles naves de guerra negras ancladas y meciéndose en la marejada, y había embarcaciones mercantes por todos lados. Los cuatro estaban exhaustos por el viaje. Se encaminaron a una de las posadas cercanas al mercado de Southwark, que Rob recordaba, pero resultó ser una pocilga infame plagada de bichos, lo que volvió más desdichada aún su primera noche en Londres.

A la mañana siguiente, con las primeras luces, Rob salió solo a buscar un alojamiento mejor. Bajó el talud y cruzó el Puente de Londres, que se mantenía en buen estado y era el detalle que menos había cambiado en la ciudad. Londres se había expandido, donde antes había praderas y huertos, vio edificios desconocidos y calles que serpenteaban tan delirantemente como las del Yehuddi-yyeh. La zona norte le resultó del todo extraña, pues cuando era niño había sido el barrio de casas solariegas rodeadas de campos y jardines, propiedades de las familias antiguas. Evidentemente, algunas habían sido vendidas, y la tierra se usaba para oficios más sucios. Había una fundición de hierro, los orfebres tenían su propio grupo de casas y tiendas, lo mismo que los plateros y los trabajadores del cobre. No era un lugar para vivir, con su velo de humo brumoso, el hedor de las curtidurías, los constantes martillazos sobre los yunques, el rugido de los hornos, los golpeteos, golpes y golpazos de m. ufacturas e industrias.

A sus ojos, en todos los barrios faltaba algo. Cripplegate había que desecharlo a causa del terreno pantanoso no desecado, Halborn y Fleet se hallaban demasiado alejadas del centro de Londres, y Cheapside estaba abarrotada de tiendas minoristas. Los bajos de la ciudad se encontraban aún más congestionados, pero habían sido parte fundamental de su infancia y se sintió atraído por el puerto.

La calle del Támesis era la más importante de Londres. En la mugre de las estrechas callejuelas que corrían desde Puddle Dock en un extremo y Tower Hill en el otro, vivían porteadores, estibadores, sirvientes y otros desgraciados, pero la larga franja de la calle del Támesis propiamente dicha y sus embarcaderos y desembarcaderos eran un próspero centro de las exportaciones, importaciones y comercios mayoristas. En el lado sur de la calle, el malecón y los muelles obligaban a cierta alineación, pero el lado norte era un disparate a veces estrecho y por momentos ancho. En algunos lugares, de las casonas asomaban fachadas abultadas como vientres de embarazadas. De vez en cuando sobresalía un jardincillo vallado o un almacén se alzaba a cierta distancia de la calle. Éste era casi todo el tiempo un hervidero de seres humanos y animales cuyos efluvios vitales y sonidos recordaba muy bien.

En una taberna preguntó por una casa desocupada y le hablaron de una no muy lejos del Walbrook. De hecho, la casa estaba junto a la pequeña iglesia de St. Asaph, y Rob se dijo que a Mary le gustaría. En la planta baja vivía el propietario, Peter Lound. El piso de arriba estaba en alquiler, y consistía en una pequeña habitación y una sala grande de uso general, que se comunicaban con la bulliciosa calle por una escalera empinada.

No había huellas de ningún tipo de parásitos, y el precio parecía correcto. El emplazamiento era bueno, pues en las calles laterales de la pendiente que subía hacia el norte vivían y tenían sus tiendas comerciantes ricos. Rob no perdió un instante en ir a buscar a su familia a Southwark.

—Todavía no es un hogar digno, pero servirá, ¿verdad? —preguntó a su mujer.

La mirada de Mary era tímida y su respuesta se perdió por el repentino tañido de las campanas de St. Asaph, que resultó excesivamente audible.

En cuanto estuvieron instalados, Rob se apresuró a ir a ver a un fabricante de carteles y le pidió que tallara una tabla de roble y pintara las letras de negro. Cuando la placa estuvo lista, la clavó en la puerta de su casa de la calle del Támesis, para que todos supieran que allí vivía «Robert Jeremy Cole, médico».


Al principio, para Mary fue agradable encontrarse entre británicos y hablar inglés, aunque seguía dirigiéndose a sus hijos en gaélico, pues quería que dominaran la lengua de los escoceses. La posibilidad de comprar en Londres era embriagadora. Buscó a una costurera y le encargó un vestido de buen paño marrón. Habría preferido un azul como el de la tintura que una vez le había regalado su padre, un azul cielo estival, que naturalmente era imposible. No obstante, el vestido resultó atractivo...: largo y ceñido, de alto cuello redondo y mangas tan holgadas que bajaban hasta sus muñecas en voluptuosos pliegues.

Para Rob encargaron unos buenos pantalones grises y una capa. Aunque él protestó por la extravagancia, Mary le compró dos batas negras de médico, una de paño ligero y sin forro y la otra más pesada, con una capucha ribeteada de piel de zorro. Hacía tiempo que necesitaba ropa nueva, pues seguía usando la que habían comprado en Constantinopla después de completar las etapas de las seguras aldeas judías como quien sigue una cadena eslabón a eslabón. Él se había recortado la tupida barba hasta convertirla en una perilla de chivo, se vistió a la usanza occidental, y cuando se unieron a una caravana, Jesse ben Benjamin había desaparecido. Ocupó su lugar Robert Jeremy Cole, un inglés que volvía a su tierra con su familia.

Siempre práctica, Mary había conservado el caftán y usó la tela para hacer prendas a sus hijos. También guardaba las ropas de Rob J. para Tam, tarea que se vio dificultada porque el mayor estaba muy desarrollado para su edad y Tam era algo más pequeño que la mayoría de los niños de su edad, porque había estado gravemente enfermo durante el viaje. En la ciudad franca de Freising los dos niños contrajeron anginas y tenían los ojos llorosos, y después padecieron fiebres altas que afligieron a Mary con la idea de que perdería a sus hijos. Los niños estuvieron febriles días enteros. A Rob J. no le quedaron secuelas visibles, pero la enfermedad se había asentado en la pierna izquierda de Tam, que se volvió pálida y parecía sin vida.

La familia Cole llegó a Freising con una caravana que tenía previsto partir en breve, y el amo dijo que no esperaría a los enfermos.

—Vete y maldito seas —le había dicho Rob, porque el niño necesitaba tratamiento y lo recibiría.

Mantuvo los vendajes húmedos y calientes sobre el miembro de Tam, quedándose sin dormir para cambiarlos constantemente y rodear la pequeña pierna con sus grandes manos, doblar la rodilla y hacer trabajar los músculos una y otra vez, pellizcar, retorcer y masajear la pierna con grasa de oso. Tam se recuperó, aunque lentamente. Llevaba menos de un año caminando cuando lo atacó la enfermedad. Tuvo que aprender de nuevo a arrastrarse y gatear, y cuando dio los primeros pasos no mantenía bien el equilibrio, pues la pierna izquierda era ligeramente más corta que la otra.

Estuvieron en Freising casi doce meses aguardando la recuperación de Tam y luego una caravana adecuada. Aunque nunca llegó a querer a los francos, Rob se mostró algo más comprensivo con sus costumbres. La gente iba a consultarle a pesar de la ignorancia de su idioma, pues habían notado con cuánto cuidado y ternura trataba a su propio hijo. Nunca dejó de atender la pierna de Tam, y aunque a veces el niño arrastraba un poco el pie izquierdo al andar, se encontraba entre los niños más activos de Londres.

Por cierto, sus dos hijos se encontraban más a gusto en Londres que la madre, la cual no lograba adaptarse. Encontró que el tiempo era húmedo y los ingleses, fríos. Cuando iba al mercado tenía que reprimirse para no deslizarse en el animado regateo oriental al que se había acostumbrado afectuosamente. Los londinenses, en general, eran menos amables de lo que esperaba. Hasta Rob dijo que echaba de menos el efusivo fluir de la conversación persa.

—Aunque rara vez la adulación era algo más que una palabrería hueca, resultaba agradable —le dijo con tono melancólico.

Mary se encontraba en un atolladero con respecto a él. Algo estaba ausente en el lecho matrimonial, se palpaba una falta de júbilo que no sabía definir. Compró un espejo y estudió su imagen, notando que su cutis había perdido brillo debido al cruel sol del largo viaje. Tenía la cara más delgada que antes y los pómulos más pronunciados. Sabía que sus pechos se habían alterado por la lactancia. En las calles de la ciudad pululaban las furcias de mirada dura y algunas eran bellas. ¿Recurriría Rob a ellas tarde o temprano? Lo imaginó diciéndole a una prostituta lo que había aprendido del amor en Persia y sufrió viéndolos rodar y muertos de risa, como en otros tiempos hacían ella y Rob.

Para Mary, Londres era una ciénaga negra en la que ya estaban hundidos hasta los tobillos. La comparación no era casual, pues la ciudad olía peor que cualquier pantano encontrado durante sus viajes. Las cloacas abiertas y la tierra no eran peores que las cloacas abiertas y el polvo de Ispahán, pero aquí se multiplicaba el número de habitantes y en algunos lugares vivían hacinados, de modo que la fetidez acumulada de sus desechos corporales y de la basura era abominable.

Al llegar a Constantinopla y encontrarse otra vez entre una mayoría cristiana, se dedicó a frecuentar con gran asiduidad las iglesias, pero ahora su fervor se había templado porque los templos londinenses la abrumaban. En Londres había muchas más iglesias que mezquitas en Ispahán: más de un centenar de ellas descollaban de los demás edificios —era una ciudad construida entre iglesias— y «hablaban» con una constante voz atronadora que la hacía temblar. A veces sentía que estaba a punto de ser levantada y arrastrada por un gran viento agitado por las campanas. Aunque la iglesia de St. Asaph era pequeña, sus campanas eran grandes y retumbaban en la casa de la calle del Támesis, repicaban en vertiginoso concierto con los campanarios de las otras iglesias, comunicándose más eficazmente que un ejército de muecines. Las campanas llamaban a los fieles a la oración, las campanas estaban presentes en la consagración de la misa, las campanas advertían del toque de queda a los rezagados; las campanas anunciaban bodas y bautizos, y sonaban en un tañido fúnebre y solemne por cada alma que pasaba a mejor vida, las campanas era la alerta de incendios y disturbios, daban la bienvenida a los visitantes distinguidos, sonaban para anunciar los días festivos y doblaban con tonos apagados para señalar !os desastres. Para Mary, las campanas eran la ciudad.

Y odiaba las condenadas campanas.

La primera persona atraída a su puerta por el nuevo cartel no era un paciente. Quien había llamado era un hombre menudo y cargado de espaldas, que parpadeaba y miraba a través de sus ojos siempre entornados.

—Nicholas Hunne, médico —se presentó e inclinó su cabeza calva a la manera de un gorrión—. De la calle del Támesis —agregó significativamente.

—He visto vuestra placa —dijo Rob y sonrió—. Vos estáis en un extremo de la calle, maestro Hunne, y ahora yo me establezco en el otro. Entre ambos hay suficientes londinenses enfermos para una docena de ajetreados médicos.

Hunne arrugó la nariz.

—No tantos enfermos como creéis. Y no tantos médicos ajetreados. Londres ya está abarrotada de profesionales de la medicina, opino que una población alejada sería mejor elección para un médico que se inicia.

Cuando el maestro Cole preguntó dónde había estudiado, Rob mintió como un mercader de tapices y dijo que había aprendido durante seis años en el reino franco oriental.

—¿Y cuánto cobraréis?

—¿Cobrar?

—Sí. ¡Vuestros honorarios, hombre!

—Todavía no lo he pensado.

—Pues hacedlo cuanto antes. Os diré cuál es la costumbre, porque no sería justo que un recién llegado rebajara las cuotas establecidas por los demás. Los honorarios varían según la riqueza del paciente... y el cielo es el límite, por supuesto. Pero nunca debéis bajar de cuarenta peniques por una flebotomía, dado que la sangría es el elemento básico de nuestra profesión, y no menos de treinta y seis peniques por el examen de la orina.

Rob lo observó pensativo, pues los precios mencionados eran inhumanamente altos.

—No debéis molestaros con la chusma que se apiña en las barriadas de los extremos de la calle del Támesis. Ya hay cirujanos barberos para atenderla. Tampoco obtendréis frutos si vais en pos de la nobleza, pues la atiende un grupo reducido de médicos como Dryfield, Hudson, Simpson y otros como ellos. Pero la calle del Támesis es un jardín maduro de comerciantes ricos, aunque yo he aprendido a hacerme pagar antes de iniciar el tratamiento, momento en que la angustia del paciente es mayor. —Dedicó a Rob una mirada astuta—. Que seamos competidores no debe convertirse en una desventaja, pues he descubierto que impresiona bien llamar a consulta cuando el enfermo es próspero, y podremos usarnos mutuamente con lucrativa frecuencia, ¿no os parece?

Rob dio unos pasos hacia la puerta, indicándole la salida.

—Prefiero trabajar solo —dijo finalmente.

El otro se puso de todos los colores por el tajante rechazo.

—Entonces estaréis contento, maestro Cole, pues haré correr el rumor y ningún otro médico se acercará a vos.

Inclinó la cabeza y desapareció de la vista.

Se presentaron pacientes, aunque no a menudo.

«Es lo que cabe esperar», se dijo Rob; él era nuevo en la plaza y le llevaría cierto tiempo darse a conocer. Mejor sentarse a esperar que entrar en juegos sucios y prósperos con gente de la calaña de Hunne.

Entretanto, se instalaron. Llevó a su mujer e hijos a visitar las tumbas de la familia y los niños retozaron en el cementerio de St. Botolph. Ahora Rob aceptaba, en el rincón más hondo y secreto de sí mismo, que nunca encontraría a sus hermanos; pero recibía consuelo y orgullo de la nueva familia que había formado, y abrigaba la esperanza de que, de alguna manera, su hermano Samuel, mamá y papá se enteraran de su existencia.

En Cornhill encontró una taberna que le gustó. Se llamaba El Zorro, un bodegón de trabajadores semejante a aquellos en los que su padre buscaba refugio cuando él era pequeño. Volvió a evitar la hidromiel y sólo bebió cerveza negra. Allí conoció a un contratista de la construcción George Markham, que había pertenecido al gremio de carpinteros al mismo tiempo que su padre. Markham era un hombre robusto, de cara colorada, con las sienes y la punta de la barba canosas. Había pertenecido a una Centena distinta a la de Nathanael Cole, pero lo recordaba, y por último Rob descubrió que era sobrino de Richard Bukerel, que en aquel entonces era carpintero jefe. Había sido amigo de Turner Horne, el maestro carpintero con quien vivió Samuel antes de ser atropellado por un carro en los muelles.

A Turner y a su mujer se los había llevado la fiebre de los pantanos cinco años antes, lo mismo que le ocurrió a su hijo pequeño. Aquel fue un invierno terrible, concluyó Markham.

Rob contó a los hombres de El Zorro que había estado unos años en el extranjero, estudiando medicina en el reino franco de Oriente.

—¿Conoces al aprendiz de carpintero Anthony Tite? —preguntó a Markham.

—Era jornalero cuando murió, el año pasado, de la enfermedad del pecho.

Rob asintió y bebieron un rato en silencio.

Por Markham y los demás parroquianos, Rob se enteró de lo que había ocurrido en el trono de Inglaterra. Parte de la historia la había conocido en Ispahán, de labios de Bostock. Ahora descubrió que después de suceder a Canuto, Haroldo Pie de Liebre demostró ser un rey débil aunque con un guardián fuerte: Godwine, conde de Wessex. Su medio hermano Alfredo, que se hacía llamar príncipe heredero, llegó a Normandía, y las fuerzas de Haroldo hicieron una carnicería con sus hombres, le arrancaron los ojos y lo mantuvieron en una celda hasta que le sobrevino una muerte horrible a causa de la supuración de sus torturadas cuencas oculares.

Poco después, Haroldo murió como consecuencia de sus excesos en la comida y la bebida, y otro de sus medio hermanos, Hardeknud, regresó de librar una guerra en Dinamarca y lo sucedió.

—Hardeknud ordenó que desenterraran el cadáver de Haroldo del camposanto de Westminster y lo arrojaran en una marisma pantanosa, cerca de la isla de Thorney —explicó George Markham, con la lengua desatada a causa del alcohol—. ¡El cadáver de su propio hermano! ¡Cómo si fuera un saco de mierda o un perro muerto!

Markham le contó que el cadáver del que había sido rey de Inglaterra yacía entre las cañas, a merced de las mareas.

—Por último, algunos nos escabullimos hasta allí en secreto. Era una noche fría, con una bruma espesa que prácticamente ocultaba la luz de la luna. Subimos el cadáver a un bote y lo llevamos Támesis abajo. Enterramos los restos decentemente, en el pequeño cementerio de St. Clement. Era lo menos que podían hacer unos buenos cristianos.

Hizo la señal de la cruz y se echó un buen trago al coleto.

Hardeknud fue rey sólo dos años, pues un día cayó muerto durante un banquete de boda. Por fin le tocó el turno a Eduardo, que para entonces estaba casado con la hija de Godwine, y también totalmente dominado por el conde sajón, pero el pueblo lo quería.

—Eduardo es un buen rey —dijo Markham a Rob—. Ha botado una flota adecuada de naves negras.

Rob asintió.

—Las he visto. ¿Son veloces?

—Lo bastante para mantener las rutas marítimas libres de piratas.

Toda esta historia real, embellecida con anécdotas y recuerdos tabernarios, provocó una sed que era necesario aplacar y exigió muchos brindis por los hermanos muertos y varios por Eduardo, monarca del reino, que estaba vivito y coleando. Así, varias noches seguidas Rob olvidó su incapacidad para asimilar el alcohol y volvió haciendo eses a la casa de la calle del Támesis. En todos los casos Mary no tuvo más remedio que desnudar a un borrachín hosco y meterlo en la cama.

Se profundizó la tristeza de su expresión.

—Amor, vayámonos de aquí —le dijo un día.

—¿Por qué? ¿Adónde iríamos?

—Podríamos vivir en Kilmarnock. Allí está mi propiedad y un círculo de parientes a quienes alegraría conocer a mi marido y mis hijos.

—Debemos darle una oportunidad a Londres —respondió Rob cariñosamente.

No era ningún tonto: prometió refrenarse en El Zorro y visitarla con menos frecuencia. Lo que no le dijo fue que Londres se había convertido en una visión para él, en algo más que la oportunidad de vivir como médico. En Persia había asimilado cosas que ahora formaban parte de su ser y que allí no se conocían. Deseaba el intercambio abierto de ideas clínicas que existía en Ispahán. Para ello hacía falta un hospital, y Londres era un emplazamiento excelente para una institución semejante al *maristan*.

Ese año, la larga y fría primavera dio paso a un verano húmedo. Una espesa bruma ocultaba todas las mañanas las dársenas. A media mañana, cuando no llovía, el sol atravesaba la neblina gris y la ciudad cobraba vida instantáneamente.

Ese renacimiento vital era el momento predilecto de Rob para pasear, y un día especialmente encantador la bruma se disipó cuando pasaba por un muelle comercial en el que un numeroso grupo de esclavos amontonaba lingotes de arrabio para su embarque.

Había una docena de pilas de pesadas barras de metal, demasiado altas, o tal vez con alguna irregularidad en alguna hilera.

Rob estaba disfrutando de la caricia del sol sobre el metal húmedo, cuando un carretero, vociferando órdenes, haciendo restallar el látigo y tironeando de las riendas, echó hacia atrás sus sucios caballos blancos a demasiada velocidad, de modo que la parte de atrás del pesado carro chocó contra la pila.

Rob se había jurado tiempo atrás que sus hijos nunca jugarían en los muelles. Odiaba los carros de carga. Nunca había visto uno, pero le bastaba pensar en su hermano Samuel aplastado bajo aquellas ruedas. Ahora observó horrorizado cómo se desarrollaba otro accidente.

La barra de hierro de lo alto de la pila resbaló hacia delante, se inclinó en el borde y comenzó a deslizarse sobre el reborde de la pila, seguida por otras dos.

Se oyó un grito de advertencia y una desesperada dispersión humana, pero dos esclavos tenían otras delante, que cayeron mientras ellos se arrastraban por el suelo, de modo que todo el peso de los lingotes cayeron sobre uno, que quedó aplastado debajo.

Un extremo de otra barra cayó sobre la parte inferior de la pierna del otro y su chillido movió a Rob a la acción.

—Venga, hay que quitárselas de encima. Rápido, con mucho cuidado. ¡Ahora! —gritó, y media docena de esclavos levantaron las barras de hierro.

Los hizo alejarse de la gran pila, llevando a los accidentados. Le bastó una mirada para saber que el primero había muerto. Tenía el pecho triturado y había perecido por asfixia al partírsele la tráquea; su cara ya estaba oscura y congestionada.

El otro esclavo había dejado de gritar, pues se había desmayado mientras lo trasladaban. Mejor así; tenía el pie y el tobillo destrozados y Rob no podía hacer nada para repararlos. Envió a un esclavo a su casa para que le pidiera a Mary el equipo quirúrgico. Mientras el herido estaba inconsciente, practicó una incisión en la piel sana, por encima de la herida, y comenzó a despellejar para hacer un colgajo y luego abrir a través de la carne y el músculo.

El hombre despedía un hedor que asustó y puso nervioso a Rob: era el olor de un animal humano que había sudado permanentemente trabajando duro, hasta que sus harapos sucios absorbieron su maloliente exudación, y la recompusieron hasta convertirla en una parte casi tangible de su cuerpo, como su cabeza afeitada de esclavo o el pie a cuya amputación procedía. Rob recordó a los dos hediondos esclavos estibadores que habían llevado a su padre a casa desde los muelles.

—¿Qué estáis haciendo?

Levantó la vista y tuvo que esforzarse para dominar su expresión, pues a su lado estaba una persona a la que había visto por última vez en Persia, en el hogar de Jesse ben Benjamin.

—Estoy asistiendo a un hombre.

—Pero dicen que sois médico.

—Así es.

—Soy Charles Bostock, mercader e importador, propietario de este almacén y de este muelle. Y no soy tan tonto, Dios no lo permita, como para pagarle a un médico por atender a un esclavo.

Rob se encogió de hombros. Llegó su equipo quirúrgico y ya lo había preparado todo para usarlo. Cogió la sierra para huesos, aserró el pie estropeado y cosió el colgajo por encima del muñón sangrante, con tanta pulcritud como habría exigido al-Juzjani. Bostock seguía allí.

—He dicho exactamente lo que quería decir. No pienso pagaros. De mí no sacaréis ni medio penique.

Rob asintió. Tamborileó suavemente dos dedos sobre la cara del esclavo, hasta que lo oyó refunfuñar.

—¿Quién sois vos?

—Robert Cole, médico de la calle del Támesis.

—¿No nos conocemos, señor?

—Que yo sepa no, señor mercader.

Recogió sus pertenencias, inclinó la cabeza y se marchó. En el extremo del muelle se arriesgó a volver la mirada y vio a Bostock de pie, transfigurado o profundamente desconcertado, sin quitarle el ojo de encima.

Se dijo a sí mismo que Bostock había visto a un judío con turbante en Ispahán, un judío de barba espesa y atuendo persa, el exótico hebreo Jesse ben Benjamin. Y en el muelle el mercader había hablado con Robert Jeremy Cole, un londinense libre con sencillas vestimentas inglesas y la cara transformada —¿transformada?— por una perilla de chivo bien recortada.

Con toda probabilidad, Bostock no lo recordaría. Y era igualmente posible que lo recordara.

Rob rumió la cuestión como un perro royendo un hueso. No estaba tan asustado por él (aunque lo estaba) pero le inquietaba lo que pudiera ocurrirles a su mujer y a sus hijos en el caso de tener problemas. De modo que esa noche, cuando Mary empezó a hablar de Kilmarnock, la escuchó y fue comprendiendo dónde estaba la solución.

—¡Me gustaría tanto ir allá! —dijo Mary—. Ansío pisar mis tierras, volver a estar entre mis parientes y rodeada de escoceses.

—Yo tengo que hacer muchas cosas aquí —dijo Rob lentamente y le cogió las manos—. Pero creo que tú y los niños deberíais ir a Kilmarnock sin mí.

—¿Sin ti?

—Sí.

Mary permaneció inmóvil. La palidez parecía elevar sus altos pómulos y arrojar nuevas sombras en su rostro delgado, agrandando sus ojos mientras lo miraba fijamente. Las comisuras de los labios, aquellas líneas sensibles que siempre delataban sus emociones, informaron a Rob de lo mal acogida que era su sugerencia.

—Si eso es lo que quieres, nos iremos —dijo tranquilamente.

En los días siguientes, Rob cambió de idea infinidad de veces. No hubo citaciones ni alarma. Ningún hombre armado fue a arrestarlo. Era obvio que aunque el mercader lo había mirado con curiosidad, no lo había identificado como Jesse ben Benjamin.

«No te vayas», quería decirle a Mary.

Y varias veces estuvo a punto de decirlo, pero siempre había algo que le impedía decir esas palabras; en su interior llevaba una pesada carga de miedo y no estaría mal que ella y los niños estuvieran en otro sitio, a buen resguardo, por un tiempo. De modo que volvieron sobre el tema.

—Si pudieras llevarnos al puerto de Dunbar... —dijo Mary.

—¿Qué hay en Dunbar?

—Los MacPhee, parientes de los Cullen. Ellos se ocuparán de que lleguemos bien a Kilmarnock.

Ir a Dunbar no era ningún problema. El verano tocaba a su fin y había un frenesí de salidas, pues los propietarios de embarcaciones trataban de meter a la mayor cantidad posible de gente en los viajes cortos, antes de que las tempestades bloquearan el mar del Norte durante todo el invierno. En El Zorro, Rob oyó hablar de un paquebote que paraba en Dunbar. La embarcación se llamaba *Aelfgifu*, en honor de la madre de Haroldo, y su capitán era un danés entrecano que se puso contento al ver que le pagaban por tres pasajeros que no comerían mucho. El *Aelfgifu* zarparía antes de dos semanas, y los preparativos fueron presurosos: había que remendar ropa, tomar decisiones acerca de lo que Mary llevaría y de lo que dejaría en Londres.

En tan sólo un abrir y cerrar de ojos, la partida les cayó encima.

—En cuanto pueda iré a buscarte a Kilmarnock.

—¿Lo harás?

—Por supuesto.

La noche antes de la separación, Mary dijo:

—Si no puedes...

—Podré.

—Pero... si no puedes, si por alguna razón la vida nos separa, quiero que sepas que los míos criarán a los niños hasta que sean hombres.

Más que tranquilizarlo, las palabras de Mary alimentaron su pesar por haber sugerido que se marcharan.

Se tocaron lentamente todos los lugares conocidos del cuerpo, como dos ciegos que quieren guardar la memoria en sus manos. Fue una unión triste, como si supieran que lo hacían por última vez. Después, ella se durmió sin decir nada y él la abrazó sin pronunciar palabra. Había muchas cosas que deseaba decirle, pero no pudo.

Al filo del amanecer los dejó a bordo del *Aelfgifu*, una nave con la estructura estable de un barco vikingo, aunque de apenas sesenta pies de eslora y una cubierta al aire libre. Tenía un mástil de treinta pies de altura, una gran vela cuadrada y el casco de gruesas planchas de roble superpuestas. Las naves negras del rey mantenían a los piratas en alta mar y el *Aelfgifu* costearía tocando tierra para descargar y cargar, y también a la primera señal de tempestad. Era el tipo de embarcación más segura.

Rob permaneció en el muelle. Mary mostraba su expresión inflexible, la armadura que usaba cuando se acorazaba contra el mundo amenazador.

Aunque el barco apenas se mecía en la marejada, el pobre Tam ya estaba verde y acongojado.

—¡Debes seguir trabajándole la pierna! —gritó Rob, haciendo al mismo tiempo movimientos de masaje.

Ella asintió, para que supiera que lo había entendido. Un tripulante levantó la guindaleza del amarre y la nave se soltó. Veinte remeros hicieron un movimiento simultáneo y el *Aelfgifu* se dejó llevar hacia la pleamar. Como buena madre que era, Mary había acomodado a sus hijos en el mismo centro del barco, donde no podían caer por la borda.

Se inclinó y le dijo algo a Rob J. mientras izaban la vela.

—¡Buena suerte, papá! —gritó la vocecilla, obediente.

—¡Ve con Dios! —respondió Rob.

Y en breve desaparecieron, aunque Rob no se movió y forzó la vista para verlos. No quería irse del muelle, pues tenía la impresión de haber llegado de nuevo a un lugar en el que había estado a los nueve años, sin familia ni amigos.

# 76

# EL LICEO DE LONDRES

Ese año, el nueve de noviembre, una mujer llamada Julia Swane se convirtió en el principal tema de conversación de la ciudad al ser arrestada por brujería. Se la acusaba de haber transformado a su hija Glynna, de dieciséis años, en un caballo volador, para después montarla tan brutalmente que la chica quedó permanentemente lisiada.

—De ser verdad, es algo atroz y malvado hacerle eso a la propia hija —dijo el patrón de la casa a Rob.

Rob echaba terriblemente de menos a sus propios hijos, y también a la madre.

La primera tempestad marina se presentó más de cuatro semanas después de su partida. Seguramente para entonces habían tocado tierra en Dunbar, y Rob rezó para que, estuvieran donde estuviesen, esperaran a que pasaran los temporales en lugar seguro.

Otra vez volvió a vagar solo, visitando de nuevo todas las partes de Londres que conocía y los nuevos panoramas que habían surgido desde su niñez. Cuando se detuvo delante de la Casa Real —que en otros tiempos le parecía la imagen perfecta de la munificencia regia—, se maravilló de la diferencia entre su sencillez inglesa y la estridente exquisitez de la Casa del Paraíso. El rey Eduardo pasaba la mayor parte del tiempo en su castillo de Winchester, pero una mañana, desde fuera de la Casa Real, Rob lo vio caminar en silencio entre sus hombres de confianza, pensativo y en actitud meditabunda. Eduardo representaba más de los cuarenta y un años que tenía. Se comentaba que su pelo se había vuelto blanco cuando era joven, al oír lo que Haroldo Pie de Liebre le había hecho a su hermano Alfredo. A Rob le pareció que Eduardo no era ni remotamente una figura tan majestuosa, como Ala, pero se recordó que el sha estaba muerto y el rey Eduardo seguía vivo.

A partir del día de San Miguel, el otoño fue frío y constantemente azotado por los vientos. El invierno prematuro se presentó cálido y lluvioso. Pensaba en los suyos, lamentando no saber en qué momento exacto habían llegado a Kilmarnock. Por pura soledad pasaba muchas noches en El Zorro, aunque trataba de dominar la sed, pues no quería meterse en pendencias, como había hecho en su juventud. Claro que la bebida le producía más melancolía que alivio, porque sentía que se estaba convirtiendo poco a poco en su padre, un hombre de tabernas. Eso lo obligaba a resistirse a las rameras, aunque las mujeres disponibles le parecían más atrayentes por la coraza con que se revestía Rob: se decía, amargamente, que a pesar de la bebida no debía transformarse enteramente en Nathanael Cole, el adúltero putañero.

Las Navidades señalaron un momento difícil, pues se trataba de una festividad que debía pasarse en familia. El día de Navidad comió en El Zorro: queso con grasa de cerdo y pastel de carnero rociado con una copiosa cantidad de hidromiel. Camino de casa encontró a dos marineros dando una soberana paliza a un hombre cuyo sombrero de cuero estaba en el barro. Rob vio que llevaba puesto un caftán negro. Uno de los marineros sujetaba los brazos del judío a la espalda mientras el otro le propinaba terribles puñetazos.

—¡Basta, condenados!

El que pegaba interrumpió la tarea:

—Vete, que todavía estás a tiempo.

—¿Qué ha hecho?

—Cometió un crimen hace mil años, y ahora devolveremos a Normandía el cadáver de un apestoso hebreo franchute.

—Dejadlo en paz.

—Ya que te gusta tanto, veremos cómo le chupas la polla.

El alcohol siempre le producía una furia agresiva y estaba preparado. Su puño se estrelló en la cara dura y fea. El cómplice soltó al judío y se alejó de un salto mientras el marinero derribado se ponía en pie.

—¡Hijo de mala madre! ¡Beberás la sangre del Salvador en la copa de este puñetero judío!

Rob no los persiguió cuando se dieron a la fuga. Al judío, un hombre alto y de edad mediana, le temblaban, los hombros. Su nariz sangraba y tenía los labios aplastados, y parecía llorar más por humillación que por dolor.

—¿Qué pasa aquí? —preguntó un recién llegado, un hombre de barba y cabellos crespos, pelirrojo y con una red de venitas moradas en la nariz.

—No demasiado. Tendieron una emboscada a este hombre.

—Hmmm. ¿Estás seguro de que no fue él el instigador?

—Sí.

El judío recuperó el dominio de sí mismo y el habla. Era evidente que expresaba gratitud, pero habló en rápido francés.

—¿Entiendes ese idioma? —preguntó Rob al pelirrojo, que meneó despectivamente la cabeza. Rob quería hablarle al judío en la Lengua y desearle un Festival de Luces más pacífico, pero no se atrevió a hacerlo en presencia de un testigo. De inmediato, el judío levantó su sombrero del barro y se alejó, lo mismo que el transeúnte.

A orillas del río Rob encontró una pequeña taberna y se recompensó con vino tinto. Como el lugar era oscuro y estaba mal ventilado, se llevó la botella a un muelle, para beber sentado en un pilote que acaso hiciera su padre, mientras la lluvia lo empapaba y el viento lo abofeteaba y las amenazadoras olas grises se encrespaban en las aguas que corrían a sus pies.

Estaba satisfecho. ¿Qué día mejor que aquel para haber evitado una crucifixión?

El vino no era de una buena cosecha y le picó la garganta al tragarlo, pero le gustó.

Era el hijo de su padre y sabía gozar de la bebida cuando se entregaba a ella.

No; la transformación ya había tenido lugar: era Nathanael Cole. Era papá. Y de alguna extraña manera sabía que también era Mirdin y era Karim. Y Ala y Dhan Vangalil. Y Abu Alí at-Husain ibn Abdullah ibn Sina (oh, sí, era sobre todo Ibn Sina)... Pero también era el gordo salteador de caminos al que matara años atrás y aquel hombre piadoso e insignificante el *hadji* Davout Hosein...

Con una claridad que lo entumeció más que el vino, supo que era todos los hombres y que todos los hombres eran él, y que cada vez que combatía al maldito Caballero Negro estaba combatiendo por su propia supervivencia, sencillamente. Solo y borracho, se percató de ello por primera vez.

En cuanto terminó el vino se levantó del pilote. Con la botella vacía en la mano, que en breve contendría medicamentos o quizá los orines de alguien para ser analizados a cambio de unos honorarios justos, él «y los demás» se alejaron del muelle andando con cuidado e inestables, hacia la seguridad de la calle del Támesis.


No se había quedado sin mujer e hijos para volverse alcohólico, se dijo severamente al día siguiente, con la cabeza despejada.

Decidido a ocuparse de todos los pormenores de la curación, fue a un herbolario de los bajos de la calle del Támesis para renovar su provisión de hierbas medicinales, pues en Londres era más fácil comprar ciertas hierbas que tratar de encontrarlas en la naturaleza. Ya había conocido al propietario, un hombre menudo y remilgado, Rolf Pollard, que parecía un boticario idóneo.

—¿Adónde puedo ir para encontrar a otros médicos? —le preguntó Rob.

—Yo diría que al Liceo, maestro Cole. Se trata de una reunión que celebran regularmente los médicos de esta ciudad. No conozco los detalles, pero sin duda el maestro Rufus está al tanto de todo.

Señaló al otro extremo de la tienda, donde un hombre olía una rama de verdolaga seca para probar su volatilidad.

Pollard acompañó a Rob y le presentó a Aubrey Rufus, médico de la calle Fenchurch.

—Le he hablado al maestro Cole del Liceo, pero no recuerdo los detalles.

Rufus, un hombre sereno y unos diez años mayor que Rob, se pasó la mano por su ralo pelo rubio y asintió amablemente.

—Se celebra la tarde del primer lunes de cada mes, con una cena en la sala situada encima de la taberna deque está Illingsworth, en Cornhill. Es principalmente una excusa para dar rienda suelta a nuestra glotonería. Cada uno paga su comida y su bebida.

—¿Es necesario ser invitado?

—No, nada de eso. Está abierto a todos los médicos de Londres. Pero si preferís una invitación, en este mismo momento os estoy invitando —dijo Rufus afablemente.

Rob sonrió, le dio las gracias y se despidió.

Así fue como el primer lunes de aquel nuevo año fangoso, entró en la taberna de Illingsworth y se encontró en compañía de una veintena de médicos. Estaban sentados alrededor de diversas mesas, charlando, riendo y bebiendo, y al verlo llegar lo inspeccionaron con la furtiva curiosidad que siempre dedica un grupo a cualquier recién llegado.

El primero al que reconoció fue Hunne, que frunció el entrecejo al verlo y murmuró algo a sus compañeros. Pero sentado a otra mesa estaba Aubrey Rufus y le hizo señas de que se sentara allí. Le presentó a los otros cuatro comensales, mencionando que Rob acababa de llegar a la ciudad y había instalado su consulta en la calle del Támesis.

Las miradas de los demás contenían dosis variables de la cautela ceñuda con que lo había observado Hunne.

—¿Con quién hicisteis el aprendizaje? —le preguntó un tal Brace.

—Fui aprendiz del médico Heppmann, en la ciudad franca de Freising.

Heppmann era el propietario de la casa donde pararon en Freising mientras Tam estuvo enfermo.

—Hmmm —dijo Brace, emitiendo sin duda la opinión que le merecían los médicos formados en el extranjero—. ¿Cuánto tiempo duró el aprendizaje?

—Seis años.

El interrogatorio se vio desviado por la llegada de las vituallas, consistentes en aves demasiado hechas, con nabos asados y cerveza, que Rob apenas probó porque prefería mantenerse sereno. Después de comer se enteró de que aquel día el conferenciante era Brace. El hombre habló sobre la aplicación de ventosas, advirtiendo a sus colegas que debían calentar bien la copa, pues era el calor del cristal lo que atraía los malos humores de la sangre a la superficie de la piel, donde podían extraerse mediante una sangría.

—Debéis demostrar a los pacientes vuestra confianza en que la repetición de ventosas y sangrías producirán la curación, para que puedan compartir vuestro optimismo —concluyó Brace.

La conferencia estaba mal preparada, y por la conversación que siguió Rob supo que cuando él tenía once años, Barber le había enseñado más de lo que aquellos médicos sabían sobre sangrías y ventosas, y el momento apropiado para apelar a ellas.

De modo que el Liceo lo decepcionó en seguida.

Parecían obsesionados por los honorarios y los ingresos. Incluso con cierta envidia, Rufus le tomó el pelo al presidente, el médico de la realeza Dryfield, porque cada año recibía el complemento de un estipendio y trajes nuevos.

—Es posible curar por un estipendio sin servir al rey —dijo Rob.

Sus palabras llamaron la atención de todos los presentes.

—¿Cómo es posible? —inquirió Dryfield.

—El médico puede trabajar para un hospital, un centro curativo dedicado a los pacientes y a la comprensión de las enfermedades.

Algunos lo miraron con los ojos en blanco, pero Dryfield asintió.

—Una idea oriental que se está extendiendo. He oído hablar de un hospital recién creado en Salerno, y hace tiempo que funciona el Hôtel Dieu en París. Pero permitidme advertirle que los pacientes van a morir al Hôtel Dieu, un lugar infernal donde se los ingresa y luego se los olvida.

—Los hospitales no tienen por qué ser como el Hotel Dieu —afirmó Rob, molesto porque no podía hablarles del *maristan*.

En ese momento intervino Hunne.

—Tal vez ese sistema funcione para las razas inferiores, pero los médicos ingleses son de espíritu más independiente y deben tener la libertad de orientar como quieran su propio negocio.

—Pero sin duda la medicina es algo más que un negocio —objetó Rob suavemente.

—Es algo menos que un negocio —le contradijo Hunne—, dados los honorarios bajos que se perciben, y con cretinos recién llegados que se instalan en Londres. ¿Cómo decís y cómo interpretáis eso de que es algo más que un negocio?

—Es una vocación, maestro Hunne. Igual que se dice que algunos hombres reciben la divina llamada de la Iglesia.

Brace rompió a reír. Pero el presidente carraspeó, pues estaba harto de rencillas.

—¿Quién pronunciará el discurso el mes próximo? —preguntó.

Nadie respondió.

—Vamos, cada uno debe poner su parte —insistió Dryfield, impaciente.

Rob sabía que era un error ofrecerse como conferenciante en la primera reunión. Pero nadie abrió la boca, y por último se decidió.

—Yo, si nadie se opone.

Dryfield enarcó las cejas.

—¿Sobre qué tema?

—Hablaré sobre la enfermedad abdominal.

—¿Hablará sobre la enfermedad abdominal, maestro... Crowe, no?

—Cole.

—Maestro Cole, sí. Una charla sobre la enfermedad abdominal será estupenda —dijo el presidente, y sonrió.


Julia Swane, acusada de brujería, había confesado. Encontraron la mancha de la brujería en la suave carne blanca de la parte interior del brazo, inmediatamente debajo del hombro izquierdo. Su hija Glynna testimonió que Julia la había sujetado y se reía mientras alguien que por lo que sabía era el demonio, la usaba sexualmente. Varias víctimas la acusaron de hacer hechizos. La bruja había decidido confesar todo mientras la tenían atada en el taburete mojado, antes de sumergirla en el helado Támesis, y ahora cooperaba con los eclesiásticos resueltos a arrancar el mal de raíz y que, según se rumoreaba, la estaban entrevistando a fondo sobre todo tipo de temas relacionados con la brujería. Rob trató de no pensar en ella.

Compró una gorda yegua gris y la alojó en los que habían sido establos de Egglestan, ahora de propiedad de un tal Thorne. Estaba envejecida y era delgada, se dijo Rob, pero no pensaba jugar con ella a pelota y palo. Cuando lo llamaban, iba a caballo a ver a los pacientes, y había otros que llegaban a su puerta. Era la época del crup. Aunque le habría gustado contar con medicinas persas como el tamarindo, la granada y el higo en polvo, preparaba pociones con lo que tenía a mano: verdolaga remojada en agua de rosas para hacer gárgaras en los casos de gargantas inflamadas, una infusión de violetas secas para tratar los dolores de cabeza y la fiebre, resina de pino mezclada con miel para combatir las flemas y la tos...

Un día fue a verlo un hombre que se presentó como Thomas Hood. Tenía la barba y el pelo de color zanahoria y la nariz descolorida. A Rob le pareció un rostro conocido, y al cabo de poco se dio cuenta de que era el transeúnte que presenció el incidente entre el judío y los dos marineros. Hood se quejó de síntomas de aftas, pero no tenía pústulas en la boca, ni fiebre, ni la garganta enrojecida, y era demasiado vital para estar enfermo. De hecho, fue una constante fuente de preguntas personales. ¿Con quién había aprendido Rob? ¿Vivía solo? ¿No tenía esposa ni hijos? ¿Cuánto tiempo llevaba en Londres? ¿De dónde había venido?

Hasta un ciego vería que aquel no era un paciente sino un fisgón. Rob no respondió, le recetó un poderoso purgante que sabía que no tomaría y lo acompañó a la puerta en medio de más preguntas de las que no hizo el menor caso.

Pero la visita lo fastidió desmesuradamente. ¿Quién había enviado a Hood? ¿Para quién hacía averiguaciones? ¿Y era mera coincidencia que hubiese observado cómo Rob había puesto en fuga a los dos marineros?

Al día siguiente, conoció algunas posibles respuestas cuando fue al herbolario a comprar ingredientes para sus medicinas y volvió a encontrarse con Aubrey Rufus.

—Hunne habla mal de vos cada vez que se presenta la oportunidad —le contó Rufus—. Dice que sois demasiado impertinente. Que tenéis la apariencia de un rufián y un sinvergüenza, y que duda de que seáis médico. Intenta impedir la entrada al Liceo a quienes no hayan hecho el aprendizaje con médicos ingleses.

—¿Qué me aconsejáis?

—Nada —dijo Rufus—. Es evidente que no se resigna a compartir la calle del Támesis con vos. Todos sabemos que Hunne sería capaz de vender los cojones de su abuelo por una moneda. Nadie le hará caso.

Reconfortado, Rob volvió a su casa.

Disiparía las dudas de esa gente con erudición, resolvió y se dedicó a preparar el discurso acerca de la enfermedad abdominal como si tuviera que pronunciarlo en la madraza. El Liceo original, cerca de la antigua Atenas, era el ámbito donde Aristóteles pronunciaba sus discursos; él no era Aristóteles, pero había sido instruido por Ibn Sina y enseñaría a aquellos médicos londinenses cómo podía ser una clase de medicina.


Mostraron interés, indudablemente, porque todos los que asistían al Liceo habían perdido pacientes que padecieron la enfermedad del lado derecho del bajo vientre. Pero también hubo un desdén generalizado.

—¿Un gusanito? —dijo arrastrando la voz un médico estrábico, apellidado Sargent—. ¿Una pequeña lombriz rosa en la barriga?

—Un apéndice en forma de lombriz, maestro —dijo bruscamente Rob—. Adherido al ciego. Y supurante.

—Los dibujos de Galeno muestran que no hay ningún apéndice en forma de gusano en el ciego —objetó Dryfield—. Celso, Rhazes, Aristóteles, Dioscórides... ¿alguno de ellos ha escrito sobre ese apéndice?

—Ninguno. Lo que no significa que no exista.

—¿Alguna vez habéis hecho la disección de un cerdo maestro Cole? —preguntó Hunne.

—Sí.

—Bien, entonces sabréis que las interioridades del cerdo son idénticas a las del hombre. ¿Alguna vez habéis observado un apéndice rosa en el ciego de un cerdo?

—¡Era una pequeña salchicha de cerdo! —gritó un gracioso, y la carcajada fue general.

—Interiormente el cerdo parece igual al hombre —dijo Rob con su tono más paciente—, pero hay sutiles diferencias. Una de ellas es ese pequeño apéndice en el ciego humano —desenrolló la lámina de *El hombre transparente* y la fijó en la pared con alfileres de hierro—. A esto me refiero. Aquí está representado el apéndice en las primeras etapas de la irritación.

—Supongamos que la enfermedad abdominal se desarrolle precisamente de la forma que habéis descrito —dijo un médico con fuerte acento danés—. ¿Sugerís alguna cura?

—No conozco ninguna cura.

Se oyeron protestas.

—Entonces, ¿qué importancia puede tener un gusanito si no conocemos el origen de la enfermedad? —vocearon otros, olvidando cuánto odiaban a los daneses, con tal de unirse en su oposición al recién llegado.

—La medicina es como una lenta obra de albañilería —razonó Rob—. Somos afortunados si en el plazo de una vida podemos poner un solo ladrillo. Y si podemos explicar la enfermedad, alguien que aún no ha nacido estará en condiciones de conseguir su curación.

Más protestas.

Se apiñaron para estudiar la ilustración.

—¿Lo habéis dibujado vos, Master Cole? —preguntó Dryfield al ver la firma.

—Sí.

—Un trabajo excelente —dijo el presidente—. ¿Cuál fue su modelo?

—Un hombre al que le rajaron el vientre.

—Entonces sólo habéis visto uno de esos apéndices —terció Hunne—. Y sin duda la voz omnipotente que os dio a conocer vuestra *vocación* también os dijo que la pequeña lombriz rosa en las tripas es universal, ¿verdad?

Las palabras de Hunne provocaron nuevas risas y Rob asintió la afrenta de una provocación.

—Estoy convencido de que el apéndice del ciego es universal. Lo he visto en más de una persona.

—¿Digamos que en... cuatro?

—Digamos que en media docena.

Lo contemplaban a él y no al dibujo.

—¿Media docena, maestro Cole? ¿Y cómo es que llegasteis a ver el interior del cuerpo de seis seres humanos? —lo aguijoneó Dryfield.

—Algunos vientres quedaron expuestos en el curso de accidentes. Otros en peleas. No todos eran pacientes míos y los incidentes se produjeron a lo largo de cierto período de tiempo.

Aquello sonó inverosímil incluso para sus oídos.

—¿Mujeres además de hombres? —preguntó con suspicacia Dryfield.

—Varias eran mujeres, en efecto —dijo Rob a regañadientes.

—Hmmm —murmuró el presidente, dejando bien claro que lo consideraba un mentiroso.

—Entonces, ¿las mujeres se habían batido en duelo? —inquirió Hunne con la suavidad de la seda, y esta vez hasta Rufus rió—. Me parece una coincidencia excesiva que hayáis podido observar el interior de tantos cadáveres de esa manera.

Al ver un feroz destello de alegría en los ojos de Hunne, Rob comprendió que haberse ofrecido voluntariamente a dar una conferencia en el Liceo había sido un error garrafal.

Julia Swane no se salvó del Támesis. El último día de febrero, más de dos mil personas se reunieron al alba para ver el espectáculo y aplaudir mientras la metían en su saco —junto con un gallo, una víbora y una roca—, cuyos bordes cosieron y luego arrojaron en la profunda charca de St. Giles.

Rob no asistió a la ejecución. Se dirigió al muelle de Bostock en busca del esclavo al que había amputado el pie. Pero no lo vio por allí, y un adusto vigilante le informó que habían trasladado al esclavo llevándoselo de Londres. Rob temía por él, pues sabía que la existencia de un esclavo dependía de su capacidad de trabajo. En el embarcadero vio la espalda de otro esclavo con las huellas en cruz de múltiples y brutales latigazos, que parecían roerle el cuerpo. Rob volvió a su casa y preparó un bálsamo de grasa de cabra, grasa de cerdo, aceite, olíbano y óxido de cobre; volvió al muelle y untó la carne inflamada.

—Vaya. ¿Qué demonios significa esto?

Otro vigilante se acercó a ellos, y aunque Rob no había terminado de extender el bálsamo, el esclavo huyó.

—Éste es el muelle del maestro Bostock. ¿Sabe él que estáis aquí?

—No tiene la menor importancia.

El vigilante lo miró con malos ojos pero no lo siguió,

y Rob se alegró de abandonar el muelle de Bostock sin más dificultades.

Recibía pacientes de pago. Curó a una mujer pálida y plañidera del flujo, medicándola con leche de vaca hervida. Un día entró en el consultorio un próspero carpintero de ribera, con la capa empapada de sangre que manaba de su muñeca, con un corte tan profundo que la mano parecía separada del antebrazo. El hombre reconoció que se lo había hecho con su propia navaja, intentando poner fin a su vida mientras estaba terriblemente descorazonado por lo mucho que había bebido.

Casi había logrado sus propósitos, pues la herida terminaba inmediatamente antes de entrar en el hueso. Por los cortes que había hecho en el depósito del *maristan*, Rob sabía que la arteria de la muñeca estaba junto al hueso. Si el hombre hubiese cortado un pelo más adentro, su sueño de borracho se habría cumplido. Pero sólo había separado los cordones que gobiernan el movimiento y el control del pulgar y el índice. Cuando Rob terminó de coser y vendar la muñeca, los dedos estaban rígidos y paralizados.

—¿Recuperarán el movimiento y las sensaciones?

—Está en manos de Dios. Habéis hecho un trabajo concienzudo. Si lo intentáis de nuevo, lograréis daros muerte. Por tanto, si queréis vivir, huid de las bebidas fuertes.

Rob temía que volviera a intentarlo. Era la época del año en que se necesitaban purgantes porque no había habido verduras en todo el invierno, y preparó una tintura de ruibarbo que se le agotó en una semana. Trató a un hombre mordido en el cuello por un burro, hizo punciones en un par de forúnculos, vendó una muñeca torcida, encajó en su sitio un dedo quebrado. Una medianoche, una mujer asustada lo hizo bajar por la calle del Támesis... hasta un sitio que él consideraba tierra de nadie, la zona intermedia entre su casa y la de Hunne. Habría sido afortunado si la mujer hubiera llamado al otro médico, pues su marido estaba gravemente enfermo. Era un mozo de los establos de Thorne, que se había cortado el pulgar tres días antes y esa noche se acostó con terribles dolores en los riñones. Ahora tenía las mandíbulas bloqueadas y echaba espuma por la boca, pero apenas pasaba por entre sus dientes apretados. Su cuerpo adoptó la forma de un arco cuando levantó el estómago y se apoyó únicamente en los tobillos y la parte superior de la cabeza. Rob nunca había visto antes esa enfermedad, pero la reconoció por las descripciones escritas de Ibn Sina: era «el espasmo hacia atrás». No se conocía ningún método de curación, y el hombre murió antes de que llegara la mañana.

La experiencia en el Liceo le había dejado mal sabor de boca. Aquel lunes Rob se obligó a asistir a la reunión de marzo como espectador y mordiéndose la lengua, pero el mal ya estaba hecho, y notó que lo observaban como a un estúpido fanfarrón que había dejado volar su imaginación. Algunos le sonrieron con mofa, mientras otros lo miraron fríamente. Aubrey Rufus no lo invitó a compartir su mesa y desvió la mirada cuando sus ojos se encontraron. Rob se sentó a una mesa, con unos desconocidos que no le dirigieron la palabra.

La conferencia trataba de fracturas del brazo, antebrazo y costillas, dislocaciones de la mandíbula, hombro y codo. En labios de Tyler, un hombre bajo y gordinflón, fue una lección paupérrima, con tantos errores de método y datos, que de haberla escuchado Jalal, se habría subido por las paredes. Rob permaneció sentado y sin pronunciar palabra.

En cuanto el orador puso punto final a su discurso, todos empezaron a hablar de la ejecución por ahogamiento de la bruja Julia Swane.

—Y atraparán a otros, recordad lo que os digo, pues los hechiceros practican su oficio en grupos —dijo Sargent—. Al examinar cadáveres tenemos que tratar de descubrir los puntos del diablo e informar de ellos.

—Nosotros tenemos que estar por encima de todo reproche —dijo reflexivamente Dryfield—, porque muchos piensan que los médicos están próximos a la hechicería. He oído decir que un médico-brujo puede hacer que los pacientes echen espuma por la boca y se pongan rígidos como si estuvieran muertos.

Rob pensó, incómodo, en el mozo de establos, pero nadie lo encaró ni lo acusó.

—¿De qué otra manera se reconoce a un brujo del sexo masculino? —preguntó Hunne.

—Se asemejan a los demás hombres —dijo Dryfield—, aunque hay quien dice que se circuncidan como los paganos.

A Rob se le encogió el escroto del susto. En cuanto pudo se fue, sabiendo que nunca volvería, porque no era prudente asistir a un lugar donde pondría la vida en juego si un colega lo veía orinar.

Si bien su experiencia en el Liceo sólo había sido una decepción y una mancha en su reputación, al menos tenía esperanzas en su trabajo y en su salud de hierro. Eso se repetía a sí mismo una y otra vez.

Pero a la mañana siguiente apareció Thomas Hood, el entrometido pelirrojo, con dos compañeros armados, en su casa de la calle del Támesis.

—¿Qué deseáis? —preguntó Rob fríamente.

Hood sonrió.

—Los tres venimos en representación del obispado.

—¿Por qué? —preguntó Rob, aunque ya lo sabía.

Hood se dio el lujo de carraspear y escupir en el suelo impecable.

—Hemos venido a arrestaros, Robert Jeremy Cole, para presentaros ante la justicia de Dios.

77

# EL MONJE GRIS

—¿Adónde me llevan? —preguntó cuando estuvieron en camino.

—La audiencia se celebrará en el porche sur de San Pablo.

—¿De qué se me acusa?

Hood se encogió de hombros y meneó la cabeza.

En San Pablo, lo dejaron en una salita llena de gente que esperaba. Había guardias en la puerta.

Rob tenía la sensación de haber vivido esa experiencia con anterioridad. Toda la mañana en el limbo, en un banco duro, oyendo la cháchara de un puñado de hombres con hábitos religiosos. Era lo mismo que estar otra vez en el reino del imán Qandrasseh, aunque en esta ocasión no estaba allí como médico del tribunal. Sentía que ahora era más digno que nunca, pero sabía que según las pautas eclesiales era tan culpable como cualquiera sometido a juicio ese día.

Pero no era un brujo.

Agradeció a Dios que Mary y sus hijos no estuvieran con él. Quería solicitar permiso para ir a rezar a la capilla, pero sabía que no se lo concederían, de modo que oró en silencio donde estaba, pidiendo a Dios que no lo metieran en un saco con un gallo, una serpiente y una piedra, para arrojarlo a las profundidades.

Le preocupaban los testigos a los que pudiesen haber citado: los médicos que le habían oído decir que había hurgado cadáveres humanos, o la mujer que lo vio tratar a su marido, rígido y echando espuma por la boca antes de morir. O el pérfido Hunne, que inventaría cualquier mentira para hacerlo pasar por brujo y librarse de él.

Aunque sabía que si ya habían tomado una decisión, los testigos serían lo de menos. Lo desnudarían y considerarían como prueba de circuncisión, registrarían todo su cuerpo hasta resolver que habían hallado la mancha de los brujos.

Indudablemente, contaban con tantos métodos como el imán para arrancar una confesión.

«Dios mío...»

Tuvo tiempo más que suficiente para que sus temores se incrementaran. Lo llamaron a presencia de los religiosos a primera hora de la tarde. Sentado en un trono de roble estaba un obispo anciano y bizco, con alba, estola y casulla desteñidas, de lana marrón. Rob había oído a los que esperaban con él y sabía que ese hombre era Aelfsige, ordinario de San Pablo y gran castigador. A la derecha del obispo estaban dos sacerdotes de edad mediana, ataviados de negro, y a su izquierda un joven benedictino de austero gris oscuro. Un asistente se acercó con las Sagradas Escrituras, que Rob tuvo que besar y luego jurar solemnemente que su testimonio sería veraz. Empezaron de inmediato.

Aelfsige lo miró con los ojos entrecerrados.

—¿Cómo os llamáis?

—Robert Jeremy Cole, ilustrísima.

—¿Residencia y ocupación?

—Médico de la calle del Támesis.

El obispo movió la cabeza afirmativamente en dirección al sacerdote que tenía a la derecha.

—¿El día veinticinco de diciembre pasado os unisteis a un hebreo extranjero en un ataque que no fue provocado, y juntos caísteis sobre Edgar Burstan y William Symesson, cristianos londinenses libres de la parroquia de St. Olave?

Por un instante, Rob se quedó desconcertado y en seguida sintió un enorme alivio, al comprender que no lo juzgaban por hechicería. ¡Los marineros lo habían denunciado por haber salido en ayuda del judío! Una acusación menor aunque lo declararan culpable.

—Un judío normando llamado David ben Aharon —dijo el obispo, parpadeando rápidamente.

Parecía que su visión era muy mala.

—Nunca he oído el nombre del judío ni de los demandantes. Pero los marineros no han dicho la verdad. Eran ellos quienes estaban golpeando injustamente al judío. Por eso intervine.

—¿Sois cristiano?

—Estoy bautizado.

—¿Asistís regularmente a misa?

—No, ilustrísima.

El obispo arrugó la nariz y asintió severamente.

—Buscad al declarante —ordenó al monje gris.

La sensación de alivio de Rob se disipó en cuanto vio al testigo.

Charles Bostock iba ricamente engalonado, llevaba una pesada cadena de oro al cuello y un gran anillo de sello. Durante su identificación informó al tribunal que el rey Hardeknud le había concedido un título nobiliario en recompensa por tres viajes como mercader-aventurero, y que era canónigo honorario de San Pablo. Los clérigos lo trataron con deferencia.

—Bien, maestro Bostock. ¿Conocéis a este hombre?

—Es Jesse ben Benjamin, judío y médico —dijo Bostock lisa y llanamente.

Los ojos miopes se fijaron en el mercader.

—¿Estáis seguro de que es judío?

—Excelencia, cuatro o cinco años atrás viajaba yo por el patriarcado bizantino, comprando mercancías y sirviendo como enviado de Su Santidad en Roma. En la ciudad de Ispahán me enteré de que una mujer cristiana, que había quedado sola y desconsolada en Persia por la muerte de su padre, un escocés, se había casado con un judío. Al recibir la invitación, no pude resistirme a ir a su casa para investigar los rumores. Allí, para mi consternación, comprobé la veracidad de los relatos. Era la esposa de este hombre.

El monje habló por primera vez.

—¿Estáis seguro de que es el mismo hombre?

—Completamente seguro, hermano. Apareció hace unas semanas en mi muelle e intentó cobrarme un precio altísimo por hacer de carnicero con uno de mis esclavos, y naturalmente no le pagué. Al ver su rostro supe que lo conocía de algún lado y me devané los sesos hasta recordarlo. Es el médico judío de Ispahán, sin la menor duda. Un expoliador de mujeres cristianas. En Persia, la mujer cristiana ya tenía un hijo de este judío y él ya la había preñado por segunda vez.

El obispo se inclinó hacia Rob.

—Bajo solemne juramento, ¿cuál es vuestro nombre?

—Robert Jeremy Cole.

—El judío miente —aseguró Bostock.

—Maestro mercader —dijo el monje—. ¿Lo visteis en Persia en una sola ocasión?

—Sí, en una ocasión —contestó Bostock a regañadientes.

—¿Y no volvisteis a verlo durante casi cinco años?

—Más cerca de cuatro que de cinco. Pero así es.

—¿Y sin embargo estáis seguro?

—Sí. Ya he declarado que no tengo la menor duda.

El obispo asintió.

—Muy bien, señor Bostock. Os agradecemos vuestra presencia en el tribunal —dijo.

Mientras acompañaban al mercader a la puerta, los clérigos observaron a Rob, que se esforzó por mantener la calma.

—Si sois un cristiano nacido libre —dijo en voz baja el obispo—, ¿no os parece extraño que os traigan ante nosotros por dos acusaciones separadas, una por haber ayudado a un judío y otra según la cual vos mismo sois judío?

—Soy Robert Jeremy Cole. Me bautizaron a media milla de este lugar, en St. Botolph. En el libro de la parroquia debe figurar mi nombre. Mi padre era Nathanael, jornalero de la Corporación de Carpinteros. Está enterrado en el cementerio de St. Botolph, lo mismo que mi madre, Agnes, que en vida era costurera y bordadora.

El monje se dirigió a él fríamente.

—¿Asististeis a la escuela parroquial de St. Botolph?

—Sólo dos años.

—¿Quién os enseñó allí las Sagradas Escrituras?

Rob cerró los ojos y arrugó la frente.

—El padre... Philibert. Sí, el padre Philibert.

El monje miró inquisitivamente al obispo, que se encogió de hombros y meneó la cabeza.

—El nombre Philibert no me es conocido.

—¿Y latín? ¿Quién os dio clases de latín?

—El hermano Hugolin.

—Sí—intervino el obispo—. El hermano Hugolin enseñaba latín en la escuela de St. Botolph. Lo recuerdo muy bien. Ha muerto hace muchos años. —Se tironeó de la nariz y observó a Rob con los párpados semicerrados. Finalmente suspiró—. Verificaremos el libro parroquial, naturalmente.

—Y allí verá su Ilustrísima que todo es tal como lo he declarado.

—Bien, os permitiré demostrar que sois la persona que decís ser. Debéis presentaros ante este tribunal dentro de tres semanas. Con vos deben venir doce hombres libres como cotestigos, dispuestos a declarar bajo juramento que sois Robert Jeremy Cole, cristiano y libre. ¿Me comprendéis?

Rob asintió y lo despidieron.

Minutos después estaba de pie frente a San Pablo, sin poder creer que ya no estaba expuesto a sus palabras ásperas y punzantes.

—¡Maestro Cole! —gritó alguien, y al volverse vio que el benedictino corría tras él.

—¿Querréis reuniros conmigo en la taberna? Me gustaría que habláramos.

«Y ahora, ¿qué?», pensó Rob.

Pero siguió al otro por la calle embarrada y entró en la

taberna, donde ocuparon un rincón tranquilo. El monje le informó que era el hermano Paulinus, y los dos pidieron cerveza.

—Me pareció que al final el proceso fue beneficioso para ti.

Rob no respondió, y su silencio hizo enarcar las cejas al monje.

—¡Venga! Un hombre honrado puede encontrar a otros doce hombres honrados.

—Nací en la parroquia de St. Botolph. La abandoné muy joven —dijo Rob con la voz cargada de tristeza— para deambular por Inglaterra como ayudante de cirujano barbero. Me sería prácticamente imposible encontrar a doce hombres, honrados o no, que me recordaran y que estuvieran dispuestos a viajar a Londres para declararlo.

El hermano Paulinus dio un sorbo a su cerveza.

—Si no encuentras a los doce, se pondrá en tela de juicio la veracidad de lo que dices, en cuyo caso te darán la oportunidad de demostrar tu inocencia mediante una ordalía.

La cerveza sabía a desesperación.

—¿Qué son las ordalías?

—La Iglesia utiliza cuatro: agua fría, agua caliente, hierro caliente y pan consagrado. Te diré que el obispo Aelfsige prefiere el hierro caliente. Te darán a beber agua bendita, que también salpicarán en la mano que utilizarás en la ordalía. Tú puedes elegir cuál de las dos manos. Cogerás del fuego un hierro al rojo vivo y lo llevarás en la mano a una distancia de nueve pies que habrás de recorrer en tres pasos, luego lo dejarás caer e irás deprisa hasta el altar, donde te vendarán la mano y cerrarán la venda con un sello. Tres días después te quitarán el vendaje. Si tienes la mano blanca y pura, te declararán inocente. Si la mano no está limpia, serás excomulgado y te entregarán a la autoridad civil.

Rob intentó ocultar sus emociones, pero tenía la certeza de que en su cara no había color.

—A menos que tu conciencia sea mejor que la de la

mayoría de los hombres nacidos de mujer, opino que debes abandonar Londres —dijo secamente Paulinus.

—¿Por qué me dices estas cosas? ¿Por qué me ofreces tus consejos?

Se estudiaron mutuamente. El monje tenía la barba muy rizada, cabello tonsurado castaño claro, como de paja vieja, ojos de color pizarra e igualmente duros... aunque reservados. Los ojos revelaban a un hombre con una gran vida interior. La boca era un tajo de rectitud. Rob tenía la seguridad de no haberlo visto nunca antes de entrar a San Pablo aquella mañana.

—Yo sé que eres Robert Jeremy Cole.

—¿Cómo lo sabes?

—Antes de transformarme en Paulinus en la comunidad benedictina, yo también me llamaba Cole. Casi sin la menor duda, soy tu hermano.

Rob aceptó sus palabras de inmediato. Había estado dispuesto a aceptarlas durante veintidós años y ahora sintió un júbilo creciente que se vio ahogado por una cautela culposa, una sensación de que algo marchaba mal. Comenzó a incorporarse, pero el otro siguió sentado, observándolo con un cálculo vigilante que llevó a Rob a sentarse de nuevo.

Oyó su propia respiración.

—Eres mayor de lo que sería el bebé Roger —dijo—. Samuel está muerto. ¿Lo sabías?

—Sí.

—Por lo tanto eres... Jonathan o...

—No, yo era William.

—William.

El monje seguía contemplándolo.

—Después de la muerte de papá se te llevó un sacerdote que se llamaba Lovell.

—El padre Ronald Lovell. Él me dejó en el monasterio de San Benito, en Jarrow. Murió cuatro años más tarde y entonces decidí hacerme oblato.

Paulinus contó sucintamente su historia.

—El abad de Jarrow era Edmund, amoroso guardián de mi juventud. Me tomó a su cargo y me moldeó, con el resultado de que fui novicio, monje y preboste a muy temprana edad. Fui mucho más que su fuerte brazo derecho. Él era *abbas et presbyter*, dedicado plena y continuamente a recitar el *opus dei* y a aprender, enseñar y escribir. Yo era su severo administrador, el mayordomo de Edmund. Como preboste no fui popular. —Sonrió tiesamente—. A su muerte, hace dos años, no me eligieron para reemplazarlo, pero el arzobispo había puesto los ojos en Jarrow y me pidió que abandonara la comunidad que había sido mi familia. Estoy a punto de ordenarme para ser obispo auxiliar de Worcester.

Un discurso de reencuentro curioso y desamorado, pensó Rob; el recitado monótomo de una carrera con su reconocimiento implícito de expectativas y ambiciones.

—Grandes responsabilidades deben estar esperándote —dijo, apesadumbrado.

Paulinus se encogió de hombros.

—Es Su voluntad.

—Al menos ahora sólo me falta encontrar a otros once testigos —dijo Rob—. Quizás el obispo permita que el testimonio de mi hermano valga por varios.

Paulinus no sonrió.

—Cuando vi tu nombre en la denuncia, hice averiguaciones. Si lo estimulan, el mercader Bostock puede testimoniar aportando detalles muy interesantes. ¿Qué ocurrirá en el caso de que te pregunten si has fingido ser judío con el propósito de asistir a una academia pagana en desafío a las leyes de la Iglesia?

La tabernera se acercó a ellos y Rob la despidió con un ademán.

—Respondería que en Su sabiduría Dios me ha permitido hacerme sanador porque Él no creó al hombre y a la mujer sólo para que sufrieran y murieran.

—Dios tiene un ejército ungido que interpreta lo que Él pretende del cuerpo y el alma del hombre. Ni los cirujanos barberos ni los médicos formados en el paganismo están ungidos, y hemos puesto en vigor leyes eclesiales para acabar con los que son como tú.

—Lo habéis puesto difícil para nosotros. En algunos

momentos nos habéis obligado a aminorar el paso. Pero creo, Willum, que no han acabado con nosotros.

—Te irás de Londres.

—¿Lo haces por amor fraterno o por miedo a que el próximo obispo auxiliar de Worcester sea estorbado por un hermano excomulgado al que ejecutaron por paganismo?

Ninguno de los dos habló durante largo rato.

—Te he buscado a lo largo de toda mi vida. Siempre soñaba con encontrar a los chicos —dijo por fin Rob, amargamente.

—Ya no somos chicos. Y los sueños no son la realidad —declaró Paulinus.

Rob asintió. Empujó la silla hacia atrás.

—¿Conoces a alguno de los demás?

—Sólo a la chica.

—¿Dónde está?

—Murió hace seis años.

—¡Oh! —Ahora se puso decididamente de pie—. ¿Dónde encontraré su tumba?

—No hay tumba. Falleció en un gran incendio.

Rob salió de la taberna sin volver la vista para mirar al monje gris.

Ahora tenía menos miedo del arresto que de unos asesinos contratados por un hombre poderoso para aliviarse de un estorbo. Fue deprisa a los establos de Thorne, pagó la cuenta y se llevó su caballo. En la casa de la calle del Támesis sólo se detuvo el tiempo suficiente para recoger las cosas que se habían vuelto partes esenciales de su vida. Estaba harto de abandonar lugares con prisa desesperada para después viajar vastas distancias, pero actuó veloz y expertamente.

Cuando el hermano Paulinus estaba sentado para la cena en el refectorio de San Pablo, su hermano de sangre abandonaba la ciudad de Londres. Rob cabalgó en el pesado caballo por el camino lodoso de Lincoln que llevaba al norte, perseguido por furias pero sin lograr escapar a ellas, porque algunas moraban en su interior.

# 78

## EL VIAJE CONOCIDO

La primera noche durmió blandamente sobre una pila de heno, a la vera del camino. Era el heno del último otoño maduro y podrido bajo la superficie, por lo que no cavó para hacer un hueco, aunque despedía algo de calor y el aire era templado. Al despertar con el amanecer, lo primero que pensó, amargamente, fue que había dejado en su casa de la calle del Támesis el juego del sha que había sido de Mirdin. Tan precioso era para él que lo llevó a través del mundo desde Persia, y comprender que lo había perdido para siempre fue una puñalada.

Tenía hambre, pero no quería buscar comida en una granja, donde lo recordarían si alguien que lo perseguía preguntaba por él. Cabalgó media mañana con el estómago vacío, hasta llegar a un pueblo con mercado, donde compró pan y queso suficiente para satisfacer su hambre y llevarse algunas porciones.

No dejaba de pensar en lo ocurrido. Haber encontrado a un hermano de esa ralea era peor que no encontrarlo, y se sintió engañado y repudiado.

Pero se dijo que había llorado a Willum cuando la vida los separó de niños, y que sería feliz si no tenía que volver a ver a ese Paulinus de ojos duros como el acero.

—¡Vete a la mierda, obispo auxiliar de Worcester! —vociferó.

Su grito ahuyentó a los pájaros de los árboles e hizo aguzar los oídos y acobardar a su montura. Para que nadie creyera que estaban atacando el campo, hizo sonar el cuerno sajón y el musical lamento lo retrotrajo a la infancia y la primera juventud, lo que fue un consuelo para él.

Si lo perseguían, registrarían las rutas principales, de manera que se desvió del camino de Lincoln y siguió las sendas costeras que comunicaban los pueblos marítimos. Era un viaje que había hecho muchas veces con Barber. Ahora no tocaba el tambor ni montaba espectáculos, ni tampoco trató de atraer pacientes por temor a que hubiesen puesto en marcha la búsqueda de un médico fugitivo. En ninguno de los pueblos reconocieron al joven cirujano barbero de tiempos idos. Habría sido absolutamente imposible, pues, encontrar testigos en esos lugares. Y en Londres lo habrían condenado. Sabía que era una bendición haber escapado, y el pesar lo abandonó al comprender que la vida todavía estaba llena de infinitas posibilidades.

Reconoció a medias algunos lugares, notando allá una casa o una iglesia quemada hasta los cimientos, o aquí un nuevo edificio, levantado después de despejar el monte. Avanzaba con dolorosa lentitud, pues en algunos sitios las sendas eran lodazales, y en breve el caballo se sintió debilitado. Había sido perfecto para llevarlo a atender las llamadas médicas nocturnas a un paso digno, pero resultaba inadecuado para viajar a campo través o por caminos embarrados... Estaba viejo y cansado, y no era nada fogoso. Rob hizo todo lo que pudo por el bien de la bestia, deteniéndose con frecuencia y tumbándose en la orilla del río mientras el animal daba cuenta de las nuevas hierbas de la primavera y descansaba. Pero nada podía rejuvenecerlo ni volverlo apto para montar.

Rob escatimaba el dinero. Cada vez que lo autorizaban dormía en abrigados graneros sobre la paja, eludiendo a la gente, pero si era inevitable, paraba en posadas. Una noche, en una taberna de la ciudad portuaria de Middlesbrough vio a dos lobos de mar bebiendo cantidades exageradas de cerveza.

Uno de ellos, bajo y ancho, de pelo negro semioculto por una gorra de punto, golpeó la mesa.

—Necesitamos un tripulante. Costearemos hasta el puerto de Eyemouth, en Escocia. A la pesca del arenque todo el camino. ¿Hay algún hombre en esta taberna?

El lugar estaba casi lleno, pero se produjo un hondo silencio y algunas risillas, y nadie se movió.

«¿Me atreveré? —se preguntó Rob—. Llegaría mucho más rápido.»

Hasta el mar era preferible a avanzar a duras penas por el lodo, decidió. Se levantó y se acercó a ellos.

—¿La embarcación es tuya?

—Sí, soy el capitán. Me llamo Nee. Éste es Aldus.

—Yo soy Jonsson —dijo Rob: era un nombre tan bueno como cualquiera.

Nee lo estudió.

—Un corpachón imponente.

Cogió la mano de Rob y la dio vuelta, tocando desdeñosamente su palma suave.

—Sé trabajar.

—Veremos —replicó Nee.

Esa noche Rob regaló el caballo a un desconocido, en la taberna, porque no habría tiempo para venderlo por la mañana, y de todos modos no le habría sacado mucho. Cuando vio la destartalada barca de pesca de arenques pensó que era tan vieja y tan pobre como el caballo, pero Nee y Aldus habían empleado bien el invierno. Las juntas estaban calafateadas con estopa y brea, y navegaba con ligereza sobre el oleaje.

A poco de zarpar se presentaron los problemas. Rob se inclinó por encima de la borda y vomitó, mientras los dos pescadores lo maldecían y amenazaban con arrojarlo al mar. Pese a las náuseas y los vómitos, se obligó a trabajar. Una hora después soltaron la red, arrastrándola detrás de la barca mientras navegaban, y luego izándola los tres juntos para cobrarla, siempre vacía y chorreante. La arrojaron y recuperaron varias veces, pero sólo sacaban alevines. Nee se puso de mal humor y muy desagradable. Rob estaba seguro de que sólo su enorme talla impedía que lo maltrataran.

Aquella noche comieron pan duro, pescado ahumado lleno de espinas y agua con sabor a arenque. Rob intentó tragar unos bocados, pero lo vomitó todo. Para colmo de males, Aldus tenía flojedad de vientre y en seguida convirtió el cubo de los desechos en una ofensa para los ojos y las narices. Aunque eso no era nada para alguien que había trabajado en un hospital.

Rob vació el cubo y lo lavó en agua de mar hasta dejarlo completamente limpio. Tal vez su desempeño de esa faena doméstica cogió a los otros dos por sorpresa, pues a partir de ese momento dejaron de insultarlo.

Aquella noche, frío y desesperado mientras la barca ascendía y descendía en la oscuridad, Rob se acercó varias veces a la borda, hasta que no le quedó nada que vomitar. Por la mañana, reanudó la rutina, pero la sexta vez que echaron la red, algo cambió. Cuando tironearon, parecía anclada. Lenta y laboriosamente la recuperaron, con un bulto plateado que se retorcía.

—¡Estos sí que son arenques! —se regocijó Nee.

La red salió tres veces llena y luego con menos cantidades de peces. Cuando no quedó lugar para almacenarlo viraron a tierra con el viento en popa.

A la mañana siguiente, los mercaderes les compraron la captura, que venderían por piezas frescas, secas y ahumadas. En cuanto la barca de Nee fue descargada, volvieron a hacerse a la mar.

Rob tenía las manos ampolladas, doloridas y ásperas. La red se rompía, y aprendió a anudarla con el fin de repararla. El cuarto día, sin aviso previo, desaparecieron los mareos. No volvieron, sencillamente. «Tengo que decírselo a Tam», pensó agradecido.

Siguieron costeando varios días, recalando siempre en puertos para vender la pesca antes de que se estropeara. A veces, en noches de luna, Nee veía un rocío de peces diminutos como gotas, que asomaban a la superficie para escapar a un cardumen en busca de alimento; dejaban caer la red y la arrastraban por un sendero de luz de luna, llevándose el regalo de la mar.

Nee empezó a sonreír mucho, y Rob le oyó decirle a Aldus que Jonsson les había traído buena suerte. A veces, cuando atracaban para pernoctar en un puerto, Nee invitaba a su tripulación con cerveza y comida caliente. Los tres se quedaban levantados hasta tarde y cantaban. Entre las cosas que aprendió Rob como tripulante figuraba una serie de canciones obscenas.

—Llegarías a ser un buen pescador —dijo Nee—. Estaremos cinco o seis días en Eyemouth, reparando las redes. Después volveremos a Middlesbrough, porque eso es lo nuestro, derivar entre Eyemouth y Middlesbrough pescando arenques, ida y vuelta. ¿Quieres quedarte con nosotros?

Rob le dio las gracias, contento por la oferta, pero dijo que se separarían en Eyemouth.

Llegaron unos días más tarde a un puerto bonito y abarrotado. Nee le pagó con unas pocas monedas y una palmada en la espalda. Cuando Rob mencionó que necesitaba un caballo, el patrón de la barca lo llevó a ver a un comerciante honrado, quien dijo que le recomendaba dos de sus caballos: una yegua y un castrado.

La yegua era, con mucho, un animal más hermoso.

—Una vez tuve buena suerte con un castrado —dijo Rob, y se decidió por el animal capado.

Éste no era un caballo árabe, sino un nativo inglés achaparrado, de patas cortas y peludas, y crines enmarañadas. Tenía dos años, era fuerte y despabilado.

Acomodó sus pertenencias detrás de la silla y montó el animal. Él y Nee se despidieron.

—Que tengas buena pesca.

—Ve con Dios, Jonsson.


El fuerte y enjuto castrado le proporcionó placer. Era mejor de lo que parecía, y resolvió llamarlo *Al Borak*, como el caballo que según los musulmanes llevó a Mahoma desde la tierra hasta el séptimo cielo.

Todas las tardes, a la hora de más calor, Rob trataba de hacer una pausa en un lago o riachuelo para que *Al Borak* se bañara, y luego alisaba las crines enredadas con los dedos lamentando no tener un fuerte peine de madera. El caballo parecía infatigable, y los caminos se estaban secando, por lo que avanzó con más rapidez. La barca arenquera lo había llevado más allá de las tierras con las que estaba familiarizado, y ahora todo era más interesante por lo novedoso. Siguió cinco días una orilla del río Tweed, hasta que el cauce se desviaba al sur y él giró hacia el norte, internándose en las tierras altas y cabalgando entre cerros demasiado bajos para llamarse montañas. En algunos puntos los páramos ondulados se veían interrumpidos por peñascos rocosos. En esa época del año las nieves derretidas aún bajaban por las laderas y cruzarlas era una proeza.

Las granjas eran pocas y dispersas. Algunas tenían grandes extensiones de tierras y otras eran modestos huertos arrendados. Notó que todos estaban bien cuidados y poseían la belleza del orden que sólo se alcanza con el trabajo arduo. Hacía sonar el cuerno a menudo. Los colonos vigilaban y cuidaban sus parcelas, pero nadie intentó hacerle daño. Observando el país y sus gentes, por primera vez comprendió algunas cosas de Mary.

Hacía largos meses que no la veía. ¿No se habría metido en una empresa descabellada? Quizás ahora tenía otro hombre, probablemente el condenado primo.

Era un terreno muy agradable para el hombre, aunque destinado a que lo recorrieran ovejas y vacas. Las cimas de las colinas eran en su mayoría terreno pelado, pero casi todas las laderas contaban en su parte baja con ricos pastos. Todos los pastores llevaban perros y Rob aprendió a temerles.

Medio día después de dejar atrás Cumnock, se detuvo en una granja con el fin de pedir permiso para dormir en el pajar. Entonces se enteró de que el día anterior un perro le había desgarrado de un mordisco el pecho a la mujer del granjero.

—¡Alabado sea Jesús! —susurró el marido cuando Rob le dijo que era médico.

Era una mujer robusta y con ojos grandes, ahora en-
loquecida de dolor. Había sido un ataque salvaje y las
dentelladas parecían de un león.

—¿Dónde está el perro?

—El perro ya no está —dijo el hombre con tono resentido.

La obligaron a beber aguardiente de cereales. La mujer se atragantó, pero la ayudó mientras Rob recortaba y
cosía la carne destrozada. Rob pensó que de todas maneras habría vivido, pero sin duda estaba mejor gracias a él.
Tendría que haberla atendido un día o dos, pero se quedó
una semana, hasta que una mañana se dio cuenta de que
seguía allí porque no estaba lejos de Kilmarnock y tenía
miedo de enfrentarse al final del viaje.

Le dijo al marido a dónde quería ir y éste le indicó el
mejor camino.

Todavía pensaba en las heridas de la mujer dos días
después, cuando se vio acosado por un perrazo gruñón
que bloqueó el camino a su caballo. Su espada estaba a
medio desenvainar cuando una voz llamó al animal. El
pastor que apareció le dijo algo que evidentemente era una
protesta, en gaélico.

—No conozco su idioma.

—Estás en tierras de Cullen.

—Ahí es donde quiero estar.

—¿Sí? ¿Por qué?

—Eso se lo diré a Mary Cullen. —Rob miró al hombre de hito en hito y vio que todavía era joven, aunque
curtido y entrecano, y tan vigilante como el perro que lo
acompañaba—. ¿Quien eres?

El escocés le devolvió la mirada, aparentemente vaci-
lando entre responder o no.

—Craig Cullen —dijo finalmente.

—Me llamo Cole. Robert Cole.

El pastor asintió, sin dar muestras de sorpresa ni de
bienvenida.

—Sígueme —dijo y echó a andar.

Rob no vio que le hiciera ninguna señal al perro, pero
el animal se rezagó y luego siguió detrás del caballo, de

modo que Rob quedó entre el hombre y el perro, como si éstos llevaran algo perdido que habían encontrado en las montañas. La casa y el establo eran de piedra, bien construidos mucho tiempo atrás. Unos niños lo miraron fijamente y murmuraron al verlo. Le llevó un momento darse cuenta que entre ellos estaban sus hijos. Tam le habló a su hermano en gaélico.

—¿Qué ha dicho?

—Ha preguntado: «¿Es nuestro papá?» Le he contestado que sí.

Rob sonrió y quiso alzarlos, pero los niños se encogieron y salieron corriendo con los demás cuando se inclinó en la silla.

Rob notó con alegría que Tam todavía cojeaba, pero corría velozmente.

—Son tímidos. Volverán —dijo ella desde el vano de la puerta.

Mantuvo la cara desviada y no quiso mirarlo. Rob pensó que no estaba contenta de verlo. Pero un segundo después cayó en sus brazos. ¡Oh, qué maravilla!

Besándola, descubrió que le faltaba un diente, a la derecha de la parte media de la mandíbula superior.

—Estaba peleando con una vaca para meterla en el establo y me caí contra sus cuernos. —Se echó a llorar—. Estoy vieja y fea.

—No tomé por esposa a un condenado diente. —Su tono era áspero, pero tocó el hueco suavemente con la yema del dedo, sintiendo la humedad, la tibia elasticidad de su boca cuando ella se lo chupó—. Y no me llevé un condenado diente a mi lecho —agregó Rob, y aunque sus ojos todavía brillaban por las lágrimas, Mary sonrió.

—A tu trigal —dijo—. En la tierra, junto a los ratones y los bichos que se arrastraban, como un carnero cubriendo a una oveja. —Se secó los ojos—. Estarás cansado y con hambre.

Le cogió la mano y lo condujo a un edificio que era cocina. A Rob le resultó raro verla tan en su elemento. Mary le sirvió pasteles de harina de avena y leche. Rob le habló del hermano que había encontrado y perdido, y de cómo tuvo que huir de Londres.

—Qué extraño y triste para ti... Si eso no hubiese ocurrido, ¿habrías venido?

—Tarde o temprano. —Seguían sonriéndose—. Ésta es una tierra hermosa —dijo Rob—. Pero dura.

—No tanto cuando el tiempo es cálido. Dentro de poco será el momento de sembrar.

Rob no pudo seguir tragando los pasteles.

—Ahora es el momento de sembrar.

Mary todavía se ruborizaba fácilmente. Era algo que nunca cambiaría, pensó Rob, satisfecho. Mientras lo llevaba a la casa principal, trataron de mantenerse abrazados, pero se les enredaron las piernas y sus caderas chocaron, y en seguida rieron tanto y sin parar, que Rob temió que las carcajadas estorbaran la consumación del acto amoroso, pero quedó demostrado que eso no era ningún obstáculo.

# 79

## LAS PARICIONES

A la mañana siguiente, cada uno con un niño atrás, en su silla, atravesaron las extensiones montañosas de propiedad de los Cullen. Había ovejas por todas partes, y al pasar los caballos levantaban sus cabezas negras, blancas y marrones de las hierbas en que pastaban. Había veintisiete pequeños huertos arrendados alrededor de la granja principal.

—Todos los arrendatarios son parientes míos.

—¿Cuántos hombres hay?

—Cuarenta y uno.

—¿Toda tu familia está reunida aquí?

—Aquí están los Cullen. Y también son parientes nuestros los MacPhee y los Tedder. Los MacPhee viven a una mañana de cabalgata por las colinas del este. Los Tedder viven a un día al norte, a través del barranco y del gran río.

—Y con las tres familias, ¿cuántos hombres tienes?

—Unos ciento cincuenta.

Rob frunció los labios.

—Tu propio ejército.

—Sí. Es un consuelo.

Ante los ojos de Rob, había infinitos ríos de ovejas.

—Criamos los rebaños por la lana y la piel. La carne se estropea en seguida, de modo que la comemos. Te hartarás de comer carnero.

Aquella mañana lo introdujeron en el negocio familiar.

—Ya han comenzado las pariciones de primavera —dijo Mary— y día y noche debemos ayudar a las ovejas. También hay que matar algunos corderos entre el tercer y décimo día de vida, cuando los pellejos son más finos.

Lo dejó en manos de Craig y se marchó. A media mañana los pastores ya lo habían aceptado, al notar que se mantenía frío durante los partos problemáticos, y sabía afilar y usar los cuchillos. A Rob se le cayó el alma a los pies cuando observó el método empleado para alterar la naturaleza de los machos recién nacidos. De un mordisco les arrancaban sus tiernas gónadas y las escupían en un cubo.

—¿Por qué hacéis eso? —quiso saber.

Craig le sonrió con los labios ensangrentados.

—Hay que quitarles los huevos. No se pueden tener demasiados carneros, ¿comprendes?

—¿Y por qué no hacerlo con un cuchillo?

—Porque así es como siempre se ha hecho. Es el sistema más rápido y el que produce menos dolor.

Rob fue a buscar sus instrumentos y cogió el escalpelo. Poco después, Craig y los demás pastores reconocieron, que su método también era eficaz. Rob no les contó que había aprendido a ser hábil con el propósito de ahorrarles dolor a los hombres que tuvo que convertir en eunucos.

Observó que los pastores se bastaban a sí mismos y contaban con la destreza indispensable para sus labores.

—No es de extrañar que quisieras tenerme aquí —le dijo a Mary más tarde—. En este puñetero campo todos los demás son parientes.

Mary le dedicó una sonrisa fatigada, porque habían estado desollando todo el día. La sala donde se despellejaba apestaba a oveja, pero también a sangre y carne, olores que no le resultaban desagradables, pues le recordaban el *maristan* y los hospitales de campaña en la India.

—Ahora que estoy aquí necesitarás un pastor menos —dijo Rob y la sonrisa de ella se apagó.

—¡Como! —exclamó en tono áspero—. ¿Estás loco?

Le cogió la mano, y se lo llevó de la casa de despellejamiento a otra dependencia de piedra, con tres estancias encaladas. Una era un despacho. Otra había sido instalada como dispensario, con mesas y armarios que doblaban en tamaño y comodidades al que tenía en Ispahán. En el tercer recinto había bancos de madera en los que los pacientes podrían esperar a que los atendiera el médico.

Rob comenzó a conocer a las gentes del lugar. El que se llamaba Ostric era el músico. Se le había resbalado de la mano un cuchillo de desollar, que se deslizó en la arteria de su antebrazo. Rob restañó la sangre y cerró la herida.

—¿Podré tocar? —preguntó Ostric, ansioso—. Es el brazo que soporta el peso de la gaita.

—En días notarás la diferencia —le aseguró Rob.

Días después, en el cobertizo de curtidos donde se curaban las pieles, vio al anciano Malcolm Cullen, padre de de Craig y primo de Mary. Interrumpió sus pasos, observó las yemas de sus dedos agarrotadas e hinchadas y notó que sus uñas se curvaban extrañamente al crecer.

—Durante largo tiempo has tenido mucha tos. Y fiebres frecuentes —dijo Rob al anciano.

—¿Quién te lo ha contado? —preguntó Malcolm.

Era una dolencia que Ibn Sina denominaba «dedos hipocráticos», que identificaba la enfermedad pulmonar.

—Lo veo en tus manos. Y en los dedos de los pies te ocurre lo mismo, ¿verdad?

Malcolm asintió.

—¿Puedes hacer algo por mí?

—No sé.

Rob apoyó la oreja contra el pecho del anciano y oyó un ruido crujiente, semejante al que hace el vinagre hirviendo.

—Estás lleno de líquido. Ven por la mañana al dispensario. Te haré un pequeño agujero entre dos costillas y drenaré esa agua, un poco cada vez. Entretanto, analizaré tu orina y observaré los progresos de la curación; además te haré fumigaciones y te daré una dieta para secar tu cuerpo.

Esa noche Mary le sonrió.

—¿Qué le has hecho al viejo Malcolm? Le está contando a todo el mundo que posees poderes curativos mágicos.

—Todavía no he hecho nada por él.

A la mañana siguiente, estuvo solo en el dispensario; no apareció Malcolm ni ningún otro ser viviente. Ni tampoco el día siguiente. Cuando se quejó, Mary meneó la cabeza.

—No aparecerán hasta después de las pariciones. Ésa es su manera de hacer las cosas.

Era verdad. Nadie se presentó en el dispensario durante diez días. Entonces llegaba una época más tranquila, entre la parición y la esquila, y una mañana abrió la puerta del dispensario, vio los bancos llenos de gente y el viejo Malcolm le dio los buenos días.

Después, todas las mañanas tenía pacientes, porque en los valles y huertos se había corrido la voz de que el hombre de Mary Cullen era un auténtico sanador. Nunca había habido médico en Kilmarnock, y Rob reconoció que le llevaría años remediar algunos males causados por la automedicación. También llevaban a la consulta a sus animales enfermos o, si no podían, no se avergonzaban de llamarlo a sus establos. Llegó a conocer bien las mataduras bucales de los animales y la morriña de las ovejas. Cuando se le presentaba la oportunidad, hacía la disección de alguna vaca o una oveja, para conocer más a fondo lo que estaba haciendo. Descubrió que no se parecían en nada a un cerdo o a un hombre. En la oscuridad de su alcoba, donde esas noches se dedicaban a la tarea de engendrar otro hijo, Rob intentó darle las gracias por el dispensario que, le habían dicho, fue lo primero que hizo Mary a su regreso a Kilmarnock.

Mary se inclinó sobre él.

—¿Cuánto tiempo te quedarías conmigo si no te dedicaras a tu trabajo, *hakim*? —No había mordacidad en sus palabras, y lo besó en cuanto las dijo.

# 80

# UNA PROMESA CUMPLIDA

Rob llevó a sus hijos al bosque y a las colinas, donde seleccionó las plantas y hierbas que necesitaba. Recolectaron todo entre los tres y lo llevaron a casa, donde secaron algunas hierbas y pulverizaron otras. Rob se sentaba con sus hijos y les enseñaba pacientemente, mostrándoles cada hoja y cada flor. Les habló de las hierbas: cuál se utilizaba para curar el dolor de cabeza y cuál los retortijones, cuál para la fiebre y cuál para los catarros, cuál para las hemorragias nasales y cuál para los sabañones, cuál para las anginas y cuál para los huesos doloridos.

Craig Cullen era fabricante de cucharas y ahora se dedicó a la confección de cajas de madera con tapa, donde podían conservarse secas las hierbas medicinales. Las cajas, como las cucharas, estaban decoradas con tallas de ninfas, duendes y animales salvajes de todo tipo. Al verlas, Rob tuvo una inspiración y dibujó algunas piezas del juego del sha.

—¿Podrías hacer algo así?

Craig lo observó inquisitivamente.

—¿Por qué no?

Rob dibujó la forma de cada pieza y el tablero a cuadros. Con muy pocas indicaciones, Craig talló todo, y poco después Rob y Mary volvían a pasar algunas horas con el pasatiempo que le había enseñado a Jesse un rey ya difunto.

Rob estaba decidido a aprender gaélico. Mary no tenía ningún libro, pero se dispuso a enseñarle, comenzando por el alfabeto de dieciocho letras. A esas alturas, Rob sabía qué debía hacer para aprender una lengua extranjera, y trabajó todo el verano y el otoño, de modo que a principios del invierno escribía oraciones breves en gaélico e intentaba hablarlo, para gran diversión de sus hijos.

Tal como suponía, el invierno allí era crudo. El frío más riguroso llegó inmediatamente antes de la Candelaria. A continuación, llegó la época de los cazadores, porque el terreno nevado los ayudaba a rastrear venados y aves, y a acabar con los gatos monteses y los lobos que arrasaban los rebaños. Al anochecer, siempre había gente reunida en el salón, ante un gran fuego que chisporroteaba. Allí podía estar Craig con sus tallas, otros reparando arneses o cumpliendo cualquier tarea doméstica que fuera posible realizar junto al calor y en compañía. A veces, Ostric tocaba la gaita. En Kilmarnock producían un famoso paño de lana. Tenían sus mejores vellones con los colores del brezo, remojándolos con líquenes recogidos en las rocas. Tejían en la intimidad pero se congregaban en el salón para el encogimiento de la tela. El paño húmedo, que se había impregnado con agua jabonosa, pasaba alrededor de la mesa, y cada una de las mujeres lo golpeaba y frotaba. En ningún momento dejaban de cantar canciones alusivas a la tarea. Rob pensó que sus voces y las gaitas de Ostric se conjuntaban en un concierto singular.

La capilla más cercana estaba a tres horas de cabalgata y Rob creía que no sería difícil evitar a los sacerdotes, pero un día de la segunda primavera que pasó en Kilmarnock, se presentó en la puerta un hombre bajo y regordete, de sonrisa cansada.

—¡Padre Domhnall! ¡Es el padre Domhnall! —gritó Mary, y se apresuró a darle la bienvenida.

Todos se apiñaron a su alrededor y lo saludaron cariñosamente. El hombre pasó un momento con cada uno, haciendo preguntas sin dejar de sonreír, palmeando un brazo, diciendo una palabra de estímulo..., como un conde bondadoso caminando entre sus palurdos, pensó Rob amargamente.

El padre Domhnall se acercó a Rob y lo miró de la cabeza a los pies.

—De modo que tú eres el hombre de Mary Cullen.

—Sí.

—¿Sabes pescar?

La pregunta lo desconcertó.

—He pescado truchas.

—Habría apostado la cabeza a que así era. Mañana por la mañana te llevaré a buscar salmón —dijo y Rob aceptó la invitación.

Al día siguiente salieron cuando alboreaba, y fueron andando hasta un pequeño río impetuoso. Domhnall llevaba dos varas macizas que sin duda eran muy pesadas, líneas resistentes y cebos emplumados de largas astas, con lengüetas traicioneramente ocultas en sus atrayentes centros.

—Como algunos hombres que conozco —dijo Rob al sacerdote y éste asintió, observándolo con curiosidad.

Domhnall le enseñó a lanzar el cebo y a recuperarlo con pequeñas tensiones que impresionaban como peces pequeños que salen disparados. Lo hicieron repetidas veces sin el menor resultado, pero a Rob le daba igual, porque estaba absorto en el torrente. Ahora el sol brillaba en lo alto. Muy por encima de sus cabezas vio flotar un águila en el aire, y en las cercanías oyó la queja de un urogallo.

El gran pez cogió el cebo en la superficie, con una salpicadura que hizo saltar un chorro de agua.

De inmediato salió disparado a contracorriente.

—¡Debes ir a buscarlo si no quieres que rompa la línea o arranque el anzuelo! —gritó Domhnall.

Rob ya estaba chapoteando en el río, en pos del salmón.

En el primer tirón de fuerza, el pez casi acabó con él, pues lo hizo caer varias veces en las aguas gélidas, siguiendo por encima del lecho pedregoso, entrando y saliendo de los pozos profundos.

El pez corría y corría, llevándolo río arriba y río abajo. Domhnall le daba instrucciones a gritos, pero en un momento dado Rob levantó la vista al oír un chapoteo y vio que ahora el sacerdote estaba sumido en sus propios problemas. Había enganchado un pez y también tuvo que meterse en el río.

Rob se debatió para mantener el salmón en medio de la corriente. Por último, pareció tenerlo bajo su control, aunque pesaba peligrosamente en el extremo de la línea.

En breve consiguió que el pez —¡tan grande!—, que ahora luchaba débilmente, se deslizara hacia bajíos de guijarros. Cuando Rob aferró el asta del cebo, el salmón dio un último tirón convulsivo y se soltó del anzuelo, donde quedó una franja de tejido sanguinolento del interior de su boca. Por un instante el salmón yació inmóvil y de costado; luego Rob vio surgir una densa bruma de sangre oscura de sus agallas, y ante sus ojos saltó a aguas profundas y desapareció.

Permaneció tembloroso y disgustado, pues la nube de sangre era indicativa de que había matado al pez, y sabía que perderlo era un desperdicio.

Moviéndose más por instinto que por esperanza, caminó aguas abajo, pero antes de dar seis pasos vio una mancha plateada adelante y se encaminó hacia ella. Perdió dos veces el pálido reflejo, cuando el pez nadaba o era movido por la corriente. Entonces se dio cuenta de que estaba prácticamente encima. El salmón agonizaba, pero aún no había muerto, apretado contra un canto rodado por el oleaje.

Rob tuvo que sumergirse en las aguas heladas para cogerlo entre ambos brazos y llevarlo a la orilla, donde puso fin a sus dolores con ayuda de una piedra. Pesaba como mínimo dos piedras. Domhnall estaba dejando en tierra su salmón, que no era ni remotamente tan grande como el de Rob.

—Con el tuyo tenemos carne suficiente para todos, ¿no?

Cuando Rob asintió, el cura devolvió el salmón al río. Lo retuvo un momento cuidadosamente entre sus manos para permitir que el agua hiciera su trabajo. Las aletas se movían y aleteaban tan lánguidamente como si el pez no luchara por conservar la existencia, y las branquias comenzaron a bombear. Rob notó en el pez el estremecimiento de la vida, y mientras lo veía alejarse de ellos y desaparecer en la corriente, supo que ese sacerdote podía ser su amigo.

Se quitaron las ropas empapadas y las pusieron a secar; se tumbaron cerca, sobre una enorme roca bañada por el sol. Domhnall suspiró.

—No es como coger truchas —dijo.

—Es la misma diferencia que hay entre recoger una flor y talar un árbol.

Rob tenía media docena de cortes sangrantes en las piernas, por las muchas caídas en el río, e innumerables cardenales. Se sonrieron.

Domhnall se rascó la pequeña tripa redonda, blanca como la de un pez, y guardó silencio. Rob creía que le haría preguntas, pero percibió que el estilo del cura consistía en escuchar atentamente y esperar, con una paciencia valiosa que lo convertiría en un rival implacable si Rob le enseñaba el juego del sha.

—Mary y yo no estamos casados por la Iglesia. ¿Lo sabías?

—Había oído decir algo.

—Bien. Todos estos años vivimos como si estuviésemos auténticamente casados, pero fue una unión celebrada por acuerdo mutuo.

Domhnall masculló.

Rob le contó toda la historia. No omitió nada ni restó importancia a los problemas que tuvo en Londres.

—Me gustaría que nos casara; pero debo advertirte que es posible que me hayan excomulgado.

Se secaron ociosamente al sol, sopesando la cuestión.

—Si ese obispo auxiliar de Worcester tuvo la oportunidad, lo habrá encubierto —afirmó Domhnall—. Un hombre tan ambicioso prefiere tener un hermano ausente

y olvidado antes que un pariente cercano escandalosamente alejado de la Iglesia.

Rob asintió.

—¿Y si no logró encubrirlo?

El cura frunció el ceño.

—¿Tienes pruebas fehacientes de la excomunión?

Rob meneó la cabeza.

—Pero es posible.

—¿Posible? Yo no puedo ejercer mi ministerio según
tus temores. ¡Hombre, hombre! ¿Qué tienen que ver tus
miedos con Cristo? Yo nací en Prestwick. Desde mi or-
denación no he salido de esta parroquia y espero que la
muerte me encuentre aquí siendo pastor de almas. Con
excepción de ti jamás he visto a nadie de Londres ni de
Worcester. Nunca recibí ningún mensaje de un arzobispo
ni de Su Santidad. Sólo he recibido mensajes de Jesús.
¿Crees que puede corresponder a la voluntad del Señor
que no haga una familia cristiana de vosotros cuatro?

Rob le sonrió y volvió a menear la cabeza.


Durante toda la vida, los dos hijos recordarían la boda
de sus padres y se la narrarían a sus propios nietos. La boda de esponsales en la casa solariega de Cullen fue tranquila y poco concurrida. Mary llevaba un vestido de paño
gris claro, con un broche de plata, y un cinturón de piel
de corzo tachonado también en plata. Fue una novia serena, pero sus ojos se iluminaron cuando el padre Domhnall declaró que para siempre y en santificada protección,
ella y sus hijos estaban irreversiblemente unidos a Robert
Jeremy Cole.

Después Mary envió invitaciones a toda la parentela,
para que conocieran a su marido. El día señalado, a través
de las colinas bajas del oeste llegaron los MacPhee, y los
Tedder cruzaron el gran río y la cañada hasta Kilmarnock.
Todos llevaban regalos de boda, pasteles de fruta, budines
de carne de caza, toneles con bebidas fuertes y los grandes
budines de carne y avena que tanto éxito tenían. En la
propiedad, un buey y un toro giraban lentamente en sus

espetones sobre los fuegos al aire libre, además de ocho ovejas, una docena de corderos y numerosas aves de corral. Sonaba música de arpa, de gaita, viola y trompeta, y Mary se unió a las mujeres en los cantos.

A lo largo de toda la tarde, durante las competiciones atléticas, Rob conoció a un infinito número de Cullen, Tedder y MacPhee. A algunos los admiró de inmediato, a otros no. Hizo un esfuerzo por no estudiar a fondo a los primos del sexo masculino, que eran legión. Por doquier los hombres empezaban a emborracharse, y algunos trataron de obligar al novio a sumarse a ellos. Pero Rob brindó con su recién desposada, sus hijos y su clan, y se deshizo del resto con una palabra amable y una sonrisa.

Esa noche, mientras la juerga continuaba, se alejó de los edificios, pasó por los cobertizos y siguió más allá. Era una noche estupenda, estrellada pero no calurosa. Olió el aroma picante del tojo y, mientras los sonidos de las celebraciones se perdían a sus espaldas, oyó los balidos de las ovejas, el relincho de un caballo, el viento en las montañas y el ímpetu de las aguas, y creyó que salían raíces de las plantas de sus pies y se hundían en el delgado suelo de pedernal.

# 81

# EL CÍRCULO CONSUMADO

El misterio perfecto era la razón por la que una mujer maduraba o no una nueva vida en su seno. Después de parir dos hijos y pasar cinco años en la esterilidad, Mary engendró inmediatamente después de la boda. Comenzó a cuidarse en el trabajo y era rápida en pedirle a algún hombre que la ayudara en las tareas. Sus dos hijos le seguían los pasos y la ayudaban con trabajos ligeros. Era fácil saber cuál de los niños sería ovejero; algunas veces a Rob J. parecía gustarle ese trabajo, pero Tam siempre se mostraba entusiasmado cuando alimentaba a los corderos, y rogaba que le permitieran esquilar. Había algo más en él, entrevisto por primera vez en los burdos trazos que hacía en la tierra con un palo, hasta que su padre le proporcionó carbón y una tabla de pino, y le enseñó cómo podían representarse las cosas y las gentes.

Rob no tuvo necesidad de decirle que no omitiera los defectos.

En la pared que ocupaba la cama de Tam colgaron la alfombra de los Samaníes y todos dieron por sentado que era suya, regalo de un amigo de la familia en Persia. En una sola ocasión Mary y Rob afrontaron el tema que habían comprimido y hundido en el fondo más recóndito de su mente. Observándolo correr tras una oveja descarriada, Rob comprendió que no sería ninguna bendición para el niño enterarse de que tenía un ejército de desconocidos hermanos extranjeros a los que jamás vería.

—Nunca se lo diremos.

—Es tuyo —dijo Mary.

Se volvió, lo abrazó y entre ambos quedó la que sería Jura Agnes, su única hija.

Rob aprendió la nueva lengua porque todos la hablaban a su alrededor y también porque se empeñó en ello. El padre Domhnall le prestó una Biblia escrita en gaélico por los monjes de Irlanda, y así como había llegado a dominar el persa a partir del Corán, Rob aprendió el gaélico en las Sagradas Escrituras.

En su despacho colgó la lámina *El hombre transparente* y de *La mujer embarazada*. Empezó a enseñar a sus hijos los esquemas anatómicos, y siempre respondía pacientemente a sus preguntas. A menudo, cuando lo llamaban para que atendiera a una persona o a un animal enfermo, alguno de sus hijos o ambos lo acompañaban. Un día Rob J. iba montado detrás de su padre a lomos de Al *Borak*. Llegaron a la casa de un huerto arrendado en la colina, en cuyo interior dominaba el olor a muerte de Ardis, la mujer de Ostric.

El niño lo observó mientras medía los ingredientes para preparar una infusión que luego le dio a beber. Rob volcó agua en un paño y se lo alcanzó a su hijo.

—Puedes mojarle la cara.

Rob J. lo hizo muy suavemente, tomándose mucho cuidado con los labios agrietados de la paciente. Cuando concluyó la tarea, Ardis buscó a tientas y le cogió la mano.

Rob notó que la tierna sonrisa de su hijo se transformaba en algo distinto. Presenció la confusión de la primera toma de conciencia, de la palidez. La resolución con que el niño separó sus manos de las de la mujer.

—Está bien —dijo Rob mientras rodeaba los delgados hombros de su hijo con un brazo—. Está muy bien.

Rob J. sólo tenía siete años. Dos menos de los que tenía él la primera vez. En ese momento supo, perplejo, que en su vida se había cerrado un círculo.

Reconfortó y atendió a Ardis. Una vez fuera de la

casa, cogió las manos de Rob J. para que el niño sintiera la fuerza vital de su padre y se tranquilizara. Lo miró a los ojos.

—Lo que sentiste en las manos de Ardis y la vida que percibes ahora en mí... Sentir estas cosas es un don del Todopoderoso. Un don maravilloso. No es malo y no debes temerlo. Tampoco intentes comprenderlo ahora. Ya tendrás tiempo de entenderlo. No temas.

El color comenzó a volver al rostro de su hijo.

—Sí, papá.

Montó y alzó al niño para sentarlo detrás de su silla, y volvieron a casa.

Ardis murió ocho días más tarde. Durante meses, Rob J. no apareció en el dispensario ni pidió permiso a su padre para acompañarlo cuando iba a atender a los enfermos. Rob no lo presionó. Consideraba que mezclarse con el sufrimiento del mundo tenía que ser un acto voluntario, incluso en el caso de un niño.

Rob J. hizo todo lo posible a fin de interesarse por los rebaños con su hermano Tam. Cuando se le pasó el entusiasmo, salía solo a recoger hierbas durante largas horas. Era un niño desconcertado.

Pero tenía confianza plena en su padre y llegó el día en que salió corriendo tras él cuando montó para salir.

—¡Papá! ¿Puedo ir contigo? Para atenderte el caballo y esas cosas.

Rob asintió y lo subió al caballo.

Poco después, Rob J. iba esporádicamente al dispensario y reanudó su aprendizaje. A los nueve años, por propia solicitud, empezó a asistir a su padre todos los días.


Al año siguiente del nacimiento de Jura Agnes, Mary dio a luz a otro varón, Nathanael Robertson. Un año después tuvo un hijo muerto, al que bautizaron con el nombre de Carrik Lyon Cole antes de enterrarlo; después experimentó dos difíciles abortos sucesivos. Aunque todavía estaba en edad fecunda, Mary nunca volvió a quedar embarazada. Rob sabía que eso la apenaba, porque habría querido darle muchos hijos, pero él se alegró de verla recuperar poco a poco las fuerzas y el ánimo.

Un día, cuando el hijo menor tenía cinco años, llegó a caballo a Kilmarnock un hombre con un caftán negro polvoriento y sombrero de cuero en forma de campana, llevando a rastras un saco cargado.

—La paz sea contigo —dijo Rob en la Lengua.

El judío se quedó boquiabierto, pero respondió:

—Contigo sea la paz.

Era un hombre musculoso, de gran barba castaña y sucia, el cutis quemado por los rigores del viaje, el agotamiento en la boca y marcadas patas de gallo. Se llamaba Dan ben Gamliel y era de Ruán, a gran distancia de donde se encontraba.

Rob se ocupó de sus bestias, le dio agua para que se lavara y luego dispuso ante él varios platos con alimentos no prohibidos. Notó que ya no entendía tan bien la Lengua, pues era mucho lo que había perdido a lo largo del tiempo, pero bendijo el pan y el vino.

—Entonces, ¿vosotros sois judíos? —preguntó Dan ben Gamliel, con los ojos en blanco.

—No; somos cristianos.

—¿Por qué hacéis esto?

—Porque tenemos una gran deuda —dijo Rob.

Sus hijos se sentaron a la mesa y contemplaron al hombre que no se parecía a nadie que hubiesen visto nunca, oyendo maravillados cómo su padre murmuraba con él extrañas bendiciones antes de comer.

—Cuando terminemos de comer, ¿te molestaría estudiar conmigo? —Rob sintió crecer en su interior una emoción casi olvidada—. Tal vez podamos sentarnos juntos a estudiar los mandamientos.

El extranjero lo observó atentamente.

—Lamento... ¡No, no puedo! —Dan ben Gamliel estaba pálido—. No soy un erudito —susurró.

Ocultando su decepción, Rob llevó al viajero a dormir a un sitio digno, como habrían hecho en cualquier aldea judía.

Al día siguiente se levantó temprano. Entre las cosas

que se había llevado de Persia encontró el sombrero de judío, el taled y las filacterias. Fue a reunirse con Dan ben Gamliel en las devociones matinales.

El judío lo miró asombrado cuando se sujetó la pequeña caja negra en la frente y arrolló el cuero alrededor del brazo para formar las letras del nombre del Indecible. Lo vio balancearse y escuchó sus oraciones.

—Ya sé lo que eres —dijo con la voz poco clara—. Eras judío y te has hecho apóstata. Un hombre que ha vuelto la espalda a nuestro pueblo y a nuestro Dios, entregando su alma a la otra nación.

—No, no se trata de eso. —Rob notó con pesar que había interrumpido la oración de su huésped—. Te lo explicaré cuando hayas terminado —dijo, y se retiró.

Pero cuando volvió para llamarlo a desayunar, Dan ben Gamliel había desaparecido. El caballo había desaparecido. El asno había desaparecido. La pesada carga había sido recogida. El hombre prefirió huir antes que exponerse al terrible contagio de la apostasía.

Fue el último judío de Rob: nunca vio a otro ni volvió a hablar en la Lengua.

Sentía que también se deslizaba de su mente la memoria del parsi, y un día decidió que antes de que lo abandonara del todo, debía traducir el *Qanon* al inglés para tener la posibilidad de seguir consultando al maestro médico. La tarea le llevó largo tiempo. Siempre se decía que Ibn Sina había escrito el *Canon de medicina* en menos tiempo del que a Robert Cole le llevó traducirlo.

Algunas veces lamentaba melancólicamente no haber estudiado todos los mandamientos al menos una vez. Con frecuencia pensaba en Jesse ben Benjamin, pero cada vez se reconciliaba más con su desaparición —¡era difícil ser judío!—, y casi nunca volvió a hablar de otros tiempos y otros lugares. Una vez, cuando Tam y Rob J. participaron en la carrera que todos los años se celebraba en las montañas para festejar el día de san Kolumb, les habló de un corredor llamado Karim que había ganado una larga y maravillosa carrera denominada *chatir*. Y rara vez —en general cuando estaba inmerso en una de las tareas características de todo escocés, como limpiar establos y rediles o quitar nieve acumulada o cortar leña para el fuego— evocaba el calor refrescante del desierto por la noche, o recordaba a Fara Askari encendiendo los cirios en Sabbat, o el enfurecido toque de trompeta de un elefante que salía a la carga al campo de batalla, o la intensa sensación de volar posado en lo alto del tambaleo zanquilargo de un camello a la carrera. Llegó a tener la impresión de que toda su vida había estado en Kilmarnock, y que lo ocurrido con anterioridad era un relato oído alrededor del fuego mientras soplaba el viento frío.

Sus hijos crecieron y cambiaron. Su mujer se volvió más bella con los años. A medida que transcurrían las estaciones, un solo detalle permaneció constante: el sentido complementario, la sensibilidad de sanador, nunca le abandonó. Tanto si cabalgaba en solitario en medio de la noche para acercarse al lecho de un enfermo, como si por la mañana entraba deprisa en el atestado dispensario, siempre sentía el dolor del prójimo. Sin detenerse ante nada para combatirlo, nunca dejó de sentir —como había sentido el primer día en el *maristan*— una oleada de prodigiosa gratitud por haber sido elegido, porque la mano de Dios se había acercado para tocarlo a él, y porque al aprendiz de Barber le hubiese sido dada la oportunidad de ayudar y servir.

# AGRADECIMIENTOS

El médico es una novela en la que sólo dos personajes, Ibn Sina y al-Juzjani, están tomados de la vida real. Hubo un sha llamado Ala-al-Dawla, pero queda tan poca información sobre él que el personaje de ese nombre es resultado de una amalgama de diversos shas.

El *maristan* está inspirado en las descripciones del hospital medieval Azudi, de Bagdad.

Gran parte del sabor y los datos del siglo XI se han perdido para siempre. Allí donde los registros no existían o eran oscuros, no tuve el menor escrúpulo en apelar a la ficción; así, debe entenderse que ésta es una obra de la imaginación y no un fragmento de historia. Asumo la responsabilidad de cualquier error, importante o insignificante, fruto de mi esfuerzo por recrear fielmente una sensación del tiempo y el lugar. Empero, esta novela nunca se habría escrito sin la ayuda de un buen número de bibliotecas e individuos.

Agradezco a la University of Massachusetts en Amherst que me permitiera, como si yo fuese uno de sus profesores, acceder a todas sus bibliotecas. Mi gratitud también a Edla Holm, de la Interlibrary Loans Office, de dicha universidad.

En Lamar Soutter Library del University of Massachusetts Medical Center, de Worcester, hallé libros valiosos relativos a la medicina y su historia.

El Smith College tuvo la bondad de clasificarme como «estudioso de campo» para que pudiera consultar en la William Allan Neilson Library, y descubrí que la Werner Josten Library del Smith's Center for the Performing Arts era una excelente fuente de detalles acerca de vestuarios y costumbres.

Barbara Zalenski, bibliotecaria de la Belding Memorial Library de Ashfield, Massachusetts, siempre fue capaz de satisfacer mis peticiones de libros, aunque ello la obligara a laboriosas búsquedas.

Kathleen M. Johnson, bibliotecaria de consulta de la Baker Library de la Harvard's Graduate School of Business Administration, me envió materiales sobre la historia del dinero en la Edad Media.

También dejo expresa constancia de mi gratitud a los bibliotecarios y bibliotecarias de Amherst College, Mount Holyoke College, Brandeis University, Clark University, la Countway Library of Medicine de la Harvard Medical School, la Boston Public Library y el Boston Library Consortium.

Richard M. Jakowski (V.M.D.), patólogo veterinario del Tufts-New England Veterinary Medical Center, en North Grafton, Massachusetts, tuvo la amabilidad de hacerme un estudio comparativo de la anatomía interna de cerdos y humanos, lo mismo que Susan L. Carpenter (Ph. D.), miembro del consejo posdoctoral de los Rocky Mountain Laboratories del National Institute of Health, en Hamilton, Montana.

Durante varios años, el rabino Louis A. Rieser del Temple Israel de Gerenfield, Massachusetts, respondió pregunta tras pregunta sobre el judaísmo.

El rabino Philip Kaplan, de las Associated Synagogues de Boston, me explicó los detalles de la matanza kosher.

La Graduate School of Geography de la Clark University me proporcionó mapas e información sobre la geografía en el siglo XI.

El profesorado del Classics Department del College of the Holy Cross, en Worcester, Massachusetts, me ayudó en varias traducciones del latín.

Robert Ruhloff, herrero de Asfield, Massachusetts, me informó acerca del acero azul estampado de la India, y me permitió acceder a la publicación periódica de su gremio, *The Anvil's Ring*.

Gouveneur Phelps, de Ashfield, me ilustró sobre la pesca del salmón en Escocia.

Patricia Schartle Myrer, mi antigua agente literaria (hoy retirada) me estimuló en gran medida, lo mismo que mi actual agente, Eugene H. Winick, de McIntosh and Otis, Inc. Por sugerencia de Pat Myrer escribo acerca de la dinastía médica de una familia a lo largo de muchas generaciones, sugerencia que me ha llevado a la serie de *El médico*, ahora en curso de redacción.

Herman Gollob, de Simon & Schuster, ha sido el editor ideal —duro y exigente, cálido y servicial— y ha convertido la publicación de este libro en una experiencia inolvidable.

Lisa Gordon me ayudó a corregir el original y, junto con Jamie Gordon, Vicent Rico, Michael Gordon y Wendi Gordon, me proporcionó cariño y apoyo moral.

Y como siempre, Lorraine Gordon me ofreció críticas, dulces razones, estabilidad y el amor por el que desde hace tiempo le estoy muy agradecido.

*Asfield. Massachusetts*
*26 de diciembre de 1985*

# ÍNDICE